David Lagercrantz
Der Sündenfall von Wilmslow

David Lagercrantz

Der Sündenfall von Wilmslow

Aus dem Schwedischen
von Wolfgang Butt

Mehr über unsere Autoren und Bücher:
www.piper.de

Von David Lagercrantz liegt im Piper Verlag außerdem vor:
Ich bin Zlatan

Die Originalausgabe erschien 2009
unter dem Titel »Syndafall i Wilmslow«
bei Albert Bonniers Förlag

FSC
www.fsc.org
MIX
Papier aus verantwortungsvollen Quellen
FSC® C014496

ISBN 978-3-492-05650-2

Gesetzt aus der ITC Stone Serif
Satz: Fotosatz Amann, Memmingen
Druck und Bindung: GGP Media GmbH, Pößneck
Printed in Germany

Für Anne, Signe, Nelly und Hjalmar

Opinion is not worth a rush:
In this altar-piece the knight,
Who grips his long spear so to push
That dragon through the fading light.

W. B. Yeats, Michael Robartes
and the Dancer

1

Wann hatte er sich entschieden?

Er wusste es selbst nicht. Aber als die Zweifel sich legten und nur noch als entfernte Lockrufe zu hören waren, ging die dumpfe Schwere in seinem Körper in eine pochende Unruhe über, die er eigentlich vermisst hatte. Eine Steigerung des Lebensgefühls. Selbst die blauen Eimer in der Hobbywerkstatt bekamen einen neuen, schimmernden Glanz. In jeder Wahrnehmung war eine ganze Welt enthalten, eine ganze Kette von Ereignissen und Gedanken, und allein die Idee, sie zusammenfassen zu wollen, wäre ein eitles Unterfangen, wenn nicht gar verlogen.

Er nahm ein Wirrwarr von inneren und äußeren Bildern wahr, und obwohl seine Atmung schon jetzt so schnell war, dass es ihn schmerzte, vibrierte in seinem Körper ein intensives Gefühl von Gegenwärtigkeit, ein Gefühl, das ans Lustvolle grenzte, gerade so, als hätte der Entschluss zu sterben ihm das Leben zurückgegeben. Vor ihm, auf einem grauen Tisch voller Flecken und kleiner Löcher, die zum Teil Brandspuren, zum Teil etwas anderes waren, befanden sich eine Heizplatte, ein paar Flaschen mit schwarzer Flüssigkeit und dann ein vergoldeter Teelöffel, der eine gewisse Rolle in der Geschichte spielen sollte. Von draußen hörte man den Regen. Er fiel und fiel. Nie hatte sich der

Himmel über England an Pfingsten derart weit geöffnet, und vielleicht beeinflusste auch das seinen Entschluss.

Oder vielleicht waren es eher die kleineren Dinge, wie sein Heuschnupfen oder die Tatsache, dass seine Nachbarn, Mr und Mrs Webb, gerade fortgezogen waren nach Styal, die bei ihm das Gefühl ausgelöst hatten, dass das Leben sich entfernte oder sogar anderswo abspielte, an einem Ort, an den er nicht eingeladen war. Es sah ihm nicht ähnlich, sich über so etwas aufzuregen. Anderseits sah es ihm auch nicht unähnlich. Es ist wahr, dass er nicht, wie wir anderen, vom Alltäglichen berührt wurde. Er besaß die großartige Fähigkeit, sich nicht um den Klatsch und Tratsch in seiner Umgebung zu scheren. Aber er wurde auch ohne jeden Anlass von düsteren Stimmungen befallen. Lappalien konnten zu drastischen Beschlüssen oder zu absonderlichen Ideen führen.

Jetzt wollte er die Welt verlassen und sich dabei von einem Kinderfilm über lustige Zwerge inspirieren lassen, was natürlich eine Ironie des Schicksals war. An Ironien und Paradoxen mangelte es nicht in seinem Leben. Er hatte die Dauer eines Krieges verkürzt und tiefer als die meisten Menschen über die Grundlagen der Intelligenz nachgedacht, trotzdem war er für unzurechnungsfähig erklärt und gezwungen worden, eine widerwärtige Medizin einzunehmen. Kürzlich war er von einer Wahrsagerin in Blackpool zu Tode erschrocken worden, und einen ganzen Tag lang war nicht mit ihm zu reden gewesen.

Was tat er jetzt?

Er schloss zwei Leitungen, die von der Decke hingen, an einen Transformator an, der auf dem Tisch stand. Dann stellte er einen Kessel mit schwarzer Schmiere auf die Kochplatte. Anschließend entschied er sich für einen graublauen Pyjama und nahm einen roten Apfel aus einer blauen Fruchtschale neben dem Bücherregal. Äpfel waren seine Lieblingsfrucht, nicht nur wegen des Geschmacks. Äpfel waren auch … egal. Er spaltete den Apfel in zwei Hälften und kehrte in die Hobbywerkstatt zurück, und da, in diesem Moment, kam die Einsicht. Sein ganzes System begriff, und mit blinden Augen blickte er hinaus auf den Garten. Ist das nicht seltsam, dachte er, ohne richtig zu wissen, was er meinte. Dann erinnerte er sich an Ethel.

Ethel war seine Mutter. Ethel wird eines Tages ein Buch über ihn schreiben, ohne eine blasse Ahnung davon zu haben, womit er sich beschäftigt hatte, aber zu ihrer Verteidigung kann man sagen, dass es auch nicht leicht war. Das Leben dieses Mannes bestand aus zu vielen Ziffern und Geheimnissen. Es war anders als andere Leben. Außerdem war er jung, zumindest in den Augen einer Mutter, und obwohl er nie als Schönheit angesehen worden und seine gute Läuferphysis nach einem Gerichtsbeschluss in Knutsford verfallen war, sah er nicht schlecht aus. Seit er als Kind rechts und links nicht hatte unterscheiden können und glaubte, dass Weihnachten in einigen Jahren oft und in anderen selten vorkam, so wie andere schöne Tage, hatte er Gedanken gedacht, die ganz und gar unzeitgemäß waren. Er war ein Mathematiker geworden, der sich etwas so Prosaischem wie der Ingenieurskunst widmete, ein unkonventioneller Denker, der sich vorstellte, dass unsere Intelligenz mechanisch ist und sogar rechnerisch erfassbar als eine lange, gewundene Zahlenreihe.

Aber vor allem, und das zu verstehen fällt Müttern immer schwer, vermochte er an diesem Tag im Juni nicht länger zu leben, und er setzte deshalb seine Vorbereitungen fort, die im Nachhinein seltsam ausgeklügelt erscheinen würden. Nur dass er in seiner Konzentration gestört wurde. Er hörte etwas, Schritte unten an der Haustür, so glaubte er zumindest, das Knirschen von Kies, und ihm kam der absurde Gedanke: Jemand kommt mit guten Nachrichten, vielleicht von weit her, aus Indien oder aus einer anderen Zeit. Er lachte auf oder schluchzte, schwer zu sagen, was von beidem. Dann setzte er sich in Bewegung, und auch wenn nichts mehr zu hören war, nichts anderes als die Regentropfen auf dem Dach, blieb er an dem Gedanken hängen: Dort draußen ist jemand. *Ein Freund, wert, dass man ihn anhört,* und als er am Schreibtisch vorbeiging, dachte er: *Ich will, ich will nicht,* wie ein Kind, das Blütenblätter von einer Blume reißt. Er erfasste jede Einzelheit im Flur mit einer solch vibrierenden Exaktheit, dass es ihn an einem besseren Tag fasziniert hätte. Wie ein Schlafwandler trat er ins Schlafzimmer und sah den *Observer* auf dem Nachttisch und die Armbanduhr mit dem schwarzen Lederarmband, und genau daneben legte er den halben Apfel. Er dachte an den Mond, der hinter dem Schulhaus in Sherborne leuchtete, und er legte sich auf den Rücken aufs Bett. Er sah gefasst aus.

2

Es regnete auch am darauffolgenden Tag, als der junge Kriminalassistent Leonard Corell die Adlington Road entlangging. Auf der Höhe von Brown's Lane nahm er den Trilby ab, denn trotz des Regens war ihm warm. Er dachte an sein Bett, nicht an das elende Bett in seiner Wohnung, sondern an das, welches bei seiner Tante in Knutsford wartete, und während er dies dachte, sank ihm der Kopf auf die Schulter, als wäre er im Begriff einzuschlafen.

Er mochte seinen Beruf nicht. Er mochte das Gehalt nicht, nicht die langen Fußwege, nicht die Schreibtischarbeit, er mochte das ganze verdammte Wilmslow nicht, in dem nie etwas passierte. Es war so weit gekommen, dass er selbst jetzt nur Leere fühlte. Obwohl die Haushälterin, die ihn angerufen hatte, von weißem Schaum um den Mund des Toten und einem Giftgeruch im Hause gesprochen hatte. In früheren Jahren hätte eine solche Nachricht seine Lebensgeister erweckt. Jetzt trottete er missmutig zwischen den Wasserpfützen und den Büschen der Gärten vor sich hin. Dahinter lagen die Felder und die Eisenbahn. Es war Dienstag, der 8. Juni 1954, und er blickte auf die Namensschilder der Häuser.

Als er die Adresse Hollymeade fand, bog er links ein und stand vor einer großen Weide, die wie ein alter Besen aussah, und ohne dass es nötig gewesen wäre, blieb er stehen und band sich die Schuhe. Ein Gang aus Ziegelplatten erstreckte sich durch den Vorgarten, endete jedoch abrupt auf halbem Wege, und er dachte: Was hier wohl passiert sein mag? Auch wenn er natürlich einsah, dass es, was immer es sein mochte, nichts mit dem Ziegelgang zu tun hatte. Drüben an der linken Haustür stand eine ältere Frau.

»Sind Sie die Haushälterin?«, fragte er, und sie nickte. Sie war eine farblose kleine Alte mit traurigen Augen. Früher hätte Corell sicher freundlich gelächelt und ihr eine Hand auf die Schulter gelegt. Jetzt sah er grimmig zu Boden und folgte ihr ins Haus, eine steile Treppe hinauf, was kein Spaziergang war, der ihm Spaß machte. Es lag keine Spannung darin, keine polizeiliche Neugier, kaum ein Schauer, der ihm über den Rücken lief, nur die immer gleiche Frage: »Warum mache ich eigentlich weiter?«

Schon im Flur spürte er eine ungewöhnliche Präsenz, eine Dichte in der Luft, und als er das Zimmer betrat, schloss er die Augen und hatte, obwohl es sich in Anbetracht der Umstände vermutlich merkwürdig ausnahm, den einen und anderen unpassenden Gedanken sexueller Natur, was an dieser Stelle der Geschichte nicht weiter wichtig ist, es sei denn insofern, als auch ihm diese Gedanken absurd erschienen. Als er die Augen öffnete, blieben seine Assoziationen noch wie eine surreale Hülle über dem Raum hängen, lösten sich dann jedoch auf, als er das Bett entdeckte, das schmale Junggesellenbett, und darauf den toten Mann, der auf dem Rücken lag.

Der Mann war dunkelhaarig und vermutlich gut dreißig Jahre alt. Aus dem Mundwinkel war Schaum über seine Wange gelaufen und zu einem weißen Puder getrocknet. Die Augen waren halb offen und lagen tief unter einer vorstehenden, gewölbten Stirn. Obwohl das Gesicht kaum Frieden ausstrahlte, ließen die Gesichtszüge eine gewisse

Resignation erahnen, und Corell hätte mit Gleichmut reagieren sollen. Der Tod war ihm nicht unbekannt, und dies hier war kein schrecklicher Tod. Trotzdem war ihm übel, und er begriff noch nicht, dass es der Geruch war, der Gestank von Bittermandel, der im Raum lag; er sah aus dem Fenster auf den Garten und versuchte, zu den unpassenden Gedanken zurückzukehren, was ihm jedoch nicht gelang. Stattdessen bemerkte er einen halben Apfel auf dem Nachttisch. Corell dachte, was ihn verwunderte, dass er Obst hasste.

Er hatte nie etwas gegen Äpfel gehabt. Wer hatte schon etwas gegen einen Apfel? Er zog seinen Notizblock aus der Brusttasche. Der Mann liegt in nahezu normaler Körperhaltung, schrieb er und fragte sich, ob die Formulierung gut war, war sie wohl nicht, anderseits war sie auch nicht übermäßig schlecht. Vom Gesicht abgesehen, könnte der Mann ebenso gut schlafen. Nachdem er noch ein paar hastige Zeilen hingeworfen hatte – mit denen er ebenfalls unzufrieden war –, untersuchte er den Körper. Der Tote war mager, ziemlich gut trainiert, aber mit einer ungewöhnlich weichen, beinahe weiblichen Brust, und auch wenn Corell nicht übertrieben gewissenhaft vorging, fand er keine Zeichen von Gewalteinwirkung, keine Kratzspuren oder blauen Stellen. Nur ein wenig schwarze Farbe an den Fingerspitzen und natürlich den Schaum im Mundwinkel. Er roch daran und verstand, warum ihm so schlecht war. Der Gestank von Bittermandel drang in sein Bewusstsein, und er kehrte wieder in den Flur zurück.

Ganz am Ende des Ganges entdeckte er etwas Sonderbares. In einer Ecke mit einer Fensternische zum Garten hingen zwei Kabel von der Decke, und auf einem Tisch blubberte ein Kessel. Er näherte sich der Szene nur langsam – konnte es riskant sein? Unsinn! Der Raum war eine Art Experimentierwerkstatt. Es gab einen Transformator und Klemmen für die Kabel und daneben Flaschen, Einmachgläser und Krüge. Bestimmt nichts, wovor man sich fürchten musste. Doch der Gestank kroch ihm unter die Haut; nur widerwillig beugte er sich über den Topf. An dessen Boden blubberte eine widerliche Masse, und plötzlich erinnerte er sich an einen Nachtzug, der dahinbrauste, weit entfernt in seiner Kindheit, und er stieß sich schwer atmend vom Tisch ab. Er eilte hinaus und öffnete im angrenzenden Zimmer ein Fenster. Es regnete. Verrückt, wie es regnete. Aber Corell fluchte ausnahmsweise nicht darüber. Er freute sich, dass der Gestank und die schlechten Erinnerungen mit dem Wind und dem Wasser verschwanden. Dann war er wieder einigermaßen ruhig geworden und sah sich im Haus um.

Die Wohnung hatte etwas Bohemehaftes. Die Möbel waren fein, aber achtlos hingestellt; offenbar gab es keine Familie, auf jeden Fall keine Kinder. Corell nahm einen Notizblock von der Fensterbank. Er enthielt mathematische Gleichungen, von denen Corell vor langer Zeit vielleicht etwas verstanden hätte. Jetzt begriff er nichts, sicher auch deshalb, weil die Handschrift schwer lesbar und mit Tintenklecksen durchsetzt war, und er reagierte gereizt, vielleicht war er neidisch. Mürrisch durchsuchte er eine Vitrine rechts vom Fenster und fand Weingläser, Silberbesteck, einen kleinen Porzellanvogel und eine Flasche mit schwarzem Inhalt. Sie erinnerte an die Behälter in der Experimentierwerkstatt, aber im Unterschied zu diesen war sie mit einem aufgeklebten Zettel versehen, auf dem das Wort »Kaliumzyanid« stand.

»Das hätte ich mir denken sollen«, murmelte er, eilte ins Schlafzimmer und roch an dem Apfel. Er stank wie die Flasche und der Kessel.

»Hallo«, rief er. »Hallo!«

Er erhielt keine Antwort. Er rief noch einmal, dann waren Schritte zu hören, ein paar dicke Waden überquerten die Türschwelle. Er starrte auffordernd in das graue Gesicht mit den verschwindend schmalen Lippen.

»Was sagten Sie, wie der Herr hieß?«

»Doktor Alan Turing.«

Auf seinem Block notierte Corell, dass der Apfel nach Bittermandel roch und dass der Name ihm bekannt vorkam oder zumindest, wie so vieles andere in der Wohnung, dunkle Erinnerungen in ihm weckte.

»Hat er etwas hinterlassen?«

»Was meinen Sie?«

»Einen Brief oder etwas anderes, das eine Erklärung für seinen Tod liefern könnte.«

»Meinen Sie, er hätte …«

»Ich meine gar nichts. Ich habe nur eine Frage gestellt«, sagte er viel zu streng, und als die arme Frau erschrocken den Kopf schüttelte, versuchte er, freundlicher zu klingen.

»Kannten Sie den Toten gut?«

»Ja, oder nein. Er war immer sehr freundlich zu mir.«

»War er krank?«

»Jetzt im Frühling litt er unter Heuschnupfen.«

»Wussten Sie, dass er mit Giften hantierte?«

»Nein, nein, um Gottes willen. Aber er war Wissenschaftler. Beschäftigen die sich nicht …«

»Das kommt ganz darauf an«, unterbrach er sie.

»Er hat sich für vieles interessiert.«

»Alan Turing«, fuhr er fort, als dächte er laut. »War er für etwas Besonderes bekannt?«

»Er hat an der Universität gearbeitet.«

»Was hat er da gemacht?«

»Er hat Mathematik studiert.«

»Was für eine Art von Mathematik?«

»So etwas dürfen Sie mich nicht fragen.«

»Nein, natürlich«, murmelte er.

Alan Turing. Etwas war mit dem Namen, er wusste nur nicht, was, außer dass er in seinem Kopf keinen guten Klang hatte. Vermutlich hatte der Kerl etwas Dummes angestellt. Die Chancen dafür standen ja nicht schlecht, falls Corell bei seiner Arbeit schon einmal auf den Namen gestoßen war. Immer nervöser ging er im Haus umher. Zerstreut und verärgert zugleich sammelte er Beweismaterial ein – oder vielleicht war »Beweismaterial« auch zu viel gesagt, zumindest aber waren es Materialien, die Giftflasche aus der Vitrine und Glasbehälter aus der Experimentierwerkstatt, ein paar Schreibblöcke mit Berechnungen und dann noch drei Bücher mit der handgeschriebenen Überschrift *Träume*.

Im Erdgeschoss zupfte er an einer nicht gestimmten Geige und las die einleitenden Zeilen von *Anna Karenina*, eines der wenigen Bücher im Haus, die er kannte, neben einigen von Forster, Orville, Butler und Trollope, und wie so oft flüchteten seine Gedanken in Landschaften, in denen sie nichts verloren hatten.

Es klingelte an der Tür. Alec Block, sein Kollege. Er kannte Alec bemerkenswert schlecht, wenn man bedachte, wie eng sie zusammenarbeiteten, und wenn er ihn hätte beschreiben sollen, wäre er auf nicht viel mehr gekommen, als dass er schüchtern und ängstlich war und von den meisten auf dem Revier schäbig behandelt wurde, und vor allem wäre ihm eingefallen, dass Alec Sommersprossen hatte und rothaarig war, unerhört rothaarig.

»Der Mann scheint in dem Topf dahinten Gift gekocht, einen Apfel in die Soße getunkt und ein paarmal davon abgebissen zu haben«, erklärte Corell.

»Selbstmord?«

»Sieht so aus. Mir ist schlecht von diesem verdammten Gestank. Kannst du nachsehen, ob du einen Abschiedsbrief findest?«

Als der Kollege verschwand, dachte Corell noch einmal

an den dahinbrausenden Nachtzug, wovon seine Stimmung nicht besser wurde. Zu der Haushälterin, mit der er im Flur zusammenstieß, sagte er:

»Ich muss noch ausführlich mit Ihnen sprechen. Aber ich möchte, dass Sie draußen auf mich warten. Wir sperren das Haus ab.« In einem Anflug von Freundlichkeit griff er im Hauseingang nach einem Schirm, und als sie protestierte und sagte, das sei doch Doktor Turings Schirm, schnaubte er insgeheim; war das nicht ein bisschen zu viel der Ehrfurcht? Den Schirm würde sie sich wohl ausleihen können. Nachdem sie doch noch eingewilligt hatte und in den Garten hinausgegangen war, machte er eine weitere Runde durchs Haus. Oben bei dem Toten fand er ein Exemplar des *Observer* vom 7. Juni, was darauf schließen ließ, dass der Mann gestern noch gelebt hatte. Er notierte das und noch einige weitere Beobachtungen. Als er ein neues Heft mit mathematischen Berechnungen durchsah, überkam ihn die eigentümliche Lust, ein paar Ziffern hinzuzufügen, welche die Gleichungen des Mannes hätten vervollständigen sollen. Er war kein übermäßig zielorientierter Polizist, was bei Block natürlich anders aussah.

Er tauchte auf mit einer Miene, als habe er etwas äußerst Interessantes gefunden. Was natürlich nicht der Fall war; einen Abschiedsbrief zumindest hatte er nicht. Immerhin hatte er etwas gefunden, das in eine andere Richtung zu führen schien: zwei Theaterkarten für die kommende Woche sowie eine Einladung zu einer Sitzung der Wissenschaftsakademie am 24. Juni, für die der Mann zugesagt, diese Zusage jedoch nicht abgeschickt hatte, und obwohl Block einsah, dass dies keine großartigen Funde waren, so hoffte er anscheinend, eine Spur aufgetan zu haben. Mit Morden waren sie in Wilmslow wahrlich nicht verwöhnt, aber Corell verwarf den Gedanken sogleich.

»Das hat nichts zu bedeuten.«

»Warum denn nicht?«

»Weil wir alle komplizierte Vögel sind«, sagte Corell.

»Wie meinst du das?«

»Auch jemand, der sterben will, kann für die Zukunft planen. Außerdem kann ihm die Idee im letzten Moment gekommen sein.«

»Er scheint ziemlich gelehrt gewesen zu sein.«

»Das mag wohl sein.«

»Ich habe noch nie so viele Bücher gesehen.«

»Ich schon. Aber da ist noch etwas«, fuhr Corell fort.

»Was denn?«

»Ich komme nicht darauf. Ich weiß nur, dass irgendwas mit ihm nicht stimmt. Hast du die Heizplatte da oben ausgestellt?«

Alec Block nickte. Es sah so aus, als wollte er noch ein paar Worte hinzufügen, wüsste aber nicht, ob er sich trauen sollte.

»Hat er nicht reichlich viel Gift im Haus?«, sagte er schließlich.

»Doch«, antwortete Corell.

Es war genug Gift, um eine ganze Kompanie zu töten. Sie diskutierten eine Weile darüber, kamen aber zu keinem Ergebnis.

»Kommt mir ein bisschen so vor, als hätte er sich als Alchemist versucht. Oder zumindest als Goldschmied«, sagte Block.

»Wie kommst du darauf?«

Block erklärte, dass er in der Experimentierwerkstatt einen vergoldeten Löffel gefunden habe.

»Ein ziemlich schöner Löffel. Aber man sieht trotzdem, dass er ihn selbst gemacht hat. Du kannst ihn dir da oben ansehen.«

»Ach, tatsächlich«, sagte Corell mit gespieltem Interesse. Er war wieder in Gedanken versunken.

3

Seit den Kriegsjahren hatte Corell die Vorstellung, dass man Irrsinn schon aus der Entfernung erahnen konnte, als eine Verdichtung in der Luft oder sogar als einen Geruch, wenn auch nicht gerade als den Gestank von Bittermandel, aber als er in den Regen hinaustrat, war er tatsächlich überzeugt, dass das, was er dadrinnen gespürt hatte, ein verkappter Wahnsinn sein musste. Das Gefühl, mit etwas Ungesundem in Berührung gekommen zu sein, verließ ihn nicht einmal, als die Sanitäter um zwanzig vor sieben den Leichnam forttrugen. Ein wärmerer Wind wehte inzwischen aus Osten, der Regen fiel nur noch leicht. Er sah zu der Haushälterin hinüber, die mit ihrem geliehenen Schirm im Licht unter der Laterne saß und so sonderbar klein wirkte wie ein sehr altes Kind, und, vorsichtig jetzt, begann er sie zu vernehmen.

Sie hieß Eliza Clayton und wohnte nicht weit entfernt am Mount Pleasant Lacey Green. Vier Tage in der Woche habe sie Doktor Turing geholfen, und es habe nie ein Problem gegeben, sagte sie, nur dass sie nicht immer gewusst habe, wohin mit all den Papieren und Büchern. Heute Nachmittag war sie mit ihrem eigenen Schlüssel hineingegangen. Im Schlafzimmer war Licht gewesen. Weder die Milchflaschen noch die Zeitung waren hereingeholt worden, und in der Küche lagen die Reste einer Portion Lammkoteletts. Doktor Turings Schuhe standen vor der Toilette, was sie seltsam gefunden habe, und im Schlafzimmer habe er genau so gelegen, »wie der Herr Inspektor es gesehen hat«, die Decke bis zur Brust hochgezogen. Sie habe seine Hände angefasst. Sie seien kalt gewesen, und sie habe sicher geschrien. »Es war ein solcher Schock, ein so furchtbarer Schock«, und weil Doktor Turing kein Telefon habe, habe sie von der Nachbarin Mrs Gibson aus angerufen, »und dann sind Sie gekommen, das ist alles, was ich weiß.«

»Das ist nicht so sicher.«

»Nicht?«

»Die Zeit davor ist interessant«, sagte er, und da nickte sie und erzählte, dass Alan Turing am vorherigen Wochenende Besuch von seinem Freund Doktor Gandy erhalten habe und dass sie es »sehr schön« gehabt hätten und »viel Spaß«, und am Dienstag habe er die Nachbarn Mr und Mrs Webb, die dann am Mittwoch oder Donnerstag umgezogen seien, zum Essen eingeladen, auch das sei »sehr gelungen« gewesen.

»Doktor Turing war in guter Laune. Er war fröhlich. Er hat mit mir gescherzt.«

Er widersprach nicht und machte sich nicht die Mühe zu fragen, was für Scherze Turing gemacht habe. Er ließ sie reden und machte sich sporadisch Notizen. Es klang mehr nach einer Verteidigungsrede als nach einer Zeugenaussage, und er verstand das sehr gut. Selbstmord war eine Straftat, und sicher fühlte sie eine gewisse Verantwortung. Sie war die Haushälterin. Eine andere Frau schien es im Haushalt nicht gegeben zu haben. Mehrmals erwähnte sie seine Mutter Ethel.

»Oh mein Gott, was soll ich ihr sagen?«

»Im Moment nichts. Wir nehmen mit den Angehörigen

Kontakt auf. Haben Sie selbst jemanden, mit dem Sie reden können?«

»Ich bin Witwe, aber ich komme schon zurecht«, sagte sie, und nach einigen weiteren Fragen verabschiedete er sich. Er wanderte an den dicht belaubten Gartendickichten des Viertels vorbei zum Polizeirevier in der Green Lane, und bald danach hörte es auf zu regnen.

Wie schön es sich anfühlte ohne Niederschlag. Er konnte sich nicht erinnern, je einen solchen Regen erlebt zu haben, tagein und tagaus, ständig trat er in Wasserpfützen. Aus einem Fenster hörte er Doris Day: *So I told a friendly star. The way that dreamers often do.* Das Lied hatte im Frühjahr ganz oben auf den Hitlisten gestanden, und er summte mit – er hatte den Film *Calamity Jane*, aus dem das Lied stammte, gesehen. Während er weiterging, verklang die Musik, und er schaute zum Himmel auf; graue Schwaden zogen dahin. In Gedanken ging er noch einmal durch, was er im Haus gesehen hatte, und fragte sich, was abgesehen vom Fehlen eines Abschiedsbriefs darauf hindeutete, dass es sich nicht um Selbstmord handelte. Er fand nicht viel. Allerdings blieb er nicht besonders lange konzentriert. Er verirrte sich auf Nebengleise, und schon bald war von dem ganzen Fall in seinen Gedanken nichts weiter übrig als ein dunkles Gefühl von Unbehagen. Obwohl der Fall ihn ein wenig bei der Arbeit hätte stimulieren sollen, entglitt er ihm, verlor sich in einer diffusen Tristesse, lediglich die mathematischen Berechnungen flackerten in seinem Bewusstsein auf, wie irrlichternde Bilder aus einer besseren Welt.

Leonard Corell war achtundzwanzig Jahre alt, jung genug, um gerade eben dem Krieg entgangen zu sein, schon alt genug, um das Gefühl zu haben, dass das Leben an ihm vorbeilief. Ungewöhnlich früh hatte er die Uniform ablegen können und war zur Kriminalabteilung in Wilmslow versetzt worden, ein ziemlich schneller Aufstieg für einen Polizisten, trotzdem war es nicht das, was er von der Welt erwartet hatte, nicht allein wegen der Gesellschaftsschicht, in die er hineingeboren und aus der er herausgefallen war, sondern wegen seines klugen Kopfes. Auch er war ein Junge gewesen, dem die Zahlen leichtgefallen waren.

Er war im Londoner West End geboren. Doch schon die Weltwirtschaftskrise 1929 versetzte der Familie den ersten fatalen Stoß. Der Vater, ein Intellektueller, der der Bloomsburygruppe nahestand, hielt lange den Schein des Wohlstands aufrecht und bewirkte dadurch einen doppelten Schaden. Nicht nur, dass das Geld noch rascher aus dem Haus floss, weil der Vater die Katastrophe nicht zur Kenntnis nehmen wollte. Mit seiner Beredsamkeit und der grandiosen Fassade gelang es ihm außerdem, seinen Sohn davon zu überzeugen, dass die Familie zu etwas Besonderem auserwählt sei und Leonard werden könne, was immer er wolle. Aber das waren eitle Versprechen. Die Welt und die Möglichkeiten schrumpften, und das Einzige, was am Ende zurückblieb, war das Gefühl, getäuscht worden zu sein. Manchmal sah Corell seine Jugend als ein Land, das ihm Stück für Stück genommen worden war. Seine Kindheit erschien ihm wie eine Reise in die Einsamkeit: Die Dienstboten mussten gehen, einer nach dem anderen, und als sie schließlich nach Southport zogen, waren nur noch er und seine Eltern übrig. Aber auch der Vater und die Mutter sollten verschwinden, jeder auf seine Weise. Alles wurde ihm entrissen. Natürlich wäre es eine Vereinfachung, die Schuld für seine gesamte Situation bei den äußeren Umständen zu suchen. Das wäre gerade die Art von Romantisierung, der er sich viel zu oft hingab, die allzu sentimentale und selbstmitleidige Sicht auf ein Leben, in dem es trotz allem viele Chancen gegeben hatte. Es stimmte aber wohl, dass die Welt ihm seinen Anteil an Schlägen und Tragödien beschert hatte und ein Teil seiner Persönlichkeit, wie er meinte, mit den Jahren im Keim erstickt oder verkümmert war. Wenn er sein Leben wie aus der Distanz betrachtete, dann bekam er es nicht zusammen mit der Vorstellung, die er noch von sich selbst hatte. Zuweilen konnte er nicht verstehen, dass die Person, die in den Straßen von Wilmslow umherging, wirklich er selbst war.

Die Eile in der Ermittlung verwunderte ihn. Jemand in der Polizeiführung in Chester entschied, dass noch am gleichen Abend eine vorläufige Obduktion vorgenommen werden und Corell dabei anwesend sein sollte. Hinterher hatte er nur diffuse Erinnerungen daran. Er verabscheute Obduktionen; die meiste Zeit hielt er den Blick abgewandt. Was leider nicht viel half. Das Geräusch des Skalpells, die Dämmerung draußen und der Gestank von Bittermandel, der auch aus den Eingeweiden aufstieg, waren deutlich genug. Mein Gott, was für eine grässliche Arbeit! Doktor Charles Bird murmelte: »Vergiftung, ganz klar Vergiftung«, und Corell träumte von Farbe, von schöner blauer Farbe, mit der er die blanke Angst dadrinnen übermalen wollte. Er hörte kaum noch auf die Fragen des Gerichtsmediziners, er antwortete Ja oder Nein, wo ausführliche Erklärungen am Platz gewesen wären, und vielleicht war das der Grund dafür, dass der Obduzent sich das Haus mit eigenen Augen ansehen wollte. Corell sollte ihm als Führer dienen, und zuerst dachte er: Nein, nie im Leben, von dem Ort habe ich genug gesehen. Dann änderte er seine Meinung. Er mochte Bird nicht. Der Arzt war ein hochnäsiger Typ. Er betrieb zwar auf liebenswürdige Weise Konversation, doch mit leisen Untertönen und bedeutungsvollen Seitenblicken signalisierte er, dass er derjenige war, der über Bildung und Status verfügte. Er sah abstoßend aus. Über seinen Pupillen lag eine Art Dunstschleier oder Schmutz. Corell wäre jede andere Gesellschaft lieber gewesen. Anderseits hatte er keine Lust, zu sich nach Hause zu gehen, und es war bestimmt gut, das Haus noch einmal zu sehen, so viele Dämonen es auch wachrief. Und so wanderte er erneut über den schmalen Bürgersteig zu dem Haus in der Adlington Road. Der Doktor redete die ganze Zeit, als hätte es seine Lebensgeister erfrischt, in seiner freien Zeit noch eine weitere Leiche obduzieren zu können.

»Habe ich erzählt, dass mein Sohn ein Medizinstudium beginnen wird?«

»Nein.«

»Sie scheinen heute nicht sehr gesprächig zu sein.«

»Schon möglich.«

»Aber Sie interessieren sich für Himmelsphänomene, nicht wahr? Sie haben sicher gehört, dass eine totale Sonnenfinsternis bevorsteht?«

»Ich glaube schon.«

»Das wird richtig spannend, oder?«

»Ich weiß nicht genau. Geht so eine Finsternis nicht schnell vorüber?«

»Der Orgasmus geht auch schnell vorüber, aber die Menschheit scheint ihn dennoch zu schätzen«, sagte der Arzt und gab ein grässliches Lachen von sich, das Corell ignorierte; er zog sich in sich selbst zurück, während der Arzt eine Art Theorie über die Sonnenfinsternis und das menschliche Auge darlegte und anschließend auf die Rationierung zu sprechen kam, die im Sommer enden würde:

»Endlich kann man sich wieder der Völlerei hingeben.«

Schon die Vorstellung, wie Charles Bird das Essen in sich hineinstopfte, weckte Corells Ekel, und er blickte schweigend vor sich auf den Bürgersteig, aber möglicherweise stammelte er dennoch irgendetwas, denn der Doktor konterte mit einem unbegreiflichen »Man wird schon sehen!«. Vor ihnen ragte die Weide auf. Als Richtmarke erfüllte sie ihren Zweck. Die Häuser in der Adlington Road hatten keine Nummern, nur individuelle Namen, und als Corell durch das Gartentor mit dem nachlässig gemalten Schild »Hollymeade« trat, sah er neugierig zu dem unfertigen Ziegelgang hin, als erwartete er, dass dieser auf seiner Reise zur Haustür ein Stück weitergekommen wäre, doch der Gang lag immer noch da wie ein Gleis, das sich im Nichts verlor. Nachdenklich öffnete er mit dem Schüssel, den er von der Haushälterin erhalten hatte, die Haustür. Im Eingangsflur schnüffelte er vorsichtig. Etwas war verändert. Er begriff nicht gleich, was es war, dann fiel ihm auf, dass der Gestank nicht mehr so intensiv war.

»Zyanid, eindeutig Zyanid«, murmelte der Doktor wie ein stolzer Connaisseur, bevor er mit eiligen Schritten die Treppe hinaufstieg.

Corell blieb unten stehen und wollte nichts lieber als wieder umkehren. Das Haus verursachte ihm weiterhin Unbehagen, und er versuchte, sich in die gleichen unpassenden Gedanken zu flüchten wie zuvor, aber nichts half. Unter dem Hemd brach ihm der Schweiß aus. Dennoch ging er nach oben, natürlich, und als er ins Schlafzimmer kam, entspannte er sich sogar. Der Raum schien verwandelt und sah in seinem lässigen Durcheinander nun beinahe unschuldig aus. Das Laken und die Bettdecke lagen lässig zerknüllt auf der Matratze, als wäre jemand ganz unspektakulär aufgestanden und hätte lediglich vergessen, anschließend das Bett zu machen.

»Und dies hier ist der Apfel, von dem Sie gesprochen haben?«

Der Arzt beugte sich über die Frucht und stocherte mit einem Streichholz an einer der braunen Bissstellen herum.

»Der Apfel sollte vermutlich den bitteren Geschmack abmildern«, fuhr er fort.

»Mr Turing war wohl nicht gerade auf ein Geschmackserlebnis aus«, sagte Corell.

»Der Mensch versucht immer, sein Leiden zu mildern.«

»Warum dann gerade ein Apfel?«

Corell wusste selbst nicht recht, worauf er hinauswollte, er verspürte nur die unbändige Lust, zu widersprechen.

»Was wollen Sie mir sagen?«

»Dass der Apfel vielleicht eine Bedeutung hat.«

»Eine symbolische Bedeutung?«

»Vielleicht sogar das.«

»Etwas Biblisches? Eine Art Sündenfall.«

Ohne richtig zu wissen, was er meinte, murmelte Corell: »*Paradise Lost.*«

»Ah, Sie spielen auf Milton an«, parierte der Arzt mit seiner gewohnten Überheblichkeit, und Corell dachte: »Fahr zur Hölle.«

Er sagte jedoch nichts, sondern ging wortlos hinaus in den Flur und hinüber in das Zimmer zur Linken, wo er die Zyankaliflasche gefunden hatte. Am Fenster stand ein Mahagonischreibtisch, dessen Platte mit grünem Samt bezogen war. Es war ein schönes Stück. Schöne Schreibtische weckten immer eine Sehnsucht in ihm; er strich mit der Hand über die goldfarbenen Beschläge der Schlüssellöcher. Als er den Schreibblock in die Hand nahm, den er schon vorher eingesehen hatte, schienen die Zahlen mit ihm zu sprechen. »Komm, löse mich«, flüsterte die Gleichung. Er erinnerte sich an etwas, das ein Lehrer am Marlborough College einmal zu ihm gesagt hatte:

»Du begreifst schnell, Leonard. Rechnest du überhaupt?«

»Nein, Sir, ich sehe.«

Früher einmal hatte er gesehen. Jetzt gelang es ihm nur, das erste Glied der Gleichung nachzuverfolgen, und das ärgerte ihn. Mit verwirrter Miene blickte er sich im Zimmer um. Eigentlich war nichts übertrieben seltsam oder anders als bei seinem ersten Besuch, aber in diesem Moment erschien ihm das Haus wie ein Rätsel, das es zu lösen galt, und auch wenn er einsah, dass die meisten Details lediglich blinde Spuren abgaben, interessant für einen Biografen oder einen Psychologen, aber unwichtig für die polizeiliche Ermittlung, fesselte ihn etwas am Gesamtbild als solchem.

Überall schienen Dinge in Gang gewesen zu sein, Experimente, Aufzeichnungen, Berechnungen, als wäre das Leben mitten in der Bewegung abgebrochen worden. Der Mann, der hier gewohnt hatte, war vielleicht des Lebens müde, gleichzeitig aber noch tief darin involviert gewesen. Das war an sich wohl nicht so außergewöhnlich, wir müssen ja alle leben, bis wir sterben. Aber wenn es sich nun um Selbstmord handelte, war dann die Vorgehensweise nicht seltsam umständlich? Wenn der Mann sich das Leben hatte nehmen wollen, warum hatte er nicht einfach aus einer der Giftflaschen getrunken und war umgesunken? Stattdessen hatte er eine komplizierte Prozedur mit einem blubbernden Kessel, Stromkabeln von der Decke und einem halben Apfel inszeniert. Es war doch nicht unmöglich, dass er damit etwas hatte sagen wollen! Der verfluchte Bird konnte sich zum Teufel scheren. Plötzlich neugierig, durchsuchte Corell die Schreibtischschubladen.

Es gehörte zwar zu seiner Arbeit, doch er fühlte sich nicht wohl dabei, schon gar nicht, als draußen die Schritte des Arztes zu hören waren und er in der untersten linken Schublade etwas fand, was der Besitzer anscheinend hatte verbergen wollen. Es war eine Medaille, ein silbernes Kreuz mit einem Ring aus roter Emaille in der Mitte, das auf einer Samtunterlage ruhte. Das Motto lautete »Für Gott und das Empire«. Wofür hatte Mr Turing die bekommen? Es war keine Sportmedaille, nichts in der Art. Diese war feiner, vielleicht eine Kriegsauszeichnung. Einen Augenblick wog

Corell die Medaille in der Hand und stellte sich vor, dass er selbst sie für eine außerordentliche Leistung erhalten hätte, aber obwohl er normalerweise im Handumdrehen Heldentaten erfinden konnte, fiel ihm diesmal nichts ein, und beschämt legte er die Medaille an ihren Platz zurück. Er suchte weiter. In allen Schubläden lagen Dokumente und Gegenstände, einige sandfarbene Steine, ein Winkelmesser, Rechenstäbe und ein braunes Taschenmesser. Ganz oben rechts unter einem Umschlag von Walton Athletic Club fand er ein paar handgeschriebene Papiere, einen Brief an einen Mann namens Robin, und ohne selbst zu verstehen, warum, steckte er die Seiten heimlich in die Innentasche und ging hinaus in den Flur. Er begegnete Doktor Bird, der krank und zugleich feierlich aussah. Der Arzt hielt eine kleine Flasche mit Gift in der Hand.

»Zyanidvergiftung aus eigenem Antrieb. Das ist meine vorläufige Schlussfolgerung, aber das haben Sie sich wohl schon selbst ausgerechnet«, sagte er.

»Ich habe mir nichts ausgerechnet. Ich versuche, keine vorschnellen Schlüsse zu ziehen«, erwiderte Corell.

»Das ehrt Sie natürlich. Wobei Langsamkeit nicht immer eine Tugend ist. Aber gehen wir, ich brauche jetzt unbedingt ein Glas Sherry«, sagte der Doktor, und so stiegen sie die Treppe hinunter und traten draußen in den schwachen Schein der Straßenlaterne.

Am Gartentor, neben dem Farn und der Brombeerhecke, verabschiedeten sie sich, und Corell ging davon in der Hoffnung, auf Block zu stoßen, den er beauftragt hatte, in der Nachbarschaft Erkundigungen einzuziehen. Aber es war viel zu spät. Niemand war mehr unterwegs. Nur der Regen und das Winseln eines Hundes waren zu hören. Er ging immer eiliger, und oben am Wilmslow Park begann er zu laufen, als könnte er nicht schnell genug nach Hause kommen.

4

Leonard Corell schlief nicht viel. An Schlaflosigkeit war er gewöhnt, aber auch schlechte Nächte haben ihre Höllengrade, und diese Nacht gehörte zu den schlimmeren, nicht weil er wach lag, sondern weil seine Gedanken die falsche Richtung nahmen und er sich um fünf Uhr am Morgen im Bett aufsetzte und in Panik nach Luft rang, als wäre das Zyanid jetzt auch in seine Wohnung eingedrungen. Doch das Fenster stand offen, nur ein schwacher Geruch von Regen und Flieder war zu spüren.

Als er sich aus dem Bett erhob und sah, dass die Sonne schien, hellte sich seine Stimmung ein wenig auf, ohne deshalb allzu heiter zu werden. Seine Wohnung war unordentlich, unpersönlich; die Wände waren kahl bis auf eine vergilbte Reproduktion von Gauguins *Te Rerioa*. Das Einzige, was der Wohnung überhaupt ein wenig Charakter verlieh, waren ein braunes Ledersofa in der Mitte des Raums und ein weißer aufgearbeiteter Queen-Anne-Stuhl. Auf dem Nachttisch stand ein neues Radio, ein Philips Sirius. Corell pflegte um sieben oder acht Uhr die Nachrichten auf BBC zu hören, während er sich Tee machte und Brot, Tomaten und Blutwurst anbriet. Heute ließ er das Frühstück aus und machte sich sofort auf den Weg. Die Bürgersteige und Straßen waren voller Regenpfützen;

die Äste der Bäume und Büsche hingen regenschwer herab. Corell ging einen langen Umweg, hinauf zum Fluss Bollin bis zu Hollies Farm, wo Gregory, der zurückgebliebene Arbeiter des Hofs, ihm zuwinkte, und er kam spät aufs Revier, immer noch düster gestimmt, aber doch mit dem Gefühl, dass es schon gehen werde.

Das Polizeirevier war mitsamt seines hässlichen Pausenhofs in einem roten Ziegelgebäude an der Green Lane untergebracht, und auch wenn die Lage an der Hauptstraße gut war, quälte sie alle der nahe gelegene Flugplatz von Manchester mit seinem Lärm. Corell trat ein und passierte die Anmeldung mit ihrem Durcheinander von Formularen und dem Telefonisten, der an der altmodischen Telefonvermittlung saß. Er grüßte kurz den Revierinspektor und ging die Treppe zu der kleinen Kriminalabteilung hinauf, in der Sandford, der Chef, sowie Corell mit drei weiteren Kriminalassistenten arbeiteten. An den Wänden hingen eine Reihe von Aushängen mit Gesuchten oder Verschwundenen und dann eine Menge unnötiger Bekanntmachungen über Krankheiten und Parasiten, unter anderem ein Informationsblatt über einen Käfer, der die Kartoffelpest verbreitete. Neben seinem Schreibtisch saß Kenny Anderson, teilweise von einem Garderobenständer verdeckt, und drüben vor dem Archivraum war Gladwin zu erahnen, der seine Pfeife rauchte.

»Endlich hat der verdammte Regen aufgehört.«

»Das glaube ich erst, wenn der Tag rum ist«, sagte Corell und versuchte so auszusehen, als wäre das Gespräch beendet.

Kenny Anderson war ungefähr fünfzehn Jahre älter und vom Leben ziemlich gebeutelt, und obwohl er meistens recht umgänglich war, hatte sein Wesen etwas Ruppiges, das Corell beklommen machte. Seit Langem machte ihm seine eigene Langsamkeit zu schaffen, Corell brauchte morgens eine gute Weile, bevor er mit etwas Vernünftigem beginnen konnte; er saß nur da und las den *Manchester Guardian* und den *Wilmslow Express*.

Er fand kein Wort über den Todesfall, was vielleicht nicht verwunderlich war. Die Journalisten konnten die Nachricht noch kaum erfahren haben. Aber über den Regen gab es einiges zu lesen, unter anderem über die Überschwemmungen in Hammersmith und Stapenhill sowie über ein Cricketmatch in Leeds, für das 42 000 Tickets bezahlt worden waren und das die Veranstalter dann hatten absagen müssen. Auf der Seite daneben las er einen Artikel über das Ende der Rationierung, von dem der Gerichtsmediziner gesprochen hatte. Am 4. Juli würden die Engländer auch Fleisch und Butter in unbegrenzter Menge kaufen können, was ihm persönlich allerdings nicht viel bedeutete. Mit seinen sechshundertsiebzig Pfund im Jahr konnte er sowieso keine großen Sprünge machen, und beinahe ärgerlich blätterte er um zu den Sportseiten. Ein Australier namens Landy hatte gestern in Stockholm versucht, Bannisters neuen Traumrekord über eine Meile zu unterbieten, und Corell versank in Tagträumereien. Nur vage hörte er Kenny Anderson etwas sagen. Er gab sich Mühe, wegzuhören.

»Anderson ruft Corell.«

»Was gibt's?«

Widerwillig drehte er sich um, und ein Atem von Alkohol, Tabak und Pfefferminz schlug ihm entgegen.

»Habe gehört, dass dieser Schwuli gestorben ist?«

»Wer?«

»Warst du nicht gestern bei ihm?«

»Wovon redest du?«

»Von dem Typ in der Adlington Road.«

»Ja«, sagte Corell, »das stimmt, ich war da.« Ein ganzer Strom von losen Assoziationen und Gedanken wirbelte ihm durch den Kopf.

»Selbstmord?«

»Sieht so aus.«

»Wie denn?«

»Er hatte einen ganzen Topf Zyankali gekocht. Es stank fürchterlich.«

»Vermutlich hat er die Schande nicht mehr ausgehalten. Es war ja eine ziemlich peinliche Geschichte, oder?«

»Doch«, sagte Corell, als wüsste er Bescheid. »Reichlich peinlich.«

»Verstehst du, warum er einfach alles zugegeben hat?«

»Ich habe mich noch nicht wirklich eingelesen. Was weißt du über den Fall?«, fragte er, und allmählich wurde ihm klar, warum ihm der Name bekannt vorgekommen war.

Der Mann war ein verurteilter Homosexueller, einer von relativ vielen in der letzten Zeit. Als Corell nach dem Krieg in der B-Division in Manchester bei der Polizei angefangen hatte, interessierte sich niemand für das Thema, und erst nach der Spionageaffäre 1951, als Burgess, dieser unmögliche Schwule, und der andere, Corell kam nicht auf den Namen, in die Sowjetunion flohen, begann man, Homosexuelle systematischer zu jagen. Es wurde plötzlich wichtig, vielleicht aus patriotischen Gründen.

»Da gibt es nicht so viel zu lesen«, erwiderte Kenny.

»Was meinst du?«

»Ein Päderast, der sich einfach reingeritten hat. Eine ziemlich typische Geschichte. Scheint kein besonders smarter Bursche gewesen zu sein.«

»Er war Mathematiker.«

»Was nicht das Geringste bedeuten muss.«

»Er hat irgendeine Medaille für seine Kriegseinsätze bekommen.«

»Fast jeder Arsch hat eine Medaille bekommen.«

»Hast du eine?«

»Hör auf!«

»Kennst du die Geschichte?«

»Keine Einzelheiten«, fuhr Kenny ein wenig beleidigt fort. Trotzdem zog er seinen Stuhl dicht an Corell heran, und in diesem Moment trat ein lüsterner Ausdruck auf sein Gesicht. Seine wunden Lippen öffneten sich wie jedes Mal, wenn er glaubte, etwas Unterhaltsames sagen zu können, und Corell wandte diskret den Kopf zur Seite, um Kennys Atem zu entkommen.

»Es fing damit an, dass jemand in der Adlington Road eingebrochen ist«, begann Anderson. »Ein ziemlich missglückter Einbruch. Es wurde nur ein bisschen Krimskrams gestohlen, ein Fischmesser und eine halb ausgetrunkene Flasche, solche Sachen. Nicht der Rede wert. Aber der Schwuli fand, dass die Gerechtigkeit ihren Lauf nehmen sollte. Er ist von sich aus zu uns gekommen.«

»Wer hat die Anzeige aufgenommen?«

»Brown, glaube ich, von der Ordnung. Der Schwuli meinte zu wissen, wer der Einbrecher war. Er hatte den Verdacht, dass sein Liebhaber dahintersteckte, irgendeine arme Sau, die er in der Oxford Road aufgegabelt hatte.«

»Ein Krimineller?«

»Ein Glückssucher, der sich unter der Brücke verkaufte. Aber der Schwuli, wie hieß er noch ...«

»Alan Turing«, schob Corell ein.

»Turing war so bescheuert, von seinem Verdacht zu erzählen, wobei er natürlich nicht zugab, dass der Bursche sein kleiner Lustjunge war. Stattdessen dichtete er eine Geschichte zusammen, die so durchsichtig war, dass sogar unsere Kollegen in Manchester sie durchschaut haben.«

»Was geschah dann?«

»Die Kollegen haben sich einen Dreck um den Einbruch geschert, klar. Sie konzentrierten sich darauf, Turing hopszunehmen, und so dämlich, wie er war, gab er sofort alles zu. Muss ein bisschen ernüchternd gewesen sein«, sagte Kenny und lächelte schief.

»Was meinst du damit?«

»Zu uns zu kommen und zu glauben, ihm würde mit dem Einbruch geholfen, und dann landet er selbst im Gefängnis.«

»Er musste ins Gefängnis?«

»Auf jeden Fall hat er eine Abfuhr bekommen, die sich gewaschen hatte, und seitdem hat man nicht mehr viel von ihm gehört. Bis jetzt zumindest nicht. Er hat sich wohl da oben in Dean Row versteckt und sich geschämt«, fuhr Kenny fort.

»Gestern hatte ich den Eindruck, dass er auf irgendeine Weise verrückt war.«

»Wundert mich nicht. Bestimmt ein verdammt kranker Typ.«

»Da bin ich mir nicht sicher«, sagte Corell zögernd.

»Du hast doch gerade selbst gesagt, dass er verrückt war.«

»Schon ...«

Ihm war klar, dass er sich widersprüchlich anhörte. Seit seinen Jahren auf dem Marlborough College hatte er jeden Gedanken an Homosexuelle vermieden, und er selbst hätte den Toten durchaus als »krank« bezeichnet, aber er hatte eine so schlechte Meinung von Kenny Anderson, dass es ihm zuwider war, mit ihm der gleichen Ansicht zu sein. Er fand nicht, dass der Kollege befugt war, sich über Turings Geisteszustand zu äußern. Kenny war nicht dort oben in dem Haus gewesen und hatte den Mathematiker in seinem Schlafanzug auf dem Rücken liegen sehen und den beißenden Geruch von Bittermandel in der Nase gespürt. Außerdem war seine Fähigkeit, Menschen zu charakterisieren, miserabel. Alles verwandelte er in etwas Plumpes und Simples, und was immer man über den Toten sagen konnte, seine Gleichungen überstiegen in jeder Hinsicht Kennys Fassungsvermögen.

»Du meinst, dass ein guter Kriminalpolizist nicht vorschnell urteilen sollte?«

»So ungefähr.«

»Ich dachte, wir plaudern nur ein bisschen.«

»Ja, das stimmt schon«, räumte Corell ein. »Aber hatte dieser Turing denn Kontakt zu Kriminellen?«

»Ist das nicht sozusagen die Voraussetzung, wenn man praktizierender Homosexueller ist?«

»Natürlich. Ich dachte nur ...«

»Was denn?«

»Dass es vielleicht sinnvoll ist, sich die Sache genauer anzusehen.«

»Absolut. Niemand würde sich mehr über einen spannenden Mord freuen als ich. Aber dieser Mann hatte jeden Grund, seinem Leben ein Ende zu setzen. Es gab wohl kaum eine Person in seinem Umfeld, die nicht wusste, was er getan hat. Die Leute müssen doch ununterbrochen hinter seinem Rücken getuschelt haben.«

»Sicher.«

»Habe ich erwähnt, dass Ross mit dir reden wollte?«

»Was wollte er denn?«

»Was kann er schon wollen? Sich aufspielen auf die eine oder andere Weise.«

»Der Idiot«, murmelte Corell.

»Kann es sein, dass wir heute Morgen ein bisschen verkatert sind?«

Corell antwortete nicht, nicht nur, weil er den Jargon und das Gespräch satthatte. Er war so müde, dass er selbst nicht begriff, was mit ihm los war, und es dauerte eine Weile, bis er sich daran erinnerte, dass er gestern Abend nüchtern geblieben war. Mit dem Anschein von Entschlossenheit legte er die Zeitungen zur Seite und stand auf, um zu holen, was sie über Turing hatten. Er kam nicht weit. Alec Block erschien in der Tür, ebenfalls kein unbedingt kraftvoller Auftritt. Kenny Anderson gab einen demonstrativen Seufzer von sich, nicht unbedingt wegen Block, es mochte ebenso gut die Verzweiflung über das Leben im Allgemeinen sein, aber Alec sank gekränkt in sich zusammen, und Corell bekam Lust, ein paar freundliche Worte zu sagen. Er konnte sich jedoch nicht aufraffen, sondern fragte, ohne auch nur Guten Morgen zu sagen:

»Was hast du gestern noch herausgefunden?«

»Ich habe einen Bericht auf deinen Schreibtisch gelegt. Du warst heute Morgen nicht da.«

»Sehr gut. Was steht drin?«

Alec Block begann zu erzählen, und seinen Bewegungen und seinem Blick war anzumerken, dass er glaubte, auf etwas Spannendes gestoßen zu sein. Zwar machte Block häufig viel Wind um nichts, aber diesmal wurde Corell neugierig, und deshalb irritierte es ihn, dass Alec zunächst nur eine Menge Nebensächlichkeiten von sich gab, etwa dass Mr Turing keinen Kontakt mit den Nachbarn gehabt habe, mit Ausnahme des Ehepaars Webb in der anderen Doppelhaushälfte, und dass die Webbs gerade fortgezogen und nicht erreichbar gewesen seien und dass Turing sein Äußeres offenbar völlig egal gewesen sei. Die Nachbarn hätten ihn als schäbig und ungepflegt beschrieben, als jemanden, der nichts für Small Talk übriggehabt habe. Jemand hatte ausgesagt, dass er sich mitten im Satz abwenden und fortgehen konnte, wenn das Gespräch ihn langweilte, und vor Kurzem habe er sein motorgetriebenes Fahrrad gegen ein Damenfahrrad ausgetauscht, was Alec – der von der Neigung des Toten gehört haben musste – zu einem spaßigen Kommentar über dessen Tuntenhaftigkeit veranlasste. Corell ignorierte den Scherz, und Block schien beinahe dankbar dafür zu sein.

»Mr Turing arbeitete an der Universität in Manchester an einer neuen Maschine. Aber das wusstest du vermutlich schon.«

»Das wusste ich«, log Corell. »Was sonst?«

»Ich habe mich erkundigt, ob er Feinde hatte.«

»Und was haben die Leute gesagt?«

»Dass er, soweit sie wussten, keine Feinde hatte. Allerdings hat eine Dame, eine Mrs Rendell, angegeben, dass sein seltsames Gerede über Maschinen vielleicht jemanden verärgert haben könnte.«

»Was hat er denn über Maschinen gesagt?«

Alec schien sich dessen nicht ganz sicher. Es ging darum, dass die Maschinen eines Tages würden denken können, was der Dame zufolge gegen die christliche Weltanschauung verstieß, genau wie Turings sexuelle Veranlagung.

»Im Christentum hat ja nur der Mensch eine Seele«, erklärte Alec Block.

»Turing meinte also, dass Maschinen denken könnten?«

»Das hat die Dame jedenfalls gesagt. Aber vielleicht meinte Mr Turing es nur im bildlichen Sinn.«

»Oder er war wirklich wahnsinnig«, konterte Corell.

»Das wäre natürlich möglich. Aber offenbar war er Dozent und hatte einen Doktortitel aus den USA.«

»Man kann trotzdem verrückt werden.«

»An und für sich«, sagte Alec und wand sich.

»Du scheinst noch mehr zu haben.«

Das hatte Alec. Aber er wollte es nicht zu hoch hängen. Oder vielleicht wollte er das doch. Es gab da eine Mrs Hanna Goldman, schräg gegenüber von Turing, sagte er. Hanna Goldman gleiche eigentlich einer aufgedonnerten Vogelscheuche. Sie roch nach Parfüm und Alkohol und redete unzusammenhängend, wie Alec zugab, obwohl das eigentlich seinen Zwecken zuwiderlief. Die Nachbarn hielten sie für schrullig, aber Block war sich nicht so sicher. Mrs Goldman hatte mit Bestimmtheit vom Besuch eines »feinen Herrn« mit schottischem Akzent berichtet, der für die Regierung arbeitete.

»Für die Regierung?«

»Oder etwas in der Richtung, es ist schon einige Jahre her. Dieser Mann wollte jedenfalls ihr Haus mieten, um Turing zu überwachen.«

»Und warum?«

»Wenn ich es richtig verstanden habe, um zu verhindern, dass Mr Turing weitere homosexuelle Beziehungen einging.«

»Warum sollte die Regierung sich damit befassen?«

»Ich glaube, Mr Turing war eine wichtige Person.«

»Und, durfte der Mann ihr Haus mieten?«

»Nein. Sie arbeitet grundsätzlich nicht mit den Behörden zusammen, sagt sie.«

»Dafür, dass sie nicht mit uns zusammenarbeitet, war sie aber reichlich gesprächig.«

»An und für sich.«

»Da sind viele *an und für sich* in dieser Geschichte, Alec.«

»Ich dachte, ich sollte es trotzdem erwähnen.«

»Selbstverständlich. Man weiß ja nie. Hast du die Angehörigen erreicht?«

Alec hatte mit einem Bruder gesprochen, einem Juristen aus Guildford, der auf dem Weg hierher war. Sara Ethel, die Mutter, hatten sie nicht erreicht, da sie sich auf einer Italienreise befand. Corell hielt das für eine gute Nachricht; er sprach ungern mit Müttern, die ihre Söhne verloren hatten. Schließlich bat er Alec, obwohl das natürlich dreist war – er und Block hatten den gleichen Dienstgrad –, sämtliches Material aus dem Archiv zu holen, das sie über Turing hatten.

»Ich muss ein paar Telefonate führen«, erklärte Corell.

In Wahrheit gab es niemanden, den er anrufen musste, und wenn doch, hätte er jetzt nicht die Energie dazu gehabt. Stattdessen setzte er sich wieder und blickte auf seine Papierberge. Er erinnerte sich an seine Kindheit, an den Schreibtisch seines Vaters und all die feinen Dinge, die darauf zu liegen pflegten; in Leder eingebundene Bücher und Tagebücher, Ansichtskarten von fernen Orten und dann die verfärbten Eisenschlüssel zu den Mahagonischubladen mit ihren eingravierten Lorbeerkränzen. Oft hatte Leonard rhythmisch und planlos auf der Schreibmaschine seines Vaters losgehämmert, als wäre sie ein Musikinstrument und kein Arbeitsgerät, und er hatte über den Tisch und die Bücher gestrichen und einen Duft von Zukunft verspürt, eine Ahnung von all dem, was er einmal lernen würde.

Hier auf dem Revier war alles billig und trist, nichts lud zum Lesen ein. Die Akten waren ein trostloser Müll, flüchtige Einblicke in unglückliche Leben. Es gab einen Fall von öffentlicher Verschmutzung, den Kommissar Richard Ross besonders hoch hängte, und es war Corell unbegreiflich, warum die Kriminalabteilung sich damit befasste. Jemand hatte auf dem Hof draußen einen Haufen leerer Flaschen zurückgelassen, eine absolute Petitesse, doch weil es neben dem Polizeirevier war, war es für Ross ein Fall von »Aufsässigkeit gegen die Ordnungsmacht«. Er hatte in Sherlock-Holmes-Manier den Schluss gezogen, dass der Täter kein armer Schlucker war, da sich in dem Haufen diverse Whiskyflaschen der Marke Haig befanden, die mit dem Slogan »*Don't be vague, ask for Haig*« Reklame machte, und den konnten sich Ross zufolge normale Säufer nicht leisten. Corell war der Abfallhaufen völlig schnuppe, egal, ob der Vandale hoher oder niederer Herkunft war; er gedachte in dieser Angelegenheit keinen Handschlag zu tun, nichts, außer ein paar Papiere hin und her zu bewegen, um den

Anschein zu wahren. Er war geschickt darin, Arbeit vorzutäuschen, während er sich seiner geheimen Welt widmete, die sich in einem Gewimmel paralleler Traumreiche verzweigte. Alec erschien wieder.

»Wir haben eine ganze Menge über Turing.«

»Prima! Danke!«

Corell nahm das Material entgegen, zuerst etwas unwirsch, da er gestört worden war, dann trotz allem neugierig; Turings Kontakte zu den Kriminellen in Manchester interessierten ihn. Dennoch machte er sich nicht gleich darüber her. Er brauchte eine Anlaufstrecke und blickte zu Alec Block auf, der sehr müde wirkte. Seine Sommersprossen schienen verblasst zu sein, was wahrscheinlich eine optische Täuschung war, ein Effekt des grellen und ungesunden Lichts über dem Schreibtisch, und zur Sicherheit, aber auch damit Alec ihn in Ruhe ließ, bedankte er sich noch einmal.

Dann schaute er eine Weile aus dem Fenster auf den Hof und die Feuerwehrstation dahinter, und erst dann begann er zu lesen. Nach und nach zog die Geschichte ihn in ihren Bann. Nicht in erster Linie um ihrer selbst willen, sondern weil sie auf sein eigenes Leben hinzuweisen schien, und deshalb faszinierte ihn vor allem das, was nichts mit seiner Ermittlung zu tun hatte: einige Zeilen über ein Paradox, das eine Krise in der Mathematik verursacht haben sollte. Corell versank in tiefer Konzentration.

5

Erschrocken fuhr er auf seinem Stuhl hoch.

Die grauen und missvergnügten Augen von Kommissar Richard Ross musterten ihn von oben bis unten, und was immer sie sahen, es war nicht zu Corells Vorteil. Richard Ross war fast kahlköpfig, und obwohl er weder groß noch schwer war, wirkte er bärenhaft. Es fiel einem nicht leicht, sich vorzustellen, dass er ein passionierter Schmetterlingssammler war und ein paarmal gesehen worden war, wie er seine vierzehnjährige Tochter mit einer gewissen Zärtlichkeit umarmte. Etwas in Ross' Erscheinung vermittelte dem Betrachter den Eindruck, dass ihm ein großes Unrecht widerfahren war, und es hieß, er habe einmal einen Hund totgetreten, der ihn ins Bein gebissen hatte, und obwohl die Geschichte vielleicht nicht ganz der Wahrheit entsprach, war es bezeichnend, dass sie in Umlauf war. Ross liebte es, zu kleine Hüte zu tragen, und war bekannt für seine Boshaftigkeit.

»Wo sind Sie gewesen?«, fauchte er.

»Ich habe gearbeitet.«

»Sieh mal einer an! Zu Hause gearbeitet, ich verstehe. Manche nehmen sich Freiheiten heraus. Sie werden übrigens hohen Besuch bekommen.«

»Von wem?«

»Von Superintendent Hamersley. Weil Sandford in Urlaub ist, müssen Sie das übernehmen. Ich hoffe also, dass Sie sich ordentlich verhalten. Er ist extra angereist, um mit Ihnen zu sprechen.«

»Wieso das?«

»Ja, das kann man sich fragen. Aber es geht um diesen Toten da. Die Angelegenheit ist offenbar delikat. Ich hoffe nur, dass Sie schon eingearbeitet sind. Und machen Sie ein bisschen Ordnung auf Ihrem Schreibtisch. Ist mir unbegreiflich, wie Sie so arbeiten können. Und machen Sie schnell, um Gottes willen. Der Superintendent kann jeden Moment da sein.«

»Sicher, selbstverständlich. Mach ich sofort«, erwiderte Corell mit einem unterwürfigen Tonfall, der ihn ebenso ärgerte wie die zurechtweisenden Worte von Ross.

Die Nachricht, dass Hamersley auf dem Weg war, brachte ihn aus dem Gleichgewicht. Er hätte lieber weitergelesen. Er hatte Ruhe und Zuflucht in den alten Ermittlungsakten gefunden, und obwohl er nicht viel mehr verstanden hatte, als dass der Tote ein verketzerter Homosexueller gewesen war und ein selten dämlicher Straftäter dazu, sehnte er sich danach, über jene Sätze von dem Paradox und der Krise der Mathematik nachzudenken, die zwar maßlos übertrieben klangen, aber seine Fantasie beflügelten und ein Gefühl von etwas Unerforschtem und Dunklem hinterließen. Hamersley zu treffen war das Letzte, wonach ihm der Sinn stand.

Charles Hamersley war nicht nur ein Vorgesetzter. Er war ein hohes Tier. Er war einer der höchsten Chefs des Cheshire-Distrikts und saß im Hauptbüro in der Foregate Street in Chester. Corell war ihm zwei- oder dreimal begegnet, und jedes Mal hatte er sich unwohl gefühlt. Charles Hamersley war nicht bösartig wie Ross. Er hatte ein feines, väterliches Lächeln; niemand hätte sich darüber gewundert, wenn Hamersley seine Töchter umarmt hätte. Aber gerade dieses Wohlwollen wirkte deprimierend auf Corell, ein Wohlwollen, das weder an Mitleid noch an Verachtung grenzte, das Corell jedoch klein machte und ihn in der Zeit zurückwarf. In Hamersleys Nähe wurde er wieder ein Schuljunge, und all die schlauen Bemerkungen, die ihm einfielen und die er sagen wollte, brachte er nie über die Lippen.

»Welche Ehre für den jungen Herrn, mit dem Superintendenten zu sprechen«, sagte Kenny Anderson, und Corell seufzte, als fände er das ganze Leben nur noch lästig, und dann, im nächsten Augenblick, nahm er auch schon Haltung an.

Draußen erklang eine bekannte Stimme, Charles Hamersley trat ein und grüßte nach links und rechts. Etwas war verändert an ihm, und es dauerte eine Weile, bis Corell erkannte, was es war. Der Bart war abrasiert, und die Brille war neu und extravagant, ein Stilbruch zu Hamersleys sonstiger Erscheinung. Der Superintendent war über sechzig, mager und groß, mit schmalen Lippen und einem gepflegten Äußeren. Er schien aus einem anderen Jahrhundert zu stammen als seine neue Brille, die vermutlich aus den USA importiert war. Der Superintendent bewunderte die Amerikaner. Er war ein altmodischer Mann, der modern sein wollte, aber das Moderne wirkte an ihm nur lächerlich.

»Nun, wie geht es Ihnen?«

»Sehr gut, Sir«, log Corell. »Und selbst, Sir?«

»Bestens! Aber es sind schwere Zeiten. Wir haben einen delikaten Fall am Hals.«

»Allerdings , Sir.«

Corell dachte an Mrs Goldmans »feinen Herrn« und an die Eile, mit der die gestrige Obduktion angeordnet worden war.

»Doktor Turing hat für das Außenministerium gearbeitet«, fuhr Hamersley fort.

»Worin bestand denn diese Arbeit?«

»Weiß ich nicht, ehrlich gesagt. Die Burschen geben sich geheimnisvoll. Aber wir haben Anweisung, die Ermittlung zu beschleunigen. Ein paar Leute vom Ministerium werden das Haus durchsuchen. Sie nehmen sicher Kontakt zu Ihnen auf.«

»Leute vom Nachrichtendienst?«

»Ist mir nicht bekannt«, sagte Hamersley und sah zufrieden aus, als wüsste er ganz genau, ob es die Leute vom Nachrichtendienst waren oder nicht, und das reizte Corell.

Er suchte nach einer scharfsinnigen Bemerkung. Er fand keine.

»Ich nehme an, Sie kennen seinen Hintergrund?«

»Er war homosexuell«, sagte Corell, und was er zur Antwort eigentlich erwartet hatte, das wusste er nicht, vielleicht ein Nicken, eine kurze Bestätigung oder eine brüske Abweisung, dass dies nicht im Geringsten das war, worauf Hamersley abzielte. Aber auf dem Gesicht des Superintendenten breitete sich ein engagiertes Lächeln aus. Er zog einen Stuhl heran und setzte sich mit einer weichen Bewegung, die in Anbetracht seines Alters seltsam graziös, nahezu weiblich war.

»Ganz genau, ganz genau«, sagte er und fing an zu reden, oder eher zu predigen, und erstaunlicherweise – wie eine allzu dramatische Einleitung zu einer ziemlich banalen Geschichte – setzte er bei den sowjetischen Atombomben an. Die erste sei fünf Jahre zuvor, 1949, getestet worden, und erst im August vergangenen Jahres hätten die Russen etwas noch Schlimmeres zur Detonation gebracht, ihre erste Wasserstoffbombe, woraufhin sich viele natürlich gefragt hätten, »wie zum Teufel die Russen so schnell die Bombe entwickeln konnten. Jetzt wissen wir es«, sagte Charles Hamersley.

»Tun wir das?«

»Durch Spionage! Die Sowjets haben überall Spione, nicht nur in ihren eigenen Reihen, sondern auch unter unseren Leuten.«

»Sie hatten diesen Dr. Fuchs.«

»Nicht nur den. Vergessen Sie das Ehepaar Rosenberg nicht. Man glaubt, dass es Hunderte sind. Hunderte, Corell.«

»Wirklich?«

»Und in einer solchen Situation ist es natürlich von größter Bedeutung, herauszufinden, welche Art von Menschen dazu fähig sind, ihr Land zu verraten. Wissen Sie, auf wen man sich besonders konzentriert?«

»Auf die Kommunisten.«

»Sie haben natürlich recht. Die Kommunisten sind die große Gefahr, nicht nur die wirklich ideologisch Überzeugten, sondern auch diejenigen, die mit diesen Lehren flirten oder in den entsprechenden Kreisen verkehren, Leute wie dieser Oppenheimer, den sie sich kürzlich vorgeknöpft haben. In den USA gibt es einen gewieften Senator, Sie haben bestimmt von ihm gehört, Sie sind doch sicher daran interessiert, sich über Ihre Gegenwart auf dem Laufenden zu halten, nicht wahr? Ich meine natürlich Joseph McCarthy ... ja, ja, ich weiß, dass er inzwischen auch Kritiker hat, aber glauben Sie mir, er ist eine Kraft, die gebraucht wird, und, was viele nicht wissen, vielleicht auch Sie nicht, Corell, das ist, dass McCarthy und seine Mitarbeiter nicht nur die Kommunisten unter die Lupe nehmen, sondern auch die Homosexuellen, besonders solche, die in der staatlichen Verwaltung arbeiten oder mit Staatsgeheimnissen in Kontakt gekommen sind. Und wissen Sie, warum?«

Corell hätte am liebsten nicht geantwortet, und das nicht nur aus Angst, sich zu blamieren. Aber insgeheim und gegen seinen Willen hatten die Komplimente Hamersleys ihm geschmeichelt, und er wollte sich die Sympathien nicht verspielen. Er sagte:

»Wegen des Erpressungsrisikos.«

»Absolut, ganz klar, auch da haben Sie recht, Sie sind ein schlauer Kopf. Homosexuelle sind ideale Erpressungsopfer. Sie sind zu fast allem bereit, um ihre Veranlagung im Verborgenen zu halten. Unsere Freunde vom FBI haben festgestellt, dass die Russen es darauf abgesehen haben, Homos anzuwerben. Aber das ist nicht die ganze Wahrheit oder die einzige Erklärung. Nein, der entscheidende Grund ist der, dass es Menschen, die sich zu perversen Handlungen hingezogen fühlen, an Charakter fehlt. Sie verfügen nicht über das erforderliche moralische Rückgrat, um einen verantwortungsvollen Posten bekleiden zu können, und das sage ich nicht nur so dahin. Es gibt Beweise im Übermaß. Wissen Sie, die Amerikaner haben eine neue, sehr professionelle Organisation … Sie haben vielleicht davon gehört, sie wurde geschaffen, um ein neues Pearl Harbor zu verhindern, sie heißt CIA, und da hat man die Perversen sorgfältig analysiert und ist zu dem Ergebnis gekommen, dass man ihnen nicht trauen kann. Im Staatsdienst stellen sie ein Sicherheitsrisiko dar, und eigentlich, unter uns gesagt, Corell, ist die Logik sehr einfach. Wenn der Charakter geschwächt ist, dann sind wir verwundbar, nicht wahr? Dann türmen sich die Versuchungen auf. Wenn man so tief gesunken ist, mit einem anderen Mann zu schlafen, dann kann man auch andere Abscheulichkeiten begehen.«

»Ich verstehe«, sagte Corell.

»Klar verstehen Sie das. Sie sind doch eines unserer größten Talente, obgleich ich gehört habe, dass Sie in letzter Zeit etwas niedergeschlagen gewesen sind. Aber das kriegen wir schon wieder hin. Es gibt zu viel Wichtiges zu tun, um den Kopf hängen zu lassen, nicht zuletzt müssen wir diesen grässlichen Homosumpf trockenlegen. Sie verstehen, erst in den letzten Jahren hat man den Ernst der Lage erkannt. Es ist traurig bestellt um Old England. Ägypten, der Iran, Indien, alles verlieren wir, und vielleicht liegt das ja daran, dass wir die Kontrolle verloren haben, nicht nur über die Welt, sondern auch über die eigene Moral. Aber in den USA blickt man der Wahrheit ins Auge. Es gibt da einen Zoologen, Kinsey oder Kensey, ich weiß nicht mehr genau. Er hat die perversen Neigungen des Menschen untersucht und ist zu dem Ergebnis gekommen, dass Homosexualität vergleichsweise häufig vorkommt. Was er sagt, ist wissenschaftlich belegt, seine Zahlen kann man nicht ignorieren, und trotzdem ... viele hier zu Hause haben sie von sich gewiesen, Homosexualität als eine amerikanische Vulgarität abgetan. Aber Sie und ich, Corell, wir sind beide auf eine Privatschule gegangen, nicht wahr?«

Corell nickte widerwillig, es war lange her, dass er auf seinen Hintergrund stolz gewesen war oder ihn auch nur gesprächsweise erwähnt hatte. Seine Vergangenheit blieb eine Peinlichkeit, eine ferne Landschaft, die in seiner Erinnerung glomm wie ein gebrochenes Versprechen.

»Deswegen haben wir den Schmutz kennengelernt«, fuhr Hamersley fort. »Aber unsere Machthaber brauchten einen Weckruf. Sie wissen, worauf ich anspiele, der Skandal um Burgess und Maclean. Eigentlich unfassbar, dass sie entwischen konnten! Die frechen Kerle lassen sich bestimmt in Moskau gerade Kaviar und Wodka munden, und selbst wenn die Russen behaupten, sie wären nur ideologische Aussteiger, besteht kein Zweifel daran, dass sie Landesverräter der schlimmsten Sorte sind, und wir wissen ja, wer der eigentlich Schuldige ist!«

»Wissen wir das?«

»Burgess natürlich, ein zügelloser Libertin, Säufer, unverbesserlicher Schwuler, ganz sicher war er es, der Maclean verführt und verdorben hat, und das müssen wir bedenken, Corell: Die Homosexuellen beeinflussen ihre Umgebung. Sie bringen andere ins Straucheln. Aber ein Gutes hat die Geschichte, sie hat uns die Augen geöffnet, und in der Regierung gibt es eine gute Kraft, den Innenminister, Sir David Maxwell Fyfe … nichts gegen Churchill natürlich, aber unter uns, er beginnt alt zu werden, Sir Fyfe dagegen … ich hatte noch nicht das Vergnügen, ihn zu treffen, aber er ist ein Mann der Tat. Er hat sich bei den Amerikanern einiges abgeguckt und unser Korps auf Vordermann gebracht, und ja, ehrlich gesagt, habe ich dabei auch eine bescheidene Rolle gespielt. Wenn Sie sich die Statistik ansehen, Corell, nicht zuletzt hier in Cheshire, dann sehen Sie … ich habe sogar die Zahlen hier … sehen wir mal … 1951, in dem Jahr, als Burgess und Maclean verschwanden, haben wir dreizehn Männer wegen Homosexualität verurteilt. Vorher waren es noch weniger. Im letzten Jahr betrug die Zahl neunundfünfzig. Nicht schlecht, was?«

»Wirklich nicht!«

»Seit den Tagen Oscar Wildes sind wir das Problem nicht mit solcher Energie angegangen, und Sie dürfen nicht glauben, die privilegierten Schichten wären verschont worden. Im Gegenteil, das Perverse ist wahrscheinlich besonders in der Oberschicht verbreitet. In Oxford und Cambridge soll es ja die reine Mode sein. Können Sie sich vorstellen, was das für unser zukünftiges England bedeutet?«

Corell hob ergeben die Arme.

»Die Zeiten sind gefährlich, Corell. Die Welt kann in Stücke gesprengt werden. Wir müssen uns auf unsere Leute verlassen können.«

»Glaubt man, dass auch Mr Turing mit den Russen zusammengearbeitet hat?«

Corell biss sich auf die Zunge, er wollte nicht naiv klingen.

»Ich verurteile niemanden, der nicht angehört worden ist«, sagte Hamersley. »Aber ich habe meine Fühler, und im Außenministerium ist man beunruhigt, das habe ich heute Morgen am Telefon gehört. Ein Selbstmord … denn darum handelt es sich doch?«

»Dafür spricht vieles.«

»Ein Selbstmord weckt immer Verdacht, nicht wahr? Wollte er vor etwas fliehen? Gab es Geheimnisse, mit denen er nicht mehr zurechtkam? All so etwas.«

»Ich verstehe.«

»Und dann gibt es noch etwas, reine Psychologie, außerdem kennen wir die Methoden, mit denen die Russen arbeiten. Sie mögen Kommunisten sein, aber dumm sind sie nicht. Sie wissen, dass jemand, der an etwas Extremem Geschmack gefunden hat, gern etwas Neues ausprobiert. Sie wissen ganz genau, wo sie den Hebel ansetzen können. Letztendlich geht es doch um Charakter! Charakter, Corell!«

Corell fühlte sich selbst in seinem Charakter nicht sonderlich gefestigt, trotzdem kam er nicht umhin, sich von den Worten des Superintendenten beeindrucken zu lassen. Ihm war, als verspürte er einen Hauch der großen Welt, womit er wahrlich nicht verwöhnt war, und obwohl er sich wieder reduziert und unbedarft in seinen Äußerungen fühlte, konnte er seinen Eifer nicht zurückhalten.

»Saß Mr Turing auf besonders sensiblem Geheimmaterial?«

»Nun ja, jetzt wollen wir mal den Ereignissen nicht vorgreifen«, erwiderte Hamersley. »Der Mann hat ja gerade erst das Zeitliche gesegnet, und Sie und ich, Corell, wir haben nur in aller Demut unseren kleinen Teil an dieser Geschichte zu erledigen. Aber eins ist klar, wenn man ein denkender Mensch ist, und ich bilde mir ein, ein solcher zu sein, dann kann man ja eins und eins zusammenzählen: Leute aus dem Außenministerium haben sich gemeldet und scheinen besorgt zu sein, und dieser Turing, der war doch eine Art Wissenschaftler, nicht wahr?«

»Er war Mathematiker.«

»Aha, aha. Die Richtung liegt mir selbst nicht besonders. Habe von dem Ganzen nie viel begriffen, ehrlich gesagt. Aber sind nicht Mathematiker und Physiker die Schlüsselfiguren in der heutigen Kriegsindustrie? Vielleicht hat Turing an unserer Bombe gearbeitet. Was weiß ich. Auf irgendetwas hat er jedenfalls gesessen. Und es ist keine angenehme Vorstellung, dass Mr Turings Geheimnisse, welcher Art sie auch waren, sich mit der Oxford Road vermischt haben könnten, mit dem ganzen Abschaum dort. Was kann ein Mensch nicht alles herausposaunen, wenn die schändliche Leidenschaft ihn treibt?«

»Sie sagen es.«

»War übrigens Turing nicht erpresst worden, als er vor ein paar Jahren gefasst wurde?«

»Das kann man so sagen. Zumindest war es kein Zufall, dass sie bei ihm eingebrochen sind.«

»Tatsächlich?«

»Die Diebe kannten ja seine Veranlagung. Sie glaubten wohl, er werde es nicht wagen, sie anzuzeigen. Sie nahmen sicher an, dass er in diesem Punkt rechtlos wäre«, fuhr Corell fort, und aus irgendeinem Grund schien Hamersley seine Worte nicht gutzuheißen.

Der Superintendent verzog das Gesicht zu einer Grimasse, um dann in einem sachlicheren, gedämpften Ton zu fragen, wie es in dem Haus in der Adlington Road ausgesehen habe. Aber als Corell davon erzählte, schien Hamersley nicht richtig zuzuhören, und deshalb gab Corell sich nicht die Mühe, den Brief zu erwähnen, den er gefunden hatte, und erst recht nicht die Medaille. Dagegen fragte er schüchtern nach dem, was Mrs Goldman zu Alec Block gesagt hatte, dass jemand Alan Turing »im Auftrag der Regierung« überwacht habe.

»Was ... nein«, murmelte Hamersley. »Davon habe ich nichts gehört. Aber wundern würde es mich nicht. Nicht im Geringsten. Das hier ist eine ernste Angelegenheit, Corell.«

»Sie wirkte nicht ganz zuverlässig.«

»Nicht zuverlässig? Goldman, sagten Sie. Jüdin natürlich. Nun, man weiß ja nie. Aber warten Sie mal ... ich frage mich, ob das nicht unsere Kollegen aus Manchester waren, die sie besucht haben. Die arbeiten ja sozusagen auch für die Regierung. Sie waren vor ein paar Jahren in diesem Viertel.«

»Worum ging es dabei?«

»Wenn ich mich recht erinnere, erwartete Doktor Turing Besuch von einem Homosexuellen aus Skandinavien. Ich vermute, man wollte ein solches Treffen verhindern.«

»Klingt das nicht ein wenig sonderbar?«, fragte Corell.

»Was meinen Sie, Inspektor?«

»Wir überwachen doch nicht zwangsläufig jeden, der in diese Art von Straftat zurückfallen könnte.«

»Vielleicht nicht, Corell, vielleicht nicht. Aber wir sollten es tun. Gegen die Gefahren der Homosexualität können wir nicht wachsam genug sein. Außerdem waren wir doch zu dem Ergebnis gekommen, dass unser Mathematiker auf geheimen Informationen saß, nicht wahr, und dann wäre es doch umso wichtiger gewesen, dass ihn jemand im Auge behielt. Aber wo waren wir eigentlich?«

»Ich bin nicht ganz sicher.«

»Ist ja auch nicht so wichtig. Ich hoffe jedenfalls, dass Sie diese Geschichte geschickt und diskret handhaben, und berichten Sie direkt an mich. Wissen Sie, es gibt einige, unseren Freund Ross zum Beispiel, die der Meinung sind, Sie seien zu jung für diese Ermittlung, aber ich, ich verlasse mich auf Sie, und ehrlich gesagt, bin ich froh, einen Mann mit Ihrem Hintergrund an dem Fall zu wissen, jetzt, wo das Außenministerium sich eingeschaltet hat. Sie werden sicher Kontakt zu Ihnen aufnehmen, und ich muss wohl nicht betonen, wie wichtig es ist, dass Sie kooperieren.«

»Selbstverständlich nicht.«

»Also dann!«

Sie standen beide auf, und sicher hätte Corell etwas Erbauliches sagen oder salutieren sollen. Dennoch blieb Corell einfach stehen, und obwohl er den Superintendenten liebend gern losgeworden wäre, um mit seinen Gedanken allein zu sein, gelang es ihm nicht einmal zu nicken. Schließlich war es Hamersley, der das Schweigen brach.

»Wie gesagt, ein Vergnügen, mit Ihnen zu reden«, sagte er und verschwand, während Corell weiter an seinem Schreibtisch stand und auf seine Hände sah, seine langen, feinen Hände, von denen er in diesem Moment meinte, dass sie nicht hierhin aufs Revier gehörten.

Von unten, wo die Zellen der U-Haft lagen, klangen dumpfe Stöße herauf, als ob ein Mensch sich gegen die Wand würfe, und Corell blickte zu der einst weiß gestrichenen Decke auf, die vom Zigarettenrauch längst grau oder fast schwarz geworden war. *Auf irgendeinem geheimen Material saß er bestimmt.* Corell war zwar nicht zufrieden mit dem Verlauf des Gesprächs, aber zweifellos war der Fall nun interessanter geworden. War dies nicht seine Chance, sich auszuzeichnen? Er war davon überzeugt, und mit einer gewissen Energie setzte er seine Lektüre über die vergangenen Straftaten des Mathematikers fort. Noch einmal stellte er fest, dass der Bericht ziemlich konventionell geschrieben war, zugleich entdeckte er viele Abweichungen und Exkurse, die den Text über das gewöhnliche bürokratische Niveau hinaushoben, und obwohl Corells Einstellung zu Alan Turing nicht positiver geworden war, erwachte etwas in ihm. Er wurde an seine eigenen Träume aus der Schulzeit erinnert, nicht nur an die damals durchaus realistische Vorstellung, an der Universität Mathematik zu studieren, sondern auch den eher maßlosen Gedanken, er könne etwas Revolutionäres und Großes bewerkstelligen, etwas, das die Welt verändern würde, und zum ersten Mal seit Langem nahm er seinen Block hervor und warf eine kleine Ziffernserie aufs Papier. Es fühlte sich an wie die Rückkehr zu etwas längst Vergessenem.

6

Alan Mathison Turing war am 23. Juni 1912 in Paddington, London, geboren und somit älter, als Corell geglaubt hatte; er wäre in zwei Wochen zweiundvierzig Jahre alt geworden. Turing hatte am King's College in Cambridge und zeitweilig in Princeton, USA, studiert und einen Doktortitel erworben, worin, war unklar. Nach dem Krieg war er in Manchester gelandet, um an einem größeren Maschinenprojekt zu arbeiten, genau wie Alec Block gesagt hatte. Was seine Biografie anging, ließ das Material viele Fragen offen, aber Alan Turing war ja auch nicht wegen seiner Karriere in den Polizeiregistern gelandet.

Dahin hatte ihn die Oxford Road gebracht, oder genauer gesagt, der Punkt unter der Eisenbahnbrücke, wo die Oxford Road zur Oxford Street wird, nicht weit vom Flüchtlingszentrum mit seinem Glockenturm und den zwei Kinos. Das Viertel war der Treffpunkt der Homosexuellen, warum, wusste Corell nicht, aber irgendwo mussten sie ja hin, und mit ein wenig Glück oder Pech hätten Turing und er sich früher begegnen können. In seiner ersten Zeit bei der Polizei in der B-Division in Manchester war Corell viel in dieser Gegend spazieren gegangen, vorbei am Uringeruch unter der Brücke und dem Gekritzel auf den schwarzroten Ziegelplatten.

Mehrere seiner Kollegen bezogen von den Schwulen Nebeneinkünfte, vielleicht nicht direkt legal, aber in der Nachkriegszeit, als die Verbitterung im Korps gärte, wurde ein solches Verhalten als legitim angesehen, und obwohl Corell selbst nie einen Penny genommen hatte, ebenso sehr aus moralischen Gründen wie aufgrund seiner Schüchternheit und seines Mangels an Draufgängertum, an dem er seit der Schulzeit litt, machte er niemandem einen Vorwurf. Die Oxford Road war kein Ort für Cambridge-Gelehrte, für andere ebenso wenig, was das betraf. Es war ein Ort, an dem Männer sich in den Schutz der Pissoire zurückzogen und dort abscheuliche Unanständigkeiten begingen. Corell wurde schon bei dem Gedanken daran übel, und seine Meinung wurde nicht milder, als er begriff, dass Alan Turing ein fleißiger Besucher der Örtlichkeit gewesen war. Corell wusste aus Erfahrung, dass die Ermittlungen bei Homosexualitätsdelikten fast immer auf spärlichem Beweismaterial basierten und dass es nicht leicht war, eine Verurteilung zu erreichen. Die Beteiligten hatten allen Anlass zu schweigen, und die Zeugen, die es geben mochte, waren selten geneigt zu reden, aber im vorliegenden Fall waren die Akten erstaunlich umfangreich. Corell las, dass Alan Turing an einem Nachmittag im Dezember 1951 oben an der Arkade gestanden und auf ein Kinoplakat gestarrt hatte, oder eher so getan hatte, als ob, während er nach Männern Ausschau hielt. Bestimmt pflegten die Schwulen sich mit derlei einleitenden Spielchen abzugeben, dachte Corell, bloß dass man normalerweise nichts davon erfuhr. Hier hingegen lag ein fünfseitiges Geständnis vor, in dem Alan Turing frei drauflosplauderte und seine Homosexualität nicht im Geringsten als Problem zu sehen schien. Er war offenbar davon überzeugt, dass die moralischen oder juristischen Probleme auf einer ganz anderen Ebene lagen, und das empörte Corell. Hatte der Kerl denn gar keinen Anstand? Mit schamloser Sachlichkeit beschrieb Turing, wie er im Gewimmel auf der Oxford Road einen jungen Mann mit Namen Arnold Murray entdeckt hatte.

»Wohin gehen Sie?«, hatte Turing gefragt.

»Nirgendwohin.«

»Dahin will ich auch.«

Sie waren zu einem Eisenbahnrestaurant auf der anderen Straßenseite gegangen, und wie so viele andere, die sich in dieser Gegend begegneten, waren sie ein ungleiches Paar. Auf der Oxford Road trafen sich Arm und Reich, das wusste Corell seit Langem. Sicher war es ungefähr so wie auf dem gewöhnlichen Strich. Die mit Geld bezahlten. Die ohne kassierten. Während Turing an der Universität arbeitete und Examen und Titel und vielleicht sogar eine Kriegsmedaille bekommen hatte, war Arnold Murray neunzehn Jahre alt, arm und verwahrlost. Sein Vater war ein alkoholisierter Maurer. In den Ermittlungsakten stand, dass er auf der Einheitsschule, in der er während des Krieges gelandet war, als Bester abgeschnitten hatte, aber zu weitergehenden Studien hatte es für einen Jungen mit diesem Hintergrund nicht gereicht. Es folgten Kriminalität und Arbeitslosigkeit, und für Corell war es offensichtlich, dass der Bursche Anerkennung von oben gesucht hatte. Er wollte gesehen werden und schien zu glauben, wenn er nicht den Unschuldigen spielte oder von seinem Anwalt entsprechend instruiert worden war, dass Homosexualität zur gebildeten Welt gehörte. »Ist es nicht das, was sie in Oxford und Cambridge machen?«, hatte er in der Vernehmung gefragt.

Ein Mann wie Alan Turing konnte ihn sicher leicht beeindrucken, zumal Arnold Murray selbst wissenschaftliche Träume gehabt und Alan Turing ihm gegenüber erwähnt hatte, dass er »ein elektronisches Gehirn« konstruiere. *Ein*

Gehirn. Je länger Corell darüber nachdachte, desto frecher kam ihm eine solche Aussage vor, aber einem ungebildeten armen Teufel aus den Slums mochte Turing damit wohl imponieren. Möglicherweise lag eine solche Lüge auf der gleichen Ebene wie das Gerede des Mathematikers über Maschinen, die denken konnten. Es war womöglich bloß dahingesagt, ein sprachliches Bild, vielleicht aber auch ein Ausdruck reinen Wahnsinns – Corell erinnerte sich an das seltsame Gefühl, das ihn in dem Haus überkommen hatte. Wahrscheinlich aber war es pure Angeberei um der Verführung willen, und tatsächlich hatte Alan Turing den Jungen für das kommende Wochenende in sein Haus nach Wilmslow eingeladen.

Arnold Murray ließ sich jedoch nicht blicken, jedenfalls nicht bei dieser Gelegenheit. Stattdessen sahen sie sich einen Monat später, im Januar 1952, in der Oxford Road wieder, und diesmal lud Turing ihn direkt ein, und das Verbrechen wurde zum ersten Mal begangen, schwere Unzucht, wie es hieß, gemäß Absatz 11 des erneuerten Strafgesetzbuchs von 1885, ein berühmter Paragraf, wie Corell wusste, nicht zuletzt, weil er einst zur Verurteilung von Oscar Wilde geführt hatte. Vielleicht konnte man sagen, dass das Ganze ein wenig an eine gewöhnliche Liebesgeschichte erinnerte. Alan Turing machte Arnold Geschenke und beschrieb ihn in seinem Geständnis mit einigen zartfühlenden Worten als »ein verlorenes Lamm« und als »aufgeweckten und wissbegierigen Mann mit einem feinen Humor«. Zugleich fehlte es nicht an unschönen Details.

Am 12. Januar lud der Mathematiker Arnold Murray zum Essen ein, was für diesen offenbar eine große Sache war. Turing hatte eine Haushälterin. »Plötzlich war ich bei den feinen Leuten und saß nicht mehr bei den Dienern herum«, sagte Murray und schien davon berauscht zu sein. »Wir verkehrten wie Gleichgestellte.« Nach dem Essen tranken sie Wein auf dem Wohnzimmerteppich, und Arnold erzählte von einem Albtraum, der seltsamerweise im Vernehmungsprotokoll wiedergegeben war. Corell hatte zwar davon gehört, dass Träume etwas über die Persönlichkeit und die Leidenschaften eines Menschen aussagen konnten – er wusste ein wenig über Freud –, aber er bezweifelte, dass die Kollegen in Manchester sich an einer solchen Analyse versuchen wollten. Anderseits wusste niemand im Voraus, welche Details am Ende von Bedeutung sein würden, und dieser Traum war zumindest reichlich unheimlich. Arnold lag darin auf einer vollkommen ebenen Fläche, an einem gänzlich leeren Ort ohne Verankerung in Zeit und Raum. Um ihn herum war ein Geräusch zu hören, das immer lauter und unerträglicher wurde, und als Alan Turing fragte, was das für ein Lärm sei, konnte Arnold nicht antworten, nur dass es ein schreckliches Geräusch sei, das im Begriff war, ihn völlig einzunehmen und alles andere vielleicht auch.

Alan Turing schien den Traum interessant zu finden. Soweit Corell wusste, war der Mathematiker überhaupt an Träumen interessiert, er hatte seine eigenen ja in drei Büchern festgehalten. Nach dem Gespräch entstand eine Vertraulichkeit, und das Verbrechen wurde abermals begangen. Corell wollte keine Einzelheiten wissen und erfuhr auch keine, aber er musste unwillkürlich an Turings ein wenig weibliche Brust denken und an seine eigenen Finger, wie sie in der Adlington Road die Schlafanzugjacke aufknöpften. Er schob den Gedanken von sich, als wäre er gefährlich, und ihm kam in den Sinn, dass der Kommentar »Wir verkehrten wie Gleichgestellte« sicher nur allzu typisch war. Bevor Arnold etwas tat, brauchte er ein wenig Respekt und Anerkennung. Es war nötig, dass er als Mensch gesehen wurde, bevor er sich beschmutzte. Doch hier ging etwas schief, und Corell konnte nicht umhin, mit einer gewissen Faszination weiterzulesen.

Arnold wollte das Geld, das Turing ihm anbot, nicht annehmen. Er sei kein Prostituierter, sagte er. Er sei als Ebenbürtiger gekommen und zum Essen eingeladen worden. Turing schien die Idee zu gefallen, dass es einfach ein Flirt wie jeder andere war. Das Problem war jedoch, dass der ursprüngliche Grund, warum Arnold zur Oxford Road gegangen war, weiter bestand. Er war arm. Er lebte im Elend. Was sollte er tun? Statt die Bezahlung anzunehmen, stahl er Geld aus Turings Brieftasche, und das hätte das Ende der Geschichte sein können. Als Turing den Diebstahl bemerkte, schrieb er Arnold einen Brief, in dem er erklärte, den Kontakt abbrechen zu wollen.

Einige Tage später jedoch tauchte Arnold wieder auf, beteuerte seine Unschuld, und Turing verzieh ihm. Es war nicht leicht zu sagen, warum. Der Mathematiker machte den Eindruck einer sehr naiven Person. Kenny Anderson hatte ihn als »nicht besonders smart« bezeichnet, und auch wenn Corell seinem Kollegen nur ungern recht gab, verhielt Alan Turing sich zweifellos verblüffend dämlich. Als Arnold nach der Wiedervereinigung die Taktik wechselte und ungeniert um Geld für einen Anzug bat, erhielt er es sofort. »Hier«, sagte Turing. »Nimm das. Du siehst bestimmt toll aus im Anzug.« Aber da war der Mathematiker schon auf dem Weg in eine Falle. Wie ärgerlich das gewesen sein musste!

Natürlich war nur schwer zu erahnen, wie verschlagen Arnold Murray tatsächlich war. Kenny Anderson – der zu selbstsicheren und abwertenden Charakterisierungen neigte – hätte sicherlich erklärt, dass der Kerl ein typischer Krimineller sei, der möglichst viel zu ergaunern versuche. Corell war sich nicht so sicher. Auf jeden Fall kam Arnold Murray ihm nicht grundsätzlich verdorben vor. Er litt an Gewissensbissen. Er wollte lernen und ließ sich von Turing immer wieder dessen Arbeit erklären. »Wir diskutierten sogar über die neue Physik.« Aber dennoch ... In einer Milchbar in der Oxford Street plauderte er Einzelheiten über das Haus des Mathematikers aus. Er war mit einem Freund dort, einem gewissen Harry Greene. Die Jungen gaben voreinander mit ihren Abenteuern an, und natürlich tauchte auch Alan Turing in dem Gespräch auf, der Mann, der behauptete, ein elektronisches Gehirn zu konstruieren.

Harry schlug einen Einbruch vor. Arnold sagte Nein – zumindest behauptete er das später. Aber die Idee war geboren. In jenen Tagen im Januar 1952 wurde Alan Turing an der Universität bestohlen; was gestohlen wurde, ging aus den Unterlagen nicht hervor. Er erklärte, »argwöhnisch und ängstlich« gewesen zu sein. Am 23. Januar nahm er an einem Radioprogramm teil, war aber mit seinem Beitrag nicht sonderlich zufrieden. Am gleichen Abend kam er nach Hause in die Adlington Road und stellte fest, dass bei ihm eingebrochen worden war. Er spürte »das dunkle, Unheil verheißende Gefühl einer Bedrohung«.

Der Einbruch an sich war kaum der Rede wert, genau wie Kenny Anderson gesagt hatte. Es fehlten lediglich ein paar Fischmesser, eine Hose, ein Tweedhemd, ein Kompass und eine angebrochene Flasche Sherry. Das wirklich Unangenehme war offenbar die Vorstellung, dass jemand in seiner Wohnung umhergeschlichen war, und das reichte, um Turing seinen fatalen Fehler begehen zu lassen. Er erstattete Anzeige. Und selbstverständlich sollten eigentlich auch Straftäter das Recht auf den Schutz durch das Gesetz haben. Aber warum in aller Welt ließ Turing sich auf ein solches Wagnis ein? Corell begriff es nicht.

Für eine angebrochene Flasche Sherry nahm der Mathematiker einen Kampf um sein Leben in Kauf. Für lächerlichen Kleinkram entblößte er seine Kehle. Ausgerechnet in diesem Punkt war er entschlossen, während er in anderer Hinsicht so ausweichend und schwach blieb wie zuvor. Trotz all seiner Vorsätze ließ er Arnold am zweiten Februar wieder in seine Wohnung, wo sie sich allerdings stritten. Es musste zu einer fürchterlichen Auseinandersetzung gekommen sein, es bestand nicht der geringste Zweifel daran, dass der Mathematiker Arnold verdächtigte.

Doch der Sturm legte sich. Sie tranken ein Glas und redeten wieder vertraulich miteinander, und schließlich verspürte Arnold den Drang, sich bei Turing einzuschmeicheln: Er verpfiff Harry. Er erzählte von der Milchbar, und wenig später begingen er und Turing ihr Verbrechen erneut. Aber in dieser Nacht lag der Mathematiker schlaflos. Er schrieb in seinem Geständnis, dass er »Arnold mochte«, aber dass er »nicht in etwas hineingezogen werden wollte, das nach Erpressung aussah. Mr Murray hatte gedroht, mich bei der Polizei anzuzeigen.« Deshalb schlich der Mathematiker wie ein Dieb in seiner eigenen Wohnung umher und stellte ein Glas zur Seite, aus dem Arnold getrunken hatte, in der Hoffnung, die Fingerabdrücke könnten mit denen des Einbrechers verglichen werden.

Am nächsten Tag verließ er mit Arnold das Haus und ließ ihn auf einer Bank vor dem Polizeirevier warten, während er selbst heimlich hineinging und berichtete, was er in der Nacht erfahren hatte. Er sprach mit Konstabler Brown, einem rührenden kleinen Mann mit schielendem Blick und hohem Haaransatz, dessen Berichte stets voller Rechtschreibfehler und schrulliger Formulierungen waren. Tatsächlich benutzte er in seinem Bericht zweimal die weiblichen Formen »sie« und »ihre«, als es um Turing ging, was die Absurdität der ganzen Geschichte noch einmal unterstrich.

In seiner Anzeige sagte Turing kein Wort von Arnold. Doch natürlich wollte er eine plausible Erklärung geben, wie er an die Informationen über Harry gekommen war, und deshalb ließ er sich eine Geschichte über einen Hausierer einfallen, der irgendetwas Diffuses verkaufen wollte, wahrscheinlich Bürsten, und dieser Hausierer – von dem Turing weder den Namen noch andere besondere Kennzeichen nannte – habe nebenbei erwähnt, dass er wisse, wer den Einbruch in Turings Haus verübt habe. Wie der Hausierer davon erfahren hatte, wurde nicht richtig klar. Die Lüge wirkte ziemlich unglaubwürdig, und anschließend führte eins zum anderen, auch wenn es zunächst so aussah, als entwickele die Sache sich zu Turings Gunsten. Harry Greene war wirklich ein Ganove. Er saß wegen anderer Straftaten in Manchester in U-Haft, und die Polizei wies ihm den Einbruch in der Adlington Road nach. Was Turing sich jedoch hätte denken können, war die Tatsache, dass Harry einen Trumpf in der Hand hatte. Er konnte mit der Polizei verhandeln.

»Mein Kumpel Arnold hat mit dem Mann Unzucht getrieben«, sagte er.

An und für sich musste das nicht viel bedeuten. Wie viele haltlose Beschuldigungen hatte Corell nicht schon von Kriminellen gehört? Meistens verliefen die darauffolgenden Ermittlungen im Sande, besonders wenn eine Person aus einer höheren Gesellschaftsschicht das Gegenteil behauptete. Aber in diesem Fall passierte etwas. Zwei Kollegen in Manchester, die Inspektoren Willis und Rimmer, lasen Turings Aussage über den Hausierer und schöpften Verdacht. Sie beschlossen einzugreifen. Am vierten Februar 1952 besuchten sie den Mathematiker in seiner Wohnung, offiziell, um über den Einbruch zu sprechen, wobei sie von Anfang an offensiv auftraten. Corell selbst sah allzu konfrontative Ermittlungsmethoden skeptisch, aber in diesem Fall schien die Strategie die richtige gewesen zu sein.

»Wir wissen alles«, sagte Inspektor Willis, ohne zu präzisieren, was er mit »alles« meinte, und das schien Turing aus dem Gleichgewicht zu bringen.

Als er seine Aussage wiederholen sollte, verhedderte er sich, und es wurde schlimmer, je mehr man ihn bedrängte. Er begann zu stammeln und konnte immer noch keine überzeugenden Einzelheiten vorbringen. Der Hausierer blieb eine blasse Gestalt.

»Wir haben Grund zu der Annahme, dass Ihre Darstellung des Vorgangs falsch ist«, erklärte Willis, und Corell stellte sich vor, wie Turing nach einem Ausweg suchte, nach einem Zweig, an den er sich klammern konnte, und wie er schließlich kapitulierte, vermutlich in dem Glauben, dass ein Geständnis eine Erleichterung bedeuten würde, das Ende seiner quälenden Versuche, eine überzeugende Lüge zu erfinden. Nichts hätte falscher sein können als das. Es ist vielleicht eine Befreiung, vor Freunden etwas zu gestehen. Polizisten dagegen sind Raubtiere. Während der Schuldige von Verständnis träumt, wittert die Polizei den Sieg und will nichts weiter, als die Schlinge um seinen Hals zuziehen. Für die Kollegen war der Augenblick ein Triumph, für Alan Turing war es der Anfang vom Ende. »Was soll das heißen *die Darstellung ist falsch*«, hätte er sagen sollen. »Ich bin ein Mann in gehobener Stellung.« Niemand hätte ihn verurteilen können, ohne dass er ein Geständnis ablegte. Aber was tat er? Er spuckte alles aus.

»Arnold Murray und ich hatten eine Affäre!«

Und als hätte das noch nicht gereicht, griff er zur Feder und brachte an Ort und Stelle, vor den wartenden Polizisten, seine fünfseitige Aussage zu Papier. Er schien nicht begriffen zu haben, dass der Einbruch keine Rolle mehr spielte, und sogar zu meinen, dass die Polizisten mehr

Interesse an seinem seelischen Kampf – seiner Weigerung, einer Erpressung nachzugeben – zeigen müssten als an seinem sexuellen Vergehen. Anscheinend glaubte er, es gehe um das große moralische Ganze und nicht um das strafrechtliche Detail. »Wie sehr muss ein Mensch sich selbst schützen, und in welchem Ausmaß sollte er selbst ein gewisses Unrecht akzeptieren, um einem anderen nicht zu schaden? Das ist eine in vieler Hinsicht interessante moralphilosophische Frage. Bis zu welchem Punkt ist es angebracht, dass wir selbst leiden, um einem Menschen, der schwächer ist, zu helfen?«, schrieb er in seinem Geständnis, offenbar in völliger Unkenntnis des Sachverhalts, dass sein eigenes Vergehen ihm zwei Jahre Gefängnis einbringen konnte und dass alles andere nur hochfliegende Gedanken waren, die mit der polizeilichen Ermittlung nichts zu tun hatten.

Alan Turing konnte aus seiner Stellung und seinem sozialen Hintergrund keinen Nutzen mehr ziehen, das ging aus dem Gesetzestext hervor. Hatte er erst einmal gestanden, würde sein Hintergrund nur noch gegen ihn verwendet werden und das Bild eines verschlagenen Typen verstärken, der junge und unwissende Menschen aus niederen Gesellschaftsschichten verführt. Es schien jedoch einige Zeit zu dauern, bis dies dem Mathematiker aufging. Nach seinem Geständnis wirkte er entspannt, und Inspektor Rimmer, dem beim Verfassen des Protokolls mehrfach seine polizeiliche Objektivität verloren ging, beschrieb ihn als einen regelrechten Konvertiten, eine Person, die glaubte, ganz und gar das Richtige getan zu haben, und in einem sonderbaren Zusatz am Rand fügte Rimmer hinzu: »ein Ehrenmann«, auch wenn nicht richtig klar war, was er damit meinte.

Vielleicht meinte er Turings Offenherzigkeit. Oder seine maßlose Großzügigkeit. Einen besonders deutlichen Eindruck von der Persönlichkeit des Mathematikers konnte man aus der Ermittlung nicht gewinnen. Einmal schien er beunruhigt, dann wieder dem Alltäglichen entrückt und frei von Sorgen. Einmal bot er Wein an, als wären die Polizisten in Wirklichkeit seine Freunde, dann versuchte er, eine mathematische Theorie zu erklären. Inspektor Rimmer hatte ein Zitat in den Bericht eingefügt, das Corell sehr gefesselt hatte, diese merkwürdigen Worte über das Lügnerparadox. »Ich lüge! Ist der Satz wahr, ist er falsch, weil die Person lügt, aber dann spricht er ja die Wahrheit, weil er sagt, dass er lügt, und so weiter.« Rimmer hatte außerdem notiert, dass Widersprüchlichkeiten wie diese laut Turing eine Krise in der mathematischen Logik verursacht hätten und dass dies Turing wiederum veranlasst habe, den Entwurf für eine neue Art von Maschine aufzuzeichnen. Etliche Glieder dieser Gedankenkette schienen bei der Niederschrift des Berichts auf der Strecke geblieben zu sein, doch Corell fand es nicht nur rührend, dass Rimmer sich die Mühe gemacht hatte, etwas zu verstehen, das weit über seinen Horizont hinausging und nichts mit der Ermittlung zu tun hatte, er spürte auch eine persönliche Freude, als wäre genau dies die Art von Problem, die ihm gefehlt hatte. *Ich lüge*. Er schmeckte die Worte auf der Zunge. *Wenn es wahr ist, dass ich lüge, sage ich die Wahrheit…* Der Satz war wahr und falsch zugleich, er sprang zwischen seinen beiden Polen in einem ewigen Kreislauf hin und her, und Corell erinnerte sich, dass sein Vater vor langer Zeit etwas zu diesem Thema gesagt hatte, er hatte jedoch vergessen, was genau es gewesen war, und als er weiterlas, fühlte er sich abgelenkt, als ob der Satz sich in seinem Kopf weiter und weiter widersprechen würde, und wieder dachte er an den vergifteten Apfel auf dem Nachttisch, als wäre dieser ein Teil des Paradoxons.

7

Corell war genau der richtige Mann für die Suche nach der Bedeutung eines zurückgelassenen Apfels. Einmal hatte er neben dem Eisenbahngleis in Southport auf einen schwarzen Lederhandschuh mit geriffelten Rändern gestarrt und ein ganzes Leben in ihn hineingelesen. Es war kurz vor dem Ausbruch des Krieges gewesen, zwei Jahre nachdem sie aus London weggezogen waren.

Sie wohnten damals nicht weit vom Meer in einem Steinhaus, dessen auffälligstes Merkmal die großen Fenster im Erdgeschoss waren. Eines Tages, erinnerte Corell sich, hörte sein Vater auf zu sprechen, vielleicht nicht direkt von einem Moment auf den anderen, aber doch sehr plötzlich, und das war für ausgerechnet diesen Mann keine Kleinigkeit. James Corell war ein Polterer vor dem Herrn gewesen. Sein lautes Lachen und seine theatralischen Auftritte waren grundlegende Elemente ihres Familienlebens gewesen. Leonard und die Mutter waren ein dankbares Publikum für seine Geschichten und Einfälle und zogen ihre Energie daraus – oder wurden dieser beraubt –, und es wäre nicht ganz falsch zu behaupten, dass andere Väter im Vergleich zu James Corell geistig armselig und leblos wirkten. Wo er erschien, kam Stimmung auf. Man wusste stets, wenn er sich näherte, denn überall rasselte er mit seinen Schlüsseln in der Hosentasche, und meistens verstand er es, seine Auftritte bühnenreif zu gestalten, und sei es nur, indem er ausrief: »Was für eine bezaubernde Gesellschaft! Darf ein einfacher Mann wie ich sich zu Ihnen setzen?«

Es war allgemein bekannt, dass der Vater eine Reihe von Rückschlägen erlitten und eine Menge Geld verloren hatte. Aber solange er weiter seine Geschichten erzählte, war es Leonard egal. Das Vermögen befand sich zwar nicht mehr auf der Bank oder in seiner Brieftasche, aber es lebte weiter in seinen Gesten und Worten, und so war sein Vater noch immer ein großer Mann. Er kannte berühmte Menschen. Zumindest sagte er das, und die anderen Größen der Zeit tat er nicht selten mit königlicher Verachtung ab. Leonard war bekannt, dass sein Vater am Trinity College in Cambridge studiert und einige Romane und zwei Sachbücher veröffentlicht hatte, nicht gerade Erfolgstitel, aber eigenständige, wichtige Werke, wie es hieß. Fiktion und Fakten auseinanderzuhalten war dabei nicht seine starke Seite, das sagte er sogar selbst. Das eine Buch war eine Biografie des Malers Paul Gauguin, das zweite handelte von einem amerikanischen Zehnkämpfer, einem Indianer namens Thorpe, der bei den Olympischen Spielen 1912 in Stockholm den Fünfkampf und den Zehnkampf gewonnen hatte, dem jedoch, vermutlich aus rassistischen Gründen, seine Medaillen wieder abgenommen worden waren.

Corells Vater sagte, dass er für die Schwachen kämpfe und sich für Menschen einsetze, die verfolgt würden, weil sie vom Normalen und Beschränkten abwichen, und dass er es liebe, »die Macht und die aufgeblasene Bourgeoisie« zu entlarven. Es hieß – doch das gehörte wohl zum Familienmythos –, er sei wegen seiner Artikel im *Guardian* gefürchtet gewesen, die jedoch nicht allzu zahlreich gewesen sein konnten, und unter seinen Freunden und »in aufgeschlossenen Kreisen« wurde die Meinung vertreten, seine drei Romane – die Mutter wollte nicht, dass Leonard sie las – seien »verkannt und eines besseren Schicksals würdig«. Sein Vater war ein großer, stattlicher Mann mit schräg gestellten braunen Augen und lockigem Haar, das weder schütter noch grau werden wollte, und er sprach mit mehr Feuer, als es Leonard je bei einem anderen Menschen erlebt hatte. Gleichwohl war eine der schlimmsten Kränkungen, die der Vater gehört hatte, dass er »mit der gleichen Glut schreiben müsse, mit der er sprach«, und überhaupt wollte er Komplimente für alles, aber nicht für seine Art zu sprechen. Gerede bedeute nichts, sagte er. Und damit spie er auf das Einzige, was er wirklich konnte, doch das waren Einsichten, die Leonard erst später kamen. Damals bewunderte er seinen Vater.

Seine Mutter war zwölf Jahre jünger, ein wenig steif und nicht ganz so auffällig, mit leicht gekrümmtem Rücken und schmalen, blinzelnden Augen, die viele Leute nervös machten und die James zuweilen mit einer Feindlichkeit anstarrten, die Leonard lange unbegreiflich blieb. Manchmal konnte er nicht verstehen, wie sie einander gefunden hatten. Zwar stand er seiner Mutter nie besonders nahe, nicht einmal in der guten Zeit, aber vor dem Sommer, in dem der Vater verstummte, war eine solche Nähe auch nicht notwendig gewesen. Er hatte ja seinen Vater. Die Mutter war eine ungeöffnete Tür, ein verschlossenes Gesicht, hinter dem sich etwas Unerlöstes verbarg, nur manchmal erwachte sie aus ihrer Lethargie und argumentierte geistreich und leidenschaftlich, und in solchen Augenblicken waren die Gespräche zu Hause das reine Fest. Da wurde kein Wort über Einkäufe, das Wetter oder den üblichen Klatsch verloren. Jeder Satz handelte von der großen und weiten Welt, und niemand war berühmt oder groß genug, um nicht als Dilettant oder Schwindler entlarvt zu werden. Respektlosigkeit war eine Tugend, und sein ganzes Leben sollte Corell sich angesichts der Banalität des Alltags gelähmt und düster fühlen. Ich ertrage das Gewöhnliche nicht, hatte er gesagt, solange er noch über einen Rest von Hochmut verfügte und bevor er von der Gewöhnlichkeit seines Berufslebens übermannt wurde. Möglicherweise litt er unter dem ideologischen Ballast, den er noch heute mit sich herumtrug. Seine Eltern neigten zur Romantisierung. Sie verehrten die Künstler und Wissenschaftler, die sich außerhalb ihrer Zeit stellten, und das machte Leonard Angst, weil er sich plötzlich klein fühlte. Doch ebenso oft schnürte es ihn in das Gefühl ein, auserwählt zu sein, und er träumte davon, dass er eine Idee fände, einen großen Gedanken, der die Welt revolutionierte. Nicht dass er glaubte, seine Träume würden wahr werden, aber er war überzeugt, eines Tages etwas Wichtiges zu werden, besonders wenn er dem Vater in den häuslichen Diskussionen Widerstand leistete, und oft hörte er: »Herrgott, Leo, welcher Erzähler du bist!«

Bis zu jenen Tagen im August und September 1939, als er dreizehn Jahre alt war und bald aufs Marlborough College geschickt werden sollte, eine für ihre strenge Disziplin bekannte Privatschule, war Leonard auf nichts anderes vorbereitet als eine strahlende Zukunft. Es gab bedrohliche Wolken, doch solange der Vater guter Stimmung war, bemerkte er sie nicht. In Papas Nähe kam ihm auch die Tatsache, dass die Abendgesellschaften seltener wurden, dass die Sommerreisen eingestellt wurden, dass die Welt und die Räume zu schrumpfen schienen, ganz natürlich vor, als Phasen einer Neuordnung. Selbst der Umzug von London nach Southport, der angeblich erfolgte, weil »die Küste von Sefton das Beste ist, was England zu bieten hat«, sah er als einen Teil dieser Neuorientierung an. Ja, manchmal, wenn der Vater mit einem Buch im Schoß am Strand saß und die Watvögel beobachtete, die Kiebitze, Reiher und Goldregenpfeifer, und eifrig zeigte, wenn sie von den Falken angegriffen wurden, war Leonard überzeugt, dass das Leben jetzt besser war und dass ohnehin eine Dienerschaft und zu viel Geld nur eine Last waren.

Eines Abends lag er im Bett und blickte zu den schrägen Augen des Vaters auf. Draußen hörte man das Meer und die Fischadler, und ganz sicher wollte er nicht einschlafen. Es waren seine besten Momente, wenn der Vater auf der Bettkante saß, und vielleicht hatten sie gerade aus einem Klassiker gelesen und den Inhalt diskutiert, oder Leonard hatte erzählen müssen, wie er sich die Fortsetzung des Buchs vorstellte, und wahrscheinlich war er gelobt worden und hatte eine warme Hand auf seinem Kopf gespürt. Aber an diesem Abend veränderten sich die Gesichtszüge des Vaters. Ein neues, blankeres Licht schien in seinen Augen auf.

»Bist du traurig, mein Junge?«, sagte er, und das war merkwürdig.

Leonard war nicht finster gestimmt, und er wollte schon antworten: »Nein, Vater, überhaupt nicht.« Doch er spürte die Verlockung, die in der Frage lag. Sie streckte sich ihm entgegen wie zur Umarmung ausgebreitete Arme, und vielleicht, dachte er, hatte der Vater etwas gesehen, was ihm selbst entgangen war. Vielleicht war Leonard wirklich traurig. Die Frage drang in ihn ein wie ein angenehmer Schmerz.

»Ja, ich fühle mich ein bisschen traurig.«

»Ich verstehe das, du bist sehr traurig«, sagte der Vater und strich ihm mit seiner schweren Hand über das Haar, und das fühlte sich schön an, eine wohltuende Fürsorglichkeit.

Es war, als würde er mit neuer Schärfe gesehen. Nichts, was er zuvor gesagt oder getan hatte, war dem Vater so nahegegangen. Leo war mit positiven Reaktionen verwöhnt worden, mit Beifall und Lobeshymnen, mit dem ganzen Theaterrepertoire, aber nie zuvor war ihm eine solche Gemütsregung begegnet. Tränen traten in die Augen seines Vaters, und die große Hand schloss sich um seinen Hals, und Leonard wollte in seine Trauer hineinkriechen, in seine gespielte Trauer, und er fühlte sich glücklich, glücklich in seinem Leid, und der Gedanke, dass der Vater nicht über ihn, sondern über sein eigenes Leben weinte, blieb ihm völlig fern. Was er als Liebe deutete, war nichts anderes als der eigene Schmerz des Vaters, denn es stimmte nicht, wie er damals glaubte, dass man in der Familie über alles sprechen konnte.

Über die Sorgen und die Schwächen des Vaters durfte man nicht sprechen. Das war die wichtigste Regel in der Familie. Aber Leonard war es nicht aufgefallen, aus dem einfachen Grund, dass er sich nicht vorzustellen vermochte, dass sein Vater an etwas Dunklem leiden könnte, und erst viel später sah er ein, dass der Vater eine Gefühlsblockade gehabt haben musste, was bei englischen Männern nicht ganz ungewöhnlich war, aber doch ungewöhnlich bei einem Mann, der sich ständig selbst anzubieten schien und dem es, zumindest in allgemeinen Sätzen, nie schwerfiel, sich über alle Verwicklungen und Sorgen des Herzens auszulassen.

Das Haus der Familie in Southport war einfach eingerichtet, an den Wänden hingen wenige Bilder. Nur ein paar Dinge aus London waren mitgekommen, der große Schreibtisch des Vaters mit den eingravierten Lorbeerkränzen sowie drei Queen-Anne-Stühle aus Walnussholz. Die Stühle hatten weiße Kissen mit gestickten roten Rosen; zwei davon standen im Wohnzimmer neben dem Truhentisch, auf dem dritten saß der Vater bei den Mahlzeiten. Es war keine ausgesprochene Extravaganz, keine Marotte, über die gewitzelt wurde. Auf dem Queen-Anne-Stuhl saß eben James Corell, und hätte Leonard früher darüber nachgedacht, hätte er es lediglich als Zeichen für die Stellung des Vaters in der Familie und im Leben betrachtet. In jenem Sommer blieb James jedoch häufig den Mahlzeiten fern, und da geschah etwas mit dem Stuhl. Er lud sich mit einer beunruhigenden Abwesenheit auf, und im Gespräch entstand eine ganz neue Unsicherheit. Auch in trivialen Sätzen wie »Reich mir bitte das Salz« oder »Sieh mal, wie es auf dem Meer stürmt« schwang eine unterschwellige Spannung mit. Manchmal, wenn der Vater anwesend war, verlor er sich in Themen, die heikler waren als alle Schrecken auf dem Kontinent; ein beiläufiges Wort über einen Autorenkollegen, der Erfolg gehabt hatte; ein Satz über jemanden, der »sich auf sein Gut zurückgezogen hatte und dort auf seinem ganzen Geld saß«, und dann erstarrte sein Gesicht, und zwischen den zusammengebissenen Zähnen sog er die Luft ein und brachte einen pfeifenden, unangenehmen Ton hervor.

»Vater, was ist?«

»Nichts, nichts!«

Es war nie etwas, vor allem nichts, was der Rede wert war. Wenn man beim Essen überhaupt etwas durfte, dann vielleicht mit dem Besteck klappern oder sich die Haare aus der Stirn streichen oder Dinge sagen wie: »Wirklich ein schöner Abend heute. Dass Richardson nie auf seine Kühe aufpassen kann.« Und oft fasste der Vater sich wieder, auf jeden Fall, wenn sie geschickt so taten, als wäre nichts; oder er fasste sich nicht wieder, dann ging er in der Regel aus dem Haus und ließ den Queen-Anne-Stuhl sich in ein Bild all dessen verwandeln, das nicht ausgesprochen wurde. Was Leonard bereits in jenem Sommer verstanden und was er sich nachträglich zusammengereimt hatte, wusste er nicht.

Es waren so simple Dinge wie der Atem des Vaters, wenn er tagsüber schlief. Er röchelte schwer und wimmerte. »Das ist der Sherry«, sagte die Mutter. »Er trinkt zu viel Sherry.« Und dann sein Lesen. Er las ständig. Aber in jenem Sommer wurden die Seiten merkwürdig selten umgeblättert, als starrte er die ganze Zeit auf dieselbe Stelle. Sein Gang schien sich verändert zu haben. In seinen Schritten war eine schleppende Gleichgültigkeit zu ahnen. Nichts von dem Taktfesten, Militärischen war mehr da, kaum noch das Rasseln in der Hosentasche. Und dann war da die Post, die er stets mit Lust oder mit Unruhe geöffnet hatte, schwer zu entscheiden, was von beidem, die lag jetzt einfach auf dem Tisch im Eingangsflur und schien ihn nicht einmal mehr zu ängstigen.

Ende August, als die Touristen nach Hause zu fahren begannen und die ersten Gänse und Enten eintrafen, passierte etwas mit seinen Schultern. Sie schoben sich nach oben und ließen den Nacken verschwinden, aber was die Ursache war, erfuhren sie nie. Sie wussten nicht einmal, wann er das Haus verließ. Der 30. August war der Tag, an dem in Southport zwei Schuppen brannten. Sie sahen sie von fern wie leuchtende Fackeln. Den ganzen Tag über war schönes und klares Wetter gewesen, doch gegen Abend zogen dunkle Wolken auf, und auf dem Meer gingen hohe Wellen.

Zu Abend aßen sie ein Gericht mit Yorkshirepudding, und sie mussten über das Wetter gesprochen haben, denn Leonard erinnerte sich, dass die Mutter sagte: »Ich glaube, dieses Jahr kommt der Schnee früh.« Kurz danach fiel ihr ein Glas zu Boden, und sie stieß ein französisches »Merde!« aus. Sie unterhielten sich über das Marlborough College. »Sei dankbar, dass du dieses College besuchen kannst. Es ist sehr teuer für uns.« Über die Abwesenheit des Vaters schwiegen sie, aber sie mussten den Vater irgendwann doch erwähnt haben, denn nach dem Abendtee gingen sie hinaus, um ihn zu suchen. Die Sonne war untergegangen, und vom Meer kam ein schwacher Geruch von Tang und Salz. Sie gingen an Sanddünen und Sümpfen vorbei am Strand entlang bis zum Pier. Einmal sahen sie ein rotes Eichhörnchen, und die Mutter griff nach seiner Hand, aber er fühlte sich zu erwachsen für eine solche Nähe und steckte die Hände in die Taschen, und es wurde zehn und elf Uhr und begann, kalt zu werden. Der Wind drang durch seinen Schottenmusterpulli.

»Er sitzt bestimmt irgendwo und trinkt«, sagte seine Mutter. Wenig später sah er eine Kontur auf dem Sand, etwas Ausgestrecktes, das der Vater sein konnte, und er blickte die Mutter an, und als sie nicht reagierte, lief er zum Wasser und rief: »Papa, Papa.« Aber es waren nur ein paar Kisten, »Dublin 731« stand darauf, und gegen Mitternacht kehrten sie nach Hause zurück.

8

Die Protokolle von den Gerichtsverhandlungen befanden sich in einem unbegreiflichen Durcheinander, dennoch konnte sich Corell rasch ein Bild von den Geschehnissen machen. Alan Turing war in Untersuchungshaft genommen worden, und man hatte sein Bild und seine Fingerabdrücke an Scotland Yard weitergeleitet, was praktisch bedeutete, dass sein ganzes Leben, genau wie Hamersley gesagt hatte, ins Scheinwerferlicht gerückt werden konnte, und es war sicher nicht leicht gewesen, damit zurechtzukommen. Nicht dass Corell etwas über Turings Umgang oder seine Psyche wusste, aber Freunde und Arbeitskollegen dürften sich zurückgezogen haben. Ein entlarvter Schwuler wurde zumeist wie ein Aussätziger behandelt, dachte er, so etwas ätzte sich ein, das wusste Corell aus eigener Erfahrung. Aber das war allein Turings Problem, und bestimmt hatte er es mehr als reichlich verdient.

Während des Prozesses trat der Mathematiker »dreist und uneinsichtig« auf, was ihm kaum geholfen haben dürfte. Arnold Murray wurde als jung und naiv, aber nicht ohne Zukunftsaussichten dargestellt, und es hieß, er sei von dem älteren und gebildeteren Alan Turing verführt worden. Natürlich brachte Turings Verteidiger alle guten Dinge vor, die er über seinen Mandanten zu sagen wusste, zum Beispiel – und das nahm Corell besonders zur Kenntnis –, dass der Mathematiker für seine Verdienste während des Krieges einen Orden erhalten habe, einen *Order of the British Empire*. Dagegen wurde mit keinem Wort erwähnt, wo der Mathematiker seinen Kriegsdienst geleistet hatte, wobei er wohl kaum an der Front gewesen war. Ein Draufgänger schien er nicht zu sein, und abgesehen von zwei Zeugen, die zu seiner Verteidigung auftraten und seinen Charakter beschrieben, unter anderem ein Hugh Alexander – ein Name, der Corell vage bekannt vorkam –, schien er keine nennenswerte Unterstützung bekommen zu haben.

Als einer der Kollegen von der Anmeldung den Kopf in die Tür steckte und ihm mitteilte, er habe wieder Besuch, fluchte er vor sich hin. Er versuchte tapfer, ein wenig Ordnung auf seinem Schreibtisch zu schaffen. Er kam nicht weit. Ein Mann mit hochrotem Gesicht stürmte herein. Er wurde von einem verhaltenen Zorn getrieben, und für eine kurze Sekunde erwartete Corell, beschimpft zu werden oder, noch schlimmer, eine Ohrfeige zu bekommen, aber als der Mann den Hut abnahm und die Hand ausstreckte, fragte sich Corell, ob er wirklich Zorn gesehen hatte. Der Mann war zwischen fünfundvierzig und fünfzig Jahre alt, hatte dunkle Haare mit einem Seitenscheitel und einen kleinen runden Bauch. Den Schuhen und dem Anzug nach zu urteilen, war er eine wichtige Person, vielleicht sogar vom Außenministerium. Corell begann zu träumen, vielleicht würde er in seiner Eigenschaft als polizeilicher Ermittler nun exklusive Informationen erhalten, sein Hirn fantasierte bereits die entsprechenden Szenarien herbei. Doch der Besucher hatte noch etwas anderes, Unbestimmteres. Er kam Corell beunruhigend bekannt vor, als wären sie sich schon einmal begegnet und damals in eine unangenehme Situation geraten. Einen Augenblick blieb er verwirrt an seinem Schreibtisch sitzen.

»Sie wollen zu mir?«

»Ich glaube ja. Sie sind Kriminalassistent Corell, nicht wahr? Mein Name ist John Turing. Ich bin sofort gekommen, als ich davon gehört habe«, und obwohl Corell den Namen natürlich direkt einordnete, dauerte es einen Moment, bis ihm klar wurde, dass dies der Bruder war und dass das Gefühl von Déjà-vu, das er empfand, sich durch die Ähnlichkeit des Mannes mit dem Toten erklärte.

»Mein aufrichtiges Beileid«, sagte er, nachdem er seine Gedanken geordnet hatte, stand auf und streckte die Hand aus. »Sie sind aus London gekommen?«

»Aus Guildford«, entgegnete John Turing kurz und bündig und vermittelte das Gefühl, dass er auf seine Würde bedacht war und korrekt und bestimmt auftreten würde.

»Wollen Sie sich setzen?«

»Lieber nicht.«

»Darf ich dann vorschlagen, dass wir nach draußen gehen. Das Wetter scheint besser geworden zu sein. Ich nehme an, Sie möchten Ihren Bruder sehen. Ich muss nur kurz anrufen ...«

»Ist das erforderlich?«

»Ich fürchte, wir brauchen eine sichere Identifizierung.«

»Hat denn die Haushälterin nicht schon ...?«

»Man sagt, es sei gut, Abschied zu nehmen.«

»Ich nehme an, es ist besser, wenn ich es tue als unsere Mutter.«

»Ist sie auf dem Weg hierher?«

»Ja, allerdings wird die Reise einige Tage dauern. Sie befindet sich in Italien. Können Sie mir ein paar genauere Auskünfte geben?«

»Das kann ich tun. Bevor wir allerdings zum Leichenschauhaus gehen, muss ich dort ein Treffen für uns arrangieren«, sagte Corell und schloss die Augen, als müsste er sich stählen vor einer weiteren Prüfung.

Draußen schien die Sonne. Es war beinahe warm, und im Hof lagen noch immer Glasscherben und Müll. In der Entfernung war das weiße Steinhaus zu sehen, als schmerzlich schöner Kontrast zum Polizeirevier, und über den Himmel zog sich der Kondensstreifen eines Flugzeugs. Corell erzählte von dem Apfel, dem Gift, den Stromkabeln, dem blubbernden Kessel, dem Ausdruck von »Ruhe und Resignation« auf Alan Turings Gesicht, und wenn man bedachte, wie eigentümlich die Umstände des Todes waren, stellte der Bruder erstaunlich wenige Fragen.

»Standen Sie einander nahe?«, fragte Corell.

»Wir waren Brüder.«

»Nicht alle Brüder halten den Kontakt.«

»Das stimmt.«

»Und Sie?«

»Wir haben uns nicht besonders oft gesehen. Aber als wir klein waren ...«

John Turing zögerte, als fragte er sich, ob es einen Sinn hätte, überhaupt irgendetwas zu erzählen.

»Was war da?«

»Da standen wir uns sehr nahe. Wir sind weitgehend ohne unsere Eltern aufgewachsen. Unser Vater war in Indien, und ich vermute, dass er uns dem Klima dort nicht aussetzen wollte. Wir wohnten unter anderem bei einem alten Oberst und seiner Frau in St. Leonards am Meer. Das war nicht ganz unkompliziert.«

»Sie waren älter.«

»Vier Jahre. Weshalb ich mich verantwortlich gefühlt habe.«

»Wie war Ihr Bruder?«

»Als Kind, meinen Sie?«

»Als was auch immer.«

John Turing fuhr zusammen, als wäre die Frage komisch oder unangenehm zudringlich. Dennoch begann er zu sprechen, wobei er ein wenig abwesend wirkte, als ob er sozusagen bloß pflichtschuldig antwortete, und nur dann und wann schien er von seinen eigenen Worten ergriffen zu sein und zu vergessen, mit wem er redete.

»Schon als er noch ganz klein war«, sagte er, »fand Alan Ziffern interessanter als Buchstaben, und er sah sie überall, auf Lampen, Briefen, Paketen. Lange bevor er lesen konnte, addierte er bereits zweistellige Zahlen, und als er dann schreiben lernte, schrieb er wie eine Krähe. Kaum jemand konnte es lesen.«

Heute kann es auch kaum jemand, dachte Corell und erinnerte sich an Turings Notizblock. Es irritierte ihn, dass der Mann, der ihn mit seinem starren Gesicht angesehen und sich als pervers entpuppt hatte, einmal ein Junge gewesen war, der noch weit nach seiner Kindheit die Schuhe falsch herum anzog, und es gefiel ihm auch nicht zu hören, dass Alan Turing schon früh ungeschickt und ein Außenseiter gewesen war, dass es ihm schwergefallen war, Freunde zu finden, dass er nicht einmal bei den Lehrern beliebt war. Einer von ihnen hatte gesagt, er stinke nach Mathematik. Es gab damals einen Spottreim über Turing, dass er *das Fußballspiel liebt / wegen der Menge geometrischer Probleme / die sich aus den Linien des Feldes ergibt.*

»Sie sind zusammen in die Schule gegangen?«

»Am Anfang ja. Wir waren in Hazelhurst, aber dann fing ich in Marlborough an, und von da an …«

»In Marlborough«, unterbrach Corell und war drauf und dran, sich zu verplappern, bevor er einsah, dass er dann erklären müsste, warum er jetzt hier als Schnüffler in einer Kleinstadt sein Dasein fristete, und damit wäre sein Selbstgefühl überfordert gewesen.

»Ich selbst fand es okay«, fuhr John Turing fort. »Ich war ja mehr der sportliche Typ. Aber die Schule hatte ihre unmenschlichen Seiten, und mir war klar, dass es Alan dort nicht gut gehen würde. Deshalb habe ich ihm entschieden davon abgeraten.«

»Marlborough blieb ihm also erspart.«

»Er ist stattdessen in Sherborne gelandet. Das war sicherlich auch nicht perfekt, aber es war besser.«

»Ganz bestimmt«, sagte Corell tonlos.

Sie bogen in die Grove Street ein, ließen den Pub *The Zest* und die niedrigen roten Backsteinhäuser hinter sich und gingen an der Zeile von Geschäften und Frisiersalons entlang. Es waren ziemlich viele Menschen unterwegs. Die Sonne schien noch, doch der Himmel verdunkelte sich bedrohlich, und für einen kurzen Moment erinnerte sich Corell an eine feuchte, unangenehme Nacht in der Schule. *Marlborough blieb ihm also erspart.* Mit Gewalt zwang er sich dazu, sich auf seinen Begleiter zu konzentrieren.

»Wann haben Sie sich zuletzt gesehen?«, fragte er.

»Letztes Weihnachten, zu Hause bei uns in Guildford.«

»Wie ging es ihm da?«

»Gut, fand ich. Viel besser.«

»Als wann?«

»Als während des ganzen Prozesses.«

»War er damals deprimiert?«

»Das kann man wohl sagen. Oder ich weiß nicht, ehrlich gesagt. Wir kamen nicht mehr so gut miteinander aus nach dieser Geschichte. Ich habe nie einen richtigen Einblick bekommen.«

»Haben Sie sich von ihm distanziert?«

John Turing hielt mitten im Schritt inne und blickte auf seine Hände. Auf seinem Gesicht war eine Grimasse zu ahnen, die jedoch rasch verschwand.

»Aber nein«, sagte er. »Ich habe ihm geholfen, so gut ich konnte, mit juristischen Ratschlägen, mit allem Möglichen. Ich habe ihm Kontakte vermittelt.«

»Sie sind selbst Anwalt?«

»Ja. Aber mit Alan war nicht leicht zu diskutieren. Das war es ja nie. Ich riet ihm, auch im Prozess einfach zu gestehen und nicht krampfhaft alles zu erklären. Aber er hatte weder zu dem einen noch zu dem anderen Lust.«

»Inwiefern?«

»Einerseits wollte er die ganze Wahrheit sagen. Lügen und Heuchelei waren ihm verhasst, und das ehrt ihn natürlich. Aber für Alan war nichts einfach. Er drehte und wendete alles, und das war sicher von Vorteil bei seiner Arbeit, aber im Gerichtssaal ... Herrgott ... da war er bloß ein exotischer Vogel. Er sagte, es wäre genauso unrecht, sich für schuldig zu erklären, wie das, was geschehen war, zu leugnen.«

»Ich bin nicht sicher, ob ich das richtig verstehe.«

»Er meinte, wenn er sich schuldig erklären würde, spräche er zwar die Wahrheit in dem Sinne, dass er tatsächlich etwas mit diesem Mann gehabt hatte, aber zugleich würde er damit anerkennen, dass das, was er getan hatte, ein Verbrechen wäre, und das weigerte er sich zu akzeptieren. Er folge nur seiner Natur, sagte er.«

»Und dem stimmten Sie nicht zu?«

»Nein!«

»Wieso nicht?«

»Ehrlich gesagt habe ich keine Lust, darüber zu sprechen.«

»Ich verstehe.«

»Aber wenn es Sie interessiert, kann ich Ihnen sofort sagen, dass ich das, was er als seine Veranlagung bezeichnete, absolut nicht mochte«, raunzte John Turing unerwartet giftig. »Ich war regelrecht schockiert, als er mir davon schrieb. Ich hatte keine Ahnung gehabt.«

»Führte das zum Zerwürfnis zwischen Ihnen?«

»Ist dies ein Verhör?«

»Nicht eigentlich.«

»Alan hätte an dieser Formulierung seine Freude gehabt.«

Corell zuckte zusammen. Er war so empfindlich, dass er die Worte als blanken Hohn verstand.

»Oder er hätte die Frage tiefernst genommen und sich gefragt, welche Grenzbereiche es zwischen Ja und Nein gibt und ob ›nicht eigentlich‹ dort hineingehört oder ob der Satz nicht ganz einfach logischer Unsinn ist«, fuhr der Bruder, jetzt wieder freundlicher, fort.

»Ich wollte nur ...«

»Aber ich habe nichts dagegen, mit Ihnen zu sprechen, ›nicht eigentlich‹. Was haben Sie gefragt?«

»Ob es zum Zerwürfnis zwischen Ihnen gekommen ist.«

»Nicht mehr, als dass er mir gewisse Vorwürfe machte. Zum Beispiel, dass ich nicht begreifen würde, wie schwer die Homosexuellen es haben.«

»Er meinte also ...«

»Dass Menschen wie er einer bedrängten und verfolgten Gruppe angehörten. Er hielt mir eine richtiggehende Vorlesung, aber Herrgott, ich hatte andere Sorgen. Ich hatte doch ihn, meinen Bruder. Aber das verstand er nicht. ›Du denkst nur an deinen eigenen Ruf‹, sagte er, was nicht stimmte. Ich dachte an nichts anderes als an seinen Ruf, und ich tat, was ich konnte, dass er so wenig Schaden nahm wie möglich, aber wenn Sie nur ahnten ... ich könnte wahnsinnig werden.«

»Weshalb?«

»Weil Alan außerhalb seiner intellektuellen Welt so unfassbar naiv war.«

»Bei der polizeilichen Ermittlung hat er sich ziemlich dumm angestellt«, räumte Corell ein, wohl wissend, dass es kaum seiner Rolle zukam, sich in dieser Weise zu äußern.

»Allerdings.«

»Die Strafe, oder die Behandlung, wie hat er die aufgenommen?«

»Das weiß ich nicht genau. Aber es hört sich fürchterlich an, oder?«

»Finden Sie?«

»Einen Mann zwingen, Östrogen einzunehmen. Gibt es eine größere Erniedrigung?«, fragte John Turing, und Corell dachte, Östrogen, was zum Teufel war denn das, aber er schwieg, um seine Unwissenheit zu verbergen.

»Hatte es irgendeine Wirkung?«, fragte er stattdessen.

»Zu Beginn vielleicht, und auf die Dauer war es jedenfalls nicht gut für ihn, denke ich. Ich vermute, dass er als Versuchskaninchen herhalten musste. Es gab zwar einige Studien, aber im Grunde war vieles noch im Experimentierstadium, nicht dass ich nun ein Mediziner wäre. Er war ihre verdammte Laborratte, und es ist unfassbar, dass ausgerechnet er diesen Platz in der wissenschaftlichen Kette einnehmen musste. Nachher hörte ich sogar, dass sie die Östrogenbehandlung von den Nazis übernommen hätten. Diese Teufel haben in den Konzentrationslagern ähnliche Versuche durchgeführt. Entschuldigen Sie, ich werde wütend, wenn ich daran denke. Ich weiß nicht, ob ich es ertrage, ihn gerade jetzt zu sehen.«

Corell sagte nichts. Sie waren schon nah beim Leichenschauhaus, und einen Augenblick lang, warum, wusste er nicht richtig, war er kurz davor zu sagen, dass er auch in Marlborough gewesen sei. Stattdessen fragte er:

»Wissen Sie, wo Alan während des Krieges gewesen ist?«

»Warum fragen Sie?«

»Ich habe den Eindruck gewonnen, dass er mit geheimen Informationen in Berührung war.«

»Mag sein. Ich weiß nicht viel mehr, als dass er sich an einem Ort irgendwo zwischen Cambridge und Oxford befand. Er und eine Menge anderer schlauer Köpfe.«

»Was meinen Sie?«

»Dass man Alan und eine Gruppe anderer pfiffiger Jungs an ein und derselben Stelle zusammenbrachte.«

»Um was zu tun?«

»Ich habe so eine Ahnung. Aber weil Alan nie ein Wort darüber gesagt hat, sollte ich wohl auch schweigen. Dafür kann ich Ihnen erzählen, dass er vor ein, zwei Jahren dorthin zurückgekehrt ist.«

»Ist er wieder einberufen worden?«

»Nein, nein. Das war so ein typisches Alan-Ding. Er wollte tatsächlich ein paar Silberbarren holen, die er während des Krieges versteckt hatte. Wissen Sie, er hielt es für eine glänzende Idee, Silber zu kaufen und es an einem obskuren Ort zu vergraben, statt es einer Bank anzuvertrauen.«

»Hat er das Silber gefunden?«

»Natürlich nicht. Und vielleicht war ihm das auch egal. Er war nicht besonders an Geld interessiert. Er war ein Schatzsucher, der sich nie wirklich etwas aus dem Schatz machte.«

»Hier ist es«, sagte Corell.

Er blieb stehen.

»Was?«

»Das Leichenschauhaus.«

John Turing fuhr zusammen und wirkte ängstlich und verwundert zugleich. Das Gebäude sah tatsächlich nicht wie eine Leichenhalle aus. Es war ein weißes Kalksteinhaus mit schwarzem Blechdach und einer hellblauen Tür, das kaum die Assoziation von Tod und Verwesung weckte. Zwei Zypressen gehörten ebenso zum Bild wie ein gepflegtes Blumenbeet, aber da Corell wusste, was sich dahinter verbarg, konnte er selbst den Blumen nichts Erfreuliches abgewinnen. Angespannt öffnete er die Tür, und etwas erstaunt sah er sich zwei Herren in Tweedanzügen gegenüber, die höflich die Hüte zogen. Der eine Mann war ungewöhnlich groß und wahrscheinlich auch ungewöhnlich gut aussehend, zumindest für sein Alter, mit klaren Zügen und dunklen, intensiven Augen. Sein Blick schien aufrichtiges Interesse an John Turing und Corell zu bekunden, aber das wirklich Kennzeichnende an ihm war sein schiefer Nacken, der seinen Körper gebrechlich erscheinen ließ. Der zweite Mann war robuster, mit der Statur eines Ringers, obwohl auch er schon in die Jahre gekommen war. Seine Wangen waren gerötet, und die Größe seiner Nase grenzte ans Unförmige; er trat mit wiegenden Schritten vor. Beide Männer strahlten eine große Autorität aus, und Corell konnte sich gerade noch fragen, was sie wohl hier taten, als eine Schwester zu ihnen trat und ihnen mitteilte, dass Doktor Bird sie erwarte.

Charles Bird sah aus wie immer. Seine Gesichtsfarbe ging ins Gelbliche, und man konnte meinen, den Tod persönlich vor sich zu sehen. Wie immer wollte er mit seinem Fachwissen brillieren. Vor John Turing gab er sich zunächst etwas respektvoller, und selbstverständlich nahm er gebührend Rücksicht auf die Trauer des Anwalts, aber zum Schluss gerieten ihm seine medizinischen Beschreibungen zu detailliert, was dann doch eine enorme Taktlosigkeit war – wer möchte schon etwas über die Eingeweide seines toten Bruders hören? –, und John Turing fiel ihm brüsk ins Wort.

»Das reicht!«

»Ich wollte nicht …«, murmelte Bird, und danach standen die beiden schweigend da, der Arzt zerknirscht und der Bruder tief bewegt mit glänzenden Augen und bebender Unterlippe. Es war die Art von Situation, in der die Tragödie des einen mit dem Alltag des anderen kollidierte, eine dieser Szenen, die bei Corell Melancholie hervorriefen, die ihm aber jetzt eine gewisse Genugtuung verschaffte, weil er sich schon lange und inbrünstig gewünscht hatte, den Gerichtsmediziner einmal kleinlaut zu sehen.

»Gehen wir«, sagte er, und lange wanderten sie schweigend nebeneinanderher. Das Leichenschauhaus lag nicht weit vom Bahnhof, und in der Ferne hörte man einen Güterzug. In der Hawthorne Road fuhr ein Rolls-Royce wie ein makabrer Gruß aus einer besseren, schöneren Welt an ihnen vorbei, aber Corell war zufrieden, trotz allem. Er hatte sich kühl von dem Gerichtsmediziner verabschiedet, und das freute ihn. Jetzt hätte er unverzüglich zurück aufs Revier gemusst. Doch er blieb unentschlossen und wusste nicht richtig, wohin sie unterwegs waren.

»Ich habe über etwas nachgedacht«, sagte John Turing mit einer Stimme, die etwas Wichtiges anzukündigen schien.

»Ja?«

»Sind Sie sicher, dass es Selbstmord war?«

Corell blickte zu dem rotbraunen Viadukt, das über den Fluss Bollin führte, und fragte sich, ob er nun eine Mordtheorie hören würde oder zumindest etwas, das Hamersleys Gerede von den Staatsgeheimnissen bestätigte, mit denen Turing möglicherweise zu tun gehabt hatte.

»Kann es nicht ein Unglück gewesen sein?«

»Was meinen Sie damit?«

»Unsere Mutter redet seit Jahren davon, dass Alan etwas zustoßen könnte, zuletzt Weihnachten bei uns zu Hause. Sie spricht mit ihm wie mit einem kleinen Jungen. ›Wasch dir die Hände‹, sagte sie. ›Und sieh zu, dass du alles ordentlich abreibst!‹«

»Was sollte er abreiben?«

»Gift und Chemikalien. Alan war ja ständig mit allem Möglichen zugange, und wenn einer wusste, wie ungeschickt und vergesslich er war, dann unsere Mutter, und sie wusste auch, dass er mit Zyankali hantierte. Sie hat ihn tausendmal gewarnt.«

»Was machte er mit dem Gift?«

»Er vergoldete damit Besteck. Ich glaube, es war nötig, um das Gold irgendwie von anderen Gegenständen zu lösen. Nein, fragen Sie mich nicht, warum er sich damit abgab. So war er. Kam auf die ausgefallensten Ideen. Nahm das Gold von Großvaters alter Uhr und vergoldete damit einen Löffel, vollkommen absurd, nicht wahr? Und kleckerte dabei mit dem Zyankali herum. Es hat unsere Mutter wahnsinnig gemacht. ›Du machst uns noch alle unglücklich‹, sagte sie.«

»Wir haben tatsächlich einen vergoldeten Löffel gefunden«, sagte Corell und dachte an Alec Blocks Entdeckung im Haus.

»Sehen Sie, sehen Sie.«

Der Bruder wirkte erregt, und Corell bereute, den Löffel überhaupt erwähnt zu haben.

»Aber der Apfel«, sagte er. »Er war in Zyanid getränkt.«

»Alan könnte es doch ebenso gut aus Unvorsichtigkeit daraufgetropft haben.«

»Ich fürchte, dafür roch der Apfel zu intensiv. Es befand sich mehr Zyankali darauf, als dass es ein Zufall hätte sein können. Er muss ihn in das Gift getunkt haben«, antwortete Corell, ohne sich seiner Sache ganz sicher zu sein und ohne zu wissen, ob es taktisch klug war zu widersprechen.

Wenn die Mutter und der Bruder an ein Unglück glauben wollten, dann durften sie das wohl tun, dachte Corell, und in diesem Augenblick kam ihm ein Gedanke, ein guter Gedanke, wie er fand, und hätte er nach dessen Ursprung gesucht, hätte er sich in das komplizierte Verhältnis zu seiner eigenen Mutter vertiefen müssen und in seine ständigen sinnlosen Versuche, Rücksicht zu üben und die schrecklichen Ereignisse in einem helleren, besseren Licht erscheinen zu lassen. Der Gedanke galt dem Toten und wie er argumentiert haben könnte, doch er sagte nichts davon.

»Ich bin Ihnen wirklich dankbar, dass Sie sich die Zeit genommen haben, mit mir zu sprechen. Aber jetzt muss ich leider zurück aufs Revier«, erklärte er stattdessen.

»Den Apfel in Gift getunkt«, wiederholte der Bruder, als hätte er gar nicht zugehört.

»Wie bitte?«

»Da ist etwas mit diesem Satz«, fuhr John Turing fort.

»Was denn?«

»Er erinnert mich an etwas.«

»Und woran?«

»An etwas, was Alan einmal vor langer Zeit gesagt hat, vor dem Krieg. Gibt es nicht einen Spruch in der Richtung?«

Einen Spruch? Ein vergifteter Apfel, das hörte sich archetypisch an, aber Corell fiel nichts Entsprechendes ein, und er hatte immerhin eine Vorliebe für Sprüche und Nonsensverse. »Nicht dass ich wüsste«, sagte er. Dann notierte er sich John Turings Anschrift und versprach, ihm Alan Turings Traumtagebücher zu schicken, die »definitiv nicht in die falschen Hände geraten durften«. Danach verabschiedeten sie sich, und auch wenn der Bruder seine Momente von Offenheit gehabt hatte, war er nun wieder ganz in seiner Beamtenrolle und schritt davon. Erst als sein Rücken nur noch ein Strich in der Ferne war, fiel Corell ein, dass er vergessen hatte, nach Alan Turings Arbeit mit Paradoxen und Maschinen zu fragen, und für einen kurzen Augenblick durchfuhr ihn die übliche Beschämung darüber, nur als eine schwache Kopie seines wirklichen Ichs aufgetreten zu sein. *Ich bin mehr, ich bin mehr,* wollte er schreien, *ich war nur ein Schatten meiner selbst*, doch er riss sich am Riemen und lächelte mit angestrengter Würde zwei jungen Frauen zu, die ihm entgegenkamen.

Obwohl er sich gestresst fühlte, ging er nicht zurück aufs Revier, sondern bog in die Station Road zur Bibliothek ein. Die Bibliothek war ein Zufluchtsort. Inzwischen war er dort lieber als im Pub. Abends saß er oft stundenlang an einem der Tische und las nach seinem persönlichen Bildungsplan, aber bisher war er noch nie, oder im Prinzip nie, während der Arbeitszeit hier gewesen. An und für sich hatte er jetzt einen beruflichen Anlass, und wenn dieser auch nicht direkt mit der Ermittlung zusammenhing und wahrlich nichts war, das Priorität beanspruchte, so hastete er dennoch nur ein wenig schuldbewusst an George Bramwell Evans Garten vorüber und über die geschwungene Treppe hinauf ins Gebäude. Ein schwaches Gemurmel war zu vernehmen, und er nahm einen tiefen Atemzug und sog die spezielle Atmosphäre ein, eine subtile Kombination von Alltäglichkeit und Feierlichkeit, die an ein Haus erinnerte, in dem man sich heimisch fühlte und zugleich die Ehrfurcht gebietende Aura einer gelehrten und sehr klugen Person empfand. Bücher, Bücher! Vielleicht liebte Corell sie vor allem in einer gewissen Entfernung, als Verheißungen oder als Ausgangspunkt für seine Träume, und nur langsam näherte er sich dem Informationstresen und der jungen Dame dahinter, die, wie er wusste, Ellen hieß. Er bat um das medizinische Nachschlagewerk.

»Sie sind doch nicht krank, Sir?«

»Nein, nein«, erwiderte er etwas irritiert und wanderte zu seinem üblichen Platz am Fenster.

9

Am Morgen nach der Nacht, in der sein Vater in Southport verschwunden war, war er mit dem Gefühl aufgestanden, dass sich alles wieder einrenken würde und sie am vorangegangenen Abend lediglich einen Tiefpunkt passiert hatten, von dem an es wieder aufwärtsgehen würde. Er war so voller Hoffnung, dass er nicht einmal den Mann erkannte, der vom Strand und den roten Geräteschuppen zu ihnen heraufkam. Er glaubte, es wäre einer von den Spaßvögeln der Gegend, der sich einen witzigen Hut aufgesetzt hätte und nun käme, um nach seinem Vater zu fragen. Als er jedoch in die Küche trat und erwartete zu hören, dass »Papa gestern über die Stränge geschlagen« habe, bemerkte er, dass seine Mutter noch dasselbe Kleid trug wie am Vorabend und dass der Mann keineswegs ein Scherzbold war, sondern ein Polizist, eine bärtige, groß gewachsene Amtsperson, deren witziger Hut in Wirklichkeit ein Helm war.

»Geh in dein Zimmer!«

Er ging nicht weiter als nötig, um aus ihrem Gesichtsfeld zu verschwinden, und lauschte dann. Er verstand nur Bruchstücke, und lange starrte er aufs Meer hinaus, auf das schwarze Ruderboot am Strand, aber am Ende hielt er es nicht mehr aus.

»Worüber redet ihr? Wo ist Papa?«, schrie er.

»Beruhige dich, Leonard!« Die gepresste Stimme der Mutter ließ ihn sofort begreifen, dass die denkbar schlimmste Art von Unglück sie heimgesucht hatte, und auch wenn es eine Weile dauerte, bis die Einzelheiten sich zusammenfügten, wurde am Ende klar, dass ein Mann von einem Güterzug aus Birmingham erfasst worden war und dass es sich bei diesem Mann womöglich um seinen Vater handelte. Seine Mutter musste mitgehen, um den Körper anzusehen, und wenn es je einen Moment gegeben hatte, um zu beten, dann war es dieser, doch soweit Corell sich erinnerte, schwand die Hoffnung sofort. Ich bin Waise, ich bin Waise, murmelte er, als hätte er sie beide verloren, und deshalb wurde der Schock auch nicht so viel größer, als die Mutter von der Identifizierung zurückkam. Auf der Türschwelle stehend, mit wunderlich rot geschminktem Mund und so kleinen, hektisch blinzelnden Augen, dass es ein Rätsel war, wie sie überhaupt noch sehen konnte, erklärte sie: »Vater ist tot. Er ist nicht mehr da«, als wäre das Letztere ein unverzichtbarer Zusatz.

Natürlich hatte er irgendwie reagiert, mit Tränen oder einem Zusammenbruch, aber das Einzige, woran er sich erinnerte, war, dass er den weißen Queen-Anne-Stuhl in Stücke schlug und dass ihm dies eine gewisse Befriedigung gab, vor allem weil es nicht in Raserei geschah, sondern methodisch und ruhig, bis drei der Beine weggebrochen waren und die Rückenlehne auseinanderfiel. Seine Mutter, die, als solche betrachtet, zuvor nicht vieles richtig gemacht hatte, bewies immerhin so viel guten Geschmack, die Szene mit den Worten, sie habe »den Stuhl sowieso nie gemocht«, zu kommentieren. Im Übrigen verfiel sie merkwürdig schnell – so als brauche ihre Trauer keine Stadien – in eine Art Erstarrung, die auf Außenstehende möglicherweise gefasst oder sogar ausgeglichen wirkte, besonders wenn sie abends zu den Klängen einer gefälligen Musik ihre

Patiencen legte oder sich mit lustvoller Sorgfalt ihr Haar kämmte. Aber ihm konnte sie nichts vormachen, und nach und nach lernte er, schon aus der Distanz zu erspüren, wie sie sich fühlte.

Wenn es besonders schlimm war, drang ein spezieller, saurer Geruch durch den Türspalt des Schlafzimmers, und damit wäre er vielleicht zurechtgekommen, wenn die Mutter ein wenig von ihrer Verzweiflung preisgegeben oder darauf geachtet hätte, ihre Worte und ihre Körpersprache in Einklang zu bringen. Sie konnte lächeln und sich über das Wetter äußern, aber dabei aussehen, als machte sie Entsetzliches durch, und oft wollte er schreien: »Dann weine doch, verdammt noch mal!« Sie zeigte jedoch keine andere Gefühlsreaktion, als dass sie sich weiter zurückzog, und statt zu versuchen, sie aus ihrer Einkapselung herauszulocken, floh er und igelte sich selbst ein. Er sprach kaum ein Wort und machte lange Spaziergänge am Strand oder hinauf zur Eisenbahn, wo er seinen ganz eigenen Friedhof anlegte.

Es hatte Tage gedauert, bis er den Platz gefunden hatte. Es war schwierig gewesen, von den Erwachsenen eine Auskunft zu erhalten, und vermutlich hätte er die Stelle nie entdeckt, wenn er nicht eines Tages neben einem rostigen Silo und zwei sperrigen Büschen einen Fund gemacht hätte. Im Gras neben den Schienen lag der schwarze Handschuh des Vaters mit den geriffelten Rändern, und auch wenn er sich heute nicht mehr erinnern konnte, was er damals gedacht hatte, erlebte er den Fund sofort als etwas Großes. Es war, als hätte er eine entscheidende Spur aufgetan, als wäre der Tod des Vaters über die Katastrophe hinausgewachsen und zu einem Mysterium geworden, als könnte er zu einer Lösung gelangen, wenn er nur das Beweismaterial ausreichend studierte und die richtigen Schlüsse zog. Wieder und wieder fragte er sich, ob der Handschuh aus der Tasche des Vaters gefallen, ob er im

Zorn dorthin geworfen oder sogar als eine geheime Botschaft neben die Schienen gelegt worden war.

Viele Jahre lang sollte Leonard in der Hoffnung, einen versteckten Sinn zu finden, in der Literatur nach schwarzen Handschuhen suchen, und er sollte auf die letzten Schritte des Vaters fixiert bleiben und sich fragen, ob es zutraf, wie er gelesen hatte, dass der Blick in den letzten Minuten geschärft ist und man jedes Detail in der Umgebung wahrnimmt, und ob wirklich das Leben Revue passiert, und wenn ja, ob er in dem Erinnerungsstrom des Vaters vorgekommen war und ob er dabei in gutem oder schlechtem Licht gestanden hatte.

Stunde um Stunde, Tag um Tag wälzte er diese Gedanken, aber der Handschuh führte ihn nirgendwohin als zurück zu sich selbst, und er fand nichts heraus in jenem Herbst, als dass der Vater die Familie tatsächlich an den Rand des Ruins getrieben hatte. Der arme Mann hatte sich in einen Teufelskreis von panischen Hirngespinsten und idiotischen Rettungsmaßnahmen verstrickt, und es war mehr als offensichtlich, dass es kein Geld mehr gab, um den Sohn aufs Marlborough College zu schicken.

Leonard kam dann doch noch dort an, nur etwas verspätet, dank Tante Vicky und eines Stipendiums in Englisch und Mathematik. Zunächst freute er sich darüber. Er sah es als eine Möglichkeit an, von zu Hause fortzukommen. Doch nichts lief ohne Komplikationen. Es war der Oktober 1939. Ein Krieg war ausgebrochen, er stand mit seinen braunen Koffern auf dem Bahnhof, und es kam ihm so vor, als wäre die Welt zerbrochen. Überall standen Soldaten. Ein kleines Kind schrie, und die Mutter, die eine glänzende Haarnadel am Hut trug, strich ihm übers Haar. Aus der Entfernung sah es sicher perfekt aus, wenn jemand sie so beobachtete, wie er die anderen ansah. Die Mutter sagte all die richtigen Dinge:

»Du kommst bestimmt gut zurecht, Leonard. Und dass du mir regelmäßig schreibst!« Aber alles, was sie sagte, klang hohl.

Es war, als spielte sie nur die liebevolle Mutter, und während sie ihre Lippen an seine Wange presste, stellte er sich vor, dass ihre Augen abwesend waren, wenn nicht sogar auf der Suche nach fremden Männern auf dem Bahnsteig. Auch wenn das sicher ungerecht war, war er überzeugt, dass sie sich von ihm abgewandt hatte, einer fernen Landschaft zu, wo für ihn kein Platz mehr war, und er wollte ihr vorwerfen: *Warum siehst du mich nicht? Warum liebst du mich nicht mehr?*

Aber ihr Verbrechen war zu subtil, zu filigran. Es gab keine rauchende Pistole, nichts Greifbares, und natürlich hoffte er, er hätte sich geirrt und die Liebe und Präsenz der Mutter wären unverändert. Aber etwas in ihr war wirklich erstarrt, und hätte sie ihm auf dem Bahnsteig eine Ohrfeige gegeben oder einen Faustschlag versetzt, hätte ihm das nicht so wehgetan wie die Kälte, mit der sie ihre aufmunternden Sätze aussprach: »Du wirst mich stolz machen auf der Schule.« »Du bist ja so begabt, mein Junge.« »Nimm dich vor den Radaubrüdern in Acht!«

Als der Zug anfuhr und er auf seinem Platz saß, der nach Reinigungsmittel und nach dem Alkohol der Soldaten roch, erschien ihm die Mutter dort draußen auf dem Bahnsteig so klein und traurig, dass er einen Moment lang bereute, nicht freundlicher von ihr gedacht zu haben, doch in der nächsten Sekunde schlug eine Welle von Schmerz über ihm zusammen, und in einer hastigen Tagebucheintragung, die unter anderen Voraussetzungen ein Tiefpunkt und der Anfang von etwas Neuem hätte sein können, schrieb er: »Sei stark! Sei stark!«

Es war nur so, dass Marlborough ihm keine Möglichkeiten bot, eine neue Stärke aufzubauen. Die Schule verfestigte eher das alarmierende Gefühl von Verlorenheit, das der Tod des Vaters mit sich gebracht hatte, und er hasste den Ort mit einer inbrünstigen Leidenschaft. Nicht nur aus den üblichen Gründen – das Essen war abscheulich, die Lehrer waren streng und fantasielos und die älteren Schüler grausam, gemäß dem althergebrachten System von Aufwartungen und Bestrafungen. Es lag auch nicht daran, dass er im Haus A wohnte, dem sogenannten Gefängnis, und dass allein Rugby, Cricket und Leichtathletik in dieser Welt etwas zählten, langweiliger Scheiß also, den er nicht ausstehen konnte, oder daran, dass es wahrlich kein Vorteil war, der Klassenbeste zu sein. Der wahre Grund war ein ganz anderer.

10

Er hatte das medizinische Nachschlagewerk schon früher zur Hand genommen, nicht nur in Perioden, in denen er sich krank gefühlt hatte, sondern auch, um sich Kenntnisse über die menschliche Biologie anzueignen. Der braune Band war abgegriffen und nicht ganz auf dem neuesten Stand. Wenn er darin las, bekam er das Gefühl, in seinem eigenen Körper auf Reisen zu sein, und manchmal hatte er die Symptome von Krankheiten gespürt, von denen er gelesen hatte, als wäre er von den Worten angesteckt worden oder hätte plötzlich begriffen, wie es ihm wirklich ging. Aber als er diesmal darin blätterte, blieb er an keiner einzigen Stelle hängen, und er fand rasch, was er suchte: »Östrogen, ein Steroidhormon … findet sich bei Männern und Frauen, aber in höherem Maße bei Frauen … dringt durch die Zellmembran … beeinflusst sekundäre Geschlechtsmerkmale wie die Entwicklung der Brust und … verantwortlich für die Steuerung des Menstruationszyklus … daher als das weibliche Geschlechtshormon bekannt.«

Er begriff nicht. »Als das weibliche Geschlechtshormon bekannt«? Warum hatte man es dann Alan Turing gegeben? Er musste sich verhört haben, unaufmerksam gewesen sein. Aber nein, er hatte sich das Wort bewusst eingeprägt, um sich daran zu erinnern, und Turings Bruder hatte geklungen, als wäre er seiner Sache sicher. Alan Turing musste Östrogen bekommen haben. Es schien nur so absurd, so krank. Nun hatte Corell zwar keine Ahnung von Medizin, aber *weibliches Hormon,* das war ja ekelhaft, und hätte es nicht eher umgekehrt sein müssen?

Er blickte vom Buch auf und versuchte, ruhig über die Sache nachzudenken. *Weibliches Geschlechtshormon, weibliches.* Natürlich hatte er keine Ahnung, was Homosexualität verursachte, doch wenn es etwas war, dann bestimmt nicht ein Mangel an Weiblichkeit. Tunten, sagte man. Seine Tante hatte von einer Straße im Londoner West End erzählt, wo sogenannte *Mollies,* zu Frauen verkleidete Männer, sich anderen Männern anboten. Wenn Homosexuellen etwas fehlte, war es wohl Männlichkeit. Warum ihnen nicht mehr männliche Geschlechtshormone geben? Damit sie stärkeren Bartwuchs und Haare auf der Brust bekamen, einfach ein bisschen mehr zum Mann wurden. Er begriff es nicht. Warum hatten sie Turing so einen Scheiß verabreicht? Schikane konnte es nicht sein. In der Akte hatte es ausdrücklich »Behandlung« geheißen, »medizinische Behandlung«. Selbstverständlich musste es einen Grund geben. Man machte doch so etwas nicht ohne umfassende Studien. Es musste eine wissenschaftliche Erklärung geben. Er hatte nur nicht den rechten Überblick. Skepsis, mein Junge, Skepsis, die Gelehrten sind selten so gelehrt, wie sie sich geben, pflegte sein Vater zu sagen. Das konnte wohl stimmen, aber die Gelehrten waren doch auch nicht vollkommen dämlich? Sie zwangen doch nicht ohne Grund einen Universitätsdozenten, weibliche Hormone zu nehmen, oder etwa doch?

Mehrere Minuten schaute Corell aus dem Fenster, unangenehm berührt, und der Moment, als er Turings Schlafanzug aufknöpfte und dessen ein wenig weibliche Brust entdeckte und mit den Händen den Körper untersuchte, trat ihm wieder vor Augen. Hatte die Erinnerung nicht etwas Bedrohliches? Er stand auf, ging zu den Stapeln mit den Zeitungsordnern und suchte fieberhaft nach zwei Dingen, der Artikelserie über Homosexualität im *Sunday Pictorial*, von der Hamersley gesprochen hatte, und nach einer Reportage über das Gerichtsverfahren gegen Alan Turing. Er ging zwei, drei Jahre zurück und blätterte so hastig, dass er die Seiten zerriss. Er wollte schon aufgeben. Nervös sah er auf die Uhr, er hätte längst zurück auf dem Revier sein müssen, aber hier… sein Blick fiel auf einen Text über Hormonbehandlungen gegen Homosexualität im *Sunday Pictorial*. Der Artikel war hochtrabend und ziemlich substanzlos, aber er verstand immerhin so viel, dass es über Homosexualität geteilte Meinungen gab.

Viele betrachteten sie als einen moralischen Verfall, vor dem niemand gefeit sei, der nicht auf sich achtgab, eine Degeneration ganz einfach, die Folge eines zügellosen Lebenswandels. Wahrscheinlich, las er, sei dies unter Intellektuellen besonders ausgeprägt, teilweise als Ergebnis der Zustände an den Privatschulen, ein wahres Wort, in der Tat, fand Corell. Aber es hieß auch, dass die Homosexualität ein Gegenwartsphänomen sei. Die etablierten Werte infrage zu stellen, vom politischen System bis zur allgemeinen Sexualmoral, sei in Künstlerkreisen ein Modetrend, schrieb der Autor. Der Spion Guy Burgess und die Bloomsbury-Gruppe sowie gewisse Kreise am King's College und Trintity College in Cambridge wurden erwähnt sowie die Gemeinsamkeiten von Homosexuellen und Kommunisten herausgestellt. Beide organisierten sich im Untergrund, und beide kehrten sich von grundlegenden Normen ab. Deshalb sei es nicht verwunderlich, dass es unter den Roten zahlreiche Schwule gebe, und was einer Reihe von wichtigen Leuten zufolge notwendig sei, seien strengere Strafen, nichts anderes, und eine allgemeine Ächtung.

Andere, mehr »wissenschaftlich orientierte« Stimmen definierten die Homosexualität als einen Krankheitszustand und empfahlen Behandlung, was die Konservativen aufbrachte, die der Ansicht waren, eine solche Betrachtungsweise spreche die Schuldigen von Verantwortung frei. Es hatte Versuche mit Lobotomie und chemischer Kastrierung gegeben, doch ohne überzeugende Resultate. Die Hormonbehandlung wurde als Erfolg versprechendere Methode angesehen. Ein Doktor Glass in Los Angeles hatte eine Reihe von Studien durchgeführt und herausgefunden, dass Homosexuelle mehr Östrogen im Körper hatten als andere Männer, und das passte ja zu Corells Vermutung. Im Jahre 1944 hatte Doktor Glass einer Anzahl von Schwulen ein männliches Geschlechtshormon injiziert und sich anscheinend viel von dem Experiment erhofft. Er wurde enttäuscht. Mindestens fünf der Versuchspersonen wurden wollüstiger denn je, oder, wie es in dem Artikel ausgedrückt wurde, ihre homosexuelle Neigung verstärkte sich.

Der Misserfolg legte nahe, dass man es umgekehrt machen musste. Man verabreichte stattdessen Östrogen. In Corells Augen war dies eine reichlich simple Lösung, funktioniert es nicht mit Schwarz, versucht man es eben mit Weiß. Aber ein britischer Arzt mit Namen F. L. Golla, Leiter von Burdens Neurologischem Institut in Bristol, wurde zu einem Pionier auf dem Gebiet, und seinen Studien zufolge erwies sich das Östrogen wirklich als sehr effektiv. Wenn nur die Dosierung ausreichend hoch war, verschwand die sexuelle Lust im Laufe eines Monats. Natürlich kam es zu kleineren Nebenwirkungen, die jedoch als unwesentlich angesehen wurden, zeitweilige Impotenz unter anderem und dann die Entwicklung der Brust.

Turing wurde in dem Artikel nicht genannt, und Corell blätterte das Wilmslower Lokalblatt und den *Manchester Guardian* durch. Er fand erstaunlich wenig über das Gerichtsverfahren, was, wenn nichts anderes, bedeuten musste, dass Turing keine besonders herausragende Person war. Keinem Reporter schien es der Mühe wert gewesen zu sein, in Turings Schmutzwäsche zu wühlen. Corell fand nur einen kurzen Artikel. Die Überschrift lautete: »Universitätsdozent zu Überwachung verurteilt. Muss sich organtherapeutischer Behandlung unterziehen.«

Neben einigen Details über das eigentliche Vergehen war dem Artikel zu entnehmen, dass das Gericht die bisherige Unbescholtenheit Alan Turings berücksichtigt habe. Die Gerichte urteilten nicht mehr so streng wie zu Oscar Wildes Zeiten. Von siebenhundertsechsundvierzig Männern, die im Jahre 1951 wegen grober Unsittlichkeit verurteilt worden waren, waren nur einhundertsechsundsiebzig im Gefängnis gelandet. Viele hatten wie Turing zwischen Behandlung und Gefängnis wählen können, zwischen weiblichen Geschlechtshormonen und Knast. Auch eine Wahl, dachte Corell und fragte sich, ob er selbst nicht lieber den Knast genommen hätte! Im Gefängnis hätte er zumindest er selbst bleiben können. Ein Mann.

Im *Sunday Pictorial* stand, dass das Östrogen möglicherweise – auch wenn es nicht als wahrscheinlich galt – das Nervensystem beeinflusste. Es waren Versuche mit Ratten gemacht worden, und einige von ihnen hatten Anzeichen von Depression erkennen lassen, wie immer man nun feststellen mochte, dass eine Ratte deprimiert war. Ließ sie den Schwanz hängen? Was für ein Unfug! Aber eine Tablette zu schlucken, sich eine Spritze verpassen zu lassen, die ins Blut eindrang und unsichtbar im Inneren ihre Wirkung entfaltete und die nicht nur den Hintern aussehen ließ wie den eines Mädchens, sondern auch die Brüste! Grauenhaft. Unwillkürlich strich Corell mit der Hand über seine eigene Brust. Er verspürte eine unerklärliche Angst. Aus seinem Geschlecht gerissen zu werden, am Morgen aufzuwachen und nach neuen Zeichen der Verwandlung zu suchen! Er hätte es keinen Tag ausgehalten. Er wäre genau wie Turing im Obergeschoss herumgewandert und hätte den Apfel in das giftige Gebräu getunkt. Wenn man seine Männlichkeit verlor, was blieb einem dann noch? Obwohl eigentlich ... was ging ihn das an. *Sei froh, dass du nie ...* Er hatte genug von dem Thema und versuchte, an etwas anderes zu denken. Er nahm sich wieder seine Zahlenreihe vor, doch dann ... Plötzlich kam ihm ein Gedanke, den man mit Fug und Recht professionell nennen konnte. In dem Artikel stand, dass die Behandlung nur ein Jahr dauern sollte, was bedeuten würde, dass Alan Turing das Östrogen bereits 1953 abgesetzt hätte, mindestens ein Jahr vor seinem Tod. Anschließend hätte er sein gewohntes Leben wieder aufnehmen können; nicht dass Corell nun viel über ihn wusste, aber zumindest hatte die Behandlung ihn nicht umgebracht. Es ging ihm besser, dem Bruder zufolge, er hatte Theaterkarten gekauft, was natürlich nichts besagte, aber es war auf jeden Fall nicht unmöglich, dass es andere Ursachen für seinen Tod gab als den Gerichtsprozess und die Behandlung. Er war überwacht worden. Er hatte Geheimnisse gehabt. Alles Erdenkliche konnte passiert sein ... Corell würde die Wahrheit nie erfahren, oder? Alan Turing hatte die Gründe für seinen Selbstmord mit ins Grab genommen. Corell würde am besten alles vergessen. Außerdem musste er jetzt wirklich gehen. Ross war bestimmt schon auf hundertachtzig. Er beschloss, sich zu beeilen, und dennoch – was ihn selbst wunderte – ging er nicht direkt aufs Revier. Er bog nach rechts ab, in die Alderley Road, als zögen der Wind und der Sommer ihn mit sich fort, oder als hätten die Gedanken an das Östrogen und den Selbstmord dazu geführt, dass er nun seine Männlichkeit beweisen wollte. Er ging zum Herrenausstattungsgeschäft Harrington & Sons, nicht um Kleidung zu kaufen,

Gott bewahre. Ohne die Zuschüsse seiner Tante hätte er sich in dem Laden kaum ein Taschentuch leisten können. Er war dort, weil er ein Mädchen sehen wollte.

Sie hieß Julie. Ihren Nachnamen kannte er nicht. Sie arbeitete in dem Geschäft, und als er dort gewesen war, um Maß nehmen zu lassen für den Tweedanzug, den die Tante ihm zum Geburtstag schenken wollte, hatte Julie seine Hosen mit Nadeln abgesteckt und seine Schultern und die Taille gemessen, und es war ein wohliges Gefühl gewesen, wie eine Fürsorglichkeit, die er nicht gewöhnt war, und er hatte sich gestreckt, als wäre er wirklich jemand, von dem Großes zu erwarten war. Anderseits hatte es etwas gedauert, bis er sie zur Kenntnis nahm. Sie war weder schön noch auffallend, eher so schüchtern, dass sie beinahe unsichtbar wurde – was sich in nächster Zukunft nun ändern sollte. Leonard Corell war kein Frauentyp. Ebenso oft wie er sich darüber wunderte, wie einsam er geworden war, fuhr ihm der Gedanke durch den Kopf, wie wenige Frauen er gehabt hatte – vor allem wenn man von seinen misslungenen Erfahrungen mit Prostituierten in Manchester absah –, und auch wenn es viele Ursachen dafür gab, spielte doch vor allem sein geringes Selbstwertgefühl eine entscheidende Rolle. Er wollte mehr aus sich machen, nicht länger nur der Kriminalassistent Corell sein, die gleiche Person, aber mit einigen zusätzlichen Verdiensten und Qualitäten, vielleicht genau der Mensch, den er gespielt hatte, als Julie seine Hosenbeine absteckte, und während er wartete, dass er sich in diese Person verwandeln würde, tat er – nichts. Er wurde Spezialist darin, seine Vorsätze und Annäherungsversuche aufzuschieben. Es war keine bewusste Strategie, mitnichten. Er ließ sich lediglich von dem Gedanken zurückhalten, dass er als Person noch nicht fertig war; er ging nicht sicher davon aus, dass jemals etwas aus ihm werden würde, aber wenn ein Mythos in ihm lebte, dann erinnerte er an das Märchen vom hässlichen kleinen Entlein.

Eines Tages vor einem Monat hatte er im Schaufenster von Harrington & Sons eine Gestalt mit weichen Linien gesehen, die eine der Clark-Gable-ähnlichen Schaufensterpuppen ankleidete. Als er sich näherte, sah er, dass es Julie war. Ihr Haar war hochgesteckt. Sie trug ein strenges, grün kariertes Kostüm und eine Bluse in einer hellen Farbe, die, wie er gelernt hatte, als »Seladon« bezeichnet wurde. Wieder fand er sie nicht besonders schön, und erst als sie Clark Gable ein rotes Halstuch umlegte, geschah etwas. Sie begann zu leuchten, und er erinnerte sich, dass es ihm so vorkam, als ob sie Frieden ausstrahlte. Mit dem Blick folgte er den beunruhigenden Formen ihrer Hüften und ihres Busens, und als sie sich niederbeugte und die Hosenbeine der Puppe zurechtzupfte, sah er, dass ihr Tränen aus den Augen liefen, und er wurde von dem intensiven Willen erfüllt, sie aus dem Laden und dem Schaufenster und von allem, was sie quälte, zu befreien.

Nach jenem Abend ging er oft an dem Geschäft vorbei, und insgeheim genügte es schon, einen kurzen Blick von ihr zu erhaschen, um ihn eine mit Angst gemischte Freude erleben zu lassen. Ein- oder zweimal – je nachdem, wie er rechnete – hatte sie ihm einen Blick geschenkt, der ihn an trostlosen Tagen aufbaute, keinen verführerischen oder einladenden Blick, eher ein scheues Aufschauen, das schwer war von Zurückhaltung und Bescheidenheit, und er begann zu fantasieren, wie er sie an der Hand nahm und sie aus dem Laden führte, an einen besseren Ort, an dem sie nie mehr zu weinen brauchte.

Als er jetzt wieder zu dem Geschäft ging, erwartete er nichts, doch wie so oft fragte er sich, ob er sich nicht hineinwagen und so tun sollte, als wollte er sich ein paar

Stoffe für einen Sommeranzug ansehen, vielleicht zwischen dem einen oder anderen wählen und ein paar geistreiche Worte formulieren, vielleicht sogar einen Scherz, der an der Grenze des Erlaubten lag, etwas, was Harrington und sein Sohn nicht verständen, was Julie jedoch mit einem heimlichen Lächeln aufnähme, das könnte ein Anfang sein. Nicht so, dass er sie gleich einladen würde, mit ihm auszugehen, nein, nein, er würde behutsam sein, sich würdevoll verhalten, aber das Eis wäre gebrochen, und das nächste Mal, wenn sie sich aus Zufall an einem freien Sonntag träfen, würde es ernst werden. Das stellte er sich vor, doch als er näher kam, sank sein Mut, und einige Meter vom Schaufenster entfernt stellte er erleichtert fest, dass sie nicht da zu sein schien.

Alles, was er sah, waren die Clark-Gable-Puppen und Harrington selbst. Und dann, wie aus dem Nichts, tauchte sie auf, und das Unglück wollte es, dass sie den Blick direkt Corell zuwandte. Er hätte nicht schlechter vorbereitet sein können. Er brachte ein aufgesetztes Lächeln zustande, das er später bis zur Verzweiflung analysieren sollte, und hob die rechte Hand an seinen Trilby, in einer Bewegung, die nur zur Hälfte als Gruß gewertet werden konnte, ein furchtbares Zeichen von Unentschlossenheit, aber Tatsache war, dass Julie zurücklächelte.

Ihre Blicke trafen sich für einen Sekundenbruchteil, das war nicht viel, aber immerhin etwas. Es gelang ihm, sich nicht sogleich abzuwenden. Dann senkte er den Blick und spürte, wie sein Körper flatterig und verkrampft wurde, und als er davonging – was hätte er sonst tun sollen? –, stellte er sich vor, wie die ganze Straße auf seine staksigen Schritte starrte, doch nach ein paar Minuten fühlte er trotz allem eine gewisse Zuversicht und dachte, *eines Tages, eines Tages*, ohne genau zu wissen, was er meinte.

11

Niemand schien gemerkt zu haben, dass er überhaupt fort gewesen war, und lange saß er nur am Schreibtisch, unfähig zu arbeiten. Schließlich ließ er sich mit Inspektor Eddie Rimmer in Manchester verbinden. Eddie Rimmer meldete sich sofort und ließ gleich erkennen, dass er gern mit einem Kollegen in Wilmslow sprach, egal, ob es wichtig war oder nicht. Sein ständig gackerndes Gelächter war geradezu drollig, und obwohl Corell nicht wirklich schlauer wurde, machte das Gespräch ihm Spaß, und sie sprachen lange miteinander, länger als notwendig. Eddie Rimmer hatte Turing gemocht:

»Ein netter Kerl ganz einfach, dabei hätte er richtig sauer auf uns sein sollen. Wir nahmen ihn auseinander wie nichts. Einfach so!« Ein Fingerschnipsen war im Telefon zu hören. »Er spuckte alles aus. Ich hatte noch nicht einmal Zeit, mir die Ärmel aufzukrempeln. Ha, ha. Ein komischer Kauz, muss man schon sagen. Er hatte seine Examen und das alles, aber er setzte sich nicht aufs hohe Ross.«

»Er war also gar nicht überheblich?«

»Er hatte seine Eigenheiten, klar. Manchmal redete er unverständliches Zeug, und er war natürlich homosexuell, vollkommen unverbesserlich, glaube ich. Aber er wollte niemandem etwas Böses. Er war nur falsch gepolt.«

Auch Rimmer war aufgefallen, dass das Außenministerium sich für Turing interessierte. Es habe mit der Atombombe zu tun, meinte er.

»Mit der Atombombe?«, fragte Corell.

»Alles, was mit der Bombe zusammenhängt, ist ja enorm heikel«, sagte Rimmer. »Und diese Maschine, mit der er zugange war, die wurde benutzt, als die britische Bombe entwickelt wurde. Man konnte damit berechnen, wie die Atome herumsausen oder etwas in der Art.« Das war zumindest, was Rimmer gehört hatte. Nicht dass er ganz sicher sei, aber Turing sei ja ausgezeichnet worden – zwar keine großartige Medaille, laut Rimmer, ein OBE, ein ganz normaler OBE, aber trotzdem ... da lag der Hund begraben. Das hatte Rimmer durchaus mitbekommen. Es war unendlich viel getuschelt worden, und: »Herrgott, was für einen Aufstand sie gemacht haben, nur weil er Besuch von irgendeinem norwegischen *boyfriend* bekommen sollte.«

»Inwiefern?«

»Niemand sprach es offen aus, aber man merkte, dass Turing ein Spezialfall war. Unsere Chefetage war komplett aus dem Häuschen.«

»Das ist unsere jetzt auch«, sagte Corell.

»Sehen Sie. Irgendetwas stimmt da nicht.«

»Ist er möglicherweise ermordet worden?«

Nein, nein, so weit wollte Rimmer nicht gehen. Er wolle auch nicht spekulieren, sagte er, ohne jedes Bewusstsein für die Tatsache, dass er soeben recht ordentlich spekuliert hatte, und Corell ließ das Thema fallen und erzählte eher allgemein von dem Apfel, dem Kessel und den Stromkabeln. Und dann kam er auf sein eigentliches Anliegen zu sprechen.

»Dieser Arnold Murray und dieser Harry, der den Einbruch begangen hat, wissen Sie, wie man an die beiden herankommen kann?«

Das wusste Rimmer nicht. Die Burschen saßen ja nicht gerade auf Abruf neben dem Telefon oder waren so entgegenkommend, sich an einer festen Adresse aufzuhalten. Aber klar, sagte er, er könne sich umhören, ein bisschen telefonieren, wenn es wichtig sei, und Corell wollte nicht zugeben, dass es das war, aber er sei dennoch dankbar, sagte er, und dann redeten sie über das Treiben an der Oxford Road, das sich in letzter Zeit deutlich beruhigt habe, »bestimmt, weil die Schwulen in neue Jagdreviere umgezogen sind. Denn so ist es doch. Wir verschieben das Problem nur an einen anderen Ort.«

»Traurig, aber wahr.«

»Für einen Kriminaler muss Wilmslow ein ruhiges und angenehmes Pflaster sein. Viele Reiche da, oder?«, fuhr Rimmer fort, und Corell erwiderte, dass dem so sei, aber leider fielen nicht viele Polizeibeamte in diese Kategorie und schon gar nicht er selbst.

»He, he«, kicherte Rimmer.

»Da ist noch etwas, worüber ich nachgedacht habe. Vielleicht klingt es ein bisschen dumm«, sagte Corell, und obwohl es eigentlich gegen seinen Stolz ging, konnte er die Frage nicht zurückhalten.

»Ich liebe dumme Fragen«, sagte Rimmer. »Man bekommt die einmalige Gelegenheit, sich ausnahmsweise intelligent zu fühlen.«

Corell erinnerte den Kollegen an dessen seltsame Randnotiz über das Lügnerparadox im Vernehmungsprotokoll.

»Was meinten Sie eigentlich damit?«

Das wusste Rimmer nicht genau. Es sei so eine Sache, die er verstanden habe, als er sie hörte, die ihn aber später irritiert habe: »Kaum etwas, worüber man sich täglich Gedanken macht, nicht wahr?« Corell wollte dennoch hören, woran er sich erinnerte, und Rimmer sagte, dass Turing etwas darüber gesagt habe, dass es in der Mathematik seltsame Dinge gebe, nicht irgendwelche speziellen Zahlen oder Berechnungen, sondern Seltsamkeiten in dem ganzen dahinterliegenden System. Der Satz *Ich lüge* sei ein Beispiel. Irgendwie könne dieser Satz in Ziffern umgewandelt werden, was dann vermutlich einfach aussehe. Aber er sei weder wahr noch falsch. »Man wird ganz wirr im Kopf, wenn man nur anfängt, darüber nachzudenken«, fuhr Rimmer fort und betonte, dass es sich nicht nur um ein Spiel mit Worten handle, sondern um etwas Ernstes, worüber die Gelehrten sich die Köpfe zerbrachen. Und Turing habe versucht, die Lösung für derartige Probleme zu finden, und zu diesem Zweck eine Maschine erfunden.

»Was war das für eine Maschine?«

»Im Großen und Ganzen die gleiche Maschine, an der er hier in Manchester gearbeitet hat, glaube ich.«

»Sind Sie da sicher?«

Sicher war Rimmer sich nicht. Das Ganze gehe über seinen Verstand, aber es sei etwas unglaublich Pfiffiges gewesen, was Turing erfunden habe.

»Doktor Turing sagte, es seien die Mathematiker gewesen, die den Krieg gewonnen hätten.«

»Was meinte er damit?«

»Was weiß ich. Er hat so viele komische Sachen gesagt. Er behauptete, dass seine Maschine eines Tages genauso würde denken können wie Sie und ich.«

»Ich habe etwas Ähnliches gehört«, sagte Corell. »Aber das kann wohl kaum zutreffend sein?«

»Auf jeden Fall ist es nicht leicht, sich darauf einen Reim zu machen.«

»Soweit ich verstanden habe, war er kein herausragender Mathematiker«, fuhr Corell fort, ohne richtig zu wissen, warum er das sagte.

Es war ihm nur so herausgerutscht, aber vielleicht dachte er an die begrenzte Aufmerksamkeit, die Turing in den

Zeitungen zuteilgeworden war, und möglicherweise wollte er auch seine eigene Autorität demonstrieren. Rimmers kokette Verständnislosigkeit gegenüber Turings Gedankengängen war ihm nicht sympathisch.

»Vielleicht hat er mich ein wenig hinters Licht geführt«, sagte Rimmer. »Aber er war ein netter Kerl. Bot uns Wein an und spielte uns ein bisschen auf der Geige vor, wissen Sie.« Rimmer summte ein paar Töne. Di do di do.

»Trauriges Ende, muss ich schon sagen«, fügte er hinzu.

»Angesichts der Umstände war es ja kein Wunder, dass er sich das Leben genommen hat«, murmelte Corell, und darauf hätte der Kollege natürlich das eine oder andere entgegnen können, aber er zog es vor, von einer Frau in der Alton Road in Wilmslow anzufangen, einer Eliza, und zu fragen, ob sie Corell ein Begriff sei, sie sei nämlich ein ansehnliches Frauenzimmer, ein wenig in die Jahre gekommen vielleicht, aber mollig und »mit einem Hintern zum Träumen«. Rimmer spielte mit dem Gedanken, sie gelegentlich anzurufen, er glaube, zwischen ihnen werde vielleicht etwas laufen, aber Corell sagte: »Leider kenne ich sie nicht. Aber ich danke Ihnen für das aufschlussreiche Gespräch.«

»Viel Glück bei der Ermittlung«, entgegnete Rimmer, anscheinend verdutzt über das abrupte Ende – hatte er doch gerade erst angefangen, über so wesentliche Dinge wie Elizas Hintern zu sprechen –, aber Corell mochte nicht mehr zuhören, sein Kopf wurde bereits von ganz anderen Gedanken in Anspruch genommen.

Ihm war, als würde er in eine geheime, sich ständig entziehende Landschaft davongetragen, und unbewusst bohrte er die Nägel in die Handflächen. Konnte es so einfach sein, dass Alan Turing an der großen Bombe gearbeitet hatte und dass er deshalb eine solche Hysterie ausgelöst hatte? Die Mathematiker haben den Krieg gewonnen, hatte Turing zu Rimmer gesagt. Was konnte er anderes gemeint haben, als dass Wissenschaftler wie er ausgerechnet hätten, wie das grässliche Teufelszeug zur Explosion gebracht werden konnte? »Er und eine Menge anderer schlauer Köpfe, die von den Streitkräften zusammengebracht worden waren.«

Er sah das Gesicht von Turings Bruder vor sich. »Ich habe so eine Ahnung. Aber da Alan nie ein Wort darüber gesagt hat, sollte ich wohl auch schweigen.« Corell beschloss, sich nicht weiter um die Sache zu kümmern. Was sollte er sonst tun?

Draußen im Hof gurrten die Tauben, und einen Tisch weiter saß Alec Block über ein paar Papiere gebeugt. Es war ein trauriger Anblick. Alles an Block strahlte Düsterkeit und Mangel an Selbstvertrauen aus, und Corell dachte, sich der Parallele zu sich selbst bewusst, dass der Kollege unter anderen Umständen ein ganz anderer Mensch hätte werden können, und er wollte fragen: »Hast du Kummer?« oder sogar: »Kannst du verstehen, dass ein Mensch sich das Leben nimmt?« Aber er bremste sich.

»Hast du noch etwas gefunden?«, sagte er stattdessen.

Das hatte Block, nicht viel, aber doch war es ein weiteres Anzeichen dafür, dass Turing sein Leben wie üblich geplant hatte – was immer ihnen das für die Ermittlung bringen mochte. Alan Turing hatte an der Universität für Mittwoch, also heute, Zeit an der Maschine gebucht.

»Zeit an der Maschine?«, fragte Corell.

»Das war wohl nötig, um Zugang zu dem Apparat zu bekommen«, sagte Block. »Es gibt eine Warteliste.«

»Was für eine Maschine ist das?«

»Eine Art Mathematikmaschine. Sie kann Dinge sehr schnell ausrechnen.«

»Wird die Maschine auch elektronisches Gehirn genannt?«

Block schien über die Frage verblüfft zu sein.

»Ich glaube nicht«, sagte er. »Davon habe ich nichts gehört.«

»Was wollte Turing ausrechnen?«

Das wusste Block nicht. Turing machte da oben vermutlich sein eigenes Ding. Er war eine Art Sonderling im Haus, eine Person mit einem bedeutenden Titel, die kam und ging, wie sie wollte. In den letzten Jahren hatte er sich mit seinen eigenen Sachen beschäftigt, unter anderem mit der mathematischen Formel hinter dem Wachstum des Lebens.

»Das hört sich kompliziert an, ich weiß«, sagte Block und erinnerte Corell an Rimmer. »Aber offensichtlich wächst alles auf der Erde nach speziellen Mustern. Es gibt mathematische Theorien darüber, wie eine Blume ihre Blüten entfaltet. Jemand hat gesagt, Turing habe sogar studiert, wie die Flecken eines Leoparden sich ausbilden.«

»Die Flecken eines Leoparden«, murmelte Corell und verlor die Konzentration.

Die Ziffern in Alan Turings Notizbüchern tanzten durch seine Gedanken, und er dachte an seinen alten Mathelehrer und an einige andere entlegene Dinge, und unbewusst schloss er die Augen.

Er wurde vom Klingeln des Telefons aufgeschreckt. Ein Franz Greenbaum war am Apparat. Corell konnte den Namen zunächst nicht einordnen, hatte den Mann früher am Tag aber selbst zu erreichen versucht. Greenbaum war Psychoanalytiker, und sein Name stand ganz oben in Turings Traumbüchern. Als Corell ihm den Anlass für das Gespräch nannte und ihm berichtete, was geschehen war, verstummte Greenbaum, ganz offensichtlich erschüttert, und als Corell unsensibel Zeichen von Ungeduld erkennen ließ, erklärte Greenbaum, dass er und Alan mehr gewesen seien als Analytiker und Patient, sogar enge Freunde. Corell murmelte ein »ich verstehe«. Greenbaum erwiderte kategorisch, so als hätte Corell sich kritisch geäußert, er arbeite nach Jungs Prinzipien, und im Unterschied zu Freud sei Jung der Meinung, dass man sehr wohl eine persönliche Beziehung zu den Patienten haben könne.

»Gab es Anzeichen dafür, dass er daran dachte, sich das Leben zu nehmen?«

Das fand Greenbaum nicht. Alan Turing habe sich im Griff gehabt. Er habe sich seiner Mutter angenähert. Er habe tief und klar gedacht, und auch wenn er ein komplizierter Charakter gewesen sei, habe ihm jede Anlage zum Pessimismus gefehlt. Weiter ins Detail könne er, so Greenbaum, nicht gehen. Er habe seine Schweigepflicht.

»Vielleicht können Sie mir sagen, wie lange er bei Ihnen in Therapie war?«

»Zwei Jahre.«

»Bestand die Absicht, ihn zu heilen?«

»Wovon?«

»Von seiner Homosexualität.«

»Keineswegs. An so etwas glaube ich nicht.«

»Meinen Sie, dass Homosexualität nicht heilbar ist?«

»Wenn sie überhaupt etwas ist, das man heilen muss.«

»Was meinen Sie damit?«

»Nichts eigentlich.«

»Ich habe gerade gelesen, dass man verschiedene wissenschaftliche Methoden ausprobiert.«

»Alles Unsinn!«, raunzte Greenbaum.

Er schien die Diskussion nicht fortsetzen zu wollen, und Corell hätte sicher gut daran getan, das Thema fallen zu lassen. Der Psychoanalytiker ließ Anzeichen von Verärgerung erkennen, wenn nicht sogar von Verachtung, doch Corell wollte eine Antwort auf seine Frage bekommen.

»Warum sollte man sie nicht heilen? Homosexualität macht die Leute unglücklich und führt junge Menschen ins Verderben.«

»Darf ich dem Herrn Kriminalassistenten eine kleine Geschichte erzählen?«

»Ja … natürlich«, antwortete Corell irritiert.

»Ein Mann, der schrecklich neurotisch und voller abstruser Ideen gewesen war, erscheint bei seinem Analytiker und sagt: ›Danke, Herr Doktor, dass Sie mich von meinen Wahnvorstellungen geheilt haben. Was können Sie mir nun stattdessen anbieten?‹«

»Was wollen Sie damit sagen?«

»Dass unsere Leidenschaften und Passionen ein wichtiger Bestandteil unserer Persönlichkeit sind, und wenn man sie fortnimmt, geht etwas Grundlegendes verloren. Alan war Alan, und ich glaube nicht, dass er davon geheilt werden wollte.«

»Dennoch nahm er weibliche Geschlechtshormone.«

»Er hatte keine andere Wahl.«

»Hat er darunter gelitten?«

»Was glauben Sie denn? Wären Sie davon begeistert?«

Corell ließ das Thema fallen und fragte nach den Traumbüchern. Damit habe es nichts Besonderes auf sich, meinte Greenbaum. Er habe Alan Turing gebeten, seine Träume aufzuschreiben. Träume könnten dabei helfen, sich selbst kennenzulernen, erklärte er, und Corell, der sich aufgrund seines schlechten und häufig gestörten Schlafs besser an seine Träume erinnern konnte als seit Langem, fragte, ob Greenbaum glaube, dass man Träume dechiffrieren könne.

»Dechiffrieren. Komisch, dass Sie dieses Wort benutzen«, sagte der Psychoanalytiker. »Aber nein, ich glaube nicht, dass man Träume lösen kann wie ein Rätsel oder eine mathematische Gleichung. Aber sie können uns wichtige Dinge über uns selbst sagen, zum Beispiel, was wir verdrängen. Darf ich Sie um eines ganz entschieden bitten, Herr Kriminalassistent?«

»Das kommt darauf an.«

»Ich bitte Sie, nicht zu lesen, was Turing in den Traumbüchern geschrieben hat. Sie waren nicht für Außenstehende bestimmt, schon gar nicht für die Ordnungshüter«, sagte er und hörte sich schulmeisterlich an, was Corell ärgerte, und deshalb – oder zumindest teilweise deshalb – erklärte er streng, er respektiere selbstverständlich die Integrität eines jeden Menschen, doch als Polizist müsse er zuweilen das eine gegen das andere abwägen, und falls Greenbaum etwas wisse, das der Polizei helfen könne zu entscheiden, ob es sich um Selbstmord gehandelt habe oder nicht, so sei es seine Pflicht, dies zu sagen. Im ersten Moment war Corell überzeugt, dass Greenbaum kein Wort mehr sagen würde. Doch dieser schien sich tatsächlich zurechtgewiesen zu fühlen, und nervös oder zumindest zögerlich sagte er:

»Nein, nein, nicht dass ich wüsste..., aber vielleicht doch, eine Sache ist da, was immer sie bedeuten mag.«

Es ging um ein Ereignis in Blackpool. Greenbaum, seine Frau Hilla und Alan waren an einem strahlenden Tag im Mai dort gewesen. Sie waren die Golden Mile entlangspaziert, an den Vergnügungsattraktionen vorbei, und hatten Eis gegessen. An einem alten Wagen nicht weit von ihnen entfernt hing ein rotes Schild: *Blick in deine Zukunft*, und als Alan es sah, erzählte er von einer Zigeunerin, die, als er zehn Jahre alt gewesen sei, seine Begabung oder sogar sein Genie vorausgesagt habe. Hilla forderte ihn auf, es jetzt noch einmal zu versuchen, »Sie werden bestimmt weitere gute Neuigkeiten erfahren«, und am Ende ließ Alan sich überreden und stieg in den Wagen, in dem eine ältere Dame mit weitem Rock und einer Narbe auf der Stirn saß. Greenbaum glaubte, Alan werde bald wieder herauskommen. Doch es dauerte. Die Minuten vergingen, und als Alan schließlich aus dem Wagen stieg, war er verändert. Er war blass. »Was ist passiert?«, fragte Greenbaum. Turing antwortete nicht. Er wollte nicht darüber sprechen. Während der ganzen Busfahrt zurück nach Manchester sagte er kaum ein Wort. Er war völlig neben der Spur, und »ehrlich gesagt«, schloss der Psychoanalytiker, »war dies das letzte Mal, dass wir uns gesehen haben. Es schmerzt mich, daran zu denken.«

»Sie wissen also nicht, was die Wahrsagerin gesagt hat?«

»Nur, dass es etwas Unangenehmes gewesen sein muss.«

»Ich dachte, es wäre ihr Job, den Leuten nur gute Dinge vorherzusagen.«

»Ja, so eine alte Hexe«, fauchte Greenbaum unerwartet, und Corell fielen die Wahrsager damals in den Sommern in Southport ein, besonders eine alte Dame mit braunen, verklebten Lippen und tiefen Falten an den Händen und auf der Stirn, die mit ihren langen roten Fingernägeln über seine Hand gestrichen und ihm Unwohlsein verursacht hatte, obwohl sie sagte, dass er mit einem dunklen, mystischen Mädchen sein Glück finden und in einem gelehrten Beruf zu Ehre und Ansehen gelangen werde, doch nicht einmal da, als seine Zukunft sich noch rosig darstellte, hatte er auch nur einen Augenblick daran geglaubt.

Für Wahrsagerinnen hatte er nie etwas übriggehabt, nicht einmal Romane über sie gelesen, und es missfiel ihm, dass ein Wissenschaftler sich von ihnen beeindrucken ließ, und in Gedanken versuchte er, ein Bild von Zigeunerinnen, denkenden Maschinen, Zyanid- und Goldexperimenten und brodelnden Giftkesseln zusammenzusetzen. Es kam ihm wie alchemistischer Hokuspokus vor. Vielleicht war Alan Turing trotz allem wahnsinnig gewesen.

»Er wirkte also überspannt?«

»Das ist meine Einschätzung, auf jeden Fall zu diesem Zeitpunkt, aber über einen längeren Zeitraum betrachtet hatte sein Zustand sich stark verbessert«, sagte Franz Greenbaum, und wenig später bedankte Corell sich und legte auf.

Auch durch dieses Gespräch war er nicht viel klüger geworden, und er vermutete, dass er kaum noch weiterkommen würde. Er schien ständig gegen eine Mauer zu stoßen, und selbst wenn er auf lange Sicht vermutlich Risse darin finden könnte, hatte er nicht viel Zeit zur Verfügung. In der Ermittlung war Eile geboten. Schon morgen Abend sollte unter der Leitung des Untersuchungsrichters James Fern eine offizielle Verhandlung über die Todesursache stattfinden, und das war verdammt früh, fand er, wenn man alle Unklarheiten bedachte, er würde sich wahrlich auf das Wesentliche konzentrieren müssen, doch statt etwas Vernünftiges zu tun, ließ er den Zeigefinger über eines der drei Traumbücher gleiten, die auf dem Schreibtisch lagen.

Das Buch war in rotbraunes Leder gebunden und hatte links oben ein kleines Emblem, »Harrod's«. »Ich bitte Sie ganz entschieden, die Traumbücher nicht zu lesen.« Greenbaums Worte ließen das Buch in einem neuen Glanz leuchten. Er öffnete es. Auf der Innenseite stand »Träume« in einer blauen Schrift geschrieben, die allein schon träumerisch wirkte. Das T und das r waren ineinander verschnörkelt und bildeten ein spinnengleiches Zeichen, das aussah, als könnte es auf eigenen Beinen davonspazieren. Die Handschrift machte überhaupt einen nervösen oder nahezu okkulten Eindruck – als wären die Buchstaben sich dessen bewusst, dass sie ein dunkles Geheimnis trugen –, wobei sicherlich die Geschichte von der Wahrsagerin auf Corells Wahrnehmung abfärbte. Vielleicht trug auch die Unleserlichkeit der Schrift zu dem Gefühl von etwas Mystischem bei. Was konnte die Wahrsagerin gesagt haben? Aberglauben und Dummheiten ließen Corell eigentlich kalt, aber dennoch … welche Worte einer unbekannten Frau konnten die Kraft haben, einen Menschen aus dem Gleichgewicht zu bringen?

Es hängt natürlich von allem Möglichen ab – von der

Gemütsverfassung der Person und ihrem Leben. Es ist nicht der Inhalt an sich, sondern welche Saiten angeschlagen werden. Man kann in Verzweiflung geraten, nur weil jemand »Fahrradpumpe« oder »Traktor« sagt. Es war sinnlos, darüber zu spekulieren, was gesagt worden sein könnte. Trotzdem tauchten zwei Wörter in seinen Gedanken auf, die Wörter ›verdammt‹ und ›verstoßen‹. *Du bist verstoßen, Leonard. Du bist verdammt ...* so etwas hörte man in seinen Albträumen, etwas, was man nicht begriff, das einen aber in Angst und Schrecken versetzen konnte, und deshalb musste er diese Traumbücher nun lesen. Es war seine verdammte Pflicht, oder etwa nicht? Vielleicht stand etwas Wichtiges darin, etwas, was das Geschehene erklärte – zur Hölle mit Greenbaum! –, und angestrengt las Corell hier und da in den Abschnitten, die zuletzt niedergeschrieben worden waren. Es war nicht leicht. Die Sätze waren schwer zu verstehen, und er sprang vor und zurück. Mehrmals stieß er auf den Namen Christopher, *geliebter Christopher, lieber schöner Christopher.* Wer war das? Corell fand keinen Anhaltspunkt, er las von einer Nacht, als Alan Turing in einer länglichen Halle schlief und plötzlich wach wurde und die »Klosterglocke schlagen hörte«. Wo diese Halle war, wurde nicht klar, vielleicht war er im Traum erwacht, es war auf jeden Fall dunkel und still, und Turing trat an ein »viergeteiltes Fenster« und schaute durch ein Fernglas zum Himmel auf. »Über dem Haus von Ross« leuchtete der Mond. Es hätte »eine schöne Nacht werden« können, doch etwas passierte. »Sterne fielen.« Ein Besen fuhr über den Himmel, die »Welt wurde kleiner und kälter«, und Alan Turing erkannte, dass er »einsam werden würde«. Das Datum 6. Februar 1930 war notiert. »Die Gedanken flogen in der Dunkelheit ihrer eigenen Wege.« Eine große Trauer schien ihn befallen zu haben. War Christopher gestorben?

Es war und blieb ein Traumbuch, nichts weiter. Es fand

sich kein roter Faden. Immer wenn die Worte gerade klar wurden, trieben sie davon, und Corell überflog den Text bis zu einer Geschichte, in der ein junger Mann in kurzen Hosen auf dem Fußboden lag und auf »klappernde und knallende Geräusche genau wie in Bletchley« horchte und wo eine Hand ausgestreckt wurde, eine schöne, lange Hand, die über seinen Körper strich ... Corell schob das Buch von sich. Nie und nimmer würde er so etwas lesen!

Dennoch fuhr er fort. Der Text zog ihn an, aber nein, er weigerte sich, er wollte davon nichts wissen, es war ein entsetzlicher Schund, und für einen Augenblick fühlte er sich zurückversetzt in die kalten Säle von Marlborough College, und das brachte das Fass zum Überlaufen. Er sprang auf, ging nach draußen, holte drei wattierte Umschläge und steckte die Traumbücher hinein. Dann schrieb er dreimal John Turings Adresse in Guildford darauf und klebte die Umschlagklappen zu, was er später bereuen sollte, und allem Anschein nach sah er unzufrieden aus, denn Kenny Anderson fragte:

»Was ist los? Bekommst du grad einen Schlaganfall?«

»Nein, nein. Es ist nichts.«

»Bist du sicher?«

»Absolut sicher. Ich habe mich nur gerade etwas gefragt. Weißt du, was Bletchley ist?«

»Was?«

»Bletchley«, wiederholte er.

»Hört sich nach einer Automarke an.«

»Ich glaube, du denkst an Bentley. Bletchley hingegen scheint ein Ort zu sein.«

»Dann weiß ich es nicht.«

»Hast du übrigens Gladwin gesehen?«

»Ich glaube, der hat frei.«

Corell murmelte etwas und eilte in den Archivraum, wo er in den Nachschlagewerken zu blättern begann.

12

Am Marlborough College gab es zwei Jungen, die Ron und Greg hießen. Sie waren ein Jahr älter als Corell, beides Söhne von Bischöfen, und obwohl sie sehr unterschiedlich waren, waren sie doch beide mit einem raffinierten Sadismus ausgestattet. Dass Corell ihre beliebteste Zielscheibe wurde, lag vermutlich nur an einem unglücklichen Einfall, aber Leonard war eine dankbare Beute. Er hatte keine Freunde und keinen Ort, an dem er sich verstecken konnte, und er zahlte sogleich in der Währung zurück, die Ron und Greg am meisten schätzten: in einem sichtbaren und großen Leiden. In diesen Jahren – den Kriegsjahren – war es in der Schule eng und chaotisch. Über vierhundert Jungen der Cityschule in London waren nach Marlborough evakuiert worden, um dem *Blitz* zu entgehen, und auch wenn Leonard die Anlage zur Unsichtbarkeit besaß, war es auf die Dauer schwer für ihn davonzukommen. Als er eines Wintermorgens die Steintreppe des A-Hauses hinaufstieg, wurde er aufgehalten.

»Wir wollen mit dir reden, Junge.«

Ron war groß, blond und hatte einen krummen Rücken, und so unglaublich es sich für einen Burschen in seinem Alter auch anhören mochte, es sah aus, als bekäme er eine Glatze. Ein kahler Fleck schmückte seine Schädeldecke.

Greg war dunkelhaarig, kleiner und kräftiger. Es bedurfte keines größeren Scharfsinns, um sich auszurechnen, dass er zwar gut im Rugby war, aber in der Schule schwer mitkam. Eine exquisite Mischung aus Brutalität und Trägheit leuchtete aus seinen Augen, aber obwohl er sonst in seiner Boshaftigkeit über einen gewissen Erfindungsreichtum verfügte, fand er an diesem Tag an Corell nichts auszusetzen. Das war nicht notwendigerweise von Vorteil für Corell. Dass es nichts zu bemängeln gab, verstärkte nur Gregs Wut, und am Ende kam ihm eine der vielen Regeln der Schule zu Hilfe, der zufolge die Bücher unter dem linken Arm zu tragen waren und nur wenig nach vorn herausragen durften. Die Regel war möglicherweise eingeführt worden, damit die Schüler sich nicht gegenseitig mit den Büchern schlugen, aber wahrscheinlich war der Hauptzweck der, den Älteren die Möglichkeit zu geben, auf den Jüngeren herumzuhacken.

»Deine Bücher stehen zu weit vor.«

»Aha«, sagte Leonard.

»Was glaubst, wie es aussähe, wenn alle ihre Bücher so herumtrügen?«

»Was glaubst du, wie es aussähe, wenn alle einander auf der Treppe anhielten und idiotische Sachen sagten?«

Gemessen daran, wie Corell sich bisher an der Schule verhalten hatte, war dies verblüffend freimütig, doch weil es kein Publikum gab, bei dem er für seine Frechheit Applaus einheimsen konnte, hatte er nicht viel davon.

Greg hatte für schlagfertige Kommentare nichts übrig, und als Antwort stieß er Leonard vor die Brust und befahl ihm, zwanzigmal die Treppe auf und ab zu laufen. Die Treppe auf und ab zu hetzen war im A-Haus eine gewöhnliche Bestrafung, und als Leonard loslief, standen Ron und Greg auf dem unteren Treppenabsatz und überwachten ihn. Bis zu diesem Moment hatte Corell kein besonders kompliziertes Verhältnis zu seinem Körper gehabt. Er hatte nie einen Gedanken daran verschwendet, ob er schön oder hässlich war. Jetzt bekam er zu hören, dass er einen Mädchenhintern hätte.

»Guck mal den Mädchenhintern an«, sagte Greg, und dann lachten sie, und ob es bedeutete, dass der Hintern groß oder klein war, war Leonard nicht klar, aber so viel sah er ein, dass ein Mädchenhintern etwas weitaus Schlimmeres war, als wenn man »Idiot« oder »Schisser« genannt wurde.

Es war etwas, das sich an ihn heftete und ihn beschmutzte, und er fühlte sich nackt, obwohl er unter der Schuluniform ordentlich angezogen war. Nicht viel später fingen sie an, ihn »das Mädchen« zu nennen, und wie immer in derartigen Situationen schlossen sich andere an, nicht alle, keineswegs, aber genug, um den Namen zu verbreiten und zu seinem Spitznamen zu machen. »Er ist ein warmer Bruder«, verbreitete Greg. »Bin ich nicht«, fauchte Leonard. Trotzdem dauerte es nicht lange, bis er begann, seinen Körper mit einem neuen Misstrauen zu beäugen, als könnte die Behauptung wahr sein. Jeden Tag meinte er, neue, beunruhigende Zeichen zu finden. Seine Brust war zu weich und eingesunken, die Beine zu dürr für seine Hüften, und die langen Augenwimpern viel zu feminin, und manchmal begriff er nicht, dass die Person, die ihn aus dem Badezimmerspiegel ansah, wirklich er war. Gab es nicht irgendwo ein anderes Bild, das seiner Vorstellung von sich selbst besser entsprach?

Es kam ihm vor, als fiele seine Persönlichkeit Stück für Stück von ihm ab. Seine Gedanken verschwanden in sich selbst, wie vergiftet von ihrer Selbstreflexion, und selbstverständlich hasste er Ron und Greg und die anderen Quälgeister, er war außer sich über ihre Beleidigungen, trotzdem schämte er sich und verachtete sich selbst, und am Ende blieb ihm keine Fluchtmöglichkeit mehr, weder nach innen noch nach außen.

In der Schule war er weiterhin gut, vor allem in Englisch und Mathematik, aber er war nicht mehr der Beste. Er verlor seine Wissbegierde und seine Zielstrebigkeit. Oft wagte er nicht einmal mehr, sich in der Klasse zu melden. Er wurde immer unsichtbarer. Nicht auf einem einzigen Gebiet vermochte er zu zeigen, was in ihm steckte, und das wuchs sich zu einer fixen Idee aus, einem ständig wiederkehrenden Gedanken, dass er die Person, die er einmal gewesen war und die zu sein er bestimmt war, verraten hatte. Manchmal betete er zu Gott, dass er durch einen Willensakt oder wie durch einen Zauberschlag sein altes Ich zurückerhielte.

Immer mehr ergriff der Gedanke von ihm Besitz, dass eines Tages jemand, ein Lehrer, ein Mädchen oder vielleicht sogar eine neue Idee ihm helfen werde, seine richtige Persönlichkeit zurückzuerobern, und dass er irgendwann zu etwas Größerem verwandelt und den gehemmten Jungen hinter sich lassen würde, den das Internat aus ihm gemacht hatte. Doch nichts geschah, abgesehen davon, dass er neuen Ärger bekam, und selbst wenn er mit der Zeit lernte, das Leben nüchterner zu betrachten, ließ ihn der Traum nie ganz los. Nach Perioden der Ratlosigkeit wurde die Vorstellung wieder intensiver, Corell konnte dann eine Zeit lang wie besessen sein und meinte, eine Öffnung oder eine Lichtung zu sehen, aber er wurde stets enttäuscht, und als er jetzt im Rahmen der Ermittlung um Alan Turing seine alten Träume zum Leben erwachen spürte, geschah das beinahe gegen seinen Willen.

13

Corell schlug in der *Encyclopædia Britannica* unter Lügnerparadox nach. Er erwartete nicht, eine Erklärung zu der Stelle zu finden, die Rimmers im Vernehmungsprotokoll notiert hatte, geschweige denn, etwas über die Arbeit des verstorbenen Mathematikers zu erfahren, aber er hoffte, ein wenig besser verstehen zu können, was ihn an dem Paradox so faszinierte.

Das Phänomen wurde als ein Satz beschrieben, der sich als falsch ausgibt und der gerade dadurch wahr ist, zumindest solange er tatsächlich falsch ist, und der durch den ihm innewohnenden Widerspruch unseren Wahrheitsbegriff aushebelt oder sozusagen vorübergehend aufhebt.

Epimenides, ein kretischer Philosoph, war mehrere Hundert Jahre vor Christus auf das Paradox gestoßen. In der Ursprungsversion lautete der Satz *Alle Kreter sind Lügner, wie mir ein kretischer Dichter sagte*, doch er konnte auch anders formuliert werden, zum Beispiel in der einfacheren Form *Ich lüge*. Corell wusste nicht so recht, warum, aber der Satz war für ihn nur schwer zu fassen. Er glaubte zwar nicht direkt an Rimmers Worte, dass er eine Krise in der Mathematik hervorgerufen und zur Entstehung einer neuen Maschine Anlass gegeben hatte, doch es gefiel ihm, darüber nachzudenken – der Satz brachte seine Gedanken in Bewegung. Er versuchte, Varianten des Satzes zu finden. Unter anderem murmelte er »Es gibt mich nicht«, aber ihm war sofort klar, dass es sich hier um eine andere Art von Widerspruch handelte; um einen Satz, den man als lebendiger Mensch nicht aussprechen konnte, ohne zu lügen; es dauerte einige Zeit, bis es ihm gelang, das Thema loszulassen. Das Paradox hing weiter in seinen Gedanken fest wie ein alter Schlager, der zum Ohrwurm geworden war.

Erst auf der Busfahrt zu seiner Tante in Knutsford begann er, an etwas anderes zu denken, denn als er in der Bexton Road ausstieg und ihm eine kühle Brise ins Gesicht wehte, fragte er sich, ob er ein Geschenk hätte mitbringen sollen, eine Blume oder etwas zum Nachtisch. In der Stadt schlossen allerdings gerade die Läden, und während er an den weißen Kalksteinvillen mit ihren über Kreuz liegenden Holzbalken vorüberfuhr, beschloss er, sich nicht weiter zu sorgen und sich vom Abend und dem gerade vorherrschenden Gefühl, frei atmen zu können, berauschen zu lassen. Knutsford zur Dämmerung war für ihn der Inbegriff von Freiheit. In wenigen Minuten würde er sich mit einem Glas Sherry hinsetzen und so lange über seinen Tag klagen, bis das Gespräch zu etwas Angenehmerem überging. Mit seiner Tante konnte er vergleichsweise offen reden, ohne sich in seinem Redefluss zu bremsen oder sich für seinen Hintergrund zu schämen. Er konnte unverblümt intellektuell sein und sich auf jedes beliebige Buch beziehen, ohne jemanden damit zu reizen, und auch wenn es möglicherweise ein wenig peinlich war, eine alte Verwandte zum besten Freund zu haben, ging er nun eilig durch die Straßen von Knutsford, als wäre er unterwegs zu einem großen Abenteuer.

Die Tante hatte nie geheiratet. Sie war achtundsechzig Jahre alt und war in ihrer Jugend Suffragette gewesen und einmal festgenommen worden, nachdem sie einen Stein an das Fenster eines Parlamentsabgeordneten geworfen hatte. Sie hieß Victoria, wurde aber Vicky genannt und hatte das Girton College in Cambridge besucht. Wie Leonards Mutter hatte sie ihre Ausbildung nicht abgeschlossen, sondern eine Stelle als Lektorin beim Verlag *The Bodley Head* in London angetreten sowie unter dem Pseudonym Victor Carson Literaturkritiken in *The Guardian* geschrieben. Die Haare stets kurz geschnitten, hatte sie hartnäckig durch alle Modeschwankungen hindurch darauf bestanden, Hosen zu tragen. Seit ihrer Jugend hatten die Leute sie als Xanthippe und Mannweib bezeichnet, und zweifellos legte sie in Diskussionen gelegentlich ein aufbrausendes Verhalten an den Tag, doch Corell sah sie nie als unweiblich oder zänkisch an. Für ihn war sie am ehesten die fürsorgliche Mutter, die ihm immer gefehlt hatte, und wenn er kam, sorgte sie stets dafür, dass er genug zu essen und zu trinken bekam, natürlich auch, weil sie selbst kräftig becherte. Sie trank wie ein Schwamm. Trotz ihrer Jahre und ihres Rheumatismus bewegte sie sich dennoch graziös. Reich konnte man sie wohl nicht nennen. Aber sie war die Einzige in der Familie, die überhaupt noch etwas besaß, und da sie weder Kinder noch kostspieligere Gewohnheiten hatte, abgesehen von der Pichelei und diversen Bücherkäufen, ließ sie Leonard so manches zukommen. Sie gab ihm Taschengeld und machte ihm Geschenke, so jüngst ein Radio und den handgenähten Tweedanzug, den er schon seit mehreren Monaten in seinem Besitz, aber noch nicht getragen hatte, aus dem einfachen Grund, dass er keine passende Gelegenheit fand.

Trotz ihrer sozialen Talente pflegte sie erstaunlich wenig Umgang mit anderen Menschen; lediglich die fünfzehn Jahre jüngere Rose kam zuweilen von London herauf und wohnte ein paar Tage bei ihr.

Als Corell jetzt in die Legh Road einbog, die von ausgesucht schönen Häusern gesäumt wurde, und sich Vickys ungemähtem Rasen und ihren ungepflegten Beeten näherte und das rote, turmgleiche Ziegelhaus sah, das ebenfalls schön war, wenn auch etwas heruntergekommener als die Nachbarhäuser, verspürte er plötzlich einen Stich und fürchtete, nicht so herzlich empfangen zu werden wie sonst. Aber da sah er sie winken, und jetzt fühlte es sich an, als käme er nach Hause.

Vicky trug einen lila Jumper, eine enge Lederweste und ein Paar dunkle, flatternde Hosen. Sie stützte sich auf einen silberbeschlagenen Stock, den sie zuweilen hervorholte, wenn sie sich steif fühlte.

»Wie geht es dir?«, sagte er.

»Ich bin eine alte Elster. Aber es ist ein schöner Abend, und jetzt bist du hier, also werde ich wohl überleben. Was ist aus meinem kleinen Jungen geworden? Was für ein stattlicher Bursche du bist.«

Er sagte nichts. Er fand die Komplimente albern. Dennoch freute er sich darüber, und er trat ins Haus und holte einmal tief Atem. Das Abendessen war schon fertig. Vom Fenster aus sah er, dass im Innenhof gedeckt war, und ohne zu fragen, trug er die Töpfe hinaus und verjagte einige Tauben, die vom Brot und von der Butter auf dem Tisch angelockt wurden. Sie würden Shepherd's Pie mit Bohnen und Kartoffeln essen und beschlossen, ein mildes Ale dazu zu trinken, bevor sie zum Sherry übergingen, und sicherheitshalber wickelten sie sich beide in graue Wolldecken. Es war ein schöner Abend, aber es war windig, und Vicky machte es sich auf ihrem Stuhl gemütlich und fing an, über Politik zu reden. Sie schimpfte anhaltend auf Eisenhower und sein Gerede von der Domino-Theorie, und es kam vor, dass Corell an etwas anderes dachte – an Julie vor allem –, doch während sie ihre Gläser nachfüllten, lockerte sich die Stimmung.

»Kannst du dich erinnern, dass Papa uns manchmal eine lustige Geschichte über das Lügnerparadox erzählt hat?«

»Was war jetzt noch das Lügnerparadox?«

Corell erklärte es ihr.

»Doch … doch … ich glaube, ich weiß, was du meinst. Was war das noch? Ging es nicht um einen Drachenkopf? Eine Statue?«

»Er war an irgendeiner Stelle in Rom gewesen.«

»Genau, ja, und da stand dieser Drachenkopf, und einer Legende zufolge sollte derjenige, der die Hand in den Mund des Drachens steckte und eine Lüge aussprach, nie mehr seine Hand herausbekommen, nicht wahr?«

»Ganz genau!«

»Aber dein Vater steckte seine Hand hinein und sagte … oder genauer gesagt, er behauptete, gesagt zu haben … Ich bin ziemlich sicher, dass er die Geschichte geklaut hat.«

»Ich auch.«

»Sie ist zu gut, um seine eigene zu sein. Aber er behauptete, er hätte gesagt … hilf mir mal, Leo … ich habe es vergessen, was genau hat er gesagt?«

»Natürlich etwas in der Art wie: ›Ich werde meine Hand nie mehr herausbekommen.‹«

»Genau. Und das war anscheinend ziemlich pfiffig.«

»Ziemlich.«

»Warum noch mal? Ich werde ganz wirr von so was.«

»Weil der arme Drache völlig konfus geworden sein muss«, antwortete Corell. »Was sollte er tun? Wenn er die Hand dranließ, dann hatte Papa ja nicht gelogen und würde seine Hand herausbekommen. Aber wenn die Statue ihn die Hand herausziehen ließ, dann stimmte wiederum die Prophezeiung nicht. Dann konnte man ja lügen und trotzdem die Finger behalten. Die Formulierung setzte den Drachen schachmatt.«

»Armer Drache. Wieso kommst du darauf?«, fragte sie und kippte noch ein Glas Sherry.

»Na ja, ich weiß nicht ...«

Er wusste nicht recht, was er sagen sollte.

»... vielleicht, weil ich immer geglaubt habe, dass das Lügnerparadox nur ein lustiges Rätsel wäre, eine kleine geistreiche Schnörkelei, aber jetzt habe ich erfahren, dass Widersprüche wie dieser der Mathematik als Wissenschaft Probleme bereitet haben«, fuhr er fort.

»Aha«, sagte sie und wirkte plötzlich müde.

Ihre Hand, die das Sherryglas hielt, zitterte leicht, und die dunklen Schatten unter ihren Augen waren noch dunkler als sonst.

»Du passt doch gut auf dich auf?«, fragte er.

»Ich könnte kaum gesunder sein. Was passiert bei dir auf dem Revier? Erzähl mir ein bisschen Klatsch! Zum Beispiel, was für Idioten deine Vorgesetzten sind.«

»Du ahnst ja nicht, wie beschränkt die sind!«

»Allen voran dieser Ross!«

»Der besonders! Im Moment hält er es für die wichtigste Sache auf der Welt, einen Kerl zu schnappen, der Müll herumliegen lässt.«

»Aber machst du gar nichts Spannendes? Gibt es denn keine Neuigkeiten aus der Unterwelt?«

Sie lächelte ihm aufmunternd zu.

»Ich untersuche den Tod eines Homosexuellen.«

»Eines Homosexuellen? Na, was für ein Glück, dass es kein Heterosexueller war«, entgegnete sie ungewohnt sarkastisch.

Corell stutzte.

»So habe ich es ja nicht gemeint«, antwortete er gekränkt.

»Nicht?«, erwiderte sie. »Sonst bist du ja auch nicht so genau damit anzugeben, welche sexuelle Neigung deine Toten haben.«

»Ich habe es nur gesagt, weil es für den Fall von Belang ist. Der Mann ist wegen Unsittlichkeit verurteilt worden, und wir glauben, dass seine Verzweiflung darüber ihn in den Selbstmord getrieben hat.«

»Aha. Hatte er neben der Homosexualität noch eine Beschäftigung?«

»Ja«, sagte er säuerlich.

»Er war also kein Vollzeitschwuli. Wie ärgerlich. Es gibt heutzutage keine Zeit mehr fürs Vergnügen.«

Warum plötzlich diese Gereiztheit?

»Er war Mathematiker«, murmelte er.

»Sieh mal an. Ein Denker also. Wo hatte er studiert?«

»Am King's in Cambridge.«

»Du warst auch einmal ein Ass in Mathe«, sagte sie, offenbar darum bemüht, die Stimmung wieder zu heben.

»Das war ich«, antwortete er und wusste sehr gut, dass er sich anhörte wie ein beleidigtes Kind.

»Kannst du mir vom Prozess gegen diesen Mann erzählen? Es interessiert mich, und entschuldige, mein Freund, wenn ich gereizt geklungen habe. Ich fühle mich heute ein bisschen neben der Spur, wie du ja schon gemerkt hast.«

»Kein Problem«, antwortete er.

Er war jedoch noch immer sauer. Auf der Arbeit hatte er mit allen erdenklichen Tonfällen umzugehen gelernt, aber bei seiner Tante war er viel empfindlicher, und es dauerte einen Moment, bis er die Balance wiedergefunden hatte, und erst als er vom Östrogen erzählte, zeigte sich ein Funken Intensität in seinen Worten.

»Wie schrecklich«, sagte sie, als er fertig war. »Wie schrecklich.«

»Ja.«

»Darf ich dich etwas fragen, Leo? Aber sei nicht gleich beleidigt. Findest du, dass es richtig war, diesen Mann zu verurteilen?«

»Ja, das finde ich ...«, begann er, hielt aber mitten im Satz inne.

Er meinte zu sehen, wie die Lippen der Tante sich erneut spitzten.

Fing sie jetzt wieder an?

»Es war grässlich, ihm dieses weibliche Hormon zu geben«, sagte er. »Er scheint eine Art Versuchskaninchen gewesen zu sein. Aber ansonsten, ja, ich finde, dass es richtig war. Er hat gegen das Gesetz verstoßen, und die Gesellschaft muss ein Zeichen setzen. Das Ganze würde sich sonst ausbreiten.«

»Und was sollte daran so gefährlich sein?«

»Zunächst einmal, dass die Homosexualität Menschen zutiefst unglücklich macht und sie aus der Gesellschaft ausgestoßen werden.«

»Aber das ist doch kaum der Fehler der Homosexuellen.«

»Wessen Fehler sollte es denn sonst sein?«

»Unserer natürlich. Weil wir sie ausstoßen.«

»Aber Herrgott, Vicky ...« Er spürte, wie er plötzlich wütend wurde. »Sie haben sich doch für ihren Weg entschieden, und man kann sagen, was man will, aber besonders natürlich ist es wohl kaum.«

»In welcher Hinsicht?«

»Das liegt doch auf der Hand.«

»Tut es das? Und seit wann ist die Natur unsere Richtschnur? Es gibt eine ganze Menge komische Dinge da draußen. Ist dir das noch nicht aufgefallen? Sollen wir das alles nachmachen? Unsere Gatten auffressen, wie einige Spinnen das tun?«

»Mach dich nicht lächerlich. Aber Mann und Frau, das bildet doch die Grundvoraussetzung für unser Fortbestehen, nicht wahr? Wenn alle schwul wären, würde unsere Art aussterben.«

»Soweit ich weiß, sind nicht alle schwul.«

»Aber es scheinen mehr und mehr zu werden.«

»Wirklich?«

»Alle Untersuchungen deuten darauf hin.«

»Das scheinen mir schöne Untersuchungen zu sein.«

»Was weißt du denn davon? Ich habe gerade mit unserem Superintendenten darüber gesprochen, den ich im Übrigen ziemlich gut kenne«, begann er und merkte selbst, wie angeberisch er klang.

»Ich merke, dass du gekränkt bist«, unterbrach ihn die Tante. »Aber ich muss schon sagen, dass ich mich wirklich ausgesprochen wundere.«

»Worüber denn?«

»Darüber, dass der Sohn von James Corell, der sein Leben lang Toleranz und Respekt gepredigt hat, sich in dieser Weise äußert.«

»Komm mir jetzt nicht wieder mit diesem gescheiterten Typen an. Ich will nichts von ihm hören«, entgegnete er unerwartet hitzig.

»Jetzt bist du einfach nur dumm«, gab sie giftig zurück.

»Das bin ich überhaupt nicht.«

»Doch. Du bist ungerecht und gehässig.«

»Hat der Idiot mir nicht hinreichend wehgetan? Musst du jetzt auch noch Partei für ihn ergreifen?«

»James war ein Schwätzer und ein Lügenhals und als Familienoberhaupt in finanzieller Hinsicht eine Katastrophe, aber er war dennoch in vielen Stücken ein guter Mensch, das weißt du, Leo, vor allem hat er politischen Mut bewiesen, und es könnte nicht schaden …«

»Wenn ich das auch täte, meinst du? Willst du damit sagen, dass ich ein feiger, gescheiterter Schlappschwanz bin?«

»Um Gottes willen, Leo, was redest du da? Ich finde, dass du ein wunderbarer Mensch bist, und das weißt du. Ich finde nur …«

»Was findest du, zum Teufel, sag's schon.«

Er konnte nicht begreifen, warum er so aufgebracht war.

»Dass du für diesen armen Kerl einstehen könntest. Ich vermute, dass deine Kollegen ihn auch verhöhnen.«

»Ich verhöhne ihn nicht. Er ist tot. Ich habe großen Respekt ...«

»Okay, okay. Sag mir stattdessen eins, Leo. Warum tust du dich so schwer mit Homosexuellen?«

»Ich tu mich nicht schwer mit ihnen.«

»Hast du Schlimmes erlebt? Ich weiß, dass du in Marlborough ungute Erfahrungen gemacht hast.«

»Ich habe nichts Schlimmes erlebt. Ich finde lediglich, dass Homosexuelle schlecht für die Gesellschaft sind und dass sie unsere Moral schwächen.«

»Wie priesterlich du auf einmal geworden bist. Darf ich dir etwas erzählen?«

»Natürlich«, antwortete er säuerlich.

»Du redest von der Natur. Das pflegen die Christen auch zu tun. Wir sollen natürlich leben, sagen sie, allerdings eindeutig nicht wie die Schweine, die Hunde oder die Fliegen. Aber stell dir einmal vor, Leo, dass es die Natur ist, die dafür sorgt, dass wir Homosexuelle haben, gerade damit wir überleben und neue Perspektiven entwickeln. Hast du einmal darüber nachgedacht, wie viele neue Ideen von Menschen mit dieser Neigung kommen?«

»Das weiß ich nicht.«

»Nimm nur den Bereich, von dem ich etwas verstehe, die Literatur. Wie viele Homosexuelle begegnen uns da? Proust, Auden, Forster, um nur einige zu nennen, Isherwood, Wilde, Gide, Spender, Evelyn Waugh, nun ja, bei dem bin ich mir nicht sicher, und Virginia Woolf seligen Angedenkens.«

»Sie war doch verheiratet.«

»Aber sie liebte Vita Sackville-West, und hast du einmal

darüber nachgedacht, dass es sich vielleicht nicht um einen Zufall handelt, dass es so viele sind?«

»Wovon redest du?«

»Menschen, die anders sind, denken oft auch anders.«

»Es muss ja nichts Gutes dabei herauskommen, nur weil sie anders sind.«

»Richtig. Es kommt vor, dass die Konventionalität recht hat. Es kommt vor, aber nicht besonders häufig. Dieser Mann, der da gestorben ist, was hat er eigentlich gemacht? Weißt du etwas darüber?«

»Ich habe gerade erst angefangen, mich einzuarbeiten. Aber ich glaube, er hat mit Maschinen gearbeitet«, erwiderte er, froh darüber, dass sie das Thema wechselte.

»Maschinen«, sagte sie erstaunt. »Hört sich nicht nach etwas für einen Mathematiker an.«

»Warum denn nicht?«

»Die sind sich in der Regel zu fein für Ingenieurarbeit. Wie sagt man noch? Die Mathematik ist die Kunst des Unnötigen, ein bisschen wie L'art pour l'art.«

»Ich glaube nicht, dass er ein besonders guter Mathematiker war«, sagte er und wiederholte, was er schon zu Eddie Rimmer gesagt hatte.

»Das spielt jetzt auch keine Rolle mehr. Armer Teufel!«

»Na ja.«

»Denk doch mal selbst … er schadet niemandem, er folgt nur seiner Natur, er sucht die Lust und die Liebe wie wir alle, ›die Liebe, die ihren Namen nicht auszusprechen wagt‹, um mit Oscar Wilde zu sprechen, und deshalb wird er mit Schande belegt und verfolgt und in den Tod getrieben. Ist das gerecht?«

»Nicht direkt.«

»Aber anscheinend fast?«

»Hör auf!«

Was war los mit ihr?

»Er hat an der Oxford Road Kriminelle aufgegabelt«, fuhr er fort, »und weißt du, was das für eine Ecke ist, das ekelhafteste Milieu, das ich kenne, voller …«

»Was?«, unterbrach sie ihn.

»Krimineller und Schmutzfinken.«

»Voller Unglücklicher, hätte Dostojewski gesagt.«

»Komm mir jetzt nicht mit deinen albernen Romanen!«

»Herrjemine, Leo. Bist du nicht derjenige, der literarische Anspielungen liebt? Was hätte dieser Mann tun sollen? Er konnte die Männer ja nicht einfach zum Tanz auffordern. Sagtest du nicht, er habe am King's studiert?«

»Das macht die Sache um keinen Deut besser«, fauchte Corell.

»Am King's soll jeder Zweite homosexuell sein.«

»Das bezweifle ich.«

»Doch«, fuhr sie fort. »Oder jeder Dritte, sage ich. Vielleicht sind es nicht mehr als anderswo. Aber die Homosexuellen sind gut vertreten, und man kann sich natürlich fragen, warum. Ein Grund sind bestimmt die Apostel.«

»Was?«

»Eine kleine feine Gesellschaft am King's und am Trinity, in die dein Vater so gern und so vergeblich aufgenommen werden wollte. Keynes, der Ökonom, war damals eine treibende Kraft. Frage mich, ob Wittgenstein nicht auch dazugehörte. Forster gehörte eindeutig dazu. Die Apostel huldigten der Homosexualität. Lytton Strachey nannte sie sogar die ›höhere Sodomie‹ – etwas, das feiner war als die alte, gewöhnliche biblische Vereinigung.«

»Das ist das Unmöglichste, was ich je gehört habe.«

»Findest du? Ich bin der Ansicht, dass die Homosexuellen ein bisschen Unterstützung brauchen könnten. Sie bekommen ja sonst nicht allzu viel Beifall.«

»Das ist nicht witzig, Vicky.«

»Ich will gar keine Witze machen. Ich versuche nur zu

sagen, dass die Homosexuellen schlecht behandelt werden, noch schlechter als wir Frauen, und das will einiges heißen. Unser toter Freund muss der Geborgenheit einer Liebesbeziehung in Cambridge entrissen und in ein vorurteilsbeladenes Nest in Manchester versetzt worden sein. Ich verstehe nicht, wie wir in diese Gegend ziehen konnten. Unbegreiflich! Hast du jemals eine hässlichere Stadt gesehen? Warum haben wir keinen besseren Teil des Landes ausgesucht?«

Er antwortete nicht. Er fühlte sich missverstanden und fand, dass sie provokant war, wogegen er gewöhnlich nichts einzuwenden hatte. Es war ein Vergnügen, wenn sie Gott und die Welt aufs Korn nahm, aber diesmal galt der Spott ihm, und das tat weh. Sie war sein einziger Halt. Wenn jemand auf seiner Seite stehen sollte, dann sie. Jetzt warf sie ihm vor, intolerant zu sein, und das war so verdammt ungerecht. Hatte er ihr in der Frauenfrage nicht immer beigepflichtet? Hatte er nicht mit ihr darin übereingestimmt, dass die Inder und Pakistani in London miserabel behandelt wurden? Er durfte es mit seiner Toleranz aber auch nicht zu weit treiben, und ehrlich gesagt, müsste seine Tante begreifen, dass man den Homosexuellen einen Bärendienst erwies, wenn man sie einfach gewähren ließ. Herrgott, hier handelte es sich um Leute, die willentlich und wissentlich das Unnatürliche und Perverse gewählt hatten, und auch wenn Vicky einen solchen Gedanken sicher als tristes Moralisieren abtun würde, war es doch eine Tatsache, dass ein Verfall leicht zu einem anderen führte. Das wusste er aus Erfahrung. Ein Laster zog das nächste nach sich. Aber er mochte nicht weiter streiten. Er wollte seine gewohnte alte Vicky zurück, und deshalb streckte er eine Hand zur Versöhnung aus, er öffnete sich seiner Tante, was ihm widerstrebte, doch es war ein unschlagbarer Trick, um sie milder zu stimmen.

»Dieser Mann …«, begann er.

»Ja.«

»Er war keine unsympathische Person. Ein wenig naiv vielleicht und mit einem Hang zu Übertreibungen, aber freundlich und nie hochnäsig, wie es den Anschein hat, und manchmal … ich weiß nicht … glaube ich, dass ich auf sein Leben und das, was er lernen durfte, eifersüchtig bin. Es ist sogar so, dass es mir ein wenig Auftrieb gibt, nur an dieses Paradox zu denken, und manchmal wünschte ich …«

»Was wünschst du, mein Freund?«

»Dass ich mich damit hätte beschäftigen können.«

»Was meinst du damit?«

Er wusste nicht recht, was er antworten sollte.

»Marlborough ist ihm erspart geblieben«, sagte er nur und hörte selbst, wie bitter er klang. »Er hätte dort anfangen sollen, aber sein Bruder riet ihm ab, und deshalb hat er in Cambridge studiert.«

»Und das hättest du auch gewollt.«

»Es gab kein Geld.«

»Das hätte sich einrichten lassen, du weißt das. Aber du wolltest nicht, du wolltest weg von allem, und ich vermute, es war genau das, was du damals gebraucht hast. Wer weiß, vielleicht erweist es sich am Ende als eine gute Entscheidung?«

Dass ich Polizist geworden bin? Was für einen Unsinn sie redete, aber er wusste, dass sie es gut meinte. Es war nur so, dass gewisse Dinge besser überhaupt nicht erwähnt wurden, und resigniert blickte er hinaus auf das Efeu an der Steinwand. Plötzlich fühlte er ihre Hand an seiner Wange. Ihre Finger strichen über seine Bartstoppeln. Sie rochen nach Tabak.

»Ach du«, sagte sie.

»Bitte!«

Er nahm ihre Hand fort.

»Die Menschen reden unnötig schlecht über den Neid. Er sollte von der Liste der Todsünden gestrichen werden.«

»Liebe Vicky«, sagte er. »Heute Abend redest du ungewöhnlich viel Unsinn.«

»Neid«, sagte sie, »ist nichts, für das man sich schämen sollte, nicht, wenn man sich seiner Gefühle bewusst ist. Neid kann sogar konstruktiv sein.«

»Quatsch.«

»Leider kommt es oft vor, dass die Leute ihren Neid für eine Art aufrichtige Entrüstung über die Fehler anderer halten, und dann kann er unangenehm oder sogar gefährlich werden, aber sonst …«

»Was sonst?«

»Kann er ein wenig Klarsicht vermitteln. Ohne Neid passiert nicht viel auf der Welt. Ich glaube, es ist gut, dass du diesen Mann um sein Wissen beneidest.«

Er sagte nichts. Er trank sein Glas aus und sah auf die weiße Tischplatte, von der die Farbe abblätterte. Vicky zündete sich eine Zigarette an, steckte sie in eine dunkle, lange Zigarettenspitze und begann von etwas anderem zu reden, aber in ihm war eine solche Unruhe entstanden, dass er nur »doch« und »das wäre schön« antwortete, ohne richtig zu wissen, worum es eigentlich ging, bis er schließlich begriff, dass die Tante über die bevorstehende Sonnenfinsternis sprach.

»Wir könnten doch hier im Hof sitzen und Drinks süffeln, während die Welt sich verfinstert«, fuhr sie fort.

»Ich bezweifle, dass ich frei habe«, sagte er. »Wahrscheinlich müssten wir uns mitten am Tag treffen, oder?«

»In der Nacht macht eine Sonnenfinsternis ja nicht allzu viel her …«

Als er später im Obergeschoss in dem Bett lag, nach dem er sich so gesehnt hatte, kehrten die unguten Gedanken zurück. Je mehr er sie fernzuhalten versuchte, desto mehr nahmen sie noch an Stärke zu. Er warf sich auf der Matratze hin und her, bis die Standuhr der Tante im Flur dreimal schlug und er die Treppe hinunterschlich und das Pendel anhielt. Es fühlte sich in seiner Hand an wie ein Ei, und er blickte hinab auf seine Füße und kam sich vor, als befände er sich auf einer Reise zurück in der Zeit. Noch immer trug er dieses Dunkel aus den Jahren am Marlborough College in sich. Es waren nicht nur die Spitznamen *das Mädchen* und *die Süße* oder die Erinnerungen an die Schläge und die höhnischen Streicheleien unter der Dusche und im Schlafsaal.

Es war der Umstand, dass er es hatte geschehen lassen. Sein Vater hatte ihm einmal gesagt, der Mensch habe in einer Krise zwei Möglichkeiten, sich zu verhalten: zu kämpfen oder zu fliehen, und spontan hatte es sich wie die Wahrheit angehört. Aber der Vater hatte die dritte Möglichkeit vergessen. Von der las Corell wesentlich später. Der Mensch kann sich auch tot stellen, wie der sibirische Marderhund, und wenn Corell auf die Jahre in Marlborough zurückblickte, erkannte er, dass er genau das getan hatte. Er war wie gelähmt herumgewandert, und obwohl er sich ständig geschworen hatte, zu kämpfen und zu protestieren und als Mensch zu wachsen, geschah nichts, absolut nichts, und manchmal, wenn er besonders schwarzsah, dachte er, dass sein Leben später in Wilmslow genauso weitergegangen war.

Ein ums andere Mal hatte er beschlossen, dem Polizeikorps zu entkommen und sich etwas Besseres zu suchen. Und trotzdem war er geblieben, wo er war. Ihm fehlte die Kraft, sich loszureißen, *aber eines Tages*, dachte er, *eines Tages*! Und während dieses vage Versprechen in seinen Gedanken widerhallte, gelang es ihm in den frühen Morgenstunden endlich einzuschlafen.

Zur gleichen Stunde stieg ein großer Mann namens Oscar Farley mit schmerzendem Körper aus seinem Hotelbett in Manchester und blickte hinaus auf den Kohlendunst über der Stadt. Im Gegensatz zu Corell hatte er tief geschlafen, was er allein den Schlaf- und Schmerzmitteln verdankte, die er am Abend zuvor eingenommen hatte. Gemessen daran, wie er sich im Moment fühlte, war es wohl beinahe eine Überdosis gewesen. Ihm war speiübel, und der Hexenschuss, an dem er seit vier Tagen laborierte, schien schlimmer denn je. »Herrgott«, murmelte er und stand unbeweglich da, an das weiße Waschbecken gelehnt, mit einer Grimasse, die sein so schönes Gesicht wie das eines Sterbenden aussehen ließ. Dennoch waren es nicht die Schmerzen, die Oscar Farley am meisten quälten. Er dachte an Alan Turing, Alan auf dem Obduktionstisch in Wilmslow und Alan, der an einem alten Pagodenbaum in Shenley in eine Grube blickte, und er verspürte Schuld, nicht die Art von Schuld, die direkt mit einem Verbrechen oder einer Sünde zusammenhängt, sondern eher das unbestimmte und beunruhigende Gefühl, ein schlechter Mensch gewesen zu sein. *Haben wir ihn in den Tod getrieben?*

Zwar hatte Farley persönlich versucht, sich für Turing einzusetzen, und alles schien regelkonform vor sich gegangen zu sein; dennoch fanden sich in dieser Geschichte einige unangenehme Aspekte. Je öfter Farley den Ablauf der Ereignisse durchdachte, desto mehr kam es ihm vor, als entginge ihm etwas Wichtiges, etwas, das jederzeit direkt vor ihrer Nase explodieren konnte. Es war nicht nur das Wissen um alles, worauf Alan gesessen hatte, seine Auslandsreisen oder die aufgeheizte Stimmung in Cheltenham. Es war das Gefühl, das er mit seinem Tod hinterlassen hatte.

Gab es wirklich nirgendwo einen Brief, eine erklärende Notiz?

Farley sah sich im Zimmer um, als hätte dieser Brief in seinem Hotelzimmer auftauchen sollen. Er fragte sich, ob sie nicht zu hastig vorgegangen waren, als sie das Haus durchkämmt hatten. Konnten sie das Offenbare übersehen haben, so wie jemand überall seine Brille sucht, nur nicht auf der Nase? Oder hatten die Polizeibeamten, die zuerst vor Ort gewesen waren, irgendetwas mitgenommen, ein paar Zeilen, die sie mit ihrem beschränkten Wissen nicht zu deuten vermochten? Natürlich wäre es nicht Alans Stil, seine Gefühle in einem Brief zu dokumentieren, aber einen Hinweis hätte er schon geben können, einen Gruß, dass England sich keine Sorgen zu machen brauchte. Bei all seinem Eigensinn hatte er doch einen fürsorglichen Zug gehabt, oder? Farley sah auf seine Armbanduhr. Konnte er zu seinem Kollegen hineingehen? Sie mussten die Strategie für eine Reihe von Besprechungen am heutigen Tag diskutieren. Nein, es war noch zu früh, und eigentlich hatte er keine Lust.

Robert Somerset zählte zu seinen Freunden in der Firma, aber in den letzten Tagen hatte sich etwas verändert. Als hätte der Todesfall sie voneinander entfernt. Farley hatte angefangen, bei Robert Spuren des gleichen krankhaften Misstrauens gegen alles Abweichende und Ungewöhnliche zu beobachten wie bei so vielen anderen, und er vermutete, dass Hysterien nach genau diesem Muster abliefen, dass sie zuerst die bereits Nervösen packten, dass sie sich dann aber auch unter den Besonneneren ausbreiteten. War er nicht selbst im Begriff, paranoid zu werden? Während Oscar Farley sich mühsam ankleidete und versuchte, seinem Gesicht eine frischere Farbe zu verleihen – er gab sich ein paar sanfte Ohrfeigen –, erinnerte er sich an das einzige Mal, als er Alan hatte weinen sehen; aber die Tränen damals waren keine richtigen Tränen gewesen, und als er daran dachte, lächelte er und spürte, wie gut ihm das tat.

Es würde ein langer Tag werden.

14

Am Morgen des 10. Juni 1954 strahlte die Sonne über Knutsford. Leonard Corell saß in einem ausgefransten blauen Morgenrock in dem mit Steinplatten belegten Innenhof und trank Earl Grey, während das Radio Cole Porter spielte und seine Tante, ein wenig unsicher auf den Beinen, mit dem Frühstückstablett heraustrat.

»Das volle Programm!«

»Oh herrlich!«, erwiderte er aufrichtig begeistert, und das Tablett war wirklich voll. Es gab geröstetes Brot, Blutwurst, Tomaten, Bohnen in Tomatensoße, Kartoffelplätzchen, Champignons, Schinken, Eier und Orangensaft.

Vor dem Abend würde er nicht wieder zu essen brauchen. Er zeigte ein breites Lächeln und sagte einige Worte darüber, dass er das Uhrpendel angehalten habe. Sie antwortete, sie erkenne genau, wann das Verbrechen begangen worden sei, und fragte, ob er überhaupt geschlafen habe. Er entgegnete, er fühle sich ausgeruht, und das war nicht ausschließlich gelogen. Er fand eine Art von Ruhe in seiner Müdigkeit, eine angenehme Erschöpfung, die seine innere Unruhe überdeckte, und entsprechend zufrieden begann er, den *Manchester Guardian* zu lesen, der fein gefaltet neben dem Tablett lag. Er wäre lieber in einem Buch versunken wie die Tante, die in Yeats' *The Hour Glass* blätterte, aber er konnte sich nicht aufraffen, nach oben zu gehen und eins zu holen. Er musste sich mit dem einen oder anderen Artikel in der Zeitung begnügen, etwa darüber, dass die BBC zukünftig auch im Fernsehen ihre Nachrichten senden werde, dass das Oberhaus eine Debatte darüber geführt habe, warum Polizistinnen in Schottland den Dienst quittieren mussten, wenn sie heirateten, oder dass ein Kollege in Douglas, Dundee, einhundertzwanzig Pfund aus der Polizeikasse gestohlen und sein Anwalt den Diebstahl mit dem Argument verteidigt habe, der Mann verkehre in Kreisen, die einer feineren Gesellschaftsschicht angehörten als er selbst, und darüber grinste Corell ein wenig, aber eigentlich war es ihm völlig egal. Und dann erstarrte er.

In der linken Spalte auf Seite elf stand ein Artikel über Alan Turing. Es war nicht viel, eine ausgedehnte Notiz. Aber es war Corells Fall, und wenn der Zeitungsstoff sein Leben berührte, besonders bei den wenigen Gelegenheiten, bei denen sein Name genannt wurde, stand die Welt einen Augenblick lang still, und ihm wurde angst und bange. Dennoch gefiel es ihm, wenn er erwähnt wurde. Jedes Wort in der Presse, das von ihm handelte, ließ Tagträume entstehen, aber bevor er wusste, was genau dort zu lesen war, hatte ihn schon die Angst gepackt, gedemütigt oder lächerlich gemacht zu werden. Er überflog die Notiz mit unruhigen Augen und stellte enttäuscht fest, dass sein Name nicht genannt wurde, sondern jemand anderes auf dem Revier, wahrscheinlich Block, mit Sachinformationen behilflich gewesen war. Der Artikel trug die Überschrift »Nachruf« und war sehr wohlwollend. Er begann mit den Worten:

Im Verlauf des heutigen Tages kommt es zu einer Verhandlung über die Todesumstände von Dr. Alan Mathison Turing, seit 1948 Mathematikdozent an der Universität Manchester, der am Dienstagnachmittag tot in seiner Wohnung in der Adlington Road in Wilmslow aufgefunden wurde.

Nach einer kürzeren Darlegung der Faktenlage, die einigermaßen korrekt war, hieß es weiter:

Dr. Turing war einer der Pioniere im Bereich der elektronischen Rechenmaschinen. Er gilt als Urheber der theoretischen Basis für die digitale Datenmaschine. Während seiner Zeit in Manchester war er einer der Wissenschaftler hinter dem ›mechanischen Gehirn‹, ›Madam‹ (Manchesters automatische Maschine) und ›ACE‹ genannt.
Eine seiner Maschinen löste, erklärte er, in wenigen Wochen ein Problem der höheren Mathematik, mit dem sich Mathematiker seit dem 19. Jahrhundert beschäftigt hätten. Zusammen mit Professor F. C. Williams, ebenfalls von der Universität Manchester, entwickelte er zwei Mechanismen, die stark dazu beitrugen, das ›Gedächtnis‹ und die Reichweite der Rechenmaschine zu verbessern.
In einem Artikel in der Zeitschrift *Mind* scheint Dr. Turing zu der Schlussfolgerung gekommen zu sein, dass digitale Datenmaschinen in der Lage sein werden, eine dem ›Denken‹ verwandte Leistung zu erbringen. Er hat auch die Möglichkeiten diskutiert, eine Maschine zu trainieren, so wie man ein Kind erzieht.

Corell hob den Blick von der Zeitung. Der Artikel gefiel ihm nicht. Er kam ihm wie eine Mischung aus Spekulation und verschönenden Tatsachen vor, und viel klüger machte er ihn auch nicht. Eine Maschine erziehen wie ein Kind? Der Satz war eine die Aufmerksamkeit des Publikums heischende Formulierung – ob sie nun dem Journalisten oder Turing selbst zuzuschreiben war. Es war bestimmt Unfug oder reine

Fantasie. Wahrscheinlich wusste auch der Verfasser des Artikels nicht, wovon er da schrieb. Corell erinnerte sich an das Vernehmungsprotokoll, dem zufolge Alan Turing zu Arnold Murray gesagt hatte, er konstruiere ein »elektronisches Gehirn«. Schon das hatte Corell für eine Lüge gehalten, eine dieser Phrasen, die die Gebildeten um sich streuen, um zu verführen oder zu unterdrücken. Aber hier stand es wirklich, zwar war nicht von einem elektronischen Gehirn die Rede, sondern von einem *mechanischen*, außerdem wurde der Ausdruck »digitale Maschine« benutzt. »Digit« bedeutete Ziffer, »digitus« Finger, an den Fingern abzählen. Er erinnerte sich noch ein wenig an das Latein in der Schule.

»Weißt du, was eine digitale Datenmaschine ist?«, fragte er Vicky.

»Wie bitte?«

»Vergiss es.«

Er mampfte seinen Bacon und die Kartoffelplätzchen und kippte den kalt gewordenen Tee hinterher, während er weiterlas. Turing hatte während des Krieges beim Außenministerium Dienst getan und war Mitglied der Königlichen Wissenschaftsakademie. Seine Freizeitinteressen waren Langlauf, Schach und Gartenarbeit. Die letzten Worte des Artikels lauteten: »Er lief für den Walton Athletic Club.« Corell rümpfte die Nase. Es war wie in Marlborough. Wollte man zeigen, dass jemand ein guter Kerl, die Essenz eines wahren und reinen Engländers war, sagte man, dass er Sport trieb. Alle guten Jungs trieben Sport. Turing war ein guter Junge. Außerdem war er tot, und Tote waren in den Zeitungen immer prima Kerle. Nichts Schlechtes über die Gestorbenen! *De mortuis nihil nisi bene!*

»Heuchelei«, sagte er.

»Was?«

Heuchelei war eins der Lieblingsthemen seiner Tante.

»Nichts. Darf ich einen Artikel herausreißen?«

»Du kannst die ganze Zeitung zusammenknüllen und einstecken, mein Lieber, aber ich wäre froh, wenn du nicht so geheimnisvoll tätest. Was interessiert dich denn so an dem Artikel?«

»Er handelt von dem Fall, an dem ich arbeite.«

»Oh, ich verstehe. Dann verlange ich, ihn lesen zu dürfen«, sagte sie.

Instinktiv wollte er Nein sagen. Er hatte keine Lust, die Wunden von gestern wieder aufzureißen, außerdem wollte er seinen Mathematiker für sich allein, besonders jetzt, wo er nicht auf ihre Fragen würde antworten können. Selbstverständlich schob er ihr trotzdem die Zeitung hin, und sie begann eifrig zu lesen. Hinterher schien sie außerordentlich angeregt.

»Das hört sich an wie eine Erzählung von Edgar Allan Poe«, sagte sie. »Eine Maschine zu erziehen, oder was stand da? Herrlich verrückt.«

»Beängstigend eher.«

»Es regt auf jeden Fall die Gedanken an. Scheint ein freigeistiger Mann gewesen zu sein, ganz und gar kein trister Ingenieurstyp, wie du gestern angedeutet hast.«

»Das habe ich doch gar nicht!«

»Vielleicht bringe ich Dinge durcheinander.«

»Ich glaube viel mehr, dass er nicht richtig im Kopf war«, fuhr er fort.

»Jetzt bist du vielleicht ein bisschen hart.«

»Aber ich weiß, dass er Menschen getäuscht hat ...«

»Aber man spricht voller Respekt über ihn«, unterbrach sie ihn.

»Wie über alle Toten.«

»Da steht, er habe die theoretische Grundlage für etwas geschrieben und dass seine Maschine ein großes Problem gelöst habe. Scheint jedenfalls kein Dummkopf gewesen zu sein.«

»Ich nehme an, dass der Verfasser des Artikels nicht wusste, worüber er schrieb.«

»Dann erzähle du mir, worum es geht.«

»So gut habe ich mich auch noch nicht eingelesen.«

»Wäre es nicht schön, sich ein bisschen besser auszukennen, jetzt, wo du mit dem Fall zu tun hast?«

»Das gehört nicht zu meiner Arbeit.«

»Warum denn nicht?«

»Die Maschinen hatten kaum etwas mit seinem Tod zu tun«, sagte er schnippisch, nahm die Zeitung und riss den Artikel heraus, doch im gleichen Augenblick fühlte er sich langweilig oder sogar ein wenig entlarvt, und weil er bald den Bus nach Wilmslow nehmen musste und sich nicht in einer schlechten Stimmung von der Tante verabschieden wollte, nahm er zu einem scherzhaften Einfall Zuflucht. Er sagte wie ein Soldat zu seinem Vorgesetzten:

»Ich verspreche, alles über die Maschinen in Erfahrung zu bringen und dir Bericht zu erstatten!«

»Darauf freue ich mich.«

15

Leonard Corell traf bewusst etwas verspätet auf dem Polizeirevier ein, er wusste, dass er Überstunden würde machen müssen, und obwohl er sich auf der Treppe noch ziemlich okay fühlte, kehrte sein Missmut zurück, sobald er die Kriminalabteilung betrat. Es war stickig im Raum. Es roch nach Zigarettenqualm und schlechtem Atem. Kenny Anderson nahm ein paar Schlucke Whisky, ohne es auch nur andeutungsweise heimlich zu tun, und Corell öffnete das Fenster. *Warum war Vicky eine solche Idiotin?* Der Streit mit ihr gestern Abend, die kleinen Irritationsmomente waren natürlich kein großes Drama – eigentlich war es überhaupt nicht der Rede wert –, dennoch kam er nicht davon los. Es war typisch für das Verhältnis zu seiner Tante. Die geringste Dissonanz zwischen ihnen schraubte er in idiotische Dimensionen hoch. Wie konnte sie nur Schwule verteidigen?

»Heute Abend will ich mich einfach nur besaufen«, jammerte er laut und war sich in dieser Hinsicht einig mit Kenny Anderson. Als der Kollege jedoch eine Kneipentour nach Feierabend vorschlug, oh Schreck und Graus, tat Corell so, als hätte er es nicht gehört, und fing wirklich an zu arbeiten. Er kam langsam voran. Die schlaflose Nacht setzte ihm zu, und er war aufrichtig erfreut, als Alec Block an seinen Tisch trat.

»Das hier solltest du dir ansehen«, sagte Alec Block.

»Was ist es?«

Es waren ein paar Papiere, die in einer nüchternen schwarzen Mappe des Anwaltsbüros Chester & Gold in Manchester steckten, und als Corell sie überflog, war er sofort enttäuscht – warum, war nicht leicht zu sagen, aber er hatte vor der offiziellen Verhandlung am Abend einen Bericht über die Umstände des Todes von Alan Turing abzuliefern, und diese Papiere machten seine Arbeit nicht angenehmer. Wenn sie vorher nichts Aussagekräftiges in den Händen gehabt hatten, so hatte sich das jetzt geändert. Alan Turing hatte am 1. Februar dieses Jahres im Alter von einundvierzig Jahren und bei guter Gesundheit ein Testament gemacht. Das Dokument war nicht besonders detailliert, und es enthielt keine poetischen Formulierungen oder dramatischen Ausbrüche, etwa dass das Leben eine Qual sei. Es bestand lediglich aus einer Reihe trockener Angaben: Ein Schriftsteller namens Nick Furbank sollte der Testamentsvollstrecker sein; Geld, Bücher und Wertsachen sollten so und so verteilt werden. Aber es war wohl kaum ein Zufall, dass es erst kürzlich abgefasst worden war.

Kein Einundvierzigjähriger, der vermeintlich sein halbes Leben noch vor sich hatte, setzte sich hin und brachte sein Testament in Druckbuchstaben zu Papier, ohne dabei einen Hintergedanken zu haben. Corell ahnte zwar, dass es eine Art bittersüßen Beigeschmack hatte, seinen Letzten Willen niederzuschreiben; ungefähr so, wie wenn man sich seine eigene Beerdigung vorstellt. Aber nein, dachte er, das konnte kein Zufall sein. Wenn man das eine mit dem anderen, dem Prozess, der Hormontherapie, der sozialen Erniedrigung und dem vergifteten Apfel kombinierte, dann neigte sich die Waagschale deutlich zu einer Seite. Vollkommen klar, dass Alan Turing Selbstmord begangen hatte!

Im Testament stand, dass die Haushälterin Mrs Taylor dreißig Pfund und die Mitglieder in der Familie des Bruders John je fünfzig Pfund erben sollten, was natürlich eine Enttäuschung sein musste und von Alan Turing vielleicht auch als ein deutliches Zeichen gemeint war. Der Rest – allein durch den Verkauf des Hauses musste es sich dabei um mehrere Tausend Pfund handeln – sollte zwischen Alan Turings Mutter und vier Freunden aufgeteilt werden, Nick Furbank, David Champernowne, Neville Johnson und Robin Gandy ... Robin. *Lieber Robin* ... Plötzlich fiel Corell der Brief ein, den er aus der Adlington Road hatte mitgehen lassen. Wie hatte er den vergessen können? Laut Testament sollte Robin Gandy Turings mathematische Bücher erben. Er schien der Wichtigste unter den Freunden gewesen zu sein. Mit Sicherheit war er derjenige, dem Turing persönliche Briefe schrieb. Mit einer heftigen Bewegung steckte Corell die Hand in seine Innentasche und wollte gerade den Brief hervorziehen, um ihn zu lesen, als Kommissar Ross eintrat. Was gab es denn jetzt schon wieder? Ross hatte wie üblich einen hochroten Kopf und sah unzufrieden aus, aber irgendwie auch verunsichert, als wäre ihm eine Peinlichkeit unterlaufen.

»Jetzt haben Sie den Vogel abgeschossen«, sagte er.

»Wieso?«

»Sie kriegen feinen Besuch.«

»Schon wieder?«

»Freuen Sie sich nicht zu früh«, sagte Ross. Corell sah nicht im Geringsten erfreut aus. »Ich habe darum gebeten, dabei sein zu dürfen«, fuhr der Kommissar fort. »Aber sie wollen mit Ihnen allein sprechen. Was auch immer Sie ausgefressen haben.«

»Und mit wem werde ich diesmal die Ehre haben?«

»Nicht in diesem Ton, Sie Flegel. Es ist sehr wichtig, dass Sie kooperieren.«

»Selbstverständlich. Aber mit wem?«

»Am besten stellen die Herren sich selbst vor«, sagte Ross säuerlich, und Corell verspürte einen unbezwingbaren Impuls zur Aufsässigkeit. *Ich habe keine Lust. Ich muss unanständige Magazine lesen*, wollte er sagen, doch alles, was er zustande brachte, war, mit gekreuzten Armen dazusitzen und mit seinem Körper auszudrücken, dass er nur so weit kooperieren würde, wie er selbst es wollte.

»Reißen Sie sich zusammen, verdammt noch mal. Sie können jeden Moment hier sein«, fauchte Ross ihn an, und Corell nickte widerwillig.

Ross' Unterwürfigkeit gegenüber der Macht ekelte ihn an. Gleichzeitig wurde er selbst nervös und hätte sich liebend gern im Spiegel angesehen. Er musste sich damit begnügen, den Schlips zurechtzuziehen und sich mit der Hand durchs Haar zu fahren.

Zwei Herren um die sechzig traten ein. Er erkannte sie sofort wieder. Das sind große Tiere, dachte er – und wünschte es sich zugleich. In Wahrheit waren es lediglich die beiden Männer, denen er bereits an der Tür des Leichenschauhauses begegnet war. Dennoch hatte er insofern recht, als der größere Mann wirklich aussah wie jemand vom Film. Der lange Rücken wirkte zwar äußerst steif, aber das Gesicht strahlte eine solche Würde und Harmonie aus, dass Corell augenblicklich Bewunderung empfand. Seit dem Tod seines Vaters hatte er die Tendenz, sich feine Herren zu suchen und unbewusst Ähnlichkeiten zwischen ihnen und sich selbst zu entdecken, als hoffte er, in ihren Gesichtszügen seiner eigenen Zukunft zu begegnen. Oder noch schlimmer: Als suchte er Vatergestalten. Als er den Mann jetzt begrüßte – der Oscar Farley hieß und eine gewisse Melancholie ausstrahlte –, meinte Corell, in seinem Blick Neugier zu erkennen.

Der andere Mann war untersetzt, hatte zerzaustes Haar

und eine Nase, die nach unten anschwoll. Er stellte sich als Robert Somerset vor, und im Vergleich mit seinem Kollegen war er geradezu hässlich. Seine Augen drückten jedoch eine gewisse Gutmütigkeit aus.

»Kommen Sie vom Außenministerium?«

»In gewisser Weise«, sagte Robert Somerset. »Wir gehören einer kleinen Gruppe an, die in Cheltenham mit verschiedenen anspruchslosen Dingen beschäftigt ist. Wir interessieren uns unter anderem für die Todesumstände von Alan Turing. Gibt es hier einen Raum, wo wir ungestört sind?«

In der zweiten Etage, schräg gegenüber vom Polizeiintendenten, gab es ein frisch gestrichenes Sitzungszimmer mit ein paar schauderhaften Gemälden an den Wänden, in dem Corell dann und wann ein brisantes Verhör durchführte – so brisant, wie Verhöre in Wilmslow sein konnten. Er schlug vor, dorthin zu gehen. Er hatte gute Erfahrungen mit diesem Raum; er brauchte das bisschen Sicherheit, das er ihm vermittelte. Sollte er Tee anbieten? Er ließ es sein. Als sie ins Zimmer traten, wuchs seine Nervosität, zumal Robert Somerset ein leicht ironisches Lächeln zeigte, das eine spitze Bemerkung anzukündigen schien. Unruhig blickte Leonard zu Oscar Farley hinüber. Farley massierte sich den Nacken.

»Leider haben wir keine besseren Stühle«, sagte Corell. »Am Ende des Arbeitstags tun uns regelmäßig die Knochen weh.«

»Danke für Ihre Freundlichkeit, aber kümmern Sie sich nicht um mich. Mein Rücken ist ständig krumm und schief. Ich bin größer, als gut für mich ist. Man sollte zehn oder zwanzig Zentimeter von mir abschneiden. Übrigens kannte ich Ihren Vater.«

Corell erstarrte.

»Wie das?«

»Vielleicht nicht besonders gut«, fuhr Farley fort. »Wir sind uns nur ein paarmal begegnet, aber wir hatten einen gemeinsamen Freund, Anthony Blunt, falls Ihnen der Name etwas sagt. Nicht? Nun, sie waren beide Kunstkenner, wenn auch ganz unterschiedlich. James war ja eher unorthodox, mehr mein Typ, ehrlich gesagt. Ich mochte sein Buch über Gauguin und das über den Indianer auch auf seine Weise, eine völlig andere Geschichte. Er war ein großartiger Mann, Ihr Vater, nicht wahr? Und wie er reden konnte!«

»Manchmal hat er sogar ein wahres Wort gesagt«, warf Corell in lockerem Ton ein, auf den er sofort stolz war.

»Er flunkerte also manchmal? Tun das nicht alle guten Erzähler? Es ist ja sozusagen ihre Pflicht, das Schöne über das Wahre zustellen. Eine edle Tugend gewissermaßen.«

»Nur leider in unserem Beruf nicht anwendbar«, schob Robert Somerset dazwischen.

»Leider nicht«, ergänzte Corell, enttäuscht darüber, dass das Gespräch seinen Vater bereits hinter sich ließ.

»Nein, für uns ist die Wahrheit eine problematische Disziplin. Wir müssen nicht nur herausfinden, wie sie aussieht. Wir müssen auch korrekt mit ihr umgehen.«

»Allerdings.«

»Ich will damit sagen, dass es in dieser Geschichte mit Dr. Turing gewisse Informationen gibt, bei denen Vorsicht geboten ist.«

»Was genau ist daran so heikel?«, fragte Corell.

»Wir wollen die Sache nicht spannender machen, als sie ist«, sagte Somerset. »Aber lassen Sie mich noch dies sagen, um meiner dramatischen Ader Genüge zu tun: Was ich jetzt erzähle, bleibt natürlich unter uns, nicht wahr?«

»Selbstverständlich!«

»Ausgezeichnet! Dann kann ich Sie darüber informieren, dass Alan Turing an gewissen Projekten für den Staat gearbeitet hat, deren Natur ich nicht preisgeben darf. Wahrscheinlich lebte er aufgrund dessen unter einem gewissen Druck. Er war verpflichtet, nichts über seine Arbeit verlauten zu lassen, nicht einmal seinen Nächsten gegenüber, und wir haben auch keinen Verdacht, dass er dies getan hätte, keineswegs. Wir haben ihn sehr geschätzt, und wir trauern, dass er von uns gegangen ist. Er war ein äußerst eigensinniger Mensch. Wenn er mich hier ein derart dummes Zeug hätte reden hören, wäre er sogleich aufgestanden und hätte angefangen, sich mit etwas Sinnvollerem zu beschäftigen ...«

»Wie dem mathematischen Muster, das den Flecken des Leoparden zugrunde liegt«, sagte Corell im gleichen lockeren Tonfall wie zuvor.

»Ha, ha. Genau! Man merkt, Sie haben sich ihm bereits angenähert. Aber aufrichtig gesagt, wenn ein Mensch auf diese Art und Weise stirbt, beginnt man sich zu fragen, nicht wahr, ob er nicht doch etwas getan hat, was er nicht hätte tun sollen. Nicht dass wir das glauben, aber es gehört wohl zu unserem Beruf, stets das Beste zu hoffen und doch auf das Schlimmste vorbereitet zu sein.«

»Könnten Sie etwas deutlicher werden?«

»Bin ich schon wieder kryptisch? Erstaunt mich nicht im Geringsten! Aus dem Bart sprechen, so hat mein Vater das immer genannt. Ich verstand nicht, was er meinte, ich hatte ja keinen Bart. Habe mir auch nie einen wachsen lassen, nicht einmal während des Krieges, ha, ha, aber Sie sind direkt. Das ist gut. Als die pflichtbewussten Beamten, die wir sind, haben wir uns natürlich ein bisschen über Sie schlaugemacht. Ein wenig verwundert waren wir schon, dass Sie hier im Korps gelandet sind. Aber wir rechnen Ihnen das hoch an, wirklich. Wir brauchen Männer wie Sie. Liest man nicht jeden zweiten Tag in der Zeitung von einem Polizeiskandal? War nicht sogar heute Morgen wieder was?«, fuhr Robert Somerset auf eine kokett zerstreute Art fort.

»Und dann ...« Seine Stimme wurde weicher, leiser. »Und dann haben wir natürlich von Ihren Eltern gehört, sehr traurig. Muss ein harter Schlag gewesen sein, zuerst der eine, dann der andere. Mein aufrichtiges Beileid.«

»Das ist jetzt lange her«, sagte Corell, plötzlich irritiert.

»Verzeihen Sie, ich bin taktlos. Es tut mir leid, dass ich Sie darauf angesprochen habe. Ich wollte nur ... Aber wo waren wir? Ich sollte etwas deutlicher werden, nicht wahr? Gut! Sie wissen natürlich von Alan Turings Neigung. Ja, natürlich tun Sie das, aber verstehen Sie, wir selbst waren uns zunächst gar nicht so sicher. Vor langer Zeit war Alan mit einem sehr netten Mädchen verlobt, Oscar kannte sie und hat immer gut von der Kleinen gesprochen, aber dann ... Irgendwann erschien die Sache dann in einem anderen Licht. Sie dürfen nicht denken, dass ich dem Thema auf der persönlichen Ebene viel Gewicht beimesse. Wir haben doch alle das Recht, in unserer Freizeit zu tun, was wir wollen, nicht wahr? Es war ja eine Schande, wie wir Oscar Wilde behandelt haben. Anderseits, was heißt wir, die wirklichen Schurken in diesem Drama scheinen ja der Liebhaber, wie hieß er noch gleich ... Lord Alfred Douglas, genau, genannt Bosie, vielen Dank, Oscar, und sein Vater gewesen zu sein. Schreckliche Menschen! Glauben Sie übrigens, dass dieser Murray gewissermaßen Turings Bosie war? Aha, nicht ... nein, nein, es gibt natürlich enorme Unterschiede. Ein Künstler wie Wilde kann sich gewisse Freiheiten herausnehmen. Vielleicht sollte er das sogar. Aber wenn man für sein Land arbeitet, dann kommen noch andere Aspekte mit ins Bild. Ich habe gehört, dass Ihr Vorgesetzter ... ja Herrgott, ich habe natürlich auch seinen Namen vergessen.«

»Superintendent Hamersley.«

»Genau, dass Superintendent Hamersley eine Brandrede über Burgess und Maclean gehalten hat, und es war möglicherweise, bei allem Respekt, ein bisschen frech, die Gauner im gleichen Atemzug zu nennen wie Alan Turing. Aber Ihr Chef hatte insofern recht, als dass die Sache mit den beiden die Leute nervös gemacht hat. Viele fragen sich, ob es nicht noch mehr Spione gibt. Unser armer Turing war ein anständiger Kerl, sehr begabt. Oscar ist davon überzeugt, dass er ein Genie war, nicht wahr?«

»Definitiv«, sagte Farley und zeigte, zumindest in Corells Augen, Anzeichen von Unzufriedenheit oder Verärgerung, aber möglicherweise waren es nur seine Beschwerden im Nacken und im Rücken.

»Er war bemerkenswert«, fuhr Somerset fort. »Hatte die Fähigkeit, anders zu denken als andere, zum Guten wie zum Schlechten, hauptsächlich zum Guten, glaube ich. Stellte alles auf den Kopf. Hatte nichts übrig für Autoritäten und Befehle. Einmal war ich dämlich genug zu sagen: ›In dieser Frage bin ich praktisch dein Vorgesetzter, Alan!‹ Wissen Sie, was er erwiderte? ›Was zum Teufel hat das mit der Sache zu tun?‹ Er hatte selbstverständlich recht. Entweder hat man etwas vorzuweisen, oder man hat es nicht, egal, ob man Abteilungsleiter oder der Kaiser von China ist. Aber wo war ich? Alan Turing hatte Zugang zu einer Menge sensibler Informationen, und wenn wir über Risiken sprechen, sozusagen den Teufel an die Wand malen, können wir ja zumindest erwähnen, dass er aus dem gleichen Universitätsmilieu stammte wie Burgess und Maclean. In der Hinsicht war er ebenso zwielichtig wie unser Freund Farley hier, der alle falschen Personen kannte.«

»Ich hatte die Ehre!«

»Na ja, ich erwähne das nur, damit Sie das Bedrohungsszenario verstehen, und vielleicht auch, um die Gelegenheit zu nutzen, ein bisschen mit meinem politischen Überblick zu prahlen. Ha, ha. Cambridge in den Dreißigern wurde von zwei Dingen gekennzeichnet, um es etwas drastisch auszudrücken: einer Schwäche für den Kommunismus und einer Schwäche für Homosexualität.«

»Unsinn«, fauchte Farley.

»Na ja, ich bin ziemlich sicher, dass ihr euch auch mit anderem beschäftigt habt, wie Saufen, Geometrie und Shakespeare. Aber es war eine spezielle Zeit, das musst selbst du zugeben, Oscar. Es herrschte Depression, es gab Streiks und alles erdenkliche Elend. Unser gesamtes System schien den Bach runterzugehen, und viele waren empört – und wenn Sie mich fragen, durchaus zu Recht – über all die Männer der Rechten, die Hitler begrüßten. Der spanische Bürgerkrieg brach aus … ja, herrje … man kann wegen weniger nostalgisch werden. Endlich konnte man etwas gegen den Faschismus tun. Eine ganze Menge Studenten meldeten sich auf der republikanischen Seite, sie wurden als die großen Helden betrachtet, nicht wahr? Sie waren keine gewöhnlichen feigen Intellektuellen, keine erbärmlichen Schwätzer wie du und ich, Oscar … Ja, Oscar wirkt gerade ein bisschen still, aber Sie sollten ihn einmal erleben. Nennen Sie bloß nicht Henry James oder den vermaledeiten Iren Joyce, dann hört er nie auf. Aber wie gesagt, in Cambridge war man der Meinung, dass das Establishment sich keinen Deut um den Faschismus kümmerte, und ich verstehe das sogar. Ich bin nicht der verstockte Konservative, zu dem Oscar mich zu machen versucht. Unsere Regierung war wirklich schwach, und man braucht nicht übertrieben viel Fantasie, um zu begreifen, dass viele Intellektuelle die Kommunisten als einzige akzeptable Alternative sahen. Kommunistische Scouts und Agenten überschwemmten Cambridge, und wissen Sie, wie man sie scherzhaft nannte? Nein, natürlich, wie sollten Sie das wissen? ›Homointern‹ sagte man. Und warum? Ganz einfach, weil die Komintern sich auf Homosexuelle konzentrierte.«

»Was du redest«, warf Farley ein.

»Nun gut«, fuhr Somerset fort. »Alan hätte dem Spion Burgess nicht unähnlicher sein können. Sie hatten natürlich die gleiche Veranlagung ... aber Turing war nicht einmal besonders trinkfreudig, ja, gucken Sie nicht so erstaunt. Solche Menschen gibt es tatsächlich! Und besonders politisch war er ebenfalls nicht. Er unterschrieb dreiunddreißig einen Friedensappell, aber ansonsten hielt er sich an seine Zahlen und Spitzfindigkeiten. Habe nie viel davon begriffen, ehrlich gesagt. Oscar ist besser in der Mathematik ... Nein, fang um Gottes willen nicht wieder an, es mir zu erklären.«

Oscar Farley machte nicht den Eindruck, irgendetwas erklären zu wollen.

»Alan war sehr diszipliniert, zumindest wenn er stimuliert wurde«, fuhr Somerset fort. »Burgess war verständlicherweise am Schluss der undisziplinierteste Mensch auf der Welt. Teilte Unverschämtheiten nach rechts und links aus und war schon vormittags kaum noch nüchtern ... aber dennoch, wie ich schon sagte, *dennoch* ... es gibt trotz allem eine Reihe von belastenden Umständen, sicher nichts, was uns groß kümmern sollte, und schon gar nichts, was weitergetragen werden sollte, auf gar keinen Fall.«

»Selbstverständlich nicht«, sagte Corell diensteifrig.

»Wäre es nicht netter, wenn wir uns mit Vornamen anredeten? Ich bin Robert, nicht Bob, absolut nicht. Habe das nie ertragen. Oscar ist Oscar. Eine hoffnungslos literarische Person. Kein langweiliger Beamter wie ich. Aber so etwas muss ich mit ein wenig übertriebenem Eifer wettmachen, und deshalb interessiere ich mich für solche Trivialitäten wie gewisse Auslandsreisen. In seinen letzten Jahren reiste Turing ins Ausland, um Männer zu treffen,

Schwulis also und Libertins. Er war in Norwegen, Griechenland und Paris, und um ehrlich zu sein, uns war dabei nie ganz wohl.«

»Das Außenministerium hätte ihn natürlich schon weitaus früher gefeuert«, versuchte Corell.

»Warum glauben Sie das?«, fragte Somerset.

»Ich habe etwas von einer Anweisung gehört, den staatlichen Dienst von Homosexuellen zu säubern.«

»Zu säubern? Was für ein furchtbares Wort!«, stieß Somerset aus. »Aber lassen Sie es mich so sagen: Sosehr wir Alan Turing auch schätzten und ihm vertrauten, so hatte er am Ende ja nicht mehr ganz so viel Grund, sich loyal zu seiner Königin und seinem Land zu verhalten. Vielleicht war er sogar richtig wütend? Wer wäre das an seiner Stelle nicht gewesen? Haben Sie von den Hormonen gehört, die er gezwungen wurde einzunehmen ... ja, natürlich haben Sie das. Schuldgefühle und Wut sind auch für den Besten von uns kein gutes Gebräu. Deshalb brauchen wir Ihre Hilfe, Ihre Expertise, ganz einfach. Sie waren als Erster an Ort und Stelle.«

»Die Haushälterin hat ihn gefunden.«

»Aber danach ...«

»Danach kam ich ...«

»Und Sie sind herumgegangen und haben Eindrücke gesammelt, Beweismaterial, genau das war natürlich Ihre Aufgabe.«

»Selbstverständlich.«

Robert Somerset war anscheinend auf etwas Bestimmtes aus.

»Wie Sie verstehen ... vor diesem Hintergrund ... können auch Kleinigkeiten große Bedeutung haben. Etwas, das unbedeutend wirkt, kann im größeren Zusammenhang ...«

»In ganz anderem Licht erscheinen. Doch, ich verstehe

sehr gut.« Corell begann sich intensiv in die Sonne hinauszusehnen.

»Selbstredend. Als Kriminaler haben Sie sicher ein besseres Verständnis für den Wert von Details als einer von uns.«

»Ich weiß auch, dass man es mit Schmeicheleien weit bringt.«

»Ha, ha. Sie durchschauen mich«, kicherte Somerset. »Außerdem ist es sicher unnötig, Ihnen zu schmeicheln. Sie kennen garantiert Ihren Wert. Wir fragten uns nur, ob Sie etwas haben, an dem Sie uns teilhaben lassen möchten?«

»Sie haben das Haus natürlich selbst durchsucht«, konterte Corell und wandte sich Oscar Farley zu, der während des Gesprächs erstaunlich still gewesen war, jetzt aber eine Bewegung mit den Händen vollführte, die Corell sofort als ein Ja deutete. Sie vermissen etwas, dachte er.

»Auf jeden Fall haben wir gehört, dass Sie eine Anzahl von Blöcken und Papieren beschlagnahmt haben«, fuhr Somerset fort.

»Das ist richtig. Sie dürfen sie gern an sich nehmen. Meine mathematischen Kenntnisse sind nicht mehr die besten.«

»Es waren also nur mathematische Aufzeichnungen?«

»Ich glaube, ja. Aber so detailliert bin ich sie nicht durchgegangen. Sie können natürlich alles bekommen«, sagte er und machte eine unbewusste Geste zu seiner Brusttasche.

»Ausgezeichnet!«

»Ach, übrigens.«

»Ja?«

»Alan Turing hatte auch drei Bücher, in denen er auf Anraten seines Psychoanalytikers seine Träume niederschrieb. Die habe ich leider schon an seinen Bruder John Turing geschickt.«

»Ach. Schade.«

»Leider.«

»Mehr nicht?«, fuhr Somerset fort.

»Nein«, sagte Corell und wusste plötzlich, dass er den Brief nicht überreichen würde; warum, wusste er nicht richtig, außer dass er sich danach sehnte, ihn zu lesen, und dass er den Gedanken nicht ertrug, ihn zu verlieren, bevor er wusste, was der Brief enthielt.

»Dann müssen wir uns mit dem Bruder in Verbindung setzen. Aber das Übrige können wir vielleicht sofort bekommen?«, fragte Robert Somerset, möglicherweise zufrieden, möglicherweise auch nicht.

Als sie wieder in die Kriminalabteilung hinunterkamen, überreichte Corell ihnen die Notizbücher. »Passen Sie auf Ihren Nacken auf«, sagte er zu Farley. »Danke für Ihre politischen Ausführungen, es war äußerst interessant«, sagte er zum Abschied zu Somerset – mit einer Stimme, die möglicherweise nicht ganz natürlich klang, die aber trotzdem, so hoffte er, eine gewisse Weltgewandtheit andeutete. Er war merklich nervös geworden. Als sie sich verabschiedet hatten, begann seine rechte Hand zu zittern. Er hatte eine Gaunerei begangen, keine große Sache, und trotzdem; seine unüberlegte Handlung beunruhigte ihn, weckte aber zugleich seine Kampfeslust: *Nein, nein, das haben Sie missverstanden. Niemand sagt mir, was ich zu tun habe … Mein Name ist übrigens Corell, Leonard Corell, Sohn von James Corell, dem Schriftsteller. Ich interessiere mich besonders für die mathematische Seite meiner Arbeit. Deshalb lasse ich nicht zu, dass andere sich einmischen, so einfach ist das … Herrgott, dieser Somerset, was glaubte der, wer er war? Ankommen und verlangen … nein, den Brief behalte ich natürlich für mich selbst … sagte ich, dass ich am King's College in Cambridge studiert habe …* Tagträumend setzte er sich an seinen Schreibtisch. Er wollte den Brief nun unbedingt lesen, aber er fühlte sich beobachtet. Kenny Anderson starrte ihn neugierig an.

»Nun, worum ging es denn?«

»Nichts Besonderes. Sie wollten mich nur über gewisse Dinge informieren.«

»*Über gewisse Dinge!* Ist der Herr Assistent hochnäsig geworden?«

»Was ... nein ... wirklich nicht!«

»Willst du denn jetzt einen draufmachen? Du wolltest dich doch heute besaufen.«

»Wollte ich?«

Corell überlegte, ob er mit dem Brief nach draußen gehen oder ob er Kenny einfach ignorieren und ihn an seinem Platz lesen sollte, aber im selben Moment tauchte ein Name in seinem Bewusstsein auf ... *Hugh Alexander*. Er wusste nicht, woher er kam, vielleicht etwas, das er gelesen hatte, doch dann fiel ihm ein, dass Hugh Alexander der Zeuge im Prozess gegen Alan Turing gewesen war. Der Name war ihm bekannt vorgekommen, und auch wenn es im Protokoll nicht ausdrücklich gesagt worden war, hatte Corell den Eindruck gewonnen, dass Alexander und Turing während des Krieges zusammengearbeitet hatten. Wer weiß? Es konnte vielleicht ein Ansatzpunkt sein. Corell stand auf und ging zu Gladwin.

Gladwin arbeitete im Archivraum. Hier befanden sich alle Informationen über die Verdächtigen und die Verurteilten des Distrikts sowie eine kleine Bibliothek mit Nachschlagewerken, in denen Corell sich beispielsweise am Vortag über das Lügnerparadox schlaugemacht hatte. Gladwin gehörte zu den Besten, die sie im Revier hatten. Er war ein eifriger Kreuzworträtsellöser und verschlang historische Biografien. Man konnte ihn nach fast allem fragen, und er wurde folglich »der Professor« genannt, zuweilen sogar »das Orakel mit der Pfeife«. Er war ein gutmütiger Mensch und der Einzige im Haus, dem es gelungen war, eine anständige Körperfülle zu erlangen. Wie Kenny Anderson stank er nach Alkohol, jedoch auf eine angenehmere Weise, als tränke er feinere Sorten oder als würde der Alkohol von seinem Körper besser verarbeitet. Er war knapp fünfzig, hatte aber dickes schwarzes Haar wie ein junger Mann und wache braune Augen bis in die Nachmittagsstunden, wenn sein Blick glasig zu werden begann. Als Corell eintrat, saß er dem Anschein nach untätig da und sog an seiner Pfeife.

»Hallo!«

»Guten Tag!«

»Sind meine Dienste gefragt?«

»Hugh Alexander«, sagte Corell. »Weißt du, wer das ist?«

»Meinst du den Schachspieler?«

»Ich weiß nicht, wen ich meine. Aber es ist auf jeden Fall kein hiesiger Ganove …«

»Dann könnte es der Schachspieler sein.«

»Er war Zeuge im Verfahren gegen den Mathematiker, der vor ein paar Tagen gestorben ist.«

»Dann ist es ganz bestimmt der Schachspieler. Mal sehen …«

Gladwin griff nach einem Personenverzeichnis, das einige Jahre auf dem Buckel zu haben schien, und fand rasch, was er suchte.

»Hab schon immer Typen auf A gemocht«, sagte er. »Hugh O'Donel Alexander, Ire, Vater Professor der Ingenieurswissenschaft in Cork, gewann die Britische Jugendmeisterschaft im Schach 1928, erhielt ein Stipendium am King's College in Cambridge, studierte bei Professor Hardy, wurde 1932 Studienrat in Mathematik in Winchester, 1938 Forschungsleiter von etwas, das *The Lewis Partnership* heißt, aber hauptsächlich scheint er Schach gespielt zu haben.«

»Auf hohem Niveau?«

»Oh ja, er war Großmeister, hat unter anderem Botwinnik und Bronstein geschlagen. Britischer Meister 1938, einer der Besten in der Welt, darf man wohl sagen. Gilt als bester irischer Spieler aller Zeiten. War bei Kriegsausbruch Kapitän der englischen Mannschaft bei dem internationalen Mannschaftsturnier in Buenos Aires.«

»Steht da, was er während des Krieges gemacht hat?«

»Nicht mehr, als dass er für das Außenministerium gearbeitet hat. Erhielt 1946 offenbar einen OBE.«

»Er also auch.«

»Wie bitte?«

»Mein Toter hat damals auch einen bekommen.«

»Sieh mal an. Sieh mal an. Ich selbst habe kaum ein Dankeschön bekommen, obwohl ich ins Bein geschossen wurde. Aber sag mal, was ist los mit dir? Du siehst aus, als ...«

»Nichts«, sagte Corell reflexmäßig.

In seinem Kopf drehte sich alles.

»Ich habe eine Tausend-Pfund-Frage«, fuhr er fort.

»Lass hören!«

»Wenn Krieg mit Hitler wäre, und du wärst das Außenministerium, wo würdest du einen Großmeister im Schach und einen Mathematiker einsetzen, der Rätsel und logische Widersprüche liebt?«

»Ich würde sie nicht als Kanonenfutter verwenden.«

»Würdest du sie eine neue geheime Waffe erfinden lassen?«

»Oder sich neue Strategien ausdenken. Ein Schachspiel ist ja ein Miniaturkrieg. Ich würde sie eine Miniatur des Krieges bauen und auf pfiffige Art und Weise Soldaten hin und her schieben lassen. Oder verzwickte Rätsel erfinden lassen, um den Feind zu verwirren. Wie geht noch dieses eine ...?«

»Kannst du nicht versuchen, ernst zu bleiben?«

»Hat es mit deiner Ermittlung zu tun?«

»Gewissermaßen.«

Gladwin lehnte sich zurück und strich sich mit der Hand beinahe liebevoll über die eigene Wange.

»Leonard, jeder Krieg erfordert mehr als Muskeln und Kanonen, und die Intelligenz hat sich nicht so oft gegen diesen blutigen Wahnsinn gestellt, wie man es sich wünschen würde. Bertrand Russell 1916 war ja eine Ausnahme. Nein, wenn ich generell etwas sagen soll, dann sind die Begabten oft vom Nachrichtendienst verpflichtet oder in die wissenschaftliche Industrie einbezogen worden, die der Krieg verlangte. Man pflegt ja zu sagen, dass der Erste Weltkrieg mit seinen grauenhaften Giftgasen der Krieg der Chemiker war, während der Zweite den Physikern gehörte. Meine Antwort wäre also, dass Hugh Alexander mit einer Form von wissenschaftlicher Analyse beschäftigt war, aber ich nehme an, diese Antwort ist dem Herrn zu vage.«

»Ja, vielleicht. Trotzdem danke!«

»Keine Ursache. Hallo ... meine Güte, hast du es plötzlich eilig!«

Corell hastete zurück an seinen Platz und zog den Brief aus seiner Brusttasche.

16

Das Briefpapier war leicht gelblich und erstaunlich zerknittert. Corell hielt sich die Blätter an die Nase und nahm einen milden, beinahe angenehmen Geruch von Bittermandel wahr. Er sah sich um. Niemand beobachtete ihn. Kenny Anderson, der eben noch so neugierig gewesen war, schien ausnahmsweise in Arbeit versunken, und mit einer gewissen verbotenen Feierlichkeit – die ihn an eine Nacht in Southport denken ließ, als er im Schein einer Taschenlampe die illegale Ausgabe von *Lady Chatterley's Lover* gelesen hatte –, begann Corell den Brief durchzugehen. Zunächst fiel ihm auf, dass die erste Seite mit einer Uhrzeit versehen, aber kein Datum darauf war. Nur äußerst langsam las er die einleitenden Worte, als wollte er entscheiden, ob sie gut geschrieben waren, oder nur, um seinen Eifer zu bändigen. Er versuchte sich einzureden, dass es idiotisch war, sich zu viel von dem Brief zu versprechen. Er hatte sich ja kaum an ihn erinnert; allein der Umstand, dass er ihn Somerset und Farley vorenthalten hatte, ließ ihn brisant erscheinen, es war immer noch der gleiche alte Brief – seine kleine Frechheit hatte nichts verändert –, doch er war unweigerlich fasziniert, und mit wachsender Erregung las er ihn wieder und wieder.

Hollymeade, um 02 Uhr 20

Lieber Robin!
Wie ich all die Heimlichkeiten satthabe, dieses ganze verfluchte Theater. Sollte dies wirklich mein Leben sein? Ein Schauspiel, um ein anderes zu verbergen? Ich bin noch wach und wünsche mich weit weg. Erinnerst du dich an die Rebhühner, die wir aßen, und an die frischen Eier? Es ist halb drei in der Nacht. Draußen prasselt der Regen, und ich denke an all das, worüber ich mit dir reden möchte, nicht nur das, wovon ich nicht sprechen darf, sondern das, was auszudrücken mir noch nie in den Sinn gekommen ist. Jeden Tag schlagen neue Türen zu. Ich bin einen Auftrag losgeworden, der mich vielleicht nicht übertrieben gereizt hat, der aber meinem Leben doch ein wenig Sinn gab. Man vertraut solchen wie mir nicht mehr, und das bedrückt mich, Robin, es verletzt mich mehr, als ich sagen kann. Meine Welt wird eng. Ich kann nicht einmal träumen wie früher. Was nutzen die Träume noch, wenn man weiß, dass sie nicht wahr werden können? Mir ist so vieles genommen worden, und wenn das eine verschwindet, verschwindet auch anderes. Dann verdunkelt sich der Horizont. Es heißt, dass an der sexuellen Front die Dinge dort draußen ein wenig lockerer werden, aber davon bekomme ich nicht viel zu sehen. Ich werde bewacht. Sobald ich meinen Garten verlasse, ist der Teufel los, ganz zu schweigen von dem, was geschehen würde, wenn ich mich erdreistete, noch einmal eine Auslandsreise zu machen. (Was ich vorhabe, wie sollte ich nicht Lust haben, sie ein bisschen zu reizen?) Sie wollen mich zu einem alten Weib machen. Man hätte glauben sollen, dass es ein wenig besser wurde, als ich das Implantat aus meinem Bein entfernt habe, und vielleicht wurde es das für eine gewisse Zeit auch, doch dann kam die Enttäuschung darüber, dass die Befreiung nicht größer war. Das

Gift verschwand aus meinem Körper, aber nicht aus meinem Hirn, und ich begriff, dass nichts von all dem besonders schnell vorübergehen würde. Eigentlich hätte ich nicht verwundert sein sollen, als sie anfingen, meinen norwegischen Jungen zu jagen. Ich hätte begreifen müssen, dass sie mich nicht in Frieden lassen würden. Aber wie hätte ich wissen können, dass es so wehtun würde?
Als ich eben zu schlafen versuchte, spürte ich ihre wachsamen Augen im Nacken und warf mich hin und her, bis ich es nicht mehr aushielt. Ich stand auf und sah aus dem Fenster zur Straße hin. Das Licht der gelben Laterne fiel auf die Weide und auf meinen armseligen Ziegelweg, den ich nie fertiggestellt habe (vielleicht weil mir die Idee eines halb fertigen Weges irgendwie zusagt), aber niemand war da. Warum sollte dort jemand sein, fragst du dich. Ich kann es dir erklären: Ich werde überwacht. Ein untersetzter Typ ist Tag und Nacht hinter mir her, und der arme Kerl ist nicht einmal besonders talentiert. Er spielt den Unauffälligen dermaßen schlecht, dass er die Leute nervös macht. Und auf der Stirn hat er ein Muttermal, das einem Sigma gleicht. Stell dir das vor! Ein Sigma!
Als ich eines Morgens gerade meinen Schlüssel in der Garage versteckt hatte und laufen wollte, ging er an mir vorbei, als wäre es das Normalste auf der Welt. Ich sagte geradeaus vor mich in die Luft: Wie schön, dass Sie zu Besuch sind, und da wurde er verlegen und erwiderte, hm, hm, sehr schön, mit einem schottischen Akzent, bevor er sich davonmachte. Ich glaube, er hatte begriffen, dass ich ihn durchschaut hatte. Ein paar Tage später tauchte er wieder auf, und da kam es mir vor, als hätte er es auf meine Post abgesehen. Du weißt, die ganze Krise mit meinem Norweger lässt sich nur dadurch erklären, dass sie meine Post gelesen haben. Nein, nein, wink nicht ab, Robin.
Ich bin nicht paranoid, ich leide nur an dem vollständig

gesunden Verfolgungswahn, der notwendig ist, um zu überleben. Als völlig Gesunder würde ich nicht einen Tag zurechtkommen, und eigentlich sollte ich über diese Figur lachen. Er sieht aus wie ein trauriger Hund. Aber ich kann nicht umhin zu denken: Ist das ihr Dank? Dass sie mir jeden Winkel meines Lebens vergiften? Es hat Tage gegeben, da war ich so wütend, dass ich nicht ein noch aus wusste. Ist dir die Einbuchtung über der Schwelle aufgefallen, als du hier warst, gleich rechts neben der Außentür? Das war ich. Ich habe sie kürzlich mit ziemlich großer Präzision eingetreten, und vermutlich hätte ich das ganze Haus demoliert, wäre mir nicht aufgegangen, dass es unsinnig ist, mich selbst zu strafen, wenn ich in einer solchen Rachelaune bin. Kurz vor dem Morgengrauen, Robin, bin ich manchmal so verzweifelt, dass ich weder schlafen noch wach sein kann, ja kaum auch nur leben. Meine Gedanken sind in einem Circulus vitiosus der Verzweiflung gefangen, mein Leben verzerrt sich zu seiner eigenen bösartigen Karikatur, und ich frage mich, ob der Wahnsinn jetzt endlich da ist. Aber ich habe es nicht ergründen können. (Der alte W. hatte natürlich recht, als er sagte, dass wir unsere Gedanken nicht betrachten können, weil die Betrachtung sofort ein Teil von ihnen wird.)

Ach Robin, ich nörgle mal wieder. (Du darfst dich rächen, indem du mir ein neunundsiebzigseitiges Klagedokument über den verschwenderischen Überfluss an Liebhaberinnen in Leicester schickst.) Dann bitte ich natürlich um Entschuldigung, dass ich noch nicht ein einziges Mal deine Abhandlung gelobt habe (ich komme darauf zurück). Außerdem ist natürlich richtig, dass ich hier und da auch Trost gefunden habe. Habe ich erzählt, dass ich ganz hinten in der ersten Etage eine Werkstatt eingerichtet habe? Ich nenne sie den Ort der Albträume, was eine Hommage an die schlechten Nerven meiner Mutter ist. Sie hat die fixe Idee, dass ich dort gefährliche Dinge zusammenmische, und sie hat insofern recht, als dass ich alle möglichen Dummheiten mache, unter anderem versuche ich, die Chemikalien aus Salz zu gewinnen. Du solltest herkommen und mit mir hier herumsauen. Es ist trotz allem keine schlechte Therapie. Überhaupt beschäftige ich mich mit allem Möglichen, außer mit dem, was ich tun sollte. Ich schreibe meine Träume auf, was Greenbaum mir aufgetragen hat. Jeden Morgen fülle ich Seite um Seite in meinen Traumbüchern, und ehrlich gesagt, manchmal kann ich der Versuchung nicht widerstehen, sie ein wenig aufzuhübschen. Wer will schon uninteressante Träume haben? Im Übrigen habe ich vor, im Sommer zu einem unanständigen Abenteuer im Club Méditerranée in Ipsos auf Korfu aufzubrechen, lieber dahin als wieder nach Paris. Habe ich dir von dem entzückenden jungen Mann erzählt, den ich in Paris getroffen habe? Er war völlig verwirrt, als ich ihm vorschlug, einen Spaziergang zum Hotel zu machen, statt die Metro zu nehmen. Ich vermute, er hatte das gleiche Verhältnis zu Paris wie wir zu einer riemannschen Fläche. Er kannte nur die zivilisatorischen Ausbreitungen um die Metrostationen herum, kam aber kaum von einer zur anderen. Nun ja, er hatte andere Talente, einen hübschen Arsch unter anderem, und ich muss schon sagen, dass wir am Ende eine gute Zeit miteinander hatten, wobei er hinterher zur Bekräftigung unseres gegenseitigen Vertrauens die Uhren tauschen wollte. Es spielte in diesem Zusammenhang wohl auch eine gewisse Rolle, dass meine Uhr viel wertvoller war, aber natürlich war ich sofort einverstanden. Man muss ja die Angebote nehmen, wie sie kommen. Diese Uhr kann ich also in den Rauch schreiben. He, he! Aber ansonsten, Robin, ansonsten … Gleich drei Uhr. Es ist eine von diesen Nächten, in denen das Leben einem zu nahe kommt. Habe ich gesagt, dass ich von einem Lord gelesen habe, der ein zweites Mal vor Gericht gezerrt

wurde? Sie hatten eine seiner vergangenen Verfehlungen ausgegraben, und natürlich dachte ich: Werden sie es so auch mit mir machen? Noch einen Schatten aus meiner Vergangenheit ans Tageslicht ziehen? Zum Glück habe ich wohl nicht so viele Männer gehabt, wie ich es mir wünschen würde – wer hat das schon? –, aber den einen oder anderen hat es gegeben. Gott segne die Kirche à la King's! (Glaube, du hast in der Hinsicht gewisse Bildungslücken.) Aber ich könnte es nicht aushalten. Ich ertrage den Gedanken nicht, dass sie anfangen, wieder in meinem Leben zu wühlen. Kürzlich begegnete ich einer dieser alten Tanten in der Nachbarschaft, und sie wandte den Blick ab, als sie mich sah, und glaube nicht, dass mir das etwas ausmacht. Sie darf ihren Kopf wenden, wohin sie will. Aber dennoch, ist es nicht ungerecht? An jenem Abend wurde ich so wütend, dass ich kaum atmen konnte. Kennst du die Art von Zorn, der nicht aus einem herauskommt, sondern implodiert, zu einer dunklen, erstickenden Masse?
Es ist richtig, dass ich vor Gericht den Kopf hoch trug und es ablehnte, mich zu schämen, aber glaube nicht, dass ich nicht die unsichtbare Schelle an meinem Körper spürte. Es gelang mir sogar über Erwarten gut, destruktive Gedanken zu denken, vielleicht nicht so reuevoll, wie Gottvater in seiner Kleinlichkeit es wünschen würde – ich bleibe ein liederlicher Geselle –, aber auf jeden Fall Gedanken, die mir ordentlich wehtaten und die sich ziel- und richtungslos nach innen wandten und nichts anderes vorfanden als eine Leere. Endpunkt der Argumente. Stell dir vor, ich hätte Joan geheiratet und wir hätten Kinder bekommen! Wie würde es mir dann gehen? Ich muss mich zusammennehmen. Es wird gleich hell. Ich sehne mich schon danach, die Vögel zu hören. Aber manchmal, Robin, manchmal überlege ich, ob sie mich nicht am liebsten ausradiert sehen würden, von der Bühne abgetreten. Denn was bin ich geworden für diejenigen, denen

ich einmal so gute Dienste geleistet habe? Nichts anderes als eine Person, die klar gedacht, aber das Falsche gewünscht hat. Als ob ich der Fee die falsche Antwort gegeben hätte … Kürzlich nachts träumte ich von unseren Mahlzeiten in Hanslope, dem Apfel, den ich am Abend gegessen habe. Heute Nachmittag fiel mir der doppelte Regenbogen ein, den wir gesehen haben, und ich dachte: Wie geht es dir? Manchmal hatte ich Angst, sie wären auch hinter dir her, du mit deinen verrückten Überzeugungen. Was glaubst du, an was für einem Problem ich leide? Einem, das die Maschine zum Stillstand kommen lässt oder das unaufhörlich in alle Ewigkeit weiter draufloshämmert? Ich habe … (unlesbar, durchgestrichen).

Der Brief endete mitten im Satz und war nicht leicht zu verstehen, aber zweifellos war er von Schmerz geprägt. Vielleicht war es sogar der Selbstmordbrief, der ihnen fehlte? Nein, das ging zu weit. Corell hatte ordentlich herumsuchen müssen, um ihn zu finden, und selbst wenn er einige dunkle Anspielungen enthielt wie ›Endpunkt der Argumente‹, wirkte er zu verworren, als dass er einem bestimmten Zweck diente. Es kam ihm eher vor wie etwas, das man in der Nacht schreibt, wenn das Leben düster und bedrohlich ist. Der Briefschreiber litt ja auch unter schlechtem Gewissen wegen seiner Nörgeligkeit, und die Anflüge von Humor wie der »verschwenderische Überfluss an Liebhaberinnen in Leicester« mussten natürlich in diesem Licht betrachtet werden, als Versuch der Aufhellung. Sicher war es kein Zufall, dass der Brief nie abgeschickt worden war. Vielleicht war er dem Schreiber am Morgen total verstiegen vorgekommen. Anderseits war er auch nicht zerrissen worden. Er hatte dort gelegen und gewartet. Worauf? Auf nichts vermutlich! Wir alle legen Dinge zur Seite, ohne zu wissen, warum.

Er sah sich um. Kenny saß zurückgelehnt da und rauchte. Alec Block kam herein, setzte sich auf seinen Platz unter einem Steckbrief mit Bankräubern aus Manchester und warf einen schüchternen Blick zu Corell hinüber, als suche er Kontakt. Corell spürte eine unbezwingbare Lust hinauszugehen. Es war, als verlangte der Brief nach frischer Luft, und ohne ein Wort verließ er seinen Platz. Im Hof verschwand ein Schwarm Schwalben hinter den ziegelbraunen Mietshäusern, und er wandte sich nach rechts hinaus zu den Feldern und war kurz darauf am Carneval Field. Carneval Field bedeutete für ihn mehr als irgendetwas anderes in Wilmslow Sommer, und er starrte auf die Wiesen, froh darüber, dass so viele Menschen im Freien waren. Mit einer gewissen theatralischen Kraft sog er die Luft tief in die Lungen und lächelte über ein Pferd, das nicht weit entfernt im Kreis lief. Währenddessen dachte er die ganze Zeit an den Brief. Unter dem offenen Himmel fand er leichter Abstand zu den Worten und sah die Dinge gelassener.

Vieles in dem Brief irritierte ihn. Ihm wurde zum Beispiel klar, dass er sich Alan Turing unbeholfener und verwirrter vorgestellt hatte – teilweise aufgrund der Erzählungen des Bruders –, aber hier sprach eine durchtriebene Person, die in Paris Männer verführte und sich auf unerlaubte Reisen begab. »Ein unverbesserlicher Homosexueller«, hatte Inspektor Rimmer gesagt, und das war offenbar richtig. Gleichzeitig gab es anderes, das Corell nicht verstand und das ihn brennend neugierig machte. Allein jener Mann, der Turing beschattet hatte. Wer war er? Ein Hirngespinst des Mathematikers oder jemand von der Polizei in Manchester? Alan Turing war aufgrund seiner Veranlagung überwacht worden – das hatte Hamersley bezeugt –, und es war wohl nicht unmöglich, dass irgendein armes Schwein von Polizist zur Strafe abkommandiert worden war, vor dem Haus des Mathematikers herumzuhängen. Aber nein, Corell glaubte nicht, dass der Mann ein Polizist gewesen war. Wer zum Kuckuck hatte außerdem ein Muttermal, das einem Sigma glich, also dem griechischen Buchstaben? Er stellte sich vor, dass der Mann etwas Interessanteres gewesen war als nur ein durchschnittlicher Kollege. »Wie ich all die Heimlichkeiten satthabe«. Es klang seltsam bedrohlich, wie Turing in seinem Brief das Wort »sie« benutzte; manchmal schien er nur ganz allgemein das Gericht und die Ordnungsmacht zu meinen, während er ein anderes Mal auf etwas Spezielles abzuzielen schien, vielleicht eine konkrete Institution, vielleicht die gleiche, der Somerset und Farley angehörten ... »denen ich einmal so gute Dienste geleistet habe«.

Corell hielt einen Augenblick inne und fragte sich, um welche Dienste es sich handeln konnte. Dann zuckte er mit den Schultern und kehrte ins Revier zurück. Mit einer gewissen Energie machte er sich daran, seinen Bericht für die Verhandlung bei Gericht am Abend zu verfassen.

17

Oscar Farley und Robert Somerset ruhten sich einige Minuten auf einer Bank im Sackville Park in Manchester aus. Zwei Herren mit schlechter Haltung gingen vorüber, und einer von ihnen sagte: »Frauen haben noch nie verstanden …« Etwas weiter entfernt auf dem Rasen neben einem dicht belaubten Baum las eine junge Frau einen Roman mit grünem Umschlag, und Farley verspürte einen Stich von Sehnsucht. Wenn es ihm schlecht ging, wurde er immer auf Personen aufmerksam, die besonders ausgeglichen wirkten, genau als suchte er Erinnerungen an das, was ihm gerade fehlte.

»Wollen wir weiter?«, fragte Somerset.

»Warte noch ein wenig.«

»Ist es so schlimm?«

»Ziemlich schlimm.«

»Ich habe ein bisschen Portwein in meiner Aktentasche.«

»Ich habe genug Gift im Körper.«

»Was denkst du von dem Polizisten?«

»Ich denke gar nichts. Ich hoffe nur, dass er deine Albernheiten überlebt hat.«

»Wirkte er gegen Ende nicht ein wenig sonderbar?«

»Das finde ich nicht«, sagte Farley, aber er war nicht ganz ehrlich.

Der junge Mann war tatsächlich ein wenig nervös geworden, als sie über die Dinge gesprochen hatten, die in der Adlington Road sichergestellt worden waren. Aber Farley wollte Somerset nicht unnötig gegen Corell aufbringen. Er hatte den Polizisten gemocht. Während Roberts Suada, über die er sich teilweise maßlos geärgert hatte – etwas dermaßen Dummes, wie dass Cambridge in den Dreißigerjahren von Kommunismus und Homosexualität gekennzeichnet gewesen sei, konnte man nicht einmal im Scherz von sich geben –, hatte er sich an seine eigene Jugend erinnert und in dem Polizisten etwas von sich selbst wiedererkannt. Die Art und Weise, wie dieser im einen Moment weltgewandt und ein wenig großspurig und im nächsten etwas verloren und verwirrt gewirkt hatte, gab Farley Anlass, sich in Erinnerung zu rufen, wie unfrei er sich damals gefühlt hatte, als hätte er nur in Bruchstücken oder einzelnen Momenten der sein können, der er sein wollte. Einen Augenblick hatte er sogar mit einem Gefühl von Verlust an seine eigene frühere Unsicherheit gedacht, als wäre ihm etwas Wichtiges verloren gegangen, indem er sich in den selbstsicheren Plauderer verwandelte, der er heute war. Doch hauptsächlich hatte er an den Vater des Polizisten gedacht.

Er hatte ihn nie näher kennengelernt. Trotzdem hatte James Corell einen besonderen Platz in seinem Bewusstsein eingenommen. Der Name Corell war lange mit der Feststimmung verknüpft, die Farley während seiner frühen Jahre in Cambridge umgeben hatte. James Corell war ein Schriftsteller gewesen, der Schauspieler hätte werden sollen. Er war grandios auf seine Weise, ein Mann, der mit seiner Schlagfertigkeit jede Gesellschaft, in die er eintrat, faszinierte. Aber nach seinem Tod hatte Farley ihn als traurigen Clown in Erinnerung behalten, vielleicht weil er zu glauben begann, dass James Corell am Ende verstand, dass seine Dominanz im gesellschaftlichen Umgang keinen sozialen Wert besaß und dass er deshalb nach jedem Triumph im Gesellschaftsleben einen bitteren Nachgeschmack zurückbehielt, wie ein Gaukler, der traurig wird, wenn der Applaus verstummt.

Auf dem Polizeirevier in Wilmslow hatte Farley nicht umhingekonnt, den jungen Mann als eine Verlängerung, eine Fortsetzung des Dramas zu sehen, das der Vater inszeniert hatte. Der Polizist schien weit entfernt von Kreisen seines Vaters in Cambridge oder London gelandet zu sein. Er schien einen hohen Preis bezahlt zu haben, und dennoch, der Vater lebte noch in seinen Gesten und Blicken, und dann und wann hatten seine Antworten eine Leichtigkeit gehabt, eine Verschmitztheit, die an James erinnerten, und außerdem war etwas an seinen Augen. »Danke für Ihre politischen Ausführungen«, hatte er mit unmissverständlichem Sarkasmus zu Somerset gesagt, und auch wenn das eine Provokation genau nach Farleys Geschmack gewesen war, verriet sich darin möglicherweise ein Trotz, ein Wille zum Widerspruch, der an seinen Vater denken ließ. Aber der Polizist konnte ihnen doch nichts vorenthalten haben? Warum sollte er?

»Gehen wir«, sagte Farley. »Es geht mir besser.«

»Ich finde trotzdem, dass wir noch einmal mit ihm reden sollten«, sagte Somerset.

»Ich finde, wir sollten nach Hause fahren und Lyrik lesen.«

»Entschuldige?«

»Lyrik. Eine besonders konzentrierte Schreibweise. Wird seit mehreren Tausend Jahren von der Menschheit benutzt. Solltest du dir mal ansehen. Es gibt Bücher für Anfänger.«

»Sehr witzig!«

Den Brief konnte Corell in seinem Bericht natürlich nicht erwähnen. Aber er ließ durchblicken, dass manches noch ungeklärt war, und ausnahmsweise arbeitete er mit leichter Hand, vielleicht auch, weil es kaum eine Rolle spielte, was er schrieb. Der Ausgang der Sache war vorgezeichnet, glaubte er, und in gewissem Sinn arbeitete er ausschließlich für sich selbst. Keine bürokratischen oder fantasielosen Polizistenaugen konnten den Wörtern das Leben rauben. Eher stellte er sich andere, mehr oder weniger imaginäre Leser vor – seinen verstorbenen Vater etwa oder sogar einen Verleger mit verschwommenem Gesicht –, die zufällig auf seinen Bericht stießen und selbstverständlich große Augen machten. Manchmal nahm er sich formale Freiheiten. Dann stellte er sich vor, dass seine Fakten Fiktionen wären. Alle merkwürdigen Einzelheiten, die Experimentierwerkstatt, der blubbernde Kessel, der vergiftete Apfel, erschienen ihm nicht mehr als sinnlose Beobachtungen, sondern als Puzzlestücke, die sich wie die Fragezeichen in einem Kriminalroman am Ende der Erzählung zu einem klaren und deutlichen Bild formen würden. Doch nach und nach versiegte die Inspiration, und er sah ein, dass alles, was zufällig oder eigentümlich wirkte, zufällig und eigentümlich bleiben würde und dass, falls die Geschichte eine Fortsetzung finden sollte, diese sich in anderen Fluren und Sälen abspielen würde, weit entfernt von Wilmslow und Green Lane. Sein inspirierter Augenblick kam ihm ein wenig wie Onanie vor: erregend, solange es dauerte, aber beschämend, wenn es vorbei war.

Das Telefon klingelte.

»Hallo«, sagte eine Stimme. Es war eine Frau.

»Mit wem spreche ich?«, fragte er.

»Ich heiße Sara Ethel Turing. Ich bin die Mutter von …«

Er nahm den Hörer vom Ohr. Verspürte einen Impuls aufzulegen. Aber gab es nicht etwas Bestimmtes, wonach er fragen sollte? Ihm fiel nichts ein, und er hätte auch kaum sprechen können, wenn ihm etwas eingefallen wäre. Die Stimme der Mutter war vom Weinen gebrochen. Dennoch redete sie ununterbrochen – als wollte sie jeden Ansatz von Schweigen ersticken.

»Alan war im Begriff, etwas Großes zu schaffen, etwas richtig Großes«, sagte sie. »Ich habe es ihm angemerkt, an seiner ganzen Art. Er dachte an nichts anderes als seine Arbeit. Nicht einmal daran, sich die Hände zu waschen! Herrgott, warum konnte er sich nicht die Hände waschen? Warum nicht?«

»Was war das Große, an dem er arbeitete?«

»Wenn ich das nur wüsste. Es war nicht zu begreifen. Aber es gab da etwas … das spürt eine Mutter. Alan war so begabt, so hochbegabt, aber trotzdem wie ein Kind, verstehen Sie. Er hat die Uhr seines Großvaters eingeschmolzen. Stellen Sie sich das vor! Sagte, Großvater hätte sich gefreut, dass die Uhr wissenschaftlichen Zwecken diente, und dann hantierte er mit gefährlichen Stoffen, gesundheitsschädlichen Sachen herum, und ich habe tausendmal zu ihm gesagt: ›Mach dich nicht unglücklich. Wasch dir die Hände.‹ Aber er wusch sie nicht. Nie, nie!«

Corell war durch seinen Beruf an starke Gefühle gewöhnt. Manchmal fühlte er sich deshalb lebendiger, ungefähr so wie angesichts einer starken Dramatik im Film oder im Theater, aber bei Turings Mutter war es einfach nur unerträglich. Ihre Trauer war wild nach außen gerichtet. Die Worte flogen aus ihr heraus, und er kam nicht damit zurecht. Er versuchte, freundlich zu bleiben.

»Es tut mir wirklich leid, Mrs Turing. Haben Sie gehört, dass er Sie als Erbin eingesetzt hat? Er hat Sie wirklich geliebt.«

Aber sie hörte nicht zu. Ununterbrochen sang sie ihr Klagelied, und als es ihm endlich gelang, das Gespräch zu beenden, seufzte er laut und erleichtert, ohne sich deshalb besser zu fühlen.

»Hör auf damit«, raunzte Kenny Anderson.

»Womit denn?«, erwiderte er. »Ich habe mit Turings Mutter gesprochen.«

»Musst du deshalb den Tisch zerhacken?«

»Nein, nein!«

Er legte seinen Bleistift weg, mit dem er offenbar auf die Tischplatte gehämmert hatte. Da klingelte das Telefon erneut, und er streckte die Hand zum Hörer aus, zog sie aber hastig zurück, und als reichte das noch nicht, nahm er seinen Hut vom Haken und verließ den Raum. Was war los mit ihm? Er lief hierhin und dahin und hatte nicht die Geistesgegenwart besessen, der Mutter ein paar präzise Fragen zu stellen – sie hätte bestimmt das eine oder andere von Wert erzählen können. Er hatte an seine eigene Mutter gedacht, seine krumme und verwachsene Mutter, und an den Tag, an dem er sie verlassen hatte. Dass es nie aufhören konnte! Sollte ihn die Erinnerung ewig verfolgen?

Draußen auf dem Hof war es nicht mehr so warm wie vorher; er zog das Jackett dichter um seinen Körper und versuchte, das Unbehagen abzuschütteln. Es gelang ihm nicht besonders gut. Seine Gedanken rotierten, und plötzlich fiel ihm eine Formulierung aus dem Brief ein: »Als ob ich der Fee die falsche Antwort gegeben hätte.« Es war, als berührten die Worte ihn irgendwie. Hatte auch er seine Wünsche falsch formuliert, die einzige gute Kraft zurückgestoßen, die über ihn wachte? Er fühlte in der Brusttasche nach, der Brief war noch da. Er fragte sich, ob er ihn noch einmal lesen sollte, doch das würde nichts nützen – er konnte ihn beinahe schon auswendig –, und eine Weile trieb er willenlos durch die Straßen.

Als er in die Water Lane einbog und an der Reihe von Restaurants und Straßencafés entlangging, erlebte er sich selbst als fehlendes Glied im Stadtbild. Es sind nur Frauen draußen, dachte er. Das stimmte nicht ganz. Es waren überall Männer, doch die Vorstellung, in eine weibliche Gemeinschaft einzutreten, verließ ihn nicht. Er fühlte sich beobachtet. Langsam entspannte er sich etwas. Eine Männerstimme in einem Radio sang *We'll have some fun when the clock strikes one* zu einem ungewöhnlichen Rhythmus, und darüber musste er lächeln. Ein Stück weiter vor sich erkannte er den Rücken einer Frau, der ihn augenblicklich in eine nervöse Stimmung versetzte, und das hatte zumindest ein Gutes, denn es vertrieb das Unbehagen, das das Telefonat bei ihm hinterlassen hatte.

Der Frauenkörper war der von Julie, und das war aufregend genug, aber wirklich beunruhigend war es, dass Julie mit einem kleinen Mädchen unterwegs war, das einen grünen Ballon hielt. Das Mädchen hatte die gleichen schwarzen Haare wie Julie. Es konnte alles Mögliche sein: eine Nichte, eine Kusine, eins von Harringtons Enkelkindern, aber trotzdem … Er war nicht gerade begeistert, und es beruhigte ihn auch nicht, dass er nie einen Ring an Julies Fingern gesehen und sie immer als unverheiratet und einsam erlebt hatte. Er hatte sich vermutlich geirrt, und sein erster Impuls war davonzulaufen. Dennoch ging er weiter.

Er holte sie rasch ein und bekam eine unbegreifliche Lust, den Ballon an sich zu reißen. Das verflixte Mädchen war eine Mauer zwischen ihm und Julie. Als er auf Höhe der beiden ankam, fuhr er zusammen. Das Mädchen trug eine schwarze Augenklappe, und darunter zog sich eine hässliche Narbe über ihre Wange … Unangenehm berührt, wandte er den Blick ab. Als er im Begriff war vorbeizugehen, hielt er inne. *Entweder tut man, als wäre nichts, oder …* Er drehte sich zu ihnen um und grüßte beide, Julie und das Mädchen, und trotz seiner Nervosität bemerkte er, wie das Kind sich ihm automatisch so zuwandte, dass er ihr Profil sah, als hätte das Leben sie bereits gelehrt, Fremden nur die nicht entstellte Seite zu zeigen. Ähnelte ihr Gesicht nicht verdächtig dem von Julie?

»Guten Tag, Mr Corell!«

»Wie geht es Ihnen, Fräulein?«

»Danke, gut. Und Ihnen?«

»Ausgezeichnet. Es ist ein so schöner Tag.«

»Ausnahmsweise kein Regen. Sind Sie zufrieden mit Ihrem Anzug?«

»Sehr zufrieden, danke. Wunderbarer Stoff. Was für eine hübsche Tochter Sie haben«, sagte er und war sich unsicher, ob er das Wort »hübsch« bei einem Kind mit einer solchen Narbe benutzen sollte.

»Danke«, sagte Julie. Sie schien jetzt verlegen zu sein. »Chanda ist … sie hat …«

Sie vollendete den Satz nicht. Nervös strich sie mit der Hand über ihre Stirnlocke, und an einem anderen, besseren Tag hätte ihre Unsicherheit ihn vielleicht bestärkt, und er hätte versucht, eine Konversation in Gang zu bringen, doch jetzt fühlte er sich nur gehemmt. Er wollte fliehen. In Julies Nähe wollte er immer fliehen, und selbst wenn er einsah, dass er sie weiterreden lassen sollte oder, vielleicht noch besser, selbst etwas formulieren sollte, was zeigte, dass er anders war – *wissen Sie, Fräulein, ich habe einen äußerst merkwürdigen Brief gefunden …* –, sagte er nur:

»Wie schön, Sie wiederzusehen. Sie sehen fantastisch aus. Vielleicht schau ich mal im Geschäft vorbei und sehe mir etwas Neues an. Einen schönen Tag noch.«

»Ihnen auch«, erwiderte sie, offensichtlich überrumpelt von seiner Hast, und dann verschwand er, mit dem nagenden Gefühl, um etwas betrogen worden zu sein.

18

Der Untersuchungsrichter James Ferns im Gerichtssaal hatte keine Zweifel. Er hielt sich strikt an die von Dr. Bird vorgegebene Linie und hörte kaum auf Corells kleine Vorbehalte, die freilich auch nicht mit übertriebenem Pathos vorgetragen wurden, auch wenn dann und wann eine gewisse Eleganz in den Formulierungen nicht zu verkennen war. Seit dem Gespräch mit Turings Mutter und der anschließenden Begegnung mit Julie und dem Mädchen hatte Corell sich kraftlos gefühlt, und es half auch nicht gerade, dass der Untersuchungsrichter ihn mit den Worten begrüßte: »Warum ist Sandford denn nicht selbst gekommen?« Corell wurde im Großen und Ganzen als Luft betrachtet, und mehrmals während der Verhandlung fluchte er still vor sich hin: *Nullen! Was wissen die eigentlich?* Gleichzeitig – und das ärgerte ihn in gewisser Weise – wurde im Gerichtssaal nichts gesagt, das offensichtlich auf Ignoranz oder Unvernunft beruhte. Die Schlussfolgerung »Selbstmord« erschien völlig logisch. Dennoch kam Enttäuschung in ihm hoch, die äußerst routinemäßige Verfahrensweise kränkte ihn. Sie hätten zumindest so tun können, als wäre der Fall ein spezieller.

Nach der Verhandlung standen James Ferns und Charles Bird zusammen, als ob Corell nicht existierte, und als sie in lautes Gelächter ausbrachen, bildete er sich ein, dass es ihm galt, und unbewusst ballte er die Hände. *Eines Tages, eines Tages …* James Ferns war ein kleiner Mann um die fünfzig mit einem fein geschnittenen, aber selbstbewussten Gesicht, dessen eigentliches Zentrum ein schmaler, gut gepflegter Schnurrbart war, der einen militärischen Eindruck machte. Ferns spielte im Rotary Club in Wilmslow eine bedeutende Rolle, und einige Male hatte Corell ihn am Carnival Field mit zwei großen Rottweilern gesehen.

Als Corell in den kühlen Abend hinaustrat, wünschte er sich weit fort. Zum ersten Mal trug er seinen neuen Tweedanzug, fühlte sich aber gar nicht wohl darin. Irgendwie kam er sich *zu* elegant vor. Der Anzug schien einen besseren Träger zu verdienen als einen verwirrten Kriminalassistenten aus Wilmslow. Unlustig blickte er um sich. Vier, fünf Reporter warteten auf der Treppe des Gerichtsgebäudes, nicht gerade ein Ansturm, aber genügend, um den Untersuchungsrichter zu veranlassen, sich mit einer Eitelkeit, die er nicht einmal zu verbergen versuchte, den Schnurrbart zu putzen. James Ferns liebte Journalisten, erntete jedoch kaum Gegenliebe. Mr Ferns drückte sich seltsam geschraubt aus, war sich dessen aber nicht bewusst. Er streckte sich angeberisch. Es war widerwärtig. Dennoch konnte Corell es irgendwo verstehen. Auch er wuchs, als die Journalisten sich näherten, doch im Unterschied zu Ferns hielt er sich zumindest so weit zurück, dass er nicht zufrieden zu lächeln begann. Außerdem war er bald mit anderen Dingen beschäftigt.

Zwei Gesichter zogen seine Aufmerksamkeit auf sich, das eine war Oscar Farleys, dessen Rückenprobleme eskaliert sein mussten. Dem Anlass zu Ehren benutzte er einen Stock, was seine Ausstrahlung von Wehmut und Weltgewandtheit noch verstärkte. In Corells Augen ließ er seine gesamte Umgebung als provinziell erscheinen. Dennoch machte nicht Farley den stärksten Eindruck, sondern ein Mann, der möglicherweise zu den Reportern gehörte. Sein Blick wanderte umher, als wollte er sich alles einprägen, aber anderes an seiner Körpersprache erweckte den Eindruck, als käme er aus einer anderen Welt. Er war nicht wie Farley teuer gekleidet; er trug Baumwollhosen und ein braunes, abgetragenes Cordjackett, das man für eine Jacke halten konnte, dazu trug er keinen Hut und wirkte nicht viel älter als Corell. Aber das Bemerkenswerteste waren seine Augen. Sie waren scharf, vielleicht weil ihre Form markant und schmal geschnitten war und weil sie eine Intensität ausstrahlten, die den Mann ungewöhnlich agil aussehen ließ. Ein graues Buch ragte aus seiner Jackentasche, und ohne richtig zu wissen, warum, führte Corell die Hand zum Hut und grüßte kollegial. Sie hatten sich inzwischen in einer kleinen Gruppe auf dem oberen Treppenabsatz versammelt, und als James Ferns sich in diesem Moment räusperte, verstummte die Gesellschaft. Eine gespannte Erwartung lag in der Luft.

»Wir haben festgestellt, dass es Selbstmord war«, sagte der Untersuchungsrichter. »Sozusagen ein Akt des freien Willens«, fügte er hinzu, als gäbe es noch andere Arten von Selbstmord.

»Worauf gründet sich diese Einschätzung?«, fragte ein junger Journalist und veranlasste Ferns zu einer langwierigen Darlegung der Umstände im Haus in der Adlington Road.

»Ein Mann mit Turings Kenntnissen wusste natürlich, wie gefährlich Zyankali ist. Er wäre damit nicht nachlässig umgegangen«, flocht Charles Bird ein.

»Außerdem hatte er seine Gründe«, ergänzte der Untersuchungsrichter. »Er hatte einen demütigenden Prozess hinter sich.«

»Warum benutzte er einen Apfel?«, fragte ein Reporter

in mittleren Jahren mit runder Brille, und nun wollte Corell etwas sagen, dies war seine Frage.

Aber ihm fehlte der Mut, das Wort zu ergreifen, und deshalb hörte er nur schweigend zu, als Bird seine These wiederholte, dass der Apfel wohl benutzt worden sei, um den bitteren Geschmack des Gifts abzuschwächen. Corell musste unwillkürlich an den Ton eines Kochbuchs denken: *Würzen Sie mit Zyankali. Den bitteren Geschmack mildern Sie mit einem Apfel ab.* Kurz darauf verstrickte der Untersuchungsrichter sich in einer Erklärung darüber, dass der Selbstmord nicht zwangsläufig im Voraus geplant worden sein musste:

»Es kann sich ebenso gut um einen spontanen Impuls gehandelt haben«, sagte er. »Man kann nie wissen, was ein Mann dieses Typs als Nächstes tut.«

»Warum nicht?«, sagte der Reporter, der nach dem Apfel gefragt hatte.

»Lassen Sie es mich so sagen. Wir sind alle unterschiedlich. Eine Person wie Dr. Turing wird leicht labil, wage ich zu behaupten. Ein solcher Mensch verliert leicht die Fassung. Das Leben spielt ein wenig Berg-und-Tal-Bahn, und ich vermute, oder besser, ich habe allen Grund zu glauben, dass er seelisch aus dem Gleichgewicht war, als er beschloss, sein Leben zu beenden. Sie verstehen, worauf ich hinauswill. Vielleicht kam er ganz plötzlich auf diese unglückselige Idee. Vielleicht war er sogar gerade im Begriff, etwas völlig anderes zu tun, als er diesen Einfall hatte«, schloss Ferns, und es wurde still.

Die Reporter schienen vollauf damit beschäftigt, seine Worte aufzuschreiben, und eigentlich hatte Corell gar nichts sagen wollen. Doch in diesem Moment fing er einen Blick des unbekannten Mannes im Cordjackett auf, und das war nicht nur ein kritischer, sondern ein vernichtender Blick. Für Corell, der von Anfang an Eindruck auf den

Mann hatte machen wollen, war dies Anlass genug, um zu protestieren.

»Ich muss schon sagen, dass der Herr Untersuchungsrichter mir imponiert«, sagte er.

»Aha, und wieso?«

James Ferns wirkte verblüfft.

»Weil er so schnell und sicher entscheiden kann, was für ein Typ Alan Turing war. Ich vermute, dass sich dieses Urteil auf ein gründliches Studium seines Lebens und seiner wissenschaftlichen Leistung stützt?«

»In der Tat«, versuchte Ferns die Situation zu retten.

»Eigentlich haben Sie gar nicht klar formuliert, welchen Typ Sie meinen«, fuhr Corell fort. »Den Professorentyp, den Typ des passionierten Wissenschaftlers oder sogar den homosexuellen Typ, der von Impulsen und Leidenschaften getrieben ist. Ja, entschuldigen Sie. Ich bin nicht einmal sicher, wie viele Menschentypen es in diesem speziellen Genre gibt, der einzige mir richtig bekannte Typ ist der, der über Dinge redet, von denen er nichts versteht, und einer von dieser Sorte steht gerade vor mir.«

Jemand lachte laut, aber Corell konnte nicht einordnen, woher das Lachen kam.

»Was ich sagen wollte, war ...«, begann Ferns, jetzt merklich verstört.

»Dass wir nichts über die Motive des Mannes wissen. Oder zumindest hoffe ich, dass es das war, was Sie sagen wollten. Es gibt große Lücken in dem, was wir über Turings Leben wissen. Diese ganze Ermittlung ist auf beschämende Weise beschleunigt worden. Sich in diesem Stadium über Dr. Turings Gedanken am letzten Tag seines Lebens auszulassen, ist nichts weiter als unbedacht und spekulativ«, fuhr Corell fort und glaubte, einen Augenblick des Triumphs zu erleben – er dachte an das Lachen, das er gehört hatte –, aber als er aufsah, merkte er, dass keiner der Journalisten mitschrieb und der Gerichtsmediziner und der Untersuchungsrichter ihn mit wütenden Augen anstarrten.

Ein gedrücktes Schweigen trat ein, wie nach einer großen Peinlichkeit. Das berauschende Selbstgefühl, das ihn eben noch durchströmt hatte, verschwand mit einem Schlag. Fiebrig suchte Corell nach dem unbekannten Mann, doch der wurde von einem großen Mann mit Zahnlücken verdeckt, und für ein oder zwei Sekunden wusste Corell nicht, was er tun sollte.

»Ich glaube, das war alles, meine Herren«, sagte er.

Die Worte verhallten ohne Nachdruck. Es fiel nicht in seine Kompetenz, die Pressekonferenz abzubrechen, aber gesagt war gesagt. Er ließ es darauf ankommen, und deshalb zog er seinen Hut und spazierte davon, wobei er das Gefühl hatte, dass sein Rücken jämmerlich aussah, oder sogar, dass sein Hintern an den eines Mädchens erinnerte, und in einem hastig aufflackernden Bild stellte er sich die giftigen Kommentare vor, die in der Gruppe über ihn gefällt werden mochten. Dennoch trug er den Kopf hoch und aktivierte sämtliche Schutzmechanismen: *Was kümmern mich diese Wichtigtuer?*

Aber sein Schamgefühl wuchs, und er begann sich zu fragen, ob Ferns nicht doch recht hatte; zumindest hatte er sich nicht so idiotisch ausgedrückt, dass es einen boshaften Angriff gerechtfertigt hätte. Wurden Schwule denn nicht von Impulsen und Einfällen beherrscht? Vielleicht waren sie in der einen Sekunde erregt und in der nächsten von Angst und Reue erfüllt, was wusste er denn? Rein psychologisch hatte Ferns' Meinung sicher etwas für sich. Corell war ein Idiot gewesen, nichts anderes. Warum wurde alles, was er anfasste, zu einem solchen Fiasko? Außerdem … er fühlte sich leer, als wäre ihm etwas geraubt worden, nicht nur ein Problem, ein Rätsel, das einen Hauch der großen Welt atmete, sondern auch … wie sollte er es formulieren … eine Sehnsucht. Jetzt war alles vorbei. Jetzt war es mit einem tristen Selbstmord abgehakt, und viel klüger war er nicht geworden. Das war die traurige Seite seines Berufs. Gerade wenn er Einblick in ein Leben gewonnen hatte, musste er es wieder loslassen, was im Normalfall auch nicht schwer zu akzeptieren war. Oft empfand er gegen Ende seiner Ermittlungen eher eine Erschöpfung, einen Überdruss, aber diesmal waren Leute von Cheltenham angereist und hatten von Spionen und der großen Politik geredet. Düstere Gedanken überwältigten ihn, und es dauerte, bevor er mitbekam, dass eine Männerstimme ihn rief.

»Hallo! Entschuldigen Sie, einen Augenblick.«

Nur langsam wandte er sich um. Als er den Unbekannten mit den schmalen, blinzelnden Augen sah, wurde er nervös, ungefähr wie in seiner Schulzeit, wenn unerwartet ein Lehrer auftauchte und freundlich lächelte. Er freute sich, wollte jedoch am liebsten entkommen. Zum Glück waren die einleitenden Worte des Mannes genau die richtigen:

»Wunderbarer Kommentar zu dem Untersuchungsrichter.«

Es war dermaßen richtig, dass Corell es wagte, ganz ehrlich zu sein.

»Ich fühle mich wie ein Idiot.«

»Der Fluch desjenigen, der die Wahrheit sagt.«

Desjenigen, der die Wahrheit sagt.

Das war fast zu viel, und um seine Fassung zu bewahren, streckte Corell die Hand aus und stellte sich vor. Der Unbekannte, der trotz seiner freundlichen Worte etwas sehr Strenges an sich hatte, hieß Fredric Krause und war Logiker in Cambridge und »Freund von Turing oder zumindest ein Bewunderer«. Er war hergekommen, »um Alan zu ehren«.

»Zu ehren?«

»Wenn Sie Alan gekannt hätten, würden Sie einsehen, wie unglaublich komisch es ist, ihn als einen bestimmten Typen zu bezeichnen.«

»Inwiefern?«

»Nun, in jeder Hinsicht! Richtiger gesagt, wenn es noch eine Person dieses Typs gibt, möchte ich sie sofort kennenlernen.«

»Wirklich?«

»Wenn ich Sie richtig verstanden habe, sind Sie nicht so sicher wie die anderen, dass es sich um Selbstmord handelt.«

»Doch, ich bin ziemlich sicher.«

»Aber ...«

»Es gibt kein Aber. Ich habe nur eingesehen, dass ich viel zu wenig über Turing weiß.«

»Das Gefühl teile ich mit Ihnen.«

»Wirklich?«

Der Mann nickte, trat einen Schritt vor, und in einem Anflug von Paranoia fand Corell, dass der Logiker etwas zu dicht an ihn herankam. Er verwarf den Gedanken. Sie befanden sich in der Groove Street und gingen gemeinsam weiter. Krause bat ihn, von Turings Tod zu erzählen, und als Corell erneut über die im Haus angetroffenen Umstände berichtete, kamen ihm seine eigenen Formulierungen geschickt und geistreich vor.

»Was glauben Sie selbst?«, fragte er den anderen. »War Turing ein Mann, der sich das Leben nehmen würde?«

»Das glaubt man wohl von niemandem. Aber er hatte ja diesen Teufelskram über sich ergehen lassen, und außerdem ...«

Fredric Krause zögerte, und Corell bemerkte eine Eigenart an ihm. Wenn er nachdachte, zitterten seine Augenlider.

»Und außerdem was?«

»Außerdem ist es nie leicht, als Mathematiker alt zu werden oder als Physiker, was das betrifft. Wir sind wie Sportler, auf jeden Fall die meisten von uns. Wir erreichen unser Leistungshoch in den Zwanzigern. Einstein war ja fast schon alt, als er sein Annus mirabilis hatte. Er war schon sechsundzwanzig. Wenn man älter wird, hat man allzu viel Zeit, den Blick nach innen zu wenden.«

»Und das ist nicht gut?«

»Wenn man mit der gleichen Energie sein Inneres untersucht, mit der man sich ein mathematisches Problem vornimmt, dann kann das nicht gut gehen«, antwortete Krause, sonderbar heiter in Anbetracht dessen, was er gesagt hatte. Dann fügte er hinzu, Alan sei ein Idiot gewesen, »hier in diese puritanische Hochburg zu ziehen. Ich will nichts Schlechtes über Wilmslow sagen«, verdeutlichte er, als könnte Corell ihm seine Worte übel nehmen, doch »nichts hätte ein größerer Kontrast zum King's sein können als Manchester«.

»Ja, hier war er gezwungen, in die Oxford Road zu gehen«, sagte Corell.

»Wozu das?«

»In die Straße, wo Männer einander aufreißen.«

»Ach so.«

»Darf ich Sie etwas ganz anderes fragen?«, sagte Corell.

»Sie sind Polizist. Sie dürfen selbstverständlich fragen, was Sie wollen.«

»Es ist keine polizeiliche Frage.«

»Umso besser.«

»Ich bin früher gut in Mathe gewesen«, fuhr Corell fort und schämte sich sogleich für seine Worte.

»Ich gratuliere«, sagte Krause, und es konnte sehr wohl sarkastisch gemeint sein, doch Corell entschied sich dafür, es nicht so zu verstehen.

»Und ich interessiere mich sehr für das Lügnerparadox.«

»Oh, ich verstehe!«

Krause sah neugierig aus.

»Und lange habe ich geglaubt, dass es sich nur um ein lustiges kleines Spiel mit Worten handelte, aber dann habe ich gelesen, dass …« Fast hätte er das Vernehmungsprotokoll erwähnt, sah jedoch ein, dass das idiotisch klingen würde.

»Dass was?«

»Dass das Paradox tatsächlich ein grundlegendes und wichtiges Problem darstellt und zur Entstehung einer neuen …«

Wieder unterbrach er sich.

»Es würde mich riesig freuen, wenn Sie es mir erklären könnten«, sagte er.

»Herrgott! Sie verwundern mich, und zugleich machen Sie mir Spaß«, erwiderte Krause und zeigte ein breites Lächeln. »Das Lügnerparadox? Jesses! Wollen Sie das wirklich hören? Vielleicht werden Sie mich nie mehr los, wenn ich erst einmal anfange.«

Sie blieben stehen.

»Das Risiko nehme ich in Kauf.«

»Wo soll ich anfangen?«

»Am Anfang beispielsweise.«

»Dann muss ich zurückgehen zu den alten Griechen. Die Römer kann ich an und für sich überspringen. Sie haben nichts begriffen. Der Römer, der den größten Einfluss auf die Mathematik hatte, war wahrscheinlich der Kerl, der Archimedes erschlagen hat. Ha, ha! Aber das Lügnerparadox, in der ursprünglichen Version hieß es …«

»Epimenides ist mir bekannt.«

Sie spazierten weiter.

»Epimenides war nur der Erste. Aber hinterher tauchte das Paradox in allen erdenklichen Varianten auf. Im fünfzehnten Jahrhundert schrieb ein französischer Philosoph auf ein Stück Papier: ›Alle Sätze auf dieser Seite sind falsch.‹ Reizend, was? Einfach, klar, aber ewig widersprüchlich. Wenn alle Sätze auf dieser Seite falsch sind, muss ja auch dieser Satz es sein, aber dann ist er ja wahr, weil er ausdrücklich sagt, dass er falsch ist, anderseits steht er auf der Seite, auf der alle Sätze falsch sind … Alan sagte einmal, man sollte das Lügnerparadox verwenden, um Roboter damit zu sprengen.«

»Wie meinte er das?«

»Ein Wesen, das gänzlich auf logischen Systemen aufbaut, müsste durch das Nachdenken über solche Sätze kaputtgehen. Die Gedanken würden sich immer nur im Kreis bewegen, bis es zum Kurzschluss kommt.«

»Aber ist das Problem denn grundlegend?«

»Absolut! Es ist äußerst zentral. Es hat unsere Sichtweise auf die Logik verändert und auf die Welt natürlich auch. Vielleicht sollte ich sagen: Es kommt darauf an, wen Sie fragen. Hätten Sie mit Wittgenstein gesprochen, hätte der gesagt, das Paradox sei nur eine leere Sinnlosigkeit.«

»Aber dieser Meinung war Turing nicht?«

»Nein, nein, Turing nicht. Er und Wittgenstein haben darüber in Cambridge ausgiebige Debatten geführt.«

»Kannten sie einander?«

»Nicht wirklich«, sagte Krause. »Alan hatte sympathischere Freunde. Wittgenstein hat ja auch nie etwas von Mathematik begriffen. Aber kurz vor dem Krieg besuchten Turing und ich gemeinsam Wittgensteins Vorlesung über die Logik der Mathematik, und da …«

Krause unterbrach sich und lächelte, als wäre die Erinnerung sehr angenehm. Falten waren nun in seinem Gesicht zu sehen, das so jung wohl doch nicht war, und sein brauner, scharfer Blick wurde noch schmaler. Für Corell, der einen kurzen Moment stehen blieb, zog die große Welt vorüber. Wittgenstein war einer dieser feinen Namen, die durch die Tischgespräche in seiner Kindheit geschwirrt waren, und eigentlich war es weniger die Tatsache, dass Turing »ausgiebige Debatten« mit dem Philosophen geführt hatte, die ihn am meisten berührte, sondern die Respektlosigkeit in Krauses Tonfall. »Wittgenstein hat ja auch nie etwas von Mathematik begriffen.« In diesen Worten erkannte er die königliche Abfertigung der Großen der Welt durch seinen Vater wieder. Als er zur Seite blickte, sah er, dass sie gerade am Pub *The Zest* vorübergingen. Das *Zest* lag im Erdgeschoss eines schönen, weiß gekalkten Steinhauses, und obwohl Corell zögerte und es unmittelbar danach bereute, sagte er:

»Darf ich Sie zu einem Glas einladen?«

Es war, als hätte Krause ihn nicht richtig gehört.

»Ein Glas?«, wiederholte er.

Einen Augenblick lang schien der Logiker seine Hülle von Unbeschwertheit zu verlieren. Er wurde nachdenklich, aber nur für eine kurze Sekunde. Dann leuchtete sein Gesicht auf, und er vollführte eine Geste mit der Hand.

»Selbstverständlich«, sagte er, und sie gingen hinein.

19

Sie setzten sich an einen Fenstertisch im Salon des Pubs. An der Wand hingen grüne Wappen und das Foto eines Berges mit dramatischen Steilhängen. Im Pub war es erstaunlich leer. Nur zwei gelangweilt aussehende Männer in hellen Anzügen unterhielten sich ein Stück entfernt an einem Tisch, und in der Ecke ihnen gegenüber saß ein älterer Herr, der einmal bessere Tage gesehen hatte und der dann und wann den Eindruck machte, etwas sagen zu wollen. Aber Corell vergaß ihn bald. Er war von Krauses Worten absorbiert und fühlte sich entspannt, nicht nur, weil sie sofort vom Sie zum Du übergingen und Leonard und Fredric wurden, sie sprachen auch kräftig den Getränken zu: Corell trank Mild Ale, während der Logiker, der Lager haben wollte und vergeblich versuchte, ein paar deutsche oder skandinavische Sorten zu bestellen, am Ende Carling Black Label in sich hineinschüttete.

»Du ahnst nicht, wie gespannt ich war, als ich zum ersten Mal in Wittgensteins Vorlesung ging«, sagte Krause. »Weißt du, ich komme aus Prag und habe eine Zeit lang in Wien Mathematik studiert. In Wien gab es eine Clique, die sich ›der Wiener Kreis‹ nannte und in einem schäbigen Lokal in der Boltzmanngasse traf. Ich war einmal da und saß auf einem alten Holzstuhl und hörte die Leute von

Wittgenstein reden, als wäre er der Herrgott persönlich. ›Was würde Wittgenstein dazu sagen?‹, fragte man die ganze Zeit. Es war lächerlich. Aber es hat mich beeinflusst. Ich zitterte bei dem Gedanken, mich ihm zu nähern. Kennst du seine Lebensgeschichte?«

Corell machte eine unbestimmte Geste mit der Hand.

»Wittgenstein stammt aus einem steinreichen Elternhaus«, fuhr Krause fort. »Als junger Student tauchte er in Bertrand Russels Vorlesungen auf, wo er den meisten Leuten zu anstrengend war. ›Mit dem Mann ist nicht zu reden‹, sagte Russel: ›Er ist ein Idiot‹, und es ist nicht ausgeschlossen, dass er mit seinem Urteil nicht völlig falschlag. Aber Russell änderte seine Ansicht. Er behauptete, der Bursche sei weniger ein Idiot als ein Genie oder geradezu der Urtyp des Hochbegabten, besessen, kompromisslos und exzentrisch. Im letzten Punkt hatte er auf jeden Fall recht. Wittgenstein war maßlos. Er gab sein gesamtes Vermögen weg, wobei ich nicht weiß, an wen eigentlich. Ich glaube, Rilke, der Dichter, bekam etwas. Aber ich frage mich, ob nicht seine sowieso schon reiche Schwester das meiste an sich nahm. Wittgenstein meldete sich freiwillig zur österreichischen Armee, und genau wie sein Landsmann Hitler – sie waren tatsächlich eine Zeit lang zur gleichen Schule gegangen – fand er den Krieg erbaulich. Verfluchter Dummkopf, ganz einfach. Als Kriegsgefangener in Italien schloss er den *Tractatus* ab, du weißt, das Buch, das mit den Worten endet: ›Wovon man nicht sprechen kann, darüber muss man schweigen.‹«

»Wovon man nicht sprechen kann, darüber muss man schweigen«, wiederholte Corell.

»Ein prätentiöser und sinnloser Satz. Aber er ist schön formuliert, und er bezaubert uns durch seine Strenge. Hast du nichts Wichtiges zu sagen, halt die Klappe! Heute ertrage ich ihn nicht mehr. Aber damals, 1939, war ich verzaubert. Ich habe den *Tractatus* mindestens zehnmal gelesen und glaubte, alles Mögliche darin zu finden. Mit diesem Buch meinte Wittgenstein, der Philosophie die Hosen heruntergezogen zu haben. Er behauptete, die Sprache und die Logik reichten für die großen Fragen nicht aus. Die Logik tauge höchstens dafür, Tautologien und Widersprüche aufzudecken. Philosophie sei Unsinn, und weil Wittgenstein eben Wittgenstein war, zog er die Konsequenz aus seinen Worten und ging in die Berge, um österreichische Schulkinder zu unterrichten. Es klang wunderbar kompromisslos. Später hörte ich, dass er nicht besonders gut zurechtkam. Er verprügelte Schuljungen, ungefähr so wie die Jesuitenmönche, von denen Joyce schreibt. Er verdrängte so viele Leidenschaften und gewöhnliche Gefühle, dass er heftige Zornesausbrüche bekam.«

»Aber er kam zurück nach Cambridge?«

»Er gab der Philosophie eine zweite Chance, als er die Professur nach G. E. Moore am Trinity College erhielt, und was meinst du, haben die Leute darüber geredet?«

»Ich denke schon.«

»Niemand in Cambridge war so von Mythen umgeben wie er. Es war ein großes Ding, ihn nur von Weitem zu sehen, und erst recht, sein Seminar zu besuchen! Es wurde in seiner Wohnung am Whewell's Court in Trinity abgehalten, und ich war ganz schwach in den Knien, als ich dort hinging. Mir war, als beträte ich heiligen Boden.«

»Und Turing war auch da?«

»Ich wusste damals noch nicht, wer er war. Ich hatte nicht einmal *On Computable Numbers* gelesen. Überhaupt dauerte es eine Weile, bevor ich jemand anderen bemerkte als Wittgenstein. Er war elektrisch, schön sogar, das muss ich zugeben, wenn auch widerwillig. Hast du einmal ein Bild von ihm gesehen?«

»Ich glaube nicht.«

»Nun, er war enorm Respekt einflößend; mager, mit markanten Zügen und immer einfach gekleidet, in Flanellhemd und Lederjacke, und wir saßen auf Holzstühlen oder auf dem Fußboden um ihn herum, halb gelähmt vor Ehrfurcht. Es war wie in einem Kloster. Er hatte nicht einmal eine Leselampe, der asketische Trottel, keine Bilder oder Gemälde an den Wänden, keine schönen Möbel, kaum Bücher, nur einen grauen Safe für seine philosophischen Manuskripte, und die eigentlichen Lehrveranstaltungen ... Wie soll ich sie beschreiben? Wittgenstein hatte kein Manuskript, natürlich nicht. Eher presste er seine Worte wie durch Wehen hervor, und oft war er streng zu sich selbst. ›Ich bin ein Idiot‹, sagte er zum Beispiel. Aber meistens schimpfte er uns aus: ›Ich könnte ebenso gut zu einem Schrank reden! Haben Sie auch nur ein Wort begriffen?‹ Wir wagten nicht, den Mund aufzumachen, geschweige denn zu sagen, dass wir nichts verstanden hatten. Wittgenstein war ja so verdammt unklar, und wir kamen uns beschränkt vor. Ein verdammter Blutsauger war er. Wir krochen vor ihm zusammen wie eine Herde verängstigter Schafe. Aber ein Bursche leistete ihm Widerstand ...«

»Turing?«

»Ehrlich gesagt, weiß ich nicht, wann er mir zum ersten Mal auffiel. Alan war ja ganz anders als Wittgenstein.«

»In welcher Hinsicht?«

»Er war auch ein Original, das wurde mir später klar, ja, auf gewisse Weise, in einem objektiven Sinn, waren er und Wittgenstein sich sehr ähnlich; beide waren Einzelgänger. Beide waren homosexuell, sie lebten spartanisch und interessierten sich für grundlegende Fragestellungen. Aber in einem anderen Sinn waren sie sehr gegensätzlich. Alan war schüchtern. In größeren Gruppen erschien er oft unsichtbar, sein Tonfall hatte etwas Zauderndes. Manchmal stotterte er stark. An ihm war nichts Grandioses, überhaupt nicht, und anfänglich war Wittgenstein hauptsächlich irritiert, glaube ich. Was war denn das für ein Typ? Aber er änderte seine Einstellung. Er begann, zuzuhören und mit dem Typ zu diskutieren, und oft war er spöttisch, natürlich war er das, aber man spürte, dass etwas mit ihm geschah. Dort drinnen in seinem eigenwilligen Hirn war etwas geweckt worden. In Gegenwart von Alan lebte er auf, und am Ende kam es einem so vor, als spräche er nur zu ihm, als gäbe es uns andere gar nicht. Einmal, als Turing nicht erschien, sah er völlig verdattert aus, als entwiche die Luft aus ihm. ›Die heutige Seminarsitzung findet außerhalb der Reihe statt‹, sagte er.«

»Wie kam es dazu?«, fragte Corell.

»Alan war scharfsinnig. Er bot Wittgenstein Widerstand, und das gefiel dem alten Tyrannen, trotz allem. Alan war zudem der einzige Mathematiker der Gruppe. Das Seminar hieß – habe ich das schon gesagt – Logik der Mathematik. Seltsamerweise gab Alan gleichzeitig einen Kurs mit dem gleichen Titel, aber davon wusste ich nichts, leider, der Kurs hätte mir vermutlich besser gepasst. Du verstehst, die Zahlen waren Alans Freunde, seine Religion. Er träumte davon, ihnen physische Form zu geben. Wittgenstein war gänzlich anders. Er fand, dass die Mathematiker ihr Fach viel zu ernst nahmen. Er polemisierte die ganze Zeit gegen sie, und Turing wurde der große Repräsentant des Feindes. ›Turing glaubt, dass ich den Bolschewismus in die Mathematik einführen will‹, sagte Wittgenstein.«

»Worüber debattierten sie im Einzelnen?«

»Über das, wonach du eben gefragt hast, das Lügnerparadox!«

Corell beugte sich vor.

»Worum ging es genau?«

»Wittgenstein wollte zeigen, dass die Mathematik wie die Logik war, ein auf willkürlichen Prämissen aufgebautes, geschlossenes System, das nichts über die Welt außerhalb der Mathematik sagte. Eine Widersprüchlichkeit wie das Lügnerparadox, das innerhalb des mathematischen Systems ein Problem darstellt, habe keinerlei praktische Auswirkungen auf die Wirklichkeit, meinte er. Es sei ein Spiel mit Worten, nichts weiter, ein Scherz, etwas, womit man bestenfalls Studenten verwirren könne. Im gewöhnlichen Sprachgebrauch habe es keine Funktion. ›Was spielt es für eine Rolle‹, sagte er, ›wenn ich sage: Ich lüge, deshalb sage ich die Wahrheit, also lüge ich, weshalb ich die Wahrheit sage, bis ich blau im Gesicht werde. Es ist einfach Unsinn.‹«

»Aber Turing war damit nicht einverstanden?«

»Nein, und das ärgerte Wittgenstein. Er verschoss sein ganzes Pulver, um ihn zu überzeugen.«

»Aber es gelang ihm nicht.«

»Du sagst es. Für Alan war das Lügnerparadox etwas zutiefst Ernstes, etwas, das weit über die Logik und die Mathematik hinaus Konsequenzen hatte. Er sagte, dass als Folge zum Beispiel eine Brücke einstürzen könne.«

»Aufgrund des Lügnerparadoxes?«

»Oder aufgrund eines anderen Fehlers im mathematischen Grundbau. Er und Wittgenstein beschäftigten sich die ganze Zeit mit dieser Brücke. Sie bauten sie auf und rissen sie ein und zeichneten alle möglichen seltsamen Bilder. Aber keiner von beiden gab nach, und am Ende hatte Turing es satt. Er ließ den Kurs sausen, und Wittgenstein saß allein da.«

»Und wer hatte recht?«

»Turing natürlich. So verdammt recht.«

»Meinst du?«, fragte Corell aufgeregt.

»Wenn je einer erkannt hat, dass das Paradox etwas Spezielles ist, dann Alan«, fuhr Krause fort. »Wenn wir sonst auf Widersprüche stoßen, handelt es sich in der Regel um

Anzeichen dafür, dass ein Irrtum vorliegt, nicht wahr? Aber hier findet sich kein Irrtum. Der Satz ›Ich lüge‹ ist korrekt und grammatikalisch einwandfrei. Dennoch lässt er sich nicht beweisen, und das ist keine Banalität. Es ist ein grundsätzlicher Angriff auf …«

»Unseren gesamten Wahrheitsbegriff«, fügte Corell ein.

»Ja, und Alan hat dem Paradox viel Zeit gewidmet. Er hatte sogar eine Variante davon in seiner Beweisführung in *On Computable Numbers* verwendet.«

»In was?«

»Seinem Aufsatz über die Maschine. Ja, wie soll ich das jetzt erklären.«

Fredric Krause trank sein Bier mit einem Eifer, den Corell als ein Zeichen von Alkoholismus gedeutet hätte, wäre der Zusammenhang mit Krauses Leidenschaft für das Thema nicht so offensichtlich gewesen.

»Du kennst bestimmt den Unterschied zwischen entdecken und erfinden«, fuhr er fort. »Wer etwas entdeckt, findet das Verborgene, wie zum Beispiel Amerika oder die Elektronen im Atomkern. Wer etwas erfindet, schafft neue Dinge, die es zuvor nicht gegeben hat, wie das Telefon.«

»Selbstverständlich.«

»Die Mathematiker haben sich lange als Entdeckungsreisende gesehen. Sie dachten, dass die Zahlen und ihre geheimen Verbindungen von der Natur gegeben seien, unabhängig vom Menschen. Die Mathematiker brauchten nur den Schleier zu lüften und das sinnreiche System aufzuzeigen. Aber am Ende begannen einige sich zu fragen: Ist es wirklich so? Man entdeckte, dass der Boden, auf dem die Mathematik stand, doch nicht so solide war. Er schien eher löchrig zu sein. Und das Lügnerparadox war nur eins von diesen Löchern. Gewisse absolute Wahrheiten, sogar einige in der euklidischen Geometrie, erwiesen sich als relativ. Sie konnten ebenso gut anders aussehen. Man versuchte, die Quadratwurzel aus minus eins zu ziehen, und entdeckte die imaginären Zahlen, die Leibniz zufolge ein Zwischending zwischen dem Sein und dem Nichtsein waren. Immer mehr Leute begannen die Mathematik als eine Erfindung zu betrachten, beinahe wie Schach.«

Corell musste an Inspektor Rimmers Worte denken.

»Die Mathematik erlebte eine Krise.«

»Es wurde die Frage gestellt, ob sie überhaupt logisch war«, sagte Krause.

»War sie das?«

»Es wurden auf jeden Fall einige ambitiöse Versuche unternommen, den Patienten zu heilen. Gottlob Frege wollte zeigen, dass die Mathematik trotz aller Mängel doch konsequent war. Es sah aus, als sollte er Erfolg haben. Sein Magnum Opus *Die Grundgesetze der Arithmetik* schien die Mathematik auf einen festen logischen Grund zurückzuführen. Aber dann erhielt er einen Brief von einem äußerst freundlichen jungen Mann aus Cambridge. Der Briefschreiber lobte sein Buch. Es sei ganz fantastisch. Man kann sich die Szene vorstellen. Frege, der alte antisemitische Bock, lehnt sich zurück, er platzt beinahe vor Selbstgefälligkeit ... Dann liest er weiter. Der Absender des Briefs – ein gewisser Bertrand Russell – sieht trotz allem eine kleine Schwierigkeit in dem Buch, einen Widerspruch in der Art des Lügnerparadoxes. Nichts Wichtiges vermutlich. Was sollte ein junger Spund aus Cambridge Frege schon beibringen können? Der junge Spund bittet sogar um Entschuldigung dafür, dass er die Frage überhaupt aufgreift. Aber Frege nimmt sich doch vor, über das Problem nachzudenken, und er wird tatsächlich ein wenig unruhig, und im nächsten Augenblick, was glaubst du passiert? Seine ganze Welt stürzt ein. Alles, womit er gearbeitet hat, fällt in sich zusammen wie ein Kartenhaus.«

»Warum?«

»Russell hatte Inkonsequenzen in Freges Einteilung von Gegenständen in verschiedene Gruppen entdeckt. Das Problem lag in der Klasse aller Klassen, die Mitglieder ihrer selbst waren.«

»Entschuldigung?«

»Als ich Russells Vorlesungen in Cambridge besuchte, versuchte er, das, was er gesehen hatte, mit einer Geschichte über einen Barbier zu erklären. Der Barbier rasiert alle in seinem Stadtteil, die sich nicht selbst rasieren, und niemanden sonst. Wer rasiert dann den Barbier?«

»Gute Frage!«

»Wenn er sich nicht selbst rasiert, dann wird er vom Barbier rasiert, will sagen von ihm selbst, aber wenn er sich selbst rasiert, ist er ja einer von denen, die sich selbst rasieren, und dann soll er ja nicht vom Barbier rasiert werden. Wie auch immer wir die Frage beantworten, es gibt Probleme.«

»Scheint so«, sagte Corell verwirrt und nahm einen kräftigen Schluck von seinem Ale.

»Und wenn wir die Frage in Ziffern verwandeln, erhalten wir eine Aussage, die korrekt zu sein scheint, aber in eine Sackgasse führt«, fuhr Krause unbekümmert fort.

»Tja ...«

»Und das könnte man wiederum als Haarspalterei ansehen. Doch so ist es nicht. Mathematiker haben ja im Vergleich mit anderen Wissenschaftlern einen riesigen Vorteil gehabt: Sie haben ausrechnen können, ob etwas richtig oder falsch ist. Aber jetzt zeigte es sich, dass gewisse Gleichungen gegen sich selbst sprechen. Wenn diese Gleichungen der Wirklichkeit entsprachen, dann einer irrationalen Welt, einer Alice-im-Wunderland-Welt.«

»Das hört sich ernst an.«

»Ich übertreibe natürlich wieder. Als Logiker muss man einen Fuß in der Dramatik haben. Sonst würde einem ja niemand zuhören. Und es gab natürlich Optimisten. Russel war einer. Er arbeitete daran, die Widersprüche geradezurücken und zu zeigen, dass die Dinge trotz allem einen logischen Zusammenhang haben. Und David Hilbert, einer der großen Mathematiker der Gegenwart, war überzeugt, dass die Mathematik als zuverlässige Wissenschaft wieder errichtet werde. Etwas anderes sei ganz einfach nicht möglich. ›Wo sonst sollen wir Wahrheit und Sicherheit finden, wenn die Mathematik uns im Stich lässt‹, schrieb er.« ›Aus dem Paradies, das Cantor uns geschaffen hat, soll niemand uns vertreiben können.‹«

»Paradies?«

Corell goss die letzten Tropfen seines Ales hinunter.

»Hilbert bezog sich auf das Paradies der reinen und klaren Mathematik«, fuhr Krause fort. »Er nannte sich Formalist. Der Mathematik mag dort draußen vielleicht keine exakte Wirklichkeit entsprechen, aber solange man sich für die Regeln entscheidet, soll man ein wasserdichtes System aus ihnen ableiten können – vorausgesetzt, drei Forderungen sind erfüllt: Das System muss konsistent, vollständig und entscheidbar sein.«

»Und was ist damit gemeint?«

»Mit *konsistent* ist gemeint, dass innerhalb des Systems kein Widerspruch auftauchen darf. Mit *vollständig,* dass jeder Satz, der wahr ist, durch die Regeln des Systems als wahr bewiesen werden kann. *Entscheidbarkeit* bedeutet, dass es eine Art Methode geben muss, die entscheidet, ob ein Satz – was für ein Satz es auch sein mag – lösbar ist oder nicht. Hilbert schickte eine Aufforderung an die Mathematiker in aller Welt, die Antwort auf diese Fragen zu finden. Er glaubte, dass die Lösung existierte. Es galt nur, sie zu finden. ›Denn in der Mathematik gibt es kein Ignorabimus‹, sagte er.«

»Kein was?«

»In der Mathematik soll man wissen.«

»Und was geschah dann?«

»Statt eines Wiederaufbaus bekam er ein Erdbeben. Sein Paradies war für immer verloren.«

»Paradise Lost«, sagte Corell.

»Es gibt einen Burschen, der Kurt Gödel heißt. Gödel ist Österreicher wie ich, oder Tscheche, je nachdem, wie man es sieht. Ich habe ihn einmal getroffen, in Princeton, wo ich ein Jahr lang studiert habe, oder wenn getroffen zu viel gesagt ist, so habe ich ihn auf jeden Fall gesehen. Gödel ist ein Einzelgänger. Ein sonderbarer Heiliger, mager, verschlossen, paranoid nach allem, was ich gehört habe, und hypochondrisch. Wagt kaum zu essen aus Angst davor, vergiftet zu werden. Der Kerl hat eigentlich nur einen Freund, und das ist nicht irgendjemand. Kannst du raten wer?«

»Buster Keaton«, versuchte Corell witzig.

»Ha, ha. Es ist Albert Einstein. Er und Gödel sind beste Kumpel. Es ist richtig rührend. In Princeton sah ich sie stundenlang auf und ab gehen und reden, Einstein rundlich und jovial, Gödel streng und hohlwangig, Laurel & Hardy der Intelligenzija, sagten wir immer. Die Leute fragten sich, wie Einstein – der ja oft ziemlich locker war – so viel mit einem solchen Misanthropen verkehren konnte. Einstein antwortete etwas in der Art wie: ›Gödel ist das Beste, was dieser Ort zu bieten hat. Ich verstehe ihn.‹ Als Gödel 1931 mit seinem Unvollständigkeitssatz kam, verursachte er ein Beben in der gesamten mathematischen Welt, also auf jeden Fall, nachdem die Leute angefangen hatten, das Theorem zu verstehen. Es ist nicht leicht zu deuten. Aber unglaublich faszinierend und im Grunde eigentümlich einfach und klar. Natürlich baut es auf dem Lügnerparadox auf.«

»Das auch.«

»Das Paradox ist wie Excalibur. Es schneidet alles durch. In einer äußerst eleganten Argumentation wies Gödel nach, dass ein System, das vollständig ist, nie zugleich konsistent sein kann. Entweder ist es das eine oder das andere. Nimm folgenden Satz: *Dieser Satz ist nicht zu beweisen!* Kann er bewiesen werden, haben wir einen Widerspruch. Der Satz widerspricht sich selbst. Kann er nicht bewiesen werden, ist das System unvollständig. Dann gibt es Sätze, die nicht bewiesen werden können – obwohl sie entsprechend den Regeln des Systems formuliert worden sind.«

»Ich verstehe.« Corell meinte tatsächlich, dass er anfing zu verstehen, aber möglicherweise war es nur das Bier.

»Gödel zerstörte Hilberts Träume«, fuhr Krause fort. »Er raubte uns allen die Unschuld. Er zeigte, dass die Mathematik oder logisches Argumentieren im Allgemeinen sich nie ganz von einem gewissen Maß an Irrationalität befreien kann. Nichts ist so rein und perfekt, wie wir glauben. Wir entgehen den Widersprüchen nicht. Die Widersprüche scheinen ein Teil des Lebens zu sein.«

»Mein Vater pflegte zu sagen, dass ein Mensch ohne Widersprüche nicht glaubwürdig ist«, versuchte Corell.

»Dein Vater war klug.«

»Nicht besonders.«

»Nicht? Aber er hatte recht. In der Dramatik und in der Literatur wird unsere innere Widersprüchlichkeit als der Lebensnerv schlechthin beschrieben. Deshalb sind das Klischee und die Karikatur so furchtbar. Sie sind aus einem Guss. Aber für Hilbert war Gödels Theorem ein betäubender Schlag. Er hatte ja geglaubt, dass zumindest die Mathematik wie in Stein gemeißelt wäre. Für Alan dagegen, der ungefähr zu diesem Zeitpunkt nach Cambridge kam, wurde das Problem ein auslösender Faktor, ein Anreiz. Wenn der Grund der Mathematik ins Gleiten geriet, umso spannender, sich darauf einzulassen. Überhaupt war es eine wilde Zeit, und in diesem Sinne hatte Alan Glück. Einstein hatte Newtons Weltbild den Garaus gemacht, Niels Bohr und seine Leute hatten die Quantenphysik entdeckt. Die Bewegung eines einzelnen Partikels im Atomkern war genauso wenig vorhersehbar wie ein betrunkener Mensch auf einem Fest. Die ganze Welt war weniger vorhersagbar geworden, und Alan liebte das. Konventionen auf den Kopf zu stellen war seine Lebensluft. Als er am King's anfing, wurde ständig von Gödel geredet. Gödel hier und Gödel da. Und klar, er war der Held. Den ganzen Tag nichts als Gödel. Aber er hatte nicht für alles eine Lösung. Er hatte nicht alle Fragen Hilberts beantwortet. Aber ein wichtiger Punkt stand noch aus. Der von der Entscheidbarkeit. Hilbert hatte die Genies der Zukunft aufgefordert, eine Methode zu finden, mit der man entscheiden konnte, ob eine mathematische Aussage, egal, welche, lösbar sei oder nicht. Viele hofften noch, dass etwas Derartiges gefunden und ein wenig von der Ehre der Mathematik gerettet würde. Es wird oft als das Entscheidungsproblem bezeichnet. Max Newman, derselbe Newman, der jetzt in Manchester an der digitalen Maschine arbeitet, hielt eine Vorlesung über das Problem. Es muss sich allerdings als unlösbar dargestellt haben. Wie sollte man eine Methode finden, um alle mathematischen Sätze, in der Geschichte wie in der Zukunft, durchzugehen und zu entscheiden, ob sie lösbar waren oder nicht? Es klang reichlich monumental. Wie der Traum von einem Perpetuum mobile. Aber Newman … der ging so weit, sich zu fragen, ob es vielleicht eine mechanische Methode gäbe, die Frage anzugehen.«

»Eine mechanische Methode?«

»Newman meinte das im bildlichen Sinn. Eine mechanische Methode rein intellektuell, bei der man sich mithilfe gewisser einfacher Regeln zur Antwort durchrechnen konnte. Aber unter seinen Zuhörern saß ein junger Mann, der sein ganzes Leben lang die Gewohnheit gehabt hatte, die Dinge buchstäblich zu nehmen.«

»Turing.«

»Alan war immer dafür, die wortwörtliche Deutung zu versuchen. Einmal wurde er kritisiert, weil sein Ausweis nicht unterschrieben war. ›Mir ist gesagt worden, dass ich nichts daraufschreiben soll‹, sagte er. So war er eben. Alles nahm er buchstäblich, und normalerweise ist das ja ein Zeichen von einer gewissen Langsamkeit. Eines Mangels an Fantasie. Bei ihm war es umgekehrt. Dadurch, dass er die Dinge buchstabengetreu auslegte, kam er einen Schritt weiter als wir anderen. Mechanisch wurde für ihn insofern mechanisch, als dass er an eine Maschine dachte.«

Corell lehnte sich eifrig über den Tisch.

»Erzähl!«, sagte er. »Erzähl!«

20

Es war nicht leicht zu verstehen, nicht nur wegen des Abstraktionsniveaus. Sie waren allmählich auch betrunken. Aber offenbar war Alan Turing noch jung gewesen, als er das Wort »mechanisch« in einem Zusammenhang hörte, in den es nicht gehörte. Er war nur wenig über zwanzig, jung wie alle Mathematiker, als sie Neues und Großes gedacht hatten, und im Unterschied zu den meisten anderen schien er sich nicht viel aus der Geschichte der Mathematik zu machen oder auch nur daran interessiert zu sein, aus den Fehlern anderer zu lernen.

Mehrmals, auch als kleiner Junge, hatte er eigenhändig Antworten auf mathematische Probleme gefunden, die andere bereits gelöst hatten, manchmal hundert Jahre vor ihm. Er schien seine Ideen nicht besonders oft zu diskutieren. Er ging seiner eigenen Wege. Schon aufgrund seines Wesens und seiner Intelligenz war er ein Außenseiter, und er sah die Welt auf seine eigene Weise. Für andere in Cambridge sei das Wort »mechanisch« langweilig und trist gewesen, sagte Krause. Seitdem Newtons mechanisches Weltbild revidiert worden war, galt es als passé, ein Wort aus der alten Ordnung vor Einstein, aber für Turing enthielt es Poesie.

»Alan machte in Cambridge eine glänzende Karriere,

und das war neu für ihn«, sagte Krause. »In der Schule war er nicht direkt eine Leuchte gewesen. Aber am King's wurde er schnell Mitglied der Akademie und erhielt dreihundert Pfund im Jahr und das Recht auf ein eigenes Zimmer. Er durfte mit den feineren Akademikern gemeinsam essen, nicht dass er es darauf abgesehen hatte, aber er bekam die Freiheit zu tun, was er wollte.«

»Und was war das?«

»Zuerst wollte er in der Quantenphysik forschen und anschließend in der Wahrscheinlichkeitslehre, aber er kam nicht voran, und später konnte er einfach nicht vergessen, was Max Newman gesagt hatte.«

»Dass man eine mechanische Methode finden müsste …«

»Mit deren Hilfe sich feststellen lässt, ob mathematische Sätze lösbar sind oder nicht.«

»Hört sich schwierig an!«

»Es war irrsinnig. Der Mathematik mangelte es wahrlich nicht an Problemen, die weder bewiesen noch abgetan werden konnten, nimm nur Fermats dritten Satz oder Goldbachs Annahme, dass jede gerade Zahl die Summe von zwei Primzahlen ist. Wie sollte eine mechanische Methode ein Problem knacken, an dem die führenden Mathematiker sich jahrhundertelang die Zähne ausgebissen hatten. Und wie sollte etwas so Seelenloses und Dummes wie eine Maschine auch nur im Geringsten zur Lösung dieser Fragen beitragen können? Andere Mathematiker hatten sich über die Idee lustig gemacht. Hardy, der große Gott, schrieb etwas in der Art, dass nur die verrücktesten Idioten glauben, die Mathematiker könnten ihre Arbeit machen, indem sie auf eine Art Wundermaschine setzten. Nein, Mathematik auf hohem Niveau wurde als das eigentliche Gegenteil davon betrachtet. Es war das freie, schöne Denken. Auch nur von einer Maschine zu träumen …«

»Aber Turing träumte …«

»Er träumte. Aber er war eben auch kein seriöser Mathematiker, nicht in dem Sinn. Er stand am Rand, er legte es nicht darauf an, so zu denken wie die feinen Herren, zum Beispiel Hardy. Er bewahrte sich seine Naivität, und naiv und genial zugleich zu sein, das ist eine glückliche Kombination.«

»Aber eine Maschine?«

»Weiß der Himmel, wo das herkam. Wir sammeln Eindrücke. Wir schlagen gewisse Richtungen ein. Eine Idee kann plötzlich auftauchen, aber sie hat oft eine lange Geschichte. Wie ich schon gesagt habe, hatte das Wort ›mechanisch‹ für ihn einen guten, wenn nicht sogar einen poetischen Klang. Teilweise beruhte das, glaube ich, darauf, dass er als Junge ein Buch geschenkt bekam, eine wissenschaftliche Schrift für Kinder, in der ein Enthusiast mit Feuereifer und in einfachen Worten beschrieb, wie die Welt und der Mensch funktionieren. Der Autor verglich darin unter anderem unseren Körper mit einer hoch entwickelten Maschine. Es war wohl nur eine Metapher, ein Kunstgriff, um zu zeigen, wie unser Inneres arbeitet. Aber bei Alan setzte sich dieser Gedanke fest. Er neigte ja zu buchstäblichen Deutungen, und ich glaube, der Gedanke sagte ihm zu: das Gehirn als Maschine. Das war etwas anderes als die übliche Verbeugung vor der wunderbaren menschlichen Seele.«

»Er sprach von elektronischen Gehirnen.«

»Später, ja … aber damals in den Dreißigerjahren spielten Elektrik und Elektronik für ihn noch keine Rolle. Er dachte rein theoretisch. Möglicherweise wusste er schon damals, dass das Gehirn von elektrischen Impulsen gelenkt wird, und Elektrizität hat ja die Eigenschaft, dass sie nicht viel mehr kann, als von einem Punkt zu einem anderen zu springen. Sie kann hier oder da sein. An oder aus. Sie ist eine primitive Kraft. Einspurig und dumm, und trotzdem, unser Hirn hat den Hamlet, Beethovens *Appas-*

sionata und die allgemeine Relativitätstheorie entwickelt. Mit nur zwei Positionen, zwei logischen Konstanten, können die komplexesten Dinge gesagt werden, das verstand Alan früh. Er ließ sich nicht entmutigen, nur weil Maschinen üblicherweise dumme Kolosse sind. Er sah im Einfachen das Große.«

»Ich bin mir nicht sicher, ob ich das richtig verstehe.«

»Eigentlich ist es ganz einfach. Schon Platon hat in *Sophistes* eingesehen, dass es nur zweier Wörter bedarf, Ja und Nein, um zu einer Lösung zu gelangen. Hast du schon einmal das Spiel *Zwanzig Fragen* gespielt?«

»Ich glaube schon.«

»Dann weißt du, wie viel wir über einen Menschen erfahren und ausschließen können, indem wir nur Ja- und Nein-Fragen stellen.«

»Ja, vielleicht.«

»Stell dir vor, dass der Frageprozess beschleunigt wird und jedes Ja und jedes Nein miteinander verbunden wird, in einem umfangreichen Kombinationssystem, begreifst du dann, wie viel mit nur zwei Wörtern, zwei Positionen ausgedrückt werden kann?«

»Ich glaube schon.«

Corell fühlte sich immer verwirrter, tat aber, als könnte er problemlos folgen.

»Und eigentlich war Alans Gedanke nicht neu. Das Denken auf einige wenige Bausteine reduzieren zu können ist eine alte Idee. Im siebzehnten Jahrhundert hatte Leibniz entsprechende Träume. Aber niemand – nicht mit dem wilden Ehrgeiz – hatte sich vor Alan vorgenommen, eine Maschine zu konstruieren, die jede mathematische Gleichung, die es gegeben hat und je geben wird, erfassen könnte. Ich glaube, er verstand schon früh gewisse grundlegende Dinge, zum Beispiel dass eine derartige Maschine die verschiedensten Positionen einlesen können müsste und dass sie die Fähigkeit besitzen müsste, sich zu erinnern und alles zu speichern, und vor allem, dass sie für Instruktionen empfänglich sein müsste, aber ich weiß nicht, wie die Puzzlestücke zu ihm gelangten. Niemand weiß das. Er diskutierte mit niemandem über das Projekt. Aber in dieser Zeit lief er wie ein Verrückter. Er war nicht gerade ein schöner Läufer, aber er war ein zäher Kerl, er konnte endlos lange laufen, und oft lief er am Fluss, manchmal bis nach Ely. Nach einem solchen Lauf legte er sich eines Nachmittags im Frühsommer 1935 auf einer Wiese in Grantchester auf den Rücken, jedenfalls hat er das erzählt. Vielleicht tat sich in den Wolken ein Spalt auf, und die Sonne brach durch die Öffnung, oder er fühlte sich einfach nur wohl da im Gras und vergaß völlig, wo er sich befand ... Jedenfalls sagte Alan, er habe ein intensives Glücksgefühl erlebt und dass er nachher nicht sicher gewesen sei, was als Erstes da war, das Glück oder die Lösung. Er wusste nur, dass er von einer sprühenden und lebendigen Kraft durchbohrt wurde und dass er die Lösung von Hilberts dritter Frage gefunden hatte, die Antwort auf das berühmte Entscheidungsproblem.«

»Und worauf war er gekommen?«

»Das ist auf die Schnelle nicht so leicht zu erklären«, sagte Krause, und ohne besonders darüber nachzudenken, zog Corell seinen Notizblock aus der Brusttasche.

»Willst du mitschreiben?«

»Wenn das für dich okay ist?«

»Sicher, klar. Wo war ich?«

»Du wolltest Turings Lösung erklären.«

»Ja, richtig ... also, er begann seinen Aufsatz zu schreiben ...«

»*On Computable Numbers?*«

»Ja, und genau wie Cantor sich einst, von den rationalen Zahlen ausgehend, zu den irrationalen vorgerechnet hatte, gelangte Alan durch das Studium der rechenbaren Zahlen zu den nichtrechenbaren«, sagte Krause, jetzt ein wenig unsicher. Es war, als würde ihn der Notizblock stören.

»Er fand also etwas, das entscheiden konnte, ob mathematische Sätze lösbar sind oder nicht«, überlegte Corell.

»Nein. Er erkannte, dass dieses Vorhaben ein Widerspruch in sich ist. Man kann sagen, dass er durch die Formulierung der theoretischen Grundlagen für eine Maschine, die das Problem lösen sollte, die der Frage innewohnenden Beschränkungen verstand.«

»Wir können nie von vornherein wissen, ob es eine Lösung gibt?«

»Manchmal können wir das nicht. Manchmal haben wir keine Ahnung, ob die Maschine, die für uns rechnet, jemals ein Ergebnis ausspucken wird.«

»Oder ob sie sich in ihre Frage verbeißt«, ergänzte Corell, der sich an eine Zeile des Briefentwurfs erinnerte.

»Genau!«

»Also erhielt die Mathematik als exakte Wissenschaft einen weiteren Dämpfer?«

»Alan schlug den Sargnagel ein, und Hilbert vergoss noch ein paar Tränen mehr. Aber die Welt bekam etwas anderes, als Trostpreis«, fuhr Krause fort.

»Was denn?«

»Eine programmierbare digitale Maschine. Eine Universalmaschine, die alle anderen Maschinen ersetzen konnte.«

Corell trank den letzten Schluck aus seinem Glas und blickte sich verwundert in dem Pub um, ohne wirklich etwas anderes zu sehen als seine inneren Bilder.

»Und wie wurde das aufgenommen?«

»Was glaubst du?«

»Als Sensation?«

»Im Gegenteil. Niemand machte sich etwas aus der Maschine. Die Maschine war ja nur reine Theorie, ein Hilfsmittel, um ein spezifisches mathematisches Problem zu lösen, und nichts anderes. Keiner dachte daran, sie zu bauen, vermutlich nicht einmal Turing selbst, nicht damals. Außerdem ...«

Corell erinnerte sich an die Worte der Tante:

»Waren die Mathematiker sich zu fein für die Arbeit an einer Maschine.«

»Auf jeden Fall fragte niemand, ob die Konstruktion noch zu etwas anderem als für die Lösung von Hilberts Frage benutzt werden könnte«, fuhr Krause fort. »Mathematiker lieben es nicht, an solche Trivialitäten wie den Nutzen ihrer Gleichungen zu denken. Das gilt als vulgär. Kennst du die Geschichte von dem Jungen, der bei Euklid in die Lehre ging? Nicht? Der Jünger fragt den großen Mathematiker, welchen Nutzen er aus seinen Gleichungen zöge. Euklid entgegnet, man solle dem Jungen eine Münze geben, damit er seinen Nutzen habe. Und dann warf er ihn hinaus. Nein, die Mathematik gilt als schön, gerade weil sie sich selbst genügt.«

»Aber es kann doch nicht schaden ...«

»Wenn sie praktisch angewandt wird, meinst du. Sag das nicht. Damit brichst du den mathematischen Puristen das Herz. Im Übrigen glaubte kaum jemand in der Zeit, am wenigsten Hardy, dass die höhere Mathematik, selbst wenn man es wollte, außerhalb ihrer eigenen Sphäre zu etwas zu gebrauchen war.«

»Aber Hardy irrte sich?«

»Er irrte sich gewaltig. Genauso wie Wittgenstein. Wenn überhaupt jemand, dann war es Alan, der verstand, dass Paradoxe und Widersprüche Leben und Tod bedeuten können. Aber das ist eine andere Geschichte.«

»Was für eine Geschichte denn?«

»Eigentlich gar keine«, antwortete Krause, schon wieder abgelenkt. Er biss sich sogar auf die Lippen und schaute misstrauisch auf den Notizblock. »Maschinen«, fuhr er fort, »wurden genau so gesehen, wie du gesagt hast, als etwas Minderwertiges, etwas für einfache Ingenieure. Definitiv nichts für einen feinen Mathematiker. Aber Turing war nicht fein, wie ich schon gesagt habe.«

»In welchem Sinne denn?«

»In dem Sinne, dass er sich um dergleichen nicht scherte, oder eher, sich nicht darauf verstand. Glaubst du, er wäre den Launen der Mode gefolgt, hätte sich Ausdrücke angeeignet, die in der Zeit lagen? Nein, er kleidete sich schlecht. Er pfiff darauf, was andere dachten. Nicht so, dass er nicht traurig werden konnte. Er war wohl schon damals ziemlich einsam. Aber so war es eben. Er stand außerhalb aller exklusiven Gesellschaften und begriff nie, wie er sich hätte verhalten sollen, um Zugang zu ihnen zu finden. Alan war nicht besonders clever, nicht in dieser Hinsicht. Er lernte nie, sich ins rechte Licht zu rücken oder dafür zu sorgen, dass er die richtigen Personen kannte. Er blieb ein Einzelgänger, ein Sonderling.«

»Bekam er nie Anerkennung für seinen Aufsatz?«

»Er ließ lange den Kopf hängen, weil niemand ihn las, und das kann man ja verstehen. Ein derart umwälzendes Erlebnis auf der Wiese und danach nichts, nur Schweigen. Und dennoch …«

»Was denn?«

»… ist es ein so eigenartiger Text. Alan schreibt von seinen Maschinen, als wären sie seine Kollegen. Er spricht von ihrem Zustand, ihrem Bewusstsein, ihrem Verhalten, und dann sah er ein – und das an sich ist schon eine einzigartige Einsicht –, dass alles, was theoretisch gerechnet werden kann, von einer automatischen Maschine gerechnet werden kann, und damit tun sich ganz neue Forschungsfelder auf.«

»Aber niemand las den Aufsatz?«

»Nicht viele! Und zu allem Überfluss erhielt er eine schockierende Nachricht aus Amerika. Alonzo Church, ein trister alter Knacker in Princeton, den Alan und ich später als Lehrer hatten, war gleichzeitig auf eine andere, aber langweiligere Lösung von Hilberts dritter Frage gekommen. Alan musste darüber einen Nachtrag zusammenbasteln.«

»Es gab also keine Lobeshymnen?«

»Nach und nach wurde Alan bekannt. Er wurde der Typ, der das Entscheidungsproblem gelöst hatte. Dafür wurde er bewundert. Selbst ich betrachtete ihn beinahe als Gödel ebenbürtig, aber ...«

»Ja?«

»Letzten Endes machte er sich nicht besonders viel aus dem Entscheidungsproblem. Im Unterschied zu allen anderen war es nicht die Antwort, die ihn interessierte, sondern das Hilfsmittel.«

»Die Maschine, meinst du?«

»Oder sein Versuch, den Grundsteinen der Intelligenz auf die Spur zu kommen.«

»Er baute also seine Maschine.«

»Zumindest skizzierte er sie. Aber die Welt war wohl noch nicht richtig bereit. Ich weiß nicht. Was am Ende in Manchester entstand, war etwas weitaus Tristeres als das, was er sich vorgestellt hatte.«

»Aber glaubst du, dass noch etwas daraus werden kann?«

»Tja ...«

Fredric Krause blickte nachdenklich auf seinen weißen Bierdeckel.

»Als ich zum ersten Mal davon hörte, habe ich nicht viel davon gehalten«, fuhr er fort. »Ich dachte, es wäre allzu umständlich, die Maschinen zusammenzusetzen. Aber jetzt frage ich mich ...«

»Was fragst du dich?«

»Ob nicht doch etwas daraus werden kann.«

21

Im Traum erhob sich Alan Turing vom Bett, und in der Bewegung lag eine Feierlichkeit, als würde er von einem fernen Befehl geweckt, und weit entfernt, in einer entlegenen Totenmesse, waren Kirchenglocken und Trommeln zu hören. Es war schwül und still, wie kurz vor einem Unwetter, Alan Turing wischte sich den Schaum vom Mund, aber seine Hände waren steif, und jetzt, jetzt wollte er sprechen. Kein Wort war zu hören, und dennoch, er strengte sich an. Seine Lippen zitterten, und Corell beugte sich vor, er hielt die Hand ans Ohr, und wirklich, er verstand dies und das, es war etwas sehr Merkwürdiges, etwas, das später Bedeutung haben würde, und Corell suchte sein Schreibheft und schrieb nieder, was er hörte, aber wie er sich auch anstrengte, der Text blieb undeutlich, und er fasste den Stift fester. Er ritzte die Worte ein. Er drückte sie ein, doch die Buchstaben trieben davon wie in Wasser, und jetzt wurde er selbst fortbewegt, zu einem Eisenbahngleis und zu einem einsamen Stuhl am Meer, und alles wurde unklar und weiß, aber das Gefühl, geschrieben zu haben, war dennoch so greifbar, dass Corell, als er aufwachte, nach den Aufzeichnungen tastete.

Einen Augenblick glaubte er, sie gefunden zu haben. Auf dem Nachttisch lag einer seiner Arbeitsblöcke. Die erste

Seite war knittrig und mit nachlässig geschriebenen Sätzen bekritzelt, ein paar hingeworfene Zeilen von dem Gespräch mit Krause, keine mystischen Mitteilungen aus dem Jenseits. Wie viel Uhr war es? Es musste früh sein. Es war an den Vögeln und an der Stille zu hören; er fühlte es im Körper, an den Kopfschmerzen und am Ausmaß seines Katers. Er zog das Laken und die Decke über den Kopf.

Die Erinnerungen vom Vortag drangen auf ihn ein. Er versuchte, sie fernzuhalten und in seiner Blase zu bleiben. Solange er zurückdenken konnte, hatte es Fantasiewelten gegeben, in die er sich zurückziehen konnte, einige relativ unveränderlich, andere neu, von dem geschaffen, was er gerade erlebt oder gehört hatte. Manchmal waren es ideale Fortsetzungen kleiner Erfolge im Alltag und im Beruf, aber das meiste war ohne Sinn und unglaubwürdig und doch bis ins Detail ausgearbeitet. Es waren Zufluchtswelten. Nischen, aus denen man die Trauer aussperren konnte. An diesem Morgen fand er jedoch keine Zuflucht in der Fantasie. Die Wirklichkeit drängte sich auf, ohne allerdings ihre gewöhnliche Schwere mit sich zu führen. Es war heller Tag. Es war ein guter Abend gewesen gestern, oder? Er und der Logiker hatten ein gutes Gespräch geführt, ein Gespräch der Art, wie er es sich jahrelang ersehnt hatte. Allerdings gab es auch Unruhemomente. Er war nicht frei von Angst. Das war er nie. Aber er hatte sich gestern nicht um Sinn und Verstand gesoffen. Der Rausch hatte eher etwas von seinem alten Ich wiederhergestellt, und gegen Ende hatten sie über alles Mögliche gesprochen. Er hatte gefragt, ob …

Er griff nach seinem Block. Es war nicht leicht zu sehen, was er geschrieben hatte, und das, was er lesen konnte, gefiel ihm nicht. Was sich eben noch so groß angefühlt hatte, wirkte jetzt armselig: *Das Wesentliche ist nicht die Maschine an sich, sondern die Instruktionen, die sie erhält*, es hörte sich ausgesprochen banal an, gestern hatte es einen ganz anderen Klang gehabt, aber hier … ein paar Wörter und ein Fragezeichen, die gleiche Frage wie an Gladwin im Archivraum: *Was macht man in einem Krieg mit einem Mathegenie und einem Schachmeister?* Und darunter ein Satz, den Krause in einem anderen Zusammenhang während ihres Gesprächs geäußert hatte: *Wenn überhaupt jemand, dann war es Alan, der verstand, dass Paradoxe und Widersprüche Leben und Tod bedeuten können.*

Was hatte Krause damit sagen wollen? Corell hatte keine Ahnung. Er erinnerte sich nur daran, dass der Logiker danach ausweichend oder direkt abweisend gewesen war. Offenbar hielt er etwas zurück. Er hatte unruhig nach Corells Block gesehen. Um *Leben und Tod* … Konnte es vielleicht sein, dass, womit auch immer Alan Turing sich während des Krieges beschäftigt hatte, Krause das Gleiche getan hatte? Es war idiotisch von Corell, dass er Krause nicht ordentlich verhört hatte. Er hatte die gemütliche Stimmung nicht zerstören und etwas über Logik und Mathematik erfahren wollen, nicht bloß über Kriegsgeheimnisse. Corell konnte kaum nachvollziehen, dass ein Cambridge-Gelehrter ohne besonderen Grund einen Werktagsabend mit einem einfachen Polizeibeamten wie ihm im Pub verbrachte. Hatte der Logiker in Wirklichkeit etwas aus ihm herausbekommen wollen? Nein, Corell verwarf den Gedanken, und jetzt … jetzt streckte er sich auf dem Bett aus und versuchte, sich an mehr zu erinnern. Eigentümlicherweise gelang es ihm nicht, sich Krauses Gesicht vorzustellen. Nur die schmalen Augen leuchteten in seiner Erinnerung und dann der Glanz des Eifers in den Pupillen. Aber es war eine gute Begegnung gewesen, oder nicht? Gott weiß, wie lange sie im Pub gesessen hatten! Die letzten Momente hingen im Nebel. Nur an den Abschied erinnerte er sich noch. Sie hatten sich umarmt, und das hatte ihn nervös gemacht. Der Kerl war ja mit Turing befreundet gewesen, und keine von allen möglichen Erklärungen für das ausführliche Gespräch hätte schlimmer sein können … Es bestand bestimmt keine Gefahr, redete er sich ein. Die Umarmung war kurz gewesen, und Corell hatte eine Telefonnummer und eine Adresse in Cambridge bekommen und war im Regen nach Hause gewandert, ohne auch nur die Energie aufzubringen, sich um seinen Anzug zu sorgen.

Er blickte sich in der Wohnung um. Wie verdammt unordentlich es war! Überall Kleidung und Krempel. Es knirschte von Dreck und Brotkrümeln, als er aus dem Bett stieg, und das wäre ja noch akzeptabel gewesen, wenn sich darunter, jenseits der Unordnung, irgendeine Gemütlichkeit verborgen hätte, aber die Wohnung war frei von jedem Charme. Der Queen-Anne-Stuhl wirkte deplatziert, das Radio war zu fein für das Zimmer, nichts passte zusammen, was ihn sonst nicht störte, da er in der Regel seine Wohnung kaum wahrnahm. Sie existierte nur als Schutz gegen die Umwelt, eine Verlängerung seines gepanzerten Körpers, und nur ein einziges Mal war ihm das Aberwitzige seiner derzeitigen Situation aufgegangen, als er davon geträumt hatte, Julie zu verführen. Ihm war klar geworden, dass es kaum hier würde passieren können. Bestenfalls konnte er auf das Haus zeigen und sagen, da wohne ich.

Äußerlich war es ein schönes braunes Backsteinhaus mit einem kleinen Garten, in dem Pfingstrosen und Apfelbäume standen. Doch das war nicht sein Verdienst. Mrs Harrison, seine Wirtin, pusselte jeden Vormittag im Frühjahr und im Sommer dort unten herum. Sie war nett und gesprächig, aber er fühlte sich nie entspannt in ihrer Gegenwart – er fürchtete, sie würde sich über die Unordnung in seiner Wohnung beklagen –, und als er es jetzt vor ihr hinausschaffte, betrachtete er das als einen kleinen Sieg.

Es schien ein schöner Tag zu werden. Überall begegnete

er Menschen, die es nicht eilig hatten. Im Zentrum kaufte er den *Manchester Guardian*. Er war ein beflissener Zeitungsleser, aber an diesem Morgen sah er die Nachrichten auf der ersten Seite gar nicht an. Er blätterte schnell vor, und in der linken Spalte auf Seite acht fand er, was er suchte. Der Artikel war ungefähr so lang wie am Vortag. Der erste Satz lautete: »Gestern Abend wurde offiziell bestätigt, dass Alan Mathison Turing in Hollymeade, Adlington Road, sich mit Gift das Leben nahm, da er seelisch aus dem Gleichgewicht war.«

Da er seelisch aus dem Gleichgewicht war. Das war die Formulierung des Untersuchungsrichters. Nicht ein Wort über Corells Auslassungen, natürlich nicht, und warum auch? Dies war kein Artikel über Meinungsverschiedenheiten in der Ermittlung. Dennoch war er enttäuscht. Er ließ den Kopf hängen. Er hatte gehofft, etwas in der Art wie *Kriminalassistent Corell stellte die Worte des Untersuchungsrichters infrage* … zu finden. Er musste sich damit begnügen, an zwei Stellen zitiert zu werden, zwar mit Sätzen, die ihm nicht wie seine eigenen vorkamen – es ging um den halben Apfel und den köchelnden Kessel und den Geruch von Bittermandel. Er repräsentierte die Sachlichkeit, immerhin etwas. Ferns dagegen redete seinen Unsinn daher, als wäre nichts gewesen. »Es war eine bewusste Handlung, weil man nie wissen kann, was ein Mann dieses Typs als Nächstes tut.«

Gedruckt erschienen die Worte noch sonderbarer. Als stände da, dass die Handlung absichtlich gewesen sei, weil sie impulsiv war. O sancta simplicitas! Idioten, dachte er. Dennoch fühlte er sich etwas besser. *Kriminalassistent Corell zufolge … Kriminalassistent Corell erklärt*. Das war nichts, es war sogar eine Beleidigung, weil sein wichtiger Beitrag, der Mut erfordert hatte, überhaupt nicht erwähnt wurde, aber er freute sich trotzdem darüber, und langsam fand er zu der guten Stimmung vom Morgen zurück. In

Tagträumereien versunken, bog er in die Green Lane ein und kam am Spielplatz und an der Feuerwache vorüber. Auf der anderen Straßenseite ging eine junge Frau und las in einem Buch, während sie einen Kinderwagen vor sich herschob – Corell hatte immer Menschen gemocht, die im Gehen lasen –, aber als er sie erblickte, hielt er inne. Die Räder des Wagens ließen ihn an Fredric Krause denken.

Krause hatte gesagt, dass Turings Maschine vor dem Krieg nur eine Skizze gewesen war, die Idee von einem Apparat, in den endlose Streifen eingeführt werden konnten, der Symbole einlas, nichts Fertiges, keineswegs, nur ein Hilfsmittel in einer logischen Diskussion. Und dennoch: Schon 1945 hatte Alan Turing die Richtlinien für ein voll funktionsfähiges elektrisches Monstrum entworfen. Etwas musste während des Krieges geschehen sein, etwas, das die Maschine weiterentwickelte. Der Apparat schien einem Kriegszweck gedient zu haben. Die Frage war nur, welchem.

Wozu verwendet man im Krieg eine logische Maschine?

Auf dem Revier wurde Corell gerüffelt. Es war Richard Ross, der sich genötigt sah, ihn zusammenzustauchen, aber offenbar nicht nur, um ihn zu ärgern, auch wenn das natürlich der Hauptgrund war. Der Kommissar hatte einen speziellen Anlass. Mit wütender Miene, die Hände in die Hüften gestemmt, stiefelte er in die Kriminalabteilung und baute sich breitbeinig vor Corells Schreibtisch auf. Seine Lippen machten ein schmatzendes Geräusch, als bereite er sich darauf vor, die Zähne in seine Beute zu schlagen:

»Darf ich fragen, was Sie eigentlich machen?«

»Ich bin gerade gekommen …«

»Ich meine gestern. Nach der Verhandlung.«

»Ich weiß nicht, was Sie meinen.«

»Das wissen Sie ganz genau. James Ferns hat sich bei mir gemeldet und gesagt, dass Sie versucht hätten, ihn und den Gerichtsmediziner vor einer Masse Journalisten lächerlich zu machen.«

»So viele waren es nicht.«

»Wie viele es waren, hat mit der Sache verdammt noch mal nichts zu tun. Sie sind offensichtlich arrogant und unverschämt aufgetreten, und das kann ich Ihnen sagen, ich akzeptiere so etwas nicht. Sie repräsentieren ...«

»Ich weiß«, unterbrach ihn Corell. »Aber Sie hätten den Blödmann hören sollen! Es war ein dermaßen unbegreiflicher Unsinn.«

»Das ist mir scheißegal. Das sage ich Ihnen. Außerdem bin ich davon überzeugt, dass Sie derjenige waren, der Unsinn geredet hat, und kein anderer. Ich habe Sie beobachtet, Corell, und ich habe bemerkt, dass Sie die Nase ziemlich hoch tragen. Kommen da mit Ihren Snoballüren aus Marlborough. Pfui Teufel! Aber ich akzeptiere das nicht. Auf gar keinen Fall. Es steht Ihnen nicht zu, angesehene Leute zu belehren. Sie sollen Fakten bereitstellen, und im Übrigen halten Sie den Mund. Haben Sie das verstanden?«

»Ja.«

»Ich begreife nicht, was mit Ihnen los ist! Da kann doch irgendwas nicht stimmen mit Ihnen.«

»Was meinen Sie damit?«

»Spielen Sie sich nicht auf! Halten Sie einfach die Klappe! Heute ist nämlich Ihr Glückstag. Sie kriegen Gelegenheit, ein bisschen Buße zu tun. Ja, so merkwürdig das auch klingen mag, Sie haben einen Herzensfreund. Hamersley, der Schleimscheißer, sagte, Ihr Bericht sei gut verfasst. Ja, bilden Sie sich bloß nichts darauf ein. Solche Privatschultricks verfangen bei mir nicht. Aber jetzt sollen Sie raus ins Feld – auf Anweisung des Superintendenten.«

»Worum geht es dabei?«

»Ein delikater Auftrag!«

Delikat hieß für gewöhnlich schäbig, und das passte auch hier. Der Fall war ein paar Jahre alt. Der Verdächtige war ein fünfundvierzigjähriger Mann namens David Rowan, der früher Tänzer und Choreograf gewesen war, aber mittlerweile einige Maßschneidereien in Manchester besaß. Rowan wohnte in der Pinewood Road in Dean Row mit einer Frau aus Glasgow und zwei Töchtern, acht und sechs Jahre alt. Die Frau des Hauses, die als »die arme Frau« beschrieben wurde, fuhr gelegentlich an den Wochenenden mit ihren Kindern nach Glasgow.

An diesen Wochenenden bekam ihr Ehemann oft Besuch von einem jungen Mann »mit femininem Aussehen« und »weibischem Gehabe«, und natürlich war es sein gutes Recht, mit »allen erdenklichen Deppen« umzugehen, wie Ross sich ausdrückte, aber eine Nachbarin, eine Mrs Joan Duffy, hatte sich eines Tages hinüber in Rowans Garten verirrt und durch einen Spalt zwischen den Gardinen »eine abscheuliche Schweinerei gesehen. Sie können sich schon vorstellen, was.« Das Problem war lediglich, dass Mrs Duffy Köchin in einer Schule war, während Rowan ein angesehener feiner Herr war, und »ehrlich gesagt, wir fanden es peinlich, uns damit zu befassen. Da waren ja seine Frau und die Kinder. Man wollte ihnen ja nicht unnötig wehtun.«

»Und jetzt sollen wir das wieder ausgraben?«

»Hamersley findet, es sei an der Zeit, es noch einmal zu versuchen. Die Zeiten sind ja, wie sie sind, und es hat Anweisungen gegeben. Wir haben ja auch den Erfolg mit der Turing-Sache.«

»Wohl kaum ein Erfolg.«

»Hören Sie auf mit dieser verdammten Aufmüpfigkeit! Ich spreche natürlich von dem Urteil, das ihn schuldig spricht, nicht von seinem Selbstmord. Wenn man Turing hochgenommen hat, sollte man das bei jedem anderen auch hinbekommen, oder etwa nicht? Wussten Sie, dass der Kerl in der Königlichen Wissenschaftsakademie gesessen hat? Ach so, das wussten Sie! Und Ihnen imponiert das sicher auch. Dann kann ich Ihnen sagen, dass ich auf so etwas scheiße, wenn ich höre, dass die fragliche Person kreuz und quer durch Europa fährt und schwule Jüngelchen vernascht.«

»Man soll nur auf das Verbrechen an sich sehen«, versuchte Corell.

»Ja, das sollte man. Sich nicht über eine Masse Titel und Medaillen aufregen! Genau darum geht es hier, oder? Aber das ist jetzt Geschichte. Nein, nein, ich will nichts mehr davon hören.«

»Ich frage mich nur, warum …«

»Hören Sie auf damit!«

»Aber da ist doch etwas faul.«

»Quatsch«, schnitt Ross ihm das Wort ab. »Sie sollen nicht so viele Fragen stellen. Sie haben einen neuen Auftrag bekommen. Und wenn ich Sie wäre, würde ich mich auf der Stelle an die Arbeit machen. Sie können weiß Gott einen Erfolg gebrauchen.«

Corell fand nicht, dass er etwas anderes brauchte als einen ruhigen Arbeitstag, um seinen Kater zu pflegen. Das Letzte, wonach ihm der Sinn stand, war die Erledigung unmöglicher und erniedrigender Aufträge. Er hatte trotz allem seinen Stolz. Hatte er nicht gestern ein tiefsinniges Gespräch mit einem Gelehrten aus Cambridge geführt? *Sorry, Kommissar, Sie haben nicht das Recht, so mit mir zu reden.* Anderseits … auch wenn Ross ein Idiot war – und das würde er eines schönen guten Tages auch zu hören bekommen –, hatte er einen Gruß von höherer Stelle überbracht: »Hamersley sagte, Ihr Bericht sei gut vergefasst.« Ja, sieh mal einer an! Hatte Corell es nicht geahnt. Er hatte etwas Außergewöhnliches, wenn nicht sogar einen kleinen Geniestreich hinbekommen. Vielleicht sprach der Superintendent in ebendiesem Augenblick mit dem Polizeipräsidenten höchstpersönlich: *In Wilmslow, wissen Sie, haben wir einen äußerst begabten Mann, auf den ich schon seit Langem ein Auge geworfen habe, ein absolut vorzüglicher Berichteschreiber, mit geradezu schriftstellerischen Talenten, Sie sollten wirklich einmal lesen, was …* Er wurde in seinem Gedankengang von Ross unterbrochen, der ihn anraunzte: »Na?«

»Ich werde mein Bestes geben«, war alles, was er herausbrachte.

»Wir brauchen ein Geständnis, das ist das Mindeste. Der Vorgang liegt drinnen bei Gladwin.«

Es machte nicht viel her als Vorgang, fand Corell, und er wusste nicht, wie er die Sache angehen sollte, machte sich aber trotzdem sogleich an die Arbeit und ließ sich mit Mr Rowan verbinden. Von einer Frau erfuhr er, dass der Herr um fünf Uhr zu Hause sein werde, und ohne auch nur zu fragen, ob es passe, erklärte er, dass er dann erscheinen werde, um ein paar Fragen zu stellen.

»Worum geht es denn?«

»Das werde ich Mr Rowan persönlich mitteilen«, erklärte er und fühlte sich tatkräftig und energisch.

Um halb zwei erschien die Zeugin Mrs Joan Duffy auf dem Revier. Corell hatte eine alte Tante mit griesgrämiger Miene erwartet, aber dies hier war eine Überraschung. Nicht dass Mrs Duffy eine Schönheit war, aber sie war kaum älter als dreißig, von üppiger Figur und mit so herausfordernden Augen, dass er instinktiv den Blick senkte. Mrs Duffy besaß eine vulgäre Anziehungskraft, und wer weiß, sie konnte auf ein Gericht vielleicht Eindruck machen.

»Willkommen«, sagte er.

»Eine Ehre, zu Diensten sein zu können.«

»Erzählen Sie bitte, was Sie an jenem Tag gesehen haben, und lassen Sie um Gottes willen keine Einzelheiten aus.«

Das Letzte hätte er nicht sagen sollen. Er bekam weit mehr Einzelheiten, als ihm lieb war. Sie hielt ihm sogar einen kleinen Vortrag über Gartenarbeit. Mrs Duffys Mann war Gärtner. Ein wirklicher Fachmann. »Nahezu ein Künstler in seinem Fach, und wenn ich das so sagen darf, habe ich selbst das eine und andere gelernt.«

»Wie praktisch!«

»Ja, nicht wahr! Verstehen Sie, wir und die Rowans haben eine gemeinsame Hecke. Sie trennt unsere Grundstücke, und ich bin für die Hecke verantwortlich, wofür Mrs Rowan ausgesprochen dankbar ist. Die arme, arme Mrs Rowan.«

»Wir können sie erst einmal außen vor lassen.«

»Selbstverständlich, Herr Inspektor, selbstverständlich.«

»Ich bin Kriminalassistent.«

»Ein spannender Beruf, nicht wahr?«

»Tja, schon, dann und wann. Erzählen Sie bitte weiter.«

»Mach ich, mach ich. Aber es ist zwei Jahre her, müssen Sie wissen. Damals war ich auch schon hier bei Ihnen.«

»Das ist mir bekannt.«

»Und glauben Sie nicht, dass das Ganze danach aufgehört hätte. Von wegen!«

»Dann lassen Sie hören!«

Die Gartenhecke sei »der springende Punkt in der Geschichte«, erklärte sie. An jenem Tag habe sie die Hecke mit der Schere gestutzt und sei gezwungen gewesen, einen Schritt hinüber zu den Rowans zu machen. Sonst hätte die Hecke ja nicht »gleichmäßig und schön« werden können, und das mochte zutreffen, aber es konnte auch Unsinn sein. Joan Duffy hatte Grund, neugierig zu sein. »Ich habe schließlich Augen im Kopf«, sagte sie, und dann habe sie sich wegen ihrer eigenen Kinder Sorgen gemacht. Außerdem habe sie Geräusche gehört. Sie wolle das nicht näher ausführen. Sie sei ja »anständig erzogen«. Allerdings: »Gott möge mir verzeihen«, sie habe hineingeblickt, »äußerst diskret«, und den Blick selbstverständlich sofort abgewandt, als sie begriffen habe.

»Selbstverständlich«, warf er ein.

»Es ist mir peinlich, hier zu sitzen und Ihnen so etwas zu erzählen.«

»Das muss Ihnen nicht peinlich sein. Es ist gut, dass Sie zu uns gekommen sind.«

»Ich mag Sie lieber als den Mann, mit dem ich beim vorigen Mal gesprochen habe.«

»Wir werden versuchen, der Sache jetzt auf den Grund zu gehen.«

»Glauben Sie, dass ich mir Sorgen machen muss?«

»Sie brauchen sich keine Sorgen zu machen.«

»Aber wenn er aggressiv wird, können Sie mir dann Schutz gewähren?«

Schutz gewähren? So etwas hatte er noch nie gehört.

»Lassen Sie uns die Sache noch einmal Schritt für Schritt durchgehen«, sagte er. »Kann es weitere Zeugen geben?«

»Ich werde mich in der Nachbarschaft umhören.«

»Aber sehr diskret, will ich hoffen.«

»Diskretion war mir immer eine Ehrensache.«

»Wissen Sie, wie der Mann hieß, der damals zu Besuch kam?«

Klaus, glaubte sie. Etwas Ausländisches. Etwas mehr oder weniger Anrüchiges.

»Dann danke ich Ihnen«, schloss er und reichte ihr die Hand.

Hinterher meinte er, dass sie eine einladende Geste mit den Haaren gemacht habe, aber vermutlich irrte er sich.

22

Mrs Duffy hatte eine Lüsternheit ausgestrahlt, die ihm keine Ruhe ließ, eine Vulgarität, die ihm unter die Haut kroch und seine Nerven zittern ließ. Wie er sich auch dagegen zur Wehr zu setzen versuchte, er konnte nicht anders, als Fantasien über ihren Körper anzustellen, über den Dank, den sie ihm gewähren würde: *Sie sind mehr Polizist als all die anderen zusammen*, oder was sie nun sagen würde. Auf jeden Fall würde ihr Kleid straff anliegen, und ihr Blick würde ihn zu sich locken, und warum sollte er es eigentlich nicht hinbekommen? Vor nicht allzu langer Zeit hatte er sich als guten Verhörleiter gesehen, der die Schwächen der Menschen leicht aufspürte und die Unruhe in ihren Augen ahnte. Wusste er nicht stets genau, wann der richtige Zeitpunkt war, um zum entscheidenden Stoß anzusetzen? Das war einer der Vorteile, wenn man ein armer empfindlicher Teufel war. Er sah die Zeichen bei anderen.

Wo war er jetzt? Dort drüben lag die Pine Road. Er war nahe daran und begann an Ron und Greg zu denken, die verfluchten Saukerle, und das machte ihm sonst nie gute Laune, doch jetzt bestärkte es ihn in seinem Vorsatz. In Corells Vorstellung nahm Mr Rowans Gesicht Züge von Greg an, und er streckte den Rücken. Er kam sich vor wie ein hoher Nachrichtenoffizier bei der Durchführung eines wichtigen Auftrags. Dennoch war er noch immer nicht eitel. Er erwog umzukehren. Nein, nein! Warum sollte er nicht einen alten Tänzer knacken können, wenn der Wirrkopf Rimmer Turing zu Fall gebracht hatte? Ein Wagen fuhr vorbei, ein Morris Minor, und jetzt hörte er die Stimme eines Kindes.

»Papa, Papa!«

Er betrat das Grundstück. Ein kleines Mädchen mit langen dunklen Haaren und kleinen, ernsten Augen planschte in einer Wanne mit Regenwasser. Sie war von oben bis unten durchnässt. Hinter ihr hing eine frisch gestrichene Schaukel an einem Gestell.

»Hallo.«

»Hallo«, erwiderte sie forsch.

»Du solltest die Kleider wechseln.«

»Das finde ich nicht.«

»Dann lass es«, murmelte er und blickte zum Haus, einem schönen weißen Steinhaus mit schwarzem Dach und einer Glasveranda neben der Eingangstür.

Der Türgriff war vergoldet, rechts vom Haus gab es eine Hecke, die nicht übertrieben gepflegt war, und ein weit weniger ansehnliches Nachbarhaus; ein grüner Holzbau mit gepflegten Beeten, aber einem schon in die Jahre gekommenen Ziegeldach und kleinen Fenstern. Ging dort Mrs Duffy in ihren schrillen Kleidern umher? Er klingelte. Ein Zittern ergriff seinen Körper, und alle möglichen Gedanken flirrten durch seinen Kopf. Aber als die Tür aufging, war er mit einem Schlag konzentriert, so als wäre ein Vorhang aufgegangen. Er setzte sein vertrauenswürdigstes Lächeln auf.

»Guten Tag.«

»Guten Tag«, erwiderte der Mann mit der gleichen unscharfen Zurückhaltung wie seine Tochter, und schon da begriff Corell, dass Mrs Duffy recht hatte.

Der Mann war ein Schwuler. Ein stilvoller Schwuler, wenn man großzügig sein wollte, feingliedrig und mit aufrechter Haltung, einem klaren blauen Blick, doch mit etwas unverkennbar Grazilem in den Bewegungen. Allein seine Art, die Hand auszustrecken, verriet ihn. Es war, als fordere Mr Rowan einen zum Tanz auf oder als wollte er ein Zeichen in die Luft ritzen.

»Ich habe mich angemeldet. Mein Name ist Corell, und ich arbeite bei der Polizei in Wilmslow. Darf ich hereinkommen?«

»Eigentlich …«

»Ich verstehe, wenn Sie beschäftigt sind. Ich habe gehört, dass Sie einige schöne Läden für Herrenbekleidung in Manchester haben. Sehr schön. Ich habe mich immer viel für Kleidung interessiert, obwohl ich mir bei meinem Gehalt nicht besonders viel leisten kann. Wie auch immer, ich glaube, es wäre gut, es nicht länger aufzuschieben.«

»Was denn?«

»Unser kleines Gespräch«, sagte er und fand das Wort »kleines« in diesem Zusammenhang gar nicht gut. Er versuchte, als Autoritätsperson aufzutreten, und unmöglich war es ja nicht, dass er damit Erfolg hatte.

»Natürlich, natürlich, kommen Sie herein.«

Der Mann war offenbar verstört, was ein gutes Zeichen sein konnte. Schweiß trat auf seine Oberlippe, und als er sein Wohnzimmer im Erdgeschoss betrat, schien er sich anzustrengen, energischer zu gehen als sonst. In dem Zimmer hing ein Kristallleuchter von der Decke, es gab schöne alte Möbel und eine ganze Wand voller Bücher. Es war ein anderes Wohnmilieu, als Corell erwartet hatte, und er setzte sich auf einen leuchtend gelben Stuhl direkt Rowan gegenüber.

»Schönes Haus!« sagte Corell.

»Tja«, sagte Rowan und zündete sich eine Zigarette an.

»Hübsches Mädchen da draußen. Sie haben noch eins, habe ich gehört?«

»Richtig.«

»So ein schrecklicher Regen die letzte Zeit«, fuhr Corell fort.

»Tja.«

Der Mann war von parodistischer Wortkargheit.

»Aber jetzt könnte es einen guten Sommer geben!«

»Hoffen wir es.«

»Oder funktioniert es nicht so?«

»Wie denn?«

»Dass es sich irgendwann ausgeregnet hat. Dass eine Periode mit schlechtem Wetter immer einer Periode mit gutem Wetter vorangeht. Aber es kann ja genauso gut umgekehrt sein. Dass das Unerfreuliche noch mehr Unerfreuliches hervorbringt. So ist es ja oft im Leben«, sagte Corell.

»Ja, manchmal…«

»Ich war kürzlich hier in der Gegend. Eine traurige Geschichte. Ja, vielleicht haben Sie davon gelesen. Der Mathematiker Alan Turing hat tot in seinem Bett gelegen. Er hatte einen vergifteten Apfel gegessen. Einfach schrecklich. Vielleicht kannten Sie ihn? Oder sind in der Nachbarschaft auf ihn gestoßen.«

Rowan schüttelte den Kopf mit übertriebener Deutlichkeit.

»Ein äußerst begabter Mann«, fügte Corell hinzu.

»Ich habe ihn im Radio gehört«, sagte Rowan.

Es war das erste Mal, dass er aus eigenem Antrieb das Wort ergriff.

»Worüber hat er geredet?«

»Ich glaube, es hatte mit Norbert Wiener zu tun.«

»Wer ist das gerade noch?«

»Ein Schriftsteller, der über Roboter und denkende Maschinen schreibt.«

»Alan Turing sprach also über intelligente Maschinen?«

»Ja.«

»Hörte sich das sonderbar an?«

»Sehr sonderbar.«

»Wussten Sie, dass alles mit einem kleinen mathematischen Streit über gewisse logische Probleme angefangen hat?«

»Nein.« Rowan sah verwirrt aus.

»Aber Sie ahnen bestimmt, wie merkwürdig es ist, dass eine kleine Spitzfindigkeit, die nur eine geringe Anzahl von Leuten interessierte und die viele als den Urtyp eines akademischen Scheinproblems ansahen, zur Konstruktion einer neuen Maschine führte. Aber Sie interessieren sich vielleicht nicht besonders für Logik?«

»Überhaupt nicht.«

»Sie sind mehr Ästhet.«

»Das weiß ich nicht.«

»Sie bekommen an den Wochenenden Besuch.«

»Natürlich, Sie nicht?«

»Nein«, sagte Corell ganz ehrlich, doch es klang nicht im Geringsten selbstentblößend.

»Wer besucht Sie denn so?«

»Freunde.«

»Irgendwer im Besonderen?«

»Das geht Sie nichts an.«

Rowans Oberlippe, auf der sich schon Schweißflecke bildeten, zitterte unmerklich.

»Wir wissen ohnehin alles«, sagte Corell und war sich bewusst, dass dieser Satz von Inspektor Rimmer gestohlen war.

»Was meinen Sie?«

»Sie unterhalten gesetzwidrige sexuelle Beziehungen.«

»Ich habe nicht …«

»Wir haben Zeugen.«

»Wenn Sie an Mrs Duffy denken, sollten Sie wissen, dass sie in all ihrer Liebenswürdigkeit Unwahrheiten über ihre Nachbarn verbreitet. Das ist sozusagen ihr Hobby.«

»Wir haben mehr Beweise als nur die Aussage von Mrs Duffy«, sagte Corell selbstsicher und glaubte es selbst.

Er hatte David Rowan in der Tür als so eindeutig tuntig wahrgenommen, dass er für einen Augenblick glaubte, dies wäre ein rechtskräftiger Beweis. Er klang plötzlich wie eine Person, die schon gewonnen hatte.

»Was denn?«, stotterte Rowan.

»Wir haben eine Menge.«

»Können Sie das präzisieren?«

»Soll ich Ihnen alles aufzählen? Auf jedes Detail eingehen? Wenn Sie das möchten, sagen Sie es ruhig, ich habe nämlich endlos viel Zeit. Meine Güte, Sie haben doch nicht geglaubt, ich käme zu Ihnen, wenn wir nicht wesentlich mehr Informationen hätten«, fuhr Corell fort und war sich durchaus bewusst, dass er seinen Bluff zu weit trieb.

»Nein, das ist klar. Das verstehe ich. Aber ich glaube trotzdem nicht ...«

»Was glauben Sie nicht?«

»Dass Sie wirklich verstanden haben ... es handelt sich doch nicht um ... nicht in dem Sinne ...«

»Nun kommen Sie schon, raus damit!«

Aber David Rowan kam nicht weiter, es war, als versuche sein Mund einen unmöglichen Satz zu formen. Er wand sich mit schweißgebadetem Gesicht auf seinem Stuhl. Er schien kurz vor einem Zusammenbruch zu stehen, und Corell spürte den Vorgeschmack des Triumphs, und deshalb – ganz im Einklang mit seiner Strategie – wurde seine Stimme milder, entgegenkommender.

»Ich will Sie nicht unter Druck setzen.«

»Es ist nicht so, wie Sie glauben.«

»Wie ist es denn dann? Erzählen Sie! Wir haben bestimmt in einigen Punkten unrecht.«

»Es ist …«

Mit einer plötzlichen Bewegung verbarg Rowan sein Gesicht in den Händen.

»Nun gut … so gefährlich ist es doch eigentlich gar nicht. Wir müssen nur die gröbsten Missverständnisse ausräumen. Wenn Sie erzählen, was genau passiert ist, verspreche ich Ihnen, dass wir die Information wohlwollend interpretieren. Vielleicht können wir sogar alles vergessen. Das hängt ganz davon ab, ob Sie offen und ehrlich zu uns sind.«

»Könnten Sie wirklich vergessen, dass …«

»Falls Sie mit uns zusammenarbeiten, besteht die Möglichkeit«, fuhr Corell fort und fragte sich, was zum Teufel er eigentlich versprach, aber er folgte nur seinem Instinkt und seiner Überzeugung, dass eine ausgestreckte Hand in der gegebenen Situation effektiver wäre als eine Drohung, und deshalb lächelte er, nicht triumphierend, glaubte er jedenfalls nicht, sondern herzlich und mitfühlend, und das schien zu wirken.

Der Mann sank in sich zusammen. Ich habe ihn, dachte Corell und konnte sich gerade noch Hamersleys Gratulation vorstellen: *Vorbildlich, junger Mann, glänzend,* doch genau in diesem Augenblick geschah etwas. Kleine leichte Schritte waren aus dem Flur zu hören, und eine schrille Stimme rief:

»Papa, Papa, Mary hat sich von oben bis unten mit Wasser bespritzt. Sie wird sich bestimmt erkälten.«

Dann trat ein acht- bis neunjähriges Mädchen in die Tür, ganz in Weiß gekleidet, wie eine Elfe. Sie merkte zuerst nicht, dass ihr Vater Besuch hatte, sondern schien völlig von dem Drama in der Regenwanne in Anspruch genommen. Doch dann veränderte sie sich. Sie sah ihren

Vater an und zog die Schultern hoch. Sie senkte den Blick ihrer großen, ernsthaften Augen zu Boden. Sie schien Angst zu haben.

David Rowans Inneres war in Aufruhr. Seit über zwei Jahren hatte er geglaubt, dass diese grässliche Geschichte vergessen sei. In der letzten Zeit hatte er ihr keinen einzigen Gedanken mehr gewidmet. Er hatte sogar ohne übertriebene Scham an seine Veranlagung gedacht. Aber heute Morgen – war das nicht sonderbar –, schon Stunden bevor er erfuhr, dass die Polizei angerufen hatte, war die Angst in ihm aufgeflammt. Er hatte von dem Mathematiker, der gestorben war, gelesen. Er hasste die Zeitungen. Sie enthielten immer irgendetwas, das einem wehtat. Dieser Artikel berührte ihn in zweifacher Weise, nicht nur, weil er ihn an die Worte erinnerte, die sein Vater vor sehr langer Zeit gesagt hatte: »Ich dachte, solche Männer nähmen sich das Leben«, sondern weil er Alan Turing wirklich einmal getroffen hatte.

Sie hatten in der Oxford Road in Manchester einen hastigen Blick gewechselt und hinterher gewusst, dass sie ein Geheimnis teilten. Als sie sich später zufällig in der Brown's Lane in Wilmslow begegneten, waren sie stehen geblieben und hatten ein vorsichtiges Gespräch begonnen. David, der seine Töchter bei sich hatte, sagte etwas über das Wetter und die Wohngegend, etwas Banales und Einfaches, um das Gespräch in Gang zu bringen, und der Mathematiker hatte etwas Unbegreifliches erwidert, dass er zwei Regenbogen nebeneinander gesehen habe, »als ob die Natur uns überdeutlich etwas sagen wollte«.

Was hatte er gemeint? Das ganze Gespräch erschien Rowan wie ein nervöses Tasten um die unaussprechbare Frage, ob sie sich einmal in privatem Rahmen treffen könnten, aber sie waren beide allzu verlegen, und bevor etwas geschehen konnte und ein einziges sinnvolles Wort gesagt wurde, ging der Mathematiker mitten im nächsten Satz davon. Sein Verhalten hätte als große Unhöflichkeit aufgefasst werden können, aber David nahm keinen Anstoß daran. Er verstand es eher so, als wäre Turing das ganze soziale Affentheater herzlich leid. Wie oft hatte er nicht selbst einfach nur schreien wollen über die verdammte Schauspielerei.

Aber vor allem diese Augen … sie hatten so anders geleuchtet, dumpf und intensiv zugleich. Sie hatten einen Zug von etwas Unerreichbarem und wirkten zugleich einladend. Andere Menschen würden sie sicherlich nervös machen, aber David machten sie neugierig auf das, was sich dahinter verbarg, und als er nach Hause kam, versuchte er, Turing im Telefonbuch zu finden. Nicht um wirklich anzurufen, sondern nur um ein wenig mit dem Gedanken zu spielen, aber der Name hatte nicht daringestanden, und stattdessen hörte er ihn dann im Radio wunderlich über Maschinen reden. Was er sagte, hörte sich so verrückt an, so ausgefallen. Turing wünschte sich, dass die Maschinen eines Tages denken könnten wie wir. Zuerst hatte David geglaubt, dass der Mathematiker Maschinen nur als Metapher für Homosexuelle benutzte. Turing hatte eine Art Spiel zwischen einem Mann, einer Frau und einer Maschine erwähnt. Sie sollten irgendwie so tun, als wären sie der jeweils andere – Herrgott, was war Davids eigenes Leben anderes als ein Spiel mit vorgeblichen Identitäten? –, aber die Diskussion im Radio wurde rasch zu wissenschaftlich, um wirklich symbolisch gemeint zu sein, und David hatte den Faden verloren. Am deutlichsten waren ihm Turings stammelnde Stimme und sein engagierter Tonfall in Erinnerung geblieben, und mehrere Wochen lang hatte David morgens wie abends an ihn gedacht. Dann eines Tages verschwand Alan Turing aus seinen Träumen. Und Gott sandte ihm stattdessen Klaus.

Schon als sie zum ersten Mal ineinander verschlungen dalagen, kam es ihm wie ein Glück vor, das er nicht verdiente. Klaus war nicht nur jünger und schöner als er. Er war schamlos und meinte, er habe ein Recht auf Genuss. Er lebte einfach so, wie er wollte, und das empfand David als großartig und wild, auch wenn es nicht so weit ging, dass es ihn ansteckte. Er selbst konnte sich von dem üblichen Ballast von Scham und Angst nicht befreien, und als die von Mrs Duffy ausgelöste Hölle losbrach, hatte er dies beinahe als gerecht empfunden. Klar, dass er bestraft werden musste! Er war innerlich so verdreht, dass er sich schuldig fühlte, als die polizeiliche Ermittlung nicht weiterführte. Dann war einige Zeit vergangen, und er hatte gedacht, *vielleicht doch, vielleicht können auch solche wie ich glücklich sein* – denn das Merkwürdige war, dass er, seit Klaus in sein Leben getreten war, auch gegenüber seiner Frau und seinen Kindern liebevoller wurde. Alles wurde leichter und heller. Es war, als ob die Liebe überhaupt wüchse.

Aber dann, heute – an diesem schwarzen Tag –, hatten sie wieder angerufen, und er war diesem entsetzlichen Menschen in der Tür begegnet, und einen Augenblick lang war er so dumm gewesen, ihn für eine gute Person zu halten, was wahrscheinlich nur daran lag, dass er ein Licht in seinen Augen hatte funkeln sehen, eine vieldeutige, traurige Nachdenklichkeit. Doch die erwies sich als die Verlogenheit des geschliffenen Polizisten, und er begriff nicht, warum er so schlecht darauf vorbereitet gewesen war. Schon zu Beginn des Gesprächs hatte er die unbezwingbare Lust verspürt, seine Qual zu verkürzen und zu kapitulieren. Sein Wille zu kämpfen verließ ihn, er konnte es nicht anders erklären. Er wollte seine Schuld auf sich nehmen. Was auch immer es war, wenn er nur darum herumkäme, sich anzuhören, wie noch eine Hyäne sich an ihr Fenster gelehnt und gesehen hatte, was niemand sehen sollte. Allein der Gedanke war ihm unerträglich, und nur vage, wie in einem Traum, nahm er wahr, dass seine Tochter hereinkam und sogleich wieder verschwand. *Was hatte sie gewollt?*

»Ich würde Ihnen raten ...«, sagte der Polizeibeamte.

»Was ... ja«, murmelte er und fühlte sich unrettbar verloren.

Doch da entdeckte er etwas, eine neue Nuance in den Polizistenaugen, und das verwirrte ihn. Der Mann sah plötzlich aus, als flehe er ihn an, als sei er derjenige, der Hilfe brauchte, und nicht David.

Weit entfernt waren die Schritte der Tochter zu vernehmen, und Corell sah auf seine Hand hinab. Die blauen Adern spannten sich wie eingeschlossene kleine Flüsse, und ohne sich dessen bewusst zu sein, streichelte er sie und erinnerte sich an sich selbst vor vielen Jahren in der Küche in Southport. Er hatte auf die braunen Schuhe seiner Mutter geschaut. »Was ist mit Papa?«, hatte er gefragt. »Nichts, Leonard, nichts!« Nie war etwas.

»Wo waren wir?«, sagte er.

»Sie wollten mir einen Rat geben.«

»Ich rate Ihnen ...«

Aus irgendeinem Grund sah Corell seine Tante vor sich. Und er konnte nicht aufhören, an das Mädchen zu denken.

»Ich rate Ihnen, überhaupt nichts zu gestehen«, sagte er, verwundert über seine eigenen Worte.

»Wie bitte?«, sagte David Rowan.

»Wie gesagt«, fuhr er fort, ärgerlich über sich selbst. »Wir haben einiges, eine ganze Menge.«

»Neue Zeugenaussagen, oder was?«

Was zum Teufel sollte er sagen?

»Eine ganze Menge, wie gesagt«, antwortete er. »Aber solange Sie es abstreiten, kann kein Gericht Sie verurteilen.«

Er konnte es nicht glauben. Er war im Begriff, seine Chance leichtfertig zu verspielen. Aber er schaffte es nicht, dem Mädchen wehzutun. Er schaffte es einfach nicht.

»Mrs Duffy ist ja auch keine besonders glaubwürdige Zeugin«, fuhr er fort. »Erstens befand sie sich unbefugterweise auf Ihrem Grundstück. Außerdem scheint es sich um einen Fall von Neid zu handeln. Sie wohnen besser. So wie ich das sehe, ist überhaupt nichts vorgefallen.«

»Ich verstehe nicht ...!«

Rowans Stimme klang schrill, heiser.

»Ich werde mich darum kümmern, dass Sie sich keine Sorgen zu machen brauchen«, fuhr Corell fort. »Ich werde die Empfehlung aussprechen, dass die Angelegenheit fallen gelassen wird.«

Genauso, wie er gerade Inspektor Rimmers Worte gestohlen hatte, stahl er jetzt Vickys:

»Solange wir niemandem schaden, haben wir das Recht zu tun, was wir wollen«, sagte er und kam sich wie ein schlechter Schauspieler vor, übertrieben feierlich, aber seine Worte schienen zu wirken.

David Rowan stand mit einem unsicheren Lächeln auf.

»Ist das Ihr Ernst?«

»Ja, das ist mein Ernst.«

»Und ich dachte schon ... was soll ich sagen? ... Sie können sich nicht vorstellen ...«

Rowan schien ihn umarmen zu wollen, und Corell trat einen Schritt zurück. So weit wollte er dann doch nicht gehen, nie im Leben. Trotzdem fühlte er sich von etwas erfüllt, er glaubte nicht, dass es Freude war, aber es brauste in ihm. Er war ein verdammter Heuchler. Aber er hatte einen Menschen froh gemacht, und sein Körper fühlte sich leichter an.

»Darf ich Ihnen etwas anbieten, etwas Starkes? Ich bin völlig durchgeschwitzt. Ich könnte selbst etwas brauchen …«, begann Rowan.

»Nein, nein«, unterbrach ihn Corell. »Ich trinke nicht …«

Es hätte nicht falscher sein können. Gestern hatte er wie ein Idiot gesoffen, und sein ganzer Organismus schrie nach einem Drink, um wieder ins Gleichgewicht zu kommen. Er wollte nur noch weg und ging zur Tür. Nur vage erinnerte er sich später, dass er das kleinere der Mädchen noch einmal grüßte, und dabei war ihm ein Gedanke gekommen, der sicher ebenso absonderlich war wie sein Verhalten zuvor.

»Es gibt eins, womit Sie mir vielleicht behilflich sein könnten«, sagte er.

»Was es auch ist, sagen Sie es nur!« Rowan lächelte, jetzt wieder nervös. Man sah ihm an, dass er völlig außer sich gewesen war.

»Sie sind doch in der Schneiderbranche«, sagte Corell.

»Das bin ich.«

»Kennen Sie zufällig den Laden Harrington & Sons in der Alderley Road?«

»Doch. Richard Harrington und ich sind gute Freunde.«

»Es gibt dort eine Angestellte, Julie irgendwas.«

»Julie Masih, ein bezauberndes Mädchen, nur ein bisschen schwer, in Kontakt zu ihr zu kommen. Sie hat Schlimmes durchgemacht.«

»Inwiefern?«

»Ihre Mutter ist Engländerin. Der Vater indischer Moslem. Julie ist nicht weit von hier in Middlewich aufgewachsen, wurde jedoch mit einem Cousin in Karachi verheiratet, der als sehr fromm galt, sich aber als selbstgerecht und bösartig erwies. Wegen irgendeiner harmlosen Verfehlung, an die ich mich nicht einmal erinnern kann, schleuderte er eine Kelle mit heißem Wasser nach ihr, aber der Idiot verfehlte sie und traf die Tochter. Das arme Mädchen! Sie sollten sie einmal sehen …«

»Ich habe sie gesehen.«

»Es gelang Julie, mit ihrer Tochter zu fliehen. Ich glaube, sie bekamen Hilfe von der Botschaft und einer englischen Krankenschwester. Seit ein, zwei Jahren leben sie hier in Wilmslow, aber Julie hat immer noch Angst. Der Mann hat irgendeine Drohung ausgesprochen.«

»Sie ist also nicht mehr verheiratet?«

David Rowans Gesicht, das eben noch so erschrocken und ernst gewesen war, öffnete sich in einem großen Lächeln, das nicht nur die Erleichterung eines Mannes ausdrückte, der erfahren hat, dass er nicht mehr vor Gericht kommt, sondern auch etwas, das an Zärtlichkeit denken ließ.

»Formell gesehen ist sie das wohl noch, aber nicht in dem Sinn, den Sie meinen. Sie könnte eher einen wirklichen Freund brauchen.«

»Dann bedanke ich mich«, sagte Corell, plötzlich unbeholfen – er stieß sich die Nase am Türrahmen und musste einen Augenblick nach der Klinke suchen.

»Ich lege gern ein gutes Wort für Sie ein, wenn Sie wollen«, sagte David Rowan, doch da war Corell bereits draußen im Garten und hörte nichts mehr.

23

Oscar Farley legte den Stift auf dem Mahagonitisch seines Hotelzimmers ab. Mit dem, was er geschrieben hatte, war nicht viel Staat zu machen, es war nur ein weiterer Versuch zu verstehen, was geschehen war, und wie üblich half das Schreiben nicht weiter, wenn es keine sachlichen Informationen gab. Er las noch einmal die Papiere durch, die er in der Adlington Road gefunden hatte. Leider enthielt das Material keinerlei Hinweise auf das, was sie wirklich interessierte: War Alan Turing unvorsichtig mit Staatsgeheimnissen umgegangen?

Es traf zu, dass Alan nicht gerade ein Patriot gewesen war. Er hatte das Misstrauen der neuen Zeit gehasst, die Hartnäckigkeit, mit der im Privatleben der Menschen gewühlt wurde. Schon als Oscar zum ersten Mal versucht hatte, Turing anzuwerben, war dieser über die allgemeinen Proteste gegen die Heirat von Edward VIII. mit Mrs Simpson empört gewesen. »Das ist doch Privatsache«, hatte er sich entrüstet. »Nichts, was Bischöfe oder sonst jemanden etwas angeht.« Nicht einmal die Ehe eines Königs wollte er als Staatsangelegenheit gelten lassen, und umso klarer war es, dass er außer sich geriet, als seine eigenen amourösen Abenteuer zu einer Frage der Sicherheit des Reiches wurden. Die verfluchte Politik, mit der Alan nichts zu tun haben wollte, verfolgte ihn nun bis in sein Schlafzimmer. Kein Wunder, dass er gekränkt war!

Farley wusste, wie korrekt Alan es mit der Geheimhaltung genommen hatte und wie aufgebracht er gewesen war, wenn andere sich in dieser Hinsicht nachlässig verhielten. Es war nur … Nach allen schäbigen Angriffen gegen Turing seit dem Urteil in Knutsford hatte Oscar eine andere Haltung eingenommen als alle Übrigen und Alan gewissermaßen in den Himmel gehoben, und etwas an seinem eigenen Bild von Turing störte ihn. In Wirklichkeit hatte er nie ganz Zugang zu ihm gefunden, ja, wenn überhaupt jemand ein unknackbarer Code war, dann doch Alan selbst. Als Oscar jetzt mit dem Stift in der Hand dasaß, dachte er daran, wie Turing zu einem Psychoanalytiker gegangen war und wie er in drei Büchern seine Träume aufgeschrieben hatte (die sein Bruder angeblich schon vernichtet hatte) und wie er wahrscheinlich zum ersten Mal in seinem Leben einen literarischen Versuch unternommen hatte. In Alans Wohnung hatte Oscar eine Erzählung über einen Raketenforscher gefunden, der auf der Straße einen Homosexuellen aufgabelt, und bevor etwas Ernstes oder Heikles geschieht, bricht der Text mitten im Satz ab … vermutlich war die Geschichte der Anfang von etwas Autobiografischem. Warum diese Lust zur Beichte? Natürlich hatte Turing eine Krise durchgemacht und das Bedürfnis verspürt, sich selbst zu analysieren, aber gleichzeitig hieß es, dass er sich im letzten Jahr erholt habe; dass er äußerst interessante Gedanken von sich gegeben habe und voller Lebenswillen gewesen sei. Und dann plötzlich … das Gift, die Kabel, der Apfel. Farley begriff es nicht.

Es tauchten noch andere Einzelheiten auf, die ihn irritierten. Da war zum Beispiel der Vorfall vor dem Amtsgericht in Wilmslow. Mitten in einer Gruppe von Journalisten hatte er Fredric Krause entdeckt, den sympathischen

Logiker aus dem Krieg, den er so lange nicht gesehen hatte und mit dem er so gern gesprochen hätte, doch zu mehr als einem Händeschütteln und ein paar Höflichkeitsphrasen war es nicht gekommen. Der junge Polizeibeamte – merkwürdig elegant gekleidet – hatte seinen überraschenden Auftritt gehabt und Farley für einen Augenblick das Gefühl vermittelt, dass Corell Turing gekannt hatte oder zumindest mehr über ihn wusste als die anderen, doch die Szene hatte abrupt geendet, und der Beamte war mit trotzigen Schritten die Straße hinunter verschwunden. Wirklich eine seltsame Szene. Nicht nur, weil sie alle anderen zu überraschen schien – wohl niemand hatte erwartet, dass der finstere Polizeibeamte in einem derartigen Anfall von höhnischer Überlegenheit aus der Haut fahren würde –, sondern auch, weil in dem Moment, als Farley sich zu Krause umdrehte, um etwas in der Art von »Allerdings, ein wahres Wort« zu sagen, der Logiker nicht mehr da war.

Er war wie vom Erdboden verschluckt, und etwas an der Tatsache, dass einer der herausragenden Mitarbeiter aus Alans Gruppe während des Krieges plötzlich einfach in Wilmslow auftauchte, aber dann ebenso schnell wieder verschwunden war, gefiel Farley ganz und gar nicht. Anderseits lief man in seinem Beruf stets das Risiko, sich in Details zu verlieren, die nichts bedeuteten. Farley wartete, dass es Zeit wurde, mit Robert Somerset zum Essen zu gehen, und kehrte unterdessen zu Oscar Wildes *Die Ballade vom Zuchthaus zu Reading* zurück. Sofort fühlte er sich besser, als ob der Schmerz eines anderen, der für das gleiche Vergehen bestraft worden war wie Turing, ihn auf gewisse Weise beruhigte.

Sie ist nicht verheiratet. Sie ist nicht verheiratet. Lange wanderte Corell planlos umher, nur um die Energie in seinem Körper abzubauen, und einen Moment lang glaubte er, schon auf dem Weg zu Harrington & Sons zu sein, um den Stier bei den Hörnern zu packen, doch langsam verließ ihn der Mut. Er war eine klägliche Gestalt, jemand, der voller guter Vorsätze steckte, aber im entscheidenden Augenblick versagte, warum sollte ihm bei Julie plötzlich gelingen, was er sich vorgenommen hatte? Nein, nein, er wollte weder zu dem Laden noch aufs Polizeirevier.

Die Lösung wurde ein kleiner Umweg über die Bibliothek. Seit dem Vormittag hatte er sich danach gesehnt, noch mehr zu dem Thema zu lesen. Doch es war nicht leicht, etwas zu finden. Ein junger Mann mit runder Brille, den Corell zuvor noch nicht gesehen hatte, blickte ihn an der Anmeldung verwundert an und schien nicht einmal seine Frage zu verstehen. »Was meinen Sie?«, sagte er, als handelte es sich um ein irgendwie unverschämtes Ansinnen, oder als bezöge sich Corell eigentlich auf etwas ganz anderes, geradezu Unanständiges.

»Man nennt sie auch digitale Apparate«, fuhr der Polizist fort. »Oder Datenmaschinen. Ich weiß es nicht. An der Universität Manchester gibt es ein großes Projekt. Ich glaube, es läuft unter dem Namen MUC.«

»Ja, genau ... jetzt klingelt etwas bei mir«, sagte der Mann plötzlich und wirkte sogleich ein wenig engagierter. »Warten Sie kurz!«

Er fragte einen Kollegen und kam nach einer kleinen Weile mit einer schwarzen Schrift in weichem Einband zurück, möglicherweise eine Reklamebroschüre oder etwas für den Schulgebrauch. Die Prosa war einfach, an der Grenze zur Kindlichkeit. Corell setzte sich an seinen gewohnten Platz am Fenster und blätterte das Heft durch. In der Mitte gab es einen Teil mit langweiligen Fotos von einer großen, unbegreiflichen Maschine. Dennoch ließ ihn eines der Bilder erschauern, und einen kurzen Moment lang, bevor er die Banalität seiner Entdeckung einsah, kam es ihm vor, als hätte er etwas Großes gefunden. Das Foto stellte zwei ältere Herren dar, die vor etwas saßen, das an einen Fernsehapparat erinnerte, aber das Interessante an dem Bild war die dritte Person, ein jüngerer, dunkelhaariger Mann, der auf der rechten Seite stand und sich über die Maschine beugte. Dieser Mann war zweifellos Alan Turing. Das Bild war aus großer Entfernung aufgenommen, aber Corell erkannte das Profil des Mathematikers.

Ansonsten fand sich im Bildtext wie in dem gesamten Buch zwar nichts über Turing, aber Corell las von einigen anderen Dingen, die ihn zumindest teilweise fesselten. Wie um noch einmal deutlich zu betonen, dass die Schrift für Schulkinder gedacht war, stand da, dass die Maschine »das blaue Schwein« genannt wurde, warum, wurde nicht gesagt. Sie sah nicht blau aus. Sie glich auch keinem Schwein. Eventuell hörte sie sich an wie ein Schwein. In einem Radioprogramm hatte die Maschine *Ba ba black sheep* und das Jazzstück *In the mood* gesungen. Sie konnte Melodien tuten und alberne Liebesgedichte produzieren:

Liebe Süße.
Du bist mein Freund Gefühle. Meine Wärme zieht es neugierig zu deinem leidenschaftlichen Wunsch. Mein Wollen ersehnt dein Herz. Du bist meine verzehrende Sympathie; meine zarte Liebe.
Dein schönes M. U. C.

Das war die lustige Seite. Die andere war, dass die Maschine mathematische Aufgaben auf hohem Niveau ausführte und für wichtige industrielle und staatliche Angelegenheiten genutzt wurde. Die Maschine war die Zukunft. Mit ihrer Hilfe würde Großbritannien seinen rechtmäßigen Platz in der Welt wieder einnehmen. Vieles war Verkaufsgerede. Corell missfiel der Ton, es kam ihm vor, als ob Big

Brother spräche, und spaßiger als die Versprechen von einem strahlenden Morgen waren die Fäden, die sich nach rückwärts erstreckten. Corell las von einem Charles Babbage, ebenfalls ein Mathematiker aus Cambridge. Er hatte vor hundert Jahren gewirkt, in der Kindheit des Industriezeitalters, in einer Periode, die Corell einigermaßen kannte, weil sein Vater und Vicky so viel von Marx und Engels erzählt hatten. Er wusste, dass es eine furchtbare Zeit gewesen war. Jetzt erfuhr er mehr. Es waren mehr Menschen in den Fabriken gestorben, als in den Städten Kinder geboren wurden, hieß es da, und ein wichtiger Grund dafür war die schlechte Mathematik gewesen. Es waren gewaltige Statistiken nötig – über den Zugverkehr, das Bevölkerungswachstum, Angestellte, über die Navigation auf See, über allen erdenklichen Mist, und ständig wurden Fehler gemacht. Es kam zu Fehlern in Tabellen und zu Fehlern in Berechnungen. Züge kollidierten. Schiffe gingen unter. Menschen starben in den Werkstätten, und das war ein Problem, mit dem der »ehrwürdige Charles Babbage« sich herumgeschlagen hatte. »Er war ein Renaissancemensch«, stand da, eine Person, die sich mit allem Möglichen beschäftigte, unter anderem gelang ihm die Entschlüsselung der »Vigenère-Chiffre«, was als einer der bahnbrechenden Erfolge in der Kryptologie angesehen wurde, und er interessierte sich für Dampfmaschinen. Wenn doch die Dampfmaschinen für mich rechnen könnten, scherzte er einmal. Kurz danach gelangte er zu der Ansicht, dass dies nicht unmöglich war. Allerdings ließ er die Idee an Dampf fallen. Aber der Traum von einer Maschine, die auch intellektuelle Aufgaben ausführen konnte, ließ ihn nicht mehr los, und schließlich machte er sich ans Werk. Vor allem eine Idee trieb ihn dabei vorwärts, nämlich die Einsicht, dass Mechanik sich Information aneignen kann, wenn das entsprechende Wissen in maschinellen Kategorien und Positionen übermittelt wird. Aber offenbar wollte er zu viel. Seine Maschinen wurden nie fertig. Sie blieben Träume.

Corell las weiter von einer anderen Person, die am Ende des 19. Jahrhunderts einen Wettbewerb gewonnen hatte, der von den Behörden in Nordamerika ausgeschrieben worden war. Es ging darum, wer am besten den großen Strom von Einwanderern katalogisieren konnte. Der Mann hieß Herman Hollerith.

Hollerith hatte eine Maschine mit Lochkarten erfunden, die mithilfe eines binären Ziffernsystems Informationen registrierte. Seine Apparate wurden an Behörden und an die Industrie verkauft, und dies wurde das Fundament eines Unternehmens, das 1923 gegründet wurde und IBM heißen sollte. Dennoch waren Holleriths Konstruktionen verhältnismäßig einfach, es waren keine Universalapparate, die *Ba ba Black Sheep* singen oder hohe Primzahlen suchen konnten wie die Maschine in Manchester. Je mehr Corell las, desto sicherer war er, dass die Entwicklung in den Dreißiger- und Vierzigerjahren einen Sprung gemacht haben musste, den das Buch nur schlecht beschrieb.

Natürlich konnte das an allem Möglichen liegen, aber Corell – dem banale Erklärungen nicht lagen – war davon überzeugt, dass das, was während des Krieges geschehen war, allzu geheim und sensibel war, um in einfachen Reklamebroschüren aufgegriffen zu werden. Die Frage war natürlich, was die verflixten Maschinen denn nun eigentlich getan hatten. Hardy hatte sich gewaltig geirrt, »genauso wie Wittgenstein«, als er sagte, dass die richtige Mathematik keine Folgen für den Krieg hätte. Was hatte Krause damit gemeint? Kaum, dass man Schlachten gewann, indem man eine Maschine konstruierte, die *Ba ba Black Sheep* sang. Corell hatte keine Ahnung. Seine Gedanken drehten sich im Kreis. Die Antwort schien, wenn auch verborgen, vor seinen Augen zu liegen, und einen kurzen Moment lang war er naiv genug zu glauben, er könnte sie finden. Er stellte sich vor, welche Belohnung er erhalten würde, weil er das Mysterium aufgedeckt hatte, und welchen Eindruck diese Belohnung auf Julie machen würde. Dann entwich plötzlich alle Energie aus ihm. Er musste möglichst bald zurück aufs Revier.

Als er einen Augenblick lang das Gesicht in den Händen verbarg, war ihm, als wüchsen seine Finger und das Gesicht zusammen, und möglicherweise nickte er ein. Das surreale Gefühl, sich in einer Form von wachem Schlummer zu befinden, beherrschte ihn, als er einer jungen Frau hinter der Theke das Heft zurückreichte. Die Frau sagte etwas, das er fälschlicherweise als »Rasiermaschine und ein Mädchen« auffasste, wunderliche Worte, die ihm nahezu die Fortsetzung seines Traumbilds zu sein schienen, und er blieb stehen, noch zögernd, ob er sie bitten sollte, ihre Worte zu wiederholen. Dann ging er die gewundene Treppe hinunter und hinaus in die Sonne.

Der Kiesweg knirschte unter seinen Füßen wie etwas, das jeden Augenblick bersten konnte, und er wurde immer unruhiger. Was war los mit ihm? Er dachte eine Sache und tat eine andere. Er hatte David Rowan nicht nur davonkommen lassen. Er hatte ihm versprochen, dass die Ermittlung eingestellt würde, und dazu war er in keiner Weise befugt. Sandford selbst konnte den Fall übernehmen, wenn er aus dem Urlaub zurückkam. Corell wollte nicht daran denken, nicht eine Sekunde lang. Sollte er in einen Pub schleichen und sich ein Bier genehmigen, um die Balance wiederherzustellen? Nein, er hatte schon eine Menge Zeit vergeudet, und jetzt musste er … er erinnerte sich ein wenig an das, was er gerade gelesen hatte, und plötzlich kam ihm ein ganz klarer und deutlicher Gedanke, der die letzten Reste des Traumgefühls vertrieb. Der

Gedanke hatte seine Wurzeln in Corells Kindheit, als er sich mit Geheimsprachen vergnügt und manchmal die Buchstaben in seinem Namen vertauscht hatte, zu *Elleroc Eolearnd*, was sich wie der Name eines arabischen Zauberers anhörte. Gleichzeitig hing sein Gedanke mit Charles Babbage zusammen, dem Vater der mechanischen Maschine mit den vielen Funktionen, teilweise wegen seines Namens, der gut im Mund lag, aber auch wegen der Entschlüsselung dieser Vigenère-Chiffre, von der er gelesen hatte.

Ja, Charles Babbage hatte einen Code geknackt. Er hatte alles Mögliche gemacht, aber er hatte vor allem versucht, eine Universalmaschine zu bauen, und dann hatte er eine spezielle Chiffre entschlüsselt, und das an sich musste noch nicht bedeuten, dass auch Turing in dieser Richtung gearbeitet hatte. Aber Codes wurden gebraucht, wenn man heimlich kommunizieren wollte, und wann wollte man noch geheimer sprechen als im Krieg? Es musste ein enormer Aufwand betrieben worden sein, um die Geheimsprache zu finden, und noch mehr Kraft, den Code des Feindes zu knacken. Welchen Nutzen kann England von einem Mathegenie und einem Schachmeister gehabt haben?

Selbstverständlich, man hatte diese Leute chiffrieren und dechiffrieren lassen, und die Maschine, diese Materialisierung der Logik, musste zu diesem Zweck verwendet worden sein und wurde es vermutlich immer noch, ja, wahrscheinlich war eine solche Arbeit wichtiger denn je. Ein neuer Krieg war im Gange, dachte er, ein kalter Krieg, der zu dem heißesten Krieg aufflammen konnte, den man je erlebt hatte, und natürlich wurden ständig Pläne geschmiedet, und selbstverständlich durfte nichts durchsickern, es war schon genügend Schaden angerichtet. Spione waren enttarnt worden, homosexuelle Verräter waren mit Schiff und Auto in die Sowjetunion geflohen. Klar, verdammt, dass man im Geheimen arbeiten wollte, und natürlich war es katastrophal oder fantastisch, wenn etwas von dem Geheimen ans Licht kam, je nachdem, von welcher Seite man es betrachtete.

Ein Experte in Kryptologie musste deshalb eine wertvolle Person sein, dachte er, nicht nur aufgrund ihres Fachwissens, sondern auch wegen dem, was die Person bei ihrer Arbeit gehört oder gelesen hatte. Vielleicht hatte Alan Turing Zugang zu Staatsgeheimnissen gehabt? Vielleicht kannte er die Namen von sowjetischen Spionen und wusste, wo Sicherheitslücken zu finden waren? Gleichzeitig hatte Turing die Oxford Road frequentiert, und das Hochgeheime hatte sich also mit dem Kriminellen und Geschwätzigen vermischt. Die Wahrheit war möglicherweise aus ihm herausgepresst worden. Oder ihm als Prahlerei entfahren. Hatte er nicht mit Arnold Murray auch über sein elektronisches Gehirn geredet?

Corell fragte sich, ob er nicht selbst Geheimnisse ausplaudern würde, wenn er denn welche gehabt hätte, um ein schönes Mädchen wie Julie zu verführen, oder nur, um bestimmten Personen zu imponieren. Aber nein, das wollte er nicht glauben. Nicht dass er sich für eine übertrieben verlässliche Person hielt, aber er hatte in seinem Leben über alles Wesentliche so lange geschwiegen, dass er schon aus reiner Gewohnheit dichthalten würde. Oder doch nicht? Vor Aufregung ging er immer schneller.

Erst als er aufs Revier kam, verlangsamte er seine Schritte wieder. Es war schon Feierabend. Die meisten Kollegen würden um diese Zeit bereits gegangen sein, und am Horizont war die Dämmerung im Anmarsch. Aber auf dem Hof, genau beim Eingang, standen zwei junge Burschen in grauen Overalls und fegten Müll und Glasscherben zusammen. Sie sahen aus, als wäre ihnen übel mitgespielt worden. Einer von ihnen hatte rote Flecken im Gesicht, als wäre er gerade geohrfeigt worden.

»Sieh mal an. Sieh mal an.«

Corell begriff, warum die beiden litten. Über ihnen, auf dem Treppenabsatz des Reviers, stand Richard Ross, die Hände in die Hüften gestemmt; er wirkte ungewöhnlich groß und autoritativ, teils weil die Treppe ihn sozusagen verlängerte, aber auch weil die geduckte Haltung der beiden Burschen das Stattliche seiner Erscheinung verstärkte. Er hätte richtig furchterregend ausgesehen, wäre sein Mund nicht zu einer Art negativem Lächeln verzogen gewesen, einem umgekehrten Grinsen wie bei einer Karikatur in der Zeitung. Er schien sich auf einem Kreuzzug gegen etwas zu befinden, das weder einen Kreuzzug noch diese Form von Ernst rechtfertigte.

»Na?«, fragte Ross.

»Was ist passiert?«

»Der verdammte Idiot hat wieder zugeschlagen.«

»Er muss über ein ordentliches Flaschenlager verfügen.«

»Sparen Sie sich die Witze. Wie ist es mit dem Schwuli gelaufen? Haben Sie ihn kleingekriegt?«

Corell schüttelte den Kopf.

»Der Kerl war eine harte Nuss?«

»Nicht besonders!«

»Aber er wollte nicht gestehen?«

»Er hatte eine andere Geschichte.«

»Die Sie ihm abgenommen haben?«

»Ich konnte ihm nicht das Gegenteil beweisen.«

Richard Ross glotzte ihn an.

»Und was war das für eine Geschichte?«

Als Corell ein Junge gewesen war, hatte er mit einer derartigen Leichtigkeit gelogen, dass er ohne größere Probleme eine lange, erfundene Geschichte improvisieren konnte, aber in den letzten Jahren war ihm die Frechheit abhandengekommen. Deshalb verwunderte es ihn, wie schnell er jetzt eine Lüge zusammenschusterte.

»Er hatte mit einem jüngeren Kollegen eine Tanzsequenz eingeübt.«

»Und?«, fauchte Ross.

»Er glaubte, Mrs Duffy hätte diesen Tanz verwechselt mit …«

»Arschfickerei? Nun machen Sie aber 'nen Punkt.«

»Leider ist ihre Zeugenaussage nicht besonders gut. Es könnte alles bloß Tratsch sein, denke ich.«

»Man braucht doch kein Einstein zu sein, um zu begreifen, dass diese Tunte schwul ist. Gucken Sie sich nur an, wie er sich bewegt!«

»Es gibt viele, die ein bisschen feminin sind, ohne deshalb …«

Gleichsam gestärkt durch seine Lüge, wurde er noch kühner:

»Sehen Sie sich nur Hamersley an«, fuhr er fort. »Er ist ja auch ein bisschen tuntig in seinen Bewegungen. Aber deshalb muss er ja nicht …«

Ross war einen Moment perplex. Dann geschah etwas mit seinem Gesicht. Er musste breit grinsen.

»Da haben Sie verdammt noch mal recht«, sagte er und wirkte plötzlich freundlich und wie neu belebt. Corell spürte instinktiv, dass er die Situation ausnutzen sollte.

»Aber natürlich können wir auch noch jemand anderen hinschicken. Das Problem ist nur, dass die Schwulen nach dem Urteil gegen Turing den Mund nicht mehr aufmachen.«

»Nein, scheiß drauf. Das ist Hamersleys Ding. Er redet ständig von seiner großen Säuberung. Hört sich an wie der letzte Prediger. Aber eigentlich hat er ja keine Ahnung von Polizeiarbeit, nicht wahr? Das kleine Tuntchen, ha, ha. Dass Sie so frech sein können! Und ich dachte, Sie wären der Junge des Überchefs. Nein, ich mache mir mehr Sorgen wegen dieser Verunreinigung. Hallo, hallo, Jungs, hier an der Treppe auch …«

»Na dann …«, sagte Corell.

Er beendete den Satz nicht. Er nickte Ross nur zu und warf der Putzkolonne einen mitfühlenden Blick zu. Oben an seinem Platz in der Kriminalabteilung saß er unruhig da und trommelte mit dem Stift auf den Schreibtisch. Der gute Gladwin rauchte im Archivraum seine Pfeife und winkte ihm zu. Er winkte zurück. Danach zog er den Brief hervor und las ihn noch einmal, Zeile für Zeile, als suche er nach einem verborgenen Doppelsinn, oder als betrachte er den Brief selbst als einen Code, einen chiffrierten Text. Auch wenn er nichts wesentlich Neues entdeckte, kam es ihm vor, als hätte der Brief sich verändert – als wäre er nach dem Gespräch mit Krause dramatischer geworden. *Aber manchmal, Robin, manchmal überlege ich, ob sie mich nicht am liebsten ausradiert sehen würden, von der Bühne abgetreten.* Robin … Das war vermutlich Robin Gandy, der in Turings Testament erwähnt wurde? Im Brief war von Leicester die Rede, Leicester … Corell nahm den Hörer ab und bat die Vermittlung, ihn mit der dortigen Universität zu verbinden, und als die Verbindung zustande kam, fragte er, ob es einen Angestellten namens Robin Gandy gebe.

»Soll ich Sie verbinden?«

»Nein, nein«, sagte er. »Vielen Dank für die Auskunft.«

Dann dachte er an das Lügnerparadox und die neue Maschine. Er versank regelrecht im Thema, aber nicht wie ein Detektiv oder ein Akademiker, der versuchte, eine Frage zu analysieren, sondern mehr wie ein Mann, der etwas über sich selbst erfahren wollte – *warum bin ich so fasziniert von dieser Sache?* –, und plötzlich spürte er eine Lust zu verreisen, sich gleichsam von dem Rätsel davontragen zu lassen, und da sah er ein, dass der Brief auf gewisse Weise ein Fahrschein war, fort von Wilmslow und Richard Ross.

Er beschloss, ihn zu nutzen.

24

Einige Wochen später schlenderte Leonard Corell in seinem neuen grauroten Tweedanzug die King's Parade in Cambridge entlang, und obwohl er sich anstrengte, weltgewandt auszusehen, musste er tief durchatmen, wie ein Bauernjunge, der zum ersten Mal in die große Welt hinauslief. Die Stadt erschien ihm berauschend schön. Er ging darin umher wie in einem Gemälde. Alles war wohlgeordnet und schön, und er hoffte, die Menschen würden ihn für einen Gelehrten halten, vielleicht einen jungen Professor in einem geisteswissenschaftlichen Fach, warum nicht in Literaturwissenschaft, er versuchte, seine Augen glänzen zu lassen, wie bei jemandem, der viel gelesen hatte, und er glaubte, vermutlich ganz ohne Grund, dass er bereist wirkte, wie ein angesehener Südländer auf Besuch. Als dann jedoch ein ziemlich schicker Mann aus dem Spiegel in einem Schaufenster zurückblickte, fand er, dass er diesem Aussehen nicht gerecht wurde und dass er nicht hielt, was es versprach. Er war nur eine Fassade, dachte er, jemand, der vorgab, mehr zu sein, als er war.

Er strengte sich zwar an, den Kopf hoch zu tragen, doch als er das King's College sah, fühlte er sich unweigerlich klein, und das lag nicht nur an dem Treffen, das ihn erwartete… Der Eingang war wirklich großartig. Nicht einmal als Kind, als er mit seinem Vater hier gewesen war, hatte er das Gebäude als so grandios wahrgenommen. Das Gras neben dem Eingangsportal schimmerte in wechselnden Farbnuancen und war so exakt getrimmt und weich, dass es sich wie Samt ausnahm. Daneben stand eine große Kastanie, und dahinter erhob sich die gewaltige Kapelle mit ihren Zinnen und Türmen. Fahrräder lagen wild durcheinander neben dem Eingangsportal, und darüber erhob sich der Glockenturm mit den Ornamenten der Steinfassade. Corell trat ein, erfreut, als ein blonder Junge, der ihn offenbar für jemand anderen hielt, ihn grüßte. Zugleich wurde er von der Angst befallen, wegen unbefugten Eindringens gefasst zu werden. Es war natürlich absurd, nicht nur weil er Polizist war. Das King's College mit seinem berühmten Brunnen und der Kapelle war ein Touristenmagnet. Niemandem war es verboten, dort einzutreten, aber die beschützte Welt dort drinnen vermittelte ihm dennoch das unangenehme Gefühl, nicht dazuzugehören, und er dachte, wenn doch, wenn doch, ohne genau zu wissen, was er meinte. Wie sollte er jetzt gehen?

Die Wegbeschreibung, die er am Telefon bekommen hatte, half ihm nicht weiter, und er begann sich nach seiner Tante zu sehnen, was natürlich lächerlich war, aber er konnte nicht umhin zu wünschen, sie stände ihm als Führerin zur Verfügung. Es war Vickys Verdienst, dass er überhaupt freibekommen hatte. Ihre Frechheit hatte alles vereinfacht. Sag ihnen, ich läge im Sterben, hatte sie gesagt. »Das kann ich doch nicht machen«, hatte er geantwortet. »Das kannst du. Nachher sagen wir, dass ich wie durch ein Wunder geheilt worden bin«, und dann schrieb sie einen Brief mit extra zittriger Handschrift, in dem sie die Ursache ihres bevorstehenden Todes nannte: Lymphdrüsenkrebs. »Wenn man lügt, muss man immer die exakten Details angeben«, sagte sie. Der Erfolg war so durchschlagend, dass sogar Richard Ross ihm Sympathie entgegenbrachte.

»Verstehe, dass dir die Tante viel bedeutet.«

Jetzt blickte er um sich und überlegte, ob er um Hilfe bitten sollte. Er kam nicht dazu. Zwei Jungen tauchten aus dem Gebäude zu seiner Rechten auf. »Können wir helfen?«, fragten sie und sahen ihn mit einem Respekt an, der ihm, wie er meinte, nicht gebührte, und sein eigenes Auftreten nahm ihn so in Anspruch, dass er kaum zuhörte. Dennoch schnappte er genug auf, um den Weg zu finden. Bodley's Court war ein altes rotbraunes Steinhaus nicht weit entfernt, mit Efeu an den Fenstern und drei Schornsteinen auf dem Ziegeldach. Der Rasen vor dem Haus war gepflegt, einige Holzbänke standen darauf. Auf einer von ihnen saß ein Mann mit dunklen Locken in schwarzer Lederjacke und schwarzen Hosen, anscheinend ein Motorradfahrer, einer von den Harten – er hatte kleine Metallplatten auf den Schultern –, aber dieser Rohling schrieb etwas in ein Heft und rauchte Pfeife mit einer Friedfertigkeit, die sich vom ersten Eindruck abhob. Dies musste ganz einfach Robin Gandy sein; Corells ganzer Körper spannte sich. Er hatte vor der Reise einen unerhörten Enthusiasmus verspürt, aber jetzt, in der Stunde der Wahrheit, erschrak er über seinen Wagemut. Er fühlte sich, als wäre er auf eine Bühne gestoßen worden, auf der er nicht sein wollte, und er sah ein, dass er sofort die mehr oder weniger unfreiwillige Schauspielerei beenden musste, die er am Telefon begonnen hatte, als seine Worte, dass er als Polizist arbeite, so verstanden worden waren, dass er auch in seiner Funktion als Polizist anrief.

»Doktor Gandy, vermute ich.«

»Assistent Corell?«

»Der bin ich …«

Weiter kam er nicht. Er fühlte sich zu nervös für Erklärungen – damit entschuldigte er sich zumindest vor sich selbst – und parlierte über das Wetter und die Reise. Ein wenig seltsam war es, dass sie sich hier in Cambridge trafen. Robin Gandy hatte erst im vergangenen Jahr über ein Thema zu den logischen Grundlagen der Physik promoviert und arbeitete inzwischen an der Universität Leicester, *mit ihrem verschwenderischen Überfluss an Liebhaberinnen,* aber als sie am Telefon einen Treffpunkt vereinbarten, war Corell sofort auf Gandys Vorschlag angesprungen. Ohne Cambridge wäre das Treffen etwas völlig anderes gewesen, und trotzdem wünschte Corell sich, als sie jetzt zum Kanal unterhalb vom King's College wanderten, eine weniger großartige Umgebung. Alles kam ihm beängstigend und feierlich vor. Robin Gandy war stumm und verlegen, und über ihnen leuchtete der grau gesprenkelte Himmel. Ein Stück entfernt wanderte eine Gruppe von Chorknaben, wie eine Reminiszenz aus einer anderen Zeit. *Jetzt muss ich ihm unbedingt sagen, dass ich nur als Privatperson hier bin …* Wieder wurde nichts daraus, und vielleicht wollte er sich wirklich der Autorität seines Berufs bedienen.

»Sie sagten, dass Sie etwas für mich hätten.«

Die Hängebrücke über den Kanal knarrte unter ihnen, und Robin Gandys Gesicht zog sich zusammen und nahm vogelgleiche Züge an.

»Das ist richtig«, sagte Corell und tastete nach seiner Innentasche.

Seit über einer Woche hatte er darüber nachgedacht, welche Fragen er zu dem Brief stellen wollte. Dennoch fühlte er sich jetzt völlig unvorbereitet, und seine Bewegungen verlangsamten sich. Gott weiß, was er damit zu gewinnen hoffte, aber nur langsam schob er die Hand in die Innentasche. Ihm wurde kalt. Der Brief war weg. Er suchte panisch, fand aber nichts, nichts außer einem Umschlag mit Ersatzknöpfen für den Anzug, ein paar Quittungen und eine Münze. Er riss alles heraus und hätte es beinahe in den Kanal fallen lassen, aber da … Gott sei Dank. Der Brief lag in seiner Hand, jetzt noch zerknitterter, und er reichte ihn Robin Gandy.

Gandy bedankte sich und ging über die Brücke und an einigen Rhododendronbüschen vorbei zu einer von Vogeldreck und Gekritzel beschmutzten Bank, setzte sich und las. Es dauerte eine Ewigkeit. Corell ging den Brief zweimal durch und hatte noch Zeit, an seinen Vater und an die Vögel und alles Mögliche zu denken, bevor Robin Gandy die Augen von dem Brief löste und aufsah.

Der Brief zitterte in seiner Hand, seine Augen waren in eine jenseitige Ferne oder nach innen gerichtet, aber er sagte nichts.

»Nun?«, sagte Corell.

»Nun was?«

In seiner Stimme klang Irritation an.

Seit der Polizist ihn angerufen hatte, hatte der Brief in seinen Gedanken ganz unterschiedliche Gestalt angenommen und war sogar in seinen Träumen aufgetaucht. Als er jetzt hier neben dem Polizeibeamten mit dem viel zu teuren Anzug – seit wann verdiente man so gut bei der Polizei? – den Fußpfad entlangwanderte, spürte er einen wilden Eifer, der nur durch sein wachsendes Unbehagen an der Situation gedämpft wurde. Er sah ein, dass die Ermittler jedes Wort in dem Brief gedreht und gewendet haben mussten, ja, sicher stand da etwas Heikles! Warum sonst hätte der Polizist sich die Mühe gemacht herzukommen? Das Schlimmste wäre natürlich, wenn Alan in einem Anfall von Bitterkeit oder aus Nachlässigkeit gegen seine Geheimhaltungspflicht verstoßen hätte. Nein, nein, Robin weigerte sich, das zu glauben. Es war nur ein lokaler Polizist, der ihn hier besuchte, oder jemand, der sich für einen solchen ausgab. Es schien sich um kein größeres Aufgebot zu handeln. Alan war vorsichtig gewesen. Niemand wusste das besser als Robin. So nahe sie einander auch gestanden hatten, so hatte Alan nie ein Wort über seine geheime Arbeit geäußert, wobei allerdings Robin auch nicht dermaßen auf den Kopf gefallen war, dass er sich nicht ungefähr hätte denken können, was oberhalb der Bahnstation Bletchley Park in Buckinghamshire vor sich gegangen war. Um Alan nicht in Verlegenheit zu bringen, hatte er nie davon gesprochen. Es blieb eins der Tabus in ihren Unterhaltungen.

Überhaupt hatte es bei Alan Dinge gegeben, zu denen Robin nicht durchgedrungen war, und in den vergangenen Wochen hatte er sich deswegen zutiefst gegrämt. Wie sehr er sich inzwischen wünschte, vieles anders gemacht zu haben! Er hätte mit dem größten Ernst nachfragen und sich nicht zufriedengeben sollen, bevor er eine Antwort bekam: Wie geht es dir? Wie schläfst du? Wie denkst du über dein Leben? Aber natürlich war es neben den ständigen Witzeleien zu viel Logik und Wissenschaft gewesen. Bei Alan war es schwierig, sich ihm nicht anzupassen. Man sah seine Kompromisslosigkeit und wollte sofort genauso sein. Robin hatte keinen seiner Freunde so bewundert. Aber keiner von ihnen war auch so schwer zu deuten gewesen.

Vor der Begegnung mit dem Polizisten war eine lange Reihe von Erinnerungsbildern durch Robins Gedanken geflimmert. Er und Alan am Schachbrett in Hanslope, ein politischer Streit zu Hause bei Patrick Wilkinson in Cambridge, das Herumgepansche mit den Eimern in Wilmslow und lange Spaziergänge in verschiedenen Landschaften, alles Mögliche, das nicht zusammenpasste. Hatte er Alan eigentlich gekannt? Hatte ihn irgendjemand gekannt?

Als Robin hörte, das Alan vermutlich Selbstmord begangen hatte, wollte er nur schreien: *Nein, nein. Ich war gerade noch bei ihm! Es ging ihm gut! Das ist unmöglich.* So viel Zorn flammte auf, dass er sich vorstellte, der britische Nachrichtendienst oder, warum auch nicht, der amerikanische habe Alan ermordet. Hatte Robin nicht von *Lavender Scare* gelesen, diesem abscheulichen Projekt, das alle Homosexuellen aus wichtigen Positionen entfernen sollte, und war nicht der Ton gegenüber Andersdenkenden und Abweichenden in letzter Zeit immer hasserfüllter geworden? Nachdem er sich beruhigt hatte, sah er ein, dass so etwas nicht hier vorkam, nicht in England. Alan war ein Gewinn gewesen. Sosehr er auch hinter jungen Männern herlief, er war niemand, den man beseitigte. Mit Männern wie ihm mussten die Behörden sich abfinden, wenn sie Ergebnisse haben wollten. Nein, sosehr der Gedanke daran auch schmerzte, das Ungeheuerliche war eher, dass Robin nichts geahnt hatte, bevor es zu spät war, und dass er nie den Grund erfahren würde, es sei denn …

»Sie hatten etwas für mich«, sagte er. Und da war auch der Polizeibeamte angespannt.

Er war so ein junger Mann mit dunklen, intensiven Augen, die im einen Augenblick fortsahen und ihn im nächsten Augenblick musterten, aber jetzt wurde er sonderbar unbeholfen. Was tat er? Mit seinen langen, schmalen Fingern überreichte er die Papiere, und herrje, wie zerknittert sie waren! Robin wollte sie kaum ansehen. Er kannte die runden Schwünge in den Großbuchstaben, die mit der ansonsten gestauchten Handschrift kontrastierten, und einen Moment lang meinte er, Alans Handbewegung beim Schreiben zu sehen. Der Brief glühte in seinen Händen, und nur widerwillig steuerte er auf eine Bank am anderen Ufer des Kanals zu und begann zu lesen.

Der düstere Ton in der Einleitung überraschte ihn. Das sah Alan nicht ähnlich. Die persönlichen oder rein privaten Kommentare pflegte er eigentlich weiter unten zu platzieren. Aber vielleicht war dies hier kein gewöhnlicher Brief. Robin überflog ihn schnell, um zu sehen, ob er mit einer dramatischen Ankündigung endete ... nein, nichts dergleichen, überhaupt nicht. Alan schien eher seiner eigenen Worte überdrüssig gewesen zu sein und deshalb den Brief abgebrochen zu haben; dies hier war zweifellos ein ganz direkt an Robin gerichtetes Schreiben, nur persönlicher und offener als üblich.

Gleichzeitig war da noch etwas anderes ... er las den Brief ein zweites Mal, jetzt genauer, und da verstand er. Er hatte etwas erwartet, das erst kürzlich verfasst worden war, oder vielleicht sogar am Tage von Alans Tod, aber dies hier war kein frischer Text. Alan sprach davon, seine, Robins Abhandlung zu loben und nach Griechenland zu fahren. Der Brief war mindestens ein Jahr alt, er war definitiv älter als die Ansichtskarten, die Robin im März erhalten hatte, die mit der Überschrift »Mitteilung aus der ungesehenen Welt«, und auf die er sich lange keinen Reim hatte machen können, außer dass sie kryptisch und schön von Big Bang und Lichtikonen sprachen und mit den witzigen Worten endeten, die sich auf Paulis Beobachtung über Elementarteilchen bezogen:

»Das Ausschlussprinzip ist nur zum Besten der Elektronen geschaffen, damit sie nicht korrumpiert werden und frei assoziieren (und sich nicht in Drachen und Dämonen verwandeln).«

Als Robin den Satz las, hatte er amüsiert gelächelt. Er hatte ihn als einen Scherz aufgefasst, aber vielleicht war er nicht als solcher beabsichtigt gewesen. Vielleicht waren die Elektronen eine Umschreibung für Alan selbst. Es gab offenbar vieles, was Robin nicht verstanden hatte. Jetzt im Nachhinein erschien Turings ganzes Leben angefüllt mit vieldeutigen Zeichen, und deutlicher als je zuvor begriff Robin, dass er sie nicht richtig gedeutet hatte. Alans wirklichen Schmerz hatte er nicht geahnt, bevor es zu spät war, und dann hatte es einen Brief gebraucht, der ihm von der Ordnungsmacht überreicht wurde, und das war eigentlich nicht gescheit.

Was für eine Art von Text hatte er hier vor sich? Ein Teil davon war alt. Ein Teil war neu. Die Geschichte mit dem französischen Liebhaber hatte Robin schon früher gehört. Dass Alan auch nach dem Krieg in geheimem Auftrag gearbeitet hatte, wahrscheinlich für das Außenministerium, und dass er diesen Job aufgrund seiner Veranlagung verloren hatte, war ihm dagegen völlig neu. Worum konnte es sich gehandelt haben? Sicher irgendetwas von der gleichen Art wie das, was Alan in Bletchley gemacht hatte? *Das Ausschlussprinzip ist nur zum Besten der Elektronen geschaffen*. Diese Idioten, dachte Robin. Der Brief zitterte in seinen Händen. Fliegen umsurrten ihn. Sein Zorn wuchs, aber er war auch beunruhigt. War es unvorsichtig von Alan gewesen, überhaupt von jenem Auftrag zu reden, und war er wirklich von einem Mann mit einem Muttermal wie ein Sigma beschattet worden? *Lieber, lieber Alan*! Einige Minuten lang war Robin unfähig, etwas zu tun. Er saß mit dem Brief in der Hand da, und nur vage wurde ihm bewusst, dass der Polizist etwas sagte:

»Na?«

Eine Art gequälter Gehemmtheit war über Robin Gandy gekommen, und Corell war ratlos. Obwohl er sich sorgsam auf diesen Augenblick vorbereitet hatte, wusste er jetzt nicht, wie er anfangen sollte. Er hatte das Gefühl, dass alles, was er nun sagte, falsch sein würde.

»Was denken Sie darüber?«

»Ich weiß es wirklich nicht.«

»Ich verstehe, dass es schwer für Sie ist.«

»Ich bin auch nicht besonders angetan von dem Gedanken, Ihnen den Brief zu erläutern. Ich vermute, er ist in einer ganz bestimmten Gemütsverfassung geschrieben worden, die nicht besonders charakteristisch für Alan war.«

»›Das Leben ein Schauspiel, um ein anderes zu verbergen‹. Was kann er damit gemeint haben?«, versuchte Corell.

»Was denken Sie selbst?«

Eine Scheißantwort. Wie sollte Corell das wissen?

»Keine Ahnung«, sagte er. »Ein Theater ist das Leben wohl, aber nicht unbedingt eine Vorführung, die eine andere verdeckt.«

»Nein, nicht unbedingt.«

»Er hatte vielleicht ungewöhnlich viel zu verbergen.«

»Das weiß ich nicht«, sagte Gandy kurz angebunden.

»Ich meine nicht, dass er irgendwelche Leichen im Keller hatte. Eher in dem Sinne, dass ihm auferlegt war, gewisse Dinge zu verbergen, Theater zu spielen sozusagen.«

»Alan war ein miserabler Schauspieler.«

»Warum sagen Sie das?«

»Weil es stimmt«, gab Gandy grantig zurück.

»Inwiefern?«

»Was soll ich sagen? Es fiel Alan schwer, mit von der Partie zu sein. Er konnte einfach nicht nach den Regeln spielen. Er stand außerhalb.«

»Er zog auf andere Weise Aufmerksamkeit auf sich.«

Robin Gandy lächelte und seufzte. Mit einer mühsamen Bewegung, die ihn für einen kurzen Augenblick alt wirken ließ, stand er auf und begann zu gehen.

»Ich bin eher der Meinung, dass es Alan nie gelang, richtig gesehen zu werden«, sagte er.

»Aber es lief doch auch so ganz gut.«

»Wirklich?«

»Rein intellektuell«, sagte Corell.

»Ja, da er nicht sonderlich dreist oder fordernd war, hatte er etwas anderes.«

»Was denn?«

»Selbstständigkeit. Aber das macht das Leben ja nicht gerade leichter.«

»Was wollen Sie damit sagen?«

»Vielleicht, dass ein wenig mehr Anpassungsfähigkeit und Theater ihm gutgetan hätten, was weiß ich. Alan war viel zu aufrichtig.«

»Das ehrt ihn.«

»Nicht in den Augen der Gesellschaft.«

»Nicht?«

»Für einen Homosexuellen gibt es kein schlimmeres Verbrechen als Ehrlichkeit, nicht wahr? Solange er heuchelt, ist er nicht in Gefahr. Aber Alan war, wie gesagt, kein Schauspieler. Leider.«

Robin Gandy faltete den Brief, den er in der Hand gehalten hatte, zusammen und war im Begriff, ihn einzustecken.

Corell bremste ihn.

»Leider ist der Brief Eigentum der Polizei«, sagte er und fragte sich, was zum Teufel er da eigentlich tat. Statt die Karten auf den Tisch zu legen, versank er immer tiefer in seiner eigenen Schauspielerei, und das war das Letzte, was er wollte. Es gab allerdings einen Grund, warum er den Brief nicht verlieren wollte.

»Ach so … nun gut … ich dachte …« Gandy sah verdutzt aus.

»Vielen Dank. Wir wissen das zu schätzen. Es hängt damit zusammen, dass in dem Brief einige Ermittlungsgeheimnisse erwähnt werden«, fuhr Corell fort, jetzt in formellerem Ton, als machte die neue Situation dies erforderlich.

»Und Geheimnisse haben die sonderbare Eigenschaft, dass man nicht weiß, was sie verbergen«, sagte Gandy ebenso formell.

Corell glaubte kaum noch, dass er irgendetwas von Wert erfahren würde. Er musste froh sein, wenn er von hier fortkam, ohne sich noch mehr Blößen gegeben zu haben, und nur halbherzig, um nicht unentschlossen zu wirken, fragte er nach einigen Einzelheiten in dem Brief. Es ergab sich nichts weiter, als dass Hanslope ein Ortsname war, aber das wusste Corell schon, er hatte es nachgeschlagen. Er dachte schon daran, sich zu verabschieden und nach Hause zu fahren, versuchte jedoch, noch ein wenig zu plaudern, um die Stimmung aufzuhellen. Robin Gandy zeigte sich seinerseits trotz allem höflich und hörte aufmerksam zu, als Corell die Umstände in der Adlington Road schilderte, und am Ende fiel das Gespräch tatsächlich in einen ruhigen, vertraulichen Rhythmus. Sie waren inzwischen auf dem Weg zurück in die Stadt, und von weit her ertönte eine Trompete.

»Sie waren kurz vorher bei ihm, nicht wahr?«

»Ja, das stimmt.«

Robin Gandy begann zu erzählen, als spräche er gar nicht mit einem Polizeibeamten.

Alan sei wie immer gewesen, sagte er, habe Scherze gemacht und sein Stakkatolachen gelacht, über Logik und Mathematik geredet, und gemeinsam hätten sie versucht, ein ungiftiges Mittel gegen Unkraut zusammenzumischen, das sie in Eimer in der Werkstatt im Obergeschoss gegossen hatten, sicher die gleichen Eimer, die Corell gesehen hatte. Er habe keinerlei Anzeichen einer Krise oder eines kurz bevorstehenden Selbstmords bemerkt, erklärte Robin Gandy, nicht da, aber hinterher, das war klar, da hatte er eins und eins zusammengezählt, Blicke, ein paar Zeilen auf einer Ansichtskarte, und dann der Apfel.

Der Apfel? Corell horchte auf.

»Was war damit?«, fragte er.

»Als wir während des Krieges zusammenarbeiteten, aß

Alan jeden Abend einen Apfel. Davon schreibt er in dem Brief«, antwortete Gandy; nicht gerade die Art von Enthüllung, auf die Corell gehofft hatte, und offensichtlich war es auch nicht das, was Gandy eigentlich sagen wollte; es war nur sein Vorspiel, eine zerstreute Einleitung.

»Und dann dachte ich an Schneewittchen«, fuhr er fort.

»Schneewittchen?«

»Ja.«

»Im Sinne von unschuldig?«

»Nein, an Schneewittchen mit den Zwergen. Oder genauer gesagt, an den Disney-Film, der kurz vor dem Krieg herauskam.«

Corell hatte ihn nicht gesehen. Kurz vor dem Krieg war keine Zeit gewesen, in der sie in Southport ins Kino gingen, und das Märchen war ihm auch nicht richtig vertraut, vielleicht verwechselte er es mit Dornröschen. Spieglein, Spieglein an der Wand ... wer hatte das gesagt?

»Warum dachten Sie daran?«

»Alan liebte den Film. Er hat ihn immer wieder angesehen.«

»Einen Kinderfilm?«

»Alan war ziemlich kindlich. Außerdem ist es ein herrlicher Kinderfilm«, sagte Robin Gandy. »Er hat auch dunklere Passagen, und eine davon, ich weiß nicht. Ich will nicht zu viel hineinlegen, ich musste nur daran denken. In einer Szene des Films nimmt die Hexe einen Apfel, und diesen Apfel tunkt sie in einen Kessel mit Gift, wobei sie einen Reim murmelt.«

»Einen Reim«, wiederholte Corell und erinnerte sich an etwas.

»Ja, und der geht so, lassen Sie mich überlegen: *Tauche den Apfel hier hinein, und der Tod wird in dir sein.*«

Corell sah Robin Gandy erstaunt an.

»Und dann verwandelt sich der Apfel im Kessel in einen

Totenschädel«, fuhr er fort, »und die Hexe zischelt zu ihrem Raben; sie hat einen kleinen, ergebenen Raben: *Sieh dir die Schale an, da hängt der Tod schon selber dran. Nun werde rot, das macht gewiss Schneewittchen hungrig nach dem Biss.*«

»Sie können es auswendig!«

»Alan hat es mehrfach zitiert. Er liebte den Rhythmus. Er flüsterte es wie eine Zauberformel.«

»Und Sie meinen …«

»Ich meine wirklich nichts. Ich habe keine Ahnung, was passiert ist und was er gedacht haben kann. Ich sage nur, dass ich an diese Szene denken musste, das ist alles, und außerdem …«

Ein Zug von Trauer oder Beunruhigung huschte über Gandys Gesicht.

»Und außerdem habe ich einen Brief erhalten«, fuhr er fort.

»Von wem?«

»Von einem alten Bekannten Alans, der mir geschrieben hat, dass Alan von einer Methode gesprochen habe, sich mit einem Apfel und ein paar Stromkabeln das Leben zu nehmen, ich weiß nicht richtig, wie. Das war an und für sich lange her, aber trotzdem …«

Corell dachte an die Kabel an der Decke in der Adlington Road und an den Kessel mit Gift und an sein Gefühl, in etwas Krankes hineingeraten zu sein.

»Gab es etwas Konkretes, abgesehen von allen sonstigen Schwierigkeiten, das ihn dazu gebracht haben könnte, sich das Leben zu nehmen?«

»Nicht dass ich wüsste.«

»Wenn man dem Brief glauben soll, so scheint er sich umzingelt gefühlt zu haben, in seiner Freiheit beschnitten?«

»Vielleicht.«

Robin Gandy schien wieder schweigsamer geworden zu sein. Es kam Corell so vor, als bereue er, überhaupt etwas gesagt zu haben.

»Turing schrieb, er befürchte, *sie* würden auch hinter Ihnen her sein«, hakte Corell nach und fand selbst, dass er Gandy damit zu nahe trat, ein Fehler, dachte er.

Aber zu seiner Verwunderung lächelte der Logiker, zwar nicht besonders herzlich, doch auch nicht übertrieben ironisch. Es war eher ein Lächeln, in dem sich Stolz und Trotz vermischten.

»Ist das nicht offensichtlich?«

»Was?«

»Dass ich ein Mitläufer bin. Dass ich Mitglied in der Kommunistischen Partei gewesen bin.«

Corell begriff keineswegs, warum das offensichtlich sein sollte.

»Also Sie …«, begann er.

»Ich habe mit Guy Burgess Gin and Tonic getrunken. Na klar. Ich bin ganz einfach ein großes verfluchtes Sicherheitsrisiko. Unsere rechtdenkenden Freunde sollten auch hinter mir her sein, darin hatte Alan vollkommen recht«, fuhr Robin Gandy mit einem solchen Sarkasmus fort, dass Corell rein instinktiv die Brauen in die Stirn zog.

»Gucken Sie nicht so schockiert. Ich habe nichts getan«, grinste Gandy.

»Sind Sie immer noch Kommunist?«, fragte Corell, und auch jetzt gefiel ihm sein Tonfall nicht, er klang zu naiv.

»Doch, doch«, sagte Robin Gandy, »das bin ich wohl, oder auch nicht, es kommt darauf an, aber verstehen Sie, als ich neunzehnhundertsechsunddreißig nach Cambridge kam, wurden überall kommunistische Zellen gebildet. Lehrer, Studenten, Professoren, alle waren dabei. Wo waren Sie Ende der Dreißigerjahre?«

Corell fuhr zusammen. Ende der Dreißigerjahre war er

noch nicht sonderlich alt gewesen, und wenn Gandys Frage seinem politischen Engagement galt, konnte er mit nicht allzu viel aufwarten. Deshalb antwortete er nur vage, und zum Glück schien Robin Gandy gar nicht zuzuhören.

»Wenn man in den Dreißigerjahren etwas ändern wollte, war der Kommunismus die einzige Möglichkeit. So habe ich das zumindest empfunden«, sagte er stattdessen. »Die Roten waren die Einzigen, die etwas in die Waagschale zu werfen hatten, und wir wollten nicht nur reden, verstehen Sie. Wir wollten etwas tun. Ich hatte einen Freund, John Cornford, der ging nach Spanien und starb ein paar Tage vor seinem einundzwanzigsten Geburtstag in Córdoba. Können Sie sich vorstellen, wie wir über ihn sprachen?«

Corell sagte, dass er das könne.

»Wollten Sie, dass es bei uns wäre wie in der Sowjetunion?«

»Manche wollten das vielleicht«, sagte Gandy. »Aber die meisten von uns sahen den Kommunismus als etwas von Moskau Unabhängiges – als eine Kraft, die über die Welt fegen und sie freier und gleicher machen würde. Für einige nahm es nahezu religiöse Züge an.«

Corell erinnerte sich an das, was Somerset ihm gesagt hatte.

»Und das nutzten die Russen aus.«

»Ich nehme es an.«

Sie kamen an einer kleinen, eckigen Kirche vorbei. »Nach Madingley« stand auf einem Schild. Sie schienen auf dem Weg aus der Stadt hinaus zu sein. Vor ihnen dehnten sich gelbe Felder aus, und eine Weile wanderten sie schweigend dahin.

»Sind Sie auf sowjetische Agenten gestoßen?«, fragte Corell.

»Nicht soweit ich weiß«, antwortete Gandy und schien

zu diesem Thema nichts weiter sagen zu wollen. Dann änderte er seine Haltung und sagte, natürlich sei eine Menge darüber getuschelt worden, dass dieser oder jener Parteimitglied oder Agent für die Russen sei, und manchmal sei es vorgekommen, sagte er, dass ein überzeugter Marxist plötzlich reaktionär wurde, und dann sei noch mehr getuschelt worden.

»Warum das?«

»Weil man sagte, dass es so abliefe. Wurde man angeworben, sollte man vom Kommunismus Abstand nehmen und sich der Regierungspolitik annähern, um Karriere zu machen und Zugang zu sensiblem Material zu erhalten. Ein erfolgreicher Spion kann ja nicht offen als Kommunist herumlaufen. Deshalb ist die Sache mit Burgess ja so sonderbar.«

»Wie meinen Sie das?«

»Er war doch so offen wie ein aufgeschlagenes Buch. Rot, betrunken und skandalös. Als Spion hätte er eigentlich die völlig falsche Person sein sollen. Ich begreife nicht, dass die Russen etwas mit ihm zu tun haben wollten.«

»Er hatte sein BBC-Programm, Westminster irgendwas. Hat er nicht sogar Churchill interviewt?«

»Er war ganz und gar nicht blöd, überhaupt nicht. Aber er war so hoffnungslos auffällig.«

»Und homosexuell«, sagte Corell.

»Aber so was von!«

»Waren das viele?«

»Was?«

»Waren viele homosexuell, die später Kommunisten wurden«, verdeutlichte Corell.

»Das weiß ich nicht«, sagte Gandy barsch.

»Ich habe gehört, dass viele Homosexuelle von der Ideologie angezogen wurden.«

»Unsinn!«

»Ja, aber …«

»Das sind nur Vorurteile und dummes Geschwätz. Aber vielleicht haben Sie in dem Sinne recht«, fuhr Robin Gandy fort, jetzt wieder freundlicher, »dass viele Homosexuelle sich ausgestoßen und gesellschaftlich ausgegrenzt fühlten. Christopher Isherwood hat irgendwo geschrieben, dass er so wütend war über all den Mist, den die Gesellschaft und die Eltern von ihm forderten, dass er es ihnen heimzahlen und alles auf den Kopf stellen wollte. Die Politik, die Liebe, die Literatur. Vielleicht fühlten manche es so wie er.«

»Und Turing?«

»Er war eindeutig Homo.«

»Aber Kommunist?«

»Nicht im Geringsten. Kein bisschen. Herrgott, wie kommen Sie darauf?«

»Es gibt Leute, die Andeutungen gemacht haben …«

»Wer? Was für ein Schwachsinn. Alan war auf befremdliche Weise unpolitisch. Er stand völlig außerhalb. Zum politischen Eiferer war er denkbar ungeeignet. Er war einfach nur er selbst.«

»Ich fange allmählich an, das zu begreifen!«

»Wirklich? Denn das ist das, was ich selbst nur äußerst schwer verstehen kann. Wie konnte er so grundsätzlich anderer Meinung sein, egal, in welcher Situation? Wie konnte er zum Beispiel auf etwas so Absonderliches kommen, wie dass das Gehirn berechenbar sei und dass es möglich wäre, es zu imitieren? Was sagen Sie, sollen wir umkehren?«

»Entschuldigung?«

»Wollen wir in die Stadt zurückgehen?«

»Ja, natürlich«, sagte Corell nachdenklich. »Aber was haben Sie gerade gesagt? Turing war der Auffassung, dass das Gehirn berechenbar sei und dass es möglich wäre …?«

Das Letzte, was Robin Gandy wollte, war, in die Rolle des Lehrers zu schlüpfen. Ihn beschäftigten weitaus beunruhigendere Gedanken, und deshalb sagte er nichts. Er versuchte, die Frage mit Schweigen zu übergehen, aber als der Polizeibeamte insistierte, begann er – wenn auch widerwillig – zu erzählen und entschied sich für das denkbar niedrigste Niveau. Aber er wurde überrascht. Der junge Mann – der ihn im einen Moment irritierte und im nächsten seine Vatergefühle weckte – war schon vertraut mit *On Computable Numbers* und einer ganzen Reihe anderer Aspekte der Logik. Er schien alles so seltsam leicht aufzunehmen, und am Ende begann Robin Sachen zu sagen, die ihn selbst verwunderten:

»Alan war gewissermaßen für diesen Gedanken prädestiniert. Manchmal frage ich mich, ob seine Arbeit nicht aus dieser alten unglücklichen Liebe hervorwuchs. Als Alan siebzehn Jahre alt war, verliebte er sich in einen Jungen, der Christopher hieß. Er sagte, er habe den Erdboden verehrt, auf dem Christopher ging.«

»Christopher«, murmelte der Polizist nachdenklich.

»Genau, Christopher Morcom. Christopher war eine wirkliche Begabung, und er brachte Alan dazu, sich in der Schule ein wenig mehr anzustrengen. Sie suchten beide einen Studienplatz in Cambridge. Wenig später starb Christopher an einer durch Milch übertragenen Tuberkulose. Ein furchtbarer Schlag. Alan war völlig außer sich. Er ertrug den Gedanken nicht, dass Christopher tot war. Er wollte um jeden Preis, dass der Freund weiterlebte, und weil er das schwammige Gerede des Christentums über die ewige Seele nicht akzeptieren konnte, löste er das Problem auf seine eigene Weise. Er schrieb einen wissenschaftlichen Aufsatz. Sie kennen vielleicht den Konflikt zwischen dem Gesetzmäßigen und dem Freien: Wie kann der Mensch, der in einem von physikalischen Gesetzen gelenkten Universum lebt, trotzdem selbstständig und frei sein? Als am Beginn des zwanzigsten Jahrhunderts die quantenmechanischen Entdeckungen gemacht wurden, glaubten gewisse Leute, eine Antwort auf die Frage gefunden zu haben. Die Partikel im Atomkern schienen, zumindest jedes für sich genommen, kein vorherbestimmtes Bewegungsmuster zu haben. Einzeln wirkten sie genauso launisch wie wir Menschen. Gerade aus dem Grund hatte Einstein, dieser unheilbare Determinist, ein Problem mit der Quantenphysik. Er ertrug die Unordnung nicht. Er wollte, dass der Mikrokosmos die gleiche schöne Ordnung aufweisen sollte wie das Universum in seiner Relativitätstheorie. Aber für den jungen Alan war die Unordnung eine Quelle der Inspiration. Die Seele, schrieb er, sei nicht mehr als eine Ansammlung von Atomen in unseren Hirnen, die dank ihrer Selbstständigkeit die anderen Partikel im Körper steuere. Nach unserem Tod verlassen sie uns und suchen sich eine neue Bleibe. Das war ein kleines bisschen Hokuspokus. Als Erwachsener schämte Alan sich natürlich für den Aufsatz. Aber das Entscheidende daran ist, dass er sich für die Frage interessierte, wie die Atome in unserem Hirn miteinander verbunden sind, und das brachte ihn weiter.«

»Inwiefern?«

»Er gelangte zu einer materialistischen Sichtweise auf die Biologie. Oder sogar zu einer mechanischen oder sogar mathematischen Sichtweise. Als er *On Computable Numbers* schrieb, bestimmte er als Erstes, welche Zahlen berechenbar waren, welche durch einen einfachen Algorithmus berechnet werden konnten, und obwohl er die Begrenzungen einer solchen Methode erkannte, interessierte er sich vor allem … «

»Für ihre Möglichkeiten.«

»Genau! Er begriff, dass das Berechenbare, das, was wir in eine Maschine eingeben können, zu unendlich vielen

Ergebnissen führen konnte. Nicht dass er unmittelbar auf den absonderlichen Gedanken kam, dass das Hirn mechanisch ist. Als er in Princeton studierte, tendierte er eher zu der Idee, dass unser Denken sich aus intuitiven Momenten zusammensetzt. Aber er vollzog eine Kehrtwende, und ich glaube, das lag daran, dass er mehr über Elektronik lernte. Er erkannte, wie viel gewonnen sein würde, wenn der mechanische Denkprozess sich mit der Geschwindigkeit des Lichts vollzöge.«

»Dann würde die einfache Kopplung zwischen den Polen rasch zum Komplexen und Sinnvollen führen«, ergänzte der Polizist.

»Ja, das seelenlose Ticken in einem Apparat würde vielleicht sogar das Seelenvolle ausdrücken können. Als Alan sich kurz nach dem Krieg die Grundlagen dessen ausdachte, was wir heute die ›digitale Datenmaschine‹ nennen, interessierte er sich wenig für die praktischen Konsequenzen, etwa dass man die Funktionsweise neuer Wahnsinnsbomben würde berechnen können. Von Anfang an war er auf etwas ganz anderes aus.«

»Auf was denn?«

»Er wollte das menschliche Denken imitieren.«

»Hört sich irrwitzig an.«

»Das war es auch. Aber Sie verstehen, als er mehr über unser Gehirn lernte – wie Millionen und Abermillionen Neuronen aneinandergekoppelt sind –, sah er Ähnlichkeiten mit seiner Maschine, nicht dass er übertrieben viel aus dem Vergleich machte, keineswegs, aber er dachte sich, dass all diese Koppelungen kaum funktionieren würden, wenn sie nicht auf einer logischen Struktur beruhten. Und das Logische wird ja dadurch gekennzeichnet, dass man es aufteilen und nachahmen kann. Gegen Ende seines Lebens war er immer stärker davon überzeugt, dass alles in unserem Denken in irgendeinem Sinne mechanisch ist –

auch unsere Intuition und unsere künstlerisch inspirierten Augenblicke.«

»Wie um alles ...«, unterbrach ihn Corell.

»Ich glaube, er dachte sich, dass auch kreativen Momenten eine verborgene Mechanik innewohnte. Er sprach von diskreten Maschinen. Nehmen Sie einen Lichtschalter. Sie betätigen den Schalter und bekommen das Gefühl, dass das Licht direkt angeht – wie durch Zauberei, nicht wahr? Aber in Wirklichkeit ist ein Prozess abgelaufen. Elektronen haben sich durch eine Leitung bewegt. Es ist eine ganze Menge geschehen, was wir nicht merken. Alan dachte, dass das Gehirn auf eine ähnliche Art und Weise funktioniert. Wir haben plötzlich eine Idee und glauben, sie käme aus dem Nichts. Aber dahinter steckt ein Verlauf, ein Muster, das man beschreiben könnte. Dass es schnell geht, bedeutet ja nicht, dass es nicht mechanisch ist.«

»Das kann nicht sein Ernst gewesen sein.«

»Es war sein voller Ernst. Er sagte, dass wir in fünfzig oder hundert Jahren – er nannte zwei verschiedene Zeitpunkte – eine Maschine konstruieren könnten, die in Ihrem und meinem Sinne intelligent ist oder die sich zumindest so verhält, als wäre sie es, und das hat natürlich viele verärgert. Einige sagten, es sei möglich, dass das Gehirn über gewisse logische Muster verfüge, die man nachahmen könne, doch sein wirkliches, innerstes Wesen sei etwas anderes und Größeres. Alan antwortete mit einem Zwiebelvergleich. Er sagte, das Gehirn sei vielleicht wie eine Zwiebel. Man stelle sich einen Menschen vor, der keine Zwiebel kennt. Er nimmt Schale um Schale von der Zwiebel fort und denkt, bald erreiche ich den Kern, das Wichtige an der Frucht, aber am Ende hat der Mann alles entfernt, und es bleibt nichts übrig. Die Zwiebel war nichts anderes als die Schalen, und in Anlehnung daran glaubte Alan, dass auch das Gehirn keinen Kern, kein innerstes Geheimnis besitzt, sondern nur aus seinen Teilen und deren Verbindung untereinander besteht. Alan weigerte sich zu glauben, dass Intelligenz etwas einzigartig Menschliches sei, etwas, das nur in der großen Portion Brei entstehen kann.«

»Brei?«

»Er fand, unser Gehirn sähe so aus, grau und unappetitlich. Er glaubte, dass Intelligenz ebenso gut aus anderen Strukturen hervorwachsen könnte, aus einer anderen Materie, zum Beispiel aus der binären Logik in einer elektronischen Maschine. Für Alan war das menschliche Normale niemals der einzige Maßstab.«

»Inwiefern?«

»Er war daran gewöhnt, sich fremd zu fühlen. Es fiel ihm leicht, so sonderbar sich das anhören mag, sich auf die Seite der Maschine zu stellen.«

Der Polizist sah verdutzt aus, und Robin Gandy strengte sich an, eine passende Erklärung zu finden.

»Wenn Maschinen denken lernen könnten, würden sie selbstverständlich andere Präferenzen haben als wir. Alan wollte zeigen, dass wir uns nicht selbst zur Richtschnur machen dürfen. Eine Maschine kann denken, ohne deshalb so zu sein wie Sie und ich. Sie braucht nicht einmal Erdbeeren mit Schlagsahne zu mögen. Im Übrigen war er gar nicht auf eine übertrieben begabte Maschine aus. Es reichte völlig, wenn sie so clever wäre wie ein amerikanischer Geschäftsmann, sagte er. Auf jeden Fall hat er einen Test entwickelt.«

»Einen Test?«

»Einen Test dafür, ob eine Maschine als intelligent bezeichnet werden kann. Alan schrieb einen Artikel darüber in der Zeitschrift *Mind*. Wenn es Sie interessiert, kümmere ich mich darum, dass Sie ihn zu lesen bekommen, er ist tatsächlich ziemlich amüsant«, sagte Gandy und legte ein Wohlwollen an den Tag, das er selbst nicht recht verstand, aber etwas an dem jungen Mann erweckte sein Vertrauen.

Robin hörte sogar auf, sich Sorgen zu machen, dass noch eine unangenehme Überraschung folgen könnte. Eher kam es ihm so vor, als wäre der Mann ganz allgemein neugierig, was Alan Turing betraf, mehr ein wissbegieriger Student als Polizist, und deshalb war Robin überrascht, als das Gespräch eine völlig andere Richtung nahm.

Das ist nicht möglich, dachte er während einiger schwindelerregender Sekunden.

25

Um sie herum verdichtete sich das Straßenleben; sie wanderten über das Kopfsteinpflaster und vorbei an den schönen Häusern und Türmen. Dann und wann wurde Robin Gandy von einigen Passanten gegrüßt, und Corell ließ sich von der Situation berauschen und fragte sich, wie sehr sein Anzug und seine Gesellschaft die Umgebung täuschten. Sahen die Frauen ihn anders an als sonst? Er glaubte es, fühlte sich aber noch immer wie ein Schauspieler, der nur sicher war, solange er in seiner Rolle verharrte. Doktor Gandy sprach von einem Test, der entscheiden sollte, ob eine Maschine denken konnte oder nicht.

»Ich würde den Artikel gern lesen«, sagte er.

»Gut! Dann kümmere ich mich darum, dass Sie ihn bekommen.«

»Ich interessiere mich besonders dafür, was Alan während des Krieges getan hat.«

»Ach ja«, sagte Gandy.

»Ich weiß bereits, dass er mit seinen Maschinen Nazicodes geknackt hat«, fuhr er fort, als handelte es sich um eine Selbstverständlichkeit, und es dauerte einen Moment, bis ihm selbst die Frechheit seiner Worte aufging.

Er wusste in Wirklichkeit nichts, kein Stück. Dass Turing sich mit Kryptologie beschäftigt hatte, hatte er nur geraten, es war eine lockere Vermutung. Nein, es konnte ganz einfach nicht wahr sein, es war allzu sehr ein Schuss aus der Hüfte, und Corell erwartete eine fragende, wenn nicht sogar eine überhebliche Reaktion vonseiten Gandys, und er meinte wirklich, ein herablassendes Lächeln zu ernten, und biss sich auf die Lippe. Doch dann nahm er etwas anderes wahr; eine Ahnung, einen Schatten, der über das Gesicht des Logikers huschte. Vielleicht war Gandy nicht so selbstsicher, wie er auftrat.

»Wer?«, sagte er, nicht mehr, nur dieses eine Wort, aber Corell war klar, dass der vollständige Satz hätte lauten sollen: »Wer hat das gesagt?« Ein Gefühl des Triumphs erfüllte ihn. Sehr darauf bedacht, nicht siegessicher oder zufrieden zu wirken, antwortete er: »Das kann ich nicht sagen.«

Und dabei ließ er seine Stimme so klingen, als verfügte er über ausgezeichnete Kontakte.

Robin Gandy wusste nicht, ob Alan Turing irgendwelche Nazicodes geknackt hatte. Er hatte lediglich mitbekommen, dass sein Freund in Bletchley Park oder »Station X«, wie es damals genannt wurde, im Bereich der Kryptoanalyse gearbeitet hatte. Weitere Details kannte Robin nicht, doch er hatte mitbekommen, dass Alan erfolgreich gewesen sein musste.

Als sie sich 1944 in Hanslope trafen, hatte Turing sich einen gewissen Status erworben. Man merkte es an den Blicken der Kollegen, am Klatsch und an seinem Spitznamen. Er war »der Professor«, und es hieß, er sei in den USA gewesen, er sei wie ein »Kriegsschatz« hinüberverfrachtet worden, und irgendwie sah man es auch in seinen Augen. Nicht dass er hochnäsig oder aufgeblasen war, aber sein Selbstvertrauen schien gestärkt. Als hätte er beschlossen, sich nicht mehr zu schämen.

Hanslope Park war ein altes Landgut, das seit 1941 vom Nachrichtendienst geführt wurde und als Experimentierwerkstatt für allerlei elektronische Maschinen und Konstruktionen diente. Robin hatte in den ersten Kriegsjahren an Experimenten auf dem Gebiet der Funkkommunikation und Radartechnologie gearbeitet. In Hanslope wurde er Assistent in Turings Projekt, das darin bestand, einen Stimmverzerrer für die Telefongespräche zwischen Churchill und Roosevelt zu entwickeln. Robin mochte die Arbeit. Der Krieg ging dem Ende entgegen, und es sah so aus, als würde er überleben – als er einberufen wurde, hatte er das als Todesurteil angesehen. Vor allem aber war die Arbeit stimulierend. Alan begriff so schnell. Er verband Arbeit und Spaß, und oft kam einem alles wie ein Spiel vor, ein äußerst ernstes Spiel allerdings, das zu einem erstklassigen Ergebnis führen sollte. Manchmal an den Abenden hielt Alan ihnen mathematische Vorlesungen, und hin und wieder tranken sie auf den Festen in der Offiziersmesse. Es war ein herrliches Leben. Und dann wäre eines Tages beinahe alles den Bach runtergegangen.

Es war früh im Sommer, am Anfang ihrer Zusammenarbeit. Am Abend zuvor hatten sie Pilze gesammelt. Alan hatte vergebens nach rotem Fliegenpilz gesucht, *Amanita phalloides*, und am Morgen hatten sie wie immer an Delila gearbeitet. Delila war der Name, den Robin dem Stimmenverzerrapparat gegeben hatte – nach der Frau in der Bibel, die Samson verriet. Donald Bayley war auch dabei. Er war der zweite Assistent im Projekt. Er hatte eine öffentliche Schule besucht und an der Universität Birmingham Elektrotechnik studiert. Homosexuelle kannte er nur aus bösartigen Witzen und aus plumpen Umschreibungen in den Zeitungen, aber jetzt machte er Bekanntschaft mit einem von ihnen. Alan Turing sagte plötzlich:

»Übrigens bin ich homosexuell.«

Was er damit bezweckt hatte, war Robin nie klar geworden. Vielleicht hoffte Alan, dass es der Beginn einer größeren Vertraulichkeit werden könnte, oder er wollte einfach nur die Karten auf den Tisch legen. Donald Bayley reagierte mit spontanem Abscheu:

»Warum zum Teufel erzählst du mir das? Bist du wahnsinnig geworden?«

Hinterher erklärte Bayley, er wisse nicht, was schlimmer gewesen sei, die eigentliche Information oder die Art und Weise, wie Alan sie übermittelt hatte. »Er schämte sich ja nicht einmal.« Donald Bayley war so schockiert, dass er aus dem Projekt aussteigen wollte. Auch Alan war unangenehm berührt. Dies war die letzte Reaktion, die er hatte hervorrufen wollen.

Gandy musste erhebliche Energie aufwenden, um Donald im Projekt zu halten, und am Ende gelang es ihm auch. Es half, dass Alan so offensichtlich brillant war. Seine Homosexualität wurde schließlich als Teil seiner übrigen Exzentrizität betrachtet, und irgendwo war auch Donald Bayley der Meinung, dass sie gut miteinander auskamen.

Alan Turing zog von der Crown's Inn in Shenley Brook nach Hanslope Park und teilte sich mit Robin und einer großen, schweren Katze namens Timothy ein kleines Cottage unterhalb der Offiziersmesse. Einer der Männer, die in der Messe arbeiteten, war Bernard Walch. Bernard Walch besaß in Soho in London ein Austernrestaurant, *The Wheelers*, und in Hanslope war er eine Art Zauberer. Während der Rest Englands von erbärmlicher Kost lebte, sorgte er dafür, dass Alan und Robin frische Eier bekamen, manchmal sogar Rebhuhn, und dass sie ständig mit Obst beliefert wurden.

Alan arbeitete hart, nicht nur an der Stimmverzerrung. Er dachte viel über die Bausteine der Intelligenz und des Lebens nach und stellte sich Fragen wie: Wie setzt sich das

Gehirn zusammen? Wie entsteht das Gehirn? Er glaubte, dass der Wachstumsprozess nach einer mathematischen Formel ablief, nach irgendeinem System von Organisation. Nun war das Gehirn natürlich zu kompliziert, um es sich gleich vorzunehmen. Es war leichter, mit einem Pflanzen- oder einem Laubblatt anzufangen, und bald begannen sie, im Wald Tannenzapfen zu suchen. Die Schuppen der Tannenzapfen wachsen entsprechend der Fibonacci-Reihe, und Alan wollte zeigen, wie das zustande kam. Die Genetik, sagte er, gebe keinen Hinweis, weil jede Zelle die gleichen Gene und Enzyme aufweist. Die Genetik erkläre nicht, wie jede einzelne Zelle ihr Muster zu bilden vermag und wie sich die einzelnen Zellen zueinander verhalten. Alan wollte das erklären. Er wollte die mathematische Formel des Lebens finden, und Robin und er diskutierten endlose Stunden lang die Möglichkeiten und kritzelten Berechnungen in ihre Blöcke.

Sie sprachen auch über den Traum, eine denkende Maschine zu bauen, und auch wenn Robin nicht danach fragen durfte oder zumindest keine Antwort auf eine solche Frage bekam, ahnte er, dass Alan in der ersten Zeit des Krieges darüber nachgedacht hatte, wie eine derartige Maschine aussehen könnte. Seine Darlegungen waren detailliert und weitsichtig, und folgerichtig hatte auch Robin Gandy gedacht, dass Alan eine Form von logischer Konstruktion benutzt haben musste, um die Kommunikation der Nazis zu entschlüsseln. Und deshalb war er so erschrocken, als der Polizeibeamte in dem allzu schicken Anzug die Behauptung hinwarf, Alan habe die deutschen Codes mithilfe seiner Maschine geknackt! Es war nicht seine Angelegenheit, dafür Sorge zu tragen, dass Kriegsgeheimnisse weiter gehütet wurden, aber zugleich mit seiner aufflammenden Neugier befiel ihn Sorge. Würde er Schwierigkeiten bekommen?

»Sie scheinen mehr zu wissen als ich«, sagte er und versuchte, einen beiläufigen Ton anzuschlagen.

Corell antwortete nicht und merkte, dass Robin in Gedanken versunken war. Wie sollte er weitermachen? Ihm fiel nichts ein, und er spürte ein nagendes Unbehagen.

»Das glaube ich nicht«, bekam er heraus.

»Oder Sie sind jemand anderer als Sie gesagt haben?«

»Ehrlich gesagt basieren meine Überlegungen hauptsächlich auf Vermutungen.«

Robin Gandy sah verblüfft aus.

»Wie meinen Sie das?«

»Ich habe mir auf dieses und jenes, was ich in den Ermittlungsakten gelesen habe, einen Reim gemacht«, fuhr Corell fort, froh darüber, bei der Wahrheit bleiben zu können. »Ich habe herausgefunden, dass Turing während des Krieges etwas getan hat, das der Geheimhaltung unterlag, und dann habe ich vom OBE gelesen, den er bekommen hat, und da habe ich überlegt, was ein Mann wie er gemacht haben könnte, um sich einen solchen Orden zu verdienen.«

»Da könnte es eine Menge Dinge gegeben haben.«

»Vielleicht, aber ich bin davon ausgegangen, dass er sich auch während des Krieges mit Logik beschäftigt hat. Und irgendwann tauchte dieser Gedanke auf ... Was wissen Sie darüber?«

»Nichts, wie gesagt.«

»Haben Sie im Krieg nicht zusammengearbeitet?«

»Nur ganz zum Schluss, und da ging es um etwas ganz anderes, das nicht einmal fertig wurde. Alan hat mir gegenüber mit keinem Wort erwähnt, was er in der Zeit davor gemacht hat.«

»Später auch nicht?«

»Nein.«

»War es so geheim?«

Robin Gandy nickte. »Vermutlich.«

»Aber wir haben den Krieg gewonnen. Er ist vorbei.«

»Das ist er wahrlich nicht«, sagte Gandy, von Neuem irritiert oder beinahe ärgerlich, aber im nächsten Augenblick sank er in sich zusammen und wurde nachdenklich.

Robin war müde und blickte über die Stadt. Sie kamen am Trinity College vorbei, und unter all den Menschen, die durchs Tor herausströmten, bemerkte er den Linguisten Julius Pippard. Er würde sich später über diesen seltsamen Zufall wundern. Julius Pippard war eine kleine Person. Aber weil er den Rücken so exemplarisch gerade hielt, wirkte er dennoch groß gewachsen. Robin wusste nicht viel über ihn, außer dass er in Bletchley Park mit Alan zusammengearbeitet hatte.

Er wusste das, weil Pippard eines Tages in Hanslope Park aufgetaucht war und mit Turing konferiert hatte. Natürlich hatte Robin nichts von dem erfahren, was damals besprochen worden war, aber es wurde deutlich, dass Alan von Pippard nicht besonders begeistert war, und vielleicht deshalb ritt Robin der Teufel.

»Sehen Sie den Mann dort drüben?«, sagte er und zeigte auf Pippard.

Der Polizist nickte.

»Das ist Julius Pippard. Wenn Sie über Alans Hintergrund sprechen wollen, können Sie mit ihm reden«, sagte er, doch im selben Moment fiel ihm ein, dass dies ein wahnsinniger Rat war. Er würde Corell womöglich in Schwierigkeiten bringen. Robin korrigierte sich sofort:

»Nein, lassen Sie das besser«, sagte er, aber da schien der Polizist schon nicht mehr zuzuhören.

Er schien ganz in Gedanken versunken zu sein, und nach einer Weile des Schweigens sagte er etwas Eigentümliches:

»Ich werde wohl nicht mehr besonders lange Polizist sein.«

Als Robin fragte, was er stattdessen zu tun im Sinn habe, antwortete er:

»Ich habe gewisse Studienprojekte.«

Robin hatte das Gefühl, dass es diese Projekte nicht gab, aber sicher konnte er nicht sein. Er war noch immer ein wenig nervös. Was hatte er gerade erlebt – ein Verhör, ein Gespräch oder etwas ganz anderes? Als sie sich kurz darauf verabschiedeten und der junge Mann die Trumpington Street hinunterging und verschwand, war es, als hätte er eine Frage zurückgelassen.

26

Corell war zum ersten Mal Mitte der Dreißigerjahre mit seinem Vater in Cambridge gewesen, und auch wenn er sich nicht an viel erinnerte, war es damals die gleiche Jahreszeit gewesen, spät im Juni, und die Menschen waren ihm frei und entspannt vorgekommen. Eine erwartungsvolle Stimmung hatte in der Luft gelegen, und der Vater war fröhlich und laut gewesen, wie ständig in jener Zeit.

»Guten Tag, guten Tag, angenehm«, hatte er nach rechts und links gegrüßt. »Schick wie immer. Glänzendes Buch, Peter. Danke für deinen Brief. Oh, welch unerwartete Ehre! Ich verbeuge mich.«

Es leuchtete um ihn her, er war der Mittelpunkt des Lebens, und selbstverständlich rasselte er mit den Schlüsseln, und dann und wann wandte er sich Leonard zu, der ihn an der Hand hielt.

»Du mit deinem schlauen Kopf wirst bestimmt eines Tages hier studieren.«

Die Worte ließen die Kopfsteinpflasterstraßen zu Versprechen werden. Sie kauften Schokolade und Bücher und schauten den Ruderern auf dem Kanal zu und sprachen darüber, was er in Cambridge studieren sollte. »Ist Mathematik spannend, Papa?« Sie war spannend, aber der Vater würde doch dieses oder jenes vorziehen. Der Mathematiker hatte niemanden außerhalb seines Kreises, mit dem er reden konnte. Der Geisteswissenschaftler dagegen konnte anderen mit seinem Wissen Freude machen. »Wie du, Papa?« »Wie ich«, erwiderte der Vater, und Corell erging sich in Fantasien darüber, dass er eines Tages zwischen diesen schönen Häusern umhergehen würde, voller Geschichten, und wenn die Leute ihm ein Stichwort gaben, vielleicht etwas ganz Banales, würde er sagen: »Das erinnert ein wenig daran, als Odysseus sich Ithaka näherte …« Aber so kam es nicht. Der Vater ließ ihn im Stich. Er ließ sich selbst im Stich.

Es war, als brächte die Stadt ihn dazu, sich selbst zu verstehen. Dinge kehrten zurück, denen er viele Jahre keinen Gedanken gewidmet hatte, und er erinnerte sich daran, wie er gezwungen gewesen war, Marlborough zu verlassen, oder sollte er sagen, wie er sich selbst gezwungen hatte? Was für ein Idiot er gewesen war. Ja, Herrgott, er hatte in Marlborough nicht einmal Vickys Briefe beantwortet. Er hatte es versucht. Das stimmte. Aber es war nie etwas daraus geworden.

Er war zu tief in seiner Lähmung versunken. Selbst Lehrer, die ihn zuvor geschätzt hatten, erlebten ihn als abwesend, und vielleicht waren die Versuche, ihn zum Bleiben zu bewegen, auch deshalb nicht nachdrücklich genug. Dass die Mutter die Semestergebühren nicht bezahlen konnte, wusste er längst, und hätte sie nur das als Grund angegeben, hätte er vielleicht dafür gekämpft, das Finanzielle irgendwie zu regeln. Aber die Mutter appellierte an sein Gewissen. Sie verlangte nicht einmal, dass er nach Hause käme. Sie sagte eher: »Selbstverständlich sollst du die Schule weiter besuchen, Leonard.«

Es war nur so, dass sie selbst nicht zurechtkam. Das Haus verfiel, niemand kümmerte sich um den Garten, es kam kein Besuch. Es waren der Krieg, die Nachbarn und der lange Weg zum Kaufmann, und vor allem war es die Einsamkeit. »Es ist schwer«, schrieb sie. »Schwer.«

Zwischen den Zeilen waren ihre Briefe Hilferufe, die an Erpressung grenzten, und er beugte sich, nicht nur aus Schuldgefühl. Marlborough nahm ihm die Luft zum Atmen, und als Vicky schrieb: »Du darfst auf keinen Fall aufhören. Ich bezahle die Semestergebühren«, antwortete er nicht einmal. Er räumte seine Schränke aus. Er verabschiedete sich von Marlborough, und seitdem hatte er die Welt der Schule vollkommen aus den Augen verloren. Erst jetzt in Cambridge begriff er, wie sehr ihm das geschadet hatte. Er hätte so unendlich gern in dieser Stadt gelebt, und es war nicht unmöglich, dass diese ganze Reise ein Versuch war, sich für das zu entschädigen, was er niemals gehabt hatte.

Dank Robin Gandys Empfehlungsschreiben studierte er im Archivsaal des King's College Alan Turings Schriften, und obwohl ihn das wirklich froh machte, war er sich auf traurige Weise bewusst, dass er die Gelehrten lediglich imitierte. Es kam vor, dass der eigentliche Akt des Schauspielens ihm Freude bereitete – *sie glauben sicher, dass ich immer so dasitze und mich in derartigen Aufsätzen vertiefe* –, aber mehr und mehr wuchs das Gefühl in ihm, ein Dieb zu sein, der sich unbefugt hereingeschlichen hatte und jederzeit hinausgeworfen werden konnte. Einen gewissen Trost spendeten eigentümlicherweise die Schriften des Mathematikers.

Nicht nur in seinem Brief hatte Alan Turing über Theater und Schauspiel geschrieben. Er schien ganz allgemein von Imitationen fasziniert zu sein, von der Nachahmung des Menschlichen. Als Corell sich den Artikel *Computing Machinery and Intelligence,* von dem Robin gesprochen hatte, vornahm, hatte er sich gerade durch *On Computable Numbers* gequält und war deshalb auf weitere Berechnungen und Formeln vorbereitet, aber er kam relativ schnell durch den Artikel hindurch, wenngleich er ihn seltsam fand. Alan Turing schien nicht bloß zu glauben, dass Maschinen einmal würden denken können. Er hoffte, dass sie ebenso intelligent werden würden wie wir, und das fand Corell merkwürdig. Wenn Maschinen dem Menschen ebenbürtig werden könnten, würden sie uns eines Tages wohl auch überholen, und das wäre genauso beängstigend wie ein Angriff aus dem Weltraum. Aber Turing stellte sich, wie Gandy schon angedeutet hatte, auf die Seite der Maschinen. Sie dürften nicht diskriminiert werden, nur weil sie anders seien, schrieb er. Wenn man entscheiden wolle, ob jemand intelligent sei, dürfe es nicht aufs Aussehen oder auf das Geschlecht ankommen oder im Falle einer Maschine aufs Material, sondern auf die Fähigkeit zu agieren. Auf die Kunst, Theater zu spielen. Alan Turing stellte sich ein Imitationsspiel vor, in dem eine Maschine versuchen sollte, sich als Mensch auszugeben. Ein Befrager sollte fragen dürfen, was er wollte, und sollte die Antworten auf einem Papierausdruck lesen, und wenn der Befrager auf dieser Grundlage nicht entscheiden konnte, ob er mit einem Menschen oder mit einer Maschine kommunizierte, dann müsste die Maschine als intelligent angesehen werden, schrieb Turing und schien zu meinen, dass der, der uns nachzuahmen vermochte, auch zu denken in der Lage sei.

Was immer Corell davon halten mochte, Turing verteidigte sich elegant gegen verschiedene Einwände, zum Beispiel gegen Leute, die sagten, dass das, was uns als denkende Wesen wirklich ausmache, die Tatsache sei, dass wir über ein Bewusstsein verfügten, dass wir genießen und leiden und lebendig seien. Die Argumente seien schlecht, schrieb er, weil wir alles das nur von uns selbst wüssten, nicht von unseren Mitmenschen. Die beurteilen wir nur aufgrund dessen, wie sie zu denken und zu fühlen scheinen, und es wäre ungerecht, von einer Maschine mehr zu verlangen. Nur wenn wir selbst eine Maschine wären, könnten wir beweisen, dass sie ein Bewusstsein hat.

Corell las eifrig, und erst nach einer Weile merkte er, dass ihn jemand intensiv beobachtete. Im Laufe des Vormittags waren Menschen gekommen und gegangen, hatten Bestellungen für Bücher und Dokumente auf weiße Zettel geschrieben, sich für eine Stunde oder zwei hingesetzt und gelesen und waren wieder verschwunden. Er vermutete, dass viele von ihnen Sommerkurse im King's besuchten. Corell hatte zwar das Geschehen genauer beobachtet als die meisten, aber den Burschen am Tisch schräg gegenüber hatte er nicht bemerkt. Es war ein junger Mann, kaum zwanzig, mit indischem Aussehen und funkelnden, belustigten Augen, und dieser Junge zeigte auf Corells Papiere:

»Ziemlich harte Nuss, was?«, flüsterte er.

»Was denn?«

»Alan Turing. Ich habe mich selbst mit dem Gödel-Church-Theorem beschäftigt.«

»Aha, ja«, sagte Corell und fühlte sich unbehaglich.

Er wollte um jeden Preis eine Diskussion vermeiden und sah keinen anderen Ausweg, als so zu tun, als fühlte er sich gestört, weshalb er auf das im Saal geltende Schweigegebot hinwies. Der Junge nickte etwas betreten, und das wiederum tat Corell leid. Obwohl er eigentlich noch Zeit hatte, länger zu lesen, nahm er die Situation zum Anlass, um aufzubrechen. Er wollte auf jeden Fall pünktlich sein. Er gab die Aufsätze zurück und stieg die Steintreppen hinab auf den Vorhof. Wie wenig er doch seinem Vater glich! Zu seiner Zeit hatte James andere Menschen – auch Fremde – angesehen, als wäre die Begegnung mit einer Person wie ihm eine besondere Gunst, die er ihnen erwies. Seinem Sohn hatte er nichts als Unsicherheit und ein schwaches Selbstwertgefühl hinterlassen.

Es begann zu regnen. Zuerst nieselte es. Dann öffnete der Himmel seine Schleusen, und Corell suchte Zuflucht unter dem Gewölbe des Eingangsportals. Danach beschleunigte er seine Schritte. Weit weg ertönte eine Trompete, es war die gleiche Trompete, glaubte er, die er gehört hatte, als er Robin Gandy traf, die gleichen melancholischen Töne, die sich jetzt mit dem Wasser im Rinnstein vermischten und die Stadt färbten, wie die Musik in einem Film. Er dachte an den Regen, der an jenem Tag in der Adlington Road gefallen war, und an eine Menge anderes, während ein Doppeldeckerbus mit der Nummer 109 und einer Reklame für DULUX auf der Fläche zwischen den Fensterreihen vorüberfuhr. Das Motorgeräusch übertönte kurz die Trompetenklänge, dann waren sie wieder zu hören, und er ging in ihre Richtung, vorbei an gelbbraunen Steinhäusern und belaubten Bäumen, und allmählich wurde er nervös. Er war nicht unterwegs zu einem sonderlich angenehmen Treffen. Er wollte Julius Pippard treffen, den Mann, den Robin Gandy ihm gezeigt hatte, und insgeheim war es ihm unbegreiflich, dass er es gewagt hatte, Kontakt zu diesem Mann aufzunehmen. Es passte nicht zu dem Bild des ängstlichen Jungen, der den Menschen nicht in die Augen zu sehen wagte. Und dennoch … Berauscht vom Sherry und dem Willen weiterzukommen, hatte er gestern Abend im Telefonbuch geblättert und die Nummer gefunden. Ursprünglich hatte er nicht einmal die Absicht gehabt, sie zu wählen, aber dann tat er es doch, und erst als er sich in Lügen verheddert hatte, ging ihm auf, was für einen Fehler er da beging. Jetzt spazierte er hier entlang, und eigentlich hätte er ins Hotel zurückkehren und auf alles pfeifen sollen. Dennoch ging er weiter.

Jenseits der Bushaltestelle sah er die Trompete, und obwohl er es sich nicht klar ausformuliert hatte, waren ihm die Töne als männlich erschienen; er hatte gedacht, sie kämen von einem zerlumpten armen Teufel, einem Verlassenen, der seine Einsamkeit hinausblies. Aber an eine Ziegelwand gelehnt stand eine junge Frau in einem hellblauen Anzug mit jungenhaft kurz geschnittenen Haaren. Obwohl es nicht angenehm sein konnte, im Regen für Geld zu spielen, sah sie zufrieden, ja sogar leicht spöttisch aus, und das verlieh ihr eine Aura von Stolz. Corell ließ eine Münze in ihre Baskenmütze auf dem Bürgersteig gleiten, doch sie prallte auf und hüpfte davon, und als er sie wieder hineinlegte, begegneten sich ihre Augen. Es war ein verschwindend kurzer Moment. Dennoch spürte er ein Ziehen in der Brust und musste an Julie denken. Eines Tages würde er es wagen, sie zu fragen, ob sie mit ihm ausgehen wollte. Als er davonspazierte, klang die Musik wie ein Versprechen in seinen Ohren. Sogar der Regen kam ihm verändert vor, und als die Trompetentöne hinter ihm schwächer wurden und verklangen, spürte er Trauer, als wäre eine Tür kurz aufgestoßen worden, um für einen Moment Festgeräusche herausdringen zu lassen.

Er bog in die Emmanuel Street ein und ging am Emmanuel College vorbei. Es war fünf Minuten nach vier. Noch fünfundzwanzig Minuten bis zu seinem Treffen mit Julius Pippard, und schon jetzt war ihm klar, dass er Probleme bekommen würde. War die Lüge gegenüber Robin Gandy in gewisser Weise unfreiwillig gewesen, die Folge eine Missverständnisses, hatte er hier, gefangen in seiner Verlegenheit, gesagt, dass er Pippard als polizeilicher Ermittler im Zusammenhang mit Alan Turings Tod einige Fragen stellen wolle. Was für ein Wahnsinn … Während des ganzen Tages war Corell überzeugt gewesen, dass er seinem Bauchgefühl folgen und auf den Besuch pfeifen würde, doch jetzt wurde er wie von einer zwingenden Kraft vorwärtsgetrieben, und beinahe ärgerlich schaute er auf seine Karte. Er konnte nicht mehr weit entfernt sein.

Die Burleigh Street war hauptsächlich eine Einkaufsstraße; Corell hätte die Gelegenheit nutzen können, um einen Schirm zu kaufen oder eine Tasse Tee zu trinken. Oder noch besser, seine Meinung gänzlich zu ändern und umzukehren. Er war jedoch ungeduldig, als wäre das Treffen ein schmerzender Zahn, der gezogen werden müsste, und er ging schneller. Die angegebene Adresse war ein schönes Haus aus roten Ziegeln, wenn er von dem weiß gestrichenen römischen Portal absah, das gekünstelt wirkte, und dann dem dunklen Treppenhaus. Nach den Kriterien seiner Vorstellungswelt machte es einen bedrohlichen Eindruck. Allzu deutlich hörte er das Geräusch seiner eigenen Schritte, und ihn fröstelte. Im Obergeschoss fand sich die Tür genau da, wo sie der ihm gegebenen Erklärung nach sein sollte, und über dem Briefschlitz stand *Julius Pippard.* Der Name erschien ihm substanzlos und hart zugleich, und er überlegte, ob er wieder auf die Straße hinausgehen und in fünfzehn Minuten genau zur vollen Stunde zurückkommen sollte, aber nein, es war jetzt unausweichlich, und in der nächsten Sekunde klingelte er. Nichts passierte, und möglicherweise war Corell in einer Art schläfriger Nervosität eingenickt, denn er schrak auf, als schließlich rasche Schritte im Inneren zu hören waren. Das schwache Licht aus dem Briefschlitz leuchtete gespenstisch, dann knirschte das Schloss, vor ihm stand Julius Pippard in einem rot karierten Hemd, und es war nicht zu übersehen, dass er irritiert war.

»Sie sind früh«, sagte er, und Corell fiel nichts Besseres ein, als zu sagen: »Es regnet«, als hätte der Regen etwas damit zu tun.

27

Julius Pippard betrachtete sich im Badezimmerspiegel und lächelte. Er wurde nicht weniger attraktiv mit den Jahren! Allein die Augen! Man sah sofort, wie intelligent und charakterfest er war. Nun gut, er hatte seine Fehler. Er ließ sich leicht irritieren, er regte sich auf, aber er hatte seine Gefühle unter Kontrolle. War das nicht einer der Schlüssel zum Erfolg? Obwohl er seine Wohnung in Cambridge behalten hatte und die Kontakte mit Trinity weiter pflegte, war seine Stellung am GCHQ, am Government Communication Head Quarters, von zentraler Bedeutung, und oft genoss er das Gefühl, dass seine Arbeit wichtig war, nicht nur wie eine Abhandlung oder ein Unternehmen oder eine Universität wichtig waren, sondern wichtig im Sinne von *zum Schutze Englands*.

Schon kurz vor dem Krieg war Pippard zur Government Code and Cypher School gestoßen, und später war er in Bletchley Park in Buckingshamshire dabei gewesen. Er war vielleicht nicht direkt ein Alan Turing, aber seine Übersetzungen und Analysen des chiffrierten Materials in Baracke Vier galten dennoch als ein gewichtiger Beitrag, und er erhielt schnell einen Platz in der wichtigen Sicherheitskontrolle. Das lag ihm. Mit seinem Blick für menschliche Schwächen entdeckte er Gefahren und Risiken, wo andere überhaupt nichts sahen, und bevor jemand sich im Ernst über Charaktermängel wie zum Beispiel die Veranlagung zu sexuellen Perversionen Gedanken machte, verstand er schon deren wahre Bedeutung. Er wurde zum ungekrönten Meister der Disziplin.

Auch nach 1945 oblag es ihm weiter, die Zuverlässigkeit der Mitarbeiter zu bewerten – was sich im Kalten Krieg zu einer noch zentraleren Funktion entwickeln sollte –, und schon bald wurde er auf eine verantwortungsvolle Position berufen und beschäftigte sich mit den doppelt verschlüsselten sowjetischen Mitteilungen. Das Projekt wurde »Venona« getauft und war 1943 ins Leben gerufen worden, weil Carter W. Clarke, der Chef des militärischen Nachrichtendienstes in den USA, mit vollem Recht Stalin misstraute – auch wenn Stalin zu diesem Zeitpunkt noch ein Alliierter im Krieg war. Das Codierungssystem wurde im Dezember 1946 zum ersten Mal entschlüsselt, und kurz darauf erkannten die Amerikaner, dass die Russen sie bei der Entwicklung der Atombombe in Los Alamos ausspioniert hatten. Pippard und seine Kollegen waren damals noch nicht mit der Sache befasst, deshalb las er zum ersten Mal einige dunkle Worte über Venona in *The Times*, nicht gerade das Forum, aus dem er neue nachrichtendienstliche Informationen zu beziehen pflegte, und auch wenn Pippard stutzte, nahmen weder er noch sonst jemand in seiner Behörde die Geschichte sonderlich ernst. Dennoch war es etwas Großes, vielleicht das Größte, womit sie sich je befasst hatten, das begriff er wenig später, als das GCHQ in die Arbeit einbezogen wurde. Pippard gehörte dem exklusiven Kreis von Spezialisten und Entscheidungsträgern an, die darüber bestimmten, wer eingeweiht werden sollte, und Gott weiß, dass er den Druck der Verantwortung spürte. Hier, wenn überhaupt irgendwo, durften keinerlei Sicherheitsrisiken eingegangen werden.

In den sowjetischen Mitteilungen kam eine Reihe von Codenamen vor, die Decknamen für amerikanische und englische Spione zu sein schienen, die Informationen unter anderem über die Atombombe weitergegeben hatten. Zum Beispiel gab es einen HOMER oder GOMER, je nachdem, wie man das kyrillische Alphabet übersetzte. Unter dieser Signatur waren aus der britischen Botschaft in Washington während des Krieges sechs Telegramme an den KGB geschickt worden, und Pippard war tief involviert gewesen in die Jagd nach der Person, die dahinterstecken konnte. Sie saßen mit ihren Namenslisten da und überlegten hin und her: Konnte es der sein oder der, und langsam – würde er es je vergessen? – begannen sie, den Schuldigen einzukreisen, der sich als kein Geringerer als Donald Maclean erwies, der liberale Politiker und geadelte Diplomat.

Leider übermittelten sie die Information an die Kollegen vom MI6, nicht dass ihnen etwas anderes übrig geblieben wäre, aber die Idioten … Pippard wollte nicht einmal daran denken. Der MI6 hatte es vermasselt. Maclean und Guy Burgess gelang mit einem Auto und einer Fähre die Flucht in die Sowjetunion, und seitdem war Pippard überzeugter denn je, dass die wirkliche nachrichtendienstliche Kompetenz bei ihnen in Cheltenham zu finden war. Wer war denn den beiden auf die Spur gekommen, und wer hatte danach alles versaut?

Das verfluchte Oberklassenpack vom MI6 war sicher verlaust mit Spionen. Sie waren eine Bande von Trotteln, die glaubten, man könnte jemandem vertrauen, nur weil der Betreffende in Eton oder Oxford gewesen war, und Pippard war stolz darauf, und zwar uneingeschränkt, dass er es oft unterlassen hatte, dem MI6 Bericht zu erstatten. Okay, sie selbst am GCHQ hatten auch Fehler gemacht. Aber an ihm hatte es nicht gelegen! Zum Beispiel hatten sie die Maschine in Manchester bei der kryptologischen

Arbeit benutzen wollen und deshalb Kontakt zu Alan Turing aufgenommen. Pippard war dagegen gewesen. Er wusste schon früh, dass Alan sowohl homosexuell als auch promisk war. Eine männliche Schlampe, ganz einfach.

»Wir können ihn nicht mehr dabeihaben. Wir wissen doch, wie die Russen arbeiten!«, hatte er erklärt.

Doch er war überstimmt worden. Turing wurde immer noch als Orakel betrachtet, und auch wenn er während des Krieges wirklich eine wichtige Kraft gewesen war, war sein Wissen nicht mehr unverzichtbar. Außerdem mangelte es ihm an Respekt vor seinen Vorgesetzten und vor eingefahrenen Routinen, er kränkte die Leute mit seiner Ehrlichkeit – und brillant, das war er nur, wenn die Arbeit ihn stimulierte. All dies hatte Pippard vorgebracht, doch niemand hatte zugehört, jedenfalls damals nicht. Am Ende hatte er recht bekommen. So war es meistens. Alan Turing war hopsgenommen worden, und das weckte natürlich eine Menge Aufsehen im Büro. Aber nicht einmal da wollten ihn alle vor die Tür setzen. Der alte Oscar Farley – dieser verfluchte Weichling – verteidigte ihn nachdrücklich:

»Sollen wir Alan rausschmeißen, nach allem, was er für uns getan hat?«

Als hätte Turing nicht hinreichend seinen Mangel an Urteilsfähigkeit bewiesen, und als gäbe es keine deutliche Anweisung, Homosexuelle aus der Organisation zu entfernen. Im Prinzip stimmten die anderen Pippard zwar zu, aber es wurde darauf hingewiesen, dass Turing ein Sonderfall sei. Es wurde dies und jenes vorgebracht und eine Reihe romantisierender Geschichten aus Bletchley Park erzählt, und erst als Pippard dazwischenfuhr und rief: »Wollt ihr, dass er uns alle ins Verderben reißt?«, einigten sie sich widerwillig darauf, alle Bande zu Turing zu kappen. Pippard, der sich nie scheute, unangenehme Aufträge zu übernehmen, bot sich an, das Gespräch zu führen, aber sie beschlossen, dass Oscar Farley es tun sollte. Natürlich musste bis zuallerletzt schonend vorgegangen werden, und Gott weiß, was Farley Turing gesagt hatte, doch es schien nicht deutlich genug gewesen zu sein. Alan machte weiterhin seine unanständigen Reisen in Europa. Warum in Dreiherrgottsnamen wurde er nicht mit einem Reiseverbot belegt, und warum wurden seine ehemaligen Liebesaffären nicht unter die Lupe genommen? Nein, nichts wurde ordentlich gemacht, und es war überhaupt nicht verwunderlich, dass auch nach dem Tod des Mathematikers wieder Unwetterwolken am Himmel aufzogen. Wer war zum Beispiel dieser Polizist?

Er hatte nicht das geringste Recht, herzukommen und zu schnüffeln. Ein simpler Anruf beim Polizeirevier in Wilmslow hatte Pippard darüber informiert, dass der Mann beurlaubt war, weil seine Tante in Knutsford im Sterben lag. Jetzt war er auf dem Weg hierher. War die Tante wieder gesund geworden? Ein Kriminalassistent aus einem Kaff konnte an und für sich kaum viel Schaden anrichten. Anderseits wusste man nie. Pippard hatte die Angelegenheit mit Robert Somerset in Cheltenham besprochen. Somerset hatte den Mann bereits getroffen und fand ihn tatsächlich etwas seltsam, »verschlagen irgendwie, als hätte er etwas zu verbergen«.

»Ich werde ihm schon einheizen«, hatte Pippard gesagt. »Ihm klarmachen, dass er sich auf gefährlichem Gelände bewegt.«

Ja, dem Kasper würde er ein paar ernste Dinge einschärfen. Er würde ihm zeigen, wer die Macht hatte, und in Erfahrung bringen, was im Gange war. Es konnte sogar interessant werden. Nur, wie war der Polizist an Pippards Namen gekommen, und wie konnte er wissen, dass er und Turing zusammengearbeitet hatten? Das beunruhigte ihn ein wenig. Wie viel Uhr war es? In zwanzig Minuten würde der Mann kommen, und in der Zwischenzeit begann Pippard einen Brief mit gewissen vorsichtigen Avancen an eine junge Frau mit sehr bemerkenswertem Busen zu verfassen, die er auf einer Konferenz in Arlington kennengelernt hatte, aber er schaffte nicht viele Zeilen. Es klingelte an der Tür.

Leonard Corell mochte den Blick nicht, mit dem er begrüßt wurde. Er mochte auch die Wohnung nicht. Nicht nur, weil sie unpersönlich und kalt war. Sie wies Züge von Pedanterie auf, die ihn nervös machten. Die Bleistifte auf dem mahagonifarbenen Schreibtisch waren ordentlich aufgereiht, und die Möbel, die ohne Glanz und ohne Charakter waren, schienen symmetrisch angeordnet zu sein. Ja, sogar die Zigarettenstummel im Aschenbecher auf dem Fensterbrett erweckten den Eindruck, als wären sie zurechtgelegt. An der Wand ihm gegenüber hing ein überaus ordinäres Bild von einer Fuchsjagd im Wald, das vielleicht in einem kleineren Format funktioniert hätte, jedoch durch seine Ausmaße – war es über zwei Meter breit? – grotesk wirkte.

»Wie schön, Besuch aus Wilmslow zu bekommen, von so weit her!«, sagte Pippard, plötzlich liebenswürdig.

»Wilmslow ist nicht gerade das Ende der Welt.«

»Ist es schön dort?«

»Wir sind berühmt für unsere vielen Frisiersalons und Pubs.«

»Wie praktisch! Da kann man sich schön machen und anschließend einen draufmachen.«

Abgesehen davon, dass Julius Pippard hastig ein paar Papiere vom Sofatisch raffte, waren seine Bewegungen ruhig. Die in der Türöffnung so deutlich spürbare Irritation schien völlig verflogen zu sein. Trotzdem war Corell verunsichert. Er hatte das Gefühl, neben einer Person zu stehen, die bis ins letzte Detail geplant hatte, was sie tat. Nur vorsichtig, als wollte er sichergehen, dass es erlaubt war, setzte er sich auf einen graubraunen Holzstuhl, während Pippard hinausging, um Tee zu machen.

»Also Ihre Vorgesetzten haben Sie hergeschickt?«, fragte Pippard, als er mit seinem Tablett zurückkam.

Corell nickte.

»Darf ich fragen, warum?«

»Wir wollen so viel wie möglich in Erfahrung bringen.«

»Ist der Fall nicht abgeschlossen?«

»Doch ... schon ... aber es gibt immer noch eine Reihe von Unklarheiten. Wir wollen ja nichts dem Zufall überlassen.«

»Erzählen Sie mir doch ein bisschen ausführlicher von dem Fall, damit ich es besser verstehe. Ich weiß nicht viel von der Arbeit der Polizei. Wie gehen Sie eigentlich vor?«

Mit kleinen Mitteln – als hätte er sich auf einen etwas höheren Stuhl gesetzt oder ließe in Blicken und im Tonfall eine beinahe unmerkliche Verachtung durchscheinen – verschaffte sich Pippard eine beängstigende Überlegenheit. Es war eine Art unsichtbarer Kunstform. Ohne dass Corell richtig verstand, wie, übernahm Pippard die Kontrolle über das Gespräch, und je höflicher und zuvorkommender er sich ausdrückte, desto autoritärer wirkte er. Corell konnte ihm nur schwer in die Augen sehen.

»Wenn man verstehen will, warum ein Mensch gestorben ist, muss man sein Leben studieren«, sagte Corell.

»Und warum kommen Sie zu mir?«

»Wir sprechen mit vielen, die mit Dr. Turing in Kontakt standen.«

»Und ich bin einer von ihnen?«

»Haben Sie nicht im Krieg mit ihm zusammengearbeitet?«

»Wie kommen Sie zu dieser Annahme?«

Corell wollte weg, nur weg.

»Normale Polizeiarbeit«, sagte er.

»Wie bitte?«

Er wiederholte, was er gesagt hatte, und spürte rein physisch – einer Welle von Übelkeit gleich –, wie Pippards Arroganz zunahm.

»Sieh mal an! Sie scheinen mehr zu wissen als ich. Da Sie so gut informiert sind, können Sie mir vielleicht erklären, womit wir gearbeitet haben?«

»Sie haben sich mit geheimen Informationen beschäftigt und deshalb …«

»Und was waren das für geheime Informationen?«

»Entschlüsselungsarbeit. Sie haben das nazistische Codesystem entschlüsselt und zwar mithilfe von Maschinen, die Alan Turing konstruiert hatte«, sagte Corell und blickte gequält auf seine Hände. Als er den Blick hob, erwartete er, der gleichen überlegenen Miene wie zuvor zu begegnen, aber er sah etwas ganz anderes. Pippards Augen brannten mit der Konzentration eines Mannes, der eine große Gefahr ahnt.

Was zum Teufel ging hier vor? Da saß ein Mann, den Pippard für einen simplen, ungebildeten Polizisten gehalten hatte, und redete offen über die bestgehüteten Geheimnisse des Krieges. Am merkwürdigsten war dabei, dass diese Person, von der er geglaubt hatte, sie mit Leichtigkeit zusammenstauchen zu können, jetzt einige Sicherheit ausstrahlte, wenn nicht gar Frechheit. Der Mann drückte sich nicht nur artikuliert aus, er wirkte auch auf erschreckende Weise eingeweiht, als kenne er sehr wohl die Arbeit in Bletchley und möglicherweise auch Venona. Es beruhigte Julius Pippard nicht einmal, dass der Mann so dummdreist auftrat. Er begann eher zu fürchten, der Polizeibeamte verfolge einen Zweck, einen Hintergedanken, der wie ein Fuchseisen um Pippard zuschnappen konnte, und es fiel ihm nicht einmal ein, sich seiner Trumpfkarte zu bedienen, nämlich der Tante, die angeblich im Sterben lag.

Leonard Corell wusste nicht einen Bruchteil dessen, was sein Gesprächspartner glaubte, aber seine Sinne waren geschärft, als gäbe Pippards Unsicherheit ihm die Kraft und die Sprache zurück, und wenn er zunächst nur mit einer nervigen Geschwätzigkeit geredet hatte, um den Kopf über Wasser zu halten, wurde er rasch sicherer. Er spürte auch die Befreiung darin, nicht auf sich herumtrampeln zu lassen wie bei Ross auf dem Revier. Er hielt dagegen, und obwohl er wütend war, behielt er stets die Kontrolle.

»Sie sehen ein bisschen besorgt aus«, sagte er. »Dazu besteht keine Veranlassung. Ich bin mir im höchsten Grad der Bedeutung von Diskretion bewusst. Ich würde über diese Dinge nie mit jemandem diskutieren, der nicht bereits eingeweiht ist. Aber Sie verstehen … nein, wieso sollten Sie … nun, ich würde meine Dienstpflichten vernachlässigen, wenn ich nicht die Frage stellte, ob Alan Turings Arbeit während des Krieges etwas mit seinem Tod zu tun haben könnte. Ich habe inzwischen herausgefunden, dass seine Arbeit außerordentlich wichtig war. Auch wenn er selbst das wohl nicht so gesehen hat.«

»Sie bewegen sich auf sehr dünnem Eis, das kann ich Ihnen versprechen.«

»Das mag sein. Aber das Lustige ist, dass ich den ganzen Tag im King's College gesessen und seine Schriften gelesen habe, und da ist mir ein Satz aufgefallen, in dem er schrieb …«

»Was denn?«, unterbrach ihn Pippard.

» … dass es eine allgemein bekannte Tatsache sei, dass

die zuverlässigsten Personen selten auf die neuen Methoden kommen.«

»Was wollen Sie damit sagen?«

»Alan Turing schrieb das im Zusammenhang mit einer Überlegung, inwieweit Maschinen Intelligenz entwickeln könnten«, fuhr Corell fort. »Ihm war der Gedanke gekommen, dass unsere Fähigkeit, Fehler zu machen und über den üblichen Rahmen hinauszudenken, eine Voraussetzung dafür ist, auf etwas Neues zu kommen. Wer immer richtig denkt, schafft nichts. Wer nur den gängigen Wertungen folgt, schafft niemals etwas wirklich Neues oder kann zumindest nicht als intelligent im eigentlichen Sinn angesehen werden. Deshalb wollte Turing einen zufallsmäßigen Faktor in seinen Maschinen, sie sollten nicht immer der strikten Logik folgen, manchmal sollte ein Zufallsgenerator entscheiden, was sie tun sollten. Auf diese Weise wollte er den freien Willen nachahmen, nicht weil er glaubte, ein Zufallsfaktor würde ausreichen, aber die Möglichkeit zu etwas Irrationalem und Unerwartetem an sich sollte zumindest ein Anfang sein.«

»Ich begreife überhaupt nicht, worauf Sie hinauswollen.«

»Ich will nur Folgendes sagen: Alan Turing glaubte, dass unser Gehirn in ähnlicher Weise mit dem Zufall arbeitet. Ein russisches Roulette. Wir machen dann und wann Dummheiten. Seitensprünge. Aber ein Teil davon bildet die Voraussetzung dafür, dass wir weiterkommen.«

»Kommen Sie zur Sache!«

»Bitte verstehen Sie mich nicht falsch, ich möchte in keiner Weise andeuten, dass Ihr Ordnungssinn oder Ihre übertriebene Furcht, gerade in diesem Augenblick einen Fehler zu machen, Ihr freies Denken beeinträchtigen könnten. Ich versuche zu sagen, dass Alan Turing eine andersartige Person gewesen zu sein scheint, nicht wahr? Er hielt sich nicht an die Regeln. Er war kreativ. Sein Denken schien sich gänzlich vom konventionellen Denken zu unterscheiden, und er nahm Risiken in Kauf. Folglich unterliefen ihm Fehler. Eine Art russisches Roulette vielleicht, das am Ende in ihm surrte, was weiß ich.«

»Aber Herrgott noch mal, was wollen Sie sagen?«

»Nichts, nicht mehr, als dass es wichtig scheint zu klären, ob er in der Zeit vor seinem Tod etwas Unerwartetes oder tatsächlich Riskantes getan hat oder ob jemand anderes ihn zu seinem Entschluss provoziert hat. Er beschrieb in einem Brief ...«

»In einem Brief?«

»Oder eher einem Briefentwurf, einer Skizze«, erwiderte Corell und verlor auf einen Schlag seine Sicherheit. *Warum verdammt hatte er den Brief erwähnt?*

»Und diesen Brief haben Sie?«

»Nicht ich persönlich natürlich.«

»Wer hat ihn denn dann?«

»Er befindet sich auf dem Revier.«

»Wenn ich richtig informiert bin, haben Sie die Herren Farley und Somerset getroffen«, konterte Pippard, plötzlich offensiv.

»Doch ... ja ... das wissen Sie?«

»Ich bin recht gut informiert, müssen Sie wissen«, fuhr Pippard fort.

»Daran habe ich nie gezweifelt.«

»Ich weiß sogar, dass Somerset Sie ausdrücklich gebeten hat, ihm alle Papiere, die Sie im Haus gefunden haben, auszuhändigen.«

»Das habe ich auch getan.«

»Offensichtlich nicht!«

»Dieser Entwurf ist wirklich nichts, worüber ...«

»Worüber was?«

»Worüber man sich aufregen sollte.«

»Nicht? Apropos gut informiert, wie geht es Ihrer Tante?«

Corell fühlte sich plötzlich unwohl.

»Meiner Tante?«

»Ist sie wieder gesund?«

»Sie ist nicht …« *krank gewesen,* wäre ihm beinahe herausgerutscht, aber dann erstarrte er und begriff, dass er vollkommen kopflos vorgegangen war. Diesen Mann aufzusuchen und nach Staatsgeheimnissen zu befragen, übertraf wahrscheinlich all seine bisherigen Dummheiten. Er brachte kein Wort heraus. Er fühlte sich gelähmt, und deshalb entging ihm, dass auch Pippard sich seltsam verhielt.

Pippard wurde von dem Gefühl gepackt, dass Eile vonnöten war, und in seinem erregten Geisteszustand wurde dieser Briefentwurf zu einem lebensgefährlichen Dokument, das in den Händen eines Spielers und Ganoven gelandet war, und er überlegte fieberhaft, was zu tun sei.

»Vielen Dank, dass ich Ihre Zeit in Anspruch nehmen durfte. Ich habe mich anscheinend geirrt und muss jetzt gehen«, sagte der Polizist, was Pippards Lebensgeister wieder wachrief.

Sollte er ihn zwingen dazubleiben?

»Sie verstehen wohl, dass Sie mich darüber aufklären müssen, wer sonst noch den Inhalt dieses Briefes kennt?«

»Wir haben natürlich versucht, die Anzahl der Personen, die darüber informiert sind, zu begrenzen. Aber wie gesagt … ich muss jetzt gehen.«

Corell fühlte sich verloren, und deshalb lächelte er. Das krampfartige Lächeln war immer einer seiner Verteidigungsmechanismen gewesen, und als Krisenreaktion in einem Machtkampf war es trotz allem kein schlechter Trick. Pippard schien das Lächeln als ein Zeichen der Stärke zu interpretieren:

»Sie wirken zufrieden.«

Was sollte er antworten? Er versuchte es mit einem Trick.

»Sie haben nicht zufällig einen Schirm zu verleihen?«, sagte er, und in einer anderen Situation wäre er stolz gewesen über diesen Einfall. Es war eine bodenlose Frechheit! Ein Anflug von Galgenhumor, und er wirkte. Pippard murmelte etwas, und Corell ergriff seine Chance. Er ging zur Tür.

»Ich wünsche Ihnen noch einen angenehmen Abend«, sagte er mit einem Gefühl sonderbarer Fremdheit, und er erhielt eine Art Antwort.

Er hörte nicht, was. Er öffnete die Tür und floh ins Treppenhaus, wo die Dunkelheit nach ihm zu greifen schien. Draußen auf der Straße hatte der Regen einen erfrischenden Effekt, und er ging in Richtung der Trompeterin. Er meinte, in weiter Ferne ihre Melodien zu hören, aber die Töne waren wohl nur in seiner Fantasie erklungen, denn als er die Stelle erreichte, war keine Trompeterin zu sehen, nur ein leerer, nasser Bürgersteig und der Regen, der prasselnd von der Seite herangeweht wurde.

28

Am Morgen nach dem Besuch bei Pippard lag Leonard Corell in seinem Hotel in der Drummer Street im Bett und verfolgte die Streifen auf der gelben Tapete, als hätten seine Augen sich im Labyrinth an den Wänden verirrt. Erst gegen zwölf Uhr gelang es ihm, sich aufzuraffen, wobei er nicht auscheckte, wie er es eigentlich vorgehabt hatte. Er ließ sein Gepäck zurück und begab sich hinaus ins Gewimmel. Es war ein schöner Tag. Der Tag vor der großen Sonnenfinsternis, und er sah Drachen am Himmel und verliebte Paare auf den Straßen, die seine miserable Laune nur wenig hoben. Er fühlte sich vom Alltag der Menschen ausgeschlossen, und er dachte an Alan Turing. Sicher hatte er jetzt das Ende seiner Nachforschungen erreicht. Viel weiter würde er nicht mehr kommen, und es wäre am vernünftigsten, einfach nach Hause zurückzukehren. Und dennoch …

Als würde er von einer fremden Kraft angezogen, ging er zum King's College und ins Archiv der Bibliothek und las dort noch einmal in *On Computable Numbers* und in einem Aufsatz mit dem Titel *Systems of Logic Based on Ordinals*, von dem er allerdings nicht viel verstand. Er genoss das Kratzen der Federn, das Geräusch der Seiten, die umgeblättert wurden, das schamhafte Hüsteln um sich herum, aber sein ungutes Gefühl verließ ihn nicht. Nicht einmal die

Tagträume, wie verlockend er sie auch ausformte, vertrieben die böse Vorahnung, die ihn seit dem Gespräch mit Pippard begleitete. Er stellte sich Ross oder Hamersley vor, wie sie im Gespräch mit Pippard seine Entlassung oder zumindest Bestrafung verabredeten, und gleichzeitig sah er sich als einen verwirrten Penner in Wilmslow, der Müll und Flaschen auf den Hof des Polizeireviers warf, und er dachte an den Tod, den Tod als einen vergifteten Apfel, einen blubbernden Kessel und einen durch die Nacht dahinrauschenden Zug. Auf dem Weg zurück ins Hotel kaufte er acht Flaschen Mackeson Milk Stout und trank sie auf seinem Zimmer, was zumindest dazu führte, dass seine Unruhe in Selbstmitleid umschlug. Wie traurig alles geworden war!

Er schaltete das Radio ein. Eine Stimme sprach von einem Staatsstreich in Guatemala. Er schaltete es wieder aus und stand eine Weile still mitten im Zimmer, leicht schwankend und angetrunken, und plötzlich begann er umherzuwandern, kreuz und quer, am Bett vorbei, der Waschschüssel, dem stummen Diener. Er geriet dermaßen in Erregung, dass er anfing zu fantasieren, die Leute sähen ihn von der Straße und dächten, er sei eine Person, die vor einem einschneidenden Entschluss stände oder einer großen Entdeckung … So, Sie kennen Alan Turing? Ich habe die Ermittlung über seinen Tod durchgeführt! Man könnte sogar sagen, dass es der Startschuss für meine Karriere war. Schon eine traurige Geschichte, er war homosexuell, verstehen Sie, aber er hatte was auf dem Kasten, er schuf die Grundlage für die programmierbare Datenmaschine, eine Maschine, die … ach so, Sie haben davon gehört? Vielleicht wissen Sie dann auch, dass ich selbst mit einigen Verbesserungen beigetragen habe. Ich kam darauf, als ich am King's College in Turings Schriften las.

Er unterbrach seine Gedanken und ging hinaus, ohne zu wissen, wohin er wollte. Aus der Jukebox im Pub mit den blauen Jalousien gegenüber hörte er David Whitfield: *Cara mia why, must we say goodbye,* und er blickte zum Himmel auf. Es war bewölkt. Der Abend brach herein, und es wurde frisch, aber er fühlte sich besser, und für einen Augenblick vergaß er sogar seine Paranoia, was eine Ironie des Schicksals war, denn hätte er in den Pub hineingeschaut, hätte er einen kräftigen Mann mit einem Muttermal auf der Stirn gesehen, und dieser Herr, Arthur Mulland, niederer Angestellter beim GCHQ, stand jetzt auf und folgte Corell in die St. Andrews Street, in der sich ein Stück weiter entfernt die römisch-katholische Kirche erhob.

Corell hätte nicht einmal übertrieben aufmerksam zu sein brauchen, denn genau wie Alan Turing es in seinem Brief beschrieben hatte, fiel es Mulland schwer, in einer Menschenmenge unterzutauchen. Mit seinem klobigen Äußeren und seinem wiegenden Gang erweckte er viel zu leicht Aufsehen, und oft gab er sich nicht einmal Mühe, unentdeckt zu bleiben. Mit den Jahren war er müde und unvorsichtig geworden. Seine Instruktionen waren außerdem unklar: »Finden Sie heraus, was er vorhat«, und persönlich hielt er nicht viel davon. Aber die Zeiten waren nun einmal so, dass alles kontrolliert werden sollte, und Arthur Mulland machte nur seinen Job, in gewissem Maße sogar unter Protest, denn irgendwo mochte er Corell. Sie wanderten beide dahin, voll mit aufrührerischen Gedanken, keiner von ihnen hatte gut geschlafen, keiner war besonders nüchtern. Mulland begriff nicht, warum er in letzter Zeit so unausgeglichen und empfindlich war. Er sah ein, dass sein Alkoholismus eine Rolle spielte. Die Entzugserscheinungen kamen und gingen. Er war Experte für das Thema; er konnte Vorträge darüber halten, welcher seelische Schmerz nach welcher Alkoholsorte verlangte. Ganz bestimmt nicht besser wurde es durch das ganze Warten vor Türen und Fenstern, und oft verspürte er Zorn gegenüber denen, die er überwachen sollte. Nie würde er die herablassenden Blicke dieses Schwulen in Wilmslow vergessen, und es gefiel ihm nicht, dass die Polizei in dem Fall wühlte oder was dieser Corell nun tat. Arthur Mulland sah auf seine Armbanduhr. Es war halb sieben, und die Person, die er beschattete, mochte zwielichtig sein oder nicht, aber ganz sicher trug sie einen viel zu teuren Anzug, und jetzt ging der Mann in einen Pub, der *Regal* hieß. Mulland blieb draußen und nahm dann und wann einen Schluck aus seinem silberfarbenen Flachmann.

Corell bestellte ein Lager von der gleichen ausländischen Sorte, nach der Krause in Wilmslow gefragt hatte, und während er trank, kehrten die Bilder aus der Adlington Road zurück, nicht nur die äußeren. Er erinnerte sich an seine unanständigen Gedanken auf der Treppe, und er sah den Mathematiker vor sich, tot auf seinem schmalen Bett mit Schaum um den Mund, und plötzlich fand er dies so sonderbar. Alan Turing hatte gedacht, dann hatte er nicht mehr gedacht. Eine Welt war verschwunden, eine Frage … In seinem Artikel in *Mind* sprach Alan Turing davon, dass das Bewusstsein sich irgendwo in unserem Gehirn befinde, aber wie sollen wir es finden? Wie kann etwas sich selbst lokalisieren? Wie soll ein Rätsel sich selbst lösen? Wie soll das Lügnerparadox sich von seinem eigenen Widerspruch losreißen?

Corell schloss die Augen und versuchte zu fühlen, wo im Gehirn er dachte – es schien ihm eine Stelle weit hinten im Kopf zu sein –, aber er schob den Gedanken beiseite, es war Unsinn, und bevor er ausgetrunken hatte, bezahlte er und ging. Es regnete wieder. Wohin sollte er gehen? Er beschloss, einfach draufloszulaufen, hielt jedoch nach einigen Metern inne. Stand jemand hinter ihm?

Nein, er hatte sich geirrt. Es war niemand da, und es gab auch kein Schlupfloch, keine Gasse, keine Tür, in die man hätte verschwinden können. Ich bilde mir Dinge ein, dachte er, und das tat er. Arthur Mulland war zwanzig Meter entfernt, verdeckt von einer Touristengruppe bei der St.-Andrews-Kirche. Corell ging nun etwas schneller. Drüben bei der King's Parade grüßte er ein paar Studenten, nur einfach so. Sie nickten zurück, und er versuchte, den einen oder anderen positiven Gedanken zu denken – *hier gehe ich, Leonard Corell, und denke über das Paradox des Bewusstseins nach* –, doch es gelang ihm nicht besonders, und danach drehte er sich wieder um, erneut von einem unguten Gefühl befallen. Es war das erste Mal, dass er Arthur Mulland sah. Der Mann war jetzt dicht hinter ihm, und Corell dachte: Ein großer Typ, sind seine Hosenbeine nicht zu kurz? Aber der Gedanke verschwand, und selbst wenn Corell das Muttermal auf der Stirn bemerkt hätte, hätte er es nicht mit der Beschreibung in dem Brief in Verbindung gebracht, und warum auch? Das Muttermal glich keineswegs einem Sigma. Es war ein gewöhnlicher roter Fleck, für den sich Arthur als Junge geschämt hatte.

Erst mit Ende dreißig hatte Mulland aufgehört, eine lange, ins Auge fallende Stirnlocke zu tragen, und das nicht freiwillig. Eine einsetzende Glatzköpfigkeit hatte die Frisur unmöglich gemacht, weshalb er mit den Jahren einen gewissen Widerwillen gegenüber Menschen mit dichten Haaren entwickelt hatte. Der Polizist hatte dichtes Haar. Er war jung und gut gekleidet. Die Frauen warfen neugierige Blicke in seine Richtung, und Mulland, dem keine freundlichen Blicke zuteilwurden, beschloss, einen Schluck zu nehmen. Aber der Flachmann war leer, und außerdem regnete es. Es regnete ständig, wenn er draußen im Feld war, und säuerlich glotzte er den Polizisten an, der im Eingang von King's Chapel stand und einen Moment nachdenklich der Chormusik lauschte, bevor er weiterging.

Eine rotbraune dicke Katze lief vorbei und löste bei Corell und Mulland unterschiedliche Impulse aus. Der Mann aus Cheltenham wollte sie treten, während der Polizist sich nicht nur danach sehnte, ihr über den Rücken zu streicheln. Er wollte sie an sein Gesicht drücken wie einen tröstenden Teddybär. Er ging zum Kanal hinunter und kam an einer Bank und einigen großen Bäumen vorbei, und in diesem Moment knackte hinter ihm ein Zweig. Angst durchzuckte seinen Körper. Dennoch drehte er sich nicht um, nicht sofort. Er ging weiter. Was war zu hören? Der Regen natürlich, der Wind in den belaubten Bäumen, und dann die Schritte. Sie waren jetzt unmittelbar hinter ihm, und wenn man bedachte, wie langsam er ging, hätten sie ihn eigentlich überholen müssen. Es bestand sicher kein Grund zur Sorge. Aber trotzdem ... die Schwere in den Schritten und die Atmung, die zu heftig war für den langsamen Gang, machten ihm Angst. Sollte er sich umdrehen? Er kam nicht dazu. Die Füße hinter ihm beschleunigten den Takt, und jetzt fuhr Corell herum und sah zum zweiten Mal Arthur Mulland, immer noch ohne auf den Gedanken zu kommen, dass das Muttermal ein Anhaltspunkt war, ein Verbindungsglied zu einem anderen Zusammenhang, und sein einziger deutlicher Gedanke war, dass es ihm jetzt dreckig gehen würde.

Es war jedoch keineswegs Arthur Mullands Absicht, jemandem zu schaden. Er hatte sich umgesehen und festgestellt, dass sie allein waren, und sich gefragt, ob er nicht ein Gespräch anfangen sollte, was an sich gegen seine Instruktionen verstieß, aber Gewalt? Nie! Das würde ihn in erhebliche Schwierigkeiten bringen. Und trotzdem, irgendetwas in Corells Gesicht, die Angst in seinen Augen, die feinen Züge, seine Jugendlichkeit, die durch die Angst noch verstärkt wurde, und dann die Worte »Ich habe kein Geld!«, dies alles provozierte Arthur Mulland. *Glaubte der Idiot, er werde ausgeraubt?*

»Ich bin Polizist«, sagte der Mann.

»Ein schöner Polizist!«

»Was?«

»Der herumläuft und leckt wie ein Sieb.«

»Wovon reden Sie?«

Corell verstand wirklich nicht. Die Begegnung mit Pippard tauchte in seinen Gedanken auf, aber etwas in ihm weigerte sich, sie mit diesem Irren zu verknüpfen, der nun vor ihm stand. Der Mann wirkte viel zu brutal für Mathematik und höhere Rätsel; er glich einem Verbrecher, und das erhöhte die Gefahr. Mulland fühlte sich herabgesetzt. Er sah die Angst in Corells Augen, und als er vortrat und einen übel riechenden Atem ausstieß, grimassierte der Polizist angeekelt und erschrocken, und da passierte es. In Mullands Hirn kam es zu einem Kurzschluss. Er versetzte dem Polizisten einen Stoß gegen die Brust, und als Corell wankte, schubste er ihn noch einmal, kräftiger als beim ersten Mal.

Nur mühsam behielt Corell das Gleichgewicht, und dennoch registrierte er mitten in seinem schwankenden Schritt eine Reihe von Einzelheiten; das eine Auge des Mannes schien größer zu sein als das andere, seine Zähne waren gelb, das Kinn gespalten, aber vor allem sah Corell das Muttermal, und das gab ihm ein Gefühl von Déjà-vu, nicht so, dass er es sofort mit dem Brief verknüpfte. Aber es machte ihn hellwach.

Wie ein dribbelnder Fußballspieler täuschte er nach hierhin und dorthin an, und als er eine Lücke sah, lief er an dem Mann vorbei, aber neben einem Stein, der sich kurz darauf von Corells Blut färben sollte, holte Arthur

Mulland ihn wieder ein, war sich dabei des Wahnsinnigen, wenn nicht sogar Lächerlichen in seinem Verhalten irgendwo bewusst. Dennoch gab es kaum noch Hoffnung, dass er von Corell ablassen würde. In seinem überhitzten Zustand hatte Mulland begonnen, eine Bedrohung, ja ein reales Sicherheitsrisiko zu sehen, und einen Augenblick lang flossen Alan Turing und der Polizeibeamte in seinen Gedanken ineinander, was seine Wut noch verstärkte. Er packte Corell und zog ihn hinunter ins Gras, wobei er sich noch weiter erniedrigt fühlte durch seinen eigenen Zorn und seine Plumpheit.

Ja, schon da war klar, dass das Irrwitzige der Situation zu ihrer Gefährlichkeit beitrug. Unweit der Messe in der altehrwürdigen Kapelle des King's College kroch Arthur Mulland, Vater von drei Kindern, im Gebüsch umher wie ein Schuljunge auf dem Kriegspfad, und als er hastig, mitten in der Anstrengung, Corell auf den Rücken zu zwingen, wahrnahm, dass seine Knie schmutzig geworden waren, wurde er noch rasender, nicht weil es ihm um die Hose ging, sondern weil die Grasflecken die Verlorenheitsmomente der Kindheit in ihm wachriefen. Er war zwar mit den Jahren immer launischer geworden, aber gerade deshalb war er davon besessen, auf seine Würde zu achten, und wenn ihm dies nicht gelang, verlor er völlig die Besinnung.

All seine Enttäuschungen, sämtliche Löcher in seinem Selbstbild, all seine konkurrierenden Triebe und Pflichtgebote vereinten sich zu einer destruktiven Energie, und er schlug zu, wieder und wieder, zunächst mit der offenen Hand, solange noch ein Rest Vernunft in ihm war, dann mit den Fäusten, und schließlich, als Corell ihm ins Gesicht spuckte, schlug er den Kopf des Polizisten gegen den Stein, irgendwo völlig einverstanden damit, dass er nicht nur Corell kaputt schlug, sondern auch sein eigenes Leben. Eigentlich war es verwunderlich, dass er so lange weitermachen konnte, da sie sich nicht weit entfernt vom Kanal und vom Fußweg befanden, aber vermutlich kam der Regen Mulland zu Hilfe. Wenige Menschen waren überhaupt unterwegs. Die Stadt lag schweigend da. Die Baumkronen neigten sich über den Kanal, und in der Ferne war Donnergrollen zu hören. Das einzig Erstaunliche im Klangbild waren zwei junge Mädchen, die in einiger Entfernung Schuberts *Ave Maria* sangen. Für Corell hörte es sich an wie himmlische Stimmen aus einer hinsterbenden Welt, während es für Mulland nur eine entlegene Irritation war, und tatsächlich waren die Stimmen der Mädchen nicht geschult oder auch nur ernsthaft bemüht, den Ton zu halten. Es lag Ironie in dem Gesang, aber als Arthur Mulland aus seiner Raserei erwachte und mit wachsender Verwunderung seine groben Hände und das Blut betrachtete, das aus den dunklen Locken des Polizisten sickerte, wurden die Singstimmen zu einem Wecker, einem Sirenengesang aus einer besseren Welt.

Was hatte er getan?

Das Blut schien auch seinen Körper zu verlassen. Er widerstand der Eingebung, sich neben dem Polizisten auf die Erde zu legen, er wollte beten oder sich selbst schlagen, doch er tat nichts, nichts als schwer zu keuchen. Die harten und schnellen Schläge hatten seine Kräfte erschöpft, und unbewusst horchte er nach dem Gesang. Er war verstummt, und obwohl er ihn eben noch irritiert hatte, vermisste er ihn jetzt. Natürlich hatte er Angst, dass jemand sie entdecken würde; gleichzeitig sehnte er sich intensiv nach Gesellschaft, und er dachte – warum, wusste er nicht – an ein Kästchen aus Ebenholz, das er in einer kleinen Gasse in Ankara gefunden hatte und das er manchmal mit den Fingerspitzen streichelte, aber nirgendwo fand er Trost.

Er stand auf und ging in die Dunkelheit davon.

29

Am nächsten Tag herrschte nicht nur in Großbritannien, sondern in einem großen Teil der Welt freudige Erwartung. Um 13:29 Ortszeit sollte in England eine totale Sonnenfinsternis ihren Höhepunkt erreichen; Millionen Menschen schwärzten Glas und spulten Filmnegative ab. Es wurde erzählt, dass kein Geringerer als Galileo sich die Augen verdorben hatte, als er ungeschützt auf eine Sonnenfinsternis starrte. Sonnenbrillen reichen nicht aus, schrieben die Zeitungen, und viele fragten sich – als brächten die Mahnungen Zwangsgedanken hervor –, ob sie wirklich der Versuchung widerstehen könnten, direkt in die sich verdunkelnde Sonne zu schauen.

Eine feierliche Stimmung lag über Cambridge, und nicht wenige hatten Schwierigkeiten, sich auf ihre Studien zu konzentrieren. Andere blieben von dem Aufstand gänzlich unberührt. Einige Glückliche waren so von ihren intellektuellen Arbeiten in Anspruch genommen, dass ihnen die Merkwürdigkeiten am Himmel vollkommen gleichgültig waren. Andere hatten das Ereignis verpasst, was an sich schon eine Leistung war. Die Zeitungen und das Radio und das immer populärere Fernsehen berichteten pausenlos, und in den Straßen und Gassen wurde getratscht und getuschelt. Aber die Fähigkeit des Menschen zur Selektion ist nicht zu unterschätzen. Den Menschen entgeht oft das, was vor ihren Augen passiert. Sie sehen nur, was sie sehen wollen.

Andere, die snobistischer waren oder einen Hang zum Querdenken hatten – Eigenschaften, welche die großen Universitätsstädte in besonderem Ausmaß produzieren –, sahen es ganz einfach als eine Pflicht an, auf das, was alle anderen interessierte, zu pfeifen. Ihnen zufolge musste ein selbstständiger Mensch sich von aller Hysterie frei machen. Eine Sonnenfinsternis war trotz allem nicht mehr als ein Schatten, der außer Astronomen und Poeten niemanden interessieren sollte. Wenn alle anderen nach oben sahen, sollte man lieber nach unten oder zur Seite sehen. Es ging darum, sich zu unterscheiden, nicht nur, um sich aufzuspielen, auch wenn dies natürlich ein wesentlicher Bestandteil der Haltung war, sondern weil diese Menschen meinten, dass nur derjenige, der sich abseitsstellt, das entdeckt, was der Gegenwart entgeht.

Andere waren zu düster gestimmt und zu krank, um sich zu kümmern, während wieder andere so verärgert waren, dass ihnen das ganze Spektakel zuwider war. Zu den Letztgenannten gehörte Oscar Farley. Er saß auf seinem erst kürzlich installierten ergonomischen Stuhl am Schreibtisch in Cheltenham und legte mit einer theatralischen Geste den Hörer auf, als wollte er einem unsichtbaren Publikum zeigen, wie unzufrieden er war. Oscar Farley hatte sich vom ersten Augenblick an gegen die Überwachung des jungen Polizisten ausgesprochen. So ein Unfug, hatte er gesagt. Aber er war überstimmt worden und hatte widerwillig akzeptiert. Wenn sie das Entstehen neuer Sicherheitslücken verhindern wollten, mussten sie sich auf das Wesentliche konzentrieren. Nun gut, der Polizist mochte ein Spieler sein, ein Gauner, aber Arthur Mulland auf ihn anzusetzen, nein. Arthur Mulland war nicht stabil …

Farley begriff nicht, warum er in der Firma so viele Befürworter hatte. Allein seine Empörung über Alan Turings Veranlagung war ihm ungesund erschienen – moralische Entrüstung war das Letzte, wovon Farley in einem Überwachungsbericht lesen wollte, aber vor allem war es das Telefongespräch. Es war nicht nur Mullands Versagen an sich. Pannen gehörten zum Job. Es waren der Ton und die Details oder eher ihr völliges Fehlen, was ihn so ärgerte, und mit einer grimmigen Miene stand Farley auf und ging hinaus auf den Korridor. Es war noch früh, und er war nicht sicher, ob Robert Somerset schon anwesend war. Seit seiner Scheidung hatte Somerset sich angewöhnt, spät zu kommen und spät zu gehen, aber nein, Robert saß mit einer Tasse Kaffee in seinem Zimmer. Er strahlte, als Farley eintrat.

»Hallo, Oscar. Hast du die hier gesehen?«

Robert Somerset setzte sich eine lustige Brille auf, die ihm das Aussehen der Parodie eines Geheimagenten verlieh.

»Spezialanfertigung für die Sonnenfinsternis.«

»Mulland hat aus Cambridge angerufen.«

»Kannst du mir nicht eine kleine Atempause gönnen? Ich trinke Kaffee.«

»Er hat den Polizisten aus den Augen verloren«, fuhr Farley fort.

»Dusselig von ihm. War er besoffen?«

»Das weiß ich nicht. Aber er behauptet, Pippard hätte recht, und mit dem Polizisten sei irgendetwas nicht in Ordnung.«

»Erstaunlich, was für enge Freunde Pippard und Mulland plötzlich geworden sind.«

»Wie praktisch, nicht wahr?«

»Deinem Rücken scheint es besser zu gehen. Hast du die Übung ausprobiert, die ich dir gezeigt habe?«

»Mulland sagt, der Polizist habe ihn absichtlich abgeschüttelt. Er sei sich darüber im Klaren gewesen, dass er beschattet wurde.«

»Und das glaubst du nicht?«

»Er hat auch etwas anderes erzählt. Er sagte, der Polizist sei von jemand anderem verfolgt worden, einem jüngeren Mann mit slawischem Aussehen und einem brutalen Gesichtsausdruck. Mulland hat eine Personenbeschreibung geliefert.«

»Klingt sonderbar.«

»Es klang mehr als sonderbar.«

»Also hat er es sich ausgedacht?«

»Oder er hat seine Beobachtungen ein bisschen aufgebauscht.«

»Was willst du tun?«

»Ich fahre hin. Corell hat offenbar noch nicht aus seinem Hotel ausgecheckt, also sollte er früher oder später auftauchen.«

»Du nimmst etwas Nettes zu lesen mit, vermute ich.«

»Ich nehme deine Brille mit. Passt mir besser«, sagte Farley scherzhaft und setzte sie auf.

Somerset schien das nicht lustig zu finden.

»Es kann also niemand sein, der mit dem Polizisten Kontakt aufzunehmen versucht?«

»Es kann alles Mögliche sein. Aber mir ist nicht besonders wohl dabei, wenn Mulland und Pippard die Sache in die Hand nehmen.«

»Pippard ist unerhört emsig gewesen.«

»Emsig«, knurrte Farley und nahm die Brille ab.

»Und engagiert.«

»Wir sind allesamt so verdammt engagiert und emsig, dass wir darüber verrückt geworden sind«, fauchte Farley, verließ das Zimmer und setzte sich wieder an seinen Schreibtisch.

Emsig und verrückt... Seit Burgess und Maclean verschwunden waren, war die Stimmung immer hysterischer geworden, und das war natürlich leicht zu verstehen. Es konnte einen dritten, einen vierten und fünften Spion geben dort draußen, möglicherweise den verfluchten Philby, der ja Bletchley gekannt und Burgess bei sich zu Hause in Washington beherbergt hatte. Natürlich war es von größter Bedeutung, dass diese Leute gefasst und nicht noch weitere Spione ins Heiligtum eingelassen wurden. Aber es war ebenso klar, dass das Misstrauen die Leute vergiftete und schließlich alle verfolgt wurden, die abweichend und anders waren, ja, lag nicht inzwischen eine Lynchstimmung in der Luft? Farley hatte in der Firma eine Wut gesehen, die ihm Angst machte, und mehr denn je wäre er am liebsten vor all dem geflohen. Dennoch packte er eine kleine Tasche mit – unter anderem – einem Sammelband der Gedichte von Yeats und einem frisch gebügelten weißen Hemd, das seit ein paar Tagen über einem Kleiderbügel in seinem Zimmer hing.

Danach bat er Claire, ihm einen Zugfahrschein nach Cambridge zu bestellen.

»Ich bleibe nicht lange weg«, sagte er.

Arthur Mulland saß im Hotelzimmer und trank aus seinem Flachmann. Man konnte schon von Glück reden, dass Farley ihn nicht sehen konnte. Nicht einmal der Alkohol ließ seine Hände aufhören zu zittern, und er stank nach Schnaps und Schweiß. Er war bleich und eingefallen. Dennoch hatte er mitnichten aufgegeben. »Es sind gefährliche Zeiten«, murmelte er, als wäre die Misshandlung des Polizisten ein notwendiger Kampf gewesen, Teil eines Kreuzzuges. Die ganze Zeit über versuchte er, einen Ausweg aus der Klemme zu finden. Die Lügen gegenüber Farley hatte er sich in der Nacht ausgedacht. Er wusste, dass sie mangelhaft waren und dass die Beschreibung des fiktiven Verfolgers – *slawisch und brutal* – ein wenig zu offensichtlich war, nicht nur, weil sie auf die russische Gefahr anspielte; sie ließ auch Spielraum für andere Anklagen. Aber er fand, dass sie taugte, wenn sie nicht sogar recht smart war. Er dachte an Pippard. Pippard war seine Rettungsleine, eine Hoffnung. *Julius regelt die Angelegenheit.* Überhaupt sah Mulland nicht besonders klar, und während die Bilder des Abends noch einmal vor seinem inneren Auge abliefen, betrachtete er sie wie aus der Distanz, als gingen sie ihn nicht richtig etwas an.

Nach dem Kampf hatte er einen kurzen Moment der Befreiung gespürt, als wäre all die unterdrückte Wut, die er mit sich herumgetragen hatte, endlich verflogen, doch das war ein trügerisches Gefühl, eine falsche Erleichterung. Die Panik hatte ihre Klauen in ihn geschlagen, und soweit er sich erinnerte, hatte er den Polizisten kaum angesehen. Er hatte nur mitbekommen, dass es schlimm war, und den Blick abgewandt, und deshalb war seine deutlichste Erinnerung nicht die an Corell, sondern an seine eigenen, blutigen Hände und an den Regen, der fiel, und an seine Einsicht, dass er verschwinden musste. Er war davongetaumelt und in der Stadt umhergeirrt, bis er sich besann und ins Hotel zurückkehrte, wo er sich am ganzen Körper wusch und in einen tiefen, aber kurzen Schlaf fiel.

Herrgott, was hatte er getan? Er stand auf. Er setzte sich wieder. Er trank Schluck um Schluck, Wasser und Whisky abwechselnd, und dachte, dass er seine Frau Irene anrufen und ihr sagen sollte, alles sei gut, doch das waren Dummheiten. Nichts war gut, und ihr Verhältnis in den letzten Jahren war miserabel gewesen. Ja, sicher war eine Katastrophe in dieser Größenordnung notwendig, damit ihn eine derartige Sentimentalität befiel, und seine Gedanken wanderten weiter zu seinen Söhnen, besonders zu Bill, der angefangen hatte, Medizin zu studieren, und er versuchte, sich ihre Gesichter zu vergegenwärtigen, aber es war wie verhext, an ihrer Stelle tauchte der Polizist mit seinen schrägen Augen auf. *Kann er noch da liegen? Kann er …* Mulland nahm das Telefon und bat den Vermittler, ihn mit dem Hotel Hamlet in der Drummer Street zu verbinden. Als sich eine Männerstimme meldete, legte er auf, ihm war nicht wohl bei der Sache. *Nein, nein, er konnte nicht im Hotel sein. Er musste …* Er sprang auf und sah sich im Spiegel an, zuerst erschrocken – *Scheiße, wie sehe ich aus!* –, dann nicht ganz unzufrieden. Er wischte sich den Schweiß von der Oberlippe, strich das schüttere Haar zurecht und lächelte treuherzig, wie um auch sich selbst etwas vorzumachen. Danach stürzte er aus dem Haus und schlug die Richtung zum King's College ein. Er verlangsamte seine Schritte. *So eilig ist es auch wieder nicht!* Und als er in der Market Street ein Schild mit der Aufschrift »Regency Café« sah und erkannte, dass es sich um ein einfaches Arbeiterlokal handelte, das er hier in der feinen Stadt nicht erwartet hatte, ging er hinein und bestellte eine Kanne Tee und ein Eiersandwich. *Ich muss mich zuerst beruhigen!*

Oscar Farley saß im Zug, und obwohl er versuchte, seinen Yeats zu lesen – Yeats war die Landschaft der Geborgenheit, zu der er ständig zurückkehrte –, flatterten seine Gedanken wild umher, und je länger er fuhr, desto mehr dachte er an Alan Turing. Es war noch nicht sonderlich lange her, seit der Mathematiker ihm in Cheltenham gegenübergesessen und mit seiner stotternden, resignierten Stimme gesagt hatte:

»Sie vertrauen mir also nicht mehr.«

»Klar tun wir das. Es ist nur so …«

Es ist nur so … was denn? Farley erinnerte sich nicht

mehr daran, was er geantwortet hatte – vermutlich hatte er sich in irgendeiner entschuldigenden Phrasendrescherei verheddert –, aber es hatte wehgetan. Er und Alan hatten eine lange gemeinsame Geschichte. Farley war dabei gewesen, als Alan für Bletchley angeworben worden war. Schon damals suchten sie eher Mathematiker und Naturwissenschaftler als Linguisten und Geisteswissenschaftler, und aus seinem alten Netzwerk in Cambridge waren verschiedene unabhängige Tipps in Bezug auf Alan eingegangen, den jungen Mann, der das Entscheidungsproblem gelöst und in Princeton studiert hatte und der sich aus eigenem Antrieb für Kryptologie interessierte. Man wusste, dass er eine gute Besetzung war. Aber man konnte ja nicht ahnen … Farley erinnerte sich an das erste Mal, als sich Alan in Bletchley auffällig verhalten hatte. Es war im Ballsaal des Herrenhauses gewesen, das schon damals als Dreh- und Angelpunkt und Kommandozentrale diente. Sie saßen in einer Gruppe zusammen und tranken. Es musste im Herbst 1939 gewesen sein, doch trotz der Kriegssituation war die Stimmung ausgelassen. Er war selbst nahezu glücklich. Bridget war dabei. Sie waren gerade ein Paar geworden, doch weil sie beide verheiratet waren, spielten sie ihr Theater, gaben vor, einander nicht zu kennen, was die Glut zwischen ihnen noch aufheizte. Oscar Farley stand schon seit jungen Jahren im Mittelpunkt des sozialen Lebens. Er war stets darauf bedacht, dass keiner vergessen oder ignoriert wurde. Er übernahm eine Art väterlicher Verantwortung für jede Konversation, und deshalb entdeckte er bald, dass Alan Turing verstummte und sich in seinem Sessel unwohl zu fühlen begann, als das Gespräch eine Wendung ins locker Frivole nahm. Die Leute lachten, Alan auch, aber mit einer leichten Verzögerung, wie ein Schuljunge, der den Witz nicht verstanden hatte und so tat, als ob. Er wirkte verloren und verlegen, und Bridget –

die sich ähnliche Gedanken gemacht zu haben schien – hatte höflich gefragt:

»Entschuldigen Sie, Dr. Turing, was haben Sie in Cambridge gemacht?«

»Ich …«, begann er. »Ich habe mich mit gewissen einfachen Fragestellungen beschäftigt, die …«

Danach verschloss er sich. Kein Wort kam über seine Lippen. Er stand nur hastig auf und verschwand, und damals begriff niemand, warum. Aber bald sollten sie alle verstehen, dass Alan, wenn er glaubte, die Leute verständen nicht, woran er arbeitete, überhaupt nicht zu sprechen vermochte, und das konnte ihm natürlich als Snobismus, als Arroganz ausgelegt werden, aber wahrscheinlich konnte er ganz einfach nicht mit Menschen umgehen, die seiner eigenen Sphäre zu fernstanden. Auf Frauen verstand er sich ganz und gar nicht. Er schlug den Blick nieder, wenn sie vorbeigingen. Er befestigte seinen Teebecher an einer Heizung, damit er ihn nicht verlor, er verlegte ständig Dinge und kleidete sich exzentrisch. Doch in jener Zeit wurde das, was an ihm anders war, lediglich als ein Teil seines großen Talents betrachtet. Erst später … Farley blickte aus dem Zugfenster, und als er sah, dass sie sich Cambridge näherten, verspürte er einen Stich von Sehnsucht. Cambridge war sein eigentliches Zuhause. Wie gern hätte er den Tag frei gehabt! Als er sich von seinem Sitz erhob, meldete sich sogleich sein schmerzender Rücken. Er fluchte und stieg hinab auf den Bahnsteig. Es war bereits nach zwölf Uhr und nicht mehr lange bis zur Sonnenfinsternis, das Leben in der Stadt war schon im Begriff, zum Stillstand zu kommen.

Arthur Mulland war in die gleiche Richtung unterwegs wie Farley. Seine ganze Erscheinung strahlte Anspannung aus, aber sein Blick war jetzt klarer. Es war viel passiert. Nach dem Frühstück in der Market Street war er zum King's College gehetzt – ohne eine Ahnung zu haben, wie auffällig er sich in dieser Umgebung ausnahm – und war weitergelaufen zu der Stelle, wo er Corell so übel zugerichtet hatte. Als er näher kam, hatte er die Schritte verlangsamt und tief durchgeatmet. Auch wenn er erwartet hatte, dass es unangenehm werden würde, und irgendwo sah er ein, dass er ein Täter war, der an den Tatort zurückkehrte, so war er auf das rein physische Unbehagen nicht vorbereitet gewesen, und hätte der Gedanke sich in den Morgenstunden nicht zu einer fixen Idee ausgewachsen, wäre er definitiv umgekehrt. Jetzt lief er stattdessen weiter. Er fand es erstaunlich, dass er sich so gut an die Umgebung erinnerte. Jeder Busch und jeder Baum kamen ihm eigentümlich bekannt vor, als hätten die Wut und der Wahnsinn seine Sinne geschärft, und er erinnerte sich an die Trompete, die er gehört hatte, und an das *Ave Maria* der Mädchen und an die Gedanken, die er gedacht hatte. Schon da war ihm klar, dass er nichts finden würde. Der Ort sah schockierend unschuldig aus. Kein Körper lag da. Auch sonst nichts Zurückgelassenes. Erst als er genau hinsah, erkannte er das Blut an dem Stein und die aufgewühlte Erde. Eine Katze miaute – dieselbe Katze wie gestern? –, aber dort … Im Gras neben dem Pfad lag ein kleiner einfacher Block ohne festen Einband. Er hob ihn auf und schrak zurück, als er auf der ersten Seite einen Blutfleck entdeckte. Verstohlen blickte er nach links und rechts, steckte den Block in seine Brusttasche und ging zurück, am Springbrunnen und an der Kapelle entlang. Schließlich hielt er es nicht länger aus.

Er setzte sich auf eine Bank gegenüber dem Eingangstor vom King's College und blätterte den Block durch. Unter anderem sah er als Erstes den Namen *Fredric Krause*, der zweimal unterstrichen war. *Krause*. Etwas an dem Namen steigerte seine Erregung. *Das Wichtigste sind nicht die Maschinen an sich, sondern die Instruktionen, die man ihnen gibt.*

Was bedeutete das? *Wie kann das Lügnerparadox eine Waffe im Krieg sein?* Weiter vorn im Block fand er die Wörter *Code knacken* und *Bletchley* sowie eine Überlegung darüber, dass die Kunst, Fehler zu machen, eine Voraussetzung für Intelligenz sei. *Lässt Turing deswegen in seinem Test die Maschine falsch rechnen?*

Es wäre übertrieben zu sagen, dass Arthur Mulland verstand, was er gefunden hatte, doch in seiner erregten Stimmung war er überzeugt, dass es sich um ein entscheidendes Dokument handelte, etwas, was vielleicht sogar seinen Gewaltausbruch rechtfertigen könnte, und lange wanderte er kreuz und quer dahin, bis er auf eine Telefonzelle stieß. Nervös wühlte er ein paar Shilling aus der Tasche und nannte der Vermittlung Pippards private Nummer.

»Hier ist Mulland.«

»Was ist los?«, fragte Pippard.

»Sie hatten recht mit dem Polizisten. Ich habe Beweise. Ich habe seinen geheimen Block.«

Er wusste, dass er etwas zu dick auftrug und dass das Wort »geheim« in diesem Zusammenhang forciert klang.

»Wovon redest du?«, sagte Pippard. »Somerset sagte, du hättest ihn verloren? Farley ist auf dem Weg nach Cambridge.«

»Ist er? Und wohin?«

»Wohin? Was weiß ich. Ich tippe mal, er geht zu dem Hotel, in dem Mr Corell wohnt. Sollte der Polizist da nicht früher oder später auftauchen?«

Mulland sagte, das sei möglich. Es gefiel ihm nicht, dass Farley herkam, und geistesabwesend versuchte er, ein paar glaubwürdige Worte über den slawischen Mann zu sagen, der angeblich den Polizisten verfolgt hatte. Wahrscheinlich gelang ihm das nicht, und um das Thema zu wechseln, warf er einen Köder aus und ließ den Namen Fredric Krause fallen.

»Sagt Ihnen das etwas?«

»Oh ja, allerdings.«

»Wer ist das?«

»Ein alter Bekannter aus dem Krieg«, sagte Pippard.

»Krause scheint das Verbindungsglied zu dem Polizisten zu sein. Er hat den Namen auf seinem Block unterstrichen.«

»Was sagst du da?«

»Ich erzähle später mehr. Ich muss jetzt weiter.«

»Nein, nein ... das musst du erklären.«

»Ich kann jetzt nicht.«

»Aber Herrgott, Mensch! Warum hast du es so eilig?«

»Ich muss den Polizisten finden.«

»Ist der nicht verschwunden?«

»Ja ... schon, aber ich glaube, ich weiß, wo ich ihn finden kann«, log Mulland.

»Okay, okay. Mach ihn ausfindig und sorge dafür, dass er in Cambridge bleibt! Wir müssen unbedingt mit ihm reden! Nicht dass ich begreife, wovon du da faselst. Aber Fredric Krause, lieber Gott ... wenn es stimmt, was du sagst, dann mache ich mir wirklich Sorgen.«

»Krause hört sich nicht englisch an.«

»Genau.«

Ich hab's doch gewusst, fuhr es Mulland durch den Kopf.

»Ich melde mich«, sagte er und hörte Pippard noch etwas sagen, legte aber dennoch auf und eilte davon. Nach zehn Metern stoppte er, stand ein oder zwei Sekunden still und wiegte den Oberkörper vor und zurück. Dann ging er wieder in die Telefonzelle. Er suchte eine neue Münze und bat den Mann in der Vermittlung, ihn mit dem Hotel Hamlet zu verbinden. Es dauerte. Herrgott ... es war doch nur ein Ortsgespräch. Konnte das so schwer sein? Er war gezwungen, weitere vier Pence einzuwerfen, und als er schließlich durchgestellt wurde, bat er darum, mit Mr Corell sprechen zu dürfen, und auch wenn die Befürchtungen in seinem Kopf vorbeiflimmerten, erwartete er keine Sekunde, dass der Polizist da wäre. Das Gespräch war mehr ein Teil seiner Selbsttherapie. Doch die Männerstimme am Telefon zögerte und wirkte sonderbar. *Wusste er Bescheid …?*

»Ich weiß nicht.«

»Was denn?«

»Er hat gesagt, er wolle nicht gestört werden.«

»Verbinden Sie mich einfach. Es ist wichtig.«

»Ist etwas passiert?«

»Lassen Sie mich mit ihm reden«, sagte Mulland und hörte die Klingelzeichen schrillen, eins nach dem anderen, bis er es nicht mehr aushielt.

Wie ein Gejagter verließ er die Telefonzelle und hastete davon, in einem Tempo, das nicht zur Stimmung in der Stadt passte – die Menschen um ihn herum, standen wunderlich still –, aber er dachte nicht weiter darüber nach. In seinen Ohren hallten Pippards Worte, *wenn es stimmt, was du sagst, dann mache ich mir wirklich Sorgen,* und Mulland murmelte für sich selbst: »Ich hatte also recht, nicht wahr?«

30

Das Telefon klingelte. Corell wollte antworten, hatte aber nicht die Kraft und öffnete nur kläglich die Hand, als erwartete er, dass jemand den Hörer hineinlegte. Danach verfiel er wieder in seinen Dämmerzustand. Das Kopfkissen war von Blut und Erde beschmiert. Ein kariertes Hemd war um seinen Kopf gewickelt. Die Augen und die Wangen waren blau geschlagen und geschwollen. Hätte ihn in diesem Moment jemand gefragt, was passiert sei, hätte er gesagt, er wisse es nicht, vielleicht war er aus dem Bett gefallen und hatte sich verletzt, und vielleicht war es gut, dass es dunkel wurde, denn er wollte schlafen. Er musste sich zusammenkrümmen, um die Schmerzen im Brustkorb und an der Stirn zu lindern, und vielleicht wäre ihm das auch gelungen, hätte er nicht etwas wahrgenommen, eine Stille, ein Schweigen, das über der Stadt lag, und aus irgendeinem Grund dachte er an seine Mutter. Die Mutter goss Blei in dem offenen Kamin in Southport, eine eigentümlich schöne Erinnerung nicht nur angesichts dessen, was geschehen war, sondern auch im Vergleich dazu, wie er sie sonst sah, aber die Erinnerung verblasste.

Der Schatten dort draußen bewegte sich allzu schnell über den Himmel, Angst und Verwirrung ergriffen ihn, er schnüffelte sogar, wie um sich zu versichern, dass der Gestank von Bittermandel nicht auch hier eingedrungen war, und tatsächlich, er spürte eine Dichtheit in der Luft, verstand jedoch nicht den Grund dafür. Dann erkannte er, dass die Autos, die Vögel und die Menschen verstummt waren, nicht allmählich, wie es jeden Abend geschah, sondern wie auf ein Signal hin, und da fiel es ihm ein: Es war die Sonnenfinsternis, und Schritt für Schritt begann er sich zu erinnern. Er erinnerte sich an den Regen.

Er erinnerte sich an die Misshandlung und wie er im Gras gelegen und geglaubt hatte, das Leben wolle aus seinem Körper entweichen. Später in der Nacht war er auf die Beine gekommen und hatte in einen Busch gekotzt. Er hatte geröchelt und Blut gespuckt und dabei, als wäre das lebenswichtig, den Kopf nicht gerührt. Dennoch bewegte er sich vorwärts, von dem Instinkt getrieben, nach Hause zu kommen – nach Hause ins Hotel. Bei einer Gelegenheit war er auf ein paar Nachtschwärmer gestoßen, die ihm unbedingt helfen wollten, doch er hatte energisch abgelehnt. Wie ein verwundetes Tier wollte er mit seinen Verletzungen allein sein, und als er hereinkam – wie hatte er überhaupt hergefunden? –, war kein Mensch an der Rezeption gewesen. Mit dem Schlüssel, der noch im Fach steckte, öffnete er seine Tür und fiel ins Bett, oder richtiger gesagt, er trank zuerst Wasser und wickelte sich das Hemd um den Kopf, aber dann ... Das meiste war nur Nebel. Ihm war entsetzlich übel, und zeitweise musste er halluziniert haben. Als das Zimmermädchen klopfte, raunzte er, er wolle nicht gestört werden – warum hatte er das getan? –, und da murmelte sie etwas und verschwand. Er hatte das Gefühl, sie würde zurückkommen. Er brauchte Hilfe. Als seine Gedanken jetzt klarer wurden, hatte er unerhörtes Mitleid mit sich selbst, und er strich mit der Hand über das Hemd um seinen Kopf und spürte die verkrustete Wunde darunter und dachte: Es ist schlimm, nicht wahr? Er hatte

Schmerzen. Er war steif und sah mit blinzelnden Augen aus dem Fenster. *Die ganze Welt ist in einem großen Ereignis vereint, und hier liege ich. Wie traurig, der ich studiert habe …* Er sah sich im King's College sitzen und stellte sich einen Bewunderer vor, der zu ihm trat … *Nicht so laut, mein Herr. Aha, aha, ich danke Ihnen für das Lob, Sie verstehen, die Mathematik ist für mich wie Musik …* Er war vielleicht nicht im Vollbesitz seiner Kräfte, aber allmählich kehrten die Ereignisse zurück, und er erinnerte sich an Pippard und den Brief; ja, Herrgott, der Brief. Er tastete nach der Brusttasche und suchte nervös, aber doch, da steckte er, alle Seiten schienen intakt zu sein, und er war versucht, ihn erneut zu lesen. Aber sein Notizblock? Wo war der? Seine Hände fuhren über seinen Körper, aber nein, kein Block. Er blickte zum Nachttisch und zu seiner Reisetasche. Er sah den Block nicht, und das ärgerte ihn. Er erinnerte sich an den Mann, der ihn geschlagen hatte. Was war das für ein Mensch, warum hatte er es gerade auf ihn abgesehen? Er hatte ein Muttermal auf der Stirn gehabt und zu kurze Hosen … es musste der Mann aus Turings Brief sein … plötzlich sah Corell es ganz klar. Er wurde in seinen Gedanken unterbrochen. Er hörte Schritte im Flur. Es war bestimmt das Zimmermädchen. Vielleicht bringt sie einen Arzt mit, dachte er. Das wäre gut. Es klopfte an der Tür. Es klopfte stärker, als er erwartet hatte.

Oscar Farley war schlecht gelaunt, und er hatte Rückenschmerzen. Der Schmerz strahlte vom unteren Rücken bis zum Nacken aus, und auf den Straßen betrachteten ihn die Menschen verwundert, nicht nur wegen seiner Größe, sondern auch wegen seines Kopfes, der aufgrund der Steifheit in seinem Körper nach links geneigt war, als schaute er zu einem schwer zugänglichen Punkt hoch am Himmel. Doch in Wirklichkeit blickte er kaum zum Himmel. Er war in seinem Schmerz eingeschlossen und sah nur ungeduldig zur Sonnenfinsternis auf, als wäre das Ganze ein ärgerlicher Wetterumschwung. Als er in die Drummer Street einbog, fiel sein Blick auf die Eingeweide eines toten Tiers, und obwohl er rasch wegsah, war er unangenehm berührt. Der Kadaver verstärkte sein Unwohlsein, und nicht einmal das zurückkehrende Licht und die wieder erwachende Welt vermochten seine Stimmung aufzuhellen. Er dachte an Pippard. Pippard konnte unmöglich recht haben! Pippard war ein Idiot. Sollte der Polizist tatsächlich so viel herausgefunden haben? Und war es überhaupt wahrscheinlich, dass er die Informationen an irgendwelche geheimnisvollen Personen weitergab? Und dann Mulland: *Ein Mann mit slawischem Aussehen ist mir gefolgt!* Nein, nein!

Es stimmte allerdings, dass Corell Farley von Anfang an mit seiner Widersprüchlichkeit verwirrt hatte und dass er vor dem Gerichtsgebäude in Wilmslow eine so merkwürdige Frechheit und Autorität an den Tag gelegt hatte. Sicher hatte er unberechenbare Züge. Die erbliche Belastung war nicht unerheblich, gestern im Büro war darüber geredet worden. Sowohl der Vater als auch die Tante seien subversive Elemente, hatte es geheißen, ja, ja, hatte Farley gedacht, angenehme Menschen, mit anderen Worten. Wenn ihr nur wüsstet, wie viel Unsinn ihr meiner Meinung nach daherredet. Aber es war klar, wenn man alles zusammenlegte, war es schon ein wenig beunruhigend. Dieser Brief beispielsweise, was war damit, und warum hatte der Polizist ihn für sich behalten? Farley erhöhte das Tempo, und einen Moment lang glaubte er, ein Stück entfernt Mulland zu sehen, aber wahrscheinlich irrte er sich, und auf jeden Fall war er tief in seine Gedanken versunken.

Es war eine Geschichte in Umlauf, dass Mulland einmal bei einem Pferderennen in York ausgerastet war. Es hieß, er habe geweint, als das Pferd, auf das er gesetzt hatte, in der letzten Kurve gestürzt war, und dass er danach einem armen Teufel, der sich erkundigte, was mit ihm los sei, eine verpasst habe. Niemand war der Geschichte auf den Grund gegangen – es hieß, sie sei stark übertrieben –, und das war sicher ein Fehler gewesen. Sentimentalität und Gewalt waren keine gute Kombination. Außerdem trank Mulland zu viel. Warum blieb ausgerechnet er von der internen Ermittlung verschont? Lag es daran, dass er Pippards Segen hatte und weil er so papageienhaft alle gängigen Meinungen zum Ausdruck brachte?

Oscar Farley suchte nach der Hausnummer und entdeckte das Hotel, eine einfache Herberge, von der er noch nie etwas gehört hatte und die nicht einmal über eine Markise verfügte. Von außen glich es einem Wohnhaus, und im Inneren war die Einrichtung abgenutzt und nicht besonders einladend. An den Wänden hingen Fotos von Schauspielern, die den Hamlet verkörpert hatten, unter anderem Laurence Olivier, der beinahe liebevoll einen grauen Totenschädel an seine Wange drückte, und genau rechts von der Eingangstür stand eine große Topfpflanze, die dringend Wasser benötigte. Das Foyer war menschenleer. Farley betätigte eine silberfarbene Glocke auf dem Empfangstresen.

»Verflixt noch mal!«

Niemand kam, und er klingelte erneut und bekam das absurde Gefühl, dass der Ort seit Langem verlassen war. Erst nach ein paar Minuten lief ein junger Bursche in weißem Hemd und schwarzer Weste und mit einer deutlichen Zahnlücke von der Straße herein. Er hatte etwas Rührendes an sich, etwas Flatterndes und Unbeholfenes.

»Entschuldigung. Entschuldigung. Ich habe die Sonnenfinsternis angesehen. Fantastisch, nicht wahr?«

»Na ja.«

»Was kann ich für Sie tun, mein Herr?«

»Ich möchte Mr Corell treffen.«

»Sie auch?«

»Was meinen Sie damit?«

»Ich habe gerade auf der Straße einen Herrn getroffen, der dringend mit ihm sprechen wollte.«

»Mr Corell ist also hier?«

»Ich glaube es. Er hat das Telefon nicht abgenommen, aber er hat mit dem Zimmermädchen gesprochen. Er hat darum gebeten …«

»Welche Zimmernummer hat er?«

Es war die Zweihundertzweiundsechzig, und obwohl es einen alten Aufzug gab und Farleys Rücken ihn quälte, nahm er die Treppe. Das würde schneller gehen. Die Mitteilung, dass jemand anderes mit dem Polizisten reden wollte, hatte ihn beunruhigt. Er begann allmählich zu fürchten, dass der Polizist tatsächlich etwas Unverzeihliches getan hatte. Es wäre ein derartiger Rückschlag! Er hasste es, wenn Leute wie Pippard aus den falschen Gründen recht bekamen, oder sollte er sagen, wenn ungesunde Haltungen zu guten Ergebnissen führten, und aus irgendeinem Grund dachte er an Alan, Alan, der im Wald seinen Silberbarren streichelte.

Im zweiten Stock war es überraschend dunkel. War eine Glühbirne durchgebrannt? Der Auslegeteppich war braun und ausgefranst. Farley bekam das Gefühl, einen Gefängniskorridor entlangzugehen, dann blieb er stehen, und wahrscheinlich verspannte er sich, oder er machte eine unvorsichtige Bewegung. Es zuckte im Schulterblatt, und er stöhnte: »Oh mein Gott!« Dennoch konzentrierte er sich auf etwas ganz anderes. Er hatte ein Geräusch vernommen, das wie ein Seufzen klang, und obwohl es nicht laut oder besonders dramatisch war, erfüllte es ihn mit Unbehagen, warum, war ihm nicht klar – vielleicht waren es seine Nerven –, aber jetzt war noch etwas zu hören: ein erregtes Flüstern und ein Plumps, und als Farley seine Schritte beschleunigte, war er überzeugt, dass in diesem Moment etwas Ernstes geschah, und nervös und laut rasselte er mit den Schlüsseln in der Tasche.

31

Corell hatte die Tür verschlossen, als er in der Nacht in sein Hotelzimmer getaumelt war. Deshalb half es nichts, dass er »Herein!« rief. Er war gezwungen, selbst aufzumachen. Aber er konnte sich kaum aufrichten. Ihm war übel, und sein Körper schrie geradezu: Lieg still! Und doch, er musste aufstehen. Er musste trinken und auf die Toilette gehen. Also konnte er es ebenso gut versuchen. Es flimmerte ihm vor den Augen, und er spürte heftigen Druck gegen die Stirn.

»Ich komme. Ich komme!«

Mit einer unerhörten Anstrengung kam er auf die Beine und behielt das Gleichgewicht. Es war ihm wie ein kleiner Triumph, und mit gekrümmtem Körper bewegte er sich vorwärts. Auf der Straße setzte das städtische Leben wieder ein. Die Vögel und die Menschen erwachten zum Leben, und er versuchte, sich darüber zu freuen, doch das Licht quälte ihn.

»Wer ist da?«, sagte er.

Er vernahm keine Antwort. Das Gehen war so anstrengend, dass es seine gesamte Konzentration in Anspruch nahm, und falls er sich überhaupt fragte, wer klopfte, glaubte er, es wäre das Zimmermädchen oder der Portier oder ein Arzt, der hinzugerufen worden war. Es kam ihm nicht in den Sinn, dass das Zimmermädchen ihn gar nicht gesehen hatte. Wenn er eine Sorge hatte, dann die, wie er es bis zur Tür schaffen sollte. Allein das kam ihm wie ein Wagnis vor. Der Schwindel wurde stärker, und er dachte: *Ich schaffe es nicht*, aber er kämpfte und stellte erleichtert fest, dass der Schlüssel in der Tür steckte. Aber das Schloss klemmte, und er hatte keine Kraft in den Händen. *Nun komm schon*! Und jetzt ging es. Er öffnete und bereitete sich darauf vor, mit einer gewissen Dramatik zusammenzubrechen – er wollte zeigen, wie bemitleidenswert sein Zustand war –, doch da draußen stand weder das Zimmermädchen noch sonst jemand vom Hotel. Ein ganz anderer Typ stand vor ihm und stank nach Schweiß und Alkohol.

Arthur Mulland hatte einen Befehl erhalten: Er sollte dafür sorgen, dass der Polizist in Cambridge blieb. Außerdem wollte er Oscar Farley zuvorkommen und seine Version der Geschichte klarstellen. Er war besessen von dem Gedanken, die Situation bereinigen zu können und sie zu seinem Vorteil zu wenden. Ein ums andere Mal blickte er auf den Notizblock in seiner Hand, als wäre er eine fantastische Trumpfkarte. Aber während der Himmel sich verdunkelte und die Menschen um ihn herum immer andächtiger wurden, sank sein Mut, und er sah den Polizisten in allen möglichen Erscheinungen vor sich, sogar in einer, die an Corell als Gespenst erinnerte, und er begann, sich gejagt zu fühlen. Die Zeit schien ihm davonzulaufen, und er stürmte drauflos, als gäbe es kein Umkehren mehr. Lange nahm er nicht wahr, was um ihn herum passierte. Vor dem Hotel *Hamlet* stand ein junger Mann und hielt sich ein Stück geschwärztes Glas vor die Augen. Der Mann sagte etwas Unbegreifliches über Wahnsinn.

»Entschuldigung.«

Der Kerl hatte doch wohl nicht von ihm gesprochen?

»Sir! Seien Sie vorsichtig! Haben Sie nichts, durch das Sie gucken können?«

»Ich gucke gar nicht hin. Aber was haben Sie gesagt? Habe ich nicht etwas von Wahnsinn gehört?«

»Was ... doch ... ich sagte nur, ich kann verstehen, dass die Menschen früher religiös und wahnsinnig wurden, wenn sie so etwas sahen.«

»Das ist möglich. Arbeiten Sie im Hotel?«

Das tat der Mann, und ja, er hatte einen Gast namens Corell, und dann nannte er die Zimmernummer, etwas widerwillig, wie es schien, und kurz darauf schritt Mulland durch den dunklen Flur. Als er anklopfte, murmelte er zu sich selbst »Ruhig, ruhig!«, aber als nichts geschah – als drinnen kein Schritt zu hören war –, schlug er noch einmal an die Tür. Er konnte es kaum aushalten. Dann hörte er eine Stimme und eine Bewegung, und er fühlte, wie sein Körper sich anspannte und wie er reflexmäßig herunterzuzählen begann, sechs, fünf, vier, als erwarte er eine Explosion, und dann wurde die Tür geöffnet.

Der Polizist bot ein Bild des Jammers. Corell zitterte und krümmte sich und sah völlig zerschlagen aus.

»Nein, nein, bitte nicht«, flüsterte er und hob die Hände vor den Kopf, von dem ein blutiger Stofffetzen wie eine irrwitzige Frisur über seine Schultern herabhing. Arthur Mulland schloss die Tür und trat vor, wahrscheinlich nur, um etwas zu sagen oder um eine helfende Hand auszustrecken, aber seine Schritte waren zu schnell und zu heftig, und der Polizist schwankte. Er stützte sich gegen die Wand, und langsam, wie jemand, der beschlossen hat, sich hinzulegen, sackte er auf den Fußboden. Es war herzzerreißend. Er zog die Beine vor die Brust, hielt die Hände weiter vor den Kopf und das Hemd. Mulland spürte, dass er sofort etwas tun musste. Er blieb stehen und sagte mit einer Stimme, die er selbst als gekünstelt empfand:

»Ich tue Ihnen nichts. Ich will Ihnen helfen. Aber Sie müssen verstehen…« Er hatte eigentlich erklären wollen, wie gravierend es war, mit Personen wie Fredric Krause zu konspirieren, aber das erschien ihm nun sinnlos, und er blickte sich stattdessen im Zimmer um. Auf dem Tisch lag eine rote Bibel, und auf dem Fußboden stand eine offene Reisetasche. Mulland versuchte, seine Gedanken zu ordnen, und kam unter anderem zu dem Ergebnis, dass er den Polizisten ins Bett verfrachten und sich selbst auf den Stuhl in der Ecke setzen und den Notizblock durchlesen sollte. Er wollte anständig vorbereitet sein, bevor er mit ihm sprach. Dann waren plötzlich Schritte im Flur zu hören. Oder nicht? Doch, die Schritte kamen näher. Irgendetwas an ihnen kam ihm bekannt vor. *Ist es nicht seltsam, was man aus einigen Geräuschen herauslesen kann?* Er war sich sogleich sicher, dass es Farley war – vielleicht weil er die ganze Zeit in seinen Gedanken gewesen war und weil Farley immer einen speziellen Platz in seinem Leben eingenommen hatte. Mulland hatte Oscar Farley lange wegen seiner Würde und seiner Unabhängigkeit bewundert. Nur in der letzten Zeit hatten die gleichen Eigenschaften ihn irritiert. Farley brachte Mulland dazu, sich ungebildet und beschränkt zu fühlen, und inzwischen hielt er sich lieber an Vorgesetzte wie Pippard, die dachten und argumentierten wie er selbst. Vielleicht hegte er sogar einen latenten Groll gegen Farley. Als es an der Tür klopfte, schaute er verzweifelt zum Fenster.

»Guten Tag, Doktor Farley!«

Es lag kein Willkommensklang in diesem Gruß. Nicht nur war der Tonfall kühl, die Worte wurden zudem gesprochen, bevor er die Tür noch ganz geöffnet hatte. Dennoch war Farley beruhigt; er erkannte die Stimme und hielt es für ein gutes Zeichen, dass Mulland trotz allem da war.

Dieses Gefühl von Zuversicht währte nur eine Sekunde. Arthurs Gesicht in der Türöffnung ließ ihn erschrecken. Der Blick war gehetzt, aber auch … wie sollte Farley es erklären … traurig und verwirrt, unmöglich zu deuten. Sein Atem stank abscheulich, er war getränkt von Alkohol, und zu allem Überfluss wedelte er mit einem Block herum, als wäre es etwas ungeheuer Wichtiges.

»Sehen Sie hier. Beweise. Klare Beweise. Er verrät unsere Geheimnisse, und nicht nur das, hier … es ist unser größtes Geheimnis, das Ultrageheimnis, nicht wahr? Nicht einmal ich weiß viel davon, nicht im Geringsten, aber er … er hatte Kontakt zu ausländischen Personen«, legte Arthur Mulland los, völlig außer sich, und zuerst hörte Farley aufmerksam zu – er hatte den Eindruck, der Notizblock habe Mullands Erregung verursacht –, doch dann erstarrte er.

Auf dem Fußboden lag ein Mann mit zerschlagenem Gesicht, ein blutiges Hemd um den Kopf gewickelt.

Als Corell erkannt hatte, wer in sein Zimmer gestiefelt war, hatte er vor Angst und Schrecken kaum Luft bekommen und war auf den Fußboden gesunken, obwohl es das Letzte war, was er gewollt hatte. Er war überzeugt, erneut misshandelt zu werden, und hielt die Hände schützend vor den Kopf. Er wartete. *Jetzt … jetzt tritt er mich?* Als nichts geschah, begann er zu hoffen oder sogar in ein Wunschdenken zu versinken, und Stück für Stück glitt er in die Bewusstlosigkeit oder eher in ein Grenzland zwischen der wachen und der erloschenen Welt. Zuerst spürte er nichts als seine Übelkeit. Aber dann, wie in weiter Ferne, wurde er etwas gewahr, einer Präsenz und eines Geräuschs, aus dem er sich zunächst nichts machte, das ihm jedoch nach und nach ein Kindheitsempfinden eingab. Er meinte sogar, den knarrenden Fußboden des Hauses in Southport zu hören, aber nein, das konnte nicht stimmen. Er rief sich die Gefahr und den Mann mit dem Muttermal ins Bewusstsein. Doch das half nicht. Er verlor die Orientierung und ließ sich davontreiben. Er ließ die Halluzinationen die Oberhand gewinnen, und jetzt, ganz deutlich, rasselten Schlüssel, der Vater war wirklich hier, und er dachte: Es war höchste Zeit. Und dann versuchte er etwas zu sagen.

Farley konnte es kaum glauben. Vor allem verstand er nicht, warum Mulland nicht sofort von dem Mann auf dem Fußboden gesprochen, sondern stattdessen von dem verdammten Notizblock gefaselt hatte. *Dieser Idiot…* Farley beugte sich hinunter und legte eine Hand auf den Rücken des Mannes, und da wurde ihm klar: Es war der Polizist. Er schien übel zugerichtet zu sein, und Farley warf einen wütenden Blick zu Mulland hinüber. Doch Arthur breitete nur die Arme aus, und Farley wandte sich Corell zu.

»Wie geht es? Können Sie sprechen?«

»Ich habe den Handschuh gefunden!«

»Was sagen Sie?«

»Er lag neben den Schienen. Ich habe ihn aufbewahrt. Ich glaube, ich habe ihn aufbewahrt«, sagte der Polizist, und nicht nur das Unzusammenhängende seiner Rede ließ erkennen, dass er nicht bei klarem Bewusstsein war.

Seine Stimme war beschlagen und kam von weit her, und Farley dachte, dass er Corell ins Bett legen und einen Arzt rufen musste. Aber sein Rücken, *verdammt, auch noch sein Rücken!* Er fauchte Mulland an: »Komm und hilf mir!«, und als Mulland nicht sofort gehorchte, erstarrte er, wieder ängstlich, doch er schüttelte es ab, und jetzt kam Arthur endlich zu Hilfe. Sie hoben oder eher schleiften den Polizisten ins Bett, gaben ihm ein Glas Wasser, und Farley wickelte das Hemd vom Kopf des Polizisten und wollte die Wunde untersuchen, sah aber nichts als ein Wirrwarr von Locken, verkrustetem Blut und Erde.

»Alles gut jetzt. Wir kümmern uns um Sie, ganz ruhig.«

»Ich habe …«, begann Corell.

»Können Sie die Rezeption anrufen und einen Arzt kommen lassen?«, fuhr Farley fort, jetzt wieder Mulland zugewandt.

Mulland rührte sich nicht.

»Nun machen Sie schon!«

Mulland ging zum Telefon, hielt jedoch sofort wieder inne und blieb anscheinend verwirrt mitten im Zimmer stehen, die weit aufgerissenen Augen auf die Straße unter ihnen gerichtet, und Farley wollte nur schreien: Was haben Sie da angerichtet? Aber er sah ein, dass er den Kontakt herstellen musste, und er versuchte es mit einem sanfteren Ton.

»Mir ist klar, dass etwas Schreckliches passiert ist. Wir werden das in aller Ruhe besprechen, und ich verspreche Ihnen, Ihren Notizblock durchzusehen. Da gibt es sicher viel Interessantes. Aber zuerst müssen wir doch die Lage unter Kontrolle bringen, nicht wahr?«

Arthur Mulland nickte widerwillig und machte immer noch keine Anstalten, den Hörer abzunehmen, und Farley wandte sich Corell zu, der besorgniserregend bleich war. Die Augen in dem geschwollenen Gesicht sahen wie schmale Schlitze aus.

»Wollen Sie mehr Wasser?«

»Wer sind Sie?«

»Ich heiße Oscar Farley. Wir haben uns auf dem Polizeirevier in Wilmslow getroffen«, und da leuchtete das Gesicht des Polizisten auf.

Er lächelte, als hätte er einen lieben Freund wiedergesehen, und das konnte natürlich als ein weiteres Zeichen dafür gelten, dass er fantasierte – sie waren ja nicht mehr als flüchtig bekannt –, aber Farley fühlte nun selbst eine erste Erleichterung. Vielleicht steht es doch nicht so schlimm um ihn, dachte er. *Jetzt regele ich das hier. Jetzt biege ich das gerade*. Aber es war noch nicht die Zeit, einen Sieg zu feiern. Er wandte sich um und entdeckte, dass Mulland vollkommen außer sich zu sein schien. Was war los mit dem Kerl?

Farley hatte die Überwachung Alan Turings durch Mulland und die anderen als »unwürdig« bezeichnet – »Habt ihr überhaupt eine Ahnung, was Alan für uns getan hat?« –, und diese Worte tauchten jetzt in Arthurs überhitzten Gedanken auf. Es war, als verwandelte sich all seine frühere Bewunderung für Farley in Enttäuschung und Wut, und als Farley ihn jetzt nicht nur mit Abscheu betrachtete, sondern auch noch dem Polizisten ein warmherziges Lächeln schenkte, versetzte es Mulland einen weiteren Stoß. Er fühlte sich aussortiert und verstoßen, und er wollte etwas sagen, etwas Ernstes und Bedenkenswertes, das Farley zu der Einsicht bringen sollte, dass er einen gefährlichen Mann verhätschelte, einen Verräter schlichtweg, aber er brachte nicht mehr heraus als:

»Sie müssen verstehen …«

»Was reden Sie da? Was haben Sie angerichtet?«

»Es war … es waren gewisse Umstände …«

»Ganz sicher waren es gewisse Umstände. Daran zweifle ich keine Sekunde«, fuhr Farley dazwischen. »Aber ehrlich gesagt habe ich keine Lust, mir das jetzt anzuhören. Dagegen bin ich so dumm – so verdammt ahnungslos –, dass ich bereit wäre, mein Bestes dafür zu tun, um Ihren Kopf zu retten.«

»Wollen Sie das?«

»Ja, weil wir im selben Boot sitzen. Weil wir beide an derselben verdammten Suppe krank sind. Dieses Misstrauen, das uns langsam auffrisst. Aber genau deshalb sollten Sie jetzt verschwinden, auf der Stelle. Hören Sie! Ruhig und vernünftig sollen Sie von hier weggehen, jetzt sofort.«

»Aber der Notizblock. Wollen Sie nicht wissen, was da steht?«

»Geben Sie mir den Block, dann lese ich ihn durch.«

»Aber ...«

»Kein Aber, geben Sie ihn mir!«

Er hätte dem Irren vermutlich zuhören sollen, um zu verstehen, was passiert war. Aber es erschien ihm unmöglich, klar zu denken, solange Mulland anwesend war. Arthurs nervöse Erscheinung jagte ihm kalte Schauer den Rücken hinunter, und er wiederholte seine Worte: »Geben Sie ihn mir!«, und tatsächlich, der geistesverwirrte Trunkenbold zögerte. Dann nickte er unwirsch und reichte Farley den Block.

»Gut. Sehr gut. Gehen Sie jetzt!«

»Versprechen Sie.«

»Ich werde tun, was ich kann. Aber dann müssen Sie ...«

»Pippard will, dass ich bleibe. Er sagte, dass der Polizist verhört werden muss.«

»Dann rufen Sie Pippard an und sagen ihm, ich hätte alles unter Kontrolle. Ich werde den Polizisten verhören. Aber jetzt sollen Sie ...«

»Gehen?«

»Ja!«

Mulland stand auf der Stelle und wiegte den Körper vor und zurück, als würde er in verschiedene Richtungen gezogen, und er schien noch etwas sagen zu wollen, doch dann griff er seinen Hut und trottete davon. Mit zögernden Schritten ging er durch die Tür, und Farley atmete auf. Sein ganzer Körper sank zusammen, und sein erster Gedanke war, dass er einen Drink brauchte. Er wollte zwei, drei, vier Drinks und einen langen Urlaub und einen guten Arzt für seinen Rücken, aber er musste die Zähne zusammenbeißen. Er sah Corell an. Der Polizist sah zum Gottserbarmen aus. Aber seine Augen waren jetzt klarer, und Farley zog einen Stuhl heran und blätterte in dem Notizblock. Soweit er verstand – obwohl er nicht besonders sorgfältig nachsah –, handelte es sich um verstreute Aufzeichnungen, die Alan Turing betrafen, nichts Geheimes, nur Aufzeichnungen über die Schriften des Mathematikers.

»Man soll Irrsinnigen nichts versprechen«, murmelte er.

»Nein!«

»War er es, der Sie so zugerichtet hat?«

»Das war er.«

»Es tut mir leid. Es tut mir wirklich leid. Können Sie erzählen?«

Der Polizist machte einen Versuch. Er trank noch etwas Wasser und berichtete anschließend über seine Treffen mit Gandy und Pippard, dann erzählte er, wie Mulland ihn überfallen hatte – schon an diesem Punkt der Schilderung war seine dramatische Ader zu spüren –, aber offenbar litt er Schmerzen, und Farley bat ihn, eine Pause einzulegen. Sollte er einen Arzt rufen? »Nein, nein!« Corell wollte sich nur eine Weile ausruhen, und als er die Augen schloss, fragte sich Farley, ob er Robert Somerset anrufen sollte, doch er beschloss, zunächst noch mehr in Erfahrung zu bringen – allein die Frage, wie der Polizist auf die Dechiffrierung der Codes gekommen war, wirkte allzu verwirrend. Er griff nach seinem Yeats-Buch, konnte sich jedoch nicht konzentrieren, und langsam verrann die Zeit. Immer wieder sah er den Polizisten an. Haben schlafende Gesichter nicht etwas Sonderbares? Auch ein so geschundenes und zerschlagenes Gesicht bekommt etwas Beneidenswertes, und beinahe verlegen unterdrückte Farley den Impuls, dem jungen Mann über die Stirn zu streichen. Draußen rief eine Frau. Es lag etwas Lockendes in ihrer Stimme, als wäre es eine an ihn persönlich gerichtete Ermahnung, und nur mit einer gewissen Anstrengung gelang es ihm, seine

Gedanken zu sammeln. Als der Polizist schließlich erwachte, lächelte Farley aufrichtig erleichtert und gab ihm mehr zu trinken.

»Fühlen Sie sich jetzt besser?«

»Ich glaube, ja.«

»Soll ich Ihnen etwas zu essen besorgen?«

»Ich will lieber weitererzählen.«

»Sind Sie sicher?«

»Ja.«

»Dann entschuldigen Sie, wenn ich sofort zum entscheidenden Punkt komme. Sie müssen mir erzählen, wer Ihnen gesagt hat, dass Doktor Turing sich mit Kryptologie beschäftigte.«

»Niemand! Niemand hat so etwas auch nur angedeutet.«

»Wie können Sie dann ...« Farley unterbrach sich und änderte die Formulierung. »Wie sind Sie denn dann auf diese Idee gekommen?«

»Man könnte sagen, dass es mit einer Frage anfing.«

»Einer Frage?«

»Ja«, fuhr Corell fort und berichtete, wie er in der Bibliothek in Wilmslow gesessen und sich gefragt hatte, welchen Nutzen die Regierung von einem Schachmeister und einem Mathematikgenie gehabt haben könnte.

Zunächst klang er matt und unsicher, doch das änderte sich. Es war wirklich verblüffend. Die Worte flogen ihm mit einer seltsamen Leichtigkeit zu, und nach kurzer Zeit befiel Farley ein Gefühl von Unwirklichkeit. Die Sätze des Polizisten strömten und sprühten nur so, und sosehr Farley sich auch bemühte, skeptisch zu bleiben, wurde er nicht nur angeregt, sondern fühlte sich richtig belebt. Er sagte zu sich selbst: *Nein, nein, das klingt zu gut, zu einfach und zu intelligent zur gleichen Zeit*. Dennoch wurde er mitgezogen. Er hörte fasziniert zu, sagte selbst nicht viel, während der Polizist beschrieb, wie er immer kühner geworden war, gleichsam angetrieben durch die eigenen Fragen.

»Ich sah ein, dass Turing seine logische Maschine während des Krieges entwickelt haben musste. In *On Computable Numbers* ist der Apparat nur ein gedankliches Konstrukt, sonst nichts, ein Hilfsmittel der gehobenen Logik, nicht wahr, aber hinterher … Sie verstehen, im King's College las ich ein wenig über seine ACE. Kennen Sie die? Ja, natürlich tun Sie das. Er skizzierte sie fünfundvierzig oder sechsundvierzig für das National Physical Laboratory, und ich habe so viel davon begriffen, dass diese Maschine wesentlich komplexer war als die in *On Computable Numbers*. Der Kerl hat während des Krieges einiges dazugelernt, sagte ich mir, und ich begann zu überlegen, warum. Konnte seine Maschine einem Kriegszweck gedient haben? Es bestand kein Zweifel daran, dass Turing an etwas äußerst Geheimem gearbeitet hatte – diese Einsicht vermittelten Sie alle sehr deutlich –, und tatsächlich half mir das. Ich stellte die Frage: Was ist in einem Krieg am geheimsten? Die Planung, dachte ich, die Strategien, Verschwörungen und geheime Abkommen! Witzigerweise hatte ich von meiner Tante gerade ein neues Radio geschenkt bekommen und stellte mir vor, wie diverse hohe Militärs wichtige Mitteilungen in den Äther hinaussandten: ›Truppensammlung da und da. Bomben auf diese oder jene Stadt.‹ Nun bin ich nicht gerade ein Ingenieur. Ich komme nicht einmal mit der Telefonanlage auf dem Revier zurecht. Aber immerhin begriff ich so viel, dass das, was im Radio gesagt wird, in gewisser Weise ja allen gesagt wird. Es mussten unerhörte Anstrengungen gemacht worden sein, die Kommunikation geheim zu halten, und ebenso gewaltige Mittel mussten eingesetzt worden sein, um die Mitteilungen des Feindes zu entschlüsseln. Ich hatte keine Ahnung, wie man arbeitete. Aber ich las Turings Artikel und blieb an einigen

Sätzen hängen. Alan schreibt, dass ein von einer Maschine geschaffenes Sonett am besten von einer anderen Maschine verstanden wird, und am Anfang klang das nur komisch. Maschinen verstehen nicht, noch schätzen sie etwas, und ich dachte, Turing spräche von einer fernen Zukunft, in der seine Maschinen denken könnten. Aber dann kam mir die Idee, dass Maschinen in vieler Hinsicht einander schon heute besser begreifen, als wir es tun. Es sind ja nicht wir, die denjenigen, den wir anrufen wollen, finden. Es sind die elektrischen Signale. Wenn wir Radio hören, sind es die Funkwellen, die die Antennen aufspüren, und da begann ich zu denken, dass Gedichte oder Musik für eine Maschine irgendetwas sein konnten, zum Beispiel etwas, was für uns unbegreiflich sein konnte, wie eine kodierte Sprache, und eine auf der Logik aufgebaute Maschine – eine wie die, mit der Turing sich beschäftigte – sollte ja die Sprache verzerren können, wenn ich es richtig verstehe. Turing schreibt selbst in seinem Artikel in *Mind*, dass die Kryptologie ein besonders geeignetes Anwendungsgebiet sein sollte, und langsam wurde ich mir immer sicherer, dass Turing Maschinen baute, die Kodierungen erfanden oder entschlüsselten. Maschinen, die unbegreifliche Musik verstehen konnten.«

Farley griff sich an die Stirn. *Maschinen, die unbegreifliche Musik verstehen.* Es war nicht zu fassen. Ihm war, als hörte er Alan reden, und natürlich begriff er, dass es nicht verwunderlich war, wenn der Polizist sich wie Turing anhörte. Corell hatte ja die letzten Tage damit verbracht, die Schriften des Mathematikers zu lesen. Es kam ihm dennoch gespenstisch vor. Das Gespräch mit Corell gab Farley etwas zurück, was er vermisst hatte, und mit überraschender Deutlichkeit erinnerte er sich an den Herrenhof, an die hässlichen Baracken und die klappernden Maschinen.

32

Bletchley Park

Am Nachmittag des 23. Februar 1941 ging Oscar Farley an der grauen Ziegelsteinmauer entlang zur Baracke Acht hinunter. Es war kalt und diesig, und die Baracke leuchtete trist und unansehnlich mit ihrem hässlichen geteerten Dach im leichten Nebel. Wie so oft fluchte er über die Fahrräder am Eingang. Er musste darübersteigen, als er in den langen Korridor eintrat.

Es war einer von diesen Tagen, an denen die Hoffnungslosigkeit des Krieges ihm Kopf- und Lendenschmerzen verursachte. Seit dem Fall von Paris im Frühsommer des Vorjahres litt er unter Albträumen und bösen Vorahnungen. Oft stellte er sich vor, wie die Deutschen Heuschreckenschwärmen gleich über das Land herfielen, und natürlich trank er zu viel und schlief schlecht, nicht nur, weil das Bett für seine ein Meter sechsundneunzig zu kurz war, sondern weil die Angst ihn nie losließ. Die Baracke Acht roch nach Kalk und Kreosot. Man hörte Telefone, Fernschreiber und das knarrende Geräusch von Füßen auf dem Holzfußboden. Der Chef der Baracke hatte ein eigenes Zimmer oder eher einen Verschlag, und aus irgendeinem Grund holte Farley tief Luft, bevor er anklopfte. In jener Zeit machte Alan ihn nervös. Es war natürlich lächerlich. Alan stotterte und hatte Schwierigkeiten, den Leuten in die Augen zu sehen, und Farley war nicht nur älter und sein Vorgesetzter. Er war unendlich viel weltmännischer und selbstsicherer. Es war nur … wie sollte er es erklären? Alans Augen schienen nach innen, in eine Parallelwelt gerichtet zu sein, und Farley fühlte sich in seiner Gesellschaft leichtgewichtig oder eher durchschaut, und oft fragte er sich: Woran denkt er? Was geht hinter diesen blauen Augen vor?

Alan war nicht da. Aber Farley stieß mit Joan Clarke zusammen, die erklärte, Alan sei unten am See und spiele Schach mit Jack Good.

»Er spielt Schach?«, wiederholte Farley beinahe entrüstet, obwohl er wusste, dass es ungerecht war. Alan war keiner, der sich davonstahl, aber die Worte klangen so sorglos, dass Farley neidisch wurde. Auch wenn er Zeit gehabt hätte, ihm hätte die Ruhe gefehlt, sich einer Partie zu widmen, und Joan, die sein Missvergnügen bemerkt haben musste, antwortete, dass Alan nicht wirklich Schach spiele; er grübele eher darüber nach, ob es eine allgemeingültige Methode gebe, es zu tun.

»Er will den Prozess mechanisieren. Ich glaube, er träumt davon, einer Maschine das Schachspielen beizubringen.«

»Ein pfiffiger Kerl, den du da gefunden hast.«

»Sieht so aus.«

»Du solltest ihn nur mal in ordentliche Klamotten stecken.«

»Ich arbeite daran.«

Oscar Farley fand Alan nicht am See, was kaum verwunderlich war. Es war kein Wetter, um draußen zu spielen. Das Eis lag noch auf dem Wasser, und Farley blickte über die Umgebung, verwundert über den Wandel, der sich in den letzten zwei Jahren vollzogen hatte. Als sie zum ersten Mal hergekommen waren, im Frühjahr 1939, war Bletchley Park mit seinen Ulmen und Eiben ein friedlicher Platz gewesen, den Farley freilich schon damals nicht gemocht hatte. Die frühviktorianische Stillosigkeit des Herrenhauses reizte ihn, und oft hatte ihn das Gefühl ergriffen, das Leben sei im Begriff, sich zu entfernen, dass das Haus seine große Zeit in einer anderen, besseren Ära gehabt habe. Doch 1939 hatte er sich nicht anstrengen müssen, die Vögel singen oder selbst die Fische im See springen zu hören. Jetzt waren nicht nur die Bäume gefällt. Der Ort war ein Industriegebiet geworden. Überall schossen neue Häuser und Baracken hoch, und statt der Natur hörte man Maschinen. Wie sehr er sich von hier fortsehnte! Er hatte ein einzigartiges Glück gehabt in diesem Krieg, das war ihm bewusst. Er brauchte nicht zu schießen oder sich beschießen zu lassen, noch nicht einmal zu salutieren, und manchmal kam es ihm vor, als wäre sein altes Leben in Cambridge nur hierher verlagert worden. Es herrschte ein Geist von intellektueller Neugier und Lust. Man spielte Brennball und Cricket auf dem Rasen, und es gab Frauen, Massen schöner junger Frauen, nicht zuletzt seine Bridget, seine große, wunderbare Bridget, die nur er mit seiner Größe und seiner Haltung klein aussehen lassen konnte, ganz zu schweigen von all den begabten Leuten, die von den Universitäten hergekommen waren. Über das Gesprächsniveau konnte er sich wahrlich nicht beschweren.

Dennoch hatte das Leben in Bletchley sich zu einer schweren Last entwickelt, und er wäre sicher erstaunt gewesen, wenn man ihm gesagt hätte, dass er sich weit später dorthin zurücksehnen würde. Er war noch nie so überarbeitet und ausgelaugt gewesen. Die Müdigkeit pochte in seinen Schläfen, und er hatte bemerkt, dass er in letzter Zeit die abstrakten Argumentationen nicht mehr so gut verstand. Seine leichte Auffassungsgabe war ihm abhandengekommen; schon das war natürlich ein Grund, sich vor Alan nervös zu fühlen, und zum ersten Mal hatte Farley begonnen, die Einsamkeit zu suchen. Es schien ihm die schlimmste Zeit seines bisherigen Lebens zu sein, und in einem objektiven, nationalen Sinne war dies natürlich auch richtig. Hitler kontrollierte den Kontinent und hatte seinen Pakt mit Stalin geschlossen. Die Yanks schienen kein Interesse daran zu haben, in den Krieg einzutreten, und England war im Begriff, die Schlacht um den Atlantik zu verlieren. Karl Dönitz – der zu diesem Zeitpunkt erst Vizeadmiral war – führte den deutschen U-Boot-Krieg immer erfolgreicher, und mit jeder Woche, die verging, wurden mehr und mehr britische Schiffe versenkt. Bis zu sechzig, siebzig Schiffe im Monat gingen drauf. Es brachte überhaupt keinen Vorteil, wenn man über die größte Flotte der Welt verfügte, aber nicht wusste, wo der Feind sich befand. Old England lief Gefahr, gänzlich von der Welt abgeschnitten zu werden, und wenn es jemanden gab, der verstand, was es bedeuten würde, wenn die Jungs in Baracke Acht die Enigma-Codes der deutschen Marine knackten, so war es Farley. Dann würden Englands Schiffe nicht länger wie blind im Nebel stochern. Sie bekämen die Möglichkeit, sich zu verteidigen und zurückzuschlagen, und eigentlich hätte Farley eine gewisse vorsichtige Hoffnung spüren sollen. Er hatte an diesem Tag einen der vielversprechendsten Bescheide seit Langem bei sich, aber er wollte nicht daran glauben. Von Anfang an war er überzeugt gewesen, dass das Kodierungssystem der Marine nicht zu entschlüsseln war und dass sie niemals lesen würden, was die Nazis planten und wo auf dem Meer sie sich befanden. Lange hatten sie nicht einmal gewusst, welche Mitteilungen von den U-Booten aus und welche von Land gesendet wurden. Alles war unbegreiflich. Zwar knackten sie später die Codes der Luftwaffe, doch das marine System war weitaus komplexer. Es gab keine Ansatzpunkte. Pessimismus war keine Tugend in einem Krieg, aber er konnte angebracht sein, und Farley wusste, dass die meisten seiner Ansicht waren. Sogar der Kommandeur und Chef von Bletchley, Alastair Denniston, hatte es offen ausgesprochen:

»Es geht nicht. Wir müssen andere Wege finden.«

Aber nicht alle hatten zugehört. Alan Turing hatte es nicht getan. Er schien nie zuzuhören. Das war das Wunderliche an ihm. Er fiel aus dem Rahmen. Selbst wenn er einem Befehl gehorchte, schien er nur seiner inneren Richtschnur zu folgen, und diese Eigenschaft, diese gelassene Unabhängigkeit, die auch in einem Unvermögen bestand, etwas als gegeben zu akzeptieren, führte dazu, dass viele sich in seiner Gegenwart unwohl fühlten. Einige, wie Julius Pippard, behaupteten schon früh, dass auf Turing »kein Verlass« sei und dass er nur nützlich sei, wenn er stimuliert würde. Das war ungerecht, aber teilweise auch wahr. Die Aufgabe musste schwer sein, damit er Lust hatte, sie zu bewältigen, und so gesehen war es ein pädagogischer Geniestreich, die Codes der deutschen Marine als unentschlüsselbar zu bezeichnen. Das war die Art von Formulierung, die Turing brauchte. Nur wenn er in neuen Bahnen denken und das Selbstverständliche infrage stellen konnte, machte er sich energisch an die Arbeit. Aber es sollte dauern, bis Farley sich auf ihn verstand. Keiner verstand sich zu Anfang auf Alan, am wenigsten die Frauen. Seine Bridget pflegte zu sagen, sie wisse nicht, ob Alan Angst vor ihr habe oder nur uninteressiert sei.

»Er fängt an, vor sich hinzumurmeln, wenn ich vorbeigehe.«

Deshalb war die ganze Geschichte mit Joan Clarke so eigentümlich. Alan war die letzte Person, von der Oscar geglaubt hatte, sie werde sich verloben, aber er hatte die Information hocherfreut in Turings Personalakte eingetragen und gehofft, sie könnte dazu beitragen, die Gerüchte, die schon damals in Umlauf waren, zu ersticken. Wahrscheinlich hatte Turing keine Ahnung, dass Farley auch mit der Sicherheitskontrolle der Mitarbeiter in Bletchley befasst war. Für Turing war Farley vermutlich nur ein Verbindungsoffizier, der den Kontakt mit den marinen Nachrichtendiensten OIC und NID aufrechterhielt, und das trug sicher dazu bei, dass sie einander allmählich näherkamen. Sie wohnten beide im Crown's Inn in Shenley Brook, einige Kilometer nördlich von Bletchley, einem recht einfachen Haus aus rotem Backstein, in dessen Untergeschoss sich eine Schlachterei und ein Pub befanden. Die Wirtin, Mrs Ramshaw, war groß wie ein Schrank und hatte ein Lachen, das so herzlich wie herzlos sein konnte. Manchmal ereiferte sie sich über all diese jungen Herren, die in der Nachbarschaft aufgetaucht waren und nicht ihre Pflicht für England zu tun schienen. Farley störte sich daran. Alan Turing ignorierte es vollständig. Er lebte in seinem eigenen Universum, und im Unterschied zu Farley versuchte er nicht unentwegt, beliebt zu sein.

Farleys Waffe im Leben war Charme, aber weder Charme noch Autorität oder Charisma verfingen bei dem Mathematiker, zumindest nicht, wenn es sich um ernste Themen handelte. In Alans Welt konnte nichts Wichtiges durch eine Abstimmung entschieden oder von oben beschlossen werden. Nur jemand, der wusste, wovon er redete, konnte Einfluss auf ihn nehmen, und das machte Turing häufig unflexibel. Aber Farley entdeckte langsam den Zugangscode zu ihm. Ließ man den Small Talk beiseite und kam mit Konzentration und Leidenschaft direkt zur Sache, war es durchaus möglich, einen gelösten, scherzenden Alan hervorzulocken und sein stakkatoartiges Lachen zu hören, das so schnell die Atmosphäre entspannte. Aber sein Äußeres ließ er verfallen. Alan sah immer ungewöhnlich schäbig aus, nachlässig gekleidet, mit einer Schnur in der Hose statt eines Gürtels und Hemden, die ungeknöpft über der Hose hingen. An manchen Tagen kleidete er sich überhaupt nicht an, sondern zog nur den Mantel über den Schlafanzug und stürmte auf seinem Fahrrad davon, völlig eingeschlossen in seine Welt. Der Alltag interessierte ihn wenig. Oberhalb der Nagelbetten hatte er hässliche wunde Stellen, weil er sich in seiner Nervosität in die Hände biss, die rot und entzündet und voller Tintenflecken waren, und wenn man ihn nach seinen Fingern beurteilte, konnte man glauben, dass seine Neurose unheilbar wäre. Dennoch machte Alan einen fröhlichen Eindruck, er war fröhlich wie ein junger Mathematiker, der von dem, was er auf Erden am meisten liebt, vollständig verschlungen wurde, seinen Ziffern und logischen Strukturen. Auf jeden Fall war er ein Geschenk Gottes an Bletchley und an England.

Die Verschlüsselungsapparate der Nazis, die »Enigma« genannt wurden und von dem Erfinder Arthur Scherbius konstruiert waren, bestanden aus Zufallscodeeinheiten, Reflektoren, Eingangsrädern, Tastaturen und einer Ablesetafel mit Signallampen. Sie waren nicht nur unglaublich komplex. Die Komplexität ließ sich zudem leicht verstärken. Nachdem die Polen das System dechiffriert hatten – was schon allein als ein Wunder angesehen wurde –, hatten die Deutschen die Anzahl der Leitungen auf den Kupplungstafeln von sechs auf zehn erhöht, und die möglichen Schlüssel waren plötzlich auf 159 Millionen Trillionen angestiegen oder wie viele es nun waren. Farley erinnerte sich nur, dass es eine 159 mit einundzwanzig Nullen dahinter war. Zu Bridget hatte er gesagt, es höre sich an wie ein Flüstern aus der Hölle der Unendlichkeit.

»Kannst du dir vorstellen, wie wir das schaffen sollen?«

Alan konnte es. »Nur eine Maschine kann eine andere besiegen«, sagte er eines Tages, als er über den Rasen zu dem roten Schuppen kam, den der ehemalige Besitzer als

Lagerraum für seine Äpfel und Pflaumen benutzt hatte, der jetzt jedoch als Platz für übergreifende strategische Überlegungen diente.

»Was?«, fragte Farley.

»Lass es mich anders formulieren. Wenn eine Maschine Musik erschafft, wer hat dann die besten Voraussetzungen, um sich dieser Töne zu erfreuen?«

»Keine Ahnung«, sagte Farley. »Irgendein unmusikalischer armer Teufel.«

»Eine andere Maschine, Oscar. Eine Maschine mit ähnlichen Präferenzen«, fuhr Turing fort, und es hörte sich an, als spräche er nicht wirklich von Maschinen. Dann lächelte er sein sonderbares Lächeln, das kontemplativ und herausfordernd zugleich war.

Danach verschwand er hinunter zu dem Labyrinth von Eiben, das bald eingeebnet werden sollte. Farley verstand später, dass dies der Anfang des Durchbruchs war. Natürlich wusste Farley zu diesem Zeitpunkt schon, dass die Polen ein elektromechanisches Gerät konstruiert hatten, das sich methodisch durch die Enigma-Einstellungen hindurchfraß. Diese Maschine war die Hauptursache für den Erfolg der Polen. Aber sie war nicht mehr von großem Nutzen, nachdem die Deutschen die Verdrahtung der Eintrittswalze erhöht hatten. Die Aufbruchsstimmung, die in Bletchley geherrscht hatte, wich einer schleichenden Verzweiflung. Im Herbst und Winter 1939 schnappten sie von der deutschen Kommunikation nichts als reinen Nonsens auf, eine Serie von Buchstabenkombinationen ohne Muster und Sinn. Farley verfiel in seinen Pessimismus und besoff sich ohne Sinn und Verstand. An den Tagen arbeitete er hart, vermochte sich jedoch nicht der unguten Gedanken zu erwehren, und irgendwo wusste er, dass seine Romanze mit Bridget so schlecht für ihn war, wie sie ihm guttat. Immer öfter dachte er mit solchem Schmerz an seine Frau in London, dass er sich an nichts in Bletchley erfreuen konnte.

Alan dagegen schien vollständig verhext zu sein. Normalerweise hätte sich jemand, der ein Star in Cambridge gewesen war, wohl kaum auf den Gedanken eingelassen, eine Maschine zu bauen, aber Farley verstand, dass Alan für die Aufgabe wie geschaffen war. Sein großer Traum war, das Denken zu mechanisieren, die Logik sozusagen zu materialisieren. Farley hatte ein paar Jahre lang Mathematik studiert, bevor er auf dem Umweg über die Volkswirtschaft zur englischen Literaturgeschichte und seinen Studien über Yeats und Henry James gelangte, und obwohl er das meiste vergessen hatte, erkannte er, dass Turing zu seinem Fach ein besonderes Verhältnis hatte. Farley wusste, dass Alan einige Jahre vor dem Krieg einen Aufsatz über eine denkbare Maschine geschrieben hatte, die von einem Papierstreifen Instruktionen aufnehmen konnte, ungefähr wie ein selbstspielendes Klavier, und sich durch alle Arten von mathematischen Problem hindurchticken konnte. Die Maschine war nur ein gedankliches Konstrukt gewesen, um eine spezielle logische Frage zu beantworten, und niemand hatte sich, soweit Farley bekannt war, um die eigentliche Konstruktion gekümmert. Doch Alan hatte schon früh davon geträumt, etwas Ähnliches zu bauen, und jetzt hatte er seine Chance. Zwar würde er nicht etwas so Avanciertes und Vielseitiges zusammensetzen können, keineswegs, aber immerhin eine Maschine, die einen anderen Apparat durchschauen oder, mit seinen Worten, dessen Musik verstehen würde.

Ohne Gefühl für Zeit und Raum saß Alan stundenlang über beschlagnahmte Enigma-Apparate gebeugt und kritzelte seine Krähenfüße in einen Notizblock. Er wurde immer zotteliger und schmutziger, und manch einer war natürlich schockiert. *Könnte er sich nicht zumindest waschen?*

Anderseits gab es genügend Leute, die diese Form von Bohemeleben aus Cambridge gewöhnt waren, und im Großen und Ganzen ließ man Alan gewähren. Er wurde der freie Künstler in Bletchley. »Der Professor« wurde er genannt, ja, in gewisser Weise wurde er von Anfang an mythologisiert.

Dennoch war Alan nie so eigenartig, wie viele es im Nachhinein darstellten. Es war im Allgemeinen üblich, die Kollegen zu kritisieren, teilweise natürlich, um das Leben auf dem Landsitz spannender und merkwürdiger erscheinen zu lassen, aber die Anekdoten um Alan hatten vermutlich auch einen anderen Zweck: Sie sollten ihn auf ein Maß bringen, mit dem man umgehen konnte. Es war leichter, seine fabelhafte Begabung zu akzeptieren, wenn er auf einen Schrat, einen Sonderling mit verqueren Gewohnheiten reduziert wurde, denn das Ganze war wirklich eigentümlich. Wie schnell hatte er die labyrinthische Komplexität des Codesystems erfasst!

Schon im Januar 1940 präsentierte er seine Entwürfe. Farley würde es nie vergessen. So viele Hoffnungen und Gerüchte waren im Umlauf. Alan habe eine umgekehrte Enigma-Maschine entworfen, »eine Antithese«, sagte man. Alan sei jemand, »der die Töne der Maschinen verstehen kann«, hatte Farley hinzugefügt und den einen oder anderen verwunderten Blick geerntet.

Andere waren skeptisch. »Ich erwarte, offen gesagt, nichts«, sagte Julius Pippard, und es wurde nicht besser, als Alan in den roten Verschlag trat, in dem noch der Geruch von Obst hing. Er sah aus wie jemand, der nicht ganz dicht war. Er trug ein langes Flanellhemd, das einem Kleid glich, und man konnte kaum unterscheiden, was in seinem Gesicht Bartstoppeln waren und was Schmutz war. Auf den rotbraunen Tisch legte er ein größeres Notizbuch und zeigte auf die Seiten, als ob dadurch etwas klarer würde. Die Präsentation insgesamt machte einen hoffnungslos schlampigen Eindruck. Der Text, rund einhundert unlesbare, handgeschriebene Seiten, war voller Änderungen und Tintenflecken. Hier und da im Verschlag wurde ein Flüstern vernehmbar: »Was soll denn das werden?« Bevor Alan ein Wort sagen konnte, trat Frank Birch vor, der Chef des Nachrichtendienstes der Marine, und fuhr mit dem Finger über das Notizbuch, als wollte er sehen, wie viel Staub es angesammelt hatte. Frank Birch war vor dem Krieg vom King's College in Cambridge abgesprungen und hatte als Schauspieler sein Glück versucht. Mit der Kunst, vor einer Menschenmenge Eindruck zu machen, war er gut vertraut.

»Das hier ist also die Lösung unseres Problems?«, fragte er, und obwohl man nicht gerade sagen konnte, dass er sich spöttisch anhörte, so hatte er zweifellos einen sarkastischen Ton angeschlagen, der kaum dazu beitrug, die Zuversicht bei den Anwesenden zu fördern.

»Natürlich«, erwiderte Turing.

»Natürlich?«, wiederholte Birch theatralisch, und obwohl er mehr auf Unterhaltung abzielte als auf Kritik, griff in dem Verschlag eine Ungeduld um sich, die sich in jede beliebige Richtung hin entwickeln konnte. Farley erinnerte sich, dass er auf Turings entzündete Hände starrte, auf die Finger, die fiebrig in dem Notizbuch blätterten, als hätte er im letzten Augenblick entdeckt, dass etwas Wesentliches fehlte.

Die Zusammenkunft in dem ehemaligen Obstverschlag war der Höhepunkt einer langen Periode harter Arbeit für sie alle, und es war kein Wunder, dass die Stimmung angespannt war. Einige unter den Anwesenden hatten offen erklärt, es sei eine Schande, dass man Alan ganz allein an dem Projekt habe arbeiten lassen, es stand zu viel auf dem Spiel, und es war nicht undenkbar, dass sogar Alan einen gewissen Groll hegte, sowenig er sich auch sonst aus Stimmungen machte. Anfangs sprach er ganz ohne seinen jungenhaften Enthusiasmus. Er stotterte, und sicher begriffen nur wenige, wovon er redete. Die Ingenieure verlangten die ganze Zeit, er solle genauer erklären, was er da entworfen hatte.

»Wie ich gesagt habe«, antwortete er ein ums andere Mal und biss sich ganz offen mit einer abwesenden Miene in den Handrücken.

Doch dann geschah etwas. Einer der Ingenieure sagte: »Ja, genau, verdammt«, und langsam gewann Alan seine Sicherheit zurück. Er lachte sogar. »Genau, genau, ist das nicht zum Schießen?«, sagte er, und eine gewisse Zuversicht verbreitete sich im Raum, denn wenn Alans Konstruktion auch komplex war, besaß sie eine verführerische Einfachheit, die den Anwesenden Schritt für Schritt aufging. Drei Enigma-Apparate sollten so miteinander verbunden werden, dass sie die Einstellungsalternativen in den Zufallsgeneratoren und den Schalttafeln reduzieren konnten, indem sie logische Widersprüche im Codesystem aufspürten. Gerade über die verräterische Natur dieser Widersprüchlichkeiten redete Alan sich in Eifer, und einen Augenblick lang verirrte er sich auf Neben- und Blindgleise. Farley erinnerte sich, dass Alan den Philosophen Wittgenstein erwähnte, ohne dass richtig klar wurde, warum, aber er fand rasch seinen Faden wieder. Wenn die richtige Einstellung in allen Maschinen gefunden war, würde der Stromkreis geschlossen und eine Lampe aufleuchten. Das Problem war nur, dass dieses Ungetüm nur zu gebrauchen war, wenn man es anfütterte. Dafür brauchte man ein Stück verschlüsselter Mitteilung, deren Inhalt sie verstehen konnten, wahrscheinliche Wörter oder Sätze, deren Bedeutung aus dem Zusammenhang hervorging. Sie mussten mit anderen Worten ein kleines Stück dechiffrieren, um mithilfe der

Maschine ein größeres Stück entschlüsseln zu können, und das konnte als Paradox gesehen werden, dass sie den Code knacken mussten, um ihn knacken zu können. Die Polen hatten einige Textpassagen entschlüsselt, und niemand hatte den Wert dieses minimalen Erfolgs besser verstanden als Alan. Nicht dass die Mitteilungen ihn etwas über das Kodierungssystem oder die Enigma-Maschinen lehrten. Dagegen verrieten sie etwas über die Gewohnheiten der Deutschen, zum Beispiel, dass das Wort »Wetter« stets an der gleichen Stelle im Wetterbericht kurz nach sechs am Morgen auftauchte und dass gewisse Mitteilungen aus Häfen oder Bastionen, in denen wenig passierte, oft mit den Worten »Ich habe nichts zu berichten« eingeleitet wurden.

All diese Muster und wiederholten Phrasen, wahrscheinliche Wörter, gaben ihnen das notwendige Futter, und Farley dachte manchmal, wie schön es war, dass eine Person der Unordnung wie Alan seinen Ansatzpunkt im allzu Regelmäßigen und Ordnungsbetonten der Deutschen fand. Schon im März 1940 wurde die Konstruktion fertig, und bei Gott, Alans Zeichnungen waren zu einem zwei Meter langen und zwei Meter hohen bronzefarbenen Monstrum geworden, das sich wie zweihundert strickende alte Tanten anhörte und dessen Bedienung offenbar eine gewisse Vorsicht erforderte. Ruth, eine der Angestellten, die sich in die Maschine einarbeiten sollte, bekam ständig elektrische Schläge, und mindestens zwei Blusen wurden durch Ölflecken ruiniert.

Selbstverständlich hatte die Maschine ihre Schwächen, und Farley war nicht einmal sonderlich erstaunt, als es zunächst keine Ergebnisse gab.

»Habt ihr geglaubt, dass es auf Anhieb klappen würde?«, fauchte er eines Abends, als eine hitzige Diskussion nicht nur über den Apparat, sondern auch über Alans Vertrauen in seine eigene Fähigkeit ausbrach.

Und dann gelang es Gordon Welchman, einem Mathematiker aus Cambridge, der Chef der Baracke Sechs geworden war, mit einigen einfachen Maßnahmen die Kapazität der Maschine zu erhöhen. Unter anderem fügte er ihr ein elektrisches Kreissystem hinzu, das sogenannte Diagonalbrett, und schon früh im gleichen Jahr gelang es den Codeknackern in Baracke Sechs, die Codesysteme der deutschen Luftwaffe und der Artillerie tatsächlich zu entschlüsseln. Eine Zeit lang lasen sie die geheime Kommunikation wie ein offenes Buch, es war der reine Wahnsinn. Es war aufregend und schön, und es gab dem Verteidigungs- und Kriegsministerium lebenswichtige Hinweise nicht nur über die Invasion Norwegens und Dänemarks durch die Deutschen, sondern auch über die Luftangriffe auf England. Oft erfuhr die Militärführung sowohl Zeit als auch Ort der Angriffe und erhielt nicht selten sogar Informationen darüber, wie viele Flugzeuge die Deutschen verloren hatten und wie schnell diese ersetzt wurden. Alan Turings Maschinen waren für Großbritannien ein Geschenk des Himmels, und ständig wurden neue gebaut, und alle erhielten Namen wie Agnes, Eureka und Otto, und bald sollte Farley ihr klapperndes Geräusch lieben lernen – die Herztöne der Logik, wie Welchman sagte –, und er war wahrlich nicht der Einzige. Die Konstruktionen wurden »Orakel« genannt, aus London kamen Gratulationen am laufenden Band, und manchmal fragte Farley sich, wie Alan wohl diese Dinge aufnahm. Alan selbst konnte man nicht so leicht entschlüsseln. Es war unmöglich zu verstehen, warum er an gewissen Tagen nicht in der Lage war, seinen Mitmenschen in die Augen zu sehen, und an anderen Tagen sein Mona-Lisa-Lächeln zeigte. Ein Triumphgefühl strahlte er in diesen Tagen nicht aus, aber natürlich hatte er auch viel zu tun. Die Enigma-Einstellungen wurden von den Deutschen täglich um Mitternacht geändert, und er und seine Kollegen mussten die Gewohnheiten der deutschen Chiffrierer systematisch erfassen und die Art ihrer Einfälle erraten, zum Beispiel, dass sie beim täglichen Wechsel der Chiffrierschlüssel nicht immer kreativ waren und gelegentlich nur die Buchstaben wählten, die auf dem Instrumentenbrett in einer Reihe oder auf der Diagonalen lagen. Die menschliche Leichtfertigkeit musste bei der Arbeit immer miteingerechnet werden.

Alan wurde nach einiger Zeit in die Baracke Acht versetzt, um zu versuchen, das weitaus schwierigere Enigma-System der Marine zu knacken, und manchmal machte sich die Führung Sorgen, er könnte sich übernehmen. Man sagte zu Farley:

»Du wohnst doch mit ihm zusammen, pass ein bisschen auf ihn auf!«

Aber Farley bekam Turings Gewohnheiten nie in den Griff. Im Unterschied zu dem deutschen Bedienungspersonal der Enigma-Apparate fehlte es Alan an Regelmäßigkeit. Manchmal schlief er bis weit in den Vormittag, manchmal verschwand er bereits im Morgengrauen in Richtung des Herrenhauses. Eines Morgens – es war an einem der letzten Tage, an denen Farley noch im Crown's Inn wohnte – saß Alan unten am Frühstückstisch und las den *New Statesman*. Schon von Weitem sah man ihm an, dass etwas passiert war. Seine Augen waren rot und geschwollen, als hätte er die ganze Nacht hindurch geweint, und Farley beschloss, ihn nicht zu stören. Sicher war das idiotisch. Wenn Alan sich in einer Krise befand, hätte er ihm die Hand reichen sollen. Aber etwas an diesen Tränen war Respekt einflößend. Es war wie damals, als Farley ein kleiner Junge gewesen war und seinen Vater hatte weinen sehen. Es kam ihm vor, als nähme er unerlaubt Einblick in etwas sehr Privates, und natürlich war Alans schlechte Verfassung die letzte Information der Welt, von der die Führung in Bletchley hören wollte. Alan war das Goldene Kalb. Wenn er aus dem Gleichgewicht war, dann war es ganz Bletchley. Nun gab es allerdings das ein oder andere in der Körpersprache des Mathematikers, das nicht zu den verweinten Augen passte; er schien zum Beispiel ein Kreuzworträtsel in der Zeitung zu lösen, und Farley sagte, so zartfühlend, wie er konnte:

»Hallo, Alan, kann ich etwas für dich tun?«

»Hallo, Oscar. Ich habe dich gar nicht gesehen. Hast du etwas gesagt?«

»Kann ich dir irgendwie helfen?«

»Das ist nett von dir. Aber ich fürchte, meine Wunschliste ist viel zu lang. Ich will ein neues Fahrrad und besseres Essen und natürlich meine Ruhe und anspruchsvollere Kreuzworträtsel. Hast du an etwas Besonderes gedacht?«

Farley sagte, das sei nicht der Fall, und zog sich verblüfft zurück. Fünfzehn Minuten später wanderte er den nicht asphaltierten Weg nach Bletchley, und soweit er sich erinnerte, dachte er dabei an seine Frau, die er betrog, und an ihren großen Kummer, dass sie nie Kinder bekommen hatten. Da hörte er ein Geräusch hinter sich, ein Ticken, das sich mit dem Knirschen des Kieswegs vermischte. Es war ein Geräusch, das er zu identifizieren gelernt hatte: Alan und sein altes Fahrrad mit der unmöglichen Kette. Aber als Farley sich umdrehte, sah er etwas äußerst Sonderbares. Alan trug ein schnabelartiges Etwas, eine Gasmaske allem Anschein nach, und Farley schnüffelte nervös in der Luft und erlebte eine sekundenlange Panik, bevor Alan ihm gut gelaunt zuwinkte, und es dauerte einen Moment, bis Farley begriff, dass die Gasmaske Alans Allergieschutz war und die Tränen beim Frühstück nichts anderes als ein schwerer Heuschnupfen.

Es wurde immer dringender, auch die Nachrichtencodes der deutschen Marine zu knacken, und die Aufforderungen aus London klangen immer verzweifelter:

»Wir brauchen den verdammten Code!«

Aber die Deutschen verwendeten wesentlich mehr Sorgfalt auf das System der Marine. Besser als andere verstanden sie, was es bedeutete, sich bei der Schlacht um den Atlantik einen Vorteil zu sichern, und überhaupt schien das System unentschlüsselbar. Alan vertiefte sich in seine Wahrscheinlichkeitstheorien, in das komplexe Abwägen von Beweisen und Zufällen, und dann entwickelte er die Möglichkeiten, nach dem Prinzip der *Reductio ad absurdum* aus Widersprüchen Schlussfolgerungen zu ziehen. »Ich benutze das Lügnerparadox als Dietrich«, erklärte er, und es zeigte sich, dass dies ein weiterer wichtiger Schritt auf dem Weg zur Entschlüsselung des Codes war, aber es reichte nicht aus. Es schien, als müssten sie auch die Kodierungsbücher der deutschen U-Boote beschlagnahmen, um Erfolg zu haben. Doch wie sollte das gehen?

Frank Birch schimpfte in seinen immer häufigeren theatralischen Ausbrüchen auf alles und alle, und möglicherweise war es nicht mehr als das übliche Murren, das sie alle nötig hatten, um durchzuhalten, und das Frank zu seiner speziellen Kunstform entwickelt hatte. »Wir müssen den verdammten Code knacken«, brüllte er bei jeder Gelegenheit. Aber eines Tages wurde es unschön. Julius Pippard von der Sicherheitskontrolle war dabei. Pippard besaß eine unerhörte Hellhörigkeit, nicht nur für Befehle und Beschlüsse, sondern auch für die unausgesprochenen Wünsche der Macht. Die Ansichten, die er zum Ausdruck brachte, waren meistens solche, die wenig später auf den Korridoren der Macht als ungeschriebenes Gesetz galten, und an diesem Tag, während Frank Birch sich darüber ausließ, dass Alan so verdammt unpraktisch und schlampig war, dass er Dinge fallen ließ und nicht tat, was man ihm sagte, sondern sich nur mit seinen Theorien über geometrische Relationen und Gott weiß was abgab, ließ Julius Pippard die Bemerkung fallen:

»Außerdem ist er schwul.«

»Was redest du denn da für einen Scheiß?«, raunzte Farley ihn an.

Natürlich kannte auch er das Gerücht, und genau wie Pippard wusste er, dass in Turings Personalakte ursprünglich »wahrscheinlich homosexuell« gestanden hatte, aber er hatte diesen Vermerk persönlich gestrichen, als die Verlobung mit Joan Clarke bekannt gegeben worden war, und auf jeden Fall konnte Farley nichts gleichgültiger sein, er kam selbst vom King's. Homosexualität regte ihn nicht mehr auf, als wenn jemand sein Bier direkt aus der Flasche trank. Er versuchte, das Thema zu wechseln, aber Pippard ließ nicht locker und sagte, er habe mit einem Mann gesprochen, der gehört habe, dass Alan unten am See versucht habe, Jack Grover zu verführen. Vermutlich lasse Alan sich zu stark von seiner Lust lenken und sei deshalb nicht genügend konzentriert. Herrgott, dachte Farley, wer lässt sich nicht von seiner Lust lenken?

»Fahr zur Hölle«, sagte er, und das machte seine Beziehung zu Pippard kaum besser.

Doch allein der Gedanke, dass Pippard und andere Saubermänner es dahin bringen könnten, Alan zum Sicherheitsrisiko zu erklären, beunruhigte ihn zutiefst. Es hätte sie alle beunruhigen sollen. Homosexualität war noch keine große Geschichte, aber die Hysterie wuchs von Tag zu Tag. Auf dem Kontinent und auf dem Meer stärkte Hitler seine Macht, und das Enigma-System der Marine blieb unbezwingbar. Sie hatten nur eine Hoffnung, eigentlich eine idiotische Sache, einen wilden Plan, der vom Nachrichtendienst der Marine in London ausgearbeitet worden war, und zwar von dem jungen Assistenten des Chefs John Godfrey, einem Mann namens Ian Fleming. Farley kannte Fleming flüchtig. Er war mit seinem Bruder Peter befreundet gewesen, der die glänzende Reiseschilderung *News from Tartary* geschrieben hatte. Ian Fleming machte zwar keinen ebenso robusten Eindruck, aber er und Oscar fanden problemlos gemeinsame Gesprächsthemen. Sie waren beide Büchernarren und litten an vergleichbaren Neurosen, einer Neigung zur Hypochondrie und dem ständigen Wunsch, den Weltmann zu spielen. Ian Fleming bekam schreckliche Kopfschmerzen, die er auf ein Stück Kupfer zurückführte, das nach einem Sportunfall in Eton in seiner Nase stecken geblieben war. Der Kerl verfügte über eine unerschöpfliche Fantasie und einen unfassbaren Einfallsreichtum, auch wenn er die Tendenz zur Angeberei hatte und zuweilen ziemlich geschmacklose Räuberpistolen zum Besten gab. Flemings Plan zufolge – der auf den Namen »Operation Gnadenlos« getauft wurde – würden sie die Kodierungsbücher von einem Nazischiff in die Hand bekommen, indem sie einen flugtauglichen deutschen Bomber vom Luftfahrtministerium beorderten. Sie würden dann eine hartgesottene Mannschaft von fünf Personen zusammenstellen, inklusive eines Piloten und einer Person, die fließend Deutsch sprach. Die Besatzung würde in deutsche Luftwaffenuniformen gekleidet und mit Blut und Wunden zurechtgeschminkt werden und anschließend losfliegen und das Flugzeug im Englischen Kanal notwassern. Sie sollten dann ein deutsches SOS -Signal aussenden und auf ein deutsches Rettungsschiff warten. Farley beurteilte den Plan schon von Anfang an skeptisch. So vieles konnte schiefgehen, vor allem wenn die Flugzeugbesatzung ihr Theater spielen und an Bord des Rettungsschiffes gehen und in einem geeigneten Augenblick die Deutschen erschießen und die Kodierungsausrüstung in Beschlag nehmen sollte.

Aber sowohl Farley und Turing als auch der Kollege Peter Twinn in Baracke Acht ließen sich überzeugen; vielleicht weil ihnen kaum eine andere Hoffnung blieb und sie damals Flemings private Schwäche zur Übertreibung – der Kerl sollte später Romane schreiben oder etwas in der Art – noch nicht mit seinen Planungsvorschlägen in Verbindung brachten. Im September 1940 fuhr Fleming nach Dover, um mit den Vorbereitungen zu beginnen. Ein deutscher Heinkel-Bomber war inzwischen beschafft worden. Man hatte eine Besatzung rekrutiert, ein gutes Team, wie Fleming sagte: »Eine phänomenale Truppe. Ich habe noch nicht entschieden, ob ich selbst mitmachen will.« Es kam vor, dass Farley an den Erfolg der Sache glaubte, auch wenn er sich fragte, wie viele englische Elitesoldaten es eigentlich gab, die akzentfrei Deutsch sprachen.

In dieser Zeit wurden die Sicherheitskontrollen in Bletchley verstärkt. Niemand erfuhr mehr als gerade notwendig. Am besten wäre es gewesen, wenn die Leute überhaupt keine Ahnung davon gehabt hätten, was die Kollegen in den anderen Baracken und Häusern taten, und nur der Umstand, dass jemand wie Alan Turing allein auf dem entscheidenden Wissen saß, wurde zu einem immer größeren Unruhemoment. Hinter den Kulissen agierte Julius Pippard mit seiner Schmähkampagne. Was trieb ihn an? Farley begriff es nicht, aber er merkte, dass Pippard mehrere Leute auf seine Seite brachte und die Stimmung vergiftet war. Er litt mit Turing! Es war so absurd, dass Alan Erfolg haben musste mit dem, was als unmöglich angesehen wurde, um seine Kritiker verstummen zu lassen. Die Enigma der deutschen Kriegsmarine blieb unüberwindbar, und von Fleming kamen auch keine neuen Nachrichten. »Morgen«, schrieb er. »Oder übermorgen. Nur keine Sorge, ich kriege das hin.« Einen Teufel tat er. Die Tage vergingen. Man wollte den Monatswechsel abwarten, an dem die deutschen Schiffe neue Kodierungsbücher erhielten. Aber der Monatswechsel kam, und nichts geschah, und Ian Flemings Telegramme klangen immer ausweichender und vager, und bald brauchten Farley und Turing nicht einmal mehr miteinander zu reden. Sie wechselten nur einen Blick, und die Lage war beiden klar: »Heute auch nichts!«

Am Abend des 16. Oktober 1940 stand Farley in seinem Zimmer neben der Bibliothek des Herrenhauses und blickte auf die Baracken und den See, als ein junger Mann mit einem Telegramm von John Godfrey in London auftauchte: *Operation Gnadenlos auf unbestimmte Zeit verschoben*, so lautete der Text, doch ebenso gut hätte es heißen können »eingestellt und zu den Akten gelegt«. Es war der Todesstoß, das war Farley im selben Moment klar, und er versetzte seinem Papierkorb einen Tritt und verspürte einen Stich von Enttäuschung und Beschämung. Er hätte es direkt begreifen sollen. Der Plan war dummes Geschwätz gewesen und sonst nichts, und als er Turing kurz darauf die Nachricht überbrachte, nahm seine Unruhe noch zu.

»Wir werden es niemals hinbekommen«, sagte Alan mit einem Pessimismus, der ihm gar nicht ähnlich sah.

33

Die Spannung in Corells Brust hatte sich gelöst. Auch wenn er noch immer Schmerzen hatte, fühlte er sich jetzt besser, wie nach einem erfolgreichen Langlauf oder einer ehrlichen Schlägerei. Es war Ewigkeiten her, seit er einem Menschen begegnet war, der ihn so angespornt hatte, und jetzt stellten die Worte sich wieder ein, all das Alte, die geistreichen Phrasen, die Abstraktionen und Gedankensprünge kehrten mit neuer Energie zurück. *Je spannender die Geschichte ist, desto mehr Einzelheiten wollen die Zuhörer hören.*

Alle Lebensweisheiten und Grundsätze, die er als Kind gehört hatte, trieben ihn nun voran, und in dem Maße, in dem Ross oder Kenny auf dem Revier ihn ständig mitten im Satz unterbrachen, ließ Farley seine Worte lebendig werden. Corell erzählte aufrichtig, oder anders gesagt, es kam ihm aufrichtig vor. Aber bald erlebte er das gleiche Gefühl, das er als Kind gehabt hatte: dass die Erzählung ihr eigenes Leben bekam. Sie schuf einen Rahmen, der ursprünglich nicht da gewesen war, und am Ende erfand er eine Reihe von Details und Beobachtungen, nicht direkt Lügen, eher Ausschmückungen und Übergänge, welche die Geschichte zu erfordern schien. Er entdeckte, was er eigentlich immer gewusst hatte: Das Leben verändert sich, wenn es erzählt wird, es erhält neue Richtmarken und

Wendepunkte. Das Gespräch mit Krause erwähnte er in seiner Erzählung nicht, und Ereignissen, die ihm eben noch unwichtig vorgekommen waren, verlieh er eine neue Bedeutung. Oft schien die Situation so seltsam vertraut, als wäre er durch die Zeit zurückgereist zu den Abenden in Southport oder als verwandelte er sich in eine andere und bessere Person. Doch das war natürlich Unsinn. Die Situation, in der er sich befand, war nichts, worüber er sich hätte freuen sollen. Es war ein Verhör über Staatsgeheimnisse, und besser als die meisten wusste er, dass es zu den klassischen Vernehmungstricks gehörte, die Illusion einer lockeren Atmosphäre zu schaffen. Gelegentlich kam ihm sogar der Verdacht, dass all die Wärme, die er in Farleys Augen zu sehen meinte, nur ein Trick sei, eine Methode, um ihn dazu zu verleiten, sich zu verplappern. Aber dennoch … er ließ sich von dem Gespräch berauschen. Falsch oder nicht, es war Teil seines Heilungsprozesses, und nach und nach sickerte ihm der Übermut in die Adern. Er plauderte drauflos und erging sich in neuen Assoziationen und Gedankensprüngen. Einiges davon war von Krause und Gandy gestohlen, anderes war wörtlich aus Turings Schriften zitiert, und hier und da wurde ihm klar, dass er die Grenze überschritt, aber er war dennoch erstaunt, als Farleys Gesichtsausdruck plötzlich zu Eis gefror.

Corells Worte weckten bei Oscar Farley nicht nur die Erinnerung an Alan und Bletchley, sondern ebenso seine Wachsamkeit. Man könnte sagen, dass er Schritt für Schritt nüchterner wurde und sich den gesamten Hintergrund und alles, was er von Pippard gehört hatte, ins Gedächtnis rief. Nicht dass sein Interesse am Thema oder seine Sympathie für den Polizisten nachließen, aber mit der Zeit wuchs sein Misstrauen, und er ahnte, dass er sich von der Verlorenheit in Corells Augen und von seinen eigenen

Schuldgefühlen hatte beeinflussen lassen, am stärksten aber vielleicht von der Begabung des Polizisten. Farley hatte sogar gedacht, der Polizist könnte jemand sein, den anzuwerben sich lohnen würde. Aber nach und nach konzentrierte er sich auf die eigentliche Darstellung, die Erzählfreude und die Anlehnung an literarische Vorlagen, und ohne es direkt zu wollen – er hatte etwas dagegen, den Söhnen die Sünden ihrer Väter anzulasten –, tauchte der Vater des Polizisten wieder in seinen Gedanken auf: James Corell, der Entertainer, der sein Publikum mit Geschichten fesselte, die wild und fantastisch waren, aber nicht notwendigerweise der Wirklichkeit entsprachen. Hatte sich das Phänomen in die nächste Generation vererbt? Er wusste es nicht. Er wurde nur von dem unbestimmten Gefühl ergriffen, dass irgendetwas nicht stimmte. Aber in seinen Gedanken verteidigte er den Polizisten weiter. Er glaubte beispielsweise nicht, dass Corell auch nur annäherungsweise so viel wusste, wie Pippard sich vorstellte, und er weigerte sich zu glauben, der Polizist hätte seine Informationen weiterverkauft; er konnte sich nicht einmal vorstellen, wie das hätte ablaufen sollen. Den verdammten Anzug, von dem Pippard gefaselt hatte und der jetzt restlos verschmutzt war, hatte seine Tante Vicky bezahlt, und an Mullands Angaben, wonach ein Mann mit slawischem und brutalem Aussehen dem Polizisten gefolgt sei, hatte Farley nicht einen Augenblick geglaubt. Er war weiterhin überzeugt, dass das meiste, was Corell gesagt hatte, korrekt war. Und dennoch … das Gefühl, dass irgendetwas nicht stimmte, dass etwas zu gut war an dieser Geschichte, wuchs in ihm, und plötzlich fiel es ihm ein: der Brief. Wie konnte er den vergessen? Mehr als alles andere war es dieser Brief, der Pippard so in Rage versetzt hatte.

»Pippard sagte, Sie hätten einen von Turings Briefen gelesen?«

»Ja … das stimmt.«

»Was ist das für ein Brief?«

»Er ist hier«, sagte Corell und zeigte auf seine Brusttasche.

»In Wilmslow haben Sie gesagt, es gäbe kein weiteres Material?«

»Hat nicht meine ganze Erzählung gezeigt, was für ein Idiot ich gewesen bin? Ich hätte Ihnen den Brief geben und nicht hierherfahren sollen, und ich hätte definitiv nicht mit Pippard reden dürfen.«

»Aber Sie haben es getan.«

»Diese ganze Geschichte hat mich dazu gebracht, Dinge zu tun, die ich nicht hätte tun sollen.«

»Sie haben geahnt, dass es wichtige Dinge gab, von denen Sie nichts wussten.«

»Es war nicht nur das, leider. Es ging mehr um mich selbst. Um alte, dumme Träume. Ich wollte …«

»Kann ich den Brief jetzt sehen?«

Der Polizist überreichte ihm ein zerknittertes Papier, und bevor Oscar zu lesen begann, wurde er nervös. Seine Hände zitterten, er begriff nicht recht, warum, aber er fürchtete alles Mögliche, fürchtete, als der Scheißkerl dargestellt zu werden, der Alan aus dem GCHQ gefeuert hatte, und vor allem fürchtete er, dass Alan trotz allem Staatsgeheimnisse verraten haben könnte und Hohepriester wie Pippard Wasser auf ihre Mühlen bekämen. Deshalb las er den Brief in aller Hast durch. Eine so traurige Lektüre, dass es wehtat. Dennoch war er beruhigt. Ein Prinzipienreiter wie Pippard hätte sicher eine ganze Menge auszusetzen gehabt. Es war sicher unvorsichtig von Alan, überhaupt zu erwähnen, dass es Geheimnisse gab, aber im Großen und Ganzen stellte der Brief keinen offensichtlichen Verstoß gegen die Sicherheitsvorschriften dar, und wenn sich jemand schämen sollte, dann wären es Mulland und diejenigen, die diesen Gorilla losgeschickt hatten. *Er spielt den Unauffälligen dermaßen schlecht, dass er die Leute nervös macht. Wo haben sie den aufgetrieben?*

Ja, wo?

Farley hätte ihm nichts versprechen sollen. Nein, nein, Mulland müsste auf der Stelle aus dem GCHQ gefeuert werden – er selbst übrigens vielleicht auch.

Mit müdem Blick sah er sich im Zimmer um. Ein paar Bierflaschen standen auf dem Fensterbrett, und auf dem Fußboden lag eine Reisetasche mit Kleidung und Büchern und dann ein paar Gläser und der Notizblock auf dem Nachttisch, um den Mulland ein solches Theater gemacht hatte.

»Was halten Sie davon?«

»Von dem Brief? Er macht mich traurig. Turing war ein guter Mann. Wir haben ihn schlecht behandelt.«

»War er ein großer Denker?«

»Das war er ohne Zweifel«, sagte Farley abwesend.

Er hatte den Notizblock in die Hand genommen und begann darin zu blättern, und nur vage, im Augenwinkel, nahm er wahr, dass Corells Gesicht sich aufhellte, als hätte Farley etwas sehr Erfreuliches gesagt.

»Was hat ihn dazu gemacht?«

»Zu was?«

»Zu einem großen Denker.«

»Er …«

Farleys Blick fiel auf denselben Namen, der Mulland in dem Notizblock aufgefallen war. *Fredric Krause.*

»Es war sehr unklug von Ihnen, diesen Brief zu behalten«, sagte er, statt sich in ein Gespräch über Turings Genie zu verstricken.

»Werden Sie meine Vorgesetzten informieren?«

»Nein. Und Sie?«, antwortete er in einem lockeren Tonfall, den er sogleich bereute.

Er musste aufhören, so nachsichtig und schwach zu sein. Er musste aufhören, sich von seiner Sympathie für den Polizisten blenden zu lassen, vor allem jetzt, da er in Corells Block den Namen Fredric Krauses entdeckt hatte. *Fredric Krause.* Farley spürte ein beunruhigendes Gefühl im Magen, nicht dass er jemals geglaubt hätte, Krause wäre eine unzuverlässige Kraft. Er war im Amtsgericht in Wilmslow aufgetaucht und anschließend einfach verschwunden. Hatte er womöglich ...? Farley weigerte sich, das zu glauben. Nein, nein, und doch; Krause setzte sich in seinen Gedanken fest. Er erinnerte sich daran, wie der Logiker eines Abends unter der nackten Glühbirne in Baracke Acht gesessen hatte, aber vor allem – und das mit einer merkwürdigen Deutlichkeit – erinnerte er sich daran, wie Krause auf dem Rasen vor dem Herrenhaus in Bletchley gestanden und mit Alan Turing über Rasierklingen und Herrenstrümpfe diskutiert hatte. Zwischen den beiden hatte ein so leichter und neckischer Ton geherrscht, als hätten sie sich wirklich sehr nahegestanden. Es musste kurz vor dem Tag gewesen sein, an dem die Silberbarren in Bletchley eintrafen.

34

Bletchley Park II

Auf einer bestimmten Ebene schienen die Rückschläge im Krieg Alan Turing nicht zu berühren. Er besaß die einzigartige Fähigkeit, sich ganz in seine Konzentration zurückzuziehen, und er machte sich ungewöhnlich wenig aus äußeren Umständen. Aber hinterher, als seine neidischen Feinde ihre missgünstige Revanche bekommen hatten, fragte Farley sich, ob die Hoffnungslosigkeit nicht auch in Alan eingesickert war. Er versteckte sie natürlich hinter Scherzen und Streichen. Er war keiner, der sich offen beklagte. Dagegen gab er eine Reihe von abstrusen Ideen zum Besten.

»Wenn die Deutschen kommen, werde ich Hausierer und gehe mit Rasierklingen von Tür zu Tür. Ich kaufe mir ein ganzes Lager!«

»Dumme Idee. Sie werden dich hopsnehmen, weil du Mordwaffen verscheuerst. Du solltest lieber auf Damenstrümpfe setzen«, sagte Fredric Krause, der danebenstand.

»Dann schon lieber Herrenstrümpfe!«

»Warum nicht Damenstrümpfe für Herren. Könnte der letzte Schrei werden. Göring würde bestimmt ein Paar kaufen.«

Turing strahlte, und zusammen mit Krause schmiedete er die absurdesten Pläne, was sie in einem nationalsozialistischen England tun würden. Es war nicht leicht zu entscheiden, was Ernst und was der reinste Unsinn war. Farley verstand sich auf keinen der beiden richtig.

Zu diesem Zeitpunkt hatte Turing zwei Silberbarren für 250 Pfund gekauft. Das Silber wurde mit dem Zug nach Bletchley transportiert und feierlich in Empfang genommen. Anfangs war das Ganze ziemlich unbegreiflich, doch bald wurde klar, dass Alan hoffte, von diesen Barren zu leben.

»Was willst du mit dem Silber?«, fragte Farley.

»Das Gleiche wie jeder Kapitalist. Reich werden.«

Geld war ansonsten das Letzte, wofür Alan sich interessierte. Aber er konnte Theorien über alles Mögliche entwickeln, und anscheinend hatte er gehört, dass Silber und Gold im letzten Krieg den höchsten Wertzuwachs verzeichnet hatten, und deshalb wollte er die Barren jetzt im Wald vergraben. Dort sollten sie liegen und sich verzinsen wie Samen in der Erde. Auf eine Bank konnte er sie nicht bringen. Die Nazis würden selbstverständlich die Bankfächer leeren.

»Kommst du mit?«, fragte er.

Farley wollte nicht. Er hatte keine Zeit. Trotzdem sagte er Ja. Er hatte Order, darüber zu wachen, wie es ihrem Star ging, und deshalb zogen sie eines Tages mit dem Silber auf einem alten Milchkarren in die Wälder von Shenley. Sie kamen an Shenley Park, einem schönen Teehaus und zwei Obstgärten vorüber, bevor sie eine Lichtung neben einem alten japanischen Pagodenbaum erreichten. Es war kein guter Platz. Der Grund war uneben und steinig, und es fiel kaum Licht herein. Dennoch verlieh der Pagodenbaum der Stelle eine gewisse düstere Feierlichkeit, und weil sie die Milchkarre nicht weiter ziehen konnten, beschloss Alan Turing, dass dies der passende Ort sei. Farley wandte ein, dass es schwer sein könnte, die Stelle wiederzufinden. Es gab keine besonderen Erinnerungsmerkmale, wenn man von dem Pagodenbaum absah, und der würde vielleicht nicht in alle Ewigkeit dort stehen. Der Stamm war schon morsch. Aber Alan war trotzdem der Meinung, dass es der geeignete Platz sei. Der Baum werde sie alle überleben, erklärte er. Und er wolle es sich auch nicht zu leicht machen. Es war inzwischen etwa ein Uhr am Mittag. Der Tag war schön, aber etwas kühl, und auf dem Boden krabbelte ein schwarzer, ungewöhnlich großer Käfer. »Sieh dir den an«, sagte Alan, aufrichtig fasziniert, und schien es nicht eilig zu haben, mit dem Graben zu beginnen. Er setzte sich auf die Milchkarre.

»Du willst es dir nicht leicht machen«, sagte Farley.

»Will ich das nicht?«

»Du hast gesagt …«

»Oh ja … ich meinte nur, dass ein Schatz ohne Schatzsuche nicht besonders spannend ist. Ich habe keine Lust, das Silber an der nächsten Hausecke zu vergraben. Ich brauche eine kleine Herausforderung. Das solltest du doch verstehen, Oscar, du, der immer vom Wert der Erzählung spricht. Was wäre der Schatz von Monte Christo ohne Dantes Geschichte? Etwas sehr Banales, nicht wahr?«

»Ich würde an dem Schatz trotzdem meine Freude haben.«

»Ha, ha. Aber du musst zugeben, dass das wirkliche Vergnügen in der Schatzkarte liegt. Das Mysterium ist immer größer als die Lösung des Mysteriums.«

»Solange wir nicht von den Marinecodes sprechen.«

»Nein, nein!«

»Schön zu hören!«

»Das musst du mir ja nicht gleich ankreiden, alter Gauner. Ich versuche nur zu sagen, dass das Rätsel eine Qualität besitzt, die die Lösung ihm nimmt, so raffiniert sie auch sein mag. Die Antwort stiehlt der Frage sozusagen die Sehnsucht.«

»Ich bin natürlich deiner Meinung, Alan. Bei Yeats findet sich ein ähnlicher Gedankengang. Wenn es etwas Göttliches gibt, dann liegt es in der Frage und nicht in der Antwort. Übrigens eine entzückende Formulierung: *Das Mysterium ist immer größer als die Lösung des Mysteriums.* Kann das der Grund sein, warum ich Kriminalromane am Anfang immer prima finde, aber zum Ende hin trist und vorhersehbar?«

»Nicht wahr! Es ist eine schreckliche Antiklimax. Ich kann nicht begreifen, weshalb Wittgenstein so verrückt danach ist.«

»Nach Detektivromanen?«

»Er verschlingt sie. Er hat sogar Street & Smiths *Detective Story Magazine* abonniert. Seine ganze Wohnung ist voll davon. Eigentlich nicht gescheit. Sein Lieblingsbuch heißt *Rendezvous with Fear*. Ein Norbert Davis hat es geschrieben. Ich habe es gekauft, um zu sehen, was es war, und ich kann nicht gerade behaupten, dass es mir gefallen hat, aber mir war sofort klar, dass der Held genau wie Wittgenstein ist.«

»Inwiefern?«

»Keiner von beiden glaubt so recht an die Logik. Sie wollen eher die beste Gelegenheit abwarten, um sich dann den Weg zur Lösung freizuschießen. Sie verlassen sich sozusagen beide auf die Intuition und zielen auf den schwachen Punkt.«

»Aber so bist du nicht?«

»Ich glaube mehr an die Logik«, lachte Turing.

Farley verstand nicht, was daran so lustig war.

»Für mich ist ja die Logik die reine Magie, wie Welchman gesagt hat. Die reine Magie! Ha, ha. Auf jeden Fall glaube ich nicht, dass sie ein so schwankendes Gefährt ist, wie Wittgenstein immer behauptet. Ich bin eher davon überzeugt, dass wir weit mit ihr kommen, vielleicht sogar ganz bis hierhin auf diese Lichtung.«

»Aber es ist der Argumentationsprozess, das Suchen an sich, was dich in erster Linie fasziniert?«

»Ich will ebenso sehr Antworten erhalten wie jeder andere, und ich hasse es, wenn Leute wie die Religiösen vor dem Schwerverständlichen kapitulieren. Aber ich glaube, dass die Mühen der Suche den Wert dessen erhöhen, was wir finden. Ja, eigentlich ist das doch offensichtlich. Nicht einmal Wittgenstein wollte die Lösung seines detektivischen Rätsels ruck, zuck auf Seite neunzehn. Er wollte warten und schwitzen. Der Schwierigkeitsgrad der Jagd entscheidet immer mit über den Preis des Schatzes. Ich bekomme vielleicht nicht mehr für meine Barren auf dem Silbermarkt, nur weil ich sie vergrabe oder auch nur weil ich eine verschlüsselte Schatzkarte anfertige. Aber etwas passiert mit dem Silber, wenn ich es vergrabe, nicht wahr, Oscar? Ein immaterieller Wert wird hinzugefügt.«

»Es bekommt eine Geschichte.«

»Genau. Du und ich, wir werden ein Teil davon. Außerdem …«

»Was denn?«

»Es gibt einen Beginn der Geschichte, der über den Wert mitbestimmt. Ich meine, jemand, der früh im Leben eine bestimmte Art von Erfahrung gemacht hat, verfügt vielleicht über eine größere Wertschätzung für gewisse Schätze als andere. Man könnte zum Beispiel annehmen, dass ein Mensch einmal etwas ganz besonders Wertvolles verloren hat …«, sagte er und blieb stecken. Sein Stottern kam zurück, und es wurde klar, dass er von sich selbst sprach, zumindest teilweise. Er war derjenige, der einmal etwas verloren hatte. Er hatte einen Freund verloren, der Christopher Morcom hieß und mit ihm die Privatschule in Sherborne besucht hatte. Alan sagte, er habe den Boden verehrt, auf dem Christopher gegangen sei:

»In seiner Gesellschaft wurde alles reicher und besser. Bevor ich Christopher begegnete, war ich ein hoffnungsloser Schüler gewesen. Der Hausvorsteher in Sherborne schrieb, meine Hausaufgaben seien die schlampigsten und dümmsten, die er je gesehen habe.«

»Du hattest es eben mit den Zahlen.«

»Nicht einmal in Mathematik war ich besonders gut. Der Rektor schrieb an meine Eltern, ich sei asozial und es sei fraglich, ob ich in die nächsthöhere Klasse versetzt würde. Ich war allein. Ich war mit niemandem zusammen. Ist dir aufgefallen, dass es mir schwerfällt, Menschen in die Augen zu sehen? Damals war es noch viel schlimmer. Aber dann sah ich Christopher und konnte die Augen nicht von ihm abwenden. Er war ein Jahr älter und so schön und schlank, dass es mich am ganzen Körper schmerzte. Allein seine Hände ... du verstehst, Oscar, während ich tollpatschig und schüchtern war, galt Christopher als die Leuchte der Schule. Er erhielt Stipendien und Preise, und ich hätte es nie gewagt, mich ihm zu nähern, hätte sich nicht gezeigt, dass auch er verrückt nach Zahlen war. Er liebte Mathematik und Wissenschaft, und dann hatte er einzigartige Augen – ich meine nicht nur, dass sie schön waren. Er sah fantastisch mit ihnen. Er konnte mitten am Tag ohne Fernrohr die Venus ausmachen. Ich wollte werden wie er. Christopher hatte ein Fernrohr, und ich wünschte mir auch eins. An meinem siebzehnten Geburtstag bekam ich ein Teleskop und dazu Eddingtons Buch über die Sternkonstellationen. Christopher und ich waren wie verhext vom Weltraum. Wir besuchten ein Observatorium und schafften uns einen Himmelsglobus an. In jener Zeit sollte ein Komet am Himmel sichtbar werden, und wir blieben oft abends noch auf und hielten nach ihm Ausschau. Ich stand dermaßen unter Spannung, dass es sich um mehr gehandelt haben muss als um den Kometen. Wir wussten genau, wo er erscheinen sollte, irgendwo zwischen Equuleus und Delphinus. Wir waren ungeheuer erwartungsvoll und saßen stundenlang still da. Aber wir bekamen ihn nie zusammen zu sehen. Wir sahen ihn jeder für sich, aber nie zusammen. An einem Wintertag besuchte ein Jungenchor unsere Schule. Ich war nicht besonders ergriffen von der Musik, es war nichts Besonderes, überhaupt nicht, aber als ich dastand und zuhörte und Christopher ansah, da versetzte es mir einen Stich, und ich dachte, du und ich, Christopher, wir werden uns noch oft sehen, aber eigentlich ... ich kann es nicht erklären ... befürchtete ich das Gegenteil. Ich bekam Angst. An jenem Abend konnte ich schwer einschlafen. Ich lag wach und schaute zum Himmel. Es war Vollmond. Irgendwann musste ich wohl eingeschlummert sein. Ich wachte um drei Uhr in der Nacht auf und hörte die Klosterglocke schlagen. Nach einer Weile stand ich auf und trat ans Fenster. Ich hatte viele Nächte dort gestanden und nach dem Kometen geschaut. Aber diesmal blieb ich stehen und starrte auf das Haus, in dem Christopher wohnte, und da befiel mich ein grässlicher Schauder. Ich werde es nie erklären können. Am nächsten Tag war Christopher nicht in der Schule, am übernächsten auch nicht, und ich erkundigte mich bei meinem Hausvorsteher. Er gab mir ausweichende Antworten. Einige Tage später kam am Morgen ein Lehrer zu mir, und ich sah ihm sofort an, dass etwas passiert war. ›Sei auf das Schlimmste gefasst‹, sagte er. ›Christopher ist tot.‹«

»Was war passiert?« fragte Farley.

»Als er klein war, hatte er irgendwann infizierte Milch getrunken und innere Schäden davongetragen. Christopher hatte nie etwas über seine Krankheit gesagt. Er sagte überhaupt nie etwas, was mich beunruhigen oder mir unangenehm sein konnte. Aber in dieser Nacht, als ich vom Schlafsaal auf den Mond starrte, wurde er wieder krank, und diesmal wurde er nicht wieder gesund. Er starb in einem Krankenhaus in London. Im einen Moment war er noch da gewesen, und im nächsten … Es tat so furchtbar weh. Ich begann zu denken, dass Christopher in der einen oder anderen Form weiterlebte. Religion lag mir nun nicht. Sie konnte mir keinen Trost geben, nein, ich hatte nichts weiter als meine Wissenschaft, und als der verwirrte Junge, der ich war, begann ich mir eine ganz eigene Theorie zusammenzubrauen. Ich griff einfach ein paar Gedanken aus der Quantenphysik auf und schuf mir aus ihnen eine Erklärung für meinen Wunschtraum, dass Christopher irgendwo anders weiterlebte, und auch wenn ich heute über diese Dinge nur lachen kann, eins ist mir seitdem geblieben, nämlich der Gedanke, dass das, was wir die Seele nennen, nichts vom Körper Wesensverschiedenes sein kann und vom Universum auch nicht, was das betrifft. Wir sind alle Teile desselben explodierenden Sterns, und genau so, wie das Leblose von Gesetzen gesteuert wird, muss auch das Lebende Gesetzen unterliegen. Es muss eine Struktur, eine Logik geben.«

»Und die suchst du?«

»Ha, ha. Ich habe auf jeden Fall ein kleines bisschen mit der Suche angefangen.«

»Und all das begann mit dem Tod von Christopher Morcom?«

»Wer weiß schon, wann die Dinge ihren Anfang nehmen?«

»Ich weiß auf jeden Fall, dass das Wetter gerade anfängt, schlechter zu werden. Wir sollten sehen, dass wir hier wegkommen.«

Alan nahm einen Spaten von der Milchkarre und grub ein Loch in den steinigen Boden. Mit einer Art spöttischen Ernstes versenkte er die Silberbarren darin und blickte anschließend zu den Baumkronen und zum Himmel auf.

Er deckte das Loch mit den Grassoden wieder ab, als hätte er ein Grab angelegt.

»Ruht in Frieden«, sagte Farley.

»Bis ich euch wieder auferwecke«, sagte Alan.

Nachdem Ian Flemings Pläne vom Tisch waren, gab es überhaupt keine guten Nachrichten mehr. Oft kam es ihnen so vor, als wäre der Krieg bereits verloren. Europa war in den Händen der Nazis, und noch ahnte niemand, dass Hitler bald seine Streitkräfte nach Osten wenden und sich in einen Zweifrontenkrieg stürzen würde und dass er, statt an der Ostfront die Hilfe der Japaner zu suchen, diese ihren eigenen Wahnsinn anzetteln und die USA in den Krieg ziehen ließ. Man wusste nur, dass die Nazis den Kontinent und das Meer beherrschten und dass es ohne neue Codebücher unmöglich sein würde, das Enigma-System der deutschen Kriegsmarine zu knacken und die Schlacht um den Atlantik zu gewinnen.

Es wurde ein kalter Winter, und nichts passierte. Doch dann traf die Nachricht ein, dass die Operation Claymore erfolgreich gewesen zu sein schien. An der Operation Claymore vor der Nordküste Norwegens waren fünf britische Zerstörer beteiligt gewesen, die den Geheimauftrag hatten, deutsche Kodierungsausrüstung zu beschaffen. Eines der Schiffe, die HMS »Somali«, hatte kurz nach sechs Uhr am Morgen des 4. März bei nebligem Wetter unweit von Svolvær einen bewaffneten deutschen Trawler mit Namen »Krebs« gesichtet und das Feuer eröffnet. Die Engländer setzten den Trawler rasch außer Gefecht, was im Rahmen gewöhnlicher Kriegsführung voll ausgereicht hätte, hier jedoch bei Weitem nicht genügte. Farley wusste nur zu gut, dass die meisten Befehlshaber in solchen Situationen sich dafür entscheiden, das Schiff zu versenken, statt an Bord zu gehen, und das war auch einer der Gründe dafür, dass bisher so wenig Codematerial nach Bletchley gelangt war. Soweit Farley es verstand, hatte auch dieser Kapitän den Trawler nicht entern wollen. Aber ein Signaloffizier, ein gewisser Leutnant Warmington, beharrte darauf, und am Ende gab der Kapitän nach, und einige Männer gingen mit gezogenen Waffen an Bord des Trawlers. Was danach im Einzelnen geschah, blieb unklar, außer dass Leutnant Warmington in der Kabine des Kapitäns ein Dokument beschlagnahmte, das Überschriften wie *Innere Einstellung, Äußere Einstellung* und *Steckerverbindung* beinhaltete. Das klang zweifellos gut, es hörte sich nach den Einstellungsschlüsseln an, wobei es dem deutschen Kapitän allerdings gelungen zu sein schien, einen Teil des Materials zu vernichten.

Die Unterlagen wurden in wenigen Tagen in Bletchley erwartet, und das konnte einen Durchbruch bedeuten. Oder eine weitere Enttäuschung. Farley erinnerte sich, dass er vom See zum Herrenhaus heraufkam und nach Turing fragte. »Versuch es im Speisesaal«, sagte Peter Twinn. Oscar Farley hatte keine Lust. Er mied den Speisesaal, wenn er nicht essen wollte. Aber er ging natürlich hin und wurde von einem widerlichen Geruch von Kohl, gekochtem Fisch und etwas, was an Vanillecreme erinnerte, empfangen. Alan saß tatsächlich da und stocherte in einer blassen Kartoffel, die in gelbem, erkaltetem Fett steckte, und aus der Distanz sah es aus, als schlafe er mit offenen Augen. Seine Wangen waren grau; er wirkte ausgelaugt und wedelte nur müde den Zigarettenrauch fort, der von zwei Seiten in seine Richtung geblasen wurde. Gegen seinen Willen ahnte Farley, dass an dem Gerücht, Alan verausgabe sich völlig, vielleicht doch etwas dran war.

Als Farley ihn rief und ihm erklärte, dass sie vielleicht die Einstellungsschlüssel gefunden hätten, geschah jedoch etwas Merkwürdiges mit diesem Gesicht. Es gewann nicht nur Farbe, es verjüngte sich. Es begann zu leuchten, genau wie draußen im Wald bei Shenley, und Farley sah es als seine Pflicht an, den Worten mit einer düsteren Nüchternheit einen Dämpfer aufzusetzen.

Er wollte Alan nicht zu sehr hoffen lassen. Der Mathematiker schien sich in einem dieser Zustände von nervöser Erregung zu befinden, die in kürzester Zeit und bei der geringsten Enttäuschung in Apathie oder einen Zusammenbruch umschlagen konnten. Aber hinterher, als Oscar Farley zurückdachte, begriff er, dass dies der Moment war, in dem Alan auf dem Weg zu seinem größten Triumph war, der ihnen helfen sollte, diesen elenden Krieg zu gewinnen.

35

Oscar Farley hasste den Verfolgungswahn der neuen Zeit. Dennoch war ihm irgendwo bewusst, dass seine Arbeit ohne ein gewisses Maß dieses Übels nicht zu bewerkstelligen war, und ebenso oft, wie er sich über das übertriebene Misstrauen seiner Kollegen empörte, fürchtete er, dass er selbst vielleicht nicht ausreichend skeptisch sei. Er war analytisch und konnte sich leicht in andere Menschen hineinversetzen. Ohne Schwierigkeiten erkannte er in ihren Erzählungen Lücken und Widersprüche. Als Literaturkenner identifizierte er leicht die kleinen Kennzeichen der Unwahrheit, und er merkte schnell, wenn Leute nicht wirklich über ein Thema Bescheid wussten. Aber vielleicht war Oscar Farley trotz alldem nicht gut darin, die richtigen Lügner zu entlarven, die mit der gleichen Leichtigkeit logen, mit der sie die Wahrheit sagten. Es war, wie wenn er als Junge gute Romane gelesen hatte und nicht glauben wollte, dass sie erfunden waren. Wie konnte etwas, das so deutliche Bilder in seinem Kopf erstehen ließ, vorgetäuscht sein?

Oscar Farley brauchte eine Wolke, um Regen zu befürchten, und sicher fiel es ihm auch allzu leicht, Menschen zu mögen, besonders wenn sie jung und begabt waren und man sie grün und blau geschlagen hatte. Er dachte tatsächlich einen Moment lang darüber nach, ob das GCHQ Corell rekrutieren sollte, und nicht nur, weil es die einfachste Lösung wäre, um die Kenntnisse des Polizisten über Bletchley Park im Hause zu behalten. Er glaubte, dass Corell nützlich sein könnte. Sein Urteilsvermögen hatte versagt, gut – sein Cambridge-Abenteuer hatte etwas von einer Donquichotterie –, und er nahm zu große Risiken in Kauf, aber seine Fähigkeit, Schlussfolgerungen zu ziehen, war imponierend. Seit dem Absprung von Burgess und Maclean wurden die Rekrutierungsgründe im Nachrichtendienst diskutiert. Man ging nicht mehr länger davon aus, dass eine solide Oberklassenzugehörigkeit und ein Hintergrund in Eton und Oxford ausreichten. Eine Herkunft aus den oberen Schichten galt nicht mehr als Garantie für Loyalität, eher war das Gegenteil der Fall. Die Oberklasse stand in dem Ruf, arrogante Libertins hervorzubringen, und sie selbst hatten angefangen, Menschen aus ganz anderen Gesellschaftsschichten einzustellen und stärker nach Begabung und Zuverlässigkeit zu urteilen. Also warum es nicht mit Corell probieren?

In erster Linie deshalb nicht, weil es mit seiner Zuverlässigkeit nicht allzu weit her zu sein schien und weil natürlich Pippard und andere wild protestieren würden. Nein, dachte Farley, statt die Fähigkeit des Polizisten, Schlussfolgerungen zu ziehen, imponierend zu finden, konnte er sie als *zu* gut ansehen – als ein Zeichen dessen, dass irgendetwas nicht stimmte. Corells Erzählung hörte sich vielleicht glaubwürdig an, wenn sie stückweise präsentiert wurde, doch wenn er sie zusammenfügte und als Einheit sah, bekam er dann nicht ein anderes Gefühl? Vollkommen selbstständig wollte der Polizist sich zum Bletchley Park und zu Turings Maschine hinkombiniert haben, und seine Schlussfolgerungen waren nicht unsinnig, keineswegs. Sie waren durchaus logisch, klar. Aber vielleicht hatte Farley, als er Corells Geschichte für plausibel hielt, ungefähr so reagiert wie jemand, der von alten Entdeckungen und Erfindungen liest: Die Lösungen wirken nicht sonderlich bemerkenswert, weil man die Antwort kennt. Man begreift nicht, wie schwer die Arbeit gewesen ist, weil man mit dem Ergebnis in der Hand dasitzt. Konnte es tatsächlich Fredric Krause gewesen sein, der geplaudert hatte? Steckte er hinter den Schlussfolgerungen des Polizisten?

Farley konnte an und für sich kein Motiv erkennen. In Bletchley hatte Krause einen guten Ruf gehabt, und Farley wusste, dass man eine umfassende Sicherheitskontrolle durchgeführt hatte, bevor der Logiker in der Einleitungsphase des Krieges englischer Staatsbürger geworden war, zum großen Teil aufgrund wärmster Empfehlungen von Alan Turing und weil man davon ausging, er könnte einen wichtigen Beitrag zu der kryptologischen Arbeit leisten. Möglicherweise hatte Pippard mit seinem ewig misstrauischen Blick irgendwann Krauses bisherige Staatsangehörigkeit als Risikofaktor ins Gespräch gebracht – hatte er nicht sogar erwähnt, dass Österreich ja Hitlers Heimatland sei? –, aber im Übrigen konnte Farley sich nicht erinnern, dass Krauses Loyalität jemals in Zweifel gezogen worden war. War da trotzdem etwas?

Farley erinnerte sich, dass Krause einmal behauptet hatte, zu viel Patriotismus mache blind, und was ein Land wirklich brauche, seien Menschen, die es ohne den vorgefassten Blick der Liebe betrachteten. Derartige Dinge hatten sie damals alle von sich gegeben. Es war, bevor der Kalte Krieg das Denken vergiftet hatte. Nein, nein, wenn überhaupt etwas mit Krause nicht stimmte, dann hing es mit seiner Bewunderung für Turing zusammen, glaubte Farley, mit seiner Wut, als später hinter Alans Rücken geklatscht und getratscht wurde.

Hatte der Logiker geplaudert, um das an Alan begangene

Unrecht zu rächen? Wollte er nicht länger loyal gegenüber einem Land sein, das seine Helden so schlecht behandelte? Und falls dies so war, wem außer Corell hatte er seine Geheimnisse verraten? Farley sah den Polizisten an, seine Augen sahen hinter den schwarzblauen Schwellungen so klein aus. Er gab ihm mehr Wasser. »Gut so, gut so«, sagte er. »Trinken Sie mehr!« Er stand auf, feuchtete ein Handtuch an und wusch sehr vorsichtig die Wunden des Polizisten. Es war ein schönes Gefühl, sich mit etwas zu beschäftigen. Es linderte seine Unruhe und ließ ihn sich selbst weniger elend fühlen.

»Danke«, sagte Corell.

»Übrigens, ich bin Oscar.«

»Ich bin Leonard.«

»Hallo, Leonard. Es ist wirklich seltsam. Ich sehe deinen Vater in dir. Du bist so jung, aber du weckst die Erinnerung an die alten Zeiten.«

»Mochtest du meinen Vater?«

»Ich mochte ihn. Ich habe nie jemanden erzählen hören wie ihn, will heißen, nicht, bevor ich dir begegnet bin.«

»Jetzt übertreibst du.«

»Nicht sonderlich.«

»Mein Vater hat immer behauptet, dass ich gut erzähle. Aber seitdem hat es mir nie wieder jemand gesagt.«

»Du wirst es noch öfter hören. Da kannst du sicher sein. Manchmal erzählst du sogar ein bisschen zu gut.«

»Was meinst du damit?«

»Du behältst gewisse Dinge für dich.«

»Das tue ich nicht.«

»Ist das hier dein Block?«

»Ja.«

»In dem Block hast du den Namen Fredric Krause unterstrichen, und das macht mir Sorgen, ehrlich gesagt.«

»Krause war im Krieg dabei, nicht wahr?«
»Ich glaube, dass ich hier die Fragen stellen sollte.«
»Selbstverständlich, ja …«

Corell freute es, dass sie zu den Vornamen übergegangen waren, und es war fantastisch zu hören, dass er gut erzählte. Er nahm das als Zeichen, dass die Gefahr überstanden war und Farley und er sich nun wirklich kennenlernen würden. Er wollte nach Farleys Karriere und nach der Literaturforschung in Cambridge fragen und was er am liebsten las. Aber wie aus dem Nichts kam der Angriff, und da ging ihm die ganz andere Wahrheit auf: Die Freundlichkeiten hatten nur den Zweck gehabt, ihn weich zu machen. Er fühlte sich vernichtet. Es war so unglaublich dumm, nicht von dem Abend im Pub in Wilmslow erzählt zu haben.

»Was hat Krause dir erzählt?«

»Nichts.«

»Nichts?«

»Oder, ich meine, jede Menge. Er erzählte von der Krise in der Mathematik und vom Lügnerparadox. Er erklärte mir den ganzen theoretischen Hintergrund von *On Computable Numbers*.«

»Aber sprach nicht über den Krieg.«

»Mit keinem Wort. Ich merkte sogar, dass er das Thema wechselte und nervös wurde, sobald wir darauf kamen.«

»Wo habt ihr euch kennengelernt?«

Corell erzählte. Er berichtete so detailliert wie möglich über ihre Begegnung, und er sagte – was er selbst für wahr hielt –, er habe Krause deshalb bisher nicht erwähnt, um selbst als scharfsinniger zu erscheinen. Es war albern und dumm, das gab er zu, aber der Logiker hatte nichts ausgeplaudert, nicht das kleinste bisschen, sagte er zu Farley: »Zieh ihn nicht hier hinein.«

»Du hast ihn selbst hineingezogen, indem du ihn herausgehalten hast.«

»Das war idiotisch von mir.«

»Dann musst du deinen Fehler wiedergutmachen. Nenn mir eine einzige vernünftige Erklärung, warum ihr plötzlich einen ganzen Abend miteinander bechert?«

Corell antwortete etwas in der Art, dass sich der Abend einfach so ergeben habe, aber er war so niedergeschlagen, dass er sich wirklich fragte, warum jemand überhaupt einen Abend mit einer Person wie ihm verbrachte.

Farley sah das Gesicht des Polizisten einfallen. Er sah, wie seine Augenlider zuckten und er sich mit der Hand über die Stirn fuhr, und er erinnerte sich an Alan Turing bei jenem letzten Mal in Cheltenham. Es schmerzte Farley immer, dem Enthusiasmus der Leute einen Dämpfer zu versetzen, und er schaute hinab auf seine Hände, seine wunderlich alten Hände, die sich, ohne dass er es bemerkt hatte, in etwas so Gebrechliches verwandelt hatten. Wann war das passiert? Er blickte auf die Stadt dort draußen und versuchte, seinen Rücken durchzudrücken.

»Krause schien eine pädagogische Ader zu haben«, sagte Corell. »Ich glaube, er wollte mir ganz einfach etwas beibringen.«

Farley sann den Worten nach. War das eine denkbare Erklärung? Ein wissensdurstiger Schüler, der mit jemandem, der es liebt, Lehrer zu sein, in den Pub geht und Bier trinkt? Es war richtig, dass Fredric Krause gern redete und allgemeinverständlich über sein Fachgebiet sprach. Er galt als guter Vorleser, und Farley erinnerte sich an eine Gelegenheit, bei der er in Baracke Vier auf eine brillante Art und Weise Gift und Galle über den guten alten Hegel spuckte, und was das Thema Turing anging, war Krause in der Tat neugierig. Corells Geschichte konnte stimmen. Aber sie konnte ebenso gut das reinste Ammenmärchen sein. Oh Herrgott, wie satt Farley das alles hatte. Mit einer Stimme, die er nur mit Mühe streng klingen zu lassen vermochte, sagte er:

»Dir ist sicher klar, dass wir Fredric Krause eingehend vernehmen werden. Es würde nicht gut aussehen, wenn du irgendetwas verheimlichtest.«

»Ich verheimliche nichts.«

»Dann versichere mir noch einmal, dass Krause nichts darüber gesagt hat, womit er während des Krieges beschäftigt war.«

»Das hat er nicht ... oder doch, ... eins hat er gesagt ...«

Was kam jetzt?

» ... wir haben darüber geredet, dass Wittgenstein nicht glaubte, dass das Lügnerparadox außerhalb der strengen Logik irgendeine Bedeutung hätte. Und da sagte Krause: ›Wittgenstein irrte sich gewaltig. Wenn überhaupt jemand, dann wusste Alan Turing ...‹«

»Was denn?«, sagte Farley ungeduldig.

»›... dass Paradoxe Leben und Tod bedeuten können.‹«

»Mehr hat er nicht gesagt?«

»Nein. Danach wechselte er das Thema. Er erwähnte den Krieg überhaupt nicht. Aber das hat mich zum Nachdenken gebracht. Wie können Paradoxe denn Leben und Tod bedeuten?«

»Das kann man sich ja fragen«, sagte Farley und spürte, dass er unfreiwillig wieder lächelte.

36

Bletchley Park III

Später, als Oscar Farley Anlass hatte, zurückzublicken und sich zu fragen, wie es so schief hatte gehen können, versuchte er sich zu erinnern, ob es einen Moment, einen Punkt gab, an dem in Bletchley der Durchbruch gelang. Er fand keinen. Der Triumph stellte sich nicht ein wie ein Tor beim Fußball. Er kam stückchenweise, und jeder Fortschritt war von so vielen neuen Problemen begleitet, dass sich die Freude verflüchtigte oder zumindest nicht mit Pauken und Trompeten auftrat, und sowieso hatten sie selten Zeit zu jubeln. Sie arbeiteten hart, und in erster Linie erinnerte Farley sich an die Unruhe und an das Warten, zunächst auf die Dokumente von dem deutschen Trawler, dann auf die Ergebnisse der Analysen und der Maschinen. Er erinnerte sich noch sehr gut an die Klagen und die Gereiztheit: »Warum passiert nichts, verflucht noch mal? Was macht Alan eigentlich?« Aber es war eben keine leichte Aufgabe. Eher war es ein kleines Wunder, dass sie schon so weit gekommen waren.

Als am 12. März 1941 das Material eintraf, erkannte Alan sofort, dass es nicht ausreichte. Der deutsche Trawlerkapitän hatte wirklich den größten Teil der Kodierungsanleitung vernichtet, und es war sicher richtig von Admiral Jack Tovey, die Befehlshaber der Operation Claymore zu rüffeln, weil sie kein größeres Risiko eingegangen waren und nicht auch andere Schiffe durchsucht hatten. Aber das half ihnen in Baracke Acht auch nicht weiter, und Farley blieb nichts anderes übrig, als zu dem Gott zu beten, an den er nicht glaubte, und zu versuchen, die Admiralität mit der Versicherung zu beruhigen, dass Alan und die Kollegen taten, was sie konnten.

»Es heißt, er soll schlampig sein.«

»Vielleicht im Alltag, aber nicht, wenn es um wichtige Dinge geht. Wenn jemand das hier schaffen kann, dann ist es Alan.«

»Aber wir haben gehört …«

»Ich verspreche es. Es wird klappen«, unterbrach Farley und spürte einen faden Geschmack auf der Zunge.

In jenem Frühjahr wuchs die deutsche U-Boot-Flotte schneller denn je, und nichts wurde besser dadurch, dass die Deutschen jetzt auch die Häfen an der französischen Nordküste nutzen konnten. Farley erinnerte sich an ein kurzes Gespräch mit einem Schiffsführer namens Glyver in Bletchley.

»Wie ist es da draußen?«

»Als würde man unter Haien schwimmen.«

Es herrschte allgemein die Überzeugung, dass die heftigen Luftangriffe auf die großen Städte in England und die ständigen Angriffe auf die britischen Schiffe nur der Vorbereitung einer deutschen Invasion dienten. Die Einstellungen der Enigma-Maschinen wurden jede Nacht geändert, weshalb sie jeden Morgen von Neuem mit der Arbeit beginnen mussten. Die Fortschritte brauchten Zeit. Sie brauchten Ewigkeiten. Auch wenn sie die eine oder andere Mitteilung entschlüsselten, war es doch immer zu spät, und die Besorgnis und die Verärgerung wuchsen: *Da draußen sterben die Leute, und hier pusseln sie mit ihrer verdammten Mathematik rum. Warum passiert nichts?* Dabei passierte eigentlich eine ganze Menge. Alan Turings Methoden, das Raten zu mechanisieren und die Wahrscheinlichkeiten abzuwägen, wurden mit jedem Tag effektiver. Seitdem er mit der Konstruktion seiner Maschine begonnen hatte, war ihm klar geworden, dass zwischen den wahrscheinlichen Worten und dem chiffrierten Text eine geometrische Relation bestand, und er wurde immer geschickter darin, seine Maschinen mit Widersprüchen, mit Paradoxen zu füttern, um diese Relation zu testen. Außerdem gelang es ihm und seinen Kollegen, die sogenannten Bigram-Tabellen der Enigma-Maschinen zu rekonstruieren. Mehr und mehr Telegramme wurden dekodiert, bald mit nur drei Tagen Verzögerung, zum Beispiel eins von Admiral Dönitz selbst, dem Architekten der deutschen U-Boot-Offensive.

Admiral beordert U-Boote: Die Eskorten für U69 und U107 sollen am 1. März um 8:00 Uhr morgens an Platz 2 zur Stelle sein.

Das Traurige war nur, dass die Nachricht zu spät dechiffriert wurde und dass niemand wusste, worum es sich bei *Platz 2* handelte. Es blieben immer noch unzählige Probleme. Aber ein Anfang war gemacht. Das gab Zuversicht. Es erweiterte ihr Wissen über das System, und wenn es trotz allem einen Punkt gab, an dem Farley spürte, dass sie doch noch Erfolg haben würden, dann war es an einem dieser Abende. Er saß in Baracke Vier auf einem der elenden Klappstühle aus Holz und diskutierte mit Julius Pippard über die Sicherheitsprofile der neu eingetroffenen Mathematiker. Zu der Zeit verzeichneten sie einen Zustrom frischer Mitarbeiter in Bletchley Park. Alle mussten die hochfeierlich formulierten Geheimhaltungsbestimmungen unterschreiben, bei deren Missachtung ihnen, auch wenn sie nur ein Wort preisgaben, mit Gefängnis gedroht wurde. Doch im Vergleich zu dem, was nach dem Krieg folgen sollte, handhabten sie die Sicherheitskontrollen relativ locker, vor allem weil sie kaum eine andere Wahl hatten. Sie brauchten alle fähigen Leute, die sie bekommen konnten. Außerdem waren die Zeiten damals so, dass man den Menschen vertraute.

Es war jedoch ein Wandel im Sicherheitsdenken eingetreten. Ebenso sehr wie sie Personen mit Sympathien für die Linken überprüften, sollten jetzt auch Menschen überprüft werden, die zu rechtsextremen Bewegungen tendierten: Gab es unter den neu Rekrutierten Leute, von denen man sich vorstellen konnte, sie würden im Falle einer Invasion mit den Nazis zusammenarbeiten? Wie viele aus dem rechten Lager hatte Pippard gewisse Schwierigkeiten, diese Kursänderung nachzuvollziehen. Er blieb weiterhin mehr daran interessiert, sexuell auffällige Personen und »andere unzuverlässige Elemente« im Auge zu behalten, die als Erpressungsopfer infrage kamen oder ihr Land um eines persönlichen Vorteils willen verrieten.

»Die Zyniker machen mir mehr Sorgen als die ideologisch Überzeugten«, sagte er, und Farley erklärte ganz ruhig, dass Pippard Unsinn redete, aber er legte nicht besonders viel Nachdruck in seine Worte und war hocherfreut, als Frank Birch ins Zimmer trat und sie unterbrach.

Frank Birch hatte über Turing und Peter Twinn gelästert und auf ihre extravagante Mathematik geschimpft und in seiner Ungeduld alles Mögliche von sich gegeben, aber er war immer fähig, seine Meinung zu ändern, und man konnte über ihn sagen, was man wollte: Auch wenn er sauer und angefressen war, er war immer noch unterhaltsamer als die meisten. Als er jetzt den Raum betrat, im Regenmantel und mit einem zerbeulten Filzhut auf dem Kopf, zog er sofort alle Aufmerksamkeit auf sich.

»Guckt mal hier«, sagte er und wedelte aufgeregt mit einer dechiffrierten Mitteilung aus Baracke Acht, die Farley ihm sogleich aus der Hand riss und überflog, um sich zu vergewissern, dass sie keine unguten Überraschungen enthielt.

Kurz darauf lächelte er. Sein ganzes Gesicht lebte in diesem Lächeln auf, als hätte er gerade einen ungewöhnlich guten Witz gehört. Das Telegramm hatte folgenden Wortlaut:

Von: Oberbefehlshaber der Marine
Die U-Boot-Kampagne macht es erforderlich, die Anzahl der Personen, die befugt sind, die marinen Mitteilungen zu lesen, streng zu begrenzen. Ich untersage erneut allen, die nicht über den ausdrücklichen Befehl der Admiralität verfügen, die Enigma-Frequenzen der U-Boote anzuwählen. Ich werde jeden Versuch der Übertretung dieses Punktes zu einem kriminellen Akt erklären, der darauf abzielt, die nationale deutsche Sicherheit zu gefährden.

»Was glaubst du«, fragte Birch mit Triumph in der Stimme. »Haben wir uns einer Übertretung schuldig gemacht?«

»Sieht so aus!«

»Also können die Deutschen wütend auf uns werden?«

»Die Gefahr besteht.«

Farley lachte, und es war zum ersten Mal seit langer Zeit. Nicht viele Tage später erhielt er die Mitteilung, dass eine Funkmeldung des Führers persönlich mit den abschließenden Worten: »Besiegt England!« entschlüsselt worden sei. Nicht gerade ein beruhigender Satz, aber die Tatsache, dass sie ihn lasen, machte es weniger wahrscheinlich, dass er sich bewahrheiten würde. Sie dechiffrierten den Funkverkehr nun immer schneller, bald wurde der Unterschied wirklich spürbar, und eines Tages im Mai konnten die Nachrichtenoffiziere den Funkverkehr der deutschen Marine lesen wie ein offenes Buch.

Die Bedeutung dieses Fortschritts war kaum zu überschätzen. Die Konvois mit den für England benötigten Gütern konnten den deutschen U-Booten ausweichen. Im Juli sanken die britischen Schiffsverluste zum ersten Mal seit 1940 auf unter 100 000 Tonnen. Das Leben schien wieder freundlicher, und natürlich trug dazu der Umstand bei, dass die Deutschen einen großen Teil ihrer Flotte ins Mittelmeer verlegten, gar nicht zu reden von der unerwarteten Neuigkeit, dass Hitler den Ribbentrop-Molotow-Pakt gebrochen hatte und in einen Krieg mit der Sowjetunion eingetreten war. Die Invasion Englands schien nicht stattzufinden, und Farley vermutete, dass in Bletchley selbst diejenigen, die nichts von den Erfolgen in Baracke Acht wussten, dennoch verstanden hatten, dass etwas geschehen war.

Doch nicht alle Probleme verschwanden. Den Marinecode zu knacken hieß, jeden Morgen eine neue Partie Poker zu beginnen. Ständig waren neue Ratespiele, neue Bluffs erforderlich, und ständig mussten neue Fragen gestellt werden, zum Beispiel, wie sie die Informationen verwenden sollten. Selbstverständlich sollte das entschlüsselte Material verwertet werden. Es konnte täglich Menschenleben retten. Doch wenn es zu häufig benutzt wurde, würden die Deutschen ahnen, dass die Marinecodes geknackt waren, und ihr System erneut verkomplizieren, und dann würde alles wieder unlesbar und schwarz werden und die Arbeit von vorn beginnen. Selbstverständlich gab es niemanden unter den Verantwortlichen in Bletchley, der sich des Problems nicht bewusst war. Es wurde mehrmals der Beschluss gefasst, Menschen und Material zu opfern, um nicht zu verraten, dass der Funkverkehr gelesen wurde. Es wurden irreführende Manöver durchgeführt, um den Eindruck entstehen zu lassen, dass die Information durch eine traditionellere Form von Spionage gewonnen worden sei. Aber nie zuvor war die Lage so heikel gewesen, nie zuvor war die Vorsicht so groß gewesen, und das frustrierte viele.

Eines späten Abends ging Farley den langen, knarrenden Korridor in Baracke Acht entlang und ließ sich von dem Lärm einhüllen, der durch die dünnen Trennwände herausdrang.

»Hallo, Oscar!«

Aus einer der Seitentüren hinter ihm und nur knapp beleuchtet von der braunen Glut der nackten Glühlampe an der Decke schaute Fredric Krause heraus, der Mann, der Farley dreizehn Jahre später so viele Sorgen bereiten sollte. Fredric Krause zeichnete sich durch eine seltsame Kombination von Geselligkeit und Schüchternheit aus. Er war offener und zugänglicher als sein Freund Alan, aber auch Krause hatte eine Tendenz, sich zu entziehen. Es hieß, er leide an Synästesie, dass er Farben sehe, wenn er an Zahlen dachte, und dass die Zahlen in seinem Inneren kaleidoskopische Gemälde bildeten.

»Hallo, Fredric«, sagte Farley. »Wie sieht es aus?«

»Na ja, soso.«

»Ausgelaugt?«

»Nicht so schlimm. Darf ich dich etwas fragen?«

»Natürlich.«

»Haben wir die U-Boote bei Bishop Rock angegriffen?«

Farley kannte die Antwort auf die Frage. Aber was sollte er sagen? Die Wahrheit war nicht immer erbaulich, besonders nicht für diejenigen, die Tag und Nacht schufteten und die noch jung und enthusiastisch waren, und deshalb wollte er etwas murmeln wie: »Ja, klar haben wir das.« Aber Krause schien durch ihn hindurchzusehen.

»Nein«, sagte Farley.

»Und was ist aus unserem Konvoi geworden?«

»Wir mussten ihn opfern. Es tut mir leid, Fredric.«

»Was zum Teufel ist das für eine Taktik, die …«, begann der Österreicher, vollendete den Satz jedoch nicht, und das war auch nicht notwendig.

Man sah ihm seine Enttäuschung an, und Farley überlegte, ob er ihm eine Hand auf die Schulter legen sollte. Aber er sagte nur: »Das ist ein Scheißkrieg«, und er meinte es auch so. Selbstverständlich hatten sie den Befehlshaber des Transportschiffes in der Region gewarnt, aber das hatte nicht gereicht, weil die Admiralität sich geweigert hatte, Zerstörer zu entsenden, um die deutschen U-Boote anzugreifen. Man fürchtete, die entschlüsselte Information schon überstrapaziert zu haben. Es gab starke Indizien dafür, dass die Deutschen anfingen, misstrauisch zu werden, und deshalb hatte man den Konvoi geopfert. Das kleinere Übel musste statt eines größeren in Kauf genommen werden. Das war der ständige Zynismus des Krieges.

Zum Glück war – wie sich zeigte – die Paranoia der Deutschen auf das falsche Ziel gerichtet. Sie schienen zu glauben, dass das Enigma-System der Marine nicht zu knacken sei, und das war vermutlich keine ganz absurde Annahme. Wie sollten die Nazis begreifen können, dass England solche Leute wie Alan Turing hatte? Statt ihre Enigma-Maschinen zu verfeinern, erschossen sie ihre eigenen Offiziere, und das OIC und der MI6 versuchten, diesen Irrtum nach Kräften zu fördern. Man streute falsche Gerüchte über Spione in den deutschen Reihen und schien damit lange erfolgreich zu sein. Bletchley behielt ein verblüffendes Maß an Kontrolle über die deutschen Planungen zur See. Die britische Admiralität wusste beinahe ebenso gut wie die Deutschen, wo deren U-Boote sich befanden, und mit jedem Tag wuchs Alan Turings Status als Held, zumindest unter den wenigen, die Bescheid wussten.

Die Arbeit ging nach seinen Prinzipien so reibungslos vonstatten, dass seine Anwesenheit nicht mehr im gleichen Ausmaß erforderlich war, und er erhielt Zeit für seine Freizeitinteressen; für seine Mechanisierung des Schachspiels und seine Theorien über die Mathematik des Pflanzenreichs. Er lebte in seiner eigenen Welt. Er schien sogar glücklich zu sein, aber in der Rückschau war es nicht schwer zu sehen, dass die drohenden Wolken sich schon damals auftürmten. Niemand, der so anders war wie Alan, bekam ungestraft das Vertrauen Churchills.

Diese Geschichte war ein Drama an sich. Nur wenige Eingeweihte auf dem Herrensitz wussten, dass der Premierminister nach Bletchley kommen und den Mitarbeitern Mut zusprechen und ihnen zu den Erfolgen bei der Entschlüsselung des Enigma-Codes der Marine gratulieren wollte.

Normalerweise hätte ein derartiger Besuch nichts als Begeisterung ausgelöst. Doch er fiel mit einem Streit um die Mittel für Baracke Acht zusammen. Farley fand die Auseinandersetzung unbegreiflich. Warum bekamen sie nicht sofort, was sie wollten? Die Verantwortlichen wussten doch, wie lebenswichtig die Arbeit in Baracke Acht war. Dennoch geschah nichts. Alan und seine Kollegen verlangten weitere Leute und mehr Maschinen, aber alles ging erstaunlich langsam, ohne dass richtig klar wurde, wo der Fehler lag. Es war nur eine in der Organisation eingefahrene Trägheit, und um ehrlich zu sein war Alan nicht gerade geschickt im Verhandeln. Er verstand sich weder auf Bürokraten und Hierarchien noch auf die Tatsache, dass manche Menschen immer Probleme machten und nicht effektiv waren, und beinahe mit Freude überließ er Hugh Alexander die Position des Chefs der Baracke.

Das entließ jedoch Alan nicht endgültig aus der Verantwortung. Er war der große Star in Bletchley, und es hieß, dass nur wenige Dinge Winston Churchill im politischen Leben mehr faszinierten als die kryptologische Analyse; der Premierminister war deshalb über die Arbeit in Bletchley stets perfekt informiert. In der ersten Kriegsphase hatte er jedes dort entschlüsselte Wort lesen wollen, aber als das

Material in Kisten und Kästen kam, gab er es auf und begnügte sich mit täglichen Zusammenfassungen.

Farley erinnerte sich an das Warten an jenem Tag, dem 6. September 1941; wie die wenigen, die Bescheid wussten, unten am Wachhäuschen an den Sperren standen und von einem Fuß auf den anderen traten und wie die Wagen dann heranrollten und eine Tür aufgestoßen wurde. War es nicht merkwürdig, wie Ruhm und Macht funktionierten? Ein Gefühl der Erniedrigung beschlich Farley. Er fand es unwürdig, dass er sich beeindrucken ließ. Es war, als würde er zum Boden hinabgezogen, als wollte die Schwerkraft ihn dazu bringen, sich zu verbeugen, und einen Augenblick meinte er die Töne einer Wochenschau zu hören: *Mit energischen Schritten inspiziert der Premierminister …* Überhaupt legte sich etwas Unwirkliches über Bletchley, als Churchill mit seinem dicken Bauch und seiner stramm sitzenden Weste aus dem Wagen stieg. Er war seine eigene Karikatur. Sogar die Zigarre war da, und er blickte grimmig und amüsiert zugleich um sich und sagte etwas, was Farley nicht verstand, worüber jedoch alle lachten, er auch. Er grinste, obwohl er kein Wort verstanden hatte. Man drängte sich um den Premierminister und grüßte nervös, und dann ging man im Trupp gesammelt über den Rasen, vorbei am Strom von Marinesoldatinnen, Sekretärinnen, Pionieren und Akademikern. Überall stutzten die Leute: *Ist das nicht …?* Etwas Feierliches griff um sich wie eine Feuersbrunst. Menschen hielten mitten im Schritt inne und wurden sich ihrer Körper bewusst. Farley dagegen entspannte sich langsam und konnte die Situation jetzt nüchterner betrachten. Es war einer der ersten Herbsttage mit gelben Einsprengseln im Laubwerk und Saatkrähen, die in der Luft schwebten. Oben bei den Ställen pickten Rotkehlchen die Brotkrumen auf, und rechts und links von ihm ging ein merkwürdiges Spiel vor sich. Teils wollten alle sich in Position bringen, um vielleicht eine Frage des Premierministers beantworten und ihm in die Augen sehen zu können – um nicht einen ebenso törichten Eindruck zu machen, hielt Farley sich im Hintergrund –, teils herrschte eine Verlegenheit, die sich ständig steigerte. Als hätten sie feinen Besuch bekommen, bevor sie ordentlich putzen konnten.

Weil aufgrund der Sicherheitsrisiken so wenige auf dem Gelände vorab informiert gewesen waren, hatte sich keiner dem Tag zu Ehren herausgeputzt, nicht dass Farley glaubte, dies würde Churchill interessieren. Er paffte nur an seiner Zigarre und stank nach Alkohol und strahlte eine lässige Entschlossenheit aus. Aber das Chaos in Baracke Acht quälte offenbar den kommissarischen Chef von Bletchley, Commander Edmund Travis. Der Premierminister vermochte nicht einmal die Eingangstür zu öffnen. Er presste seinen schweren Körper dagegen, aber jemand saß auf der Innenseite, an den Türrahmen gelehnt, und als sie alle stattdessen eine andere Tür wählten, taumelte Churchill gegen Hugh Alexander. Hugh saß auf dem Fußboden und sortierte Ausdrucke, als wären die Stühle nicht gut genug zum Sitzen. Als er jetzt erkannte, wer hereinkam, sprang er natürlich auf, doch er hatte keine Chance mehr, das Papierwirrwarr im Raum oder die überquellenden Papierkörbe mit der Aufschrift *Altpapier vertraulich* zu verbergen. Churchill erfasste rasch die Situation, und ein Lächeln des Wiedererkennens trat in sein Gesicht, als er sah, wen er vor sich hatte.

»Kommen Sie noch zum Schachspielen?«

»Leider nicht, Sir!«

»Nicht gerade eine Zeit für Vergnügungen. Der Teufel soll diesen Hitler holen. Wo kann ich den jungen Mann mit den Maschinen treffen?«

»Sie meinen Doktor Turing, Herr Premierminister?«

Es gab sicher den einen oder anderen, der wünschte, Churchill hätte nicht gefragt, oder der sogar hoffte, Alan wäre nicht anwesend. Aber natürlich zog die ganze Entourage zu Turings Zimmer, und dieser oder jener sandte wohl ein Stoßgebet zum Himmel, dass er in einigermaßen präsentablem Zustand wäre, aber in seinem Eifer vergaß Edmund Travis anzuklopfen. Er bereute es sofort. Alan saß zurückgelehnt auf seinem Stuhl und strickte. Dieser komische Kauz, der sich eine Woche nicht rasiert und garantiert keinen Kamm in der Hand gehalten hatte, beschäftigte sich mit etwas, das aussah wie ein langer blauer Schal, und nicht einmal Churchill begriff sofort, was er da vor sich hatte.

»Oh, das sieht schön aus«, sagte er, während Alan wie von der Tarantel gestochen von seinem Stuhl aufflog.

»Was, nein ... ganz und gar nicht ... eigentlich nicht ... ich bi... bitte um Entschuldigung, Herr Premierminister. Es ... es hilft mir zu den... denken«, stotterte Turing.

»Ah so, wirklich! Leider gehört Stricken nicht zu den Kunstarten, die ich beherrsche. Aber ich kann es natürlich trotzdem nachvollziehen. Gute Ideen kommen, wenn man etwas ganz anderes tut, nicht wahr? Und Ihre Gedanken, Mr Turing, die brauchen wir alle. Das habe ich verstanden. Also machen Sie weiter, bitte ... der Schal wird Ihnen sicherlich auch von Nutzen sein.«

Alle lachten, aber einigen war es offenbar peinlich. Stricken ... kann man sich etwas Lächerlicheres vorstellen? *So ein Weiberkram,* wie jemand flüsterte, und zu allem Überfluss vermochte Alan Churchill nicht in die Augen zu sehen. Er schwafelte nur etwas von Wahrscheinlichkeitstheorien, während seine Augen über die Wände irrten, und vielleicht war es wirklich keine würdevolle Begegnung, wie Julius Pippard hinterher so entschieden behauptete. Dennoch würde Farley sagen, dass da beim Premierminister eine Wärme war oder zumindest eine neue Aufmerksamkeit, die auf ein wirkliches Interesse deutete, ja, wahrscheinlich war Churchill nur amüsiert. Solange die Genies erfolgreich sind, ist es wohl nur lustig, wenn sie auch kauzig sind, und Farley war auf jeden Fall überzeugt, dass Churchill nur einen Scherz machte, als er nachher zu Edmund Travis sagte: »Ich habe dir zwar gesagt, du solltest jeden Stein umdrehen, um gute Leute zu finden, aber ich hatte nicht erwartet, dass du das buchstäblich nehmen würdest.«

Gleichwohl waren einige der Fantasieloseren in Bletchley beunruhigt, und der feine Besuch hatte unerwartete Folgen.

In Baracke Acht wurde der Mangel an Mitarbeitern und Mitteln immer akuter. Dennoch wurde äußerst wenig unternommen, weshalb, blieb weiterhin ein Rätsel, aber irgendwo musste es einen direkten Widerwillen gegen die Mannschaft dort geben, vielleicht sogar aus Neid. Anders ließ sich das Ausbleiben von entsprechenden Maßnahmen nicht erklären. Es ging so weit, dass die Dekodierung der marinen Enigma-Nachrichten ernstlich gefährdet war, und Mitte Oktober wandten sich Turing und Hugh Alexander zusammen mit einigen anderen hinter dem Rücken der Führung direkt an den Mann, der sie besucht hatte. Sie schrieben an Churchill, dass sie dringend Verstärkung und mehr Maschinen benötigten, und in kürzester Zeit erfolgte eine strenge Untersuchung. Mit dem Vermerk »dringend« schrieb Churchill an General Ismay: »*Heute zu erledigen! Sehen Sie zu, dass die Leute dort alles haben, was sie brauchen, mit höchster Priorität. Erwarte Ihren Bericht nach Erledigung!*«

Danach ging die Arbeit besser voran, doch der Widerstand verschwand nicht, und neue Probleme tauchten auf.

Am 2. Februar 1942 setzten die Deutschen eine vierte Walze in die Enigma-Maschinen der Marine ein. Die Codes wurden um das Sechsundzwanzigfache komplizierter, und Baracke Acht verwandelte sich in eine eigene Industrie mit vielen hundert Angestellten, die eigentlich mehr von neuen und kraftvolleren Maschinen abhängig waren als von ihren Genies. Alan Turing zog ins Herrenhaus und wurde ein Stratege, der nur hinzugerufen wurde, wenn etwas wirklich schwierig war. Aber er behielt seine Feinde, nicht zuletzt Pippard, der nicht darüber hinwegkommen konnte, dass Alan hinter seinem Rücken aktiv geworden war.

Eines Tages sah Farley, wie Oberst Fillingham am Stacheldrahtzaun unweit der Einfahrt stand und Turing anschrie. Es musste im Frühjahr 1942 gewesen sein, und Farley war sofort beunruhigt. Er sah es als eine Frage von nationaler Bedeutung an, jeden Ärger von Alan fernzuhalten. Kurz darauf beruhigte er sich etwas. Fillingham war ein notorischer Schreihals, und Alan wirkte nicht sonderlich beeindruckt. Vielleicht ging es bei ihrem Streit nur um Alans unmögliches Äußeres, und sicher hatte es mit der *Home Guard* zu tun. Oberst Fillingham war verantwortlich für die Home Guard in Bletchley, und Alan war überraschenderweise einer seiner Rekruten geworden, weil er, wie er sagte, sich verteidigen können wollte für den Fall, dass die Nazis hinter ihm her wären.

»Worum geht es denn?«, wollte Farley wissen.

Oberst Fillingham, ein großer Mann mit gerötetem Gesicht, konnte sich kaum beruhigen. Mit empörter Stimme rief er: »Der junge Doktor Turing glaubt, er kann tun und lassen, was er will«, und als Farley nachfragte, in welcher Beziehung, erklärte er, dass Turing bei keiner der Paraden der Home Guard erschienen sei, »obwohl er nach dem Militärgesetz dazu verpflichtet ist«.

»Ich habe versucht, dem Oberst zu sagen, dass ich keinem militärischen Gesetz unterliege«, sagte Turing.

»Entschuldige, Alan. Wenn du dich der Home Guard angeschlossen hast, tust du das leider doch. Der Oberst ist durchaus berechtigt, dir Befehle zu erteilen. Das mit den Paraden ist sicher nicht besonders gravierend, Oberst, oder?«, fuhr Farley in einem Vermittlungsversuch fort.

»Das würde ich so nicht sagen«, sagte der Oberst unwirsch.

»Aber ich meine es ernst, Oscar«, sagte Alan. »Ich habe mich gegen Situationen wie diese abgesichert. Wir brauchen nur mein Beitrittsformular anzusehen.«

»Dein was?«

Aber sie taten, was er sagte, und Oberst Fillingham war gezwungen, Alan recht zu geben. Eine der Fragen des Formulars lautete: *Ist Ihnen klar, dass Sie militärischem Gesetz unterliegen?* Und Alan, der sehr genau über die Frage nachgedacht hatte, war zu dem Ergebnis gekommen, dass die beste Art, sie zu beantworten, ein Nein war. Es gab keinen Grund, zu etwas Ja zu sagen, das nach normalem Ermessen keine Vorteile brachte, erklärte er, und auch wenn Oberst Fillingham nicht richtig zufrieden wirkte, ließ er Alan von da an unbehelligt. Die Geschichte wurde zu einem Teil der Mythologie, die Turing umgab; sie erreichte jedoch auch Pippard und seinesgleichen, und obwohl selbst sie darüber lachten, wurde es immer klarer, dass sich die Schlinge um Alan zuzog.

Es war nicht gerade hilfreich, dass Alan Turing seine Verlobung mit Joan Clarke aufgelöst hatte. Farley sollte nie den Tag vergessen, als er ihn mit einem seiner schwarzen Notizblöcke vor dem Herrenhaus sitzen sah, anscheinend unbeeinträchtigt durch die Bagger und die Arbeiter draußen auf dem Hof. Er wirkte grimmig, doch Farley wusste, dass dies nichts bedeuten musste. Wenn Alan schrieb oder rechnete, strahlte er immer Wut aus. Wie ein Raubtier schien er bereit zu sein, jedes störende Moment zu attackieren. Dennoch schien er eigentümlicherweise gegen eine Störung nicht viel einzuwenden zu haben, und deshalb sprach Farley ihn an. Ausnahmsweise redeten sie nicht über Kryptologie. Sie sprachen über Joan, und als Farley fragte, warum die Beziehung zu Ende gegangen sei, zitierte Alan Oscar Wildes Worte aus *The Ballad of Reading Gaol*:

»*Yet each man kills the thing he loves.*«

Ein Mann tötet, was er liebt. Für einen Mann wie Farley waren das nicht bloß ein paar abgenutzte Worte. Selbst wenn das Zitat in der einen oder anderen Situation auch außerhalb der Dichtung zutreffend sein mochte, erschien es hier lediglich wie eine Ausrede, ein Wegerklären. Ein Mann tötet, was er liebt? Sicher! Aber in erster Linie tötet er, was er töten muss. Farley ahnte den wahren Grund für die Trennung, aber er sagte mit einer Stimme voller Teilnahme:

»Ich verstehe. Wie schade!«

Es gab ja auch keinerlei Anlass zu schnüffeln. Es gab schon genug andere, die das taten. Julius Pippard trug den alten Vermerk wieder in Alans Personalakte ein und unterstrich das Wort »homosexuell« nun zweimal. Bletchleys großer Star wurde immer mehr als ein Problem angesehen. Die Regierung, dachte Farley, wagte nicht einmal, ihn so zu belohnen, wie er es verdiente. Er erhielt einen mickrigen OBE, sonst nichts.

37

Das Telefon klingelte unerwartet schrill, und Corell zuckte zusammen, als wäre er von einem Schlag getroffen worden. Das Klingeln schien neues Unheil anzukündigen, und weil keiner von ihnen sich rührte, hatte Corell gerade noch die Zeit zu hoffen, sie würden es auf sich beruhen lassen, doch da stand Farley auf.

»Ich gehe dran.«

Er ergriff den Hörer mit einer beinahe zeremoniellen Bewegung.

»Ja, ja, doch. Er ist hier. Ich habe mit ihm gesprochen.«

Corell kam es vor wie ein Gespräch zwischen zwei Gefängniswärtern. Am anderen Ende hörte er eine stramme, unangenehme Stimme, und er spürte, wie sich sein Magen verkrampfte. Doch die Unterhaltung ging nicht so beunruhigend weiter, wie er befürchtet hatte. Farleys Ja wurde zu einer Serie von Verneinungen.

»Nein, nein, du hast dir übertriebene Vorstellungen gemacht. Es besteht keine Gefahr, das ist sicher. Er hat nur unbedacht gehandelt, nein, es sind keine geheimen Informationen an die Öffentlichkeit gelangt. Ehrlich gesagt weiß er gar nicht besonders viel. Beruhige dich, Julius … hörst du nicht, was ich sage. Ich habe die Situation unter Kontrolle.«

Die Gefängniswärter schienen sich nicht einig zu sein.

Er hatte sogar den Eindruck, dass Oscar Farley ihn verteidigte, und Corell begann am Ende, das Gespräch als einen Streit zwischen einem Freund und einem Feind zu betrachten.

»Es ist doch klar, dass wir in dieser Sache weiter ermitteln, aber du störst mich praktisch dabei ... Nein, verflucht noch mal, hör nicht auf Mulland. Er hat das Ganze vollkommen falsch aufgefasst. Er hat sich aufgeführt wie ein Irrer ... er hat ihn schwer misshandelt ... er ist einfach nicht ganz dicht ... Herrgott, Julius, du willst ja nicht einmal zuhören. Nein, sage ich. Nein! Und jetzt muss ich hier weitermachen! Bis später!«

Oscar Farley legte auf, und Corell unterdrückte den Impuls, nach dem Inhalt des Gesprächs zu fragen. Er fixierte einen faltigen Punkt auf der Bettdecke unterhalb seiner Brust, der, wie er fand, einem Gesicht glich, und dann schloss er die Augen und tat so, als versuchte er einzuschlafen. Julie tauchte in seinen Gedanken auf, Julie, die liebevoll eine Schaufensterpuppe ankleidete.

»Bin ich frei? Kann ich gehen?«, fragte er.

Oscar Farley schien zu zögern. Er wirkte aufgewühlt durch das Telefongespräch.

»Du bist frei«, sagte er. »Aber ich glaube, es ist aus rein medizinischen Gründen nicht ratsam. Wir sollten einen Arzt kommen lassen.«

»Nein, nein. Ich will nur von hier weg.«

Corell spürte eine plötzliche Ungeduld.

»Wohin?«

»Ich weiß nicht. Nur weg. Zu meiner Tante nach Knutsford.«

»Okay. Ich sorge dafür, dass du hinkommst!«

Farley wusste nicht, was in ihn gefahren war. Er war keineswegs so überzeugt von der Unschuld des Polizisten, wie er Pippard gegenüber vorgegeben hatte. Aber er fand, dass Corell nach allem, was geschehen war, verdient hatte, ein wenig eskortiert zu werden; außerdem war er neugierig auf die Tante, die ihren Unterlagen zufolge eine alte lesbische Suffragette mit einem lebhaften Interesse für Literatur war. Robert Somerset hatte geglaubt, sie könnte der Schlüssel zum Verhalten des Polizisten sein, und auch wenn Farley nicht ganz davon überzeugt war – die Dinge waren selten so einfach –, ahnte er, dass sich im Zusammenhang mit dieser Frau etwas Interessantes ergeben würde. Außerdem wollte er das Hotel verlassen, bevor Pippard oder sonst jemand sich noch mehr einmischte, und deshalb zog er sein Telefonverzeichnis hervor.

Es gab viele Leute, die er hätte anrufen können. Dass er ausgerechnet Jamie Ingram auswählte, sollte ihn später verwundern. Es war, als ob er eher einen Verbündeten als einen Freund oder einen Kollegen suchte, einen Mittäter. Jamie Ingram war das schwarze Schaf in der Familie des Bankiers Ingram. Nicht dass Jamie kriminell gewesen wäre, aber er war ein wandelnder Skandal, der zu viel trank und es liebte zu provozieren. Er war betrunken in Farleys Vorlesungen erschienen, und es hieß, er habe nach einem idiotischen Streit wegen einer Bridgepartie das Fahrrad des Institutsvorstehers in den Kanal geworfen. Anderseits war er niemand, der sich zu raschen Urteilen hinreißen ließ, wenn das Leben anderer aus den Fugen geriet – vermutlich weil er wusste, wie leicht das geschehen konnte. Zudem war er Oscar Farley den einen oder anderen Gefallen schuldig und schien erfreut zu sein, ihm nun helfen zu können.

»Sitzen Sie in der Klemme, mein guter Professor? Ich hoffe wirklich, dass eine Frau dahintersteckt!«

»Nein, leider bin ich noch nicht einmal betrunken. Können Sie vorbeikommen?«

Jamie erschien in einem weißen und neuen Aston Martin, den er von seinem Papa geliehen hatte, nach Farleys Geschmack ein etwas vulgärer Wagen, besonders wenn man bedachte, dass der Auftrag darin bestand, einen grün und blau geschlagenen Polizisten zu seiner Tante nach Knutsford zu fahren. Er war dennoch gerührt von der Geste. »Noblesse oblige«, sagte Jamie und sah genau wie der Wagen ein wenig zu extravagant aus.

Er trug ein Leinenjackett und einen roten Schal, und sein blondes Haar wirkte ausgeklügelt zerzaust, aber er agierte vom ersten Moment an mit einer professionellen Selbstverständlichkeit. Er war zum Beispiel so taktvoll, nicht danach zu fragen, was passiert war. Äußerst behutsam half er Corell auf die Beine und bot ihm einen Schluck aus seinem Flachmann an, Bourbon, wie er sagte, und ließ es sich nicht nehmen, Corell ein Kompliment zu seinem hoffnungslos verschmutzten Anzug zu machen.

»Eine chemische Reinigung und ein Bad, und Sie sind wieder salonfähig.«

Weil Oscars mehr oder weniger kaputter Rücken nichts anderes zuließ, musste Jamie den Polizisten auf dem Weg nach draußen allein stützen, und während Farley Corells Rechnung beglich, war Jamie Ingram dermaßen charmant und locker im Ton, dass das Leben für einen Augenblick weniger kompliziert erschien. Nachdem Jamie Oscar einige kurze Instruktionen bezüglich des Autos gegeben und ihm mit den Worten »Papa macht es nicht das Geringste aus, wenn Sie eine kleine Beule hineinfahren« den Schlüssel ausgehändigt hatte, verschwand er mit seiner nonchalanten Eleganz, ohne mit einem Wort erwähnt zu haben, wann und wie Farley den Wagen zurückgeben sollte. Oscar dachte, dass diese unbekümmerten reichen Lümmel so gesehen auch ihr Gutes hatten. Sie verlangen von anderen ebenso wenig wie von sich selbst.

»Vielen Dank, ich lasse von mir hören«, rief er, doch der junge Mann war schon außer Hörweite, und stattdessen wandte Farley sich Corell zu.

Der Polizist saß auf dem Beifahrersitz, bleich und eingesunken, als ob ihn nichts mehr verwunderte, weder das Auto noch etwas anderes. Farley hieß ihn warten. Er ging über die Straße und kaufte Schokolade, Apfelsinensaft, frisches Brot und Schinken. Bevor sie losfuhren, aßen sie, woraufhin ein wenig Farbe in Corells Wangen zurückkehrte. Er sagte, dass der Schmerz im Nacken und im Kopf nachgelassen habe. Ansonsten redeten sie nicht viel. Sein Redefluss war versiegt, und er wollte auf gar keinen Fall einen Arzt. Er wollte zu Vicky. »Ich muss ihr unbedingt etwas sagen«, erklärte er, und lange Zeit fuhren sie schweigend nach Norden.

Draußen brach die Dunkelheit herein. Der Verkehr wurde lichter; die Straßen waren wie ausgestreckte, unruhige Arme. Farley hielt das Lenkrad fest umklammert und sehnte sich nach einem Buch oder etwas anderem, das seine Gedanken fesseln konnte. Er versuchte, *Michael Robartes and the Dancer* zu rezitieren, doch ohne Erfolg. Er war zu unkonzentriert, und obwohl er sich gern unterhalten hätte, scheute er sich, den Polizisten zu stören. Corell schlief oder schlummerte zumindest, und selbst wenn er wach war, saß er in Gedanken versunken da. Erst als sie Corby passiert hatten, erwachte er ein wenig zum Leben, aber da auch nur, weil Farley ihn mit Fragen nach seinem Leben und seiner Familie löcherte.

»Meine Mutter ist tot«, sagte Corell.

»Mein Kollege hat es erzählt. Wie ist sie gestorben?«

»Sie ist verrückt geworden in einem Heim in Blackpool. Aber wir hatten in den letzten Jahren nicht viel Kontakt. Gegen Ende war ich oft dort, aber sie redete mit mir, als ob ich jemand anderes wäre.«

»Das tut mir leid. Ich weiß ja, was mit deinem Vater war.«

»Er hat sich vor einen Zug geworfen.«

»Muss schwer für dich gewesen sein.«

»Das war es wohl.«

Farley versuchte, das Thema zu wechseln, doch der Polizist blieb beim Suizid.

»Ich habe an Alan Turings letzte Schritte im Leben gedacht«, sagte er.

Wer hat das nicht getan?, fuhr es Farley durch den Kopf.

»Hast du an etwas Besonderes gedacht?«, fragte er.

»Es schien so vieles im Haus im Gange zu sein, Experimente, er hatte sich Lammkoteletts gebraten. Nimmt man ein schönes Abendessen zu sich, wenn man weiß, dass man sterben wird?«

»Keine Ahnung. Todeskandidaten bekommen ja auch ihre Henkersmahlzeit.«

»Oder der Entschluss kam später, nach dem Essen.«

»Vielleicht war es so.«

»Ich habe mich manchmal gefragt, was erforderlich gewesen wäre, damit er seinen Entschluss geändert hätte. Hätte es gereicht, wenn ein Freund angeklopft und ein paar nette Worte gesagt hätte, oder wäre es vielleicht sogar genug gewesen, wenn draußen ein Hund gebellt und seine Gedanken in neue Bahnen gelenkt hätte? Oder war der Entschluss unwiderruflich?«

»Das kann man sich fragen«, sagte Farley, nicht ganz sicher, ob Corell vom Selbstmord Turings oder dem seines Vaters sprach.

»Und dann aß er einen vergifteten Apfel«, fuhr der Polizist fort.

»Die Frucht der Sünde. Die Frucht der Erkenntnis.«

»Irgendwie eigentümlich, oder?«

»Wieso?«

»Manchmal habe ich mich gefragt, ob er bewusst ein Rätsel ausgelegt hat.«

»Er hat auf jeden Fall gewusst, dass das Mysterium größer ist als die Lösung des Mysteriums.«

»Hat Alan Turing wirklich geglaubt, man könnte eine intelligente Maschine bauen?«

Farley wollte schon antworten: ›Keine Ahnung. Was denkst du denn selbst?‹, als ihm aufging, dass er die Frage ebenso gut ernst nehmen konnte. Er hatte immerhin mit Alan über das Thema gesprochen.

»Ja, ich glaube schon«, sagte er. »Weißt du, einmal habe ich Alan überrascht, als er *The Mind of the Maker* von Dorothy Sayers las.«

»Was ist das?«

»Ein mehr oder weniger theologisches Buch, in dem Sayers die Erschaffung der Welt durch Gott aus ihren eigenen Erfahrungen als Romanautorin zu deuten versucht. Der Autor als Gott, das hast du vermutlich schon mal gehört. Man sagt ja oft, der Autor habe die absolute Macht über seine Gestalten, aber das ist nicht wahr, nicht wenn du eine gute Autorin wie Dorothy Sayers bist. Wenn die Gestalten leben sollen, müssen sie sich von ihrem Schöpfer befreien und Züge von Unberechenbarkeit annehmen. Ein Schriftsteller, der seinen Beruf ernst nimmt, merkt, dass es eher die Forderung nach Leben und Präsenz ist, die das Buch lenkt, als der ursprüngliche Plan.«

»Und um Leben zu erschaffen, braucht es Widersprüche!«

»Es braucht Launenhaftigkeit und Irrationalität. Ich weiß, dass Alan sich besonders für Dorothy Sayers' Gedanken über Laplace interessierte. Kennst du ihn? Laplace war ein französischer Mathematiker und Astronom, der im Geiste Newtons arbeitete. Das Universum, das er sah, war strikt von den Gesetzen der Schwerkraft gesteuert, und seinem berühmtesten Gedanken zufolge würde ein intelligentes Wesen, das die Lage und die Bewegungen aller Partikel in der Welt kennt, alles, was geschehen würde, exakt berechnen können. Alles ist in einem präzisen Ursachenmuster vorherbestimmt, das Gott angestoßen hat, bevor er sich zurückzog. Das ist natürlich ein auf die Spitze getriebener Determinismus, dem Alan nicht viel abgewinnen konnte. Aber der Gedanke an einen Schöpfer, der Dorothy Sayers' Formulierung zufolge die Feder aus der Hand gegeben, die Füße auf den Tisch gelegt und das Werk sich selbst überlassen hat, faszinierte ihn. Wie du weißt, darf ich nichts über unsere Arbeit erzählen, nicht mehr, als dass unsere Tätigkeit ein bisschen so funktionierte wie das Universum von Laplace. Wir hatten einen Arbeitsmodus entwickelt, der mehr oder weniger von selbst ablief, wir waren nicht mehr so sehr angewiesen auf Genies wie Alan. Wir waren Tausende von Menschen, die arbeiteten, und die meisten von uns erledigten einfache Arbeiten, rein routinemäßige Dinge, aber zusammen bildeten wir einen äußerst ausgeklügelten Organismus. Als Einheit betrachtet mussten wir uns als das reine Orakel ausnehmen, und für jemanden wie Alan war es da nicht schwer, Parallelen zum menschlichen Hirn zu sehen. Jede einzelne Zelle als solche ist ja nicht unbedingt bemerkenswert, nicht wahr, aber das Ganze ist es ohne jeden Zweifel; nicht die Teile scheinen das Wesentliche zu sein, sondern ihr Zusammenwirken, und das brachte Alan dazu, sich zu fragen: Kann das Intelligente aus dem heraus entstehen, das selbst nicht intelligent ist? Kann ein rein materieller und routinemäßiger Prozess das Begabte und Originelle hervorbringen?«

»Und Turing beantwortete die Frage mit Ja«, sagte Corell.

»Absolut. Genau wie Newton und Laplace keinen Widerspruch zwischen einem mechanischen Weltbild und einem Glauben an Gott sahen, fand sich bei Alan kein Widerspruch zwischen dem Mechanischen und dem Intelligenten oder zwischen dem Mittelmäßigen und dem Genialen, was das betrifft.«

»Das verstehe ich jetzt nicht.«

»Hast du schon einmal etwas von der Weisheit der Volksmasse gehört?«

»Nur von der Idiotie der Volksmasse.«

Farley lachte.

»Das ist ja der bekanntere, betrübliche Teil«, sagte er. »Niemand ist so blöde wie Menschen, die einem geistesgestörten Führer folgen und sich in Lynchstimmungen hochpuschen. Oder wie Thomas Carlyle sagte: ›Wahnsinn ist bei Individuen eine Ausnahme, aber bei Menschenansammlungen die Regel.‹«

»Fürwahr!«

»Schon, aber in einem anderen Sinn scheint eine große Gruppe von Menschen intelligenter zu sein als alles andere.«

»Wie das?«

»Wie zum Beispiel während des Krieges bei uns. Aber auch auf andere Weise. Vor einiger Zeit habe ich einen Auszug aus einem Roman des Wissenschaftlers Francis Galton gelesen. *Kantsaywhere* lautet der Titel. Er beschreibt ein Utopia, wo eine bessere Sorte Mensch herangezüchtet wird. Ein ziemlich hanebüchener Unsinn, ehrlich gesagt. Aber aus verschiedenen Gründen interessierte mich das Buch, also habe ich mich ein wenig eingehender mit Galtons Leben befasst. Er war ein extrem elitärer Mann, der glaubte, dass nur äußerst wenige Menschen die genetischen Voraussetzungen besäßen, die erforderlich wären, um eine Gesellschaft zu lenken. Gewöhnliche Menschen betrachtete er als hoffnungslos unbegabt. Aber das Lustige ist, dass er gegen Ende seines Lebens über eine ganz andere Wahrheit stolperte. Galton war da bereits ein alter Mann und besuchte einen Viehmarkt in Plymouth. Zufällig kommt er an einem Wettbewerb vorbei, wo jedermann das Gewicht eines Ochsen raten soll, genauer gesagt, wie viel der Ochse wiegt, wenn er geschlachtet und gehäutet wird. Galton erwartet, dass die Leute mit ihren Schätzungen völlig danebenliegen. Aber weißt du, was er herausfand? Als er alle Vorschläge addierte und den Schnitt ausrechnete, sozusagen alle Teilnehmer als eine Person betrachtete, merkte er, dass sie fast aufs Gramm richtig geraten hatten.«

»Wie kam das?«

»Weil eine Gruppe eben so funktioniert. Sie kann unglaublich intelligent sein und klügere Antworten geben als alle Experten, wenn die Individuen in der Gruppe nur selbstständig denken. Volksmengen haben eine verborgene Weisheit. Als Galton den Mittelwert errechnete, hoben die Fehler der Teilnehmer sich gegenseitig auf. Alle kleinen Puzzlestücke von Wissen und Erfahrungswerten innerhalb der Gruppe bildeten zusammen etwas sehr Kluges. Alan liebte so etwas. Er war fasziniert von Ameisenhaufen. Sie bestehen aus dummen Insekten, sind aber unerhört komplex und sinnvoll, und irgendwo da, glaube ich, liegt der Kern seiner Argumentation. Es ist nicht jedes Rädchen an sich …«

»Es ist ihr Verhältnis zueinander.«

»Ich finde, das klingt ungeheuer spannend. Und Donald Michie, einer von Alans klugen Freunden, glaubt inzwischen, dies könnte ein neues Forschungsfeld werden.«

»Was denn?«

»Die Versuche, aus einfachen elektronischen Bestandteilen eine intelligente Maschine zu erschaffen. Aus christlicher Sicht natürlich eine äußerst ketzerische Disziplin. Wenn einer das wusste, dann Alan.«

»Aber er träumte davon?«

»Er träumte jedenfalls.«

»Warum, glaubst du?«

»Warum nicht? Vielleicht sehnte er sich nach einem Maschinenkumpel, was weiß ich. Im Übrigen würde es mich nicht wundern, wenn etwas Wertvolles dabei herauskommt. Donald Michie nannte Alans Theorien einen vergrabenen Schatz, den man eines Tages heben würde.«

»Genau wie sein Silber.«

Oscar Farley zuckte zusammen.

»Woher weißt du davon?«

»Sein Bruder, John Turing, hat es mir erzählt.«

»Richtig. Wir haben uns ja vor der Leichenhalle gesehen«, murmelte Farley. »Wie fühlst du dich übrigens?«

»Besser. Ist es noch weit?«

»Ein Stück noch. Du stehst deiner Tante nahe, nicht wahr?«

»Das tue ich wohl«, antwortete der Polizist.

»Seid ihr nicht immer so ...«, Farley suchte nach Worten, »... so verbunden gewesen?«

»Nein, nicht immer«, sagte Corell. »Es gab eine Zeit, da wollte ich nichts von ihr wissen«, begann er, verstummte dann jedoch abrupt.

»Willst du davon erzählen?«, versuchte Farley.

»Nein, ich glaube nicht.«

Der Polizist schien in seinen Gedanken zu versinken. Einmal sah es fast so aus, als ob er lächelte.

38

Was ist falsch daran, sich ein wenig helfen zu lassen?

Als Corell vor vielen Jahren nach seinem Abgang vom Marlborough College nach Southport zurückkehrte, traf ihn der nächste Schlag, und eigentlich hätte er vorbereitet sein sollen. Er hatte es kommen sehen. Aber die Kälte seiner Mutter machte ihm schwer zu schaffen. Sie war völlig mit sich selbst und mit ihrem stummen Leid beschäftigt. Ja, paradoxerweise schien sie in der schwersten Periode ihres Lebens die Fähigkeit verloren zu haben, ein ernsthaftes Gespräch zu führen, und am schlimmsten von allem: Sie verlangte, dass er mitspielte.

Er durfte über die Preise in den Geschäften klagen, über den Lebensmittelmangel und über die Plackerei im Haus, sogar über ihre schlechten Finanzen. Aber über das Wichtige und Schmerzliche musste er schweigen. Jede Andeutung, dass auch er litt, brachte sie dazu, das Thema zu wechseln: »Wie stürmisch es auf dem Meer ist!« »Kannst du nicht heute den Abwasch machen?« »Tante Vicky will wieder zu Besuch kommen. Aber das möchtest du nicht, oder?«

Er protestierte selten. Mehr denn je träumte er damals von einer Person, die ihn erlösen und sein Leben erträglicher machen könnte, und wahrscheinlich gab es keinen besseren Kandidaten für diese Aufgabe als Tante Vicky.

Aber die Tante strahlte auch eine Energie aus, eine Tatkraft, die ihm seinerseits das Gefühl vermittelte, ein Versager und Schwächling zu sein, und statt zu versuchen, sich an den einzigen Menschen zu halten, der ihm ein Gefühl von Zuhause hätte geben können, gab er sich Fluchtplänen hin. Der Traum, aufzubrechen und zu fliehen, wurde seine Droge und Hoffnung. *Ich haue ab, ich gehe fort,* dachte er immer wieder, und irgendwann war es so weit. Es war an einem Herbstmorgen. Der Krieg war zu Ende. Labour war an die Macht gekommen. Sie hatten Atombomben über Japan abgeworfen, und die Mutter hatte sich im Schlafzimmer eingeschlossen. Hätte er nur ein bisschen klarer gesehen, wäre ihm wohl aufgegangen, dass sie krank war; als die Mutter jedoch in ihrem Schlafzimmer wie vor Wollust stöhnte, hielt er es nicht mehr aus. Es war rein physisch, zumindest würde er das später behaupten: dass er im Begriff gewesen war zu ersticken, dass der Geruch von Wahnsinn ihn zu vergiften drohte. An jenem Abend packte er ein paar Anziehsachen, Bücher und eine Flasche Sherry in einen der alten braunen Koffer des Vaters. Er trank damals keinen Alkohol, aber er wollte klarstellen, dass es sich bei seiner Flucht nicht nur um einen Verzweiflungsakt handelte, sondern auch um einen ersten Schritt hinaus ins Erwachsenenleben.

Als er den roten Glockenturm auf dem Bahnhof in der Lord Street sah, war ihm, als ginge ein Stoß durch ihn hindurch, und er fühlte einen immer stärker werdenden Rausch, nicht nur aufgrund des Sherrys. Die Welt lag vor ihm. Er war befreit und selbstständig, und dieses Gefühl währte Stunden, bis er sich an einer Straßenecke in der Portland Street in Manchester erbrach und die Schuldgefühle und die Übelkeit sich mit all dem anderen vermischten. Die Stadt war nicht nur zerbombt und voller Ruinen. Eine Schicht von Schutt und Kohlestaub lagerte über den Straßen, und hätte er nicht gewusst, dass England den Krieg gewonnen hatte, er hätte es nicht geglaubt. Aufgrund der Stromrationierung war nach zehn Uhr kaum ein Mensch auf der Straße, und überall traf er auf eine Stimmung von Apathie. Es war, als sähe er seine eigene Hoffnungslosigkeit an jeder Straßenecke.

Ein Gefühl von Untergang legte sich auf sein Leben. Er wohnte in Notunterkünften und Obdachlosenheimen und hungerte oft. Er litt und schämte sich – wie hatte er nur seine Mutter verlassen können? –, und vielleicht wäre es übertrieben zu behaupten, dass er von jenem Plakat in der Newton Street gerettet wurde, aber es führte auf jeden Fall zum Beginn einer neuen Ordnung in seinem Leben. »Die Polizei bietet gute Aufstiegsmöglichkeiten für Männer und Frauen mit Mut und Charakter«, stand da, und er meldete sich einfach an. Mehr als ein paar Formsachen, ein kurzes Gespräch, ein paar Formulare, waren nicht erforderlich, und bevor er es überhaupt richtig begriff, wurde er mit einem Bus zu einer dreizehnwöchigen Ausbildung nach Warrington verfrachtet. Ziemlich lange betrachtete er das Ganze als ein Spiel, einen Seitensprung. Doch die Zeit verging, und was nur eine Episode hatte sein sollen, wurde zu einem Leben, zu einer Routine. Er beschaffte sich eine kleine Bude in der Cedar Street, nicht weit von den Räumlichkeiten der Heilsarmee, in der es nach Gas und Schimmel roch und die weder tapeziert noch möbliert war.

In dieser Wohnung sah er Vicky wieder. Es war an einem Frühlingstag 1947 – auch wenn es hinter seinem rußgeschwärzten Fenster jede beliebige Jahreszeit hätte sein können. Er war einundzwanzig Jahre alt. Auf einem Foto aus jener Zeit, das ihn zum ersten Mal in Uniform und mit seinem albernen Helm zeigt, sieht er verzweifelt und unterernährt aus. Er hätte ein Mann von fünfunddreißig sein können, der aus einem Krieg zurückgekehrt war, aber bei den wenigen Malen, die er sich im Spiegel sah, meinte er, denselben Jungen zu sehen wie immer. Er hatte keine Ahnung, welchen Eindruck er auf jemanden machen würde, der ihn nur von früher kannte. Als es an der Tür klopfte, lag er angekleidet auf dem Bett.

»Leonard, Leonard. Bist du da? Mach auf, um Gottes willen«, rief eine Frau von draußen, und obwohl ihm die Stimme bekannt vorkam, konnte er sie nicht einordnen. Nicht einmal, als sie rief: »Hier ist Vicky, Leonard. Ich bin es. Ich habe dich überall gesucht«, verstand er wirklich.

Widerwillig und verwirrt schlurfte er zur Tür. Als er sie öffnete, fuhr er zusammen, als hätte er ein Gespenst gesehen. Wahrscheinlich hatte es nichts mit der Tante zu tun. In jener Zeit war sie noch nicht gealtert. Sie war dieselbe kurzhaarige, kernige Vicky wie früher, und wenn er an all die kaputten Menschen dachte, die ihm begegnet waren, war sie eigentlich ein Wunder an Klasse und Würde. Was ihn erschrecken ließ, war eher der Abdruck, den er selbst in ihrem Gesicht hervorrief.

»Leo, Leo. Bist das wirklich du? Was hast du mit dir gemacht, und warum hast du dich nicht gemeldet? Wenn du wüsstest …«, murmelte sie so bewegt, dass er nicht verstehen konnte, was es mit ihm zu tun haben konnte. Jedenfalls aber hatte sie ihn überall gesucht. Sie hatte mit ihrer ganzen fieberhaften Energie überall angerufen, schließlich sogar bei der Polizei in Manchester, und dank ihrer Hartnäckigkeit oder ihrer Verzweiflung, wie sie sagte, habe sie erfahren, dass man dort nichts von einem verletzten oder toten Leonard Corell wisse, allerdings gebe es einen Polizeianwärter dieses Namens. »Polizeianwärter«, hatte sie sich gesagt. »Das kann nicht mein Leo sein, unmöglich.« Dennoch war sie aufs Revier in der Newton Street gegangen und hatte erfahren, wo er wohnte. Deshalb war sie gekommen. Er fand das nicht gut. Warum sollte sie sich Sorgen um ihn machen?

»Ich komme allein zurecht«, sagte er, und da platzte der Tante der Kragen.

»Verdammt!«, schrie sie. »Hör auf! Du hast eine Familie, Leo. Du hast mich, und ich habe dich überall gesucht. Ich habe ganz England auf den Kopf gestellt. Ich habe mir wahnsinnige Sorgen gemacht und geglaubt … Sieh mich nicht so an. Was bildest du dir ein? Dass ich gekommen bin, um dich zu belehren? Ich will nur sehen, dass du noch lebst. Begreifst du das nicht?«

»Lass mich in Ruhe. Fahr nach Hause.«

»Nie im Leben! Herrgott, was ist los mit dir?« (Er musste vollkommen verstört ausgesehen haben.) »Deine Mutter kommt zurecht. Sie ist krank, aber wir haben sie in einem Heim in Blackpool untergebracht. Also um Gottes willen, Leo, sei nicht so wütend auf mich, und hör sofort auf, dich selbst zu bestrafen.«

»Ich bestrafe mich nicht.«

»Sieh dich doch nur an!«

»Hör auf!«

»Was ist falsch daran, sich ein wenig helfen zu lassen?«, schrie sie. »Kannst du nicht begreifen, dass ich in meiner verdammten Wohnung in London gesessen und nichts lieber getan hätte, als euch zu helfen? Ich bin auch traurig, Leo. Ich bin so entsetzlich traurig über das, was mit James und euch allen passiert ist, dass ich nachts kaum schlafen kann. Hast du eine Ahnung, wie oft ich zu euch kommen wollte? Jedes Mal bin ich daran gehindert worden, und ich schäme mich wie ein Hund, dass ich nicht trotzdem gekommen bin, und ich ertrage es nicht, ich ertrage es nicht, wenn du so wirst wie dein Vater.«

»Ich habe nicht vor, mir das Leben zu nehmen, falls du das glaubst.«

»Nein, das wirst du nicht. Das wirst du nicht«, sagte sie völlig außer sich, und ob es in diesem oder einem anderen Moment war, dass ihre Blicke einander fanden und sie eine stille Abmachung trafen, wusste er nicht mehr.

Es dauerte eine gewisse Zeit, bis Vicky seinen Stolz besiegte, aber nach diesem Treffen in seiner Bude begannen sie, sich sporadisch zu sehen, und dann und wann nahm er ihre Hilfe an. Sie lud ihn zum Abendessen ein und schenkte ihm Geld und Kleidung. Aber die Unterstützung, die sie ihm wirklich anbot, eine Möglichkeit für ihn, noch einmal zu studieren und eine neue Chance zu bekommen, die lehnte er ab. Hartnäckig hielt er an seinem Beruf fest, vielleicht tatsächlich, um sich zu strafen, oder weil er kein Risiko mehr eingehen wollte. Er war ganz einfach ein Idiot. Das wurde ihm immer klarer. Aber es würde eine Veränderung geben, sagte er sich, als er jetzt hier im Wagen saß.

Ein leichter Nebel lag über den Straßen und Äckern, und es waren kaum noch Autos unterwegs. Einmal flatterte ein Vogel vor der Windschutzscheibe auf, und Oscar Farley bremste heftig und spürte, wie der Schmerz ihm in den Rücken fuhr. Doch das ging schnell vorüber. Er und Corell hatten wieder eine Weile geschwiegen, und er wollte weiterreden, nicht nur, weil er sich gern mit dem Polizisten unterhielt, sondern weil er nicht von dem Gedanken loskam, irgendetwas übersehen zu haben, einen Umstand, ein Detail, das die ganze Sache in ein neues Licht rücken würde.

»Die ganze Geschichte um Alan Turing scheint dich sehr persönlich berührt zu haben«, sagte er.

»Doch, ja … vielleicht.«

»Hast du mit deiner Tante über den Fall gesprochen?«

»Warum fragst du danach?«

»Sie muss eine sehr kluge und starke Frau sein.«

»Das kann sein.«

»Und ich dachte … aber vielleicht ist die Frage zu persönlich?«

»Frag nur.«

»Hat dein Engagement für Turing …«

»Ja?«

»… etwas damit zu tun, dass deine Tante homosexuell ist?«

»Ist sie …?«

Er sank in sich zusammen, und nicht mit einem Wort, nicht mit einer Bewegung zeigte er, was er dachte. Er erstarrte eher in einem Lächeln, das alles und nichts bedeuten konnte.

»Ich habe mein Leben lang …«, sagte er schließlich.

»Was denn?«

»Ich habe mein Leben lang …«, wiederholte er, kam aber nicht weiter.

Die Fortsetzung seiner Worte »Ich habe mein Leben lang …« hätte lauten sollen: »Homosexuelle verachtet.« Aber er konnte den Satz einfach nicht aussprechen. Eine Flut von Gedanken und Erinnerungsbildern durchströmte sein Inneres: Vickys magerer, steifer Körper, der sich auf den Stock mit dem Silberbeschlag stützte, die braunen, wachen Augen, die ihn ansahen, der spöttisch lächelnde Mund. Vicky, die ihm abends die Bettdecke zurechtzupfte und ihm morgens sein Frühstück servierte. Wie er sich nach ihr gesehnt hatte! Er hatte durch das Wagenfenster hinausgeschaut und sich über jeden Meter gefreut, den sie ihr näher kamen, und immer wieder hatte er daran gedacht, wie er Vicky von all dem erzählen würde, was in Cambridge passiert war, aber jetzt … nein. Es musste ein Irrtum sein, eine falsche Anschuldigung. Er war ganz sicher.

War er das wirklich? Sie hatte ihre Worte stets genau abgewogen und immer auf sein fragiles Selbstwertgefühl Rücksicht genommen und sich angestrengt, ihn nicht zu verletzen, nur in dem einen Gespräch nicht, das sie kürzlich über Turing geführt hatten ... Es bohrte in ihm, und er wehrte sich gegen den Gedanken wie gegen ein fürchterliches Unheil und suchte nach Gegenargumenten, was auch immer – ihre Weiblichkeit, ihre Kinderliebe –, aber nein, es half nichts. Er hätte es schon vor langer Zeit begreifen müssen. Farley hatte recht, und während der Nebel draußen immer dichter wurde, fielen die Puzzlestücke an ihren Platz: die Besuche von Rose, die Abwesenheit von Männern, ihre brüske Abwehr, wenn jemand zu ihr sagte: »Such dir doch endlich einen Mann!« Und dann ihr leidenschaftliches Plädoyer für die Homosexuellen: »Diejenigen, die anders sind, denken anders.«

Er versuchte, alles wegzuschieben und stattdessen von wunderbaren Maschinen zu träumen, die aus logischen Strukturen erwuchsen, doch seine Gedanken waren nur grotesk und unmöglich. Ron und Greg in Marlborough tauchten wieder auf, und er stellte sich die Tante und Rose in abscheulichen Stellungen vor und dachte an Alan Turing, der mit Schaum um den Mund tot in einem schmalen Jungenbett lag, und er erinnerte sich an den Brief: *Sollte das mein Leben sein? Ein Schauspiel, um ein anderes zu verbergen?*

Alles war nur Lüge!

»Scheiße!«

»Entschuldigung?«

»Nichts.«

Es war nie etwas. Aber er fühlte sich verraten und war wütend. Wie konnte sie ihm das antun? Das Auto schien um ihn herum enger zu werden, und er dachte, dass er nicht nur das verloren hatte, worauf er sich den ganzen Nachmittag gefreut hatte. Er hatte den einzigen Menschen verloren, den er auf der Welt hatte, und er wollte mit der Faust die Frontscheibe durchschlagen, saß aber nur still da und versuchte, seine Atmung unter Kontrolle zu bekommen.

Aufgrund des Nebels fuhren sie langsam, und es war bereits Nacht, als sie sich Knutsford näherten. Lange hatten sie kein Wort miteinander gesprochen. Oscar Farley, der schnell die Ursache für Corells Schweigen ahnte, hatte alles Mögliche versucht, um sein Verständnis zum Ausdruck zu bringen und seine Tollpatschigkeit zu bedauern, doch der Polizist schien das Thema nicht mehr anrühren zu wollen. Farley hatte ein wenig geplaudert und Anekdoten erzählt, er hatte vor lauter Erzählfreude beinahe sogar gegen seine Schweigepflicht verstoßen, und das sah ihm gar nicht ähnlich. Er war die Heimlichkeiten so sehr gewöhnt, dass er zuweilen log, wo es gar nicht nötig war. Es kam vor, dass er zu seiner Frau sagte, er sei nach Schottland gefahren, wenn er in Wirklichkeit in Stockholm gewesen war. Andere prahlten auf Teufel komm raus mit ihren Kriegserlebnissen. Die Leute aus Bletchley durften kein Wort sagen, und das fraß sich in sie ein. Die Heimlichkeiten hatten Farley seine natürliche Großzügigkeit genommen, und nur bei einzelnen seltenen Gelegenheiten wie jetzt, da er neben dem jungen Polizisten saß, dem es wieder schlecht zu gehen schien, wollte er erzählen. Er wollte ausnahmsweise einmal ehrlich sein und sagen, dass Corells Instinkt, in Alans Vergangenheit zu wühlen, ganz und gar gesund war. Hinter den Nebelschleiern lag eine wirkliche Geschichte begraben. Alan hatte dazu beigetragen, den Krieg zu verkürzen, vielleicht genauso viel wie Churchill selbst, und die Verantwortlichen hatten ihn bewacht wie die Habichte. Aber natürlich sagte Farley nichts.

»Glaubst du, dass sie noch wach ist?«

»Sie ist eine Nachteule.«

Hinter dem Fenster im Obergeschoss, wo Vicky zu sitzen und zu lesen pflegte, brannte Licht. Ansonsten wirkte das Grundstück sonderbar dunkel und bedrohlich. Es dauerte eine Weile, bis Corell erkannte, dass die Laterne auf dem Hof defekt war und dass der Nebel, der auf den Landstraßen eine so gespenstische Atmosphäre bewirkt hatte, auch über Vickys Grundstück lag. Zum ersten Mal vermittelte ihm das Haus ein Gefühl von Verlassenheit. Es kam ihm so vor, als hätte es seine Blütezeit hinter sich und warte nur auf den endgültigen Verfall. Er stellte sich die Tante dort oben als einsame Herrscherin über ein vergessenes und ungesundes Krähenschloss vor. In einem bittersüßen Tagtraum sah er sich, aus dem Haus geworfen, im Morgengrauen davonwandern. Nur mit Mühe gelang es ihm, sich aus dem Autositz zu stemmen, und als er auf seinen Beinen stand, schwankte der Boden.

Er machte einige Ausweichschritte zur Seite, behielt jedoch die Balance, und gemeinsam mit Farley ging er auf die Tür zu. Eine gewisse Gleichgültigkeit bemächtigte sich seiner, erst als er näher kam, quälte ihn die Stille. Es war die Art von Stille, die etwas Schmerzhaftem vorausgeht und die etwas Explosives in sich birgt, und gierig horchte er auf andere Geräusche als das Knirschen ihrer Schritte. Weit entfernt war das schwächer werdende Motorengeräusch eines Autos zu hören. Ein kleines Tier raschelte in den Büschen. Es fiel ihm schwer zu klingeln, und er wandte sich zum Auto um. Sollte er darum bitten, dass Farley ihn nach Hause fuhr? Heftig drückte er auf die Glocke, und kurz darauf vernahm er im Inneren Schritte und das pochende Geräusch eines Stocks. Später sollte er sich viele Male an das Knarren des Schlosses erinnern und an das naturgemäß kurze Warten, das ihm so lange und unangenehm erschien, bis Vicky in der Türöffnung stand. Da war etwas mit ihrem Gesicht, etwas Erschrockenes. Die lebhaften Augen waren vogelgleich und ängstlich.

»Du meine Güte. Was ist passiert?«

»Er ist schwer misshandelt worden«, antwortete Farley.

»Herrgott, warum denn?«

»Das ist eine lange Geschichte, aber ich muss gestehen, ein Teil der Verantwortung geht auf meine Kappe.«

»Was sagen Sie? Misshandelt? Das ist ja vollkommen verrückt. Aber stehen Sie nicht da herum. Kommen Sie herein, beide. Mein lieber Junge! Ich werde mich jetzt um dich kümmern«, sagte sie und wandte sich wie aufgelöst an Farley. »Ich bin vielleicht völlig verwirrt. Aber sind das nicht Sie?«

»Was meinen Sie?«

»Der Literaturwissenschaftler Farley. Ich habe Ihre Vorlesung über Yeats im letzten Herbst mit Begeisterung gehört. Ich habe Ihr Buch ... aber was sagen Sie? Sollten Sie am Ende ...? Mein Gott, mein Gott ... ich verstehe überhaupt nichts. Absolut gar nichts.«

»Ich werde Ihnen erklären ...«

»Das müssen Sie schon tun! Herrgott, Leo, wir müssen dich sofort ins Bett verfrachten. Wenn Sie Schuld haben an diesem Unglück, Doktor Farley, dann helfen Sie mir sofort. Stehen Sie da nicht so herum! Aber Herrgott, Mensch, was ist mit Ihrem Rücken, und Leo, Leo, warum sagst du nichts?«

»Ich glaube, er hat einen Schock«, antwortete Farley, und da hatte Corell zum ersten Mal das Gefühl, etwas sagen zu wollen, aber er gab es sofort auf.

Wie ein widerspenstiges Kind guckte er nur böse, und wenn er mit der Tante in etwas einig war, dann darin, dass er sofort ins Bett im Obergeschoss wollte, und langsam und ohne Vicky eines Blickes zu würdigen, stolperte er die Treppe hinauf, legte sich mit seinem schmerzenden Kopf ins Bett und schloss die Augen. Er wollte weg, weg in seine inneren Welten, zu der süßen Lust, die er so oft in seinem Selbstmitleid gefunden hatte, aber irritiert registrierte er, dass Vicky seine Schuhe aufband und ihm mit der Hand übers Haar fuhr.

»Möchtest du etwas?«

»Nichts.«

»Wir müssen einen Arzt rufen.«

»Nein«, fauchte er.

»Bist du verrückt, Leo? Herrgott, was ist hier eigentlich los?«, sagte die Tante und wandte sich zu Farley um, der hinter ihr heraufgekommen war, und da schlug Corell endlich die Augen auf.

Er sah Vicky an. Sie war aufgelöst, und am liebsten wollte er sie anschreien. Sie sollte leiden wie er und fühlen, wie es war, verraten zu werden, und wissen, dass niemand jemals ein wahres Wort sagte und dass alles nur Lüge und Betrug war, aber auch jetzt brachte er kein Wort heraus. Die Wut brannte in seiner Brust, und jeder Muskel seines Körpers verknotete sich. Und trotzdem waren seine Gefühle nicht ganz eindeutig.

Ziemlich nüchtern fragte er sich, ob es nicht ungerecht war, Vicky zu verurteilen, wo sie ihn so fürsorglich bettete. Es war, als vergälte man ein Streicheln mit einer Ohrfeige. Sie wollte ihm ja nichts Böses. Sie war nur … er schloss die Augen und dachte an Maschinen, die in seltsamen Tests nur so taten, als ob, und an all die Male, als die Tante sich für ihn eingesetzt hatte, und irgendwo verstand er, dass er vielleicht Homosexuelle nicht mochte, dass er aber nichts gegen Vicky haben konnte. Sie war vielleicht pervers, aber sie blieb das Wertvollste, was er hatte, und da ihm nichts Besseres einfiel, erklärte er sehr deutlich, dass er ein Bier haben wolle, gern ein Mild Ale, und dann ein großes Glas Sherry.

39

Nach fünf Tagen war er wieder an seinem Arbeitsplatz, und anfänglich machte er sich keine Sorgen. Die Ereignisse in Cambridge schienen ihn unverwundbar gemacht zu haben. Er dachte: *Mir doch egal. Ich scheiß darauf, ob ich den Job verliere oder nicht.* Dennoch war es natürlich nur eine Zeitfrage. Der sattsam bekannte Alltag zwang ihn zurück in sein gewöhnliches Ich. Der Panzer gegen die Welt bekam Risse, und bald darauf zitterte er jedes Mal, wenn das Telefon klingelte oder eine Tür aufgestoßen wurde. Er stellte sich vor, Superintendent Hamersley träte ein und erklärte: »Ein gewisser Mr Julius Pippard hat angerufen.« Doch nichts geschah, jedenfalls lange Zeit nicht. Die Kollegen waren sogar ungewöhnlich freundlich und fragten nicht nur nach seinen blauen Flecken, sondern auch nach seiner Tante.

»Sie ist unverwüstlich. Sie schafft das«, sagte er.

Aber er war selten richtig anwesend. Die Tage krochen schläfrig dahin, und das Sensationellste im Revier war, dass ein Kollege von der Ordnung, Charlie Cummings, bei der Verschmutzung des Hofs erwischt und suspendiert wurde. Niemand konnte richtig erklären, warum er seinen Müll dort abgeladen hatte. Es hieß allerdings, er sei verärgert wegen der ständigen Meckerei und Heuchelei, und abgesehen von Alec Block – der in einem vorsichtigen Kommentar Corell gegenüber äußerte: »Ich kann Cummings verdammt gut verstehen« – war die allgemeine Meinung die, dass der Kerl einen Dachschaden hatte. Corell erklärte, in dieser Frage keine Meinung zu haben. Überhaupt hielt er sich weitgehend zurück. Er erledigte seine Arbeit mit links und nahm sich Freiheiten heraus. Er machte während der Arbeitszeit lange Spaziergänge ohne Ziel, und an einem solchen Tag war er unversehens unterwegs in Richtung Harrington & Sons. Die Sonne brannte. Viele Menschen waren auf den Straßen, es war einer dieser Tage in Wilmslow, an denen niemand zu arbeiten schien, und am liebsten wollte er umdrehen oder sich davonstehlen in die Spring Street. Dennoch ging er weiter geradeaus. Umzukehren wäre lächerlich, sagte er sich. Aber so weit her war es dann doch nicht mit seiner Entschlossenheit, und er hielt inne und band sich die Schnürsenkel, genau wie damals vor Alan Turings Haus. Danach ging er unsicher weiter, und als er die Schaufensterpuppen im Fenster sah, stimmte er pfeifend ein Lied an, aber es klang alles andere als entspannt, er war von Natur aus niemand, der vor sich hinpfiff. Ein paar Kunden befanden sich im Laden. Das war gut. Es würde ihm helfen, mehr oder weniger unbemerkt vorbeizukommen, doch da entdeckte er Julie, und wie üblich empfand er nicht nur Freude, sondern auch Unbehagen.

Julie dagegen … sie stand passiv neben Mr Harrington, und auf ihrem Gesicht lag eine Leere wie bei einem Soldaten, der stumm neben einem Wachhäuschen auf Befehle wartete. Dann explodierte sie förmlich in einem Lächeln, das ihn fast schockierte, so enthusiastisch war es. Sie leuchtete. Sie war schön. Aber er … er hatte die absurde Vorstellung, sie lächelte jemandem hinter ihm zu, und er musste steif gewirkt haben. Julies Augen wurden unruhig, und natürlich versuchte er, seine Verlegenheit zu kompensieren. Er zog den Hut und strengte sich an, nicht nur erfreut, sondern auch weltgewandt auszusehen, aber die letzte Eleganz bekam er nicht hin. Sein Lächeln spannte über den Wangen, und er hatte das Gefühl, beobachtet zu werden. Er wollte weg, und natürlich war ihm klar, dass er eine jämmerliche Figur abgeben würde, doch er sah keinen anderen Ausweg. Er nickte nur gemessen und ging davon. Er verschwand mit seinen lächerlichen Schritten, und die ganze Zeit wuchsen seine Wut und seine Erniedrigung. Er steigerte sich in eine solche Erregung hinein, dass er begann, gegen eine rote Bohnendose zu treten, die ihn scheppernd ein gutes Stück auf dem Weg begleitete.

Als er aufs Revier zurückkehrte, teilte Inspektor Sandford ihm mit, Superintendent Hamersley wolle ihn treffen, und Corell antwortete erstaunlich gereizt:

»Das ist mal wieder typisch!«

Er hatte lange auf ein solches Treffen gewartet und war voller böser Ahnungen, doch als der Superintendent auf sich warten ließ, hatte Corell Zeit, mehrere Stadien zu durchlaufen, und er begann zu hoffen, dass es vielleicht trotz allem nicht so schlimm sein würde. Er fantasierte sich eine Szene zusammen, in der Hamersley zu seinen Chefkollegen in Chester sagte: »Ein begabter Kerl, dieser Corell. Habt ihr seinen Bericht über den Fall Turing gelesen?« Aber kurz darauf fiel er zurück in seine schlimmsten Befürchtungen und dachte: Natürlich hat Pippard angerufen, oder noch schlimmer, Farley hat mich fallen lassen und ist zu dem Ergebnis gekommen, dass ich unbesonnen und verkommen bin, ein Landesverräter, der Kriegsgeheimnisse ausplaudert.

Langsam begann Corell eine Wut, einen Trotz zu spüren, und als Hamersley eintrat, sah Corell ihn an, ohne zu verstehen. Der Superintendent sah nicht aus wie beim letzten Mal. Die modische Brille war verschwunden und durch eine traditionelle ersetzt. Hatte ihm jemand gesagt, dass die alte lächerlich war? Sie gaben sich die Hand. Hamersley lächelte nicht wie sonst auf seine väterliche Art. Aber er sah auch nicht übertrieben streng aus.

»Wie geht es Ihnen, junger Mann?«

»Gut ... sehr gut, Sir.«

»Aha ... das freut mich. Haben Sie sich geprügelt?«

»Nur ausgerutscht, Sir.«

»Aber ordentlich ausgerutscht, was? Herrjeh! Man könnte fast glauben ... Ah, der Kommissar, wie gut!«

Richard Ross betrat den Raum, und obwohl Corell wusste, dass Ross Hamersley nicht ausstehen konnte, schienen die beiden in diesem Augenblick gemeinsame Sache gegen ihn zu machen.

»Lassen Sie mich gleich zum Punkt kommen«, sagte Hamersley. »Ich sprach kürzlich mit einigen hohen kirchlichen Würdenträgern, zwei Bischöfen, um genau zu sein, und ich kann Ihnen sagen, dass sie sich Sorgen machen.«

»Priester!«, fauchte Ross gereizt.

»Ja, ja, ich weiß natürlich, dass man die Dinge nicht vermischen soll. Polizeiarbeit ist eine Sache und religiöse Fragen sind etwas anderes. Aber manchmal, meine Herren, fallen die Fragen zusammen. Stimmen Sie mir zu?«

»Manchmal vielleicht«, sagte Ross.

»So ist es. Corell, Sie erinnern sich an unser Gespräch vor einigen Wochen. Da haben wir ja das ein und andere ernste Wort gesagt. Jetzt müssen wir leider einen Schritt weiter gehen. Mit dem Besen auch im eigenen Garten ausfegen. Haben Sie übrigens viel zu tun?« Hamersley wandte sich an Corell.

»Nicht besonders viel«, antwortete Corell, der darauf zu kommen versuchte, worauf Hamersley hinauswollte.

»Gut. Sehr gut. Hier gibt es einiges anzupacken, und Sie können mit Unterstützung von oben rechnen, denn wie gesagt: Wir befinden uns in der glücklichen Lage, dass wir sowohl die Kirche als auch die fortschrittlich denkenden Politiker auf unserer Seite haben. Darf ich mich übrigens setzen? Danke. Sehr freundlich! Was sagst du, Richard, ist Corell nicht ein geeigneter Kandidat für den Auftrag?«

»Möglicherweise«, sagte Ross skeptisch.

»Möglicherweise? Ich bin davon überzeugt, dass er genau die richtige Person ist. Nun ja, es war bedauerlich, dass er den Tänzer nicht geknackt hat. Aber man kann ja nicht immer Erfolg haben. Und es ist ja auch nicht leicht, die Leute so ohne Weiteres zu Geständnissen zu bewegen. Ich würde sogar sagen, dass es anderer Methoden bedarf. Wir müssen weitergehen. Einen Fuß in die Zukunft setzen. »Überwachung« ist das Wort, meine Herren. Eine klassische Methode zwar, aber viel zu wenig genutzt, besonders in diesen Zusammenhängen. Stimmen Sie mir nicht zu?«

Weder Ross noch Corell antworteten.

»Die Homosexuellen sind im Begriff, unsere Gesellschaft zu verderben und unsere Nation zu schwächen, da sind wir uns alle einig. Sie hätten die Bischöfe hören sollen. Wissen Sie, was die sagten? Dass es nicht einmal bei männlicher Perversion haltmacht. Auch Frauen … man will lieber gar nicht daran denken.«

»Weibliche Homosexualität ist nicht ungesetzlich«, sagte Corell.

»Richtig, richtig. Aber wissen Sie, warum, meine Herren? Man hat es unterlassen, sie zu kriminalisieren, damit die Frauenzimmer nicht auf dumme Ideen kommen. Das Frauenherz ist ja so leicht zu beeinflussen. Nein, ich habe das nur erwähnt, um zu zeigen, wie weit die Entwicklung schon fortgeschritten ist, und um uns in Erinnerung zu rufen, dass wir zurückschlagen müssen. Deshalb habe ich persönlich – ja, das ist wirklich meine eigene Initiative – eine Zusammenarbeit mit Manchester angekurbelt, und jetzt sagen Sie vielleicht: Was haben wir mit dieser degenerierten Stadt zu tun? Aber da kann ich Ihnen erzählen: Ein Teil des Treibens in der Oxford Road hat sich hierher nach Wilmslow verlagert. Jetzt sehen Sie mich nicht so schockiert an.« (Weder Ross noch Corell hatten eine Miene verzogen.) »Vielleicht glauben die Perversen, dass sie hier sicherer sind. Sie bilden sich bestimmt ein, dass das Leben hier in Wilmslow einfacher wird. Ja, nehmen Sie das nicht als Kritik an Ihnen in der Kriminalabteilung, oder meinetwegen, tun Sie das, wenn Sie wollen. In kleineren Orten ist man oft naiver. Kein Grund, das zu verheimlichen. Nun, wir sind hier, um das geradezubiegen. Haben Sie von einem Frisiersalon in der Chapel Lane gehört, der sich ›Man and Beauty‹ nennt? Ja, ich weiß, allein der Name, und was heißt schon Frisiersalon. Der Typ, der ihn betreibt…« Hamersley zog einen Block hervor und schaute nach. »Ein Jonathan Kragh. Sein Salon soll ein Treffpunkt für warme Brüder geworden sein. Es heißt sogar, dass sie einander offen berühren. Wir haben von verschiedenen Seiten Berichte erhalten, unter anderem von Mrs Duffy, die uns früher schon geholfen hat. Eine sehr beharrliche Dame, das muss ich schon sagen.«

»Ein Klatschweib«, hörte Corell sich sagen.

»Wie bitte?«, stieß Hamersley hervor.

»Sie mag ihre Probleme haben. Aber wenn wir auf solche Quellen bauen, will ich mit dem Auftrag nichts zu tun haben.«

»Was sagen Sie da, Mann?«

Es war, als könnte Hamersley nicht glauben, was er hörte.

»Seien Sie nicht unverschämt!«

»Ich versuche nur, die Wahrheit zu sagen. Die Frau erzählt Mist«, sagte Corell.

»Wie können Sie jemanden verunglimpfen, der uns allen zu helfen versucht. Außerdem kann ich Ihnen sagen …«

Hamersley starrte Ross an, als wollte er seine Empörung bekräftigt bekommen, und als der Kommissar nur sagte: »So ist er, ich habe es doch gesagt«, geriet Hamersley noch mehr in Rage. Er begann mit lauter Stimme von »Pflicht und Verantwortung, Gesetz und Ordnung« zu reden, und möglicherweise hätte er Corell tatsächlich zum Schweigen gebracht, aber dann machte er einen Fehler. Er wies darauf hin, dass die Gefahr in unser aller Nähe lauert:

»Es widerstrebt mir, es zu erwähnen, Corell. Aber ich habe kompromittierende Informationen, die eine Ihnen nahestehende Person betreffen.«

»Sie meinen vielleicht meine Tante Vicky?«, antwortete Corell mit einer eiskalten Ruhe, von der er nicht begriff, woher sie kam, und als Hamersley zischte: »Ja, wo Sie es schon sagen. Genau die meine ich«, stand Corell sehr gefasst auf und hatte im selben Augenblick das Gefühl, auf einer Bühne zu stehen, und deshalb war er nur froh, als er merkte, dass er Publikum hatte. Sandford, Kenny Anderson und Alec Block standen nicht allzu weit entfernt und lauschten verwundert, und bevor Corell nun den Mund aufmachte, achtete er darauf, dass er lächelte. Es war ein äußerst stolzes Lächeln, als wäre dieser Streit nichts anderes als sein persönlicher Triumph.

»Dann kann ich meinem verehrten Herrn Superintendenten mitteilen«, sagte er und betonte besonders das Wort »verehrten«, weil ihm klar war, dass eine große Beleidigung darin lag, »dass es zwischen Ihnen und meiner Tante gewisse Unterschiede gibt. Erstens ist sie klug und hat allen Respekt verdient. Zweitens hasst sie Heuchelei, und Sie, Mr Hamersley, sind vermutlich der größte Heuchler, dem ich je begegnet bin. Aber vor allem …«

»Wie können Sie es wagen!«, fiel Hamersley ihm zutiefst empört ins Wort, und allein die Erkenntnis, dass er den Superintendenten aus der Fassung gebracht hatte, bestärkte Corell in seiner Ruhe und gab seinen Worten noch größere Sicherheit:

»Nein, nein, hören Sie mir gut zu, oder anderseits, es ist vielleicht gut, dass Sie mich unterbrochen haben. Ich war nämlich drauf und dran, etwas Schäbiges darüber zu sagen, dass Sie mir selbst wie eine Tunte vorkommen, aber ehrlich gesagt, ich frage mich inzwischen, ob man Tunten wirklich verhöhnen sollte. Es wäre viel zu freundlich, Sie als schwul zu bezeichnen, Sie sind nichts anderes als ein lächerliches Windrad der öffentlichen Meinung. Sie taugen nur dazu, Menschen zu verfolgen, die nicht in Ihre rechteckigen Prinzipien passen, und dafür verachte ich Sie. Ich verachte Sie in dem gleichen Maße, in dem ich meine Tante hoch achte. Im Übrigen muss ich jetzt gehen. Ich nehme an, dass ich mir eine neue Arbeit suchen muss«, sagte er mit der gleichen scheinbaren Ruhe und schickte sich an zu gehen. Aber er blieb trotzdem stehen und blickte sich verwundert um. Es war, als erwarte er die Folgen eines Granateneinschlags, aber Ross und Hamersley wirkten eher verwundert als wütend, und erst nach ein paar Sekunden erwachte der Superintendent zum Leben und tat ein paar drohende Schritte auf ihn zu.

»Ich sage Ihnen ...«

»Was?«

»Dass Sie sich hier hinstellen und dem Gesetz trotzen, und das ist äußerst gravierend. Hören Sie? Das wird Konsequenzen für Sie haben«, schrie er, und Corell fragte sich einen Moment lang, ob er noch einmal antworten sollte, doch stattdessen griff er sich seinen Trilby-Hut vom Garderobenständer und nickte kurz Alec Block zu, der mit einem vorsichtigen Lächeln antwortete.

Dann ging er zur Treppe, und draußen auf dem Hof angekommen, mischte sich seine Empörung mit etwas anderem. Er lächelte wieder, nicht angestrengt und theatralisch wie gerade eben, sondern spontan und herzlich. Es war ein Lächeln, das aus seiner Brust aufstieg und bis zu den Augen wuchs, und je länger er ging, desto wilder und trotziger sangen die Gedanken in seinem Kopf: *Hier geht ein Mann, der sich alles Mögliche einfallen lassen kann. Vielleicht nimmt er sogar den Weg am Herrenbekleidungsgeschäft in der Alderley Street vorbei. Er überlegt nämlich, ob er sich ein schönes Mädchen schnappen soll! Ja, so frech ist er!*

Schließlich ließen seine Kräfte wieder nach. Die Anspannung forderte ihr Recht, und er dachte an Oscar Farley und fragte sich, ob er nicht trotz allem jetzt Kontakt mit ihm aufnehmen sollte. Die Sonne verschwand hinter den Wolken. Ein kühlerer Wind wehte aus Norden, und er begann, von seinem Bett zu träumen, nicht von seiner elenden Liege in Wilmslow, sondern von dem Bett, das bei seiner Tante in Wilmslow auf ihn wartete.

Epilog

Eröffnung der Konferenz über Alan Turing an der Universität Edinburgh am 7. Juni 1986

Der Informatikprofessor Richard Douglas von der Universität Stanford – der Hauptinitiator der Tagung – eröffnet:

»Liebe Kollegen, liebe Freunde. Ich will mich kurz fassen. Ich möchte nur sagen, wie außerordentlich erfreut ich darüber bin, dass so viele hervorragende Vertreter so verschiedener Fächer und Institutionen zu dieser ersten Konferenz über Alan Turing erschienen sind. Ja, wenn ich Sie sehe, erfüllt mich nicht nur Stolz. Ich erkenne auch, welchen Einfluss Alan Turing in so vielen Bereichen gehabt hat. Was für eine bemerkenswerte und unzeitgemäße Person er war! Was für ein bemerkenswerter Denker!

Wir haben ein reichhaltiges Programm mit vielen exzellenten Rednern und interessanten Seminaren vor uns. Nach unseren Einleitungsworten wird Hugh Whitemore uns über sein Stück *Breaking the Code* berichten, das auf Andrew Hodges feiner Biografie *Enigma* aufbaut und im Herbst am Haymarket Theatre in London seine Premiere haben wird. Und vor der Mittagspause werden wir hier auf dem Podium eine richtig spannende Diskussion über den Turing-Test erleben. Alle Meinungsrichtungen werden vertreten sein – auch Professor John Searle ist hier. Er hat versprochen, einige neue Gedanken zu seiner berühmten Theorie *Das chinesische Zimmer* vorzutragen. Am Nachmittag wird Donald Michie über Turings Traum von einem selbstlernenden Computer sprechen und ihn mit den jüngsten Ansätzen in der KI-Forschung vergleichen. Auf dies und noch viel mehr können wir uns freuen.

Natürlich will ich auch Ihre Aufmerksamkeit auf das Datum des heutigen Tages lenken. Genau zweiunddreißig Jahre sind vergangen seit dem Tag, an dem Alan Turing in einer für unsere Geschichte so traurigen Zeit in seinem Haus in Wilmslow starb. Es war Pfingsten in England und ein entsetzliches Wetter. Einer, der damals an Ort und Stelle war und Alan Turing tot in seinem Bett liegen sah, ist heute unter uns. Meine Damen und Herren, ich bin stolz, Ihnen den ehemaligen Kriminalassistenten Leonard Corell vorzustellen, unter anderem Ehrendoktor hier in Edinburgh. Aber ich nehme an, dass er hier in unserer Gesellschaft keiner eingehenderen Vorstellung bedarf. Wir schätzen ja alle seine Werke. Herzlich willkommen, Leo!«

Unter kräftigem Beifall betritt Corell das Podium, gekleidet in einen braunen Cordanzug und ein schwarzes Polohemd. Er hat lockiges schwarzes Haar mit grauen Strähnen und eine kahle Stelle in der Schädelmitte. Er ist mager und elegant, und auch wenn sein Körper etwas steif und unbeweglich wirkt, ist seine Stimme kraftvoll. Er spricht ohne Manuskript und scheint sich auf dem Podium wohlzufühlen:

»Sie schätzen meine Werke«, beginnt er. »Dann sagen Sie das sofort meinen Kritikern.

Ich habe in den letzten Jahren ja einiges einstecken müssen, und nicht ganz zu Unrecht, muss ich zugeben. Zum Beispiel habe ich mich eines idiotischen Irrtums schuldig gemacht, der erst dieser Tage in der *Times* wieder erwähnt wurde. Nämlich dass Apples Logo eine Anspielung auf Turings Apfel sei, und ich muss hier ein für alle Mal sagen, dass dies eine Dummheit ist, die wohl mit meiner Fixierung auf diesen Apfel zu erklären ist. Ach, ich hätte auf meinen verstorbenen Freund Professor Farley hören sollen, der zu sagen pflegte, dass man sich nichts aus Symbolen machen solle. Symbole sind trügerische Werkzeuge. Aber vor allem hätte ich bedenken müssen, dass zu dem Zeitpunkt, als Wozniak und Jobs ihren Apple II lancierten, Alan Turings Lebensschicksal kaum bekannt war, zumindest nicht in seiner Gänze. Wenn ich dennoch auf diesen Gedanken kommen konnte, beruhte das wohl hauptsächlich auf dem Umstand, dass ich als spezieller Beamter des britischen Staates mehr wusste, als ich hätte wissen sollen, und außerdem wünschte ich mir inständig, dass das verflixte Logo, das die Farben des Regenbogens trug – die ja im Begriff sind, die Farben der gesamten Gay-Bewegung zu werden –, dass es Alans Apfel sein sollte. Jetzt heißt es, dies sei nicht so. Jetzt wird behauptet, das Logo beziehe sich auf Newtons alten verschrumpelten Apfel, der ja, wie Sie wissen, nie auf den Kopf des Physikers fiel. Dennoch bleibe ich skeptisch, ja, ich weigere mich tatsächlich, so leicht klein beizugeben. Ich frage mich immer noch, warum ein Stück von Apples Apfels abgebissen ist. Irgendwie, denke ich, steckt vielleicht doch Turing dahinter.

Ich bin tief gerührt, heute hier die Einführungsrede halten zu dürfen, nicht zuletzt weil meine Frau Julie und meine Tochter Chanda, die ich lange nicht gesehen habe, von Cambridge heraufgekommen sind und weil Sie alle hier sind, Sie alle, deren Texte ich über die Jahre mit solcher Leidenschaft gelesen habe. Ich will Sie auch gar nicht lange aufhalten und mich etwa auf Spitzfindigkeiten in *The Chemical Basis of Morphogenesis* einlassen, wie ich es sonst tue, noch will ich die Informatiker mit meinen KI-kritischen Gedanken reizen. Ich will stattdessen ein altes Laster bekennen. Ich bin ein Tagträumer. Vielleicht einer der schlimmsten, dem Sie je begegnet sind. Das Problem ist nur, dass man, wenn man sechzig ist, nicht mehr so leicht in die Zukunft träumt und denkt: Wenn ich siebzig bin, dann kommt der Durchbruch und der Hollywoodvertrag. Deshalb träume ich rückwärts. Ich fantasiere davon, dass ich eine Zeitmaschine baue und in die Adlington Road reise. Aber statt am 8. Juni 1954 zu kommen, wie ich es damals tat, tauche ich am siebten auf, und wissen Sie, was ich bei mir habe? Ja, natürlich, einen Stapel der schönen Bücher, die wir alle geschrieben haben, aber vor allem einen schicken neuen PC. Stellen Sie sich das vor! Es regnet in Strömen. Es ist Montag, der zweite Pfingsttag, und das Viertel liegt still da. Vielleicht wird es schon dunkel, und ich klingele. Nervöse Schritte von der Treppe sind zu hören, dann wird die Tür geöffnet, und da steht er mit seinen tief liegenden blauen Augen, und sicher ist er völlig aufgewühlt. Er hat vielleicht schon den Schlafanzug angezogen und den Apfel in seinen Kessel getunkt. Er sagt:

»Wer sind Sie?«

Ich nehme an, ich werde nur widerwillig hereingelassen, und vermutlich komme ich am besten direkt zur Sache:

›Lieber Alan. Ich kenne dein Leben besser, als du es dir vorstellen kannst, und glaube mir, ich weiß: Dir geht es gerade schrecklich. Man hat dich mit Verfolgungswahn und Vorurteilen gequält und nahezu vergiftet, aber eines Tages … da werden wir mit Hunderten von prominenten Forschern eine Konferenz über dich und deine Gedanken abhalten, und hier, Alan, sieh einmal hier, das ist eine Universalmaschine, ein Computer, wie wir heute sagen. 1986 haben ziemlich viele Leute so einen. Und sieh dir diese

Bücher an. Sie handeln von dir. Ist das nicht merkwürdig? Du bist einer der größten Kriegshelden und wirst als der Vater einer neuen akademischen Disziplin angesehen. Du bist auf dem besten Wege, eine Ikone für die gesamte homosexuelle Bewegung zu werden, und wirst als einer der einflussreichsten Denker des zwanzigsten Jahrhunderts angesehen.‹ Und dann, meine Freunde, wenn ich dies alles zu Alan Turing gesagt habe, dann lächelt er. Da sehe ich ihn endlich lächeln.«

Zur Entstehung des Buches

Ich war jung, kleidete mich schwarz und wollte um jeden Preis intellektuell werden, und deshalb bewunderte ich natürlich Ludwig Wittgenstein, den Urtyp des großen Denkers.

Ich war verhext von seiner Lebensgeschichte und seiner Kompromisslosigkeit, aber seine Philosophie sprach mich nie an, obwohl ich das natürlich nicht zugab, und vielleicht verhielt ich mich zu Wittgenstein wie zu meinen Hardrockgruppen einige Jahre zuvor. Ich mochte sie nicht, fand es aber angesagt, so zu tun, als ob, doch am Ende begehrte ich gegen die Autoritäten auf. Mit der ganzen Arroganz der Jugend erklärte ich, der große Philosoph gehe mich nichts an, und diese Worte ebneten den Weg für mein Interesse an Alan Turing. Turing war in Wittgensteins Biografie eine Fußnote. Die beiden hatten 1939 über die Bedeutung von Widersprüchen in logischen Systemen diskutiert, und auch das klang eher nach einer akademischen Haarspalterei, doch dann entdeckte ich in einem Nebensatz, Turings Arbeit mit Paradoxen habe zum modernen Computer geführt, und das erschien mir bemerkenswert. Wie konnte ein kleines abstraktes Problem, das dermaßen isoliert zu sein schien, etwas so Bedeutendes und Handfestes erschaffen? Ich versuchte, mich einzulesen, doch es gelang mir nicht, die Dinge richtig zu verstehen, noch war ich übermäßig fasziniert. Die Computer waren zu jener Zeit ja auch noch nicht so großartig – es war weit vor dem Internet –, und ich gab auf. Mein Leben nahm eine neue Richtung. Ich studierte Journalismus und verbrachte einige Jahre mit Dummheiten. (Nun ja, nicht nur Dummheiten.) Aber es dauerte, bis ich die Möglichkeit bekam, mich wieder den Grübeleien der Studienjahre zuzuwenden. Auf dem Höhepunkt des IT-Booms begann ich eine Biografie des Erfinders Håkan Lans. Es wurde ein spannendes Projekt, aber am Anfang war es lähmend langweilig.

Ich pflügte mich durch Patentanmeldungen, und die ganze grässliche Juristenprosa stand mir bis zum Hals. Ich kam auf die Idee, das Buch zu retten, indem ich auch die Geschichte des Computers erzählte. (Jedermann sprach damals von der gesegneten Zukunft des Computers, doch nur wenige interessierten sich dafür, wie alles angefangen hatte.) Dabei stieß ich erneut auf den Namen Alan Turing, und diesmal las ich mich gründlicher ein und war gefesselt, nicht nur von seinem Denken und von der Entschlüsselung der Codes in Bletchley, sondern vom Ergreifenden in seiner ganzen Gestalt, seinem Stottern und seiner gehemmten Persönlichkeit.

Dennoch reifte die Idee, einen Roman über ihn zu schreiben, nur langsam, und im Nachhinein denke ich, dass die alte klassische Frage »Welcher historischen Person würdest du am liebsten begegnen?« ein auslösender Faktor war. Ein junger Journalist aus Umeå stellte sie mir, und ich behandelte sie mit einem gewissen Ernst. Wen wollte ich treffen? Irgendeine Größe der Geschichte und dastehen und vor ihrer Majestät erzittern? Nein, es wäre natürlich besser, mit ein wenig Licht aus der Zukunft zu kommen, und dann würde einer der in ihrer Gegenwart

Verkannten, aber später Berühmten doch gut passen, wie Kafka oder warum nicht Van Gogh. Ich entschied mich für Turing und sagte, ich wolle an einem der letzten düsteren Tage seines Lebens in Wilmslow an seine Tür klopfen und etwas Freundliches sagen, das ein Lächeln in seinem Gesicht aufleuchten ließe. Diese Szene blieb in mir haften, und ich begann mit Recherchen zu diesem Thema.

Ich fand bedauerlich wenig über sein Innenleben. Im Unterschied zu so vielen Autoren hatte er seine Gefühle nicht in langen Briefen verströmt. Er blieb eine schwer zu greifende Gestalt, und wie um Himmels willen sollte ich seine Mathematik in einem Roman ausbreiten? Ich konnte kaum in seinen Kopf eindringen. Nein, ich benötigte einen Doktor Watson, der ihn von außen sah und Turings Ideen auf sein eigenes Niveau übertrug, aber wer sollte das sein, ein Freund, ein Liebhaber?

Lange kam ich nicht weiter und erwog, mich etwas Einfacherem zuzuwenden, aber eines Abends landete ich im Internet im Turing Digital Archive, und dort fand ich die polizeiliche Ermittlung, die nach seinem Tod durchgeführt wurde, eine miserable Ermittlung, schlecht geschrieben und allem Anschein nach rein routinemäßig durchgeführt. Ich stellte fest, dass ein gewisser Kriminalinspektor Cottrell sie verfasst hatte. Es war der Herbst 2005, und an einem jener Tage ging ich am Skeppsbron in Stockholm entlang, ohne dem Buch auch nur einen Gedanken zu widmen. Da kam mir die Idee: Selbstverständlich musste der Polizeibeamte mein Held sein, nicht gerade Cottrell, sondern eine gewitztere, hungrigere Person, die ein Geheimnis ahnte, ja, die begriff, dass sich hinter dem, was wie der einfache Selbstmord eines verurteilten Homosexuellen aussah, in Wahrheit etwas viel Größeres verbarg.

Das Buch musste ganz einfach mit dem Ende beginnen, mit Turings Tod, und mit dem Polizisten, der ihn im Bett neben dem halben Apfel findet. Ich sah ein, dass die Geschichte dann nicht nur ein klassischer Bildungsroman sein konnte. Wie ein Kriminalroman würde sie auch von dem Rätsel vorangetrieben werden können, das Turings Leben umgab, und ich würde Möglichkeiten erhalten, die Klischees des Kalten Krieges von innen heraus zu hinterfragen und ein wenig mit den Schablonen des Spionageromans zu spielen.

In meinem Corell schuf ich eine Art Spiegelgestalt zu Turing, eine Figur, die Züge von mir selbst annehmen konnte, genauso wie einige weitere fiktive Gestalten, Farley, Vicky, Fredric Krause und Pippard. Doch dann war da der Mathematiker selbst. Alle ihn betreffenden Fakten versuchte ich korrekt zu beschreiben, und ich rang mit seinen Theoremen und Gedanken, weiß Gott, und natürlich fuhr ich nach England. Auch da war Herbst, und herrje, wie ich mich sofort in Cambridge verliebte! Die Stadt umbrauste mich wie eine Oper, und ich ging umher und dachte an Alan Turing, schlenderte durch das Torgewölbe vom King's College, an der Kapelle vorbei, stieg eine Treppe hinauf zum Lesesaal des Archivs. Selbstverständlich gab ich mir Mühe, weltgewandt auszusehen, doch ich fühlte mich winzig und schrieb auf kleine weiße Zettel, welche Dokumente ich einsehen wollte. Dann wartete ich in der ein wenig feierlichen Stille. Als mein kleiner Kasten hereingebracht wurde, nahm ich seine alten Briefe in die Hand und roch an ihnen, als erwartete ich, jenen Bittermandelgestank wahrzunehmen, aber vor allem erinnere ich mich daran, wie ein Umschlag mit etwas Hartem herausfiel. Ich hatte diesen Umschlag nicht bestellt und öffnete ihn ein wenig geistesabwesend. Darin lag ein schöner englischer Teelöffel, und ich wog ihn eine Weile in der Hand: Was ist das hier?

Es war ein Löffel, den Alan Turing in einer jener Nächte in seiner Hobbywerkstatt in Wilmslow vergoldet hatte, und es versetzte mir einen Stoß. Hatte auch er diesen Löffel in der Hand gehalten? Ich verspürte eine Lust, ihn in meine Tasche gleiten zu lassen, fragte mich jedoch stattdessen, warum er hier im King's College gelandet war. Hätte ein so feines Stück nicht an einen Erben gehen müssen?

Es zeigte sich, dass Sara Ethel, Turings Mutter, ihn als eine Einlassung in der Debatte um den Tod ihres Sohns dorthin geschickt hatte. Alans Freunde und die Polizei sowie der Untersuchungsrichter Mr Ferns – der wirklich gesagt hatte, dass ein impulsgesteuertes Handeln typisch sei für das Verhalten eines Mannes dieser Art – waren ja alle überzeugt, dass es sich um Selbstmord handelte, und das empörte Mrs Turing. In ihrer Welt konnte sich der Sohn unmöglich das Leben genommen haben, und ihr bester Beweis dafür war der Löffel.

Der Löffel war mit dem Gold einer alten Uhr vergoldet worden, und zur Durchführung einer solchen Prozedur ist Zyankali erforderlich. Alan musste ganz einfach unvorsichtig gewesen sein, meinte sie, und das klang wohl ein wenig wie der klassische Versuch einer Mutter, den Schmerz der Trauer zu mildern. Aber es brachte mich dazu nachzudenken, und ich ging erneut die Umstände seines Todes durch. Es war leicht, der Mutter darin recht zu geben, dass die ganze Prozedur seltsam umständlich gewesen zu sein schien. Wenn Alan Turing sich nur das Leben nehmen wollte, warum hängte er dann Stromleitungen an die Decke und kochte einen ganzen Kessel Zyanid auf der Heizplatte?

Natürlich wusste ich auch, dass der Mutter und den Freunden entscheidende Informationen nicht zugänglich waren. Keiner von ihnen hatte eine Ahnung davon, auf welch extrem sensiblen Kenntnissen Turing saß und wie ängstlich er vom Nachrichtendienst überwacht wurde. Die Geheimhaltung aus der Kriegszeit war in den 1980er-Jahren noch kaum gelockert worden, als schon Konspirationstheorien zu florieren begannen, dass er aus dem Weg geräumt worden sei. Konnten diese verzwickten Umstände Anzeichen für einen Mord sein?

Diese Frage war eine wunderbare Versuchung für einen Autor, der sein Buch in der Art eines Kriminalromans einzuleiten gedachte. Ein Mörder, eine Verkörperung des ganzen britischen Argwohns und Verfolgungswahns während des Kalten Krieges, würde natürlich leicht diesen Platz ausfüllen, ja, eine Weile machte ich mir Sorgen, die Leute könnten enttäuscht sein, falls ich keine derartige Figur aus dem Hut zaubern konnte, wenn am Ende des Buchs die Fäden verknüpft werden. (Es heißt ja zuweilen, dass gewisse Genres einen Pakt mit dem Leser schließen.)

Aber nein, je mehr ich darüber las, desto weniger glaubte ich daran und desto weniger Lust bekam ich, den Gedanken auch nur zu denken. Hier war beispielsweise der alte, richtige Polizist Cottrell trotz allem eine Hilfe, weil er so deutlich geschrieben hatte, die Gesichtszüge des Toten seien ergeben und resigniert gewesen. Nein, ich tendierte mehr und mehr zu der Theorie von Andrew Hodges, Turing habe seinen Tod so arrangiert, damit die Mutter glauben konnte, es habe sich um ein Unglück gehandelt, ein Experiment mit Elektrizität und Zyanid, das schiefgegangen sei; vor allem fand ich, dass ein Mörder im traditionellen Sinn – besonders einer, an den ich nicht glaubte – der Geschichte ihre Stärke nehmen würde.

Dass Alan Turing faktisch an den Rand der Verzweiflung getrieben worden war, bewies die Schwere der Übergriffe gegen ihn, und ich war froh, als Lotta Olsson in ihrer feinen Rezension in *Dagens Nyheter* schrieb, dass »Mord nicht notwendigerweise von dem begangen wird, der den vergifteten Apfel in der Hand hält«.

Dahinter kann sich eine ganze schuldige Mitwelt befinden.

In meinem Roman versuchte ich, Turings wesentlichste Gedanken zu popularisieren, doch natürlich fand nicht alles Eingang in das Buch, und jetzt im Nachhinein ist es vor allem eine seiner Zeilen, die sich bei mir festgesetzt hat: »Wir dürfen hoffen, dass Maschinen eines Tages in allen intellektuellen Bereichen mit dem Menschen konkurrieren können.« Dies schrieb er im Jahre 1950, und sicher, vielleicht kann man darauf hoffen, auf jeden Fall, wenn man ein in neuen Bahnen denkender einsamer Sonderling in Wilmslow ist, aber dennoch … wenn Maschinen mit uns wetteifern können, können sie uns wohl auch überholen, und was geschieht dann?

Ja, rein logisch gesehen sollten sie dann auch etwas erschaffen können, was intelligenter ist als sie selbst, oder zumindest über die Fähigkeit verfügen, kleine Verbesserungen an ihrer Konstruktion vorzunehmen, und diese neuen Updates sollten ja ihrerseits sich selbst weiterentwickeln können, nicht wahr, und bald stehen wir Menschen da und sind für die neueste Maschine nicht interessanter als kleine weiße Mäuse.

Ich erinnere mich, dass ich diesen Gedanken zuerst mit Håkan Lans diskutierte und dass er ihn daraufhin als ein Argument gegen die Möglichkeiten der Forschung zur Künstlichen Intelligenz verwendete. Die Konsequenzen eines Computers, der schlauer ist als wir, sind schwindelerregend, ja nahezu paradoxal.

Aber damals kannte ich die umfassende Forschung nicht, die auf diesem Feld schon stattfindet, und auch die Besorgnis nicht, die real existiert, keineswegs nur bei von *Matrix* und *Terminator* faszinierten Narren. Das Mooresche Gesetz – dass sich die Kapazität des Computers alle zwei Jahre zu verdoppeln scheint – sowie die Erfahrung, dass die technischen Paradigmenwechsel immer dichter aufeinandergefolgt sind, ja die Tatsache als Ganzes, dass wir uns in einer zunehmend beschleunigten Entwicklungsspirale befinden, haben dazu geführt, dass viele herausragende Theoretiker wie Bill Joy, einer der Gründer von Sun Microsystem, es verhängnisvoll ahnungslos findet, den Gedanken einfach abzutun, wir könnten eines schönen Tages von der Technik überholt werden.

Jack Good, Freund und Kollege von Turing in Bletchley Park und später Berater von Stanley Kubrick bei *2001: Odyssee im Weltraum* (Sie wissen, mit dem Supercomputer HAL), hat es sehr hübsch formuliert: »Die ultraintelligente Maschine ist die letzte Erfindung, die der Mensch zu machen braucht!« Danach bleibt nur noch eine Entwicklung jenseits unserer Kontrolle, eine »technologische Singularität«, um den derzeit geläufigen Terminus zu benutzen. (Schlagen Sie den Ausdruck bei Wikipedia nach, und lesen Sie, was zum Beispiel der Physiker Stephen Hawking dazu sagt.)

Es lohnt sich, über das Szenario nachzudenken, und sei es nur, um seine Perspektiven zu erweitern und einen Schritt weiter zu denken. Aber was mich besonders verwundert – vor allem, nachdem ich Douglas Hofstadters *Life and Legacy of a great Thinker* gelesen habe –, ist, dass Turing selbst nichts hierüber schreibt, obwohl er doch glaubte, Computer könnten schon in unserer Zeit seinen Turing-Test bestehen.

Meinte er wirklich, dass die Maschinen danach durch eine Art mystischen Prozess in der Entwicklung innehalten würden, oder dachte er, ein wenig wie Håkan Lans, dass das menschliche Gehirn aufgrund eines ihm innewohnenden Gesetzes nichts Klügeres als es selbst zu schaffen vermag, nicht einmal, wenn tausend und abertausend Hirne zu diesem Zweck zusammenarbeiten? Nein, das kann ich nicht glauben, nicht von Alan Turing, der auch davon sprach, wie das Einfache, Seelenlose, unabhängig davon, ob es sich um Neuronen oder um Elektronik handelt, in einer komplexen, vielleicht quantenmechanischen Struktur etwas unerhört Ausgeklügeltes zu bilden vermag. Nun kann man sich natürlich wie der Philosoph und Erfinder Ray Kurzweil eine gute Welt mit ultraintelligenten Maschinen vorstellen, eine Zukunft, in der unser Gehirn mit Nanotechnik verlinkt ist und in der die Computer ihren Schöpfer ehren und ihm helfen, ein reicheres, vollkommeneres Leben zu führen.

Außerdem ist es ja möglich zu denken, dass der Mensch, ebenso gut wie etwas anderes, nur ein Glied auf dem Weg der Evolution zu etwas Größerem werden kann. Warum nicht die Maschinen übernehmen lassen? Die erste Hälfte des 20. Jahrhunderts, die Turing erlebte, konnte ja kaum als besonders gute Reklame für die menschliche Vernunft gelten. Nein, nein, das klingt nicht wie mein Alan. Ich erinnere mich an mein Erstaunen darüber, wie er in der Beschreibung seines Turing-Tests betonte, dass wir die Maschinen nicht diskriminieren dürfen.

Steckt darin möglicherweise auch die Hoffnung, dass die Maschinen eines Tages uns nicht diskriminieren würden?

Während ich dies schreibe, im Herbst 2009, stecke ich tief in einem anderen Roman, aber ständig werde ich an Alan Turing erinnert, ja, oft kommt er mir vor wie ein lieber alter Freund aus der Vergangenheit, und zuweilen bringt er mich dazu, mitten in einem Gedanken an etwas ganz anderes zu lächeln. Kürzlich erhielt ich eine Mail. Hast du dies hier gesehen, schrieb ein Freund, und ich las, während meine Augen sich mit Tränen füllten und der ganze Abend sich aufhellte. Sie wissen, Alan Turing starb unbemerkt. Nicht einmal ein Begräbnis wurde abgehalten, und die Zeitungen brachten nur Randnotizen. Er verschwand aus der Geschichte, und als in den späten 1970er-Jahren das erste Buch über Bletchley Park erschien, wurde er nur als Name einer Maschine erwähnt.

Als ich meinen eigenen Roman begann, saß er zwar als Statue im Sackville Park in Manchester, und eine Reihe von Gelehrten hatte sich mit seinen Gedanken beschäftigt. Dennoch schien er auf merkwürdige Art vergessen zu sein. Nicht einmal der Bibliothekar in Wilmslow wusste, wer er war, äußerst wenige gebildete Schweden hatten von ihm gehört, und nie sah ich Homosexuelle, die ihn als Helden und Märtyrer feierten. Doch eine Veränderung bahnte sich an.

In England forderte eine Anzahl tonangebender Persönlichkeiten, darunter Richard Dawkins, Ian McEwan und Stephen Fry, dass die Regierung Alan eine postume Entschuldigung aussprechen solle, und am 11. September 2009 kam sie wirklich, gegen jede Wahrscheinlichkeit. Fünfundfünfzig Jahre nach Alan Turings Tod erklärte Premierminister Gordon Brown feierlich, und darauf erhebe ich mein Glas:

»Es ist keine Übertreibung zu sagen, dass ohne seinen hervorragenden Einsatz der Zweite Weltkrieg anders hätte aussehen können. Er war wirklich eine jener Persönlichkeiten, die wir hervorheben können, deren einzigartiger Beitrag uns half, das Kriegsgeschehen zu wenden. Im Licht unserer großen Dankbarkeit erscheint es noch entsetzlicher, dass er so unmenschlich behandelt wurde … Im Namen der britischen Regierung und all derer, die dank Alans Arbeit in Freiheit leben, bin ich stolz, sagen zu können: Es tut uns leid, du hattest so viel Besseres verdient!«

David Lagercrantz

Danksagung

Wie alle, die über Alan Turing schreiben, stehe ich in der Schuld von Andrew Hodges, dessen große Biografie *Alan Turing, Enigma* mir als Nachschlagewerk und Inspirationsquelle diente. Auch seine Artikel auf *www.turing.org.uk*, und sein schönes kleines Buch *Turing, A Natural Philosopher* haben viel für die Entstehung des Romans bedeutet.

David Leavitts Biografie *The Man Who Knew Too Much – Alan Turing and the Invention of the Computer* sowie Jon Agars *Turing and the Universal Machine – The Making of the Modern Computer* und die Essaysammlung *Alan Turing – Life and Legacy of a Great Thinker* (Herausgeber: Christof Teuscher) waren wertvolle Dokumente. In *The Essential Turing – The Ideas That Gave Birth to the Computer Age*, zusammengestellt von B. Jack Copeland, konnte ich Alan Turings wichtigste Schriften im Original lesen.

Viele von Turings Briefen habe ich auf *www.turing-archive.org* gefunden. Bei meinem Versuch, eine Übersicht über die Geschichte und den Ursprung des Computers in der Mathematik und Logik zu gewinnen, war mir Martin Davis *Engines of Logic – Mathematicians and the Origin of the Computer* von besonderem Nutzen. In meinen Schilderungen von Bletchley Park habe ich mich an Hugh Sebag-Montefiores *Enigma – The Battle for the Code*, Michael T. Smiths

Station X – Decoding Nazi Secrets, die Anthologie *Codebreakers – The Inside Story of Bletchley Park*, zusammengestellt von F. H. Hinsley und Alan Stripp, sowie an Simon Singhs *The Code Book* (dt. *Geheime Botschaften. Die Kunst der Verschlüsselung von der Antike bis in die Zeiten des Internet*) angelehnt. Auch der gut recherchierte Kriminalroman *Enigma* von Robert Harris hat mir sehr geholfen. Unter den Artikeln zum Thema war Jim Holts lange Besprechung von David Leavitts Turing-Biografie in *The New Yorker* mit der Überschrift »Code-Breaker« im Februar 2006 der beste. Auch andere belletristische Werke, in denen Alan Turing vorkommt, haben mir Impulse gegeben, in erster Linie Hugh Whitemores Stück *Breaking the Code* und Neal Stephensons *Cryptonomicon*, aber auch Rolf Hochhuths *Alan Turing*.

Dem, der mehr über Wittgenstein lernen möchte, sei Ray Monks Biografie *Wittgenstein. Das Handwerk des Genies* empfohlen. Über Gödel hat Rebecca Goldstein ein wunderbares Buch geschrieben, *Kurt Gödel. Jahrhundertmathematiker und großer Entdecker*. Der Zeitgeist der McCarthy-Ära ist dargestellt in dem informativen und unterhaltsamen Werk von Kai Bird und Martin J. Sherwin *J. Robert Oppenheimer. Die Biographie*. Von der Literatur über die Cambridge-Spione möchte ich Miranda Carters gute Biografie *Anthony Blunt – His Lives* hervorheben, aus der ich nicht nur vieles über die Treibjagd auf Homosexuelle nach der Flucht von Burgess und Maclean in die Sowjetunion, sondern auch über das Marlborough College erfahren habe. Auch das Prachtwerk *Gleich und Anders. Eine globale Geschichte der Homosexualität* (Herausgeber: Robert Aldrich) und natürlich Andrew Hodges *Enigma* haben mir eine Menge Information über die Situation der Homosexuellen in den 1950er-Jahren geliefert.

Über Venona findet sich vieles im Internet, das einen guten Überblick ermöglicht. Darüber hinaus ist Wilhelm

Agrells Buch *Venona – Spåren från ett underrättelsekrig* zu empfehlen, das zwar in erster Linie eine schwedische Sichtweise auf das Projekt, aber auch eine spannende Binnensicht des Dramas als Ganzes bietet. Tony Fletchers Buch *Cobbled Beat* entwirft ein anschauliches Bild vom düsteren Alltagstrott des Polizeibeamten in der Manchesterregion der Nachkriegszeit. Für das abschließende Gespräch zwischen Corell und Farley im Auto auf der Fahrt nach Wilmslow stahl ich einige Gedanken aus James Surowieckis Buch *Die Weisheit der Vielen*, und vielleicht sollte ich auch Tor Nørretranders *Spüre die Welt* erwähnen, das mich vor vielen Jahren auf den Zusammenhang zwischen dem Lügnerparadox und der Erschaffung der Datenmaschine aufmerksam machte.

Ich sollte wohl auch – für den, der sich das fragt – hervorheben, dass alles, was im Roman über Alan Turing gesagt wird, in der Hauptsache wahr ist, so wahr, wie unsere Kenntnis seiner Geschichte ist. Seinen Brief an Robin Gandy habe ich selbst geschrieben, und verschiedene Dialoge habe ich erfunden. Ich habe mir auch gewisse andere Freiheiten genommen – so schaute ich im ersten Kapitel kurz in seinen Kopf, und auch wenn Turing in Bletchley wirklich strickte, tat er es vielleicht nicht gerade, als Churchill ihn besuchte –, doch habe ich mich dennoch bemüht, sein Leben im Kleinen wie im Großen korrekt darzustellen.

Mein begabter Freund Anders Jansson hat mir bei meinen Recherchen fantastische Hilfe geleistet, nicht zuletzt mit kleinen und wichtigen Details über das England der Fünfzigerjahre. Anders machte mich zum Beispiel auf die Sonnenfinsternis im Sommer 1954 aufmerksam, die dann im Buch zu einem prominenten Motiv wurde. Ich danke auch Erik Sandewall, KI-Forscher und Informatikprofessor an der Universität Linköping, der das Buch einer sachlichen Prüfung unterzog und eine Reihe von Korrekturen beisteuerte.

Dank auch an Sara Coates, die heute mit ihrer Familie in Turings ehemaligem Haus in der Adlington Road lebt und mich im Haus herumführte. Und Dank an die Mitarbeiter der Polizeimuseen in Manchester und Cheshire und an das Archiv des King's College in Cambridge.

Sofia Brattselius Thunfors, meine damalige Verlegerin, unterstützte mich im Verlauf meiner Arbeit und schrieb Empfehlungsbriefe vor meinen Recherchereisen. Unni Drougge las eine frühe Version und gab mir den Glauben an das Buch zurück. Ulf Bergman, mein Schwiegervater, wies mich einsichtsvoll auf einige Wiederholungen und Ungereimtheiten hin. Allan Brown, der im England jener Zeit gelebt hatte, rettete mich vor ein paar weiteren Peinlichkeiten. Jonas Axelsson und mein guter Freund Kristoffer Leandoer hießen mich mit offenen Armen im Albert Bonniers Förlag willkommen.

Jenny Thor und Susanne Widén von der Bonnier Group Agency zeigten früh ihren Enthusiasmus, das Buch in die Welt hinauszutragen, und die Zusammenarbeit mit ihnen war vom ersten Augenblick an ein Vergnügen.

Abbe Bonnier war von Anfang an der großartige Verleger, als den ich ihn kenne. Er hatte das richtige Gespür, als er mir Tina Rabén als Lektorin zuwies. Tina sah sehr scharfsinnig, was getan werden musste. Sie brachte mich dazu, umzudisponieren, die Dramaturgie zu verbessern, die Glaubwürdigkeit zu steigern und die Qualität zu erhöhen, im Großen wie im Kleinen. Ich bin ihr zutiefst dankbar.

Und schließlich von Herzen Dank an meine Frau Anne, die trotz ihrer hohen Arbeitsbelastung Tag um Tag gelesen, diskutiert, kritisiert, gelobt, protestiert, ertragen, getröstet und veredelt hat.

Lesen Sie mehr auf *www.davidlagercrantz.se*